U0807713

成都
爱情故事

·上·

刘采采 /著

新世界出版社
NEW WORLD PRESS

图书在版编目（CIP）数据

成都爱情故事 : 全二册 / 刘采采著. -- 北京 : 新世界出版社，2019.11

ISBN 978-7-5104-6946-6

Ⅰ. ①成… Ⅱ. ①刘… Ⅲ. ①长篇小说－中国－当代 Ⅳ. ①I247.5

中国版本图书馆CIP数据核字（2019）第238310号

成都爱情故事（全二册）

作　　者：刘采采
责任编辑：周　帆
责任校对：宣　慧
责任印制：王宝根　苏爱玲
出版发行：新世界出版社
社　　址：北京西城区百万庄大街24号（100037）
发 行 部：（010）6899 5968（010）6899 8705（传真）
总 编 室：（010）6899 5424（010）6832 6679（传真）
http://www.nwp.cn
http://www.nwp.com.cn
版 权 部：+8610 6899 6306
版权部电子信箱：nwpcd@sina.com
印　　刷：天津旭非印刷有限公司
经　　销：新华书店
开　　本：880mm×1230mm　1/32
字　　数：560 千字　　印　　张：19
版　　次：2019年11月第1版　2019年11月第1次印刷
书　　号：ISBN 978-7-5104-6946-6
定　　价：65.00 元（全二册）

版权所有，侵权必究
凡购本社图书，如有缺页、倒页、脱页等印装错误，可随时退换。
客服电话：（010）6899 8638

刘采采

以文为生 以字述梦

十八年岁月，春秋流转，城市变迁，唯一不变的，是爱与青春在城市里永存。

心中装着一个人，就觉得这个世界其实还是很圆满的。

既然到这世上走一遭，又历尽了千辛万苦，我总要给这个世界留下点什么。

人一生中发自肺腑地去爱一个人，不为身份名利地位去爱，真的没几次。

这座城市，这么大，这么繁华，那些从四面八方汹涌而来的人，一个个都有着要在这里生根发芽的野心。要留下来，活下去。

目 录

你经历过绝望吗？

就像落水的人用尽全力向上游，却在即将浮出水面的时候，

发现自己的腿被水草缠住了，无路可退、无计可施。

楔子

你经历过绝望吗？

就像落水的人用尽全力向上游，却在即将浮出水面的时候，发现自己的腿被水草缠住了，无路可退、无计可施。这种情况下，你只有两个选择：要么拼，要么死。

死很容易，拼命却很难，可拼下来就是生的希望。

我自认是一个相当清醒的人，过去也很少埋怨命运，更不会哀叹运势不济。

但命运也好，运气也好，它们确实又存在着，让你根本无计可施地存在着。

人的运气有时候真是让人感到匪夷所思。

运气好的时候，处处锦上添花，全世界都是你的朋友。

运气坏的时候，处处招灾惹祸，全世界都跟你有仇。

此时此刻，2012年12月22日，早上七点，东方的第一抹阳光穿透了云层，落在灰蒙蒙的地球上。笃信玛雅历法，被“世界末日”恐怖预言吓着的人类，终于将悬在嗓子眼的那颗心放了下来。

所有人都在庆幸新生，只有我一个人，还留在世界末日里。

手机被我攥在掌心里，汗水早就让它湿了很多回。

也就是几个小时以前的微信朋友圈，发生了一件足以将我的爱情、自尊统统震得粉碎的事情——我的闺密杨琳，在安然度过世界末日后的0点01分，发布了一条图文并茂的动态：不过是前世欠下的，今生来还，愿余生依然有你。

配图是在乌烟瘴气的KTV，醉眼迷离的魏仁搂着杨琳，两张丑陋的嘴脸凑在一起，笑得那叫一个甜蜜。

而就在今天下午，魏仁跟我通电话的时候，说是朋友过生日，可能要过去喝两杯。

我忙于工作，便只叮嘱他少喝点，别醉了就行。

真没想到，这个生日原来是这么过的啊！

其实我并非第一个看到这条朋友圈动态的人。

第一个看到这条内容的，是我的生意合伙人李华玲，她作为一个赋闲在家养胎的孕妇，对于八卦的敏锐度，远远高于一切。

李华玲原先没有这么无聊，她的无聊源于赋闲。因为这次是她第一次怀孕，没啥经验，就不当回事儿地拼命工作，居然跟着时序跑公司的直营门店，还爬上爬下地做点挂，指导店长和店员的店务管理。

结果她爬高的时候可能动作大了一些，拉扯到了肚子，小腹陡然剧痛，就出现了先兆流产迹象，吓得时序抱着她就往医院跑。

先兆流产之后的李华玲，医生让她卧床休息别胡乱折腾，她这才从公司回到家里，没日没夜地躺在床上，守着肚子里拳头大小的小祖宗。

她一面担心世界末日会成真，一面又担心她的老公。

她的老公时序，那会儿正和别的女人们在一起，连夜加班。

从前她天天跟时序同进同出，倒不那么担心。现在她必须得留在家里养胎，于是就在这份信任与不信任之间左右摇摆的情绪怂恿下，从一个勤恳忙碌的女人，变成一个时时刻刻关注朋友圈动向的无聊女人。

所以就在杨琳忘情嘚瑟的当口，李华玲就看到了。

然后，这个孕妇将家庭妇女的八卦精神发扬光大，迅速截了图，发到我的微信上，并在两秒之后没有收到我的回复时，一片好心地电话通知了我这件事。

“老夏，你跟魏仁这是分手了还是咋的，那家伙怎么在朋友圈……不，是杨琳，杨琳怎么会在朋友圈晒她跟魏仁的合影呢？”

彼时，我正忙碌在沉忆服饰玉林路直营店开业准备的第一战线上。

为了新店开业能够一路顺利，生意兴隆，我的合伙人时序还专门去请风水大师看了看门店的风水，算了开业时辰——这是沉忆服饰的第六家直营店，虽然在这之前，因为电商的冲击，门店经营艰难，已经倒闭了两家。

可即便这样，也没有摧毁我们再发展的决心。

这些年，我和时序到底是经历大风大浪过来的人，跌倒了，大不了再站起来。

所以，12 月 22 日早上 8 点 08 分，是个良辰吉时，公司销售部的所有人都到了店铺，等待着这间三百来平方米，可以被称为成都范围内标杆性品牌时尚女装旗舰店的店铺开业。

时序作为公司的大佬，自然也是不能缺席的。

而我，作为公司的第二大佬，更是没有遁逃的理由。

可是现在，我一点去现场的心情也没有。

昨夜看了照片之后，我整个人都爆炸了，如果我不是身体强健，大概会被气得突发心脏病，突发脑溢血。

说到底，我是个女人，女人在某个层次的共同格局是：天大地大，不如我的爱情大。

眼见着无限大的爱情里潜入了敌人，我哪里还能镇定，立马甩掉手中的事情，站在店铺门口迎着寒风，不停地拨魏仁的电话。

我不是那种关起门来闷头生气的人，任何疑问我都要求证，只要魏仁肯承认，我就大大方方地成全他们。

可魏仁根本就不接电话。

十多个电话打过去，他要么聋了，要么瞎了，要么死了，总之无人接听。

我又给杨琳打过去十多个电话，两人像是约好了要同年同月同日共赴黄泉结伴行，统统无人接听。

那时候我已经分不清楚是寒风吹得我瑟瑟发抖，还是心底的恐惧令我颤抖，整个人都站不住了，摇摇欲坠。

时序如果不出来，不把他的大衣披在我身上，恐怕我就算不被活活冻死，也要受凉感冒进而发展成肺炎不得不住院。

百爪挠心你知道吗？

为什么在世界末日这么重要的一天，我的男人会陪我的闺密度过？

为什么我的闺密还写了一句像是公布恋情的话？

这对狗男女当我死了吗？他们什么时候好上的？……

有很多很多疑问，在脑海里争先恐后地抢位置，胀得我太阳穴剧痛。我需要一些行为来疏解压力，需要一些在旁人看来特别没出息、特别匪夷所思的行为，来疏解我的压力。

譬如到我男人楼下蹲点。

譬如锲而不舍地给这对“疑似有一腿”的“狗男女”打电话，追问求证他们之间到底是误会还是真的有一腿。

终于，在我锲而不舍地拨打电话差不多快一百次，电话都快要没电的时候，杨琳接听了我的电话。

她一如寻常，像是刚刚睡了一个身心愉悦的好觉，精神抖擞地笑着问我：“咋啦，亲爱的？给我打了那么多的电话。”

听见她那假惺惺的声音，我心中怒火不禁阵阵翻涌。我捏了捏拳头，恨不得能化作一缕青烟穿过电波出现在她跟前，伸出利爪撕破她那张打满玻尿酸的假脸。然而理智与教养不断地规劝我要平静，于是我就理智而平静地问：

“魏仁呢？”

杨琳早有准备，轻笑一声：“你问他呀，你给他打电话呀，他在哪儿，他不会回答你呀？”

还真是不要脸，我就不该跟她客气。

“他是不是在你身边？你是不是把我男人给睡了？”

“能被我睡的，就不是你男人。”

“你这话什么意思？”

“我觉得我似乎没有跟你解释的必要吧。”

“没必要？你是我闺密，他是我男朋友，现在你们两个搞在一起了，大家都看到了，难道我不该质问你吗？”

“有什么好质问的？既然都看到了，你想求证什么？”

尽管恨她恨得牙痒痒，可是她说的又确实很有道理，我一时间竟然不知道该如何应对。

她见我沉默，又说道：“说真的，这事儿你该质问的人是他，而不是我。”

她的嚣张，源于她的底气。

假如没有魏仁的许可，她又怎么可能敢这么作贱我？她又怎么可能在共同好友众多的朋友圈发出他们的亲密合影，公然挑衅我？

一想到这个我心里又是一阵堵。

我跟魏仁在一起这么多年，都没有拍过几张亲密合影，更别说在网络平台上发了。我们的恋情低调得就像是夫妻关系失和多年的中年男女。我原以为这样做，是益于魏仁的公职身份。

然而现在看来，我很愚蠢。

我没做到的，人家杨琳做到了，人家赢了。感情世界里，假使两个人同时爱上一个人，那个人的感情天平偏向谁，谁就胜券在握。

我是个输家，自尊碎了一地，挫折囚禁了我，委屈不甘夹枪带棒地汹涌而来。为自己过去付出的真情，为自己过去相信的假意，一种难以形容、被愚弄之感逼得我喘不过气，我眼眶一热，泪水就不争气地落了下来。

然而这会儿气场还是不能输，气势还是要撑着，我暗自深吸一口气，语气如常地说："杨琳，我把你当成亲姐妹，对你一直掏心掏肺的，你过去追求爱情也好，去搞别人的男人也好，我都没有说过你什么，那些道德标准、社会责任，完全不存在的。只要是你喜欢的，我都可以挺你，因为你是我的姐妹，我不问对错，只问情谊。但如果你看上的那个是我的男人，就不行。"

电话那旁的杨琳沉默不语，我知道她正在脑子里搜索一切可以狡辩的词语。

我深吸口气，压抑住心中翻江倒海的难过，故作镇定地说："你明晓得我多爱他，偏偏还要来跟我抢……你咋的呢？不觉得自己很虚伪吗？做双面人开心不？说真的杨琳，你的吃相太难看了，我完全没有想到你是这样的人，太看不起你了！"

"我虚伪？我吃相难看？你看不起我？你有什么资格说这个话？"

"我都没资格那还有谁有？可笑。你注意你的身份，真的不要脸，都三十多岁了，还要去做别人的小三，也不怕遭天谴！"

"你说话给老子注意点！"她气急败坏，恼羞成怒，于是出口成"脏"。

我冷笑。她的气急败坏，只不过是源于我说的都是事实。

她似乎意识到了自己的问题，片刻之后开口，语气中少了一些跋扈："夏青你给我听着，不要血口喷人，什么小三不小三的。你爱魏仁是没错，可是他爱你吗？谁是第三者？不被爱的才是第三者！"

"他爱不爱我，你知道？就算他不爱我了，也应该由他来告诉我，而不是你。再说了，你就那么肯定他不爱我吗？我们在一起都那么多年了，你跟他才认识多久？他当然是爱我的。"

这次换她冷笑："如果真爱你的话，恐怕就没我什么事儿了。"

她的这句话，胜过我用千言万语来证明，就像一只利爪，狠狠地扼住了我的喉咙，让我喘不过气来，胸中郁结之气也越发严重，刚刚止住的眼泪，又像决堤的洪水般汹涌而来。

我心里早已没有底气，可依然态度强硬地狡辩："就算他心里没我，可到底还是属于我的。你的这种行为似小偷，是见不得光的老鼠才干的，猥琐、没品、无耻！”

“夏青，你再说一句！你以为你算什么啊，人家也没把你当回事儿啊……”

她还在说什么，我却根本就听不见了。

我笑着将电话移到一旁，由着眼泪不停往下滑。

我很想求助，可是这种事情，又能求助谁？以往遇到任何问题，我总想着还有魏仁帮我分担，所以一点也不害怕。

然而现在，就连魏仁也被抢走了。我还有谁可以依靠？

我细数在我生命里出现的亲人与朋友，发现竟无一人能够替我分担这份痛苦与绝望。这一刻，我憎恨手机，憎恨这对无情的狗男女，憎恨这个无情的世界，我按下车窗将手机朝大马路上扔了出去。

杨琳说得对，假如魏仁还爱我，我们这么多年的感情就不会被别的女人介入；假如他已经不爱我了，即便不是杨琳，也会有李琳、王琳等。

一个人如果心里是空的，那么陪在他身边的人无论在一起有多久、有多亲密，充其量不过是暂时在他心里，总有一天，会被人替代。

魏仁不爱我，这也是我早就知道却并不愿意承认的事。

我恨杨琳，恨她破坏了我的爱情，也恨她说出了事实。我摔完手机之后，又做了一件后来想起都觉得丢人的事——我堂堂一个公司的副总经理，穿着精明干练又昂贵的套装，开了辆还算不错的车，居然在建设路祥和里这条老街上，趴在方向盘上号啕大哭——哭就哭嘛，为什么连车窗都忘了关呢？

我的失态，为世界末日后第一个早晨的祥和里平添了许多精彩。不少路过的人停下脚步注视我，其中有个热心肠的大哥，居然捡起我的破手机，敲着我的车窗不停地唤：“妹儿，你怎么啦？你莫哭嘛，咋回事，要不要帮你报个警哦？”

他旁边又来一个看热闹的：“哎呀，她多半是遇上啥事情啦。”

路过的大娘见缝插针，轻飘飘地发表她的看法：“失恋了嘛，哭得好造孽哦，手机都摔烂了。”

那个热心肠的人又说：“妹儿，那你手机还要不要了？不要的话，我捡起走了哟？”

另一个人阻止：“哎呀，你这个人怎么这样呢？没看到妹儿哭得那么伤心……”

“我只是想转移一下她的注意力，万一她想要手机，就不哭了嘛。”

“你是傻子吗？这个时候得给别人空间呀！你就让她哭嘛。妹儿啊，你不要受其他人的影响，你放心大胆地哭，我帮你盯着他，免得他再骚扰你。”

“到底是哪个骚扰哪个哟，怕是你看到别个妹儿长得漂亮，起了花花心思……”

儿人你一言我一语，在我的车窗外喋喋不休。

我抬起头，拿出墨镜戴上，然后擤了擤鼻涕。

然而他们还在表演。

“你说啥子！有种再给我说一遍！”

“你喊我说，我就说是不？凭啥子！我没得脾气的吗！”

“我看你就是没得脾气！”

“你说啥子！你再给我说一遍！”

他们对峙起来，怒火看似一触即发，但按照四川人吵架的套路来说，即便是这样的对峙持续两个小时，他们也只会打无聊的嘴仗，绝对不会动手。

成都就是这么一个爱管闲事的地方，哪儿都有热心市民，就连你在自己车子里随便哭一哭，也会引来半条街的人围观，说些搞笑的话，做些搞笑的事，破坏你的忧伤。你如果在这座城市生活久一点，就会发现这座城市自带萌点，不太适合矫情伤感。

我实在是忍无可忍，赶紧在别人掏出手机准备将我当成新闻人物拍照上传微博或者朋友圈时，踩下油门，迅速逃离现场。

逃离了人群，我又是思绪万千。

可笑啊，恋爱四年的男朋友，让我一夜之间变成了朋友圈的大笑话。

假如他不爱我，为什么不肯亲口对我说？

假如他想要分手，为什么不愿意正大光明地分开，而要用这么一个下作的方式来告诉我，他甩了我。

我突然失去了想要去质问他的兴趣。问什么呢？问他为什么不爱我？可笑不？如果有人跑来问我这个问题，我都会无言以对，更何况是他。

现在手机没有了，我整个人就像是活在真空世界里，找不到任何人，别人也别想找到我。

车子穿过祥和里狭窄的街道，道路两旁是包子铺、火锅店、麻辣串串店水果摊，店家们或者营业已久，或者刚刚拉开卷帘门，都热火朝天地生活着，尽心尽力地服务着这条街上的人，为这座城市的烟火气添砖加瓦。

隔着一扇车窗，我将自己圈在一个矫情又压抑的氛围内，终于将车子驶入了宽敞的街道——虽然我大脑里一片空白，四肢却有意识地驾驶着汽车，或者说，被汽车牵引着。

眼泪不停地往下流，从未停歇，这大概是我这辈子流泪最多的一天了，就像关不上的水龙头。

我突然想起了少女时代看过的一部台湾偶像剧，那里头有句著名的台词："想哭的时候就倒立，那样眼泪就不会流出来了。"

我居然真的就抬起头来——倒立是不可能的，抬起头让眼泪流回去却是可以的。

可是我忘了，我还在开车。

就如所有狗血的电视剧剧情发展那样，我撞上了马路中间的隔离栏，又在惊慌失措之下，错将油门当成刹车，一脚踩到底，结果车子就像疯了一样横冲直撞，直接从隔离栏上轧了过去，撞上对向行驶过来的一辆黑色越野车。

电光石火之间，气囊全开，从四面八方纷纷向我的脸砸来，砸得我晕头转向。

与此同时，我的胸腔陡然传来一阵钻心的痛，也不知是因何而起。

我的意识就像一个被针戳了个针眼的气球，逐渐开始萎缩。

在意识彻底消失的前一刻，我突然，想起家乡好吃的鱼，那是魏仁也喜欢的。

一
所谓伊人，在水一方

我是四川雅安人。

江湖有传言说，雅安有三宝，雅鱼、雅雨、雅女。

我就是一个地道的雅女，出生于 1984 年。

1984 年是公历闰年，这一年，发生了很多大事：

中国人民解放军仅用了十八天的时间，就战胜了越军，收复了老山；

邓小平同志会见香港知名人士，并表示“香港实行一国两制五十年不变”；

中国第一家股份制企业北京天桥百货股份有限公司成立；

……

以及差不多快三十年后，因为一场车祸而登上《成都晚报》社会新闻版面的那个女人，也在一九八四年农历八月十五，听着大雨，呱呱坠地。

我的命运之盘在这一年开始运转，同我环环相扣的人，彼此牵连。

在中国地图东南的位置，有一个位于中国黄金海岸线中段的城市，名叫瑞安。

不管几十年后它曾为中国贡献多少大名鼎鼎的温州商人，可在彼时，它是个穷得叮当响、直叫当地人外出谋生的地方。

时序跟我说，他在六岁离开瑞安以前，就没有吃过大米饭，一直是吃红薯干。

一九八四年农历八月十五，那一天天气不太好，阴沉沉、灰蒙蒙的。

虽说是丘陵地带，距离县城也不算太远，可山路到底难走，村主任好不容易动员十里八乡的群众花了近一年的时间才修起一条足以通过拖拉机的小路。

吃红薯干长大的男孩，瘦弱的身子骨上衣衫褴褛，赤着脚丫飞快地奔跑在蜿蜒崎岖的泥泞山路上。一辆拖拉机从男孩对面开来，正艰难前行。

驾车的男子四十来岁，黝黑的脸上刻画着山里汉子独有的沧桑。他远远瞧见男孩儿，便将拖拉机停下。

“娃！天都快黑了，你跑哪儿去？”

男孩儿仿佛没听见，竟像泥鳅一样从他眼前滑过去了。

中年男子抬在半空中的手僵了一会儿，随后他叹了口气。

坐他旁边的中年妇女目光追着那孩子跑了老远，满眼怜悯：“可怜石柱子这孩子，刚满六岁，就没了爹，也没了娘。”

“谁让他命苦呢，前些日子若不是他爹妈开着拖拉机掉进了山沟里，娃也不至于落得如此田地。”

“这孩子在村里没个依靠，往后可咋整……”

“前阵子听村主任说，石柱子他舅在四川的一家国有工厂里上班，端的可是铁饭碗呢，想来混得不错，要把石柱子接过去。”

“靠谱吗？四川那地方，那么穷！”

“能比咱这儿穷？去那边总比在这山里头吃一辈子红薯干强吧。”

中年妇女点了点头，眼中的泪水也隐了去：“这样也好，待在咱这大山里头也没啥出息。他家山下那块地，咱家先帮他种着，等孩子大了，咱们就还他。”

说着，她抬手轻轻撞了撞中年男子，往前努了努嘴。

中年男子会意，拿起打火棍跳下拖拉机，重新打火上路。

这就是八月十五那一天在我的合伙人——小名石柱子的时序身上所发生的事。

现在，请将地图上的箭头往偏西部的区域挪去，落在四川凉山越西县。

那一日越西县阳光甚好，阳糯雪山直入云霄，被夕阳染红的落霞宛如一条条丝带，缠绕在群峰之间。

初秋的高山里，凉意沁人，蔓延到更远的地方去，就连人群聚集的土城镇也不能幸免。尽管缺衣少穿，可巧手的媳妇们还是用碎布拼成了小马褂，给年幼的孩子穿上，怕孩子着了凉。

一个三四岁的小姑娘便穿着这么一件小马褂，在村口大树下跳房子的几个孩子里，不管身高还是样貌，她都算是拔尖的。

中秋节的这个傍晚，太阳还没有完全落下去，爬山的大人们却陆续回来了，跳房子的孩子们陆续被领走，只剩下最拔尖的这一个无人认领。

她傻站在大树下，静静地盯着脚下用石头画出来的、一格又一格游戏“房子”，姣好的眉宇之间，隐藏着一丝忧郁。

就在这个时候，她身后不远处那一户紧挨着一户、用黄泥巴糊在篱笆上做成墙壁的房子当中，突然传来一阵撕心裂肺的哭喊。

女孩身子一震，转身往村庄看去。

她的祖母枯瘦的手扶着墙壁，颤巍巍地朝着她的方向走来，可没走两步，就撑不住了，勉强才喊出一句：“华玲子啊，快回来看你妈一眼，你妈快不行了。”紧接着，老祖母便瘫在地上哀号痛哭，“可怜我那苦命的孙儿哟，刚刚出生就没了娘，孩子他老汉儿又在成都没回来，往后这屋头的日子可咋个过啊……”

村子很小，大家都被这哭喊声唤出了门，有的跑去事主家里帮忙，有的簇拥在老祖母跟前，七手八脚地要将她抬回家。

女孩愣在自己画好的“房子”里，终于看明白发生了什么事，刹那之间，眼泪夺眶而出，撒开脚丫往家跑去。脚下崭新的白胶鞋是前两日妈妈赶集为她买的，有些大，跑着跑着就落在了地上，她又折回去捡起来，抱在怀里生怕再丢了。她年纪还小，可她已意识到，这双白胶鞋也许将是妈妈此生留给她的唯一物件，再没有第二双、第三双……

天色渐渐暗了下来，八月十五的月亮，浅浅地挂在阳糯雪山的山峰上。

从那山峰再往东去近两百公里，有一座时常被雨笼罩的雅安城。

彼时，简陋又破旧的县医院产房里，躺着三五个在生死线上挣扎的孕妇。

我的妈妈就是躺在中间床位上的那个孕妇，皮肤最白，模样长得最好。不过长得好不好看、够不够白，在这个时候真的没有任何用处，分娩的痛苦，对所有人一视同仁。

产房窗外是一盏昏暗的路灯，灯光之下，可以看到丝丝缕缕、幽幽怨怨的雨。

春雨绵绵；夏雨暴烈；秋雨，毋庸置疑，缠绵清冷，无限忧愁。原本这便是一个充满矛盾的季节，丰收与落寞紧紧纠缠，宛如双生，从不曾抛弃对方。

经历了漫长的春与夏，走过了初生与繁华，万物都在这一刻慢慢走向衰亡，唯余桂花独自芬芳。

在医院外的花园里，一株株傲然挺立的桂花树经过昨夜暴雨的洗礼，纷纷被砸落在地，为小花园铺上了满地的金光，寂寥凄美的同时，又仿佛带着一些孤独的文艺气息。到底是昨日的绝代风华，即便化作春泥，也是极美的。

沁人心脾的桂花香和着雨水的湿冷，幽幽地飘进走廊。在走廊的尽头，坐着一名神色焦灼的男子，正埋头抓着脑袋。那是我的爸爸。

站在这帮人前面的，是一个四十多岁的中年妇女，齐耳短发梳得一丝不苟，一副精明干练的模样，有着和从苦难岁月里挣扎过来的同龄妇女不一样的质朴气质——她是我的奶奶。她和我爷爷因守着世世代代给人做衣服的小小裁缝铺子，被划为受资本家压迫的人民群众，是无产阶级、贫下中农，因此平安度过了内乱的那十年。

直到中国共产党的第十一届三中全会确定中国开始实施对内改革、对外开放的政策，不少人才收起那根紧绷的弦，把心放到肚子里，跟随着中国进入一个新的时代。

这其中，也包括我的爷爷奶奶。

时局造人，我便出生在一个全雅安都羡慕的家庭里。可家家有本难念的经，我们家是有“王位”要继承的，所以，身为家中唯一的男丁，我父亲夏志杰可以说是压力很大的。

我奶奶刚到男子跟前，便急切地问道：“志杰啊，秀兰生了吗？生的是儿子还是女儿啊？”

不待我爸爸应话，奶奶又连珠炮似的道：“哎呀你快说话呀，可急死妈妈了，你爸爸还在铺子里等咱们的消息呢，要不是来做衣服的人都排了队，他又不放心徒弟们，恐怕都跟着来了。”

我爸抬头看了一眼自己的母亲，喉结上下滚了滚，却没吭声。

“怎么啦？还没生呢？”

“生了。“

“生的啥？

“生的……生的是……”

“是个儿？”

“……”

见他不回答，奶奶喜气洋洋的脸顿时沉了下去。

陪着她一道来的七大姑八大姨也感受到了这种压抑，脸上原先预备道贺的喜庆，也尴尬地僵住了。

“没事。”奶奶拍了拍我爸的肩膀，淡淡地说，“是个女娃儿也没关系，大不了明年让秀兰再生一个。”

我爸叹了口气，抬起头将目光落到了身旁的墙壁上。

奶奶顺着他的视线看去，墙壁上贴着粗毛笔蘸着红墨水写的一排大字：

一胎生，二胎扎，三胎四胎刮！刮！刮！

她不禁哽咽，眼泪簌簌地掉落下来。

我的爸爸妈妈都是共产党员。妈妈是老师，为人师表，教书育人；爸爸是基层干部，每天在乡镇农村打转，发展民生的同时，也严厉打击“超生游击队”。就他们这样的社会身份，哪有知法犯法的道理。

一想到自己与老伴儿辛苦半生，苦心经营的家业将来可能易主，奶奶不禁悲从中来，先是矮身蹲在墙根儿，随后坐在地上，拍着无限宽宏大量的大地母亲高声号哭：“这到底是造了什么孽啊，夏家三代单传，难道到我这一代，就要绝后了？”

夏家逃过了十年内乱，却没有逃过计划生育，在我出生后的几十年时光里，我爷爷夏德海、奶奶金月华，日子虽然过得富裕，内心却十分煎熬，甚至可以说是备受折磨，更因为觉得百年以后无颜面对夏家的列祖列宗，将家庭悲剧无限延伸。

二

岁月的流沙

时光匆匆，一晃已过十六年。

2000 年 12 月，四川雅安郊区农村鞭炮阵阵，政府大会堂掌声如雷。城区的街道上，家家户户的电视机里，几乎都在播放同一条新闻——“经国务院批准，四川省雅安地区撤地设市……”

二十一英寸的彩电摆放在两米长的实木屉柜上，距离屉柜一米的地方，有张小木桌子，上头放着一碗白水煮娃娃青（四川方言，又称儿菜）。

不一会儿，这寒酸的餐桌上又添了一碟辣椒酱和两碗白米饭。女人搁下筷子后，粗糙的大手顿了顿，然后双手交握于胸前，朝着窗外高声喊：“青青，吃饭了！”

伴随着她殷切的呼喊，屋外传来清脆的回应：“来了。”

这个身材高挑、满脸胶原蛋白的秀丽少女，便是十六岁的我。

十六岁的我，除了脸上有些婴儿肥外，似乎什么都很好，头发更是秀丽，即便不用护理，也油光水滑，黑得发亮，哪怕随随便便束在脑后，也有无可替代的魅力。

这桌上的菜，可以说是我们家的餐桌日常了。妈妈虽然表示有些歉意，我却没有半点嫌弃，捧着碗大口地吃了起来。

我吞了口青菜，嘟囔问道："我爸又加班啊？"

我妈看了看挂在墙上的钟，叹了口气："他今晚在你奶奶家吃饭。"

我习以为常，点了点头，冲着妈妈顽皮一笑："那咱们不给他留菜。"

我妈略显沧桑的脸上，勉强挤出一丝苦涩的笑。

这十多年来，家大业大的夏家二老，重男轻女的思想根深蒂固，瞧着我这个嫡亲的孙女都十分不喜欢，更何况是与他们无亲无故的儿媳妇。

他们执着于自己坚持的东西，譬如更加努力地发展企业。

随着城市经济的发展，我爷爷与奶奶将原来的裁缝铺子撤销，成立了华海制衣厂。爷爷有雄厚的经济实力与过人的营销手段，在成都还有一个神通广大的幺女婿，也不知道动用了怎样通天的本领，迅速让华海牌服装进驻成都市的各大商场，在成都荷花池批发市场也设立了专营店铺。

在我三岁那年，爸爸与妈妈终于不堪压力，双双辞职，回家造人。可是这一次怀孕，彻底改变了我们的家庭——妈妈宫外孕大出血，那个寄托着全家传宗接代期望的胎儿，留下了我妈妈的命，却带走了她的子宫。

夏家想要延续香火的希望就此破灭，家里还多了两个无所事事的成年人。

何其悲剧。

失去工作的妈妈，将人生希望尽数寄托在我身上，希望有朝一日，我能替她争口气。她时常在我耳边唠叨："争气啊，青青，你要争气啊，好好读书，考上大学，别让你爷爷奶奶孃孃（在四川方言里，是"姑妈""姨妈"的统称）他们看不起，他们都等着瞧我的笑话呢。妈妈这辈子过得苦，你爸也很为难，我们就你一个娃儿，你千万不能插虚脚（四川方言，意思是失足），要争气啊幺女！"

带着这样的期望，或者说压力，我懵懵懂懂地度过了小学、初中，直至上到高一的时候，也一直保持着全班前五名的成绩，可以说是德智体美劳全面发展，是班级的文艺标兵，也是各科老师的得意门生，还是学校团委的中坚力量，更是校广播站的播音员和校报校刊才华横溢的作者、编辑。我家简陋的墙壁上最好的装饰品，是我参加各种比赛得来的数不清的奖状。

我竭尽全力让爸爸妈妈对我放心，也对自己的未来充满期待。再过两年，我会将这十多年所学知识全力发挥，让自己考入北方那两所国内数一数二的大学中的任意一所，然后离开这里，在学成以后，带着我爸爸妈妈也离开这里。

然而有时候，真的人算不如天算。

那一晚，整个夏家的人除了我与妈妈之外，都到场了。我爷爷有钱，在县前街僻静的位置买了块地，建了个城中院子。除了我和我妈，其余的人在那套房子里都有房间。当然，我爸爸作为爷爷唯一的儿子，也是分到了一个很大很舒服的房间。但碍于爷爷奶奶厌恶我与妈妈，他选择与我们一起吃苦，从来没有去住过。

那个家客厅很大，可以秒杀我的整个家。我爷爷就坐在客厅正中央的三人真皮大沙发上，他左右的位置都很宽，却没有人敢同他坐在一起。这大约就是财富与权力的力量，即便至亲的人也会对他产生敬畏之心。

我爷爷从十岁就跟着师父吃苦受累，还要帮助师母煮饭带孩子，一路隐忍地学会了精湛的裁缝手艺，最后娶了他带大的那个孩子——我的奶奶。他，从一文不名的山里孩子，变成裁缝店主，再到后来成为雅安闻名的企业家、政协委员，这条路走了五十多年。

彼时，六十多岁的爷爷不胖不瘦，蓄着两撇小胡子，双目深邃，透着生意人的精明。突然见他胡子一抖，嘴唇往下一撇，怒气冲冲地吼道：“你们倒是给我说话啊，为什么工厂会亏损这么多？”说着，他又将手中的账本扔向坐在对面沙发上一名三十来岁的女子。

女子名叫夏志琪，长相姣好，一看就是娇养长大的，是我爸爸的大妹妹。按理说，我得唤她一声大孃，也就是大姑妈。可是我真的很讨厌她，我爷爷奶奶对我爸爸妈妈以及我的憎恨，很大程度是源于这个大姑妈在背后煽风点火。我们这个十多口人的大家庭里，会有钩心斗角、尔虞我诈，这位大姑妈可真是功不可没。

我爸有两个亲妹妹，小妹妹夏志萍在成都念完大学后就嫁给了当地人。我的小姑父家世很好，品行也很好，虽然是丧偶再娶，年纪也比小姑妈大了七八岁，可这并不影响他的好。我妈妈说好人有好报，小姑妈心地善良，自然就能有个好归宿。

而我爸的大妹妹，同爷爷的十九徒弟方伟结了婚。方伟姑爷严格意义来说，除了肚子里有些花花肠子，喜欢拈花惹草，倒也算得上相貌端正。他同大姑妈生了个儿子，原本这孩子是跟着他姓方的，可后来我妈妈宫外孕手术切除了子宫，不能再生育，我爷爷唯恐家业无人继承，就将方伟的儿子改了个姓，夏家因此有了个后人，名叫夏正。方伟虽然心有不满，可到底是寄生在师父外加岳丈的羽翼之下，倒也罢了。

我爷爷心中大约也是觉得有些愧疚，就特别重用这一家人，把服装制作这一块交给了夏志琪与方伟，十多年来，简直快要把这一家三口宠到天上去。

反观呆坐在一旁的我的父亲，虽然一表人才，可看起来就没那么顺风如意的样子。

爷爷继续吼："叫你们制造成衣，设计图纸也都给你们了，你们却偏偏要搞些乱七八糟的东西！谁给你们的胆子？谁让你们擅自做主的？"

夏志琪和方伟低着头，不敢说话，生怕说错话又被当成顶嘴，再被骂得狗血淋头。

可是有个人不怕死。

那个脸上挂了副大框眼镜、长得肥头大耳的年轻人，正是夏家"王位"的继承人——夏正。他脸上的那副眼镜可不是热爱学习造成的，而是因为没日没夜地打电动游戏。彼时的各种街机、小霸王红白机，都是他的挚爱、他的人生理想、他的寄托。我有时候感到特别奇怪，他真的是我大姑妈与大姑父生的儿子吗？按说他的父母长得都不错，怎么着他也丑不到哪里去啊。

可他长得是真的丑。他比我小一岁，十多年来的娇生惯养造成了他满身的赘肉，十五岁左右的年纪，体重却有两百来斤。

他像一坨肥肉摊在角落的沙发上，说："爷爷，你说的那些衣服，都是我出的主意，衣服现在卖不出去，要怪也该怪我啊，不关我爸妈的事！"

一贯宠他爱他的爷爷，一阵劈头盖脸地怒骂："你的主意？你懂个屁啊！我们用的布料不够好，制作的衣服也只能卖给那些中下阶层中规中矩的妇女，这叫顺应市场需求，占领三四线城市的市场。而今你再看看你搞的这都是些什么衣服！啊？你搞的那些衣服，不是露背，就是低胸，良家妇女哪一个会穿？这里不是大都市，这里是农村，是乡下，要么是我们的客户选择我们的衣服，被别人的唾沫星子淹死，要么就是我们的库存积压成山，啥也别想卖出去，活活把自己给拖死。"

"爷，你就不懂了吧，这叫时尚，这是紧跟国际潮流！"

"时尚？国际潮流？你搞清楚我们的受众没有？刚才我已经说了，华海的衣服是做给三四线城市的正经妇女穿的！你设计的这些破玩意儿，卖给谁穿？"

夏正猥琐一笑："卖给不正经的妇女呗。"

他此话一出，爷爷被气得险些要吐血，怒喊："工厂已经亏损连连，现在再被你这样一搞，我看不倒闭都很难！谁让你参与厂里的事的？夏志琪？方伟？"

夏志琪与方伟相互看了一眼，不敢说话。

倒是我奶奶及时救场，端着一盆洗好的苹果从厨房里走了出来，边走边说："是我让正正跟着他妈妈学习的。"

爷爷德海不禁气结，指着夫人："你！"

他却又不知该如何骂下去。

金月华彼时才六十出头，保养甚好的脸上没有多少皱纹，气色很好，见孙儿出来认错，十分赞许地冲着他竖了竖大拇指，又对我爷爷说："你这老头子，不是一直在唠叨说当初把志杰志琪志萍三兄妹送去读书，却忘了教他们做生意，后悔得不得了？现在趁着正正年纪还小，好好教一教，往后咱们夏家的生意还是要交给他来打理的。”

爷爷德海皱眉：“夏正才多大点岁数！”

“马上十六岁了，也不小了。你十五六岁的时候，不都独当一面，能帮我爸看铺子了吗？”奶奶说着，瞪了爷爷一眼。

这一瞪，让爷爷想起了老伴儿及老伴儿全家的恩情来，怒火便又降了一些。

夏正是个会看眼色、懂得见风使舵的人，跟个巨婴一样黏在奶奶身边，拿起一个苹果狠狠地咬了一口，含混不清地嘟囔道：“爷，你看我都快跟我爸一样高了，不是小孩子了。”

爷爷原本降下去的怒火腾地又冒了出来，冲着夏正便吼道：“你给我闭嘴！上楼写作业去！”

“巨婴”见他的撒娇不起作用，心里还是有些害怕的，并且也觉得面子上挂不住，总归不是嫡亲的孙子，不正儿八经地姓夏，脆弱的自尊心一碰就碎，于是冷哼一声，撂下一句：“随便你们吧，我以后什么也不管，你们夏家的生意，今后也别丢给我了。”

然后，他就怒气冲冲地上了楼。

见他如此没有教养，夏志琪感到脸上一阵热，可她缺乏话语权，也只能干瞪着眼睛，冲着孩子的背影假模假样地唠叨一句：“你这孩子，说的什么话，什么你们夏家……”

爷爷已倒在沙发的大靠背里，胸腔因为愤怒而起伏，涨得青红的脸转向我爸爸。

我爸一直端正坐着，许多年前政府机关的工作经历，锻造出他端正的品行与低调的作风，对于刚才在这间客厅里发生的一切争执，他都充耳不闻，淡定如初。我从小就欣赏爸爸的这份淡定从容，以至于长大以后，在魏仁身上发现了同样的气质，便沉迷其中不可自拔。

而我爸对于我爷爷来说，除了不肯离婚再娶为夏家延续香火之外，总体来说是个非常令他满意的儿子。爷爷面色微微缓和，叹了口气，说：“志杰，你联络一下志萍，让她拜托一下叶豪，看用什么办法把这批搞砸的成衣处理了，小亏都成，就是不能有库存啊。”

我爸点了点头，领了命令：“是，爸你放心吧，志萍和叶豪在成都门路很多，我一会儿打电话跟他们说一说现在这个情况，看看他们能不能帮忙想想办法。”

爷爷点了点头，他对幺女婿叶豪的能力是丝毫不怀疑的。虽松了这口气，可爷爷余怒未消，又指着大女儿和大女婿，一副恨铁不成钢的样子：“五千多件衣服啊，要不是老陈给我打电话说发现订单出了差错，我都还不知道你们这么大的胆子。“

老陈是华海制衣公司的大经销商，与爷爷有过硬的交情，他的服装王国很大，几乎垄断了小半个西部三四线女装市场。

夏志琪与方伟感到非常难堪，相互看了一眼，低下头将腿往里缩了缩。

我爸觉得再待下去会更加尴尬，于是转头看了看墙上的钟，对我爷爷说：“爸，如果没有其他事要交代，我想先回家了。”

可这句话像是在平静无波的湖里掀起了巨浪，首先我的奶奶就不乐意了，提高了嗓门儿生气地问道：“回哪门子的家？这里不是你的家吗？”

我爸没有说话。在他心里，恐怕这大院子真不是他的家。

夏志琪见我爸挨了训，掩饰不住心里那份高兴，低下头掩着嘴偷笑起来。

大姑爷方伟在这家的家庭会议上，作为一个外人是没有什么话语权的，只负责沉默。可见到妻子这般幸灾乐祸，他还是觉得有些不妥，轻声咳了咳。

爷爷大约也感受到了这份不妥，皱了皱眉，对我爸说：“家里这么大，你让秀兰和夏青都搬过来住吧，回头我让你妈给夏青收拾一间屋子出来。”

我爸没有说话，早年在政府机关的工作经历让他行事非常严谨，他没拒绝，同时在思考着是否可行。

我的奶奶却以一声冷哼结束了我爸的思考。

她阴阳怪气地说：“我这屋子可只给夏家人住。赵秀兰那个贱女人若是赖着不肯离婚，就休想她女儿进我的家门。再说了，夏青一个女孩子，长大了早晚要嫁人的，住进来跟着学些做生意的经验，以后也不见得就有用。”

我爸听奶奶这么一说，脸上的愁云更深了。他站起身来，拿过自己的包，同父亲打了个招呼：“我回去了。”说着，他就要往外走，可没走两步，猛然顿住了脚步。

在这间灯火辉煌的大客厅门口，他的女儿夏青手中拎着两把湿漉漉的雨伞，满脚泥泞地站着。从地上那一大摊从伞面上流下的雨水看得出，她站在那里已经很久了。

我的确站在那里很久了，从他们开始讨论，我就一直站在门口。他们家的那条大狼狗就算瞧见我畏畏缩缩地躲在一旁偷听，却也一声不吭，奇怪得很，还总是冲着我摇尾巴。但它又不是条智商有问题的狗，还是晓得分辨善恶的，比如对待夏正与夏志琪母子，它就不怎么有好脸色，总是龇牙咧嘴。真是万物有灵啊。

爸爸原本平静的表情突然起了波澜，他大概猜到了，刚才我奶奶说的那些伤人的话，都被我听见了。

而夏家的气氛也因为我的到来突然变得紧张起来。尤其是夏志琪，我都能看见她眼中的敌意及戒备。

爸爸看见我眼中的冷意，很怕我一时冲动就与这屋子里的人起冲突，连忙上前来接过我手中的伞，说：“青青你怎么跑过来了，外面天都黑了，路上多危险啊。”

我淡淡地说：“外面下雨了，妈让我给你送伞来。”

对于我妈隔三岔五就让我来夏家的院子给我爸送伞送外套的借口来看，她心里其实希望我能与爷爷奶奶接触接触，好歹也是夏家的亲孙女，身体里淌着的是夏家的血。

她这个初衷是很好的，只是多年未与公婆接触过的她，并不了解自己多么招他们嫌弃和憎恨。

我却是知道的。

我不止一次撞见我的奶奶、大姑妈凑在一起聊着聊着，就不免扯到我和我妈妈的头上来，只要是针对我和我妈妈，她们从不吝啬难听的话。我不明白她们哪里来的仇恨，会对一对根本无心恋战的母女如此孜孜不倦地诋毁。

可这样的事情，我却不能告诉妈妈，怕她伤心，也怕她一心求和的念头最后变成个笑话。

我忍了很多年，但是今天如果我再沉默，恐怕他们以后会变本加厉。

我拿着伞往前走了两步，冷冷地看着奶奶："你刚才说，谁是贱女人？"

奶奶愣住了，她向来不待见我这个孙女，也从未正眼瞧过我。但见我此刻冷冷地看着她，又想着方才自己出口伤了我母亲，她大概有些心虚，竟然生出些怯意，一时间不知该如何回答。

夏志琪倒是恢复了镇定，冷笑一声，冲我说："夏青，在这个家里，可还没你说话的份儿，快跟你爸回去吧。"

"没我说话的份儿？"我嘴角牵起一丝笑，"那有您说话的份儿？古话有一句可不好听，嫁出去的女儿泼出去的水，您这盆水倒是往自己屋里泼了，招了个上门女婿，就真当自己是家里人了。"

彼时，我年轻气盛，本想拿夏志琪的老公是个上门女婿来羞辱她，却忘了我爷爷原本也是个上门女婿。

我这话一出口，爷爷的脸色就变了。

我爸瞧出端倪，连忙拉住我，怕我再惹出什么事情来："夏青，你少说两句，跟我走！"

可我心里憋得难受，不吐不快。

我毅然甩开了我爸的手，怒目看着奶奶，警告她："请您像个长辈的样子，尊重您的儿媳妇。"

她大概从未想过，向来低眉顺眼的我会这样顶撞她。

有时候我特别不明白我的奶奶。其实严格意义上说，她是独生女，在她的成长过程中，有没有遭遇过因为性别而被家族歧视的情况呢？我曾经假设过她的那个年代。那个年代战争不断，动荡不安，人们脑子里最大的念头就是生存，至于下一代到底是男是女，可能并不太重要。能让妻儿活下去，才是那个年代的男人最重要的事。

我的奶奶平安地度过了战争年代，生活在新中国，却将封建守旧思想带到了二十一世纪。

到了十多年后的某一天，我再次回忆起少年时代由奶奶带来的种种委屈，开始产生怀疑。也许我的奶奶对于我和我妈妈的厌恶，并非只因为重男轻女，可能还有很大一部分原因在于她的恐惧。她恐惧我的母亲，发现她的儿子宁愿忤逆父母也不愿意放弃他的妻子，于是心生嫉恨，恨屋及乌。

可是在当时我是不能理解她的。我们相看两相厌，难掩恶言。

奶奶被我激怒了，指着我的手指头不停地哆嗦："你，你这个野丫头，什么教养？你妈就是这样子教育你的吗？真是有其母必有其女！"

"对，有其母必有其女。"我冷冷地看了一眼夏志琪。

可我刚说完这话，便听见一声怒喝："滚！"

我毫不意外，能够这么言简意赅又盛气凌人的，只有这个家的主人——我的祖父。

"滚就滚，哪个稀罕在你家啊！"

我看着他，轻蔑一笑，转身走进大雨里，没有半点犹豫。

十六年来，我早就受够了这个畸形变态的家庭。

无休止的打骂争吵，无休止的冷嘲热讽，无休止的钩心斗角，彼时的我如此憎恨命运，却有着这么一帮所谓的"亲人"。

三

那些花儿

我天资聪颖，又勤奋刻苦，所以成绩一直名列前茅。如果不出意外，我应当是我爸妈此生最大的骄傲。

可是在冒雨离开夏家院子的那一刻，我对自己过去所坚持的努力产生了怀疑，我甚至对这个世界都产生了怀疑。

彼时，魏仁背着书包从高三教学区来到高一教学区，隔着窗户瞧见的，便是个死气沉沉的夏青。

放学铃声已经停了很久，教室里的人陆续离开了，我却依旧傻傻地坐在位置上。

魏仁终于忍不住，对我喊道："喂，夏青，放学了，一起走吧。"

我却像什么也没听见似的。

他只好大步走进教室，来到我的桌子前，抬手敲了敲桌面。

我正在神游，被这动静吓了一跳，赶紧抬起头来，发现是魏仁。我皱了皱眉，拎起书本扔向他，嗔怪道：“魏仁哥哥你干什么啊，吓死我了！你是幽灵变的吗，走路都没声儿的呀，好可怕。”

对，那个时候，我管他叫“魏仁哥哥”，他还不是我的男朋友。

他比我年长四岁，因为父母工作的原因，留在雅安读的高中。可他父母到底是做什么工作的，我从未打听过。

那我们是怎么认识的呢？

高一刚刚入学的时候，我的同桌名叫唐心，是他的表妹。唐心在我耳边提起这位品学兼优的表哥时，那一脸的崇拜我至今记忆犹新。在他表妹唐心的塑造下，那个时候的魏仁是住在我心里的神坛上的。唐心的学习成绩很一般，她一遇到难题就往高三跑，向表哥请教。魏仁简直可以说是她的叮当猫，似乎没有什么难题可以难倒他。但唐心到底是个小女孩，虽然是自已家亲戚，可在高三那么多学长的虎视眈眈之下，她也是会感到不好意思的，于是总是拖着我跟她一起去。我寻思着这也是个提升自我的好机会，便加入了这个厚着脸皮向魏仁请教的队伍。

这样的漫漫求学之路一直持续到高一下学期，我的学习成绩在魏仁的帮助下突飞猛进，唐心却还是停滞不前。某一天，唐心的父母觉得这女娃儿继续留在国内学习可能考不上大学，不如将她送出国去，等几年后回来，镀了一层“海归”的金，无论是找工作还是找对象，都要体面一些。于是，唐心雷厉风行，说走就走。我却因为她而养成一遇到麻烦就要寻魏仁哥哥的习惯。

对于我的嗔怪，魏仁早已见怪不怪，他知道我撒娇的方式就是这个样子。

他坐在我对面的凳子上，盯着我：“你有心事？”

这不废话吗？我白了他一眼。我的脸上本来就写满了“我不高兴”“我有心事”“快来安慰我”，却还嘴硬地说道：“关你什么事？多管闲事少发财！”

魏仁笑了笑，说：“怎么不关我的事？唐心临走前嘱咐过我，让我在学校里罩着你。”

我心中淌过一丝暖意，唐心真是个好姑娘。

“怎么了？跟哥哥说说，发生了什么事，这么不开心？”

我抬起头来，仰望着他。

有的男孩子，在十九二十岁的年纪可能会长得比较英俊，可能会长得比较漂亮，魏仁在二十岁的年纪里，却长着一张只能用“帅”来形容的脸。阳刚之气与英武睿智，是他的五官带给人的第一感觉。他聪明、仗义，是一个值得信赖的人，可是我家里的事情实在是太复杂了，如果要跟他说清楚，从他这里寻到一丝半点解决办法，恐怕我得和他促膝长谈三天三夜。

我放弃了求助。

十几岁的时候，我就知道了，有些事情可以寻求他人的帮助；有些事情，无论如何求助，都不会得到最佳解决办法，唯有自己才能救自己。

我笑了笑，随口胡诌道：“我没事，就是每个月都有那么几天情绪低落，心情不太好。”

“什么那几天？”魏仁一开始还没明白，后来理解了，脸突然就红了，说，“谁要知道这个事情。”

他又羞又窘的样子，是真的很可爱。

这个占据着许多女同学梦中情人位置的男孩子，在那个时候却只是我心里值得信赖的哥哥而已。我满脑子都是家里各种鸡毛蒜皮的事，居然没对他生出半点儿非分之想。也不晓得是不是每个女孩子都跟我一样，对于得到一个哥哥有着强烈的渴望。我那个时候时常感到无助，性格孤僻，朋友也不太多，若不是唐心是个热心肠的人，恐怕我根本不能在高中收获友情。

就我这么一个不太合群的女孩子，魏仁居然能包容。

我很珍惜他，所以不打算让他知道我家里的情况。

我问：“魏仁哥哥，我听唐心说，你不是雅安本地人呀？”

“对啊。”他点了点头，“怎么啦？”

“那你是哪里人啊？”

“也不远，就雅安隔壁。”

“哪里呢？”

“成都有个叫水城的地方，你有没有听说过？”

我摇了摇头。

魏仁看出了我的求知欲望，便耐心地讲起自己的来历。

“那是属于成都市的一个县城，面积很小，经济不怎么发达，县城就两条街，一路走到底就没了。但有山有水，环境不错，历史悠久，可以追溯到上古轩辕黄帝去，秦朝时候归武阳郡管，到了北周时期才定名新津，这个名字也有1400多年的历史了。你看我说了这么多都没讲到重点，我爸爸原本是成都人，后来因为工作，在新津那个县待的时间比较久，就寻了个本地姑娘，也就是我妈了。我妈也是体制内的，他俩结婚以后，我在那里读完了初中，结果他们双双工作调动到了雅安，我就只好跟着他们一路搬迁。这中间因为他们的工作调动，我还耽误了上学的时间，你看我都快二十岁了还在念高三，也不是没有原因的。”

“那你去过很多地方吗？”

“小时候的假期会跟着爸爸妈妈出去走走，上初中以后，寒暑假我基本都是跟同学一起结伴旅行。”他说着笑着问我，“要不这个暑假，你有兴趣的话，可以跟我们一起啊！”

我点了点头。我是真的想加入某个温暖的集体，可是我又知道自己性格有缺陷，很难融入某个圈子。

我迅速收拾好桌子，将笔和书统统扫进书包里，对魏仁说：“魏仁哥哥，我们走吧。”

他点了点头。

我们一前一后，走出了教室。

在我少女时代最后一次与魏仁一起放学离开学校的那个下午，我还记得很清楚。我低着头在前面走，魏仁双手揣在裤兜里，慢我一步，跟在后头。

而我走着走着，就直挺挺地往别人身上撞去。魏仁伸出手来拖我已来不及，我的脚已经踩在对方的脚背上。

魏仁摇了摇头，恨铁不成钢地看着我，说：“跟你说过多少次了，走路要看路。”

接着，他又莫名其妙地向被撞的那人道歉：“不好意思！”

我有些诧异，他干吗要道歉？我是他的什么人？

后来魏仁跟我说，他大概是觉得那个时候的我像一只小猫小狗，他有照顾我的义务，所以当我犯了错，他有责任去收拾烂摊子。

我翻了翻白眼，坚定不移地认为这只是借口，他肯定在那个时候就喜欢上我了。

可当时那一脚踩得也不轻，我瞧别人一双崭新的白鞋被踩上了黑印子，连忙也抬起头来对那人说：“对不起，我不是故意的……”话刚刚说完，我就笑了：“你怎么来了？”

那人咧嘴笑着，露出一口洁白闪亮的牙齿，伸出手就往我头上摸，把我当成个孩子。

他叫叶晋中，是我远嫁成都后就没有回来的小姑妈夏志萍的继子，按理说，我得唤他一声表哥。可是从小就听别人开玩笑说，表哥表妹，天生一对，我就不好意思那么喊了。况且四川人对表哥的叫法有很多，在成都以及成都周边，都是叫“老表”。假如我粗声粗气地管叶晋中喊一声“老表”，想必他不被我笑死，我也会被自己给笑死吧。

叶晋中比我年长六七岁，身材修长，五官俊朗，穿衣搭配颇有讲究，与当时的年轻人热衷于“洗剪吹”的造型相比，他的外形装扮十分低调，整体而言，用“干净”两个字来形容就好。

可是那个时候我们还不太懂简约大气比所谓的花里胡哨的时尚要高档得多。以我们那个时候的审美标准来说，都觉得叶晋中与魏仁实在是可惜了一张好皮相，穿得中规中矩，土里土气极了。

那天下午，叶晋中出现在我面前，令我感到十分意外。后来转念一想，我才又记起前两天发生在夏家院子里的事情，估计叶晋中是奉他父亲之命，来夏家救场的。

他用手把我的头发揉得乱糟糟的跟个鸟窝一样，居然还好意思厚着脸皮问："怎么？不欢迎我吗？我刚才问了舅舅你的放学时间，是特地来接你放学的。开不开心？意不意外？是不是特别感动？"

我翻了翻白眼："并没有。"

对于我无意中流露出来的傲娇言行，叶晋中忍不住哈哈大笑起来，伸出手臂揽住了我的肩。

其实兄妹之间的亲密举动再正常不过，但是在 2000 年的四川西部地级市人来人往的中学门口，还是容易引人误会的。

比如同我一起出来，此刻却被当成隐形人的魏仁，便满脸不高兴。

我感受到了他的坏情绪，连忙正色同叶晋中说："对了，我来介绍一下，这位是……"

可是我话还没有说完，就被魏仁打断了。他扶了扶自己的书包肩带，同我说："好了夏青，既然你家里人来接你，那我就先走了。"

我看着他张了张嘴，却不知道该说什么。

他同叶晋中摆了摆手，转身走了。

我望着他的背影许久，也不见他回头。

看到魏仁说走就走，我嘟着嘴埋怨道："他怎么了，刚才不还好好的嘛，怎么突然就不高兴了？"

叶晋中若有所思，却笑而不语。

之前介绍过，我的小姑妈夏志萍是夏家人里头唯一一个对我和我妈没有说过堵心话的人，对我们还相当客气，所以连带着她的老公孩子也对我们很客气。

小姑妈从小就在外求学，大学毕业以后留在成都，嫁给了比夏家还要有钱的有钱人叶豪。叶豪在成都有家不大不小的企业，家里亲戚又多在政界，有钱有权，甚为得意。唯一美中不足的是，他妻子在许多年前因病身故，留下了一个半大小子。小姑妈年纪轻轻的，就做了这半大孩子的继母。

对于幼年丧母的叶晋中，小姑妈视如己出，疼爱有加。而叶晋中也是个懂事的孩子，对于继母十分孝敬。叶家良好的家庭氛围，是少女时代的我非常羡慕的。我总觉得他们脸上都有佛光，一个个慈眉善目的。

总是帮妻子娘家解决问题的叶豪，这次又让儿子叶晋中来收拾烂摊子。表哥到我家的破房子里来了很多次，非要请我妈妈和我一起去夏家院子里吃饭。我妈碍于一些原因不太敢去，没想到的是，我奶奶居然亲自登门，对我妈说："秀兰，晋中这孩子一年才来家里一次，你就搁下手里的活，到家里一起吃个饭吧。"

我奶奶是个生意人，为了利益与颜面，是可以暂时放下对我妈妈莫名其妙的仇恨与厌恶的。

我妈妈却因此感到受宠若惊。

那天的酒席就摆在夏家院子里。

夏家的院子是请专业的设计师进行规划设计的，假山溪流，回廊宛转，鸟语花香，灯火通明。我每一次进这院子，都有一种刘姥姥进大观园的感受。而我妈妈几年都不曾踏入过这院子一步，就更感到局促了。

我看她手脚无处安放，坐也不是，站也不是，想以一个主人家的身份去厨房帮忙，但又明白夏家的人并没有将她当成自己人；想要以一个客人的身份坐在院子里，就像叶晋中那样与身旁的人谈笑风生，但又明白在夏家人眼里，她也并不是客人。

我看她尴尬又无措的样子，只觉得心疼不已。

我坐在她身边，将头歪在她的肩膀上，捧了本书看。也许我这样，可以给她一些力量。

可这到底是场鸿门宴。

本来大家入席之前都还好好的，看似其乐融融，相安无事。

可是饭才吃到一半，夏志琪就异常和蔼地看着我说："夏青啊，听说你考上的是重点高中？"

原本我闷不吭声地埋首吃饭，听她跟我搭话，有些诧异，抬头看了她一眼，应声道："嗯。"

夏志琪眼中隐隐闪过一丝不悦。

可这人最是表里不一，她心里骂着脏话，脸上的笑容却半点不减，还装作一副跟我特别熟的语气，说："青青啊，大嬢有个事情想跟你商量一下。"

见她突然这么套近乎，我忍不住打了个哆嗦。有句话怎么说来着？无事献殷勤，非奸即盗。

果然。

"你看啊，夏正就要中考了，时间挺紧迫的，我看他每天学习都很刻苦，写作业写到夜里十二点。"

在夏志琪的描述中，我看了一眼肥得跟猪似的夏正，心里忍不住冷笑。有没有搞错，"刻苦"两个字什么时候跟夏正扯上关系了？夏正只配得上"不学无术"这个词。

"你能不能每天过来帮他补补课，辅导一下他的作业什么的，帮他提高一下，也好让他考入你们学校啊。"

我没有说话，夹了块回锅肉搁自己碗里。

我在判断夏志琪这个提议的目的。也不能怪我小小年纪就这么多心眼儿，主要是因为这帮人笑里藏刀，话中有话，套路实在是太深了。

可是有个人沉不住气，已经炸了——听见他妈点他的名，还揭他的短，夏正非常不高兴，跟个大爷似的啪的一声把筷子摔了，怒道："妈，你干吗呀！我学习挺好的，根本不需要别人来帮忙。再说了，夏青的学习成绩也不见得有多好……"

我低着头，忙将那片散发着蒜苗与豆豉清香的五花肉送入嘴里，用以掩饰我的笑意。

夏志琪的智商在夏家人里，本来就属于垫底的，她完全没有意识到自己的一片好心令她的宝贝儿子陷入了难堪境地。

我非常同情地看了夏正一眼，然后淡淡地说："其实我学业挺忙的，也没啥工夫瞎耽搁，况且考不考得上重点高中，并不是补几天功课就行的，还得看造化。有的人天资愚钝，也许就不是读书的料，何必浪费时间呢？不如学一门手艺，可能要比硬撑着去上高中来得强。"

气氛顿时变得十分尴尬，这场维持许久的“表面和平”会不会坍塌，就看谁来开这个头了，整个局面非常紧张，已到了一触即发的境地。

我赌夏正忍不了。

果然，他恼羞成怒地站了起来，但由于他肚子里装了太多油腻，居然撞上了桌子。

桌子何其无辜，被撞得抖了抖，洒了一桌的菜汤菜油，花花绿绿的。

我眼角余光看见叶晋中一脸蒙地赶忙压住桌子，唯恐它翻了，这饭就没法儿再吃下去了。

夏正指着我喊道：“说什么呢你，骂谁呢！”

我只是淡淡地看他一眼，然后慢条斯理地说：“谁应，骂谁。”

坐我旁边的妈妈被这突如其来的变故吓到了，待她回过神来，赶忙往我碗里夹了些菜，低声说：“少说话，多吃菜。”

可夏正并不想轻易放过我，一副社会大哥的气势，踢开了椅子。椅子一个踉跄，滚到了一两米外。他来到我跟前，指着我的鼻子，开始撒泼，不依不饶：“夏青，别以为你能考上重点高中有多了不起，老子比你有钱，就算老子考不上，也能出钱把欠下的分数给补上。你别嚣张，等老子到了你们学校，早晚弄死你！”

方伟见状，冲着儿子，大约是一年才有一次地高声怒吼：“你发什么疯，怎么说话的！”

而夏志琪的智商也上线了，她也觉出不妥，上前来把夏正拖回位置上去，叫他坐下。

夏正见我没有反击，自己跟个肉虫似的傻站在那里，也挺尴尬的，见他妈妈给他台阶下，便怒气冲冲地转身回去坐下了。

这顿饭吃得刀光剑影，比较的是两家孩子的教养。

爷爷奶奶脸上的尴尬并不比方伟与夏志琪的少，可他们实在不知道说什么好。他们若是开口训斥夏正的话，以夏正那个暴脾气，肯定会引起更大的麻烦，还不如不说。

叶晋中是个很懂得察言观色的人，于是笑着对我爷爷奶奶说："外公外婆啊，我呢，虚长夏正七八岁，其实在七八年前我也是夏正这个样子，浑球一样，成天骂骂咧咧的，也不知道学好，戾气很重，认为什么都能拿钱解决。后来我爸就送我出国去读书，受了些苦，吃了些亏，这才长了记性，才知道有些话不该说的不能说，有些念头不该有的不能有。但是小孩子嘛，不懂那么多，肯定是要家里长辈多多提醒的，所以现在我才觉得，我爸我妈真的不容易。尤其是我妈，待我特别好，教会我很多做人的道理。这都是外公外婆教育得好啊。来，外公外婆，晋中敬您二老一杯，感谢您二老培养出那么好的女儿来做我母亲，给了我家庭的温暖。"

他这段话明着是打圆场，暗地里却把夏正和夏正的父母都骂了一遍。这是在为我出头呢。

我心中流过一股暖意，抬头看着叶晋中，眼眶顿时红了。

他的目光撞上我的目光，又马上不着痕迹地挪开了。他再次将酒杯斟满，朝夏正敬了敬，说："夏正，表哥觉得你今天表现得不够大气，男子汉大丈夫，哪能这样子跟女孩子吵架？男人的风度哪里去了？唉，表哥今天喝多了，多了两句嘴，你可别记恨表哥啊。来，干了！"说着，他便将手中那杯白酒一饮而尽。

夏正还未成年，按理说不能喝酒。可是在夏家的院子里，他就是王，他就是霸，想喝就喝，谁也管不着。见叶晋中敬他酒，他脸上涨得通红，却不敢胡乱开口，只能闷着脑袋也干了跟前杯中的酒。他眼前的这位表哥，可是得罪不起的。

同他一起吃了哑巴亏的，还有夏志琪与方伟。他们对儿子从来都是言听计从，万分宠溺，由于平时疏于管教，才导致他如今这么无法无天，确实也该有个人来教训教训他。

其实爷爷奶奶也觉得很丢脸。家里的两个孙子都不是省油的灯，而眼前这个优秀的，又不是自己的亲外孙。

可他们到底还是一团和气地应承下来，两位老人对望一眼，就想着少说点话，吃完了大家也就散了，省得再起冲突。

却没想到，夏正低声咕哝了一句，却惹恼了我，我端起自己跟前的碗就往夏正身上扔去。

这不怪我。他在我跟前叫嚣的时候，我都没有发火，可是方才他的低声咕哝，让我忍无可忍。

他说："臭婊子妈养的臭婊子女儿，都什么东西。"

说真的，假如他这句话只是针对我，可能不会让局面演变成后来的样子。然而他开口骂到我妈妈，就是不行。

被我扔到夏正脸上的是碗热辣辣的水煮肉片。这道菜也是我爸的拿手菜之一，他还喜欢把猪肉片换成牛肉片，水煮肉片也就跟着换了称呼，叫水煮牛肉。每次我都要守在灶台边，看着他将煮好的莴笋尖埋在碗底，然后再铺一层炒好的肉片，最后撒上一层辣椒粉、盐、味精、鸡精……等到一切就绪后，他会将烧得滚烫的菜籽油浇在这道菜的最上面一层。滚油与辣椒粉肌肤相亲的那一刻，会发出嗞的一声。这一声绵长不息，伴随着这个声音，整个厨房乃至整个屋子都会被浓郁的椒香所占领。

这道菜在任何的川菜馆子里，被点概率都是比较高的——肉片酥软入味，菜叶子还能顺带将油一并裹进肚子里，麻辣鲜香，非常好吃。

可想而知，将这样一道菜整个糊到对方的脸上，会出现什么样的后果。

彼时的夏正脸上一片狼藉，镜片上挂着菜叶子，辣椒油溅进了他的眼睛里，这份刺痛过于激烈，痛得他江湖大哥的气势立马就塌了，哇的一声哭得跟个智障一样。

大家都震惊了，手忙脚乱地朝着夏正蜂拥过去，又是拿毛巾又是倒水的。

爷爷装了一晚上的慈祥，终于破功。

他怒拍桌子，冲着我喝道："夏青，你胆子不小啊，眼里还有没有我这个爷爷？"

我冷冷一笑："问得好！刚才夏正骂我，你们假装听不见，这会儿倒来问我眼里有没有你这个爷爷？试问这位爷爷，您眼里几时又有过我夏青的存在？”

我爸跟我妈原本正在忙着哄夏正，听我跟爷爷顶撞起来，吓得赶紧停下手中的忙碌。

我爸将我拖至他身后，低声训斥道：“青青，你糊涂是不是？给我回家去！”

我妈也慌忙拿过她自己的包，要送我回去。

原本这件事到这一步，他们安安静静让我们离开，而我顶多再气一晚上，睡醒一觉也就没什么了。

了不起就当住那院子里的都是陌生人，再不和他们多来往。

可是我的奶奶那高亢又冰冷的声音带着不可违背的命令，在我还没有离开这个院子之前响了起来：“听着志杰，你若是还认我这个妈妈，就跟赵秀兰把婚离了。瞧瞧赵秀兰生的女儿，半点教养也没有，可把我夏家的脸丢尽了。我跟你们说啊，这个孙女，我是不认的。”

我迅速转身，轻蔑一笑，说：“谢天谢地，这话可算是叫我亲耳听见了。说真的，金月华女士，作为婆婆来说，您可真算是个极品。人说宁拆十座庙，不毁一桩婚，您倒是好，十多年如一日，孜孜不倦地毁自己儿子的婚姻。呵，也不怕遭报应！”

我爸气得浑身发抖，抬手便给了我一个耳光。

我感到非常不可思议。我爸是个读书人，很讲道理，就算我小时候不听话，他也总是端个凳子给我，让我坐在他面前，听他苦口婆心地上政治课。当众打我耳光，这是人生第一次。

我抬头委屈地看着爸爸。

打我的这一下，我觉得爸爸可能比我还疼。他眼中含着泪光，一副恨铁不成钢的表情。他觉得难堪，也感到愤怒，低声说：“爸爸平时都怎么教你的？你怎么能这样目无尊长？”

我没有顶嘴，只是咬着唇，低着头。

我奶奶气得脸色发青，看起来非常吓人。

而我那个热衷于落井下石的大姑妈见状，简直欣喜若狂，却还要佯装一副痛心疾首的模样，声泪俱下地控诉我的爸爸妈妈：“真是太不像话了，这么没教养，真不知道你们平时都是怎么教的。本来爸爸妈妈是一片好意，见晋中来了，就叫夏青和嫂子来吃饭。可是现在倒好，搞得一团糟，不知道的还以为是嫂子你事先教给孩子的呢……”

我爷爷听了，心里的怒火更是熊熊燃烧起来，他指着门外面，冲着我喊道：“你给我滚，我夏德海没有你这个孙女。”

这么绝情的话，从他们口里说出来，我并未感到多大失落——因为他们说的都是事实，在我年纪还小的时候，我就已经意识到这个事实，他们现在只不过终于肯当众承认罢了。这样也好，我竟然莫名觉得轻松，仿佛披着一件虚假的华服许久，外人都说衣服真好看，可只有我自己知道，这衣服只是幻象，都是假的，然而这样的话我又无法去同别人说。终于有一天，这件衣服愿意自己消失了，将真实的我暴露在阳光下。虽然感到有些冷，可到底是真实、舒坦的，我再也不必假模假样地过活。

爸爸妈妈他们大概感觉不到我心底的轻松吧，所以生生地用一巴掌将我的这份解脱打成了绝望。

叶晋中什么时候来到我身边的，我完全不记得了，只记得当时他像老鹰护小鸡似的将我护在他怀里，然后拥着我往院子外走，边走边说：“走，哥送你回去。”

我很感激。

雨城之所以叫雨城，是因为一言不合就下雨。

在我的印象里，成长岁月是由很多段雨组成的，有蒙蒙细雨，也有倾盆大雨。明明刚才还月朗风清，顷刻之间，淅淅沥沥的小雨便洋洋洒洒地飘落下来。

雨打在脸上，我感到有些冷，打了个哆嗦，抱了抱肩，企图以此取暖。

叶晋中见了，连忙将他身上的外套脱下来，披在我肩上。

我看着他微微一笑，拉拉还带有他的体温的外套，停下脚步，仰望着天。

“你在看什么呢？”他也跟随着我的目光往上看去。

天空一片漆黑，什么也没有，只有接连不断的雨丝落在眼睛里、衣服里。

我叹了口气，向他坦白：“其实我也不知道我到底想要看什么。每次心情很压抑的时候，就会特别渴望看一看天空，似乎这样做的话，它的辽阔便能够治愈我的狭隘。”

叶晋中沉默。

我接着说：“你看，晋中哥哥，宇宙这么美、这么大，大到无边无际，大到地球都只是宇宙中一粒渺小的尘埃。而我们生活在一粒尘埃上，却为了一些鸡毛蒜皮的恩怨纠缠不休，撕得头破血流……你说，人生的意义到底又是什么呢？这样斗着，他们真的觉得有意思吗？”

叶晋中估计觉得我是刚才受了很大的刺激，所以才有眼下的感悟。他轻轻地拍了拍我的肩膀，鼓励说：“这些都是小事，不值一提。等你考上大学以后离开这里，就能结识新的人，看到新的世界。外面的世界很大，外面的人也很多，形形色色的都有。到那个时候，你会看透很多事情，并且理解你现在所承受的一切。”

我扭头看向叶晋中，眼中的困惑与迷茫越发浓厚。

叶晋中指着往北的方向，笑着对我说：“喏，你往那个方向看。那里是成都，我的家就在那里。那里的楼比这里的高，那里的人比这里的多，那里的变化日新月异，是个可以承载梦想的地方。如果你想要改变现在的生活，可以选择去上那里的大学，离家不太远，又不必继续待在这里。”

看他说得情绪激昂，我不禁扑哧一笑。

他有些尴尬：“怎么啦？”

我笑着摇了摇头：“觉得你好像是在说电影台词哦。”

他也笑了笑：“人生如戏嘛，你觉得像，那证明我说话还是蛮有水平的。”

我充满感激地看着他，问：“你是说，让我离开这里？”

“对啊。“他点了点头，“你看啊，还有两年你就高考了，是不是？”

我点头。

他接着说："两年后呢，不管你是考上四川大学、电子科大还是西南交大、四川师范大学等，总之成都有太多学校供你选择。但是不管你选择的是哪一所，只要你是在成都念大学，我就可以天天去等你放学，带你出去玩，吃火锅，逛春熙路，去武侯祠，只要你愿意，我都陪着你。"

说完这话，我看见叶晋中脸上竟然变得通红，忍不住伸出手来摸摸他的脸颊，问："晋中哥哥，你的脸好烫，你是不是发烧了？"

叶晋中轻轻推开我的手，咳了咳，说："没有。"

"谢谢你，晋中哥哥，我会认真考虑你的建议的。"

"嗯。"

"你怎么对我这么好？"

"有吗？嗯……谁让你是我妹妹呢……"

我微微一笑，抬起头来，将目光投入无尽的夜空里。

叶晋中不明白我在想什么，却又担心我被雨淋坏了，便抬起手来挡在我的头顶上。

那个夜里雨下了很久，滴滴答答地落在窗台上。而我坐在小破屋的房间里想了很多，以致久久不能入眠。

第二天一早，叶晋中就回成都了。

等到第四天一早，他刚刚起床，就接到我爸爸打去的电话。

我爸问他："晋中啊，舅舅跟你打听个事，你妹妹……夏青她有没有去找过你？"

"夏青？没有啊。怎么了？"

"夏青这个女娃子胆子太大了，她居然，居然离家出走了！"

四

人海中遇见你

我揣着积攒了许久的七百多块零花钱，背着一个装了两件换洗衣服的破书包踏上雅安西门汽车站开往成都的中巴车时，就没有准备再回这座城市。

那会儿雅安西门汽车站才建成几个月，成雅高速路通车也没几年，所以不管是高速路还是国道，好像差别都不太大，管理也不怎么严格。由于工资也不怎么高，生活艰难，想要养家糊口，司机和售票员一般都喜欢一路上捡客人，收些不计入公账的乘客。所以名义上是从雅安发往成都，要走成雅高速的班车，实际上司机却会从别的路绕到国道上去，然后遇见站在路旁拦车的客人，就会停下。

我坐的那趟车实际上是辆已经很旧，甚至可以直接报废的中巴车。怎么形容呢？车子一直哐当响，你坐上去会心生感慨，这车子到底是有多顽强，数十年如一日地坚持在工作岗位上。原本只能乘坐二十一个人，可实际上可能乘坐了四十多个人。

我坐在门口的位置上，每一次售票员手动拉开车门，我都抓紧时间大口呼吸，免得自己一不留神就窒息了。

就这么一路颠簸，一路争分夺秒地呼吸新鲜空气，终于在行至一个大桥路口时，我实在忍不住了，大喊一声："师傅麻烦刹一脚，我想吐。"

这真的是我在万般无奈下才做出的决定。

全车四十多个人，还有二十多个人或站或蹲或靠着，虎视眈眈地盯着有限的二十多个座位。假如我离开座位，下车去吐，他们当中必然会有一个人占领我的座位，等我再次回来，根本没法儿找人说理去。所以当我做出这个决定时，就已经接受再次上车后要面临没有座位的可能。

毫无疑问，当我下车后蹲在地上吐得肝肠寸断时，原本属于我的位置被一个长得歪瓜裂枣般的男子坐了。

售票员在车上喊："妹儿，你好点没有？好点就快走了。"

我摆了摆手，整个人都晕乎乎的，胃里还是一阵翻江倒海。好在停车的这个地方临近一条大河，马路边上还有许多大树，随便找一棵扶着，我想怎么吐就怎么吐。而马路的另一面是座山，不高不矮，山上面似乎还有所学校，隐隐约约传来一阵琅琅的读书声。附近有一间比较破的公共厕所，许多乘客也趁这个机会下车来方便。

我觉得好受一些了，便将双肩包往怀里搂了搂，往前走了几步，想要看一看周围的风景。

山上的学校与对面的城市隔河相望，中间架着一座不宽不窄的桥，站在桥头往左看去是一条大江缓缓而来，一眼寻不到尽头；往右看去，远处似乎建有一道水堰。我视力还行，隐约可以看到"通济堰"三个字。

虽然不知道这是什么地方，但前有水，后有山，看起来倒也是个风景不错的地方。彼时晚霞落在江面上，微微波澜泛着缕缕金光，我叹了口气，不知道此刻发现我离家出走的爸爸妈妈会怎么办。

也就是这个时候，我才感到有些迷茫，不知道前路应该去往何方。我想去成都之后先找个工作，然后慢慢熟悉一下这座城市。我暂时不会跟叶晋中联系，在我的书包里有一个小小的笔记本，可以藏在钱包里。那里头写着我最重要的几个亲人和朋友的电话号码，其中有叶晋中的，也有魏仁的。

但是现在，我刚刚开始离家出走，肯定是不能够跟他们联系的。不然他们会通知我爸来接我回去，我就没有机会去闯荡江湖，出人头地了。

我瞧着风景甚好，就多看了一会儿。可是过了很久，还是没听见有人唤我上车，我这才从大树下走出来，往车子方向走去。然而马路边上哪里还停着什么车呢！那辆从雅安西门汽车站发出，小小的空间把人当货物塞、一路上不停哐当响的中巴车，居然不见了！

我整个人大脑一片空白，已经傻了。经过让我觉得漫长的几秒钟后，我终于明白自己被那辆开往成都的车子给遗忘了。车上的乘客那么多，那个穿着红配绿、嗓门儿奇大的售票员姐姐肯定没发现少了我这么一个人。

夕阳落下去，天色就渐渐暗了下来。

我往“通济堰“的方向走，沿着马路走了很长一段，却发现道路两旁只是村庄。

我寻思着不妥，便立即转身向着大桥走去。在桥的另一头是座城市，至于具体是什么地方，先寻到个看起来值得信任的人问一问，再作打算吧。

于是带着这种警惕，我走上了那座横跨大江的石桥。

彼时已是傍晚，桥上的车子很少，行人却很多。他们大多数是吃过晚饭，拖家带口出来散步的人，与我逆向而来。

人多得有些过分了，就让人觉得反常，于是我顿住脚步，循着他们走去的方向看——那是藏在公路边上的一个路口，我再朝着那路口往上看去，是蜿蜒曲折的一座山，在山路两旁，有许多民宅隐于叫不出名字来的大树之间。

我随便叫住一个面相柔和的中年妇女问：“嬢嬢，不好意思，我想请问一下，你们这是要去哪儿？”

以我当时的社会阅历来判断，向中年妇女问路，打听任何问题都非常靠谱。她们有着一副热心肠，以及收集八卦的超能力。

果不其然，那位中年妇女似乎看出我初来乍到，笑着说：“妹儿是第一次来新津吧？”

我尴尬地看着她，没有说话，心里却快速记住了这个地方的名字……奇怪的是，我似乎在哪里听过这个地名。

嬢嬢很热心，接着说：“我们这是走山呢，吃过饭，大家消一下食，有些人往宝资山公园走，有些人往老君山上走。走一趟花一个多小时，看了风景，又锻炼了身体。”

她刚说完，她旁边的另一个中年妇女就向我发出了邀请：“咋个，妹儿没来过？要不要跟我们一起去走走？”

我笑了笑，摇了摇头：“不了，我是去我舅舅家吃饭，然后看到你们都往那个方向走，就有点好奇。”尽管我的谎言漏洞百出，可还是糊弄了过去，我忙向她们挥挥手，说，“那我先走了哈，谢谢嬢嬢。”

然后，我便与人群逆向而行，脑子里也在飞速回忆，到底曾经在哪里听到过这座城市的名字。

小县城的霓虹灯在暮色压下来时准时点亮，与昏黄的街灯相互凝望。

我在走进一条名叫岳巷子的街道，看见摆在街边散发着诱人酥香的军屯锅魁时，终于想起了魏仁。

魏仁说过，在他家乡的城市有条叫岳巷子的小街，街上有家军屯锅魁特别好吃，老板是成都彭州人，把锅魁店开到了隔壁县来，锅魁做得香酥脆，可以选择的口味还挺多，有牛肉、猪肉、红糖什么的，以至于每天都有人排队等着买。

我当时实在是太饿了，排在队伍后面，想要买两个锅魁。可是临到一手交钱一手交货时，我才发现自己的书包不知道什么时候被人用刀子划了个大洞，而我的钱包早已不知去向。

我身后的队伍已排得老长。老板拿在手中的锅魁也僵在半空。众目睽睽之下，我像是被迎头扑了一盆炭火，整张脸都被烫红了，窘迫地看着老板，说：“对，对不起，老板，这个锅魁我不买了，我的钱包不见了……”说着，我尴尬地把位置挪开，让给后面排队的人。

这时肚子非常不争气地咕咕叫起来，我脑子里真的乱极了，搂着书包，漫无目的地慢慢走着。

突然有个人追到我身边来，扯了扯我的衣袖，轻声唤了一句：“姐姐。”

我顿住脚步，转头看她。

那是个看样子只有十三四岁的小姑娘，个子却已很高，穿着一件粉红色的连衣裙，小脸长得十分精致，是个非常标致的美人坯子。

小姑娘将手中的锅魁递给我，说：“这个，给你吃。”

我愣住了，却没有伸手去接。

小姑娘强行将锅魁塞到我手里，说：“哥哥让我跟你说，如果你遇见了小偷或者坏人，一定要记得去找警察。公安局就在临河的那条街，很好找的。”

“你哥哥？”我一头雾水。

她只是抿嘴一笑，就从我跟前跑开了。

当我从这份陌生人带来的温情中醒来，再追着她的背影看去时，发现她身边站着一个俊秀的高个子少年，正好也在回头看我。

那天，那辆破中巴将我扔在了魏仁的家乡——那是一个距离成都市区只有二十多公里路的名叫“新津”的县城。这个县城当时在老成都七区十二县里头地域面积最小、人口数量最少，也最微不足道。别说是在整个成都市里了，其实新津县的面积在整个四川省都是面积最小的那个县。用四川话来形容，就是幺胳膊儿。

但也就是眼前这个破破烂烂的四川县城老幺，会在后来的岁月里大放异彩，成为成都市天府新区的一部分。

可是现在，在公元 2000 年，它实在是破得有些寒碜。

我借着街灯，偷偷看了一看钟表店铺里的时间，已是晚上九点。我不知道该何去何从，钱包丢了，钱没了，通讯录没了，我摸遍口袋，还好身份证放在最贴身的衣袋里。我一面庆幸，一面又懊恼，为什么我没想到放几张钞票在贴身的衣袋里呢？

现在是一个比较尴尬的局面。假如我去公安局寻求警察叔叔的帮助，固然能够有吃有喝有住的，但是第二天一早，也必然会被以保证公民人身安全为己任的警察叔叔送回雅安的家里。届时，离家出走才一天不到的我，会成为雅安城坊间暗暗流传的笑话，更会叫夏家院子里的人瞧不起。他们会拿这个梗，嘲笑我一万年。

我想着他们那一张张嘲讽的笑脸，不禁打了个哆嗦。本来我就是因为尊严受挫才离家出走的，去找警察不就是自投罗网吗？

我将锅魁啃完后，还是决定要倔强地在这座城市挺一晚，至于未来怎么打算，明天再说。

但考虑到我一个风华正茂的小姑娘，安全还是最重要的，于是我摸索着来到了县公安局所在的这条街。

这条街临河，对岸是新修的小区，灯火映在水面上，大河里波光粼粼。临河有两排楼，六七层高的样子，像是新盖的，楼下基本没有绿化，但有一些临街铺面。

我没有钱，只能寻个店铺的屋檐凑合过一晚。斜对面不远就是公安局，时不时还有警察叔叔骑着摩托车巡街，想来这里是非常安全的。至于我，躲在拐角的地方，只要我不吭声，静静地待着，警察叔叔也不会主动跑来把我带走。

本来我就不是娇养长大的姑娘，所以这一觉睡得尚可，即便清晨的一抹阳光打在我的眼睛上，也没能将我唤醒。

直到被我当作依靠的卷帘门呼啦一下被人从里面卷起，我一个不稳，就往里栽了进去。

一双穿着拖鞋的大脚被门口突如其来的一个人吓得打了个抖，连连往后退了两步。这可怪不得她，谁知道躺在自家门口的到底是个活人还是死人呢？

我从睡梦中醒来，睁开双眼，与双腿的主人面面相觑，场面十分尴尬。

那是一位四十来岁、身材中等、微胖却皮肤甚好、五官秀丽的中年妇女。她显然被突然倒进她店铺里的小姑娘给吓住了，过了差不多半分钟才问："妹儿，你，你通宵排队来买粽子的啊？”

我愣了一秒，然后才打量着眼前这间店铺。

三十平方米左右，一个硕大的石砌灶台占据了三分之一的位置，旁边是一张直接连到墙壁的木质长案，上面摆满了粽子。而店铺余下的位置，是几张简易可收的桌子。在桌子更往后的位置，是一个小小的楼梯口，往上去应该是老板娘的住所。

我将视线挪回她身上，在她充满疑问又很期待的目光中，缓缓地摇了摇头，低声说："不是……"后面的话却说不出口，难道我要说"阿姨不好意思，我离家出走，昨晚在你家门口睡了一觉"？显然不能啊！我只能艰难地道歉，说："不好意思阿姨，挡着您开门做生意了，我这就走。"说着我转过身，可没走两步，便觉得一阵眩晕，脚步居然有些踉跄。

此时背后传来一声吆喝，我的手臂也迅速被一双手扶住："妹儿你莫慌！来都来了，喝碗稀饭再走。来来来，赵孃孃请你喝。"

我犹豫了，跟着她回到店里。彼时我嘴唇干裂，从昨天离开家到现在，一口水都没有喝，是真的很渴。这位自称"赵孃孃"的好心人端来一碗热粥，又放了两个粽子在我跟前，说："趁热吃，我家的粽子可是出了名的好吃，人家成都市的人，经常开着车到我这里来买粽子，一买就是好几十个，拿回家冻在冰箱里慢慢吃。"说着，她又将粽子往我跟前推了推："你尝尝，一个是红豆的，一个是肉的。"

此时门口已来了买早餐的人，有上学的学生，有下班的警察，都站在灶台的竹编蒸笼跟前，冲着她吆喝："赵孃孃，给我装几个粽子，要红豆的，不要肉的。"

赵孃孃在围腰上擦了擦手，然后起身道："来了来了。"

"老板，六个肉粽、两个香肠的。"

"马上马上。"

"赵大姐，我要一碗稀饭、一颗盐蛋、一个粽子。"

"莫慌，等一下。"

不过一会儿工夫，小小的粽子店里就挤满了人。我见有人站着，连忙起身让座。赵嬢嬢忙得焦头烂额，有人问："赵大姐，原先你请的那个妹儿呢？"

"你说小张啊？"

"就是她。"

"她去隔壁张粽子家帮忙了，搞了半天张月英是她堂嬢嬢。"

"那她咋跑到你赵粽子这边来打工？这属于恶性商业竞争不？"

"啥子商业竞争哦，小张跟她嬢嬢吵嘴了，气了就故意跑我这里来上班。"

"你就不怕张粽子把你的经营理念和做粽子的秘方偷走啊？"

听见好事者这么说，赵嬢嬢抬起头，冲着那人微微一笑，说："不会。人家张月英的粽子是世代祖传秘方，粽子做得比我好吃，生意做得也比我好，只要她不怕我去偷她的技术，就谢天谢地了。"

好事者尴尬地笑了起来，旁边的食客也笑道："所以说，我们喜欢到赵大姐这里来吃粽子，就是这个原因。赵大姐的心真的宽。"

"就你话多，乱挑唆。人家赵桂香跟张月英是发小儿，赵粽子和张粽子关系好得很，都是新津县数一数二的粽子大户，新津县要是没得这两家粽子，简直就对不住新津县龙舟之乡的名头。"

客人们闲聊着，赵嬢嬢也不再搭话了，专心做生意。我见她实在是忙不过来，便自觉地将桌上客人吃完的碗筷收拾了，又帮她拿粽子、盛稀饭，一直忙不停。

忙碌期间，客人们都喜欢跟赵嬢嬢聊天，有的人问："赵嬢嬢，今天你的帅儿子没来帮你忙呢？"，有的人问："赵大姐，你几点起床的哟，这么早就一个人蒸好了两笼粽子。"

赵嬢嬢都会一边做事，一边回答，而我也在这些对话中，慢慢了解到赵嬢嬢的生活。她一个人住，有个儿子马上读高三，所以就住在学校，等到周末会回来帮她。

这种热烘烘的烟火气，将昨夜露宿街头的我从头到脚温暖了。有客人感到好奇，便问赵嬢嬢："赵大姐，这个长得白生生的妹儿是你新请来帮忙的？"

赵嬢嬢看了我一眼，笑着对客人说："不是的，人家妹儿还在读书呢。"

客人又问："读书啊？那今天咋个没上课呢？"

我张了张嘴，不晓得该怎么回答，脸一下子窘得通红。

赵嬢嬢见状，笑嘻嘻地说："这是我的一个侄女，这两天他们学校放假，她看我忙不过来，就来帮我一下。"

我满怀感激地看了她一眼，感谢她为我解围。

忙碌的时间总是过得特别快，十点左右，粽子店的生意就变得冷清了许多，蒸笼里的粽子也所剩无几。很快，最后几个粽子和煮好的盐蛋也被一位老大爷买走了，赵嬢嬢捶了捶自己的腰，慢腾腾地让自己坐在凳子上，舒展开身体来。

然后她看着我，笑容慈祥而温柔地说："妹妹，谢谢你啊，今天早上多亏了你，不然我都忙不下来。"

我腼腆地笑了笑，说："阿姨别跟我客气，您还请我吃了早餐呢。"

"两个粽子算不了什么。我还是要把今天的工资算给你，就当你是来帮我忙的。小张走了以后啊，我确实忙不过来，今天早上三点钟我就起床了，一直坐在这里包粽子、蒸粽子，忙了三四个小时。哎呀我也真的是累了。"说着，她又转了转脖子，抬了抬手臂。

我见状，便来到她身边，怯怯地说："嬢嬢，要不，我帮你揉一揉吧？"

"这怎么好意思。"

"没事的，我在家里也常常帮我爸爸妈妈按摩。"我说着，一双小手就招呼上去了。

看到她这么辛苦，我确实想起了我的爸爸妈妈。妈妈虽然没有继续工作，但是家务活也挺多的，不要小看全职妈妈的压力，很多时候她们只是不善于表达而已。

赵嬢嬢没再阻拦，而是问我："小女儿（四川方言，小姑娘），你叫什么名字？怎么会在我的店门口睡一宿啊？"

我有些犹豫，但心里已经有了些主意，便说："我是离家出来打工的，但是把钱包丢了，也没处可去，就想着在公安局附近蹲一晚，等天亮了再出去找工作。”

赵嬢嬢听我这么一说，抬起头来看我，有些不相信：“你出来找工作？你才多大点？怎么不读书啊？”

我撒了谎：“家里穷，没办法再交学费了，再加上我比较笨，不怎么学得进去，所以就辍学出来打工了。”

赵嬢嬢的眉毛皱了起来，表情里满满的惋惜，她说：“你这丫头看起来灵气得很，咋会读不进去呢？”

我咬了咬唇，没有回答。

她也不再追问，就说：“你叫什么名字？”

“夏青。”

“哪里人啊？”

“雅安。”

“有身份证吗？”

我点了点头。

她盯着蒸笼想了两秒，然后又看着我，问：“妹儿，你有没有兴趣留在赵嬢嬢这里帮忙？我这里店面比较小，但是上班环境和人际关系都比较单纯。吃住都跟我一起，我楼上有房子，平时就我在家，儿子周五回来，女儿的话跟着她爸爸生活，偶尔会过来看看我，但从不在这里过夜。我每个月发你五百块钱的工资，每月休假两天，你要是觉得可行的话，要不就留下来？”

我就是等着她说这句话，忙不迭点了点头：“好啊，我愿意。”

赵嬢嬢见我是个干脆的人，便伸出手来：“把你的身份证给我，我拿去复印一份，留个底，走个过场吧。”

“嗯。”

就这样，我人生中的第一份工作，开始了。

五

正当最好年纪的少年

第二次见到林峰，是在周五的傍晚，我已经在赵孃孃的粽子店里上班快一周了。

赵孃孃的粽子店上午卖些粽子、稀饭和盐蛋，到了中午就打烊，关上门为第二天的生意做准备，包一下粽子，接一些外地的订单。店铺内的小楼梯并不是唯一通往店铺楼上的通道，整排房子还有另外的小区入口，供人上楼。但是赵孃孃为了做生意方便，便在二楼的厨房那里开了通道，连接到底楼来。

按说赵孃孃也应该是衣食无忧了，却依然起早贪黑地包粽子卖，为的就是两个孩子。她与丈夫离异多年，虽然住在同一座城市，却老死不相往来。女儿林希跟着她爸爸生活，儿子林峰跟着赵孃孃生活。

平时总是听赵孃孃说她儿子林峰多么优秀，学习成绩一直名列前茅，从不让她操心，还特别懂事，一回家就帮妈妈忙上忙下，言辞之中充满了自豪与幸福，令我对这素未谋面的少年，生出了一丝敬意。

那天下午的阳光落在二楼客厅的窗帘上时，我正蹲在窗下包粽子。赵嬢嬢出门买菜去了，她要去给儿子买条鱼，今晚做他最喜欢吃的酸菜鱼。

门是从外面被人打开的。

我没太当回事，以为是赵嬢嬢回来了。

可门一打开，门外的少年和门内的我都愣了一下。

然后他进门放下书包，向我走来，边走边问："我妈呢？"

我连忙起身，在他走到我跟前之前说："你好，你是赵嬢嬢的儿子吧？我叫夏青，在赵嬢嬢店里工作。赵嬢嬢出去买菜了，一会儿就能回来。"

他点了点头，说："我叫林峰。"然后他在我旁边的位置坐下，拿过一片粽叶，觉得不妥，便又马上起身向厨房里走去。

不一会儿，我就听见他认真洗手的声音。

等他再从厨房里出来时，我还傻傻地立在原地，手中捏着一片粽子叶。他看了我一眼，面无表情地说："站着干吗，坐啊。"

我像个傻子一样，又赶紧坐下。

眼前这个看起来也就十八九岁的瘦高男孩，长得很俊俏，说话做事却异常沉稳，像个冷静的中年男子。在他身上，有一种我说不出来的，类似于安全感的东西。

所以，我看着他发起了呆。

他并没有瞧我，只是双手不停地包着粽子，然后淡定地问："你那天去公安局报案了？"

"嗯？你说什么？"我皱眉，"什么公安局？"

他看我一眼，笑了笑，没再说话。

我盯着这个笑容，突然就想起了初到这座城市的那个傍晚，在岳巷子的军屯锅魁店，一男一女两个少年向我伸出了援手。

"哦，原来是你啊！"我恍然大悟地指着他，心情激动得不知道该说什么好。

那个时候我开始相信巧合，相信缘分，相信所有的相遇都是上天注定好了的。

林峰却告诉我，只是因为这座城市太小了，所以很容易就能遇见熟人。有时候去某家火锅店吃个饭，都能从进店开始打招呼，直到招呼至饭后。不管你是否接受、承不承认，但事实就是小县城本来工作难度就比较小，对于个人能力的要求也不高，最要紧的还是人脉关系，小地方更信奉“朝中有人好办事”。这和大城市是不一样的，大城市更看重的是个人实力，所以漂在“北上广深”的年轻人，总是争得头破血流。

他在十八九岁的年纪，懂的就比同龄人要多得多，看得也比同龄人要远得多。因为林峰的善良与沉稳，我对他的敬意里头，又藏了一些些依赖。

赵嬢嬢买菜回来，看到林峰和我谈笑风生，就像认识很久的朋友一样，她感到有些意外。因为她听说她这个儿子，除了对她和林希好，跟其他姑娘是不怎么说话的，就连上一个在这里做了好几个月工的小张，他也没和人家聊几句话。赵嬢嬢甚至还因为不太放心，特地在出门买菜之前跟我打过招呼，说如果林峰回来了，闷头做事不说话，别理他，他天生话少，爱静。

但我真的不觉得林峰话少。那个时候我还不懂，原来一个人对另一个人表示好感的方式，就是跟他聊天。但我对于林峰对我的例外，并不意外。

首先我们是同龄人，他也不过比我大了两岁多一点；其次我们有共同的话题，他喜欢看的书，比如《麦田里的守望者》《三重门》，也正好都是我喜欢的。而那年刚出来的新歌，比如梁静茹的《勇气》，是我们爱听的，也是我们的拿手曲目。我们有许多共同点，很聊得来，就算一句话没有说完，也能秒懂对方的意思。

我还记得那天晚上，赵嬢嬢做了一大盆酸菜鱼，我们三个人坐在桌子的三个方向，每人跟前摆一个小碗，用勺子将盆里的酸菜鱼舀进碗里，然后慢慢地吃。

那是我这辈子吃过的最好吃的酸菜鱼。

许多年后，当我再次来到这座城市，是三五好友一起，大家寻了一个可以被称为地标性美食的鱼庄——胖大姐鱼庄，把能吃的鱼都叫了一份，我却再也寻不回 2000 年第一次尝到赵嬢嬢做的酸菜鱼时的那份惊艳。

日子过得平平淡淡，日历也翻到了 2001 年，春节临近，粽子店里的生意越来越忙，好在林峰放了假，林希也常常来帮忙。

林峰和林希兄妹俩虽说长得都很好看，面貌的相似度却并不高。林峰是俊秀，可又并不特别像赵嬢嬢。我原以为他是随他父亲的，然而再见林希，却发现这个姑娘长得也不太像赵嬢嬢，她骨架纤长，眉眼细细的，是很大气，也很有个性的美。

我第一次开始怀疑林峰和林希不是亲兄妹，是从他们的对话发现的。

那天来了个大叔，订了六百个粽子，说是要趁着快递还没有放假，寄给身在外地的亲人们。赵嬢嬢为了抓紧时间，打烊后就开始召集能来帮忙的人——其实也没别人，就是林希。

赵嬢嬢对儿女非常慈爱，虽说是让孩子来帮忙，她自己却没少忙活，又是准备吃的又是准备喝的，把女儿奉为上宾。

林希有些尴尬，说："妈，你就别忙了，我又不是客人。"

赵嬢嬢有些讨好地笑着说："谁让你不在妈妈身边呢，妈妈就想多对你好一点。"

林峰看了看妈妈和妹妹，笑了笑，对妹妹说："你就让她忙吧，她乐于为我们服务，这也是她幸福的源泉。"

林希翻了翻白眼，却也无可奈何。

我颇为赞许地看了林峰一眼，他真的特别善解人意。这一望，正好与他四目相接，那一刹，我心中一阵慌乱，连忙低下头。

林希却嘟囔道："那么心疼我，干吗要离婚啊，就跟爸爸一起过不好吗？他也把哥哥当成自己亲生儿子对待的。"

赵嬢嬢脸上浮现一闪而过的哀伤，她低声说："不谈这事。"

气氛一下子跌到冰点，林希脸上有显而易见的失望。

林峰轻声咳嗽了一下，然后看着我说："家里怪冷清的……"

我会意，连忙打开电视机。

电视里，春晚的预告新闻说北京申奥是今年春晚的主题。

那天我们忙到很晚，林希晚上没有回家，就睡在妈妈的房间里。夜里很晚了，我还听见他们一家三口在房间里争执不休。

我想躲回自己屋里去，可是客厅里的残局还未收拾干净，我只能硬着头皮做下去。

赵孃孃的声音穿过墙壁传来："你就报考远一点的大学，走得越远越好，别留在小县城。"

"我就报四川大学，就留在成都。我走了，你咋个办？"

这是林峰的声音。

"妈妈一个人过得好得很，根本不需要你操心，你现在首先要确定好自己的目标，然后向着这个目标努力，不要一天到晚担心妈妈，妈妈自己在家过得好得很。"

这时候传来的是林希的声音："哥你放心吧，家里不还有我嘛。妈特别担心你大学志愿的问题，今天给我打电话，就是想商量这件事。"

"商量什么呀，我没主见吗？我有我的打算。"

"儿子，妈妈不想成为你的负担，你也别留在小地方。男子汉大丈夫，应该有更广阔的天空。"

"父母在，不远游……"

"呸！没出息！我辛辛苦苦把你养大，就盼着你出息！你是要气死妈妈吗？你就不能顺着妈妈一次啊？"

然后是长久的沉默。

我收拾好东西洗漱出来，听见他们还在讨论。我只好关了客厅的灯，留下餐厅的灯，然后悄悄回了自己的房间。

冬夜很长，我却辗转反侧，不能安眠。

我想起林峰的话，心中有许多感慨。双亲在，不远游。

其实离家以后，我也经常想念我的爸爸妈妈。

然而此刻的我，在没有做出一番成绩的情况下，哪里有颜面回去见他们呢？离家出走之后所要面临的困境，再一次摆在我眼前。

未来，我将何去何从？难道要在这座小县城里包一辈子粽子吗？

我对于命运将要安排给我的磨难与坎坷尚且未知，也并不感到害怕，只感到很口渴。

我一翻身坐起来，顺便也想上个厕所，于是披好衣服，开门向厨房走去。我刚进厨房，就见到楼下楼梯拐角处有一簇微小的烟火，如星辰一般忽明忽暗，鬼鬼祟祟的。

我惊得低呼一声。

那人吐出淡淡的两个字："是我。"

是林峰。悬着的心落了下来，我埋怨道："你可吓死我了。"

赵孃孃家的这个房子虽然没有外置阳台，但面积特别大，厨房可以直通楼下。

我来到楼下店铺，问："大半夜的不睡觉，躲在这里抽烟？"

他递给我一根："要不要来一根？"

我忙不迭地摆手摇头。

天气很冷，西南地区的冬天是屋内屋外一样冷。

我内着单衣，外面只裹着一件外套，冷得直哆嗦。

他靠在楼梯口的墙壁上，说："我没事，你回去睡吧。"

见他下了逐客令，我瞬间就不哆嗦了，镇静如常地说："是为了高考志愿烦恼吧？"

他没有说话。

我没话找话："距离高考不还早吗？还有几个月呢……"

他却突然问我："夏青，你还回去读书吗？"

我愣住了。

"你是自己退了学，离家出走的吧？"

我依旧没有回答。

“从你的谈吐，以及第一次见你时背的书包，我判断得出，你是品学兼优的学生，有着良好的家庭教育，家庭条件也并不差。之所以愿意到我家来打工，肯定是为了逃避现实。十六七岁的年龄，正是青春期最容易冲动做出鲁莽决定的时候，而这两个月来，我也并未听你提起过你的父母，所以……”他来到我面前，在漆黑的夜里，我却能看到他双眸里的星光。

他顿了顿，接着说：“所以，你为什么离家出走？”

我第一反应是矢口否认。

“不是，你说错了，我就是出来找工作的，不是离家出走。”

他却并不与我争执，只是轻声说：“每个人都有选择未来的权利，我并不认为你离家出走是不对的，也无意窥探你的隐私，只是想问你一件事……”

“问什么？”

“愿意留在这里多久？”

“嗯？”他兜了这么大一个圈子，就是想问这个？

“如果你愿意留在我妈妈身边，我会感到放心得多。”

我只是静静地看着他，过了许久才说：“林峰，我有一个哥哥，他曾经在我情绪低落的时候跟我说过一句话，我觉得特别有用。他说人的一生应该为自己而活，去你想去的地方，做你想做的事，不要为了任何人留在任何地方，也不要为了任何人牺牲自己应该得到的未来。人生的路哪一条都不好走，都要面临得到与失去，都会有让人后悔的时候。所以，我觉得你应该遵从自己的内心。”

这个哥哥，是魏仁。

“假如你遵从了你的内心，就不会这么痛苦；假如你认为留在妈妈身边是正确的，你也不会这么痛苦。道理其实你都懂，你却选择了别人认为正确的路。留在妈妈身边，别人会说林峰真懂事，因为担心妈妈，所以不肯远行。可是妈妈她愿意吗？等到十多年以后，你会后悔今天的选择，到时候妈妈会不会被你埋怨呢？有些事情，其实你和赵嬢嬢都明白，但你们都不愿意挑明了说。我是旁观者，这些事情原本不该我管，但是我觉得你太痛苦了，赵嬢嬢也太痛苦了，而这些痛苦本来是不应该存在的，你们都有些庸人自扰。”

我噼里啪啦地说了好长一串，林峰只是静静地立在我跟前，看着我一动也不动。

我猜不到他到底在想什么，但是夜太黑了，天又冷，而他离我又很近，我突然感受到气氛的压抑，变得不那么轻松了。

于是我低声说：“那个，我，我要不还是上去吧，好冷啊……”

我话音才落，人却已经被他拥进了怀里。

我的心跳瞬间加速，扑通扑通跳得异常激烈。我像是被点了穴道一样，僵在他怀里，一动也不动。

也是因为靠得这么近，我才感觉到，在他身上除了有烟的气味，还夹杂着浓烈的酒味。

所以，他刚才除了抽烟，还喝过酒。

我悄悄地探眼去看，借着从卷帘门上的小孔钻入的路灯灯光，观察着方才林峰倚靠的地方。桌子上摆放着一瓶开了的白酒，透过玻璃酒瓶，可看见酒只剩下一半。我记得那是本地一家酿酒厂所出的白酒，名叫余波酒。赵嬢嬢有个侄儿名叫邱海翔的，正好在里头上班，前两天来买粽子，送了两瓶新出的酒，说是让赵嬢嬢尝个鲜。

赵嬢嬢是个女中豪杰，忙里偷闲，也会小酌两杯。

但是现在，林峰居然偷喝了他妈妈的酒。

我有些蒙，原来林峰突然将我抱在怀里，并不是自主行为，而是醉酒所致。

当意识到这个情况，我原本因为被他拥抱而感觉到的羞涩与紧张渐渐也就平息下来。

我有些生气，伸出手来想要将他推开。

可是手掌在他胸前推了推，却根本推不动。他个子那么高，臂膀那么有力，我根本就无法与他抗衡。

而他似乎感受到了我的拒绝，缓缓抬起埋在我肩膀上的脑袋，看着我。我抬头看了他一眼，低声说：“你放开我。”

他就离我几厘米远，静静地看着我。实际上眼下这个环境，我们根本就看不太清楚对方的表情，只能感觉到对方一点点闪烁的目光。我很不高兴，噘着嘴，再次用力一推。没想到他却根本不当回事地擒住我的双手，紧接着，他的脑袋压过来——一个温柔而带着酒味的吻，落在我的嘴角。

我仿佛被电住了，那一瞬间大脑像是被无形的大手给掏空，整个人戳在原地，完全傻了。在此之前，从未有男孩子靠我这么近，也从未有男孩子对我做出这样的事情。我又害怕又害羞，害怕的是：他为什么要亲吻我？害羞的也是这个疑问：他为什么要亲吻我？他喝醉了才这样的吧。我给了自己一个答案，然后感到非常痛苦和失望。

而那个罪魁祸首保留着亲吻之后的姿势，双手搂着我的腰，脸颊也紧紧地贴着我，轻声说："夏青，谢谢你。"

他知道我是夏青，所以他的行为并非酒后行为。

我顿时觉得脸上像火烧一样烫，那种紧张又局促的感觉再次袭来，我忘记了要逃，并且居然有些贪恋被他拥抱的感觉。

他嘴角含着一丝浅笑，再次覆上我的唇。

这一次，他再不像刚才那样浅尝辄止，而是耐心又细致，仿佛要教会一个无知又懵懂的学生那样，花了很长时间，用了很多种方式，教会了我接吻。

我的初吻，就是在这样一个寒冷的冬夜，借着一点从卷帘门洞里透入的灯光，在充满粽子香味、酒味和烟味以及复杂的厨房气味当中，被正当美好年华的少年拿走了。

六

有些话，此生只说一次

彼时，我们拥抱过、牵过手、接过吻，两个人便正式确立了男女朋友关系。林峰不是耍流氓，我也不是糊里糊涂不自爱。我们就是想要认真在一起，并且畅想未来的关系。

林峰是这座城市最早拥有手机的那拨年轻人之一，加上他就读的学校离家也就几条街，所以我想要和他见面，其实是非常容易的。

和当地许多年轻人恋爱的套路一样，我们偷得一点点工作和学习的空闲，就瞒着老师和家长偷偷见面。

我们去轧马路，爬山，去山洞探险，去旱冰场溜冰，去机场放风筝，去小河边野炊烧烤……而且那时候不流行两个人谈恋爱，都是三五成群，团伙“作案”——人多热闹，好玩。

让我对与林峰的关系感到前路坎坷，是在春节过后，林峰即将开学的前几天。

那一年的春节我没有回家，以父母也在外地打工没有回来为借口，留在了赵嬢嬢家里帮忙。而赵嬢嬢本来就急缺人手帮忙，便没有过分追究我的话有几分可靠性。

我记得，发生那件事的时间大概是正月十五。

那个下午天气很好，赵嬢嬢在店铺打烊后就跟隔壁店铺的嬢嬢婶婶们跑到河边的茶铺上圆了一张桌子，要打“血战到底”。

在这个小县城有个机场——新津机场，这是一个建立在城市与乡村连接的地方，一眼望去也看不到边的民航训练基地。我接到林峰的电话，便换了件新买的白色羽绒服，跟赵嬢嬢打了个招呼，就坐上公交车往机场跑。那时从县城开往乡村的公交车并不是传统意义上的公交车，而是小面包车。

林峰在飞行学院门口等着我，见我下车就迎了上来，我毫不避嫌地扑进他的怀里，仰着脸撒娇。他轻轻吻了吻我的额头，握住我的手，和我十指紧扣。我依偎着他，问：“段成奎他们都到了吗？”

“到了，在摆烧烤架子。”

“段成奎一定是满嘴包着口水地在往架子里添炭火。”

“哈哈，他就那怂样。”

段成奎是林峰的同学。林峰曾牵着我的手，郑重地将我介绍给他的朋友，说：“夏青，我女人。”

一帮十八九岁的小伙子瞎吼着起哄，只有段成奎恭恭敬敬地唤了我一声：“大嫂。”

讲真的，这对年轻的我很受用，瞬间有种长嫂如母的感受，就连看他的目光也充满了慈爱。

所以我这一次还偷偷给段成奎买了一包红塔山牌香烟，准备一会儿赏给他。此举一来是贿赂，让他帮我盯着点林峰，万一学校里还有觊觎林峰美色的小狐狸精呢；二来是一定要搞好与男朋友的兄弟之间的关系，将他的兄弟变成我的兄弟，这样万一哪天我跟林峰的关系出现问题，至少还有人能从中调和，给一线生机。

林峰不知道我那点小心思，将我往臂弯里一搂，便往机场里走。我们走了几步，才听见身后的小面包车启动的声音。那声音怪大的，我还侧头看了一眼。

冬日里的机场，尤其是春节期间，真是十分热闹的，卖风筝的、卖烧烤的、卖水果的，应有尽有。男的女的老的少的，穿梭其中，选择需要的物品，然后择一处草坪，放一张报纸，就能尽情地享受阳光。

林峰带着我走向和人群有些距离的地方。那里临近跑道，但学员们大概是放假了，并没有飞机起飞降落，所以段成奎他们就大张旗鼓地将不知道从哪里顺来的烧烤架摆放整齐，再用一张简易折叠小桌子摆满了穿好的肉串。在这个小据点周围，早就坐着七八个同龄的少年，有男有女，都是林峰的同学。我曾见过他们好几次，所以再见之时，大家并不感到生疏。

这当中有两对是情侣，剩下的三女两男则是单身。段成奎就是其中之一。单身好啊，单身想跟谁好就跟谁好，这句话在段成奎身上表现得淋漓尽致。他一会儿给这个姑娘送根肉串，一会儿给那个姑娘递个鸡翅膀，一个人温暖了大家。

我将香烟递给他，悄悄说："没发现什么情报吧？"

他把烟揣进裤兜里，低声说："绝对没有。自从林峰把大嫂您给带到跟前来，那些个原本有贼心的姑娘统统死了心。您放心吧，我帮您盯着呢。"

我向他递了个感激不尽的眼神，然后拿走了他刚烤好的几串羊肉。

林峰拿了一个风筝，那是一只随处能买到的蝴蝶，红色的，我很喜欢。他拖着我的手，边走边说："走，一会儿我帮你托着，你往前面跑。"

我羞涩地点头。

这一次的野炊同前面几次并没有什么不同，我们吃喝玩乐、唱歌、追打玩闹，开心得不得了。到了傍晚时分，林峰突然接到一个电话，他沉重的表情，让这次聚会的快乐戛然而止。

"怎么啦？"段成奎问。

林峰嘴里应着话，然后一直看着我。

我有些不解，又怕电话那边是他妈妈，所以不敢说话。

林峰转身背对着我，走开两步。但无法压制的怒火还是使他不自觉地提高了声音道：“谁告诉您的？您甭管别人怎么说……对，事实就是您听到的那样，我跟她是在一起了，您不是也特别喜欢她吗……怎么就不行了？您别说了，我们回去给您一个交代。”

尽管隔了些距离，可我大概还是判断出发生了什么事。

林峰挂了电话，走向我，边走边同段成奎他们说：“你们收拾一下啊，我跟夏青先回去了。”

“咋了？发生啥事儿了？”段成奎大概也听出了端倪，颇为担忧地瞥了我一眼。

林峰没有说话，只是牢牢地牵着我的手，穿越人群，大步离开。

我们回到林峰家中时，赵孃孃坐在客厅的沙发上，正等着我们。

我在回来的路上才知道，不知道是谁打电话告诉赵孃孃，说在她家店里打工的小姑娘跟她儿子抱在一起，就在民航飞行学院门口，小两口你侬我侬的，非常亲热。

赵孃孃原本是不相信的，挂了电话跟姐妹们推了牌，说不打了，便急匆匆地跑回家来，却没看见我，这才慌了神，给林峰打了电话。

林峰觉得既然已经摊开来说了，就不再避讳他妈妈，牵着我的手，站到了赵孃孃跟前。

赵孃孃的脸色有多难看，实在是难以用语言来形容，我从未见她面色阴沉到如此地步，看我的目光充满嫌恶，完全没有之前的慈爱与友善。我有些胆怯了，像是做了什么亏心事，低下头不敢看她，不敢说话，悄悄地想从林峰手里抽回自己的手。

林峰反而将我的手握得更紧。

林希从厨房里出来，手中端着一盘切好的苹果，乍一看这个场景，惊讶得咦了一声，然后放下苹果，非常自觉地躲回了房间。

林峰说：“妈，我喜欢夏青。”

我一动不动，低着头等待赵嬢嬢的反应。

赵嬢嬢脸色依旧不太好看，语气却轻柔如常，她说：“你们能不能先坐下来，听妈妈跟你们好好讲讲道理？”

林峰看我一眼，我点了点头，我们坐到旁边的沙发上，还是紧紧地挨在一起。

赵嬢嬢叹了口气，说：“我听说你们的事后，刚开始确实无法接受，但夏青很乖，也很懂事，我觉得假如再过个七八年，你们俩这样站在我跟前，我是感到非常开心的。但是现在你们太年轻了，夏青甚至还没有满十八岁。”

“她明年就满十八了。”

对于林峰的反驳，赵嬢嬢并没有生气，而是语重心长地说：“这不重要。我想说的是，你们都还只是孩子，拿什么来恋爱？你们拿什么来承诺未来？”

“我会考上大学，也会在学校里勤工俭学，为毕业后的生活奠定基础。妈，我可以为我的爱情负责。”

“那你呢？”赵嬢嬢看着我，“你想过四年后，将要成为什么样的人吗？你想过要以什么样的身份和林峰站在一起吗？林峰是个大学生，那你呢？当别人问起你的工作时，你想过要如何回答吗？”

我低头看着自己的双脚，不知道该如何回答。这些问题，在过去偷偷恋爱的岁月里，也曾悄悄地敲打我的内心。林峰很优秀，他是美好的，我如果能好好学习，未来肯定也能考上一所好的大学，成为可以和林峰比肩的人。

然而现在，我只是个包粽子的。

我的窘迫被林峰看在眼里，他有些犹豫，但还是脱口而出：“妈，夏青她只是赌气离家出走而已。她可以回家去，然后继续回到学校上课，她那么聪明伶俐，考上大学是绝对没有问题的。”

我感到不可思议，瞪大了眼睛看着他，完全没有想到在这个时候，林峰会将我的秘密当成让他母亲认可我的筹码。

显然，赵嬢嬢也感到很诧异。她在接受这个信息之后，看我的目光里又带着另一层深意。这一层深意我懂。原本我在她心里只是个家庭贫苦、需要出来打工替父母分忧的孝顺女儿，而今我在她心里却已变了样，大概是个不懂得体恤父母辛劳、一言不合就离家出走的任性少女。我在心中叹息一声，林峰想要帮我，却没想到竟然将我推向了如此尴尬的境地。

我低声说："是的阿姨，我可以回家继续念书，我也会努力学习，考上好的大学……"

赵嬢嬢是个聪明人，听见我们的保证之后，点了点头，和颜悦色地说："这样最好。我就怕你们都糊涂，不知道自己现在该做什么，未来要成为什么样的人。人的青春说长不长，说短不短，但等到幡然醒悟的时候，总是会觉得，怎么一眨眼就过去了。我不希望你们最后彼此埋怨，指责对方耽误了自己的前程……"

说到这里，赵嬢嬢神情黯然地转头看向窗外，接着说："相爱的人如果因为琐碎的生活而变成怨侣，是一件特别可悲的事。我希望你们都能够为对方成为更好的自己。也只有这样，你们才可能有更幸福的未来。"

"妈，我们知道的。"

"还有几个月你就要参加高考了，妈妈希望你能懂事一点，全力以赴。"

"我会的。"林峰觉得这件事并没有他想象中那么可怕，看来他妈妈已经同意我跟他在一起，他歪头看着我，笑着说，"你也会的，对吧？"

我喉咙有些堵，却也扯出一丝笑容，点了点头："是的，我会。"

在当时，听见赵嬢嬢的那些话，强烈的自尊心让我觉得自己受到了嫌弃与伤害。更让我觉得难堪的是，当客厅的对话结束后，赵嬢嬢又来到我的房间，同我说出了她心中的其他想法。

她坐在床沿上，脸上的表情很沉重，但还算友好。

"夏青。"

"嗯。"

"你为什么要离家出走呢？"

我知道她会这么问，早已想好了对策："和爷爷奶奶吵架。"

她叹了口气："和爷爷奶奶吵架就离家出走？你有没有想过爸爸妈妈会很伤心？他们才是你最亲最爱的人啊，你这样贸然走了，还一走就是好几个月，爸爸妈妈该伤心死了……"

我低下了头，是啊，爸爸妈妈应该会感到很伤心吧。他们将我视为唯一的希望，我却因为一时冲动，离开了他们。

赵孃孃看出我的难过，握住我的手，轻轻拍了拍："傻孩子，爷爷奶奶固然有错，但毕竟是长辈。"

"他们不配'长辈'这两个字。"

赵孃孃见我情绪激动，如此抵触，有些困惑。她不知道在我身上到底发生过什么，为什么我会突然变得如此激动，但她还是说："就算你不喜欢他们，也不应该用他们的错误去惩罚爱你的爸爸妈妈，对吧？"

我看着她。

她接着说："我不知道你是离家出走过来的，假如一早就知道的话，我肯定是要把你送回去的。这件事林峰做得不对，他居然也跟着你一起瞒我。"

"是我不让林峰说的。"我怕她责怪林峰，便将所有问题往自己身上揽，"他也是尊重我，才没有告诉您，您要骂，就骂我好了。"

见我如此袒护林峰，赵孃孃脸上露出一丝笑意，能多一个人去爱她的儿子，作为母亲来说，应该是感到高兴的。她轻轻拍了拍我的手，慈爱地说："傻孩子，林峰也还是孩子，他当然不能理解离家出走的行为有多严重。也只有为人父母的，才知道做父母的辛酸，我特别能理解你爸爸妈妈的痛苦。你有家里的电话吗？"

我充满警觉地看着她。

她说："我想给你妈妈打个电话，告诉她你一切都安全。这年都要过完了，说不定他们过得特别不好。"

我那个时候当然也有过悔意，考虑过他们肯定每天过得很煎熬。但在十六七岁的年纪，真的不懂事，一离开家长的视线范围，又谈了恋爱，有男朋友疼，真的就把爸爸妈妈抛到九霄云外去了。但如果将电话号码告诉赵孃嬢，让赵嬢嬢给我妈妈打电话，我又怕惊动他们，他们会连夜赶到这个地方来将我接回去。对于这种可能，我其实并不太愿意。

于是，我摇了摇头，撒了谎："家里没有电话。"

赵嬢嬢又问："那你爸爸总有手机号码吧？"

我又摇了摇头："他没有买手机。"

赵嬢嬢的表情是充满怀疑的，但她又无法从我这里得到更多信息。其实我家里有电话，爸爸也有手机，都是新安装的，但是我把钱包丢了，钱包里头放着他们的电话号码，而我又不太记得新电话号码。

如果我还记得他们的电话号码，至少会悄悄打两个电话回去，偷偷听一下妈妈的声音也是好的。

对于我的说辞，赵嬢嬢自然是不肯相信的。但她是个和蔼的人，虽然心里不高兴，可表面上还是带着微笑，说："林峰开学后，还有几个月就要参加高考了，我想，你应该是知道的，高考对于一个学生来说有多重要。"

我点了点头："苦学十多年，是成龙还是成虫，就看那两天。"

"对，你知道就好。我不希望他为了感情的事情耽误自己的前程。但是阿姨也知道你们是真心喜欢彼此。所以，阿姨有件事情想要拜托你。"

"什么事？"

"阿姨希望你明天就离开这里，回到自己家里去，然后回学校继续读书。"

我沉默下来。我知道她会下逐客令，但没想到会这么赶。

"阿姨还希望你在离开之前，跟林峰好好约定，鼓励他选择外地的大学，鼓励他去更好的学校。我知道他从小的梦想就是成为一名军医，或者警察。假如他能够考上第四军医大学，或者公安大学，那是最好不过的了。但是我知道他有些放不下我，就想留在四川，报考川大或者电子科大。唉，倒不是说四川的大学不好，只是距离他的梦想太远了，我不希望他以后感到后悔。"

这是一位母亲殷切的期盼，我能从她的每一句话里听出她的焦灼与忧心。我点了点头，低声说："您放心，我会劝他的。"

"谢谢，夏青，你真是个好孩子。"说着，她拿出一个看起来颇厚的大红包放到我手里，“钱不多，但是阿姨的一点心意。你在阿姨身边待了两个多月，阿姨非常喜欢你。但是呢，阿姨不能耽误你的前程。希望有朝一日，你和林峰再次站在我跟前的时候，都是非常出色、非常优秀的孩子。”

我没有拒绝，顺从地收下了红包。假如我拒绝，赵嬢嬢会感到不安的，她也会质疑我刚才的承诺。而我从来都是个言出必行的人，也不愿意让别人感到困惑。

赵嬢嬢离开之后，我来到林峰的房间。他正在书桌前复习功课。

“出去走一走？”我提议。

他立马合上书，关了台灯，拎着衣服就走向我。

那晚很冷，临出门前，林峰还去赵嬢嬢的房里打了招呼。赵嬢嬢拿着一件厚外套出来，披在我肩上，叮嘱林峰不要让我着凉。林希则是笑吟吟地看着我，眼里的光很亮。

我没想到，这一出门将会改变这间屋子里所有人的命运。

我们并肩走在夜里无人的街道上，一路往南河岸走去。南河上有一座只供步行的小桥，名字特别好听，叫彩虹桥，一到晚上就亮起霓虹灯，像道彩虹挂在河上。差不多有河的城市都有这么一座这样的桥。春节过后工人就会继续开工，彩虹桥估计很快就能竣工。但眼下，这确实不是个谈情说爱的好地方。

林峰带着我，走过一条颇乱的街道，在小河边的绿化后面找到了一条长椅。

“我妈怎么说？”

“她让我明天就走。”

“嗯？”

“开学了，她怕我赶不上进度。”

我将赵嬢嬢的用意说得尽量委婉。实际上，赵嬢嬢下逐客令的原因，大概也是包含了这一层。

林峰哦了一声，然后侧头看我一眼，便将我裸露在外面的小手握在掌心里，放进他的羽绒服衣兜里。

我顺势倒在他的肩膀上，轻声说：“林峰。”

“嗯？”

“你小时候的梦想是什么？”

“梦想？”他沉默了片刻道，“我爸……我亲爸是个警察，他在我很小的时候，因为执行公务牺牲了。”

我抬起头，看着他。

他低头看我，微微一笑，然后看向平静的南河，接着说：“我对他基本没有任何印象，只看过一张他穿着警服的照片，特别威武，特别酷，我很崇拜他。所以，我小时候的梦想是成为一名警察。后来再长大一点，我妈妈生活比较艰苦，为了养我不得不改嫁，过得也不幸福。我听说读军校可以减免许多学费，还包分配工作，就想让我妈少操一点心，所以打算以后去做个军医什么的。”说到这里，他又低头看我，问，“是我妈跟你说的吧？”

我点了点头：“嗯。”

“我妈知道我的想法。但我现在的想法又变了，我不想走太远，怕她出事。”

“出什么事？”

“我妈有高血压，心脏也不太好，我怕我去远地方读书，她要出点什么事，我没办法及时赶回来。”

“所以你才想留在四川读书？”

“嗯，是这样。”他叹了口气，“今天这事儿到底让谁给看见了？”

“不知道啊，阿姨怎么说的？”

“听她那描述，应该是在飞行学院门口，我们两个抱在一起时被人给看见了。”

我想了想，说：“我坐的那辆小破公交车里头，倒是挤满了人。”

“小破公交车？”林峰皱了皱眉，道，“我差点忘了，肯定是他。”

“谁？”

“我继父，林希的爸爸。”林峰叹了口气，“他跟我爸爸同姓，是一个村儿出来的本家，我爸走了以后，他经常帮衬我妈，我妈就嫁给他了。但他是个无赖，我看不起他。”

“他是干吗的？”

“开公交车啊。就咱们城里头那种小破面包公交车，他就干那个。”林峰满脸不屑，“如果他只是单纯开公交车的，我说不定还挺尊重他的，我妈应该也不会离开他。但他不只干这个。”

我很好奇：“哦？那他还有别的营生？”

林峰俊逸的面孔上锁上愁容，他从衣兜里掏出一支烟点上，半晌未再说他继父的其他营生。见我还是一脸好奇，他吐了口烟圈，淡淡一笑：“反正不是什么见得人的勾当。”

“如果林希的爸爸不是个好人，那当初阿姨跟林希爸爸离婚的时候，为什么不把林希也要过来？”

“哪那么容易？当时我妈也没啥正经工作，要不到抚养权的。”

所以，赵孃孃在面对女儿的时候总是十分愧疚，像个奴仆一样忙前忙后，巴不得把世界上最好的东西都给女儿。这种慈母心是带着还债的歉意的。

“其实我最开始希望你能一直留在我妈身边，可以帮我照顾她。但是后来我越来越在乎你，不得不为你的将来考虑，所以今天，就算是林希她爸打电话告发我们的，我也觉得挺好的，至少我和我妈妈的意见一致，都希望你能回去继续读书，然后有一天，我们都可以成为更好的人。所以，如果你明天就要走的话，我尽管不舍得，但还是会放你走。”

林峰说这话的时候，眼里似有星星在闪烁。

我张开双臂，紧紧地拥抱着他，将头埋在他的怀里，嘟囔道：“没关系，只是隔了几十公里路，现在通信这么发达，我们可以写信，可以打电话，还可以发 QQ 消息。等到放假了，我就来看你。”

“也可以周末的时候，我去你那边找你。”

“好啊，都一样。反正你和我都好好的，努力学习，考上理想的大学。”

“嗯。等到大学毕业后，你就嫁给我。”

“好啊，到时候我们生两个小孩，一个女孩，一个男孩。”我仰着脸看着他，咧开嘴笑。

他轻轻俯下身，在我唇上落下一个吻。

就在我们相互依偎，诉说着对未来的期望时，林峰的电话响了。

时间已经是夜里快十二点，我们相视一望，心中都有疑惑，兴许是赵嬢嬢打电话来催我们回家，否则还会有谁呢？

然而电话那头传来的，是林希的哭声。

“哥，你去哪里了，你快回来啊，妈妈不行了……”

林峰挂了电话就疯了似的往家里跑，可还是没能追上死神的脚步，没能见到赵嬢嬢最后一面。

我和林峰是九点左右离开家的。在后来的三个小时里，这间连着楼下门面的居民楼里发生了一件令人发指的事情。我们赶回家的时候，看到的场面要比预想中还要可怕——十四岁的林希披头散发，衣不附体，裸露在外面的肌肤青一块，紫一块。她瘫在客厅的沙发上，手中拿着赵嬢嬢的手机，目光呆滞。而她的妈妈，倒在她房间门口的地上，面朝下，一只手朝着卧室，一只手捂着胸口，早已没了气息。而林希的房间有明显的打斗与挣扎痕迹，可以想象在过去的三个小时里，这里究竟发生了多么惨烈的事情。

邻居们是在警察和 120 都来了以后，才打开门出来的，不约而同地把楼上楼下以及过道堵得不像话。这个时候他们都不睡觉了，这个时候他们都能听见动静了，交头接耳，窃窃私语，个个都成了事后诸葛亮。

后来我们才知道，那天晚上发生了什么。

我们前脚刚走，后脚就来了三个年轻人敲门。林希去开了门，三个年轻人推开她就大摇大摆地进了屋。林希的爸爸在外面欠了钱，追债的人追到赵嬢嬢家里，赵嬢嬢拿出离婚证，说跟林希爸爸已经离婚了，对方就要带走林希，拿她抵债。双方拉扯中，林希的衣服被撕破了，对方的带头人见色起意，将林希拖到了房间里，而赵嬢嬢在阻止的过程中突发心脏病，倒在房间门口，再也没有起来。对方见死了人，吓得放开林希逃走了。

这些经过，都是林希说的。她在警察面前条理清晰地回顾着案发经过。在她十四岁却看起来颇为成熟的脸庞上，并没有太多复杂的表情，她太镇定了，这于她的年龄来说有些反常，然而她的说辞又不像是虚构的，更不像有所隐瞒。就这么轻描淡写的几十个字，囊括了整个悲剧发生的过程，其中一位年纪稍长的办案民警看完笔录，摇了摇头，出门抽了支烟。在他饱经沧桑的眼睛里，我看见了质疑，也看到了无奈。假如当事人对案件本身有所避讳，不肯说出完整的真相，也就失去了让警察严厉处置罪犯的机会。

然而我们都没有办法让林希多说一个字。

在后来的那段时间里，我满怀担忧地协助林峰处理赵嬢嬢的后事。其实一开始，我最担心的是林峰的情绪，怕他学业上会有耽误——可实际上，他真的很坚强，从料理他妈妈的后事到重新回学校上课，整个过程都很平静，我没见他掉过眼泪，但他的眉头总是紧紧地锁在一起，年纪轻轻的，竟然长出了一个“川”字。

在他冷静的分析与协助下，警察很快就破了案，短短二十四小时，就将三个歹徒捉拿归案。而作为借款人的林希爸爸，不可能不知道发生了什么，但警察根本找不到他，他神秘地消失了。而林希在遭遇猥亵之后，心理出现了很大的问题，夜夜被噩梦惊醒，总是在半夜里号哭起来，我不得不在她的房间陪她，寸步不离。

最后，在林峰堂叔的帮助下，林希转学去了外地的学校，并且安排了专门的心理老师对她进行辅导，她的情绪才算好转。

待料理完这些事情，已是十多天以后了。

赵嬢嬢过世以后，赵家粽子彻底关了门，在这座被称为南方丝绸古道第一站的小城里，从此以后再也没有赵家粽子了，只剩下张月英家的粽子独撑场面。

林峰准备搬去学校住，如果继续待在家里，只会睹物思人。我当然也是赞同的。留在那个发生悲剧的屋子里，我只要一静下来，就会想象在歹徒进屋之后，林希与赵嬢嬢是怎样恐惧与无助；在歹徒对林希进行不轨罪行时，林希是有多么绝望，赵嬢嬢是有多么痛心疾首。在赵嬢嬢捂着胸口倒地的那一刻，手还伸向了女儿，想要拖她一把，将她带离恶棍的魔爪。到底是多么卑劣的人，才会当着母亲的面强暴她的女儿？我不敢想象当时的场景，也不愿意去体会林希与赵嬢嬢的绝望。否则，我怕我会忍不住挨个儿敲开那栋楼的住户的大门，指责他们装聋作哑。

林峰搬去学校宿舍那天，我也收拾好了行李，准备离开。有时候我也会想，难道我鬼使神差地来到这座城市，只是为了见证一个善良的母亲的不幸遭遇吗？

可谁又能给我答案呢？

林峰送我去车站，我却没有买到当天回家的车票，我们怅然而归，在快要到达他家的时候，我突然提议今晚住在宾馆里——因为家里所有的家具已经被盖上一层布，床单被套什么的，也统统被收进了柜子里。

林峰有片刻的犹豫，但最终他还是领着我，来到他学校附近的一家宾馆，用他的身份证开了间房。

将我的行李箱拖进房间后，林峰就准备离开了，他站在电视机前的位置，同我说："这段时间也确实辛苦你了，你就在这里好好休息一晚，明天一早，我送你去车站。"

我见他转身就要离开，忍不住开口唤他："这么着急就走了？我还没吃饭呢。"

他有些手足无措地挠了挠头，尴尬地说："哦，我差点忘了。"

林峰走过来，牵着我的手："走吧，带你去吃东西。"

我望着他，担忧地说："你不困吗？你已经连续好几天没有休息好了，今天就在宾馆里好好睡一觉吧，我一会儿叫前台送点吃的过来就行了。"

他看我的眼神充满了疑惑，像是突然想到什么，他竟然脸红了。

被他这么一看，我也不好意思地低下头来。其实我真正的意思，是叫他好好地睡一觉。赵嬢嬢出事后的那几天，他几乎没有合眼，再加上林希的种种反常，林峰可以说是非常疲惫了。

可是我知道他误解了我的意思，却不知道该如何解释，只能尴尬地看着他，有些不知所措。

一切都发生得理所当然，他将我拥入怀中，温柔的吻压下来，双手颤抖着探入我的衣服……

只不过，那一晚的故事发展得并不是特别顺利——

“你……你……你干吗啊……”

“我找不到地儿……怎么进去啊……”

“我哪儿知道啊……”

又是一阵摸索，他突然翻身下来，胸腔起伏得特别厉害，哑声道：“青青……”

“嗯？”

“要不……要不还是算了吧……”

“……”

“你还没满十八岁呢……而且，要是怀孕了怎么办？你还怎么读书？我们还是等等吧，等我们大学毕业，能够为小孩负责的时候，我们再……再做……”他说着，突然抓住我的手，往他身体最隐蔽的地方一覆，“你摸一下就好，一会儿就好了……”

那是我第一次触碰男人的那里，它傲然挺立，火烧一样烫，钢铁一般硬，我感受到了它传来的欲望，就像被点了穴一样，动也不敢动。

许久以后，林峰突然将我搂进怀里，长吁一口气，说：“好了，睡吧，睡醒了我们出去吃烧烤。”

整个过程都是他说了算，此刻的我衣不蔽体，却像个木头一样，被他搂在怀里。过了许久许久，我以为他已经睡了，想要换个姿势，未料他的头埋在我的肩胛处，瓮声瓮气地说了句：“青青，谢谢你，还好，这个世界上，我还有你……”

我想要侧头看他一眼，却未能如愿，只感觉肩胛骨处多了几滴温热的潮湿……

我将林峰搂进怀里，下颌放在他的头顶上，手掌轻轻摩挲着他的头发。

七

人性之丑，人性之美

那一晚，我和林峰相拥而眠，一夜无梦，直到第二天早上被阳光唤醒。

两人吃过早餐，牵着手到了车站，买了回雅安的车票。我那个时候已经下定决心要回家去，好好调整心态，即便令人憎恨的夏家人再来挑衅，也绝不发怒。我要重返校园，我要追上林峰的脚步，我要成为更好的自己，与他一起走向美好的未来。

当汽车发车时，我推开车窗。

我的恋人就站在那里，一只手揣在裤兜里，另一只手向我摇了摇，大声说："回去记得给我打电话。"

我同他挥了挥手："我知道了。你保重好自己啊，吃好睡好，学习压力不要太大，别太紧张。"

"好。"

我们相视一笑，眼睛牢牢地锁住彼此，直到汽车将他的身影甩在后面，再也看不见。

从新津车站开往雅安西站的车行驶在高速公路上，车窗外一掠而过的，是等待着春天到来才能发出嫩芽的树木。

我坐在倒数第二排靠窗的位置，旁边坐着个三十来岁的大姐，一脸淳朴与善良，看起来特别亲切好相处。她一落座就主动跟我打招呼，还拿出她带的零食和水果与我分享，我怎么也推辞不过，索性接住了。她又递给我一瓶矿泉水，说路途遥远，要是不想打瞌睡，我们一路上聊聊也有个伴。我有些感动，一感动就把这位萍水相逢的大姐当成了朋友。

那位大姐长得挺好，白白净净的，谈吐有度，不像个寻常无聊的家庭妇女，也不像坏人，因此我特别信任她，跟她聊了许多，甚至包括自己的年龄和名字，然后喝了她给我的水。

再之后，我困了，冲她笑着喊了一声姐，说"把你的肩膀借给我用一用"，然后就是很长很长的一个梦。

在我入梦之前，我听见那位大姐对前座的乘客说："大哥，能把你的外套借给我一下吗？我妹想睡会儿觉。"

当时我迷迷糊糊的，觉得心里好暖，为什么我到哪里都能遇到好人呢？为什么这个世界上对我最坏的人却是我的家人呢？我觉得又感动又悲哀，在陌生人的大衣覆盖下，沉入了梦里。

等到我再次醒来的时候，已经是二十多个小时以后的事了。我被绑了手脚、蒙了眼睛、堵了嘴巴，躺在一辆正在行驶的面包车车厢内。

当我意识到自己被绑架后，一种难以抑制的恐惧自心底生出，不知道前路如何，也不知道他们都是谁，要将我送到哪里去。这种未知的恐惧很快就控制了我的理智，我本能的反应是发出声音，用力挣扎。

这时有个年轻稚嫩的少年声音在我旁边响起："大哥，这女娃子醒了。"

从前排驾驶座传来一个三十多岁男子的声音："醒了？再给她喂点药。"

"哦。"

接着，塞在我嘴里的破布被扯开，我趁着这个机会说："大哥，大哥你放了我吧，你们要钱的话，可以问我爸爸要的，我爷爷很有钱，你们要多少都可以。"

车厢内一阵沉默，然后另一个壮汉吼道："还愣着干吗，赶紧喂药啊。"

那个坐在我旁边的年轻后生壮了胆，突然一只手掰开我的嘴，一只手将一纸粉末倒进我的嘴里。那些粉末不知道是什么东西，在我嘴里乱窜，我感到气管都像是被堵上了，无法呼吸，便剧烈咳嗽起来。可这帮人真的毫无人性，紧接着便往我嘴里灌矿泉水。

水带着粉末冲入气管和鼻腔，我差点没把肺给咳出来。

那个时候我明白了一点，这个世界上的恶从来不曾消失掉。我不再期盼自己的哀求能够得到怜悯，头脑迅速冷静下来，在那年轻后生松开我的头发后，我不再挣扎。因为呛水，所以药粉并未尽数吞进我的肚子里，剩余的药水我趁着那年轻人不注意，慢慢让它流了出来，淌进我的衣领里。

我要保持清醒，如果不能，也不能昏迷太久。

所幸，他们见我不再挣扎，好像已经睡过去了，又开始说话。

前排一个壮汉说："这路真难开，这都开了七八个小时了，还没到呢。"

他的口音是北方的。

副驾驶上的人说话了："快到了，哪里的山沟不是这样的？这边少数民族多，你开车小心点，莫撞了别人的牲畜。"

这个人是四川人，少数民族多的话，那么应该还在四川境内。

他又说："闷墩儿，你把她看好，如果醒了，再灌药。"

我旁边这个年轻人应道："好嘞，大哥。"

之后，又是很长一段时间的沉默，我只能感受到车子在崎岖不平的山路上颠簸起伏。

我在想他们会把我送到什么地方，这是拐卖妇女的团伙吗？

我想起了坐在我旁边那个看似无害的大姐，她应该是在水里做了手脚。而在我入睡之前，她问前排的大哥借衣服盖在我身上，是故意让周围的人以为我是她的妹妹。

这样的话，到了目的地，她就可以和另一帮人以我睡着了为由，将我背上这辆面包车。

我在恐惧中将前因后果梳理清楚后，不断叮嘱自己，一定要冷静。

他们如果是劫财的话，我的钱包里总共有一千多块钱；如果说要劫色，想必早就劫了，断然不会让我被绑得像个粽子一样躺在这里。

车子在崎岖不平的山路上行驶，这么看来，他们应该是另有目的。

我想起了过去在报纸上看到的那些女大学生被拐卖进大山里，从此被当成性奴、生育工具，过着非人的生活，最后变得人不人，鬼不鬼，心中顿时泛起一阵寒意。

我装作昏迷过去，却一直在偷听他们的对话。

又过了很久，具体多久我不清楚，一个小时还是两个小时，在我看来，仿佛一个世纪那么长。

车子终于停了下来。

驾驶室里说普通话的那个人说："我开了这么久的车，本来想尝个鲜的，你们不同意。这就要交货了，不行，我要先爽一下。"

说四川话的那个人说："镇上按摩店的婆娘还没有让你爽够？这边买家说了，要女娃子，要精神正常的，你给老子动了，老子拿啥子交货？两大万，你给老子变成个处嫁过去？"

车子终于又启动了，我藏在黑布下的眼睛有泪水要涌出，又被我强忍了回去。他们的对话让我确信是遇到了人贩子。我心中恐惧不已，非常想念我的爸爸妈妈，开始懊恼自己的意气用事。

为什么要用别人的错误来惩罚自己？为什么不好好学习，玩什么离家出走？为什么明明都准备回家了，却不敢打电话给爸爸，让他来接我？就算我不记得电话号码，也可以拜托警察叔叔啊。明明回家的路就两个小时，我却走偏了，距离那两个小时的路程越来越远。

可懊恼是解决不了任何问题的。

我分不清楚这是白天还是黑夜，也不知道自己身处何方，只是觉得一路很颠簸，像是在翻山越岭。

终于车子又停了下来。

“你又怎么了？”

“我耳朵在响。这座山太高了，我有高原反应了。”

“高原你个鬼，我就没听说过跑这边还有高原反应的。”

这时候，坐在我旁边一直赔着笑的年轻后生补充说：“听郑三姐说，到那边的路上有座山比较高，走那儿过的时候是要耳鸣的。等翻过这座山不远，就到主人家了。哥你打电话问一下看看。”

“不问，鬼毛病多，大锤，继续开。”

“等等，肚皮痛，我要去拉泡屎。”说着，开车的驾驶员以最快的速度下了车，一边跑一边说，“水火不留情，水火不留情。”

坐在副驾驶位的人似乎扭过头来观察我的动静，半晌，又问我旁边的年轻后生：“咋样，这女娃儿没醒吧？”

“大哥你放心，我盯着的，她睡得很香，就没动过。”

“还有一会儿就到了，莫节外生枝了。”

“晓得。”

他们的对话停止了，车厢里陷入长久的安静。过了一会儿，坐在副驾上的男人高声冲着车窗外吼道：“狗日的，快点搞嘛。”

从他的这段骂词来判断，他应该是成都周边的人。我没有动，想着如何才能脱身。首先绑在我手腕上的是很细的麻绳，密密麻麻地将我的手腕缠得很紧，根本就不是电影里演的那样，挣扎一下就能挣脱开。其次他们在我的膝盖和脚踝上都绑了绳子，我想要在车上挣脱所有束缚简直就是痴心妄想。

但是，如果连一丝一毫的努力都不做，我就真的只能坐以待毙了。

于是我动了动，缓缓仰起头，嘴里发出呜呜的声音。

年轻人贩子马上报告：“大哥，她又醒了。”

“咋又醒了，汤老三给的啥药！”

“咋个办？”

“再灌。”

又是一阵摸索声响起，接着那年轻人拿出我嘴里的破布，正准备捏开我的嘴往里灌药，我哇的一声大哭起来，边哭边说：“大哥，我想上厕所，我憋得好难受。”

年轻人又问：“大哥，咋个办？”

“让她就在车上解决。”

年轻人转向我：“让你就在车上解决。”

我又哭：“……我好难受啊。我不会跑的，你们把我绑着，我跑不掉的，大哥你带我出去上个厕所嘛，我一定听话，一定听话。”

我一边说，一边像个孩子一样号啕大哭。

坐在前排的男人没有说话，那年轻贩子说：“要不让她去解决一下？毕竟坐了十多个小时的车。”

坐在前排的男子沉默片刻，还是说：“憋着，马上就要到了。”

我继续哭：“憋得太难受了，不行了，水火不留情啊大哥……”

突然一记铁锤般的拳头落在我头上，砸得我大脑一片空白。

“再闹，再闹我把你丢山沟沟里去。”

我心里突然闪过一丝光亮，接着哭：“我只是想上个厕所而已……又不跑……你们都把我抓到了，人生地不熟的，我能跑哪里去嘛……大不了就是嫁人嘛，我嫁就是了，是个女子早晚都要嫁。我要是被憋死了、憋得尿中毒了，又咋个办嘛……我的腿都要没知觉了，怕是要尿中毒了……”

前排的人贩子大约没见过这么容易就妥协认命的姑娘，一时间不知道是真还是诈。

年轻人贩子说：“要不哥把绳子给她解开，让她就在车子边上解决，完了就逮上来，跑不脱的。”

我接着哭：“真的憋得好难受哦，大哥，你憋一下就晓得那个滋味了，十多个小时没有上过厕所了……”

“好了把这个女的的嘴堵上，给她把腿上的绳子解了，就在车边上屙。你把她挡好，莫让大锤那个瓜娃子看到了，他精虫上脑，要坏我的事。”

“好的大哥。”

说着，年轻人贩解开我腿上的绳子，我压抑着心里的喜悦，激动的心情化成眼泪涌出眼眶，很快就打湿了蒙眼的布。

我下了车，但嘴被堵了，手也仍然是被绑着的。

车外的风很大，呼呼地从耳边吹过，可以判断出人是站在高处的。高原反应不是很强烈，除了耳鸣并无其他。所以，这座山的海拔并不是太高。我往前走了两步，嘴里被塞了破布，无法说话，又朝着那年轻人贩子呜呜直叫。

年轻人贩子说：“别叫了，你赶紧屙嘛。”

我还是呜呜直叫。

他这才把我口里的布拿出来。

我哭着说：“大哥，我的手被绑着，怎么解裤子啊。”

就在他准备帮我解开手上的绳子时，坐在副驾驶位的壮汉走了过来，一边走一边说：“莫解开，我来给她脱裤子。”

我吓得一时间忘了哭，在他靠近我的时候，我又哭着说：“大哥，我才十六岁，你让我自己来嘛，我是个小女娃子，我害怕……”

“你连嫁给哪个都不晓得怕了，还怕我脱你裤子？”

我咬着唇，却不知道该如何反驳他。

他见我没有动，只是哭，便伸出手来，从我腰间往下脱裤子。

这种屈辱是安然无恙上学放学健康长大的人无法体会的。我呆呆地立在那里，高山上的寒风吹得我瑟瑟发抖。

他吼：“快！”

我又哭了：“你们看到我，我解不出来。”

这个时候，从远处传来那驾驶室壮汉的声音：“你们在喊啥呢？咋了呀？”

他的声音由远至近，那个脱我裤子的壮汉听见了，冲着年轻贩子低声说：“那个牲畜过来了，我过去把他挡着，要是让他看到这女子脱了裤子，兽性大发，按都按不住，我们啥钱都别想了。”

临走之前，他又冲我威胁道：“莫要不知好歹，鬼事情多，也莫要给脸不要脸。我给你说，再往前头走两步就是悬崖，掉下去是要死人的，你最好不要逃跑，除非你想死。”

他说完，就大步离开了。

身旁年轻的贩子也低声说：“好了妹儿，你快点，完事我们就上车走。”

在过去的时间里，我听得出来，这位年轻的贩子应该是第一次干这种勾当，冲着他喊我一声“妹儿”就看得出来，他心中的善良还没有完全泯灭。

我寻到了一丝希望，哭着低声问：“大哥，刚才那位大哥说，前面走两步就是悬崖？”

“是的。”

“我害怕……”

“莫怕，还是要往前走个四五步才到，那悬崖也不深，树也多。”他说完，又低声说，“你到底解不解？”

我依旧哭道：“大哥你背过身去嘛，我还是有点不好意思……”

“好，我背过去了。”

我这才蹲下来，轻轻小解。

其实我无法判断他到底是背对着我，还是正对着我。可是当时的情景真的很尴尬，我一面要证明自己是真的尿急，一面又要判断眼下身处什么环境。从我下车开始，我眼前就是漆黑一团，一丝一毫光亮都没有，可见现在应该是晚上。而那巨大的风声从耳边刮过，方向是从西边来的，也就是说西边有一个巨大的风口，也许是陡峭的山崖，也许是一座山的出口。

我如果不抓紧这个机会逃走，就不会再有机会了。

我又嘤嘤地哭了。

“你又咋了？”从声音可以听出，那个年轻的人贩子确实是背对着我的。

到底是怎样一个人，还没有完全泯灭人性，却要做这泯灭人性的买卖呢？

“大哥，我不好意思喊你帮忙，你能不能帮我松一下绑，我把裤子提起来，你再绑？”

这个提议他想都没想就拒绝了：“不行，大哥不同意。”

“那我现在就要解完了……你帮我提裤子吗？”

他似乎有些犹豫，然后咬了咬牙，快速解开了我手上的绳子，又背过身去：“搞快点。”

我站起身来，迅速提上裤子，同时拉下了蒙在眼睛上的布。在确定是黑夜，确定眼前就是一处悬崖之后，我纵身一跃，在他们还来不及反应的情况下跳了下去。

在十六七岁的年纪，一个被恶人拐入深山的小姑娘，用了最为刚烈的方式逃离她的命运。我在纵身一跃的时刻，想起了爸爸妈妈，想起了我的负气出走。假如时光可以倒流的话，我会选择远离让我憎恨的人，远离消耗我生命的人。也许那样会被人诋毁说是个无情无义的孩子，可那又怎样呢？诋毁的本身就是仰望。内心强大的人，根本就不在乎与自己无关的人到底怎么看待自己，只在乎自己想要成为什么样的人。

我在那一刻想起了林峰。这个爱惜我胜过爱惜他自己的男孩，一定想象不到他的恋人会遭遇这样的挫折。他身上所承受的苦难，因为我所走偏的这条路，又增加了一点。

假如我就此死去，但愿上天能够给我的父母、恋人一个幸福、平顺的未来。

我闭上了眼睛，让自己投身向未知的虚无，即便下一刻迎接我的将是永恒的死亡。

在半空中飞翔了几秒之后，我落在了一棵大树的树枝上，地心引力因此减弱，我又顺着这一排排长在山崖上的大树继续下落，直到身体落在山坡上，又顺着山坡往下不停滚落。而山崖上人贩子的呼声渐渐远去，最后消失在风里……

周身的痛楚以及那种天旋地转的感觉，此生我都不愿意再记起。看似柔韧的树枝，像刀一样锋利，还有数不清的碎石被掩盖在看似很厚的落叶下，就像掩埋了一柄柄短小精悍的匕首，我这一趟赴死之路，却在经历了各种蹂蹦之后，苟延残喘。好在我穿得比较厚，羽绒服和厚厚的秋裤起到了一定的保护作用。

在不知道滚落多长时间后，我终于停了下来，人也终于昏迷过去。

那几个人贩子大约也没有勇气在深夜里来山崖下寻人，只能自认倒霉地开车离去。

那天晚上下了一场雨。深山里，初春的雨夹着一丝雪，竟然没有把我冻死。不得不说，我命大。

我也不知道究竟昏迷了多久，假如李华玲那双三十八码的鞋不踩到我的身上来，也许我会一直昏迷不醒，直到生命消失。

她踩在了我的腰上，然后感觉到了异样。

我也感觉到了异样，本能地叫出声来。

她被吓了一跳，哇哇大叫着往后退，然后打量着她眼前的物体——一个被树叶掩埋了的人，横躺在只供两个人行走的狭窄山路上。

我睁开眼睛，充满感激地看着她。

她却十分恐惧，转身就想跑——后来她告诉我，她想跑回村子里去呼救，可是被我唤住了："姐姐……"

我的声音很微弱，可是她听见了。她停下脚步，小心翼翼地来到我身边，看着我，又小心翼翼地问："你，你是活的还是死的？"

"活的……"死人能说话吗？可是我根本无力翻白眼，我太痛了，浑身像散了架一样。

她松了口气，然后迅速来到我身边，扒开我身上厚厚的树叶。

虽然我伤得很重，满脸挂了彩，甚至现在还有一些疤痕留在我的耳根处，但还好我这张脸上没有留下什么伤痕，我也没有骨折，后来医生的病情诊断书上写得最多的是全身多处软组织损伤。

所以上天对我还是很仁慈的。

"你怎么回事？怎么会在这里？"她抬头看了看头上的山崖，问，"你从山上掉下来的？"

我点了点头。

“你咋会从山上掉下来呢？”

面对她的疑问，我想了想，低声说：“我第一次来，晚上走路没看清楚，踩空了，就落下来了。”

她根本没有对我的话产生任何疑惑。

她问我：“那你现在怎么办？要去哪里吗？需要我的帮忙吗？”

我抬眼看着她，当务之急是先了解一下自己身处的环境，才能知道接下来的谎言该怎么说。我可怜兮兮地看着她：“姐姐，这里是什么地方？”

“嗯？你，你怎么会不知道这是哪儿？”她指了指上头，“你不是从山上掉下来的吗？你不知道这是哪里会到这里来？”

她还没有笨到一点也不思考的地步。

我捂着脑袋，眼泪汪汪：“看把我摔糊涂了，突然间脑子里什么都不记得了。”

她像是发现了电视剧里最常出现的那一号角色——失忆的人，顿时感到新鲜又兴奋，一种莫名的救世主的心理控制住了她的智慧，她充满怜悯地捡开落在我头发上的碎叶，说：“这里是越西，具体是什么山沟沟，我说了你也不大记得清楚。你还记得你要去哪里吗？”

我看着她，犹豫着。

她也看着我，眼里充满着慈爱与怜悯。

劫后余生的我，又回到死要面子活受罪，把自尊看得比一切重要的样子了。

我低下头，琢磨着该怎么回答。就在这低头的瞬间，看见了她身边放着的一个鼓囊囊的编织袋。那个编织袋是成都荷花池批发市场最常出现的那种。

看这架势，眼前的姑娘是要出远门。

于是我问：“姐姐是要去哪里吗？”

她顺着我的目光也看向自己的行李，说：“哦，是的，我要去成都打工，我三爸的三轮车就在前头的大路上等着我呢，他送我去镇上赶车。咋了？”

我恍然大悟般点了点头："我想起来了，我也是要去成都的，去打工，结果走得早了点，踩空了，就摔下来了。"

"哦，是吗？那你要不跟我一起吧，坐我三爸的车，我们一路上还有个伴。"

"好啊，谢谢姐姐。"我深吸口气，强忍着腿上的痛，挣扎着想要站起来。

那种痛直达肌肤血液、四肢百骸中，想要站起来何其艰难，但我还是一咬牙，奇迹般地站起来了，且装作若无其事地拍了拍身上的落叶。然而到达成都以后，我却在李华玲位于成华区钢管厂的出租屋里躺了足足一个月。

那天因为下了一夜的雨，所以我浑身是湿透了的。

李华玲从五颜六色的塑料编织袋里拿出了过年穿的新羽绒服，我也毫不避讳地就在一棵大树背后换上了，然后用羽绒服上的帽子把自己盖得严严实实，再用围巾包裹了自己受伤的半张脸。

比较庆幸的是，因为上一次被人从包里盗走钱包的教训，这一次我将身份证还有五百块钱藏在了贴身的卫衣口袋里。人贩子抢走了我的书包和行李，以及装在里头的一千多块钱，因此忽略掉了我身上也许还藏着一个小金库。

而就是这个小金库，让我在后来的很长一段时间里，瞒天过海，跟着李华玲混日子，才有时间去设想未来的路应该怎么走。

李华玲是我命中的贵人，我所有的遭遇似乎都是为了遇见她。假如没有她，就不会有后来的我。我比她小四岁，其实也是一种优势。她从那个时候开始，就视我为妹妹，直到后来，很远很远的后来。

她是一个出身卑微，需要肩负起一家人命运，在成都那座城市里拿青春与力气拼幸福的姑娘。

她长得不难看，可以说还有一些漂亮。但她身上没有风尘气，所以应该是个正经上班的好姑娘。

她的双手没有茧子，但指甲盖里有泥土，所以应该是长期在外漂泊，春节期间才回家探亲的打工妹。

她借给我穿的羽绒服虽然面料很一般，衣服里头也许不是真的羽绒，而是人造棉，可是款式很新颖，应该是在紧紧踩住了时尚潮流的大城市夜市里购买来的。

她说话的时候表情有些呆滞，可见平时的生活非常单调，应该在打工的枯燥日子里，并没有结交太多朋友。

她的眼神干净纯粹，看着我的时候就像一只生长在山野里的小麋鹿，应该是出去打工的时间还不长，没有沾染上大城市里不好的习气。

我对她的判断一点也没有出错，她才去成都打工不过半年，就回家过年来了。

而我与她的相遇，就发生在她第二次赴成都打工的路上。

太阳出来了，金色的光芒打在两个年轻漂亮的姑娘背上，两人一高一矮，深一脚浅一脚地朝着山下走去。

“姐姐，你怎么称呼啊？”

“我叫李华玲，家里人都喊我华玲子。”

“那我叫你玲姐吧。”

“也可以。妹妹你叫啥子名字？”

“我叫夏青。”

八

留下来，活下去

2001 年的成都，是个什么情况呢？

市区商品房的价格普遍在每平方米两千块左右，车子没现在这么多，满大街的桑塔纳、夏利和奥拓，开个桑塔纳 2000 都能追到个相当漂亮的妹子。那会儿三环也还是郊外，武侯区金花镇真的就只是一个镇，许多制鞋的小作坊藏匿于村庄的竹林之中，距离后来的中国西部女鞋之都还有些遥远。二十二岁的时序也还没有走进我和李华玲的生命里，他正埋首苦干，跟着一个老师傅学着做皮鞋的手艺，在这座城市的某个贸易中心，守着一个小铺面，做一点小生意。

至于我，还差几个月就要十七岁，揣着一张身份证和五百块钱，跟着李华玲来到了她在成都的栖身之地——位于成华区的钢管厂家属区。

钢管厂家属区的房子都是红砖墙，建于 20 世纪 60 年代，老旧的布局，狭小的屋子，水泥地面，非常简单的布置。让我感到诧异的是，在这片狭小又老旧的小区里，住着许多朝气蓬勃的年轻人，有些是大学刚毕业的职场新人，有些是初高中都没有读完的外来打工者，年龄虽然都相差无几，从事的职业却天壤之别，白领和蓝领为了共同的目的——节省租金，都聚居在这里。

当时一间十多平方米的合租房，租金才一百多不到两百块。房子是简陋了些，但确实挺便宜。

红砖房靠里的楼房一层，有个三室一厅的房子，李华玲和另外两个姑娘合租，其中有一个姑娘是李华玲的表姐——蔡小凤。

蔡小凤在附近的餐厅打工，做传菜员，一个月能挣一千多。李华玲要供她弟弟读书，在越西老家是挣不到钱的，所以求蔡小凤带她出来打工。于是，姐妹俩一起做传菜员。

还有一个姑娘，大家都管她叫娇娇，半夜一两点出门，下午两点多才回来，听说是在北门上的荷花池批发市场卖衣服，具体收入成谜。她也是来成都没多久，每天坚持骑自行车上下班，坚持了三个月，等到我到成都来的时候，她已经准备搬去荷花池找地方住了。

我在到达成都的第二天晚上，跟李华玲讲了自己的遭遇，当然也是避重就轻，把我的任性冲动与愚蠢粉饰成了万恶的家庭悲剧——虽然那时我确实认为，是劣质的亲缘关系造成了我当下的境遇。

二十岁的李华玲从未见过这样的家庭关系，感到非常震惊。

泪水宛如两汪清澈的泉水，从她的眼睛里源源不断地流了下来。

我又一次看见了她眼中的慈悲，我知道，我的目的达到了。

她拉着我的手，轻声说："妹妹，你别怕，还有玲姐呢。你先住在玲姐这里，好好养伤。"

我故作推辞："这怎么好意思，你跟小凤姐还有娇娇合租，刚好合适，况且这么小的弹簧床，也睡不下两个人……"

"没事的，我晚上住娇娇的房间，反正她早上走得早，等她搬走了，你就住她的房间。你看你浑身是伤，也不肯去医院看看……"

“我哪里还有钱去医院……”

“没事，玲姐在呢，一会儿我去药店给你买些碘酒擦擦，再吃点消炎药，晚上下班再给你带些好吃的，你就放心在家养伤。”

“不行的，我要出去找工作……”

“等伤好了再去，现在你脸上青一块紫一块的，别人也不会请你。”

见我还在犹豫，她拍了拍我的头，温柔地说：“听话啊。”

我知道，她除了同情我之外，还把与她弟弟同年同月同日生的我，当成她的妹妹看待。

我接受了她的好意，抱着她的肩，说了一句“谢谢你，玲姐”，便嘤嘤地哭了起来。

在获得了李华玲的同情与信任之后，我心安理得地住了下来，借着养伤的理由，开始慢慢了解成都这座城市。

在李华玲的弹簧床上躺到第二个星期时，我已经恢复得差不多了，肋骨胸腔那处虽然还有些痛，但也算无大碍了。

李华玲有了一天假，问我要不要出去走走，逛一逛成都的市中心春熙路。

我不是第一次听说春熙路的名字，据说这里是整个成都美女最多的地方。

后来我与魏仁的重逢，也是在春熙路上。

彼时在人潮拥挤的春熙路上，年轻稚嫩的我与李华玲一人手里拿着个甜筒冰激凌，像两只猫儿似的，一小口一小口地舔着。

我们茫然地看着眼前汹涌不绝的人群，充满艳羡地注视着那些精致的脸孔、修长的美腿，还有得体又时尚的穿着。

那会儿李华玲穿着一件桃红色的羽绒服，当然，里子不是真鸭绒，而是货真价实的人造棉。我穿的是李华玲上次借给我的羽绒服，也是货真价实的人造棉。虽然我们长得好看，可就因为这衣服料子拙劣，叫我与她的青春气息也气短了好几分。与同时代同一条街上的美女们相比，我们深深地感觉到了自己的土与俗、穷与劣。

我吞完最后一口蛋卷，恋恋不舍地舔了舔手指头，对李华玲说：“姐，她们怎么都那么好看？”

李华玲举着甜筒，抿了抿嘴，叹道：“唉，这就是同人不同命。”

两个初来乍到的姑娘，见到这座城市的繁荣，有些自卑，有些胆怯，有些跃跃欲试，心底的某个地方有些热乎乎的。

那时已是 3 月，我们挽着手臂逛街，唯恐拐个弯就把对方挤掉了。繁荣昌盛的春熙路还未意识到，在两个月以后，它就要来一次大规模的整容。

我们逛完热闹又拥挤的春熙路，又去了隔壁街的万紫商场，还有再隔壁的九龙广场。说到九龙广场，不得不重点强调一下，那会儿它正处于经营低谷，奄奄一息。

我们从底楼逛到十楼，家家户户人迹稀少，门可罗雀。李华玲一路走一路咋舌：“完了完了完了，商家都没得几个，这家商场的老板耽怕要亏死了。”

我看了看这环境，一二楼的生意尚可，再往楼上去，就没多少顾客了。商场想要起死回生，恐怕需要经历涅槃之痛才行了。

也就是我们满怀同情地离开这座大厦之后不过几天，大厦的商家全面撤出，他们的总经理黄晓东决定再次注入一亿余元资金，对九龙广场进行大刀阔斧的升级改造。当时的这条新闻被掩埋在《成都商报》的社会版角落里，翻过这张报纸的朋友阅后即忘。而我，是在十多年后向我的作家朋友柳飞絮回忆我的人生经历时，才想起与它的初遇。

那一天逛下来，我们统共花了不到二十块钱，腿却快要逛折了。

虽然没舍得买什么东西，但那一天对我和李华玲来说，其实是相当重要的。过去十多年里我们一直生活在偏僻的小城市小山村，来到这座大城市后又一直蜗居在简陋的工厂家属区，根本就没有见过什么大世面，对于繁华与时尚，我们是胆怯的。但这胆怯，在那一天被转换成了小小的野心——至少我有了小小的野心，我想要成为春熙路上那些漂亮又时尚的长腿姑娘当中的一员，想要收获别人充满羡慕的赞美。

我在那个周末后的第三个清晨，踏上了去荷花池批发市场的公交车。

我要去找娇娇，我要去找工作。

当时我的目标非常明确，绝不学李华玲那样，把大好年华浪费在川菜馆的堂子里——我始终觉得，那是中年大妈用来消磨时间的工作。

我只想找到一份和娇娇一样，可以供自己穿得好看，又能住进建筑年代在 20 世纪 90 年代前后的屋子的工作。

我在娇娇打工的那家中年服饰批发的铺面等了很久，这期间还帮助她和她的老板一起做了好几大单生意。有些来拿货的人单枪匹马，势单力薄，眼大肚小地要了硕大一口袋货物，却苦于无力，拖不出去。这时候就连我也替她发愁了，批发老板却一点也不急，顺口就差遣我去跑腿，到外面替她叫一个“背背儿”来。什么叫“背背儿”呢？这个职业在此之前我从未听说过，在此之后，我明白这份职业的属性与山城棒棒军是差不多的，都是靠苦力劳动来谋生的穷苦人。

娇娇老板的生意很可怕，衣服款式很多，挂了满满一铺子，来拿货的人基本不怎么挑选款式，大部分是每个款十多件地拿。老板算账的时候，买家掏出来的尽是一摞一摞的钞票，就听见计算器叮叮叮不停地响。

我躲在一旁悄悄地看着，暗暗咋舌。

娇娇过来撞了撞我的肩，努努嘴，示意我出去说话。

等站到了门外，才发现街上的人已不如方才那么多，我扭头看了一眼挂在店铺里的钟，不知不觉竟然已经过去三个小时，还真是时间如流水。

我说：“娇姐，你们店里的生意真好。”

她看我一眼，眼里有掩饰不住的骄傲，低声说：“这算什么，你要是早上三点来，才要把你吓一跳。”

“哦？那么早，为什么呢？”

“早？还有人通宵达旦地排队守在店铺门口呢。”

“为啥？”

“这里是荷花池好吗。这里有卖衣服的、卖床单的、卖鞋子的、卖钟表杂货文具什么的，反正杂七杂八，基本上你在外头超市里能看到的，这里都有；你在外头超市里看不到的，这里也有。十万多种商品随人挑选，你说，每天这个地方的货运吞吐量有多大？”

我惊得说不出话来。

娇娇很满意我的表现，又说：“我们一般过了早上八九点，这一天的交易高峰期就算过去了。你想想嘛，时间这么紧迫，全四川乃至四川周边的外省人都会到这里来拿货，如果不早点来，好货就被抢没了。”

“抢？”我看了看正在付钱的那位大姐，她的脸上很疲惫，但方才的行为并没有表现出“抢”的姿态来。她是从容淡定的，但她脸上也有显而易见的沮丧与失望。

娇娇甚为不屑地看了那位客户一眼，然后低声同我说：“她是早上睡过头来晚了，这会儿店里尽是些挑剩下的款，她也是没办法了，手头又捏着晚上的火车票，所以干脆先拿一部分货回去，下次再来。”

“有那么夸张吗？”

“早上三点开始，到八点高峰期就过了，等到下午两点钟左右，就可以打烊了，这是荷花池批发市场的规律。”

“咋这个样子的？好辛苦哦。”

“这算啥子辛苦！这就是做服装生意的规律。成都市市中心的那个万紫商城，还有九龙广场也都是一样的运作方式。”

我眨了眨眼，又问：“那，那在哪里上班会挣得比较多呢？”

“九龙广场现在在做整改，肯定是没得办法去上班的。至于万紫商城，我始终觉得那个地方的衣服非常老气，多半卖得不是很好。所以我也不太清楚他们会拿多少钱，但是荷花池的工资待遇有好多，我还是了解的。”

“能不能跟我说一下，大概是多少呢？”

娇娇神秘一笑：“等你来上班以后，你就知道了。”

我被她的故弄玄虚引得皱了皱眉头，眼见着打烊的商家越来越多，我准备快点离开，赶着时间去应聘几个工作。

可我刚出门没走两步，就听见娇娇在背后唤我的名字。

我转头看她，她说：“青青，我老板问你有没有兴趣在这里工作呀？”

我立马答应："好啊！"

这是我人生中的第二份工作，在荷花池批发市场卖中老年服装的店面做一名营业员。

其间我找过林峰，也给他写过信，避重就轻地说着自己的遭遇，鼓励他上进，考上好的大学。我们每周至少通三次电话、写一封信。等到后来我买了手机，就变成每天互发短信。他知道我没有回家上学，也知道我在成都打工，问过我为什么要弃学。

我却难以启齿，无法坦然地跟他讲自己被拐卖的那段耻辱往事。那件事就是我人生中最大的污点，将我智商的缺陷暴露无遗，我怕他知道以后，会看不起我。

他似乎也能感觉到，自从我离别后，有了些许变化，仿佛已是个"有故事的女同学"。他是个聪明人，从不刨根问底，也不苦苦纠缠。我和林峰礼貌而克制地恋爱着，在他考上大学之前，我怕耽误他的学习，竟然拒绝联络，直到他高考前，我们才见过一次面。

那天他发来短信，说马上就要考试了，想来看看我过得好不好。

我那天正好休息，便说荷花池那个地方鱼龙混杂，不如另外寻个地方吃饭，聊聊就好。

于是他提议说，成都有家著名的苍蝇馆子，味道特别不错，不如去试试。

所谓的"苍蝇馆子"并不是指吃苍蝇的饭店，而是说用餐环境和服务态度都不太好，但味道特别棒的地方，一般都是开在偏僻的街道里，外地人需要本地人指路才能找到。

我不知道林峰是如何熟门熟路地带着我坐公交车抵达那里的，只是就算我见惯了荷花池的杂乱不堪之后，曹家巷明婷饭店的破败与嘈杂，还是震撼了我。桌椅板凳随意地摆放在根本就没有半点儿装修的店铺里，生意却好得出奇，门口还停了不少好车。

林峰见我满脸困惑，笑着说："这家店从20世纪90年代开业至今，一直这样，生意非常火爆。"

“它是怎么做到的啊？”

“诚信经营，天道酬勤。”他看着我，意味深长地说，“条条大路通罗马，在任何领域，只要肯发奋图强，最终都能够取得胜利。”

我淡然一笑，心里终于明白他带我来明婷饭店的目的。

其实说到这个明婷饭店，老成都人应该都知道，它算是成都的网红店里历史比较悠久且最具代表性的一个。关于这家饭店的历史，在网络上也能查到。说来也是传奇，当初老板张福明与老板娘张婷为了挣钱照顾患有重病的儿子，在社区的帮助下做起了餐饮，从最开始只有四五张桌子，做到现在有口皆碑的局面，皆是因为他们在用良心做生意。因为菜品味道好、分量足，越来越多的顾客慕名前来，才让曹家巷这家藏在深巷里的饭店成了如今成都餐饮业的一个传奇。

林峰想借这个传奇，让我鼓起走向未来的勇气。

其实他不太了解我，我虽然遭遇许多挫折，可心中存了傲气，是个执拗的人，只会越挫越勇。假如困境将我打蒙了，我也只会蒙一阵子，绝不会借着困境找逃避的理由，更不会一蹶不振。

所以性格决定命运，逆境成就英雄，是个真理。

只是，我的勇气里始终缺乏面对父母的那一种。

那个时候的我，只争输赢，不问对错，生就一副铁石心肠。

可也正是这副只争输赢的铁石心肠，让我挺住了在荷花池服装批发市场那种高强度和高难度的工作，居然没有因为疲惫而丢盔弃甲，临阵脱逃。

我还记得第一次在凌晨一点多起床，用围巾将自己包裹得严严实实，骑着在九眼桥花三十元买来的二手自行车，从东门骑到北门，走一环路，花了不到三十分钟的时间。

成都一环路的夜里，通宵有警察巡逻，夜色迷蒙的大街上反而是最安全的地方，让我可以顶着昏黄迷醉的街灯骑着自行车尽情在路上驰骋。

在连续工作三个月之后，我手中已有六千块钱的积蓄。当时，全国城镇人口年平均收入也不过才七千块钱，而我三个月的劳动报酬就能接近这个数字。这不是天方夜谭，根据商家所交的定额税来估算的话，在2001年，城北荷花池批发市场的年交易额至少是五十五亿元……当然，其实可能远远不止这个数。可即便是这个数据，也是由千百个像我和娇娇这样肯早上两点出门上班的“卖衣服小妹儿”与千百个批发店主，以及千万个从西部大小城市跑来的零售商共同完成的。十多年前的五十五亿元，对于彼时的成都来说，不算个小数目，这个数字里承载了太多人的梦想，养活了太多个家庭。

我的薪资，也是为这个大数据贡献劳动力得来的，来得不容易，但也来得太容易。我因这份“容易”与“不容易”，在心中生出了一些想法，于是拖着李华玲搬出了红砖房，在荷花池寻了一处月租金五百块、建于20世纪90年代的两居室，住了进去。

李华玲起初有些不敢相信，但见我每日下午收工后就缠着她吃火锅串串，买新衣服，她也开始审视自己当下的工作。

2001年8月，李华玲从原先工作的餐厅辞职，想到荷花池批发市场找一份工作。但是我上班的那家店人手已经饱和，老板娘听说还有个小姐妹想找工作，就自告奋勇地说：“我有个外甥在荷花池外街开了个皮鞋店，生意还凑合，缺个帮手，要不我带妹子去看看？”

“卖皮鞋？”李华玲看着我，脸上露出一丝不愿意。

老板娘是个很懂得察言观色的人，见此情形便笑了，说：“他那个店也搞批发，不过订单比起我这里可能要少一些，毕竟都是他自己厂子里出的货，数量有限。但工作轻松啊，比整个市场里任意一家都要轻松得多。你看你有没有兴趣，愿意的话，我就带你过去看一看。”

李华玲还想拒绝，我一把捏住她的手臂，笑嘻嘻地同老板娘道了谢：“好啊，谢谢李嬢嬢，那我们一会儿就过去走一趟？只要那家的老板没意见，我姐的问题也不大，明天就可以上班的。”

就这么在李华玲心不甘情不愿的状况下，她被我生拖活拽地推着去了时序的店里面。

那天天气很热，农历八月的下午三点，大太阳悬在头顶上，源源不断地往这盆地里倾倒着热浪。

我穿着从隔壁店铺花十五块钱买来的粉色格子吊带连衣裙，李华玲穿着一件花二十块钱买来的白色雪纺连衣裙。在荷花池遍地都是这个价格的衣服，批发商仿佛是论斤数从广州批发来的一样，再以白菜价格卖给无数个像我们这样爱美又贫困的姑娘。

然而青春是无价之宝，即便穿着十五块二十块钱买来的衣服，也将充满活力的躯体包裹得非常迷人。

我们就这样，相互挽着手走向即将在我们人生当中充当重要角色的那个人。

时序的店位于这个交易市场不太显眼的位置，狭小隐蔽且低廉的房租让年轻的时序成为一位老板，但也阻挡了他发财的脚步——在电商还未取代市场批发之前，铺面的位置决定着生意的好坏，拿货的人都是一窝蜂地往位置好人又多的地方挤，很少有人明白“酒香不怕巷子深”的道理。

时序的鞋子做得不错，每双鞋的模版和走线都是用心去做的，他的生意却做得比较艰难，早前请了一位帮忙看店的阿姨，也是熬不住这种长时间的清苦，撂挑子不干了。

时序一个人扛了好几天，还是有些撑不住了，索性撕了一块纸箱子，用毛笔写了“招人”两个字，然后用铁丝穿了挂在门口。这寒碜的招聘启事又成功地帮他阻止了一部分客户的脚步。

我和李嬢嬢左边一个右边一个地架着李华玲来到这间不足十平方米的小铺面时，只见一个穿着灰色衬衫的男子正蹲在地上，埋头整理一堆鞋盒。

李嬢嬢还没有站稳脚步，就冲他喊道：“石柱子，你在忙啥子？”

我不禁挑了挑眉毛，这人居然有个这么土的名字？

“石柱子”笑着喊：“舅妈，你来了。”

我与李华玲对视一眼，原来这位长得还不错的小老板，是我老板的外甥。但是他的口音有些奇怪，有点普通话的腔调，又像是有点四川话的腔调，不像是本地人。

就在我困惑间，李嬢嬢拖着李华玲往前走了两步，同她外甥说："石柱子，你招到人没有？舅妈给你带了个妹儿来，你看看行不行？"

二十二岁的石柱子站在店铺里，店铺的台阶要高出一截，再加上他本来就很高，所以我们不得不仰望他。

他循着他舅妈的话，将原先落在我身上的目光慢慢转移，最后投注在李华玲身上，脸上带着淡淡的笑意，问："你好姑娘，请问你多大年纪？什么学历？过去有什么工作经验吗？"

这一次，他用的是普通话，普通话的腔调偏南方，软软糯糯的，但他的问题单刀直入，倒是个不拐弯抹角的直率汉子。

我在心中拍了下手掌，他果然是个外地人。

原先还扭扭捏捏的李华玲，此刻更加腼腆了，她将目光从石柱子的脸上撤了回来，看向我，仿佛是咨询我意见又仿佛是回答眼前这个高个子的英俊男人，说："我叫李华玲，今年二十岁，高中毕业，没考上大学，所以就出来打工了。我之前在饭馆做传菜员。"

她说完，竟然有些不好意思地低下头去。

我当时觉得很不理解，歪着头看她，因为她平时并不是这个样子的。她虽然说不是绝对外向，但也是非常活泼的一个姑娘。

我有些担心，怕她这份腼腆毁了老板用她的可能，赶忙补充说："她以前也在她老家当地的服装店、鞋店打过工，做过销售的。"

石柱子又将目光投向了我，带着一些询问的意思。

李嬢嬢可能看出了他的意思，笑着说："这个妹儿是李妹妹的妹妹，在我那里打工。如果李妹妹到你这里来呢，她们两姐妹相互也有个照应……"

石柱子笑着点了点头："谢谢舅妈，我这里就是很缺人，不知道李姑娘有没有兴趣留下来帮我？我这里的薪资是……"

这一次李华玲根本没有犹豫地点了点头："我愿意。"

她甚至连薪资待遇都没有听完，就迫不及待地说了一句"我愿意"，就像是在说婚礼上的誓词一般。

我与李嬢嬢面面相觑，李嬢嬢老谋深算地一笑，似乎察觉到了什么。

然而我一点也没有感应到，反而傻乎乎地问石柱子：“你们薪资待遇多少来着？”

当然，他这个铺面的薪资待遇是比不得我上班的地方的，然而李华玲自己心甘情愿要去，我也没有理由阻拦。就这样互相约定好了明天来上班，我们准备告辞的时候，石柱子突然问我：“你叫什么名字？”

我这才意识到刚才居然忘了自我介绍。

“我叫夏青。”

“夏青……”他笑了笑，“我叫时序，春夏秋冬自然更替的那个时序。”

我果断地竖起大拇指：“这名字起得好，有深度，有内涵！”

他的笑容更深了，露出一口洁白的牙齿。

真是个好看的男人。

这是我们与时序的第一次见面。

2001 年 12 月，《成都晚报》刊登了一条新闻，大意是说来自成都新津的刘永好兄弟，以八十亿的身家，荣登福布斯富豪榜个人财富榜榜首，成为中国首富。

我在李嬢嬢的铺子里捡到这张报纸，眼睛被“新津”两个字夺去，思绪飘出了千万里……

这种感觉多年后的我才知道怎么形容。

因为一个人，爱上一座城。

因为一座城，记起一个人。

那个隶属于成都市的小县城，是我漂泊出来闯荡的第一站，赵嬢嬢的儿子林峰，是我这辈子爱上的第一个男人。他有着坎坷不平的人生，却考上了最理想的学校。当他发短信告诉我考上了中国人民公安大学时，我知道我离他的世界更远了。

2001 年 8 月，他去北京上学，临走之前再次来成都看我。

我心中有些想法，他心中大概也有些想法，所以那一晚我没有回出租屋去，跟李华玲说和同学聚会。

李华玲从来没有见过我的“同学”，林峰也从来没有见过我的“姐姐”，我向他们双方撒了谎。林峰在李华玲心里是个女同学，李华玲在林峰心里，是带我出门打工的亲表姐。

那一天我和林峰逛完春熙路，准备漫步去王府井百货后面那家华兴街煎蛋面，带他尝一尝这家老字号的味道。

“我跟你说啊，华兴街煎蛋面是我十七岁的岁月里，吃过的最好吃的一种面。它有别于大家耳熟能详的牛肉面、肥肠面、臊子面，整个面汤是酸辣味，上面再铺上整片煎蛋和番茄，不行了……再说下去我要流口水了。”

林峰居高临下地看着我，眼中带着笑意，一把将我搂入怀里，温柔地说：“走吧，那我们就先吃华兴街的煎蛋面，再吃青石桥的海鲜。”

我搂着他的腰撒娇：“把我吃胖了怎么办？”

“胖点好，胖点摸起来有手感。”

“流氓！”

说到华兴街，有网友评论说，这是成都最不靠谱的美食街。说它不靠谱是理所应当的，因为整条街都破破烂烂的，基本上看不到什么像样的招牌，在黑黢黢的店铺里头，藏匿着各种各样的美食。然而它又偏偏位于市中心，要承受大量的人潮碾压。繁华与陈旧相结合的华兴街，其实是非常矛盾的一个地方。

很多年后，老华兴街被拆，许多食客排起长队，等待吃最后一次，跟钟爱多年的老店告别，我也是其中一员。那时候的我排队等候在华兴街煎蛋面的店铺门口，眼前仿佛出现了很多年前的一对小情侣，卿卿我我地走进这狭小的店铺，冲着服务员点了两碗面，男孩说了一句话，女孩就笑得眼睛弯成了桥。那画面很亲切，好像就发生在昨天。

人到了一定的年纪，经历过一些人与感情之后，再次回忆起过去的恋爱，总是像过电影那样匆忙，只对几件要紧的事情记忆犹新。

我们吃完华兴街煎蛋面，再去青石桥吃海鲜烧烤，最后肚子鼓鼓囊囊地在附近找了家宾馆住下。

我以为这一次，林峰会做点什么。

然而他只是亲亲我，抱抱我，就再没有更进一步的打算。

我躺在他怀里，轻声问："为什么？"

他干燥的手掌包裹着我的肩头，将下巴搁在我的额头上，哑声说："再等几年吧，再等几年，等我能承担起你的人生的时候……"

"我可以为自己负责……"

"怎么负责？有孩子了怎么办？"

"生下来呗，我们的孩子，一定长得很漂亮。"

他不禁一笑。

我也是一笑。

我知道他心中的顾虑。

我不再因为他的顾虑而感到被珍惜，相反，却萌生出"他是不是嫌弃我"的念头。

后来他去学校读书，训练任务很重，我们的联络虽然比从前少了很多，但依然在心中装着彼此。心中装着一个人，就觉得这个世界其实还是很圆满的，而我远离父母的原因，似乎慢慢也不再那么重要了。

在我离家出走后的第二个春节，因为省吃俭用我已攒够一万多块钱，这在当时是我爸爸大半年的薪水，可是我依然没有勇气回家探望他们。

我不知道在面对他们的时候，该如何跟他们讲这一年多的奇遇。

九

十八岁

我第一次知道爸爸妈妈的消息，是在李华玲去时序店里上班的一年后，也就是 2002 年的 9 月。

这件事的契机源于我十八岁的生日。

2002 年的农历八月十五，中秋节。

李华玲一早到店里就跟时序请了假，希望下午能早点收工，她要和娇娇、小凤姐一起给我过生日。

时序听说我过十八岁生日，便提议中午十二点就打烊，带我们出去逛一逛，然后请我们吃晚饭。

李华玲想也没想，就同意了，她对于有人管吃管喝管玩的好事情从来没有什么抵抗力。

那天由于小凤姐和娇娇还有别的事情，所以最后就我和时序、李华玲三个人出的门，时序说要带我们转一下大成都，吃点好吃的，玩点好玩的。

时序虽然是个老板，但只大了李华玲两岁，大我六岁，说起来，大家也是年纪相仿。我和李华玲在荷花池打工有一年了，每天除了工作，基本没有别的娱乐，这些他都是看在眼里的。当然，他除了做鞋子和卖鞋子，似乎也没有别的什么娱乐，二十多岁，居然连个女朋友都没有。

听李孃孃说，时序年幼时父母双亡，很小就从温州瑞安来到成都，跟在他舅舅身边。舅舅在工厂里工作，舅妈没有工作，就到荷花池来摆地摊，慢慢又从地摊做到了铺面，从零售铺子做成了批发铺子。时序读书不太多，从小耳濡目染，就喜欢做生意。十七八岁不到，就独立出去，一边学做手艺，一边学做生意。

这些年他到底攒了多少钱，他舅妈是不清楚的，但李孃孃在我们跟前总是说时序这孩子争气，独立出来工作不久，就给自己买了辆车。

那是一辆不怎么新的桑塔纳轿车，平时的主要用途是往返于金花镇与荷花池之间进行货物运输。

可是不管怎么说，时序也是年轻人里的有车一族。

那天，这位有车一族为了带我们出去玩，还专门去了趟洗车场，把车子里里外外洗得干干净净，还摆上了香氛。这行为相当于我们后来信佛以后净手焚香抄经书的虔诚，十分慎重。

他将车子停在我和李华玲租住的房子楼下，发了条短信给我。

我冲还在穿衣镜前搔首弄姿的李华玲喊道："玲姐，序哥在楼下等着了。"

李华玲理了理头发，又问我："你说我是扎起来好看呢，还是披着好看啊？"

"你天天都见时序哥的好吗，头发扎起来的样子他是见过的，头发披散着的样子，他也是见过的，你在纠结什么呢？"眼见着她还想把扎成马尾的头发散开，我翻了翻白眼，"快别磨蹭了，怎么着都好看，你长得那么美，就算是做尼姑，也是个俏尼姑。"

"人家是第一次跟时序出门嘛……"

“喂，你们不是在单独约会好吗？今天是我过生日，我才是主角啊大姐！”

她瞪了我一眼，美滋滋地回屋拎着包出来，笑眯眯地说：“走吧。”

我无可奈何地摇了摇头，跟在她身后埋怨道：“李华玲我对你真的很服气，你们朝夕相处都一年了，居然还没捅破那层纸，不知道你在矜持什么。喜欢他就上呀，你再不说，万一叫别人横插一脚，把人抢走了，我看你怎么办。”

“不会有别人横插一脚的，我就没见他跟哪个女孩子走得特别近。”

“以前没有，不代表以后没有。”

“反正他不会有的。”她抿嘴一笑，如此笃定，眼角眉梢都是难以掩藏的春色。

李华玲去时序店里还不到一个月，就被我看出来她喜欢时序。从她上班那天起，几乎每天从早上出门到晚上睡觉，我都要听见李华玲提起时序的名字。

“哎，夏青你知道不知道，时序居然会做藿香鲫鱼呢。他今天带了一份自己烧的鱼来，我尝了尝，真的很好吃。真没想到他一个温州人，居然会做川菜。

“夏青我跟你讲，时序唱歌好好听啊，尤其是唱张国荣的《红》，简直就是原音再现。店里没生意的时候，他就会哼哼几句，好听得我都不舍得弄出响动来，怕惊扰了他。

“哇，我真的好震撼，青青，你绝对想不到，我老板他超有智慧的，除了会做鞋子，会做吃的，他还会写点小文章。今天我帮他收了一份快递，居然是本杂志哎，他写的一篇文章刊登在上面了。我说呢，他说话怎么那么有智慧，原来还是个文艺青年啊。

“哎，青青，你说李嬢嬢说时序从小没读过多少书就辍学出来学手艺是不是骗人的啊？听他的谈吐不像是个文盲哎！

“青青，我突然觉得自己好浅薄，我平时看看《故事会》《知音》什么的都要打瞌睡，但是你知道我老板他看的是什么书吗？我老板看的都是南怀瑾、季羡林这些大师的书，我都不知道他们是干吗的，还是专门偷偷上网查了查才晓得，而且他还要看《人性的弱点》，太深奥了，我自惭形秽啊自惭形秽……”

她居然会用“自惭形秽”这个成语，真是叫我刮目相看。

就这样，李华玲每天都自主地在向我传递“时序很优秀”“时序很帅”“时序是这个世界上最聪明的男人”诸如此类的信息，叫我感慨颇多。

终于在李华玲去时序店里上班的第二个月的第一天，我在洗手间里刷牙，镜子里的我满嘴泡泡，身后还站着个阿娜多姿的女人在絮絮叨叨地说着时序的种种优秀，我终究忍不住，问：“玲姐，你是不是喜欢序哥啊？”

她突然就住口了，目瞪口呆地盯着我。

对于她的哑口无言，我十分满意，笑着拍了拍她的肩膀，鼓励说：“好眼光，序哥不错，玲姐你加油哦。”

她羞红了脸。

但这个“油”，她加得委实太慢了，整整一年了，她居然还把心事藏着掖着。

我真觉得很有必要推她一把。

我十八岁生日那天，时序主动邀请我们出游还要请我们吃饭，我觉得是个非常好的契机。

可就在我们信心满满下楼去时，却看见时序车子的副驾驶位置上，坐着一个十八九岁的漂亮姑娘，她看见我们，眼里流露出的敌意显而易见。

李华玲停在距离车子三米远的位置，笑容僵在脸上。她表情尴尬地看了我一眼，那满眼的忧伤仿佛是在说：“你看你一语成谶，这就来了个抢男人的。”

我用眼神安抚她，然后走向帮我们开车门的时序，笑着说：“不好意思序哥久等了。”我再将目光挪向副驾驶位上的女孩，问，“不知道这位姐姐是？”

时序倒是一副坦荡模样，说：“喔，赵凌凌，我师父的女儿，正好中秋节学校放假，所以就跟着一起来了。你不介意吧？”

我连连摆手，笑得眼睛眯成了缝：“不介意不介意，人多才好玩嘛，况且今天是序哥做东。”

他咧嘴笑，露出整齐又洁白的牙齿，同李华玲打了招呼，然后转头向副驾驶位的女孩说："凌凌，她们都是哥的好朋友，这位是今天的寿星夏青，这位是我的得力助手华玲，你们都互相认识一下。"

听见时序这么介绍，李华玲脸上忙不迭地堆上讨好的笑。所谓爱屋及乌就是这个道理，她只见赵凌凌是时序师父的闺女，却不见赵凌凌还有一颗爱慕着时序的心。

赵凌凌对于李华玲给予的热情似乎早已料到，微微一笑，做出矜持又高贵的模样，以刻意分开她与我和李华玲的阶级地位。

我有些不悦，却也不动声色，假意忙着上车，便没同她打招呼。

我是知道这个赵凌凌的。

李华玲曾经回来说过，时序跟着学做鞋的师父有个独生女，是个学霸，去年以高出录取线一百多分的好成绩考上国内的一所名校，是那一届的文科状元。

原来传说中的状元就是眼前这位啊，长得还行，算得上才貌双全了。

在我审视赵凌凌的时候，她同样在审视我与李华玲。想必她也在心里衡量眼前的两个姑娘当中，到底有没有哪一个是藏在她师哥心里的人。假如只是普通的朋友关系，那么她在走向师哥心房的这条路上，又近了一步。

我偏不如她的意。

一个学霸，长得也好看，又是名校在读大学生，她的未来有无限可能，她甚至可以找到比时序优秀许多倍的男人，为什么要来跟资源匮乏的李华玲抢？

李华玲一个人在外打拼实属不易，时序是她目前的人生里遇到的最优秀的男人。

让最需要时序的人拥有时序的爱情，是我那时认为最正确的事。

上车后我们才知道，参加我这个生日聚会的，还有一个时序的朋友，也是赵凌凌的发小，用现在的话来说，是赵凌凌的老铁。

他在武侯祠等我们。

可见年轻的时序是多么务实的一个青年，居然把一个姑娘的成年生日会，定在武侯祠这样具有浓厚历史意义以及文化内涵的地方。

很多年后说起这次生日会，时序会红着脸说，他那个时候也是两点一线的生活，对于吃喝玩乐完全不擅长，所以打电话请教了赵凌凌。而赵凌凌是个学霸，学霸平时的心思都在学习上，更加不懂得吃喝玩乐了。于是她又将希望寄托在她的老铁——从小一块儿长大的邓宇身上。

据说邓宇是个撩妹高手，很懂得哄妹子开心。然而为什么他会选择武侯祠这个如此板正的地方呢？

我后来才知道，因为我不是成都本地人，所以他希望留给我的十八岁绝对不是简单的“逛吃逛吃”这么枯燥乏味。

那时满大街的录像带租赁厅里都在播一部名叫《爱情白皮书》的偶像剧，我也不能免俗，工作之余就是守在电视机前看偶像剧。当时剧中有个角色叫瞿守治，演员叫彭于晏。那时的彭于晏还没有长成十多年后的“国民老公”，正青春年少，扮演着承受爱情失败痛苦的男二号。我却被这个男二号的颜值所征服，即使知道不可能在生活中遇见这样一个美少年，还是忍不住拿他和林峰的照片相比较。

这大概是每一个无聊的少女都会干的蠢事吧。

而这个邓宇，偏偏就长得很像彭于晏。

他和彭于晏一样高，一样瘦——那个时候的彭于晏是清瘦少年。邓宇也留着和彭于晏相差不多的发型，当他一身白T恤加牛仔裤，闲闲散散地将一个双肩包挂在一侧肩膀上，手中拿着票站在武侯祠门口与我四目相撞的那一刻，我感受到了心口剧烈的跳动声。

“怎么样？”赵凌凌神不知鬼不觉地来到我身边，似乎已洞察了我的内心，笑着说，“我同学长得帅吧！”

我竟然做贼心虚地别开脑袋，心口不一地说：“一般吧。”

赵凌凌撇撇嘴，显然她是不信的。

那时的武侯祠的旅游配置单里，还没有锦里古街。

我们去的时候，只见隔壁那条街被封了，正在施工，从2002年开始修建，直到2004年下半年，才将一期街道开放迎客。之后那条街又一直修，现在已经成为蓉城地标性旅游景点。

我记得那天我们逛完武侯祠，就去了大蓉和酒楼吃晚饭。

大蓉和酒楼在紫荆南路开了第二家店，装修是崭新的，邓宇是个安排接待的老手，事无巨细，弄得妥妥当当。

那大概是李华玲第一次进如此正规又高档的酒楼吃饭，显得有些局促。坐下来之后，我麻烦她递纸巾给我，她哦了一声，然后表情呆滞地递了一张纸给我。

我接过来，却看见上面印着她的手指头留下的汗渍。

那个时候我终于明白，“穷”是埋在骨子里的，也是埋在格局里的。假如一个人没有更多的见识、更高的志向，那么他的格局也只能是狭小的。而他见识的赤贫，也必然与财富的赤贫密切相关。

再看看淡定如常的赵凌凌，我心中突然对李华玲生出一丝怜悯。

人不能选择自己的出身，但是可以选择自己未来想要走的路。

就是不知道这个道理，李华玲懂不懂。

因为大家已经成年，所以桌面上摆了酒，一瓶红的，一瓶白的。

“喝点呗。”邓宇往时序跟前的杯子里倒了点白酒。

时序摆了摆手：“不行，我今天带她们出来玩，一会儿还得带她们回去。”

“喝一点不会醉，如果醉了，我找人帮你开车。”

“不行不行……”

这时邓宇看向我，笑着说：“这样，寿星说了算，寿星你说说看，你家时大哥喝不喝这个酒？”

我原本还在研究另一瓶红酒上面的英文，突然被邓宇这么一问，便有些茫然。我看向时序的时候，他也正好看着我，可我分辨不出他那个眼神到底是想喝还是不想喝。

眼见他俩僵持不下，我只能像个和事佬一样，将红酒往前推了推，说：

“要不，少喝点，喝点红的？”

时序脸上扬起淡淡笑意，点了点头：“既然我们夏青妹子都开口了，那就少喝点吧。”

“真给夏青面子，那对夏青我们是不是得改口喊嫂子呀？”

李华玲闻言，有些诧异地看了我一眼。

而赵凌凌挑了挑眉，嘴角扯出一丝意味深长的笑。

时序没有说话，我被吓了一跳，连连摆手：“别乱说啊，我可是有男朋友的人。再说了，序哥对我来说就像亲哥一样。”

这是我第一次在他们面前提起自己有男朋友。

李华玲与赵凌凌听我这么一说，如释重负，脸色顿时缓和下来。赵凌凌非常懂得审时度势，立马向我举杯：“都是误会，邓宇你也别乱点鸳鸯谱。来，我们大家一起敬寿星一杯。”

我满怀感激地看了她一眼，谢她解围，同时又为李华玲感到忧心。也许一开始，赵凌凌就将我视为潜在劲敌，而忽略了李华玲。但这一刻，当她知道我这个“敌人”根本就是个乌龙之后，恐怕就会针对李华玲了。

果然不出我所料，她在席间所表现出来的落落大方与得体谈吐，跟李华玲的小家子气形成了鲜明对比。假如我是男人，我也会选择赵凌凌那样的女朋友，而绝对不会对土里土气的李华玲产生遐想。

这顿饭吃得倒是畅快，五个年轻人在一起，天南地北地聊，不知不觉两瓶酒都没了。别看邓宇闹得厉害，可他酒量真的不行，两杯白酒下肚，人就倒在桌上了。李华玲就更别提了，让她喝红酒她偏不，说不懂得欣赏那个味道，非要喝白的，结果可好，一杯倒。

那会儿的李华玲，对于一切新潮的、舶来的，确实有一种天生的胆怯与排斥。她不是不懂得品尝红酒，而是不敢。

这一桌吃饭的五个人，就我自带几分酒量，再加上时序护着我，所以除了赵凌凌，我大概是最清醒的人。赵凌凌这个学霸却有些出乎我的意料，她酒量甚好，酒品也甚好，劝酒的行为老到极了。我打小跟着我爸参加饭局，对酒桌文化见多识广，没想到这桌上还有另一个姑娘深谙此道。她虽然读的是名校，学习成绩又很好，可显然对于酒桌上的那一套，是习以为常了。

我后来才知道，人家家里是开制鞋厂的，人家爸爸妈妈早年走南闯北，谈生意什么的都带着她呢。

和她相比，李华玲根本就拿不到台面上去。

那天晚上众人都倒下了，就赵凌凌和我屹立酒桌，相互凝望。

对视久了，我们发现在彼此眼中看见了同类气息，不禁又是一笑。

“出去聊聊？”她提议。

我看了看桌上趴着的三个人，估计他们还得再睡一会儿，于是点头。

开了门，一阵热浪扑来，初秋的天气，还是带着一些燥热，我们寻了个角落，靠在墙壁上。

赵凌凌拿出一包烟，向我示意。

我摇了摇头：“抽不来。”

“要不要试试？”说着，她手法娴熟地点燃一支烟，姿势优美而迷人。

我还是摇了摇头，但也将心中的困惑讲了出来：“你学习成绩这么好，怎么会抽烟的呀？”

她眯着眼睛看着我，香烟袅袅之中，她微醺的脸上带着淡淡的笑意，迷人又充满了魅惑。

“谁告诉你会抽烟的就是坏学生啦？谁又规定学习成绩好的姑娘就不会抽烟啊？我高考前那段时间，要是没烟抽，根本就静不下心来。”

我有些尴尬，为自己片面的认知感到羞愧。

她似乎也看出我的难堪，又露出一个意味深长的笑容，说：“夏青，你喜欢我哥吗？”

我想也没想，连忙摇头举手撇清关系：“我对时序哥绝对没有非分之想，绝对是当成亲哥对待的。”

她笑了：“我信你。”

我犹豫了一下，还是说了：“但我觉得，感情这种事情还是顺其自然比较好。我们要尊重时序哥的选择对不对？”

“你什么意思呢？”

“我觉得……我觉得……”我犹豫着该不该说。假如我将李华玲抛出来，李华玲会不会一颗春心还未埋入时序的情感沃土里，就被赵凌凌给灭了呢？

眼前这个会抽烟、考上了名牌大学、聪明又漂亮的女孩，如果铁了心想要得到谁，恐怕会不择手段，并且势不可挡。

爱情争夺战本来就是不见刀光剑影却又腥风血雨的事情。

“我觉得如果你喜欢他，不妨告诉他，让他自己选择。”

对于我的话，她显然有些意外，但脸上又扯出一个悲凉的笑：“他知道我喜欢他，但他不喜欢我。”

“啊？”我很诧异，“怎么会，你这么优秀。”

她又是一个苦笑，狠狠地吸了一口烟，说：“谁告诉你优秀的人就一定能够赢得爱情的啊？”

我一愣，只能笑着说：“我刚成年，还不太懂爱情。”

“哈哈，装。”她笑完，歪着头看我。说真的，她那表情真的很迷人、很美。

我印象当中十九二十岁的姑娘，青春又风情，最美的样子，就是在赵凌凌身上看见的。那个时候还没有人用“女神”两个字来形容美女，但赵凌凌这个姑娘，就当得起“女神”这个形容词。她身上有一种既文艺又青春的感觉，还有一点点风尘味，这种混搭出来的气质，难以用言语来形容。

可这么美的人，在交付芳心给时序的这个过程里，是个输家。

她惆怅地叹了口气，淡淡地说：“时序哥到我爸爸这里来学做鞋子的时候，我好像刚上初一，才开始不过儿童节，我这辈子喜欢的第一个人，就是他。”

我估计这段关于她喜欢时序的故事很长，于是寻了个角落蹲下，歪着头看她。

赵凌凌抖了抖烟灰。

“他太勤奋了，努力又谦虚，还没有什么生活上的坏习惯，跟我爸其他的徒弟完全不一样。那些师兄啊，要么好吃懒做，要么粗人一个。只有时序哥，工作之余就看书看电影，非常好学又上进。他虽然没有读过多少书，但似乎一直没有放弃学习。他的出身很苦，早年双亲就不在了，但他并不屈服于命运。坦白说，我特别崇拜他、仰望他、信任他，他说什么我都听。”说到这里，她又苦笑了下，“但是有什么用，他又不喜欢我。”

“你有没有告诉过他你的心意？”

“有啊。”她也在我旁边蹲下来。

“上高中的时候我跟他说过我喜欢他，他叫我别胡思乱想，要好好学习，先考上大学。等我考上了大学，再跟他说我喜欢他，他跟我说，他把我当成亲妹妹对待，没有半点儿非分之想。”她抿了抿嘴，叹道，“他后来为了表示他拒绝我的决心，还交过一个女朋友，是个卖衣服的。”

我能听出，从她嘴里吐出“是个卖衣服的”这几个字时那种轻蔑的语气。别的地方我不知道，但在成都这个地方，“卖衣服的”这几个字，就包含了“长得好看但没文化”“妖里妖气素质低”等意思。

一想到此刻的我也是这个行列的人，我不由得悲从中来。

不知道林峰会不会介意我的职业呢？他跟他的同学介绍自己的女朋友的时候，会怎么说呢？

赵凌凌没有看出我在走神儿，她完全沉浸在自己失意的爱情里，深陷于悲伤的情绪中不能自拔。

她又长长地叹了口气：“他们交往了几个月，那女的非要他拿三万块钱的聘礼，就准备嫁给他了。我爸不同意，时序哥的舅舅舅妈也不同意，后来那女的扛不住了，就跟时序哥分手了，然后马上嫁了一个二婚的成都男人。夏青，你是不是觉得有点可笑？怎么她刚跟时序哥分手就嫁人了？这二婚的老男人是不是早就潜伏在旁边很久了啊？”

我没有说话。

她又说：“这种女人我见得多了。你看看这座城市，这么大，这么繁华，那些从小地方来打工的女人，一个个都有着要在这里生根发芽的野心，仗着自己有几分姿色，只要寻个长期饭票，就能把户口迁过来了。”

我忍不住提醒："可时序是外地人啊。"

赵凌凌说："但是他在成都有房子，是可以落户的。"

我皱了皱眉头，并没有多大兴趣了解这个户口能带来什么好处，。

在那个年代，成都本地人的排外心理要比十多年后更强烈一些。赵凌凌所说的"这座城市，这么大，这么繁华，那些从小地方来打工的女人，一个个都有着要在这里生根发芽的野心"完全代表着当时成都大部分小市民的心理。这一群人看到城市在飞速发展的同时，也发现自己土生土长的地方，正在被数以百万计的外来人口占领，文化从四面八方涌来，融合，再融合。

那个时候，赵凌凌他们有些恐慌，有些排外，但并没有意识到成都正在从一座寻常的省会城市，渐渐往国际大都市方向发展。

她脸上的轻蔑一点也未消去，她甚至忘了正在倾听的我，其实也是一个她口中所说的"从小地方来打工的女人"。

她还在诉说："今天时序哥说要给一个朋友过生日，我心里对你是非常反感的，以为你也是想要从时序哥那里得到什么的人。"

"现在呢？你还这样认为吗？"

她抿嘴笑笑，满脸歉意。

我说："你认为最好的男人，在别人眼里，不一定也是最好的。因为你根本就不了解别人的生活与过去，所以你不知道别人是否见过更好的。"

"你男朋友是干吗的？"

"他呀……"我一想起林峰，心就变得非常柔软，眼里不由自主地也盛满了浓浓的情意。我当时的表情变化，赵凌凌看在了眼里，另一个人也看在了眼里。可是当时我并未留意到他就站在离我们不远的地方，听着我充满爱意地向别人诉说自己的爱情。

"他在北京上大学。"

"哦？北京啊。哪所大学啊？"

"公安大学。"

"哇……"赵凌凌一副折服的语气，"这么牛啊。"

我毫不谦虚地点了点头，自豪地说：“他确实很厉害，也很聪明，非常坚强又勤奋的一个人。”

“你很爱他？”

“嗯。”

“你们谈多久啦？”

“一年多了。”

“帅不帅？”

“特别帅，也特别高，我无论是生理还是心理，都在仰望他。”

“瞧你这得意劲儿！”

我笑了笑，怕她再追问下去，便站起身来，说：“走吧，咱们该进去了，他们说不定已经醒了。”

赵凌凌这个时候对我已经完全没有敌意，从里到外充满了友好信息。她站起身来时，便将手放到我的手腕上，两个人的关系一下子迈进了很多步，俨然一对至亲至爱的闺密。

我们刚走两步，就撞见时序。

他站在包间外的走廊上，双手放进裤袋里，看起来酒已经醒得差不多了。

“咦，哥，你醒了。”

时序嗯了一声，冷峻的脸上看不出情绪，那双眼睛径直看着我，看得我心里有些怵，笑着问：“怎么了序哥？头晕不晕？要不要我帮你叫一杯水？”

他仿佛这才回过神来，将视线转向赵凌凌，淡淡一笑：“没事，我醒了。走吧，我送你们回去。”

“还是别了。”赵凌凌望了一眼包间内的情景，邓宇和李华玲还趴在自己位置上，不省人事。赵凌凌无可奈何地摇了摇头，同我们说道：“我跟邓宇家就在这附近，一会儿我叫辆出租车就可以回去。倒是你们，序哥喝多了，还是不要开车比较好，也打个车回去吧，明天早上醒了酒，再过来开车也不迟。”

“没事，我可以开。”

“我相信你可以开，但万一出事了怎么办？”赵凌凌说着，将手探入他的裤兜里，一把拿走了车钥匙，说，“就这么定了，听我的。”

她干练又果断地将车钥匙捏在手里，不容反抗地看了时序一眼，然后进了包间，抬脚便狠狠地踢了踢邓宇。

邓宇痛得大叫一声，然后醉眼迷离地看着她。

“怎么了大姐？”

“快起来，回家了。”

“啊？回去了啊？不喝吗？走去音乐房子再喝一点……”

“去个屁，人都被你灌醉了。赶紧起来，我送你回去。”说着，她又恶狠狠地踢了邓宇两脚。

眼前这一幕，真是叫人好气又好笑，赵凌凌活脱脱一个野蛮女友的样子。我突然觉得，也许赵凌凌对时序的感情，只是一种崇拜，而不是真正的爱。

真正的爱是蛮横无理的，充满占有欲与控制欲。

她没收时序的车钥匙，是因为真的担心时序酒后驾车会出事。这小小的任性，是笃定时序不会为这个跟她翻脸。但假使她爱他，也许会蛮不讲理地要求他送她回去，哭着闹着不许他喜欢上别的女孩子。十八九岁，哪里有那么懂事呢？

然而她并没有这么做，反而对醉酒后的邓宇肆意又充满了控制欲。

而邓宇，也乐于被她控制。

爱情嘛，其实就是一个愿打，一个愿挨。

只是那个时候的赵凌凌，可能并不懂。

当然，我也不太懂。

等到她和邓宇走了以后，包间里只剩下我和时序，还有继续昏睡的李华玲。

我表情尴尬地看着时序，说：“怎么办？叫不醒哎……”

时序紧蹙着眉，犹豫片刻，还是在李华玲的凳子前蹲下来，同我说：“把她扶到我背上来，我背她出去。”

“哦，好。”

我们按照赵凌凌的安排，唤了一辆出租车。来到我和李华玲租住的地方，时序又背着李华玲一步一步地上了楼。

五楼高啊，平时叫我爬上爬下的都会气喘吁吁，时序却面不改色，我不得不佩服他的体力。

李华玲醉得实在太厉害了，睡得跟猪似的，嘴角还流着哈喇子。时序刚刚把她放在床上，她就翻了个身，抱着被子沉沉睡去，我根本没办法帮她洗漱。

我拨弄了她几下，还是没用，索性随便替她盖了被子。

时序早已退出李华玲的闺房，一言不发地坐在客厅的沙发上发呆。

我替他倒了杯水：“谢谢你啊序哥，今天又是帮我过生日，又是送玲姐回来。”

“应该的。”他说着，已经站起身来，接过水匆匆喝了一口，又说，“太晚了，你早点休息，我回去了。”

我随口一说：“不再坐会儿？”

他却突然顿住脚步，然后目光停留在李华玲的房门上，过了良久才说：“明天让她多休息一会儿再到店里来吧。”

“嗯，好的。”

时序走了，我关上门，进了浴室洗漱。

等我洗完澡出来，听见有人敲门。

这么晚了，还是谁呢？

我凑近猫眼看去，却是时序。

我轻轻打开一道门缝，同外面的他说：“序哥你等我一会儿，我去披件衣服。”

他瞧见了我放在门框上的胳膊。

我迅速关上门，进屋子找了一件大睡衣披上，给他开了门。

“序哥有什么忘了拿吗？”

他表情有些尴尬地望着我，可怜巴巴地说：“夏青，我今晚能不能在这儿的沙发上凑合一宿？”

“嗯？”

“凌凌把我的钥匙拿走了。”

“车钥匙？”

“对啊，我刚想起，我家的钥匙也在上边。”

看他又羞又窘又无奈的样子，我忍俊不禁，连忙侧身让他进屋。

他进屋来，也不敢看我，客厅里弥漫着从浴室里传出来的香皂味道。他有些尴尬，找不到话说，突然问了一句：“你今天跟你爸爸妈妈通过电话没有？”

我摇了摇头：“没有。”

“为什么呢？”他非常好奇。

原本他是无心问这么一句，可在酒精的作用下，我竟然鬼使神差地跟他说：“我是离家出走的，一年多没见过我爸爸妈妈了。”

原本正在整理沙发的时序突然停住了动作，转过身来看着我，眼里充满了不可思议。

我后来才知道，他从小父母双亡，对于家庭的渴望高于任何人。

而我对于父母的忽略、对于家庭的不珍惜，是令他感到痛心疾首的。

然而那一晚，在酒精的作用下，坐在他身旁，我格外放松，居然毫不设防地将我的遭遇同他一一道来，包括为什么离家出走，离家出走以后又是怎么遇见林峰的，后来为什么又被拐卖去越西，再怎么死里逃生遇见李华玲……

我一点也没有隐瞒，一点也不想隐瞒，对于时序的信任，甚至高过对林峰的。

我什么都说了。

而时序就静静地坐在那里，一支又一支烟地抽着，听我诉说，直到我迷迷糊糊地倒在沙发上睡去。

他什么也没有说。

我在沉入梦乡之前的最后一句话是：“我总是想着要给爸妈争口气，那种感觉其实挺累的，而且他们觉得这是理所当然的，却忘了这是我的人生，我有权利自己做主。所以我不要回去见他们，如果我过得不好，我宁愿他们以为我已经死了，这样也比回去丢人现眼的好。”

我闭着眼睛，然后听见时序按打火机的声音。

十八岁的生日这一晚，便是这样度过的。

当然，手机里还躺着林峰的生日祝福短信。

当我把压抑在心里许久的往事与秘密倾吐给另一个人之后，我觉得非常轻松。那一刻我觉得是幸福的。

十
一个好人

第二天一早醒来，我发现自己躺在床上，错愕片刻之后，立马回忆起昨晚发生的事情。我大概是絮絮叨叨地说了很多，然后倦了就睡着了，是时序将熟睡的我抱回房间的。

想到自己也是借酒壮胆，把过去不曾与人说过的事情统统告诉了他，我不禁有些脸红。

等我穿戴整齐地出门，却见时序已经不在了。李华玲坐在餐桌上吃着早点，一见到我就说："醒了？来吃饭。"

我左右看了看，问："时序呢？"

李华玲头也不抬："走了啊。也不晓得他到底在急什么，饭都没吃就走了。"

"哦？"我拿过牛奶，盯着李华玲瞧，"你几点起来的？"

"很早。"李华玲含了口面包，突然很痛苦地抱住我的手臂，哀号道，"我昨晚是不是喝醉了？是不是很糟糕？有没有吐啊？”

“没啊，没吐。你喝醉就睡了，挺乖的。”

她继续哀号：“时序在我们家睡觉你怎么不告诉我一声啊？”

“我倒是想说啊，你睡着了呀。”

“我的天哪！”

“怎么了？”

她欲言又止，捂着脸一脸懊悔。

“到底怎么了？”

她终于抬起头，痛苦地说：“我早上醒来推开门，就撞见时序在客厅里。”

“对啊，他昨晚睡的沙发。”我端起杯子，喝了一大口牛奶。

“可是我从卧室出来的时候，准备去浴室洗个澡。你晓得我的习惯嘛，卧室离浴室那么近，所以我就没有穿衣服……”

听到这里，我一个没忍住，嘴里的牛奶喷了出来。

李华玲哀号：“夏青！”

我抓住桌上的卫生纸就往她脸上擦，一边擦一边笑：“不好意思不好意思，我真是太意外了，你快去洗个澡，快去快去。”

“我才洗过！”

“再洗洗，洗干净香喷喷地去上班。”

“上什么班呀，时序说今天休息，放假一天。”

“啊？为什么呀？”

“不知道，神秘兮兮的。”

我很诧异，时序那个店开门营业的话，一天的利润也是不低的，说关门就关门，他倒是任性得很。

不会是因为今早撞见的春光吧？李华玲有个习惯，她只要一回家，要么把自己脱得精光，然后套一件长T恤，要么就是只穿着内衣裤。这个习惯在自己家里倒是无伤大雅，当然如果她能穿一套睡衣，那是最好不过的。

我曾经向李华玲开玩笑，说万一哪天时序来家里做客，撞见她赤身裸体的样子，她不得羞死。没想到一语成谶，还真被我说中了。但这样也好，一下子拉近了她与时序的距离。毕竟，他们从朋友演变成了看见对方裸体的关系。

我忍不住向李华玲竖了竖大拇指：“玲姐，干得好！”

李华玲不解，一脸茫然：“什么呀？”

“没什么，快去洗澡吧。”

我原先没有深究时序这一天暂停营业的缘由，心想着大概是起得晚了，又要跑去赵凌凌那里拿钥匙，所以怕是时间上有些来不及。所以我也没上心，开开心心地上班去了。

这一天店铺的生意特别好，等到我下午下班的时候，居然快到四点了。上货出货推销打包，这一系列流程下来，累得我腰酸背痛，哈欠连连，只想赶紧滚回家去，好好地睡一觉。

可没想到我收拾好包包，同李嬢嬢打了招呼，刚刚走到店门口，就撞见两张非常熟悉又陌生的脸。

他们看着我，双目含泪，一言不发。

我震惊不已，那一瞬间大脑空白，双脚像是被焊在了地上，根本挪不动。

他们怎么会来这里？他们怎么会发现我？

我不知道该如何开口，我被吓傻了，眼泪代替语言，决堤而出。

这时候时序从隔壁的小超市走了出来，手中拿着两瓶矿泉水，看了我一眼，然后对我父母说：“叔叔阿姨要不我们寻个地方坐一会儿吧。”

我终于明白我当下所经历的这一切，都是拜时序所赐。他今天专门暂停营业，为的就是去雅安将我的父母接来？

我昨晚对他掏心掏肺，他今天就把我给出卖了，到底安的什么心？

我离家出走本来就是个错误，从一个前途无量的高中生沦落到在批发市场里打工的姑娘，这副狼狈的模样现在叫我爸妈看到了，时序就没有想过我爸妈的感受？他们怎么受得了？

我怒不可遏，恼羞成怒，拎着包就往时序身上丢去：“谁让你去找他们的！”

大庭广众之下，对于我的任性，时序默默承受，由着我宣泄情绪。

只是我没想到这个行为，会招来一巴掌——我爸打完我，自己也愣住了。我妈上前抱住他，哭得上气不接下气。

我脸上火辣辣地烧着，围观群众也越来越多，就连李嬢嬢也从店铺里走了出来，边走边问：“怎么啦？青青发生啥事了？咦，石柱子你咋也在这儿？”

时序笑着说：“没事舅妈，我跟青青有点事要谈。”

说着他就上前搂住我的肩，将我往外带。

我低着头，和爸妈一起向着他的车走去。

这附近几乎没有能够坐下来好好聊聊的地方，而我和爸妈两年未见，更不可能等到时序找到能聊天的地方才说话。

刚坐上车，我爸就不能再保持冷静，几乎没有把时序当成外人，就如千万个严厉的父亲面对不争气的儿女那样暴跳如雷。即便是坐在后排座，他也是不肯安分，身体往前倾，冲着我就是一阵怒吼：“夏青，你好狠的心啊，老子白养你十几年，把你养成了这个样子！翅膀硬了啊，离家出走，你就不管你爸你妈的死活了？我看你的心这么硬，我跟你妈就算是死了你恐怕都不会掉一滴眼泪！”

“志杰，你少说两句。”

“少说两句？你看看她现在都成什么样子了！再不骂她，她恐怕要翻天了！”

“两年没见孩子了，能不能说点好听的……”

我这才开始仔细打量他们。

两年没见，我妈似乎也老了许多，额头上的“川”字纹相当深刻，才四十来岁的年纪，却仿佛比同龄人更加苍老。而我爸，原本伟岸高大的身躯竟然有些佝偻，头上的白发越发多了，气色非常不好。

我心中有些难过，忍不住说：“爸，你以前脾气没有这么暴躁的，也不说脏话的……”

“以前，你也晓得说以前。以前你胆子也没这么大，但现在你看看你都干了些什么！”

“我也没干什么啊。”

“没干什么？放着好好的书不念，大学不去考，沦落到在荷花池卖衣服，你还说你没干什么？你们班同学都考上大学了，你呢？你这是自甘堕落、自毁前程、自掘坟墓、自寻死路！”

“我怎么了？到荷花池来卖衣服就是堕落？考上大学就是光宗耀祖吗？爸，离家出走是我不对，我做错了，但现在走的这条路，我会对自己负责。”

“你拿什么负责？我跟你妈心心念念等着你考上北大清华，我们就熬出来了，你倒好，跑到这鬼地方来，当个卖衣服的小妹儿，你差点没把你妈给气死。”

对于父母声泪俱下的控诉，我无言以对。

我刚才已经哭过，也从震撼中走了出来，对于时序的“出卖”，也统统接受了，现在，我只想与久别重逢的父母话一话家常。

“爸、妈，对不起，是我不懂事，让你们担心受苦了。”

我爸原本还有滔滔不绝的斥骂，在这一刻统统被咽了回去。他瞪着我，眼泪突然就流了出来，怕我看见，忙又别开脑袋拿手挡住了。

我妈看了看他，偷偷递上一张纸，然后看着我，良久才说：“青青你都瘦了，这两年都遭了什么罪啊……”

我咬了咬嘴唇，低下头来。

其实我心中一直觉得愧对父母，又觉得自己如今混得并不好，怕他们因此被夏家院子里的那帮人嘲笑，所以才无颜回去见他们。我自诩有一颗铁石心肠，可在过去的岁月里，也常常因为思念父母而暗自在夜里落泪。

不然，我也不会在昨夜里仗着一点酒意就将这些压在心底的往事尽数倾吐出来。我原本只是想找一个“垃圾桶”而已，却没想到这个“垃圾桶”想做“救世主”，想做“和事佬”。

我对于他的擅自做主表示愤慨，同时也很感激，但当务之急，是同我爸爸妈妈交代叙旧，而不是去了断我与时序的“私人恩怨”。

时序肯定也知道我会“秋后算账”，表面上倒是没什么波动，一副大义凛然，兵来将挡，水来土掩的样子。他在这座城市的东门附近寻了一家装修颇为高档的茶楼，要了一个包间，包间里摆着一张麻将桌，还配备了一张大沙发，然后很自觉地说：“叔叔阿姨，你们和青青聊，我出去给你们买点水果什么的。”

我妈看他的眼神像看东床快婿，特别喜欢，笑着说：“买水果干什么？天气这么热，你今天也开了一天车，别忙了，快过来坐会儿，吹吹空调。”

时序想要上前，但见我恶狠狠的目光，还是退后一步，说：“没事，我一会儿就回来了，待会儿服务员会过来倒茶，你们先聊，你们先聊。”说着，他就退了出去。

屋子里只剩下我和爸妈之后，放下了所有伪装，我们反而不知道该说啥。

爸爸的怒火也消了很多，他点了一支烟，默默地抽着。

倒是我妈，叹了口气，问：“还回去读书吗？”

我摇头。两年了，同班同学都考上了大学，有了新的方向，我再回去算什么呢？离开校园再重回校园，那当初我就不该跟着李华玲来成都。所以，我不可能再回去读书了。

我爸的火气又上来了：“你打算一条路走到黑，卖一辈子衣服？”

“卖衣服有什么不好？”

“你丢不丢人啊！夏青！你爷爷奶奶做了一辈子裁缝，才开了一家服装厂，给人做衣服，搞批发供货。早晓得你这样没长进，我跟你妈当初就不该要你，让你奶奶把你拿去送人。”

“志杰，你在说什么啊！”

我妈的斥责已经来不及了，我将这句话听到了心里去。

我笑了笑，说：“您当初要是把我给送出去，说不定现在您跟我妈过得还挺好的，不会像现在这么惨。”

我爸被我呛得说不出话来，只能怒目圆睁地瞪着我。

我妈也生气了，埋怨道：“青青，你怎么能气你爸爸呢！你知不知道自从你离家以后，我和你爸爸多少个通宵失眠，四处奔走，寻找你的下落？公安局的门槛，都快被你爸给踏破了，又在报纸上刊登你的信息，打电话求亲戚朋友帮忙留意。自从你走后，我跟你爸就没吃过一顿安生饭，你怎么能这样伤我们的心呢？我们就你一个孩子，不求你给我们带来什么荣耀，但求你平平安安、健健康康的，好让我和你爸爸放心一点，这样也有错吗？我们这两年是怎么过的，你是不知道啊，青青啊，你这个娃儿真的是好狠的心啊！”

她说着说着，又哭了起来。

我想了想，觉得自己确实不对，换位思考，假如是我的女儿突然不见了，我不知道她的下落，也不知道她是死是活，这种感受肯定很煎熬。而眼下，我居然为了自己所谓的尊严，继续与他们僵持。

我叹了口气，说：“爸、妈，我之所以没有回去见你们，是因为我知道自己错了。可是既然错误已经造成，我就只有两条路可以走，要么继续错下去，要么转身回来重走。您是了解我的性格的，所以我选择了继续错下去。当然，和考上北大清华相比，我现在走的这条路确实是个错误，至少在你们眼里，甚至所有外人眼里，都是个错误，是不务正业、自甘堕落。所以如何把这个错误走成一条正确的道路，是我目前所面临的挑战。”

我爸熄灭了烟，抬头看着我：“怎么走，才能把这条错误的道路走成正确的路？你给爸爸说说。”

我艰难地说：“我还没有想好。”

我爸立马又要发火，包间的门却在这时被推开，服务员端着玻璃杯和水壶进了门，面无表情地说：“有位先生帮你们点了几杯竹叶青。”

那一刻我简直对时序的机智表示钦佩，他一定是躲在门口偷偷听了许久，才掐着时间让服务员进来的。

等服务员忙完出去，我对爸爸说：“总之，既然我能扛到现在，还活得好好的，就证明我一定会走出一条崭新的路来。”

“在荷花池打一辈子工，给人家卖一辈子衣服，就能走出一条崭新的路来？”说着，我爸颇为讽刺地冷笑一声，“我就没见到哪个姑娘卖衣服能卖个啥子名堂出来，你顶多就是过两年回雅安开个服装店，一天到晚守着铺子，从二十多岁混到三十多岁再到四十多岁，最后跟你妈一样，变成个只会跳广场舞的大妈！”

他此言一出，不待我反驳，我妈已经跳了起来：“跳广场舞怎么了？跳广场舞强身健体，我不去跳广场舞，不得让夏青和你妈他们给气死了！”

“哎，我是在教育夏青，不是针对你。”

“你话中有话，别以为我没听出来。”

“我教育孩子，你这人别捣乱。”

我在一旁静静地看着他们俩，虽然这两年他们老了许多，但现在似乎比过去更亲密了。过去的他们在我眼里就是沉默的一对，在家里也极少说话，我爸下班回来，吃饭看书睡觉，我妈做饭洗衣打扫卫生，两个人似乎没有多少精神上的交流，更别说像现在这样类似打情骂俏的互动。

我心中淌过一丝暖意，眼眶竟然有些湿润。

也许是因为我的离家出走，才让他们同甘共苦，相依为命，互相鼓励，最终成为现在这样至亲至爱的伴侣。

我爸爸在喝完三杯茶、将我痛骂了两个小时、将他与我妈在我走后的悲惨遭遇一一诉说完以后，长长地叹了口气，说：“不管怎么样，你现在已经成年了，希望你不要为别人而活，只为你自己而活，去做你认为对的事情，并且勇敢地承担一切后果，做一个有担当的人。我希望你在很多年以后，再次回忆起自己青春时期的鲁莽行为，能够做到无悔。只要你能做到这点，你做什么工作爸爸都支持你。”

我眼眶又是一热，泪珠子簌簌地掉落下来，我问：“那我妈呢？”

我妈正要说话，我爸陡然抢过话：“我是一家之主，我说了算。”

妈妈嗔怪地白了他一眼，拉住我的手，问：“你不回来的原因，小时都跟我说了。妈妈倒不会强迫你一定要回家来，但是不能不跟妈妈联络。工作上如果遇到了什么问题，也要跟爸爸妈妈说，如果需要钱，也可以开口。”

“不用，我现在有钱。”

“你能有多少钱？”

“反正饿不死，你们都别担心我，把你们自己的生活过好就行了。”我有些不耐烦，不太想继续说下去。

妈妈看出我的意思，没有再强求，而是问道：“那你现在住在哪儿？”

“跟朋友合租了一套房子，就在上班附近的地方。”

“朋友？是不是小时？”妈妈充满探究的目光落在我身上，“你，你是不是在和小时谈恋爱啊？”

我被她的这个问题吓得大惊失色，连连摆手：“不是不是，怎么可能。时序是和我合租那屋朋友的老板，昨晚我喝多了，就跟他唠叨了两句，说到你们，没想到他今天居然会去雅安找你们，还真是爱管闲事……”

爸爸闻言，意味深长地一笑：“还好他今天来找我们，不然我跟你妈还真以为你死了呢。”

妈妈瞪了他一眼。

我问：“对了，他怎么找到我们家的啊？”

妈妈叹了口气，说：“你跟人家说了，雅安城最有钱那户姓夏的人家，你是最不受待见的那一个。人家跑来一问街坊邻居，就寻到你爷爷家去了。”

我惊得瞪大了眼睛。

“不过小时那孩子真聪明，他从别处问到了你爸爸的名字，直接去夏家宅子里找你爸爸，然后要到了你爸的电话号码，我们这才知道你的下落。”

我松了一口气。

我妈却接着说：“其实你走了以后，大家都挺着急的。但是最急的人，居然是叶晋中，他简直疯了一样到处找你，到处登报纸寻人。”

“哦？”我心中泛起一阵暖意，“晋中哥人真好。”

“后来寻不到你，他躲在你的房间里哭了一场，我跟你妈反倒没有他那么绝望，总觉得你应该是赌气，不知道躲哪里去了，肯定活得好好的。”

我尴尬地一笑。爸妈这样的反应，我心中的罪恶感少了许多。

而叶晋中会因为我的失踪而哭泣，这是我始料未及的，心中顿时五味杂陈，问：“晋中哥哥现在过得怎么样？”

“挺好的，跟朋友合伙做生意，开餐厅，说是要做新派川菜，一天到晚天南地北地跑，到处寻新的菜式。最近交了个女朋友，那姑娘家里也是做生意的，长得很好，性格也不错，两人倒是门当户对。”

“哦。”对于叶晋中的现状，我是高兴的。叶晋中比我年长很多岁，过去也不曾听说他交女朋友，一直就是帮着家里做生意。现在他能够自己出去创业，还有女朋友，我觉得很欣慰，这本来就是他在这个年纪应该做的事情。

但是对于自己的现状，我还是不想让他知道，于是对爸妈说：“你们还是别告诉晋中哥哥关于我的情况了吧，就当还没有找到我。”

“为什么？他最担心你啊。”

“他现在在创业，又新交了女朋友，知道了我的下落，难免要来寻我，万一耽误了他的正事儿，我就罪过了。再来，我也不想那边的人知道我在哪里，现在我这个情况，说出去你们脸上也无光。还是再缓缓吧，过两年我的情况好些了，你们再跟晋中哥哥说也不迟。”

我妈跟我爸相互看了一眼，没有表示反对。

我爸爸斟酌良久，还是说：“其实你爷爷奶奶的态度也变了许多，他们也很着急，四处派人找你，你的两位嬢嬢也常常跑来安慰我，怕我想不开……”

我冷笑：“这么说，我走了反而促进他们跟咱们家的关系？”

我爸瞪我一眼：“胡说八道！本来就是可以缓和的关系，大家都不肯让步，才闹成那个样子。都是一家人，能有多大的仇恨？”

我还是冷笑：“对于你们来说他们是家人，对于我来说可不是。如果不是因为他们尖酸刻薄，我也不至于沦落到现在的地步。”

“哦，你终于肯承认自己是‘沦落’了？”

我有点后悔跟我爸说话，他已经不是过去那个慈祥和蔼的爸爸了。

面对我的怨念，爸爸缓了缓语气，说：“知道是‘沦落’就好好地努力工作，想一想未来想做什么、能做什么，再制订一个短期计划，不要一天到晚混日子。

你年纪不小了，已经成年了，既然已经提早地进入社会，就要努力让自己变成一个有用的社会人，一个上进的社会人，不能浑浑噩噩地活。”

我知道他说的话有道理，可是真正做到，需要很大的毅力。

人生的很多道理，都是需要我们亲身经历些什么，才能开悟的。

既然到这世上走一遭，又历尽了千辛万苦，我总要给这个世界留下点什么。

所以我在十八岁的年纪，就开始思考很远的未来，我想要成为一个什么样的人。

人生努力要趁早，不负时光，时光才不会负你。

我们聊了很久，时序买水果归来还真是遥遥无期。我忍无可忍，终于给他打了一个电话，没想到电话铃声就在门口响起。

他颇为尴尬地推开了门，见我们和乐融融的样子，脸上露出了欣慰的笑容。

对于他这副老妈妈式的微笑我表示无语，问他：“时间不早了，序哥，能不能帮我们找家馆子吃饭？”

他笑着说：“好啊，吃火锅还是川菜？”

我询问地看向父母。

我爸一脸慈祥地说：“小时，随便找家餐馆就行了，你今天也累了，就附近吧。早点吃了，我跟你阿姨去夏青住的地方看看。”

“哎，好。”

我连忙说：“那我给玲姐打电话，让她也一起来吧。”

“玲姐是谁？”

我向我妈介绍：“是跟我一起合租的小姐姐，她在序哥的店里打工，对我可好了。”然后我又刻意压低了声音，假装悄悄地跟妈妈说：“她对时序哥也特别好。”说完，我冲我妈眨了眨眼。

我妈大概懂了我的意思，她面上的表情却显得不太轻松。几十年的人生阅历让她敏锐地察觉到了什么，只是不好提醒我。

那天晚上应我爸爸的要求，我们在李庄白肉吃的饭。

李庄白肉是成都的一道名菜，就和成都赫赫有名的“夫妻肺片”一样，都是拿一道菜来做招牌，却撑起了整个店的传奇。

吃完饭，爸妈跟着我们一起回了出租屋，当晚，他们又拖着我不停地聊天，夜里住在我的房间里，而我厚着脸皮去跟李华玲挤在另一个房间里。

第二天一早，怕耽误我上班，爸妈去车站坐车回雅安去了。

从那之后，我隔三岔五就要收到妈妈寄来的衣服和吃的，爸爸三天两头打电话问我昨天过得怎么样，今天过得怎么样。

他们在用他们的方式努力地和我在一起。

其实父母并不是我们想象中那么坚强，他们也需要孩子的爱与依靠来证明自己。至于我所忌讳的夏家院子里的人，当然不晓得我的行踪。我让爸妈保密，我的人生是因为他们的不友善而改变，所以我并不打算原谅他们。

爸爸妈妈劝说未果，见我如此坚决，也就依了我。

实际上我想多了，对于我的爷爷奶奶姑妈们来说，我是死是活，其实并不重要，他们在乎的只是旁人的议论。因为我受不了他们的刻薄而离家出走这个舆论，才是导致他们后来对我父母客气的原因。

至于我想什么时候再回到家里去，我跟妈妈说，至少等我有了自己的事业之后吧。我们不求在敌人面前要扬眉吐气，但一定不能让人家轻看自己。

没办法，我是一个好面子的人。

而李华玲在知道时序为我做的事情之后，曾有好几天闷闷不乐。

我问她怎么回事，她苦着脸跟我说：“时序是不是喜欢你？”

“怎么会？我是有男朋友的人！”

“那他为什么帮你这么多？还去找你的父母？”

我想了想，说：“他是个好人，这是毋庸置疑的事情吧！”

李华玲点头。

“所以，作为一个好人，他可能有一颗博爱之心，见不得众生受苦。而我，刚好就是他觉得正在蒙难的人吧。”

“瞎说。”

“哈哈，真正的原因，是他把我当成妹妹看待，另外他从小没有父母，对家庭是非常渴望的，所以觉得我离家出走这个行为实在是太不孝顺了，怕我爸妈过得不好，干脆就亲自走了一趟，为的是让我爸妈放心，这样他才不会良心不安。”说到这里，我又戏谑地看着李华玲，“你每天跟他待在一起，难道还不了解他的为人？”

对于这番解释，李华玲是接受的。

再加上我本身就有男朋友，又有邓宇大献殷勤，所以这件事情很快就翻篇了。她从那个时候就开始说服自己，时序是个好人，只是将夏青当成妹妹看待的。

十一

有时候爱情徒有虚名

生日宴的第二天，我就收到了邓宇的短信，内容不外乎关心我的身体，约我吃饭什么的。

起初我并没有上心，后来发展成他到我上班的地方来守着我下班，然后出去吃消夜。虽然每次我都把时序和李华玲叫上了，但这种感觉还是怪怪的，所以我每次也会给赵凌凌打电话，让她一起来。

只不过赵凌凌很快就开学了，可邓宇读的大学就在成都，所以他依旧阴魂不散。

有一次我们去玉林生活广场的音乐房子玩。

这是一个颇具传奇的酒吧，彼时刚开业不久，还不像许多年后那么盛名远播。大家在年轻的时候都喜欢泡吧，我们这帮人也不例外，尤其是邓宇。他可以说是这方面的翘楚，成都大大小小的酒吧，就没有他没去过的。

音乐房子与其他酒吧有许多不同，用现代网络流行的形容来说就是：满屋子的音乐，借着音乐与灯光喝酒，是会叫人多几分醉意的。

舞台上是 Jazz Rap 现场，虽然我根本就听不懂歌手到底在唱什么，但邓宇随着音乐扭动的身姿，确实令我沉迷。

李华玲和时序都显得很局促，他们坐在位子上，一本正经地欣赏着表演。

而少不更事的我，与赵凌凌一起在一切新鲜事物中穿梭，兴奋地跳舞，当然，也陪她躲在角落偷偷地抽烟。

赵凌凌对我说："你看，现在又刷新你的三观了吧？"

我大惑不解："啥？"

她笑说："学霸也泡酒吧啊！"

我仰天大笑："其实我在学校也是个学霸来着，但你看我像三好学生吗？"

"哈哈！"她笑着吐了个烟圈。

我说："你真喜欢时序啊？"

"嗯。"她看我，不可思议地一笑，"怎么，这还有假的？"

"我以为你其实喜欢邓宇更多一些。"

"何出此言啊少女？"

"我觉得你们很合拍啊，在一起的时候非常有默契。"

"这不废话吗！我跟他是穿开裆裤一起长大的朋友，能不默契吗！"

"他长得挺帅的，你们怎么就不来电呢？"我皱眉。

赵凌凌突然笑了，笑得令我心中不安，我知道，这份不安源于我的心虚。

我嘟着嘴，有些尴尬地跺脚："你干吗啊，笑得这么瘆人。"

她抖了烟灰，说："夏青，你喜欢邓宇吧？"

我毫不犹豫地否定："怎么可能！"

"哈哈哈，你看你慌的。"

"我没有，别胡说，我可是有男朋友的人。"

"快拉倒吧，你那个男朋友，永远只活在你的手机里，他说不定连你住在哪里，在哪里上班都不知道，还男朋友呢。"

我有些脸红，因为赵凌凌都说对了。

“我跟你说，夏青。在李华玲看来，邓宇跟我是一对儿，你有男朋友，她喜欢时序，所以我们几个人的关系是平衡的。但实际上呢，我喜欢时序，李华玲也喜欢时序，但时序喜欢你，而你喜欢的人是邓宇，邓宇也正好喜欢你。所以，你是当下最幸福的那个。”

我被她的话说得涨红了脸，否定道：“你乱说，时序不可能喜欢我，他跟玲姐才是一对儿。至于邓宇，他就是好朋友，大家比较谈得来而已。”

赵凌凌不屑一顾地说：“你就装吧。”

“我没装，我是有男朋友的人，怎么可能喜欢上别人呢……”

她嘴角带笑，凑到我跟前来，低声说：“有时候爱情徒有虚名，实际上都经不起一点诱惑。有男朋友又怎样，假如再来一个更帅、更优秀、对你更好的，你还是会心猿意马，喜欢上人家。”

“我不会。”

见我否认，赵凌凌笑了笑，没有再同我争辩，只是潇洒地往座位上走去。

而我跟在她的身后，开始反思，闷闷不乐。

我真的已经喜欢上邓宇了吗？

每一天和我联络比较多的人，是邓宇。

每一天和我分享喜怒哀乐的人，是邓宇。

每到周末我都会期待见到的人，是邓宇。

而林峰，虽然是我名义上的男朋友，可是我们的联络越来越少，他日复一日地说着早安晚安、多穿点、别累着、我爱你、很想你。除此之外，我们甚至没有更多可说的。能说什么呢？他的训练是我不懂的，我的工作他也不懂，两个人聊聊天气，聊聊生活的轨迹，然后被迫发现现在的生活不在同一个世界里。

异地恋，何其悲凉。

我在还不太懂爱情的年纪里体会到了爱情的无奈，可悲的是我们却为了一个名义死撑着爱情不肯放弃。

很多时候，我们舍不得放手，是因为念及相爱时的甜蜜往事，习惯性地爱着那个曾经的人，就算爱不在了，习惯却很难戒掉。

而我的否认，正是对这段感情的垂死挣扎。

从十六岁爱到快十九岁，这段爱情是青涩的、稚嫩的、真诚的。人一生中发自肺腑地去爱一个人，不为身份名利地位地去爱，真的没几次。

而林峰是我第一次爱的人，所以我不想失去他。

但是感情的发展，从来都由不得自己。

在被赵凌凌戳破那层窗户纸以后，我再看邓宇，觉得更加不好意思。

邓宇所在的大学离我并不太远，坐几站公交车就可以到。他时常会到我与李华玲的出租屋来，有时候下厨做几个菜，有时候在客厅里给我们唱歌。而我和李华玲也乐得家中有个免费的劳动力，灯泡坏了有人换，桌子不平有人修。

邓宇不仅长得好看，也是个多面手。

那天，李华玲休假回越西老家探望奶奶，家里只剩下我一个人。

邓宇打来电话，问我在干什么。

那时我正好感冒在家，就瓮声瓮气地说："睡觉啊。"

"你感冒了？"

"嗯。"

他又问："玲姐呢？"

"玲姐回老家啦，我自己在家呢……"

"哦，知道了，我给你买药过去。对了，你晚上想吃什么？"

我也没多想，漫不经心地说："都可以。"之后，我就挂了电话。

不知道过了多久，门铃响了，我迷迷糊糊地从床上挣扎起来，披着睡衣开了门，见是邓宇，打了个招呼，又迷迷糊糊地往自己床上爬去。

见我病快快的样子，邓宇颇为心疼地说："怎么会搞成这个样子，昨天不还好好的吗？"

我嘟着嘴："昨天晚上跟你们出去吃消夜，没想到会吹风，凉风一吹就不行了。”

“你啊，还是要注意锻炼身体，别仗着自己年轻，就不爱惜身体。”

“知道啦，以后我会注意的。”

他从厨房倒来一杯热水，又拿出几盒药，坐到我床边来：“来，把药吃了。”

我挣扎着从床上坐起来，他见状，忙伸手扶住我的腰。

这不是我们第一次肢体接触，大家一起出去玩，时常会碰到手、碰到肩膀什么的，但这一刻，他的手掌落在我的腰上，我突然就忍不住红了脸。

我吞了药，又躺下，邓宇替我盖好被子，温柔地说：“先睡一觉，睡醒就可以吃饭了。”

我应了一声，满心甜蜜地睡去。

被人爱着的感觉是美好的，我的手机短信发件箱里，还躺着一条上午发送出去的信息，我跟林峰说我感冒了，头好痛。

然而直到下午五点邓宇都来了，林峰却依然没有回我的短信。

当我再一次醒来时，走出屋子就看见邓宇穿着围裙正在厨房里忙碌。

我倚靠在厨房的门框上，歪着脑袋看他。

他的背影真好看，双腿修长，像个模特一样。这样优秀的男生，在学校里应该有很多女孩子追的吧！他此刻却在这里，为我做好吃的。

一种前所未有的满足感在我心中膨胀，我轻轻地唤了一声：“邓宇。”

他转过身来：“你醒了。去外面坐着，马上可以吃饭了。”

我很听话，乖乖地坐到餐桌边去。

小米粥、煎蛋、两个小菜，漂漂亮亮地呈现在我面前。

“你感冒了，吃点清淡的。”

“嗯。”

被爱被宠溺的感觉在心中萦绕，我看着他，心头一暖，说：“邓宇，你为什么对我这么好？”

他笑着说：“我喜欢你啊，你没感觉到吗？”

我脸上一红，尽管早就知道答案，可亲耳听到的时候还是忍不住娇羞。

“可是我有男朋友……”说完这句话，我很想咬掉自己的舌头。邓宇只说喜欢我，并没有说要做我的男朋友，我这话一下子暴露了自己的想法。

邓宇见我面色尴尬，不禁伸手揉了揉我的头发，温柔地说：“只要你还没有嫁人，我就有追求你的权利，你也有选择爱人的权利。”

我想了想，似乎也是那么一个道理。男女朋友的关系，只是口头上的契约形式，遵守与否，在于个人的定力与责任感，它与婚姻关系是不同的。这也是许多年后，当我被魏仁劈腿时，连质问他的底气都没有的原因。那个时候我心中存了这个谬论，于是与邓宇的交好与暧昧关系，让我没有特别深刻的罪恶感。

但“姑息养奸”的结果真的就是“勾搭成奸”。

那件事也不知道是怎么发生的，吃过饭邓宇还没有要走的打算，于是我们坐在沙发上看电视，明明播的是部爱情文艺片，不知道为什么在我们看来却像爱情“动作片”，两个人都不说话的时候，气氛就尤其紧张。

电影放到女主与男主在书店分别，两人的背影渐行渐远时，邓宇突然一把握住我的手。

我被吓了一跳，抬头看他：“你干吗？”

他的喉结上下滚动，过了良久，他才说：“夏青……”

我感受到了危险的气息，脑子飞速运转，没有吭声。

“我可不可以吻你？”

我的目光随着他的话落到他的唇上，那是一双总是带着邪魅坏笑的嘴唇，那些爱慕他的女孩一定渴望能被他亲吻。而现在，他在我面前向我乞求，想要得到一个吻。

我不知所措，此刻是应该故作矜持呢，还是大胆地迎上去？

我不知道，脑子很混乱，无论怎样决定，似乎都不是正确的。

就在我犹豫的当口，他已经伸出手来，轻轻地放在我的后脑勺上，将我的脸往他面前推去。

他的吻由浅入深，最后排山倒海，充满了难以抵抗的情欲。

一切发展得顺理成章，他将我抱起，放入我房间那张乱糟糟的床上。

我被吻得七荤八素，脑子已经没了思考能力，只能由着他在我身上为所欲为。下一秒他的吻会落在哪里？我不知道；下一步他会怎么做，我也不知道。我只是迷迷糊糊跟随着他的节奏，由着他将我与他身上的庇护拆得一干二净，达到裸裎相见的目的。

我对于这个过程是好奇的，也是恐惧的。

与林峰谈恋爱的时间里，我们共处一室的时间只有两次，而两次他都是发乎情止乎礼，做到了坐怀不乱真君子。

我们都相信彼此会将最美好的自己留到长大成人，能为彼此负责的情况下，再做那件事。

然而有时候命运的车轮往前滚动，从来不由人。直到与邓宇肌肤紧密结合的那一刻，疼痛才将我的理智拉回现实。我用力想要推开他，然而一切已经来不及了，他势如破竹，攻城略地，而我无力抗拒。在短暂的痛苦过后，我被一种从未经历过的充实感与愉悦感占有，情不自禁地将双臂缠在他的脖子上，身体不由自主地往上迎向他，予以身心乃至灵魂的回应。

我知道，这也是爱情的一种表现方式。

互有好感的男女单独相处，其实就是一个迷魂阵局。在这个阵局里，理直气壮地丧失理智，意乱情迷，只因天时地利人和，所以才将彼此身体内最原始的渴望激发出来，只为给相互吸引一个善终。

浪潮过尽，一身疲惫，我躺在邓宇的臂弯里，却忍不住落泪。

他问："怎么了？弄疼你了？"

我嗯了一声。

可实际上，只有我自己知道，我在哀叹我的爱情，哀叹那段与林峰之间徒有虚名的爱情。

第二天，邓宇离开后，我打开手机，看见了林峰发给我的短信：训练任务实在太重，没来得及回复你，快去买点药来吃，多喝水，保重身体。

看着他的名字，我觉得惭愧，脸上火烧一样烫，心里很难过。

我觉得我已经失去被他珍惜的资格。

他百般呵护的东西，在昨夜已被我交给了别人。

过了良久，我回了他一条短信：林峰，努力让自己成为你想成为的那种人，希望你的未来一切都是美好的，也希望你能忘了我。

然后，我关了手机，取出电话卡，扔进马路边的垃圾桶，再到楼下的报亭重新买了一张电话卡，将新号码发给正在联系的为数不多的几个朋友。

在那个时代，如果只是由一张电话卡、一个 QQ 号码所组建起来的关系，想要彻底消失在对方的世界里，其实是件非常容易的事。

我不敢再面对林峰，不知道该如何解释，问心有愧，也不太看得起自己。背叛已经足够无耻，我还那么懦弱，就连主动告别一段恋情的勇气都没有。

时序是在我与邓宇在一起之后的第二周才听说这件事的。当然是李华玲那个小喇叭干的好事，我千叮咛万嘱咐，叫她不要告诉时序与赵凌凌，可她还是迫不及待地告密去了，在我对她的信任与她对时序的爱慕之间，她选择了时序。

时序当时什么反应我忘记了，他好像毫无反应，像一颗石头落入大海里，沉寂无声。他的这个反应，就像路人一样平静，我反而因此松了口气。看来赵凌凌说时序心里有我，完全是个谬论。

赵凌凌却特地打了一个电话过来表示关心，还神神秘秘地说了一句："是你换电话号码那天在一起的吧？你们睡了吗？"

我语塞，无力回答，电话这一旁的脸已羞红一大片。

赵凌凌又说："邓宇虽然爱玩，但人还是不错的，他对爱过的女孩都很大方的。"

我听到这话觉得有些不对劲，皱了皱眉头："都？"

赵凌凌笑了笑："我随便说说，我是邓宇的专业黑，你又不是不知道。别想太多了，也别想太远，过好当下即可。"

大概是我与邓宇在一起之后的第三周，仿佛消失很久的时序突然有一天给我打来电话："夏青，要不要吃冰激凌？"

那时我正在帮货品打包，累得大汗淋漓，将手机压在耳朵旁，嘟囔道："吃啊，正好我热得要死了。"

"那你一会儿出来一下，我就在拐角那家店。"

"好。"

我将手中的活忙完，跟老板请了一小会儿假，小跑着去了拐角的小超市，远远地就看见一个高个子男人站在超市门口，长得英俊又帅气，双手插在裤袋里，静静地站在那里，似乎在等人，又似乎在发呆，不知道脑子里在想些什么。

从这条路走过的女人都免不了要多看他两眼。

我傻笑着唤他："序哥。"

他回过神来，看见我招了招手，而我想也没想就向他跑去。这在旁人看来，我跑向他的那个样子还蛮滑稽的，像个小狗，也像个小孩。

他也像哄小孩一样对我说："想吃什么就拿，我给你买。"

我有些诧异，但还是照做了。对于时序，我始终有一种莫名其妙的依赖感，从来不跟他客气，对于他对我的所有好，我都认为理所应当——当然是理所应当，我将他视为目前为止最信任的兄长，而我最信任的姐姐又正好喜欢他，所以这种亲切感是很难用言语来形容的。

等我抱着一大包零食从收银台出来之后，发现他还是站在门口，不同的是，他手中掐着一支抽了快一半的烟。

我问："序哥是不是有什么要跟我说的？"

他静静地看着我，没有说话，但那副姿态也不像是无话可说。

我拿人手短吃人嘴软，自然不好意思催问。

过了很久，他手中的半支烟燃得差不多了，他终于开口："你才十八岁，急什么呢……"

我有些不解："啊？"

他又说："你年纪小，千万要懂得保护好自己，是如果邓宇欺负你，记得告诉我，我去收拾他。"说完这句话，他似乎也感到有些不好意思，将目光转向一旁，轻轻地咳了咳，又补充道："我是你哥，你记住，我是你在成都唯一的亲人。"

"还有玲姐。"我笑了，忙不迭补充道，"我在成都的亲人，除了序哥，还有玲姐。"

他没说什么，只是深深地看了我一眼，但我知道他认可了。

对于一个漂泊在他乡的人来说，最温暖的事情，莫过于拥有几个可以当成亲人来对待的知己好友吧。所以很多人在他乡遇见一份温情，总是会倍加珍惜。假如再遇见个仗义的，像序哥这样的人，就更是福气了。时序这个人，吃过很多苦，走过许多坎坷，是非常懂得惜缘的。

他身上有一种特别江湖的气势——并非"社会"那种气势，而是仗义、诚信、待人以真。

正因为如此，我才特别信任他。

那一次对话以后，他再也没有问过我与邓宇的事情，对待李华玲，一如往常，不刻意亲密，也不刻意回避。李华玲也沉得住气，居然一直将那份喜欢藏在心底，没有主动告白。

十二

鱼头火锅店

2003 年开春，赵凌凌与邓宇要开学了，我们几个就想聚一下，于是选了家火锅店。

说到火锅，成都永远不缺环境好、品相好、味道好的火锅店，想要吃什么菜式都行，随便选一家走进去，都不会败兴而归。而成都的火锅江湖，至今还流传着“狮子楼”“傻儿火锅”“皇城老妈”“川王府”“谭鱼头”的传说。

我们那一次的聚会，就是在谭鱼头火锅吃的。谭鱼头，顾名思义，就是以鱼为主打的火锅，这种吃法有别于传统火锅的方式，但又包含了传统火锅的精髓，是那几年兴起的一种美食浪潮。

时序是热衷于川菜的浙江人，吃辣的本领不比我这个四川人差，吃特色火锅的时候，在原味碟与香油碟之间，能要原味汤料的，绝不会要香油。至于北方所风靡的麻酱碟什么的，他向来是嗤之以鼻，十分看不起，还说吃火锅不吃辣的话，那不如吃涮羊肉啊。他在四川生活了这么多年，早就在浙江人的躯体里注入了四川人的魂，除了四川话说得还不是特别溜之外，我倒是看不出他与本地人有多大不同。

这家鱼头火锅店，就是他要带我们来的。

赵凌凌、邓宇、李华玲、时序还有我，五个人热热闹闹地围了一桌，在时序这个外地人的强烈要求下，汤底要了个超级辣的麻辣味，真是匪夷所思。

邓宇非常细心体贴地为每个姑娘调好了味碟——那个时候还没有人用“中央空调”来形容对每个女人都好的暖男，我们还不太懂得辨别男人的“好”与“渣”，只是心中感动，再听见闺密们对自己男朋友交口称赞，心中颇具自豪感，却从未有过其他的担忧。

等到后来某一天，经历一些挫折，我们才会发现暖男的祸害。

这一桌只有我与邓宇是情侣，另外三个人关系不清不楚，时序不属于李华玲也不属于赵凌凌，至少在名义上来说，他不属于任何一个。

朋友们凑在一起吃吃喝喝，倒也没有什么主题。

时序虽然好，但他到底是个生意人，有着他的野心。虽然每次出来吃饭都是他提议的，也都是他买单，可是他很少跟我们聊他生意上的打算。作为他的得力助手的李华玲也不知道他到底在想什么。

但是那天，他似乎有备而来。

第一道鱼头吃罢，时序问邓宇：“邓宇，你表叔的楼又重开了？”

邓宇看了他一眼：“序哥的消息可真灵通。怎么，不想继续在荷花池了？”

“有这个打算。”他说着，目光却飘到我跟前来。

我正好存了疑问，索性问了：“什么楼？”

赵凌凌与李华玲也搁下了筷子。

邓宇说：“市中心的九龙服装城，大家还记得吗？”

李华玲抢答：“知道啊，那地方没啥人气，老板的生意做得奄奄一息，后来听说关门了。”

“哪那么容易关门。”赵凌凌冷笑一声，“做大事的人遇到问题，通常是解决问题，没有试过改变就放弃，不太符合生意人的通常属性。他们一般是走到无路可走了，才会选择放弃。”

“哦……”李华玲恍然大悟，“难怪有那么多破产跳楼的人，都是因为把自己逼上绝路去了。”

“不是自己把自己逼上绝路了，而是结果与初衷背道而驰，最终走向了一个必然的归途。”

“什么归途？”

赵凌凌翻了翻白眼，对李华玲说：“哎，你什么都不懂，跟你说话真费劲，有空多看看书好吗？看看电视新闻也可以，别一天到晚守着娱乐节目看，看得跟个二傻子似的。”

李华玲唰地就红了脸，生气道：“喂，凌凌，你这么说话我可就不爱听了啊……”

“忠言逆耳利于行。”

眼见两人就要吵起来，时序终于打了个圆场：“凌凌你少说两句，每个人有每个人的生活方式，华玲少忧多乐，也挺好的；不过华玲啊，你平时也可以多关注点生活中的事情，不要只沉迷于电视节目，多点见识其实也没错。”

两个原本剑拔弩张的姑娘见心上人发话了，于是不再多言。

我见状，忍不住掩面偷笑，同邓宇吐了吐舌头。

邓宇懂我的意思，也不禁笑着摇了摇头。

同时被两个女人爱慕着的时序，也不知是真的懂她们，还是在装糊涂，往两人的碗里各自夹了些菜，语气颇为慈祥地说：“多吃点，一个个都这么瘦，长胖点。”

两个姑娘受宠若惊，无论是高智商的赵凌凌还是蠢萌的李华玲，在喜欢的男人面前，都是乖顺的。

眼见话题被扯远，我忍不住提醒：“序哥刚才说的那个九龙服装城，到底是什么意思呢？”

由于我们坐的是谭鱼头的大厅，又正值饭点，所以人特别多，环境也特别嘈杂。时序接下来的话，可能不太适合在公众场合说，但既然已经开了头，也不可能不说。

他左右环顾了一下，估计是在懊恼当初怎么选择了大厅而不是在包间，然后身子前倾，压低了声音说：“我想把店铺搬到九龙服装城去。”

李华玲再次发挥她率直单纯的性格特点：“那就搬啊，反正咱们店铺也快到期了，生意也不如从前好了。”

时序面色一滞，有难掩的尴尬。他和我一样，深知李华玲的性格特点，她为人单纯热情，说话做事却常常不经过大脑，不太拎得清。

我见状，连忙说道：“可是九龙服装城鞋子的铺面很少，大部分都是女装铺面。这样过去，会不会太冒险了？”

时序嘴角带起一抹笑，他看着我道：“所以，我想做时尚女装批发。”

他此言一出，众人皆沉默了。

片刻后，还是李华玲开了口：“但是你从来没有做过这个品类啊……”

“没做过，可以学。严格来说，服饰类的生意，其实都是通的，八九不离十，错不了。”

“做女鞋这一行不行了吗？”邓宇递给时序一支烟，自己也点燃了一根。虽然说这个动作不太符合他二十来岁在校大学生的身份，可在我看来却是相当迷人的。

爱情是盲目的，只要喜欢一个人，就觉得他怎样都好。

时序将烟捏在手上，却没有抽。他面色凝重，低声说：“女鞋定制这个生意，如果没有自己的工厂，没有强大的资金注入，就很难做大——当然我不是说做不大，而是做起来实在艰难。如果有其他途径可以达到成功的彼岸，我就不太想在这件事情上再浪费时间等待了。”

赵凌凌微微颦眉：“序哥跟我爸爸商量过吗？”

时序坦然道：“没有。”

“不准备听听我爸的意见？”

“回头做好了决定，会知会师父一声。”

听他这么一说，我立马明白他做事的决心。经过这两年的相处，我知道时序的为人，他是非常懂得尊重师长的，但如果下定决心要去做一件事，必然经过了深思熟虑，等到再次开口，就不是“商量”，而是通知了。

于是我问：“序哥告诉我们这个决定，是打算叫上我们一起干吗？”

时序脸上扬起更深的笑意，看我的眼神中带着赞许的光芒，他点了点头，说：“知我者，夏青也。”

我不好意思地笑了笑，目光瞥向邓宇。

他依旧抽着烟，脸上看不出什么波澜。

我却心生愧意，在男朋友跟前享受别的男人的赞许，似乎是个罪过。

人会不断杀死过去的自我，重塑不同的自我，关于这个规律，也是后来经过岁月的锤炼之后，我才晓得的。

那时的时序，表现得十分坦荡，话锋一转，接着又说：“我就开门见山地说了吧，我想转型，需要合伙人。在座的各位都是我非常认可的潜在合作对象，所以，我想问问大家有没有兴趣一起做事？”

他话音刚落，李华玲第一个举手：“我愿意。”

赵凌凌目光颇为复杂地看了她一眼，大抵是为李华玲的单纯无知感到悲哀。可那个时候我们还不知道，也许目的单纯地去爱一个人，往往才会得到最好的结果。但是这些道理，需要经过岁月洗礼才能悟透。

我的人生，目前已别无选择，对于时序也是颇为信任，跟着他做事，我觉得没问题，再坏的结果，不过是重新找一份工作。

于是，我也笑着说：“成啊，跟着序哥有肉吃，我没问题。”

邓宇与赵凌凌却依旧保持沉默。他们都是在读大学生，还有一年才毕业，对于他们来说，未来还有无限可能，这个时候就放下学业和人创业，未免有些冒险。但对于时序的欣赏与爱，令赵凌凌无法割舍，她斟酌再三，问：“我还在读书，创业之初可能帮不了太多忙，但我有的资源都可以贡献出来，也愿意拿些钱出来入个干股。如果序哥不介意的话，我就加入。”

时序笑：“当然没问题，什么人应该放在什么位置上，我心里还是有数的。

你就好好读书，其他事情不必操心。”

同桌的人就剩下邓宇没有表态了。虽然他是我的男朋友，可是在某些时候，我觉得他的心思藏得还是蛮深的，让我看不透。这会儿时序招兵买马，大家都纷纷表示投诚了，就剩他一个稳如泰山。我不禁有些急了，问：“你呢？”

邓宇没有理我，只是熄掉手中的烟头，问时序：“创业是个大事，合伙人的选择非常重要，我有些好奇，序哥是怎么判断出我们是最佳合伙人的？”

这个问题，是我和另外两个姑娘都未曾思考过的。我们那个时候只是觉得时序没什么朋友，提出要跟我们合伙创业，大概是因为别无选择。

但是当这个问题被邓宇提出之后，我们三个姑娘相互看了一眼，心中也开始思索，自己到底何德何能，才会叫人家另眼相看？

时序微微一笑，继续保持他低沉的声调，可奇怪的是，这段话在嘈杂的环境里，依旧非常清晰地落入我们的耳朵里。

他说：“华玲是我的得力助手，她非常勤劳，做事也很细心，只要有她在，创业初期的工作前线，我根本就不用担心员工不努力。”

李华玲没想到时序会当着这么多人的面夸她，惭愧地羞红了脸。

这在我听来，总结为四个字：踏实，务实。

这个评价倒是中肯，看来时序非常清楚自己身边的人的优点在哪里，至于缺点，他不必说，我们也是有目共睹的。我充满期待地看着他，想从他嘴里听见关于我的评价。

时序却跳开我，目光看向赵凌凌，略有停顿，然后接着说：“凌凌是我师父的掌上明珠，从小就聪明，对于数字特别敏感，即便不坐班，也可以在学校处理财务方面的问题，我们的进销存只要过她的手，就能算出盈亏。”

赵凌凌挑了挑眉，指着自己：“让我来管财务？你这是要做大的打算啊？”

时序笑道：“谁创业的时候不想做大做强呢？”

赵凌凌认可，举了举手：“你继续。”

时序注视着她，面带微笑：“我还有一份私心。”

“哦？”

“如果师父知道我放下稳赚不赔的生意不做，偏偏要跑去冒险，大概会不太高兴。我需要凌凌帮我说服师父，并且以后，我可能会选一些其他的鞋子样版给师父，想请师父的工厂帮我代工一下。”

他开诚布公地表明心意，赵凌凌脸上原本的欣慰却渐渐隐去。

她突然沉静下来，神色有些意味深长。

其实与她一样，我们都听懂了时序的话。他说的“私心”才是选择赵凌凌的真正原因。财务方面，对于单打独斗多年的时序来说，根本就不成问题。实在不行，多的是会计师可以聘请，况且创业初期本就没有多少钱可以算，还没到需要一位财务来做合伙人的地步。

他真正需要赵凌凌做的，是稳定他师父的情绪。一旦时序决定转向时尚女装批发，势必会减少在师父工厂拿货的订单，这对于传授了他做鞋手艺，又多年向他供应货源的师父来说，无疑是个重大损失，难免会影响师徒之间的感情，甚至会断了未来的合作可能。但是，假如赵凌凌加入进来，和他一起创业，他师父情感上就会将时序从“背叛”“忘恩负义”“白眼儿狼”转变成“知恩图报”“敢想敢闯”的好孩子。

虽然是同一件事，但如果所处立场不同，思考问题的角度不同，得出的结论也就不同。

赵凌凌是个聪明人，不会不懂这中间的利害。虽然被自己倾心的师兄利用这种感受不太好受，但等到很多年后，人们开始以“做一个值得被人利用的人”为荣耀的时候，这种赤裸裸的利用关系，也就变得正常许多。

只是那个时候，她心中感到有些悲哀，却又无法抗拒。说出去的话就像泼出去的水，她总不能再推翻。所以在“沉忆商贸”成立最初，赵凌凌是我们的合伙人。

而邓宇，在时序说完赵凌凌的作用之后，突然说：“好了，你不用说我。我一来没钱，二来也没有经验，学的专业更不对口，基本上对于你的创业起不到什么作用。但是我可以帮你跟我表叔打听一下，看看九龙服装城有没有便宜又不错的铺面，到时候介绍给你们，你们租下来创业吧。”

时序如释重负，举起酒杯同他说：“邓宇，你是个爽快人，我敬你。”

他们倒是一锤定音了，而让我加入创业团队的理由，却叫时序略过了。等到很多年以后，当我和时序安静地坐下来闲话过往时，我再次提起这个问题，时序笑着说：“你居然纠结了十多年啊，这个答案不是显而易见吗？”

我说：“易见吗？不见得吧。你的心思藏得太深，不太容易琢磨。”

他点燃烟抽了几口，才说道：“也许是因为你的天赋，也许是因为你的家庭背景。你时尚感比较强，穿衣搭配比华玲好上很多个档次，总之我决定做时尚女装批发，你是关键性人物。而且你聪明，能够秒懂我的心思，根本不必我多费口舌，所以我们是最佳的合作伙伴，比他们都要重要。”

我皱了皱眉，问：“那老李呢？为什么要她加入进来呢？”

他说：“创业之初肯定需要肯踏实做事的人。华玲的优点就是吃苦耐劳，踏实可靠，她也是不可缺少的人。”

我后来明白了，在那时，对并没有多少选择余地的时序来说，这一年来有事没事就吃吃喝喝培养感情，目的就是将我们四个人都锁定为合作伙伴，令我们的价值最大化。

只是最早看清楚这一切的人是邓宇，所以他选择不加入。

而对于我的加入，他也并没有表示反对。我们后来详细讨论创业细则时，他也是心不在焉的。

后来过了两天，他来家里看我，李华玲非常识相地说要去时序家里送个东西，然后果断地逃了。

家里只剩下我和邓宇，因为不知道李华玲什么时候回来，导致我们两个人的亲热争分夺秒，就跟偷情似的。

风卷云舒之后，人已疲倦，我躺在邓宇的怀里，却不知道该说什么。他的话也不多，我只好百无聊赖地一遍又一遍摸着他的手指头。

邓宇似乎想到了什么，说：“对了，时序太聪明，把自己藏得很深，他为了达到目的恐怕会用一些手段。你跟他合伙做生意，还是多留心一些的好。”

这份顾虑好暖心，我笑着搂紧他的腰，仰视他，说:“我也没多少钱投给他，手里统共也就四万多块钱的积蓄，全部给了他，就算赔了，也就四万多。”

邓宇叹了口气，颇感嫌弃地说：“你这么穷啊，才四万多的积蓄……”

“喂，人家辛辛苦苦赚来的血汗钱耶！”

他哑然失笑：“谁的钱又是轻轻松松得来的呢？”

“哼！”我佯装生气，背对着他。

过了片刻，一只温暖的大手轻轻地按在我的肩上，然后他将我搂入怀里，紧紧抱住，在我耳边轻声说：“在九龙服装城拿个铺面，第一年加货源和租金的投入，至少要三十万块的样子。假如就你们四个人合伙做生意，你让时序去做第一大股东，你来做第二大股东。”

“我？我才四万块钱，凭什么做得了第二大股东？”

“我帮你出六万块钱，不够我再加。但是你要保密，不能说这个钱是我出的。”

我被吓了一跳，转身看着他：“你哪里来的这么多钱？”

一个在校大学生，在2003年的成都，房价普遍才四千左右一平方米，他却能拿出六万块钱给我做生意？

他没有逃避，只是淡然地说：“我有很多零用钱，所以你不用担心这个钱的来路。”

“我不能要你的钱。”

那时的我年纪虽小，却还知好歹，拎得清。谈恋爱归谈恋爱，但在金钱方面，我并不是那种一旦恋爱就要对方负担自己的经济问题的女孩子。

邓宇笑看着我，目光里却满是温情与信任，说：“就当是我借给你的吧，等你赚了钱，再还给我。”

“不行，我也不能借这个钱……”

我的自尊心告诉我，恋爱中的男女一旦牵扯上经济关系，借钱的那一方就必然会低于另一方。可那个时候我忽略了，自己太爱邓宇，本来在两人的关系中，我就已经输了一筹。

邓宇叹了口气，捏着我的下巴，命令道：“叫老公。”

我翻了翻白眼，他每次都这样。

“快叫。”他还是那种不容拒绝的语气。

我被捏得疼了，终于收起倔强倨傲，拍掉他的手，喊道：“好啦老公，你捏疼我了！”

他心满意足地笑着将我抱在怀里：“老公给自己老婆钱花，这不是天经地义的吗？再说了，虽然时序心思比较深沉，但是个做大事的人，你跟着他，不会输。所以你完全不必有负担，这个钱，等你赚更多钱之后再还给我。”

“我不……”

“听话。”

他将我的头按在他的胸膛上。

我听着他的心跳，终于不再拒绝。既然我把眼前这个男人当成要共度一生的人，那就真的不该那么见外。

“那好吧，这钱就算是我借你的，等赚了钱，我就还给你。”

这就是我的创业基金，统共十万块钱。其中有四万块钱来自自己工作快两年的积蓄，还有六万块钱，是我的第一个男人邓宇提供的。

人的一生当中会爱上很多人，而这些人最终会在你的生命中留下痕迹，令你刻骨铭心。你们都曾为彼此付出很多，为对方的人生留下过浓墨重彩的一笔，有些是关于爱的，有些是关于恨的，有些令你悔不当初，但最终还是会归于平静，无怨无悔。

这就是我对爱情的领悟。

果然不出邓宇预料，进驻九龙服装城租一个十多平方米的店铺，至少需要三十万元的投入。三十万元对于时序来说，应该是轻而易举的事情。但他选择我们作为商业合作伙伴，就不得不退后一步。所以最终，时序出十五万，我出十万，还有五万是李华玲与赵凌凌共同投入。她俩占比很小，但对于李华玲来说，已经算是一个非常不错的转折，至少她从一个打工妹变成了合伙人。

店铺是邓宇帮忙找的，租金比其他同等店铺便宜了好几万，时序感到很满意。

我那个时候还不知道这好几万意味着什么，当然也不知道邓宇这个整日里嬉皮笑脸的在校大学生到底是什么来头，只晓得他家里和赵凌凌家里是一样的，父母做生意，常年不在家。

我同许多20世纪80年代出生的女孩子一样，深受琼瑶阿姨与台湾言情小说，以及郑秀文、刘德华等一些港台演员主演的爱情电影的熏陶，一直坚定地认为情比金坚，即便对方是个一穷二白的小子，只要相爱，哪怕饮水也够饱。

十三

一间店铺

九龙服装城的那个铺面，在定下来之前，我们反复去看过很多次。赵凌凌不太有空，她也没将这件事放在心上，把钱转给时序之后，就很少过问进展。但是李华玲很上心，基本上每天一早就乘坐公交车去九龙服装城一层楼一层楼地打望，比时序还要积极。

李华玲去看的，是每层楼的人流量，以及每层楼批发的款式与价格都属于哪一种层次。她认为为了确保生意万无一失，必须谨慎对比之后，做出最佳选择。

然而她想太多了，彼时的九龙服装城人流如织，生意已经开始呈现上升趋势，并没有多少店铺供我们选择。她所谓的对比数据也只是做个参考，并不能起到多少建设性作用。

不过时序已经对她的行为表示赞扬，她也因此越做越有干劲。

我和时序虽然也去，但不会每层楼蹲点观察，而是选择尚有空铺的楼层进行观察。这样一来可以避开店铺转让费，二来可以避免做无用功，徒增烦恼。

在现有的条件下选择一个最佳的铺面，是最有效的考察。

实际上，我们所谓的考察都是徒劳。一楼二楼商家已满，三楼有两家空铺，一家二十多平方米，一家十多平方米，一个位于南区，一个位于北区。四楼及以上倒是还有铺面，但也为数不多，店铺所售的，跟时序想要做的服装类型有些相悖。

在去九龙服装城的第三天，时序问我和李华玲："三楼南区二十多平方米的店铺与北区十多平方米的店铺，你们选哪一个？"

李华玲脱口而出："当然是选南区的大店铺啊。我这几天对比了一下，逛南区的人比北区的多。而且大店铺比较容易囤货，客源多的时候，我们不至于没的卖。"

时序没说话，然后看向我："夏青你觉得呢？"

我想了想，说："逛南区的人确实比北区多，店铺也比北区的大，但店铺进身太长，开口比较小，招牌怎么做都不会醒目。如果店铺招牌不够醒目的话，就很容易被客户忽略，人只要一多起来，挤着挤着，就簇拥过去了，而且那个大店铺房租挺贵的，我觉得不太值那个价格。"

"那北区的呢？"

"假如非要在二者之间选一个的话，我选北区那个铺子。"

"为什么呢？"

"北区那个铺子属于横开的，就在电梯口，但凡从北区的电梯上来的人都要经过那里，而且距离南区也不太远，做招牌什么的，能比较醒目。旁边的公用区域，咱们到时候跟商场沟通一下，说不定还能再放一个货架或者花车什么的，用来放置大甩卖货品。"

李华玲听了，有些焦灼，反对说："可是北区那个店铺实在是太小了，才十多平方米。"

我又想了想，说："十多平方米的租金跟南区相比，比二分之一还要少一点，但是我们所占到的便宜绝对要比这少一半的租金还要多。你相信我，北区这边过段时间绝对会火起来的。”

“怎么火啊？你看那铺子周围的店铺都死气沉沉的。”

“怕啥，等我们搬过来了，北区就会火起来。”

李华玲闻言，白了我一眼，说：“我记得你前段时间还说过，世界不是以自我为中心的。怎么今天这么自负？”

我想起前段时间跟她说的一句话：人生一共会长大三次，第一次是当你发现自己不是世界的中心，于是你开始努力；第二次是当你无能为力，却还拼命追求的时候；第三次是当你发现自己已经站在世界中心的时候，你不想成为世界的中心。

其实这段话是在很多年前，有一次我在夏家院子里受了委屈，正哭得要紧，叶晋中突然打来电话，家里又没其他人，我只好接起电话。那天具体受了什么气我现在实在记不得了，但听见叶晋中的声音没两秒，我哇的一声就哭了。唉，我小时候真的满小气的，而且属于受不得半点委屈的人。我怨气冲天地在电话里跟叶晋中噼里啪啦地埋怨，最后叶晋中就说了这么一句。

末了他还告诉我，他是在哪本书上看到的。

而我一直将这句话牢记在心。当我发现自己不是世界的中心，只是微不足道的一个人时，就会用这句话来宽慰自己，并激励自己努力。

见她拿这句话怼我，我有些哭笑不得，说：“其实看开、放下、放宽心，才是最要紧的。虽然我们不是世界的中心，但我们可以成为自己人生的中心，主宰自己的命运。所以，我说如果我们拿下这个铺子，它必然是北区第一个火起来的店铺，从而带动整个北区的命运。”

其实我当时只是想为自己夸下的海口圆上一圆，心中也不太有数。真正选择北区的原因是我们目前的资金只有三十万，如果选择南区的话，要多出十多万的租金，而这部分钱只能是时序拿出来，那我的股份占比就会更小。在多方衡量对比之后，我决定冒险选择北区。

私心归私心，但我分析的优势劣势，却又是真实存在的问题。

时序听完我们的对比，未再多言，而是拿出手机给邓宇打了个电话。

一个小时以后，我们正坐在华兴街的龙抄手店里吃抄手，邓宇的电话来了。

时序左手拿着电话，右手捏着大搪瓷勺子，在海味抄手的汤水里搅来搅去。他不断地“嗯……嗯……嗯”，也不肯多说几个字，这样的反应不禁让我心中徒生紧张，难道那间铺子又叫别人抢去了？

我抬眼看了李华玲一眼，她却安之若素，吃得津津有味，还旁若无人地说：“我觉得原味的汤比海味的好喝……哎，不知道我烫的那个串串好了没有啊？哇，说起那个串串就流口水，最喜欢吃龙抄手的麻辣烫了，尤其是那个土豆，又厚又有味，蘸着辣椒面吃，味道简直……我去看看老板把我的麻辣烫烫好了没有。”说着，她半点不带犹豫地马上起身，大步往门口摆的麻辣烫摊位走去。

时序挂了电话，突然握住我的手，欣喜万分地说：“夏青，邓宇真是个商业天才，那间店铺最终以比公开价格低两万的价格租给了我们，他还帮我们谈妥了签约三年，租金逐年递增百分之三十。”

我被他的声音吓了一跳，更被他的动作吓了一跳，目瞪口呆地盯着他，然后目光落在被他握住的双手上。

他终于也意识到自己的失态，连忙撒手，尴尬地笑了笑，说：“不好意思，太高兴了，忘了你是个女人。”

我白了他一眼，拿纸巾擦了擦自己的手，说：“并且忘了我是你兄弟的女人。”

他依旧讪笑。

关于邓宇是不是商业天才这件事，往后我再细说。但那次让我觉得邓宇远不是我所见到的那样嬉皮笑脸，不是个成天只知道混吃混喝的浑小子。

当时的九龙服装城进行重装后开业，商家想要拿到低价的店铺基本上是痴心妄想，更不要说签约三年，并且三年的租金只逐年递增百分之三十。因为商家生意兴隆，房东坐地起价，第二年的房租比第一年翻倍甚至翻几倍的比比皆是，我们遇到的这家房东，倒是个相当善良，甚至可以说单纯到傻的主。

我不知道邓宇这个商业天才是怎么谈判的，但最终合同果然是按照他所说的那样签下的。时序将合同给我们看过一眼，我仔细看完条款后，正想要看看房东的签名，却被时序一把拿过去了。

等到很多年后，我才知道邓宇在接完时序的电话之后的一个小时里，都做了什么努力，并且怎么谈判的。然而那个时候，我已经失去再和他见面的念头，更不愿意将那句“谢谢”通过最简单的方式传递给他。

三十万的创业基金用到店铺上，等装修完店铺之后，居然还剩下一半，足够我们开业铺货了。

店铺的装修非常简单，拿到铺子的第二天工人就进场了，用时序的话来说，多放一天就多浪费一天租金，不能耽搁。

他作为温州商人的精明也在争分夺秒上表现得淋漓尽致，所以总会有人说温州商人特别抠门儿，大概就是体现在这些细节上。

店铺很小，安装好地板、橱窗与货架顶多也就两三天时间，而在此之前，要招聘好靠谱的员工，以及开业的货品要到店。

时序是有经验的人，员工的问题一早就解决了，四个店员小姑娘在一个星期前就已经确定下来，并且由李华玲进行培训。

我与他则需要在出发去广州拿货之前去拜访一位高人。

时序有一个温州来的同乡哥哥，姓叶，是个颇具传奇性的人物，由于都来自温州瑞安……

为了求生，叶先生背井离乡，去过遵义、重庆、资阳，最后来到成都。20 世纪 90 年代末期，在万紫商城做女装批发，后来九龙服装城兴起，他又在九龙服装城的九楼开了店铺，并且注册了公司，做起温州品牌女装的省区代理。这些都是他的人生经历，倘若要细说，恐怕又要叫柳飞絮来听故事，足够她再写一本书了。

时序是非常谦虚好学的一个人。能者为师，但凡他觉得尊敬的人，都是他的人生导师。而这位叶先生，就是他众多人生导师中的一位。在我们这个故事里所扮演的角色，也是至关重要的。

我跟李华玲夸下海口，说要将我们的店铺做成北区最火的店铺，但其实我心里并不是特别有谱。

时序见我很忐忑，便提出要带我去拜访叶先生。

关于时序为什么要带我去见他的恩师，而不是带李华玲或者赵凌凌一同前去，李华玲在成为时序的女朋友之后，也曾表达过质疑与不满。

而时序给予的答案是：

第一，夏青是我的第二大股东，她有权与所有生意合伙人接触。

第二，夏青有敏锐的时尚触觉，她的见识与格局，可以让公司更上一层楼。

第三，夏青在应对大场面的时候，沉着冷静，彬彬有礼，足以代表企业的形象。

李华玲哑口无言，因为时序说的都是事实。

就是这三个原因，所以从2003年开始，从一间小店铺到后来在时代8号的写字楼，这十多年来的任何公开场合里，我一直是站在时序身边的女人，这也是为什么后来坊间会有时序有两个太太的传闻。

那天下着小雨，一早时序就到我们家楼下来了。他先是将李华玲送去九龙服装城，让她守着装修师傅，抓紧进度，然后再带着我去拜访叶先生。

李华玲下车后，看我们的眼神颇为幽怨。

我嬉皮笑脸地同她挥挥手，更是叫她气急败坏。

好在我和邓宇非常恩爱，所以她才没有对我生出嫉妒之心。

我在后来的岁月里渐渐成长，也渐渐明白，千万不要靠近任何一个有伴侣的男人，或者说假如你的闺密对某个男人特别上心，你还想多活几年的话，千万记得离那个男人远一点。因为女人的爱慕之心，其实就是钉在那个男人身上的烙印。虽然说在过了很多年以后，因为网络上众多影响“闺密”形象的公共事件的发生，“闺密”基本可以说是个很讽刺的词语了，但在那个时候，我与李华玲之间的感情，是纯闺密，绝不是塑料姐妹花。

车上只有我与时序之后，他显然比刚才紧张了些，我一扭头就能看见他握着方向盘的手部皮肤绷得很紧。

我不禁打趣说道：“你干吗呢？这是要把方向盘捏碎呀！”

时序表情颇为尴尬，看我一眼，又牢牢盯着前方，最后好不容易憋出一句话：“你先瞧瞧咱们周围停的都是些什么车再说话行吗？”

我倒是去瞧了瞧，也不是什么特别高档的车，顶多就是奔驰宝马多了些罢了。

时序又为自己的尴尬辩解：“这条街的人实在太多了，开车如果不仔细一点，避让行人不及时，很容易就把别人的车给剐了。”

我笑了：“老司机也有怕驾驶不稳当的时候呀！”

“别贫了。”他瞪我一眼，又说，“待会儿见到我师父，记得谦虚一点，少说话，多听听人家怎么说。”

“我什么时候不谦虚了？”

“倒也是。”他欣慰一笑，“对了，叶哥的夫人也姓夏，是个仙女一样的人物，你也可以向她取取经。”

“取什么经？如何变仙女吗？”

他被我的淘气逗笑了，无可奈何地摇了摇头：“哎呀，我跟你说正经的呢，你怎么尽要贫。夏姐是个女中豪杰，早年陪着叶哥打天下，怀着孩子都要临盆了还在店铺里撑着，直到发作了才去的医院。他们公司能有今天，都是他们夫妻俩辛辛苦苦挣来的，从无到有，真正做到了白天做老板，晚上睡地板，叶哥还因此患了病。这些都是打江山的时候落下的。这个世界上，有钱的人那么多，有些人的钱是靠投机取巧来的，有些人的钱是靠权势换来的，有些人的钱却是靠自己的努力劳动一点一滴积攒起来的。因为我是靠自己的双手去改变命运的人，所以我更加敬重这样的人。”

我听时序这么一说，也是肃然起敬，就这么带着崇敬心理，去了与叶哥约好见面的茶楼。

地方是时序定的，他说叶哥喜欢品茶，于是订了一间位于南门附近的僻静茶府。

由于天在下雨，且还挺大的，而我们又忘了带伞，从停车场到茶府大厅的距离也有些远，我不禁望天哀叹：“怎么办？这么冲过去，好几百米的距离，恐怕要被淋成落汤鸡了。”

时序看着窗外，说：“别急，我先开车把你送到亭子那里，我再开回停车场。”

这么说着，他果然径自往大厅近处的路上开去，也不管人家到底允不允许停车。

我倒也不矫情，果断下车就往大厅跑去。

而守在门口的迎宾妹子见了，赶紧拿了把伞往时序的车子走去。

我在后来的岁月里也曾后悔过，假如那天我们一开始就把车子停在停车场，假如我一开始就和时序一起冒雨跑向这间大到堪称是家休闲农庄的茶府，会不会后来就没有冯知意什么事儿了？

然而这世间哪有那么多“假如”啊。

当时序停好车，打开车门，大雨倾盆中瞧见一个长相温婉秀美的妙龄少女，撑着一把透明的伞静静等着他时，想不心动也是极难的。

与冯知意四目相对时，他一颗孤独许久的心在那一刻被温暖了。他面带微笑，佯装平静地说：“咱们庄里的服务可真周到啊。”

冯知意淡雅一笑，柔声细语道：“先生，我刚刚一时情急，只拿了一把伞，不知道您是否介意与我同撑一把伞呢？”

时序毫不犹豫：“当然不介意。”

试问，面对这样一个曲线玲珑、温婉可人的姑娘，又有哪个男子不愿意与她共撑一把伞，近身体会美人在侧的芬芳呢？

时序在美人的陪伴下，终于安然避过了滂沱大雨，两人不过才走了短短几百米，竟然争分夺秒地做成了朋友。其实那个时候，朋友的定义还比较简单，尤其是我亲眼瞧见时序将名片递给那姑娘，然后回头冲大堂经理询问，能否请冯知意为他们煮茶时，就知道时序从心底来说对这个姑娘上心了。

面对青年才俊的邀约，冯知意自然是愿意的。

于是我们那间茶室煮茶的榻榻米上，坐着的便是这位冯姓姑娘。

在等待叶哥到来的那段时间里，我曾偷偷地打量她。

冯知意的年纪看起来应该比我要大几岁，但五官细腻，皮肤很好，白里透红，没有一丝瑕疵，就像刚剥开的鸡蛋一样光滑；有一双柳叶眉，细细长长的，盖在月亮一样的眼睛上；脸盘子很小，直觉一个巴掌就能将她的脸完全盖住。

她那张脸呀，就是许多年以后，网络上特别流行的网红锥子脸。

而我和李华玲、赵凌凌这种脸形和五官都比较特立独行，但凑在一起又特别耐看的姑娘，在锥子脸大行其道的时候，又被称为“高级脸”。

在网红脸看腻了之后，还是会觉得高级脸比较耐看。

但不可否认，第一眼最夺人眼球的，还是网红锥子脸。这也是为什么有那么多姑娘趋之若鹜，为了达到锥子脸的效果，甚至不惜削骨瘦脸。

那时我觉得时序认识了冯知意之后，仿佛整个人都在发光，他的眼睛在发光，他的表情也在闪烁，话特别多，每说两句话，总有一句会逗得那姑娘咯咯直笑。

我当时就知道，完了完了，李华玲完了，赵凌凌也完了，她们默默等待了几年，也彼此争斗了几年，最后却被一个“蛇精脸”给捷足先登了。早知如此，她们还不如哪一位礼让一下，让另一位率先得到时序，也比现在突然闯入一个陌生姑娘来得好。

我一面偷偷观察，暗自揣测，默默感叹，一面又觉得时序与冯知意坐在一起的样子相当般配，倒是要比李华玲或者赵凌凌耐看得多。

忽然，我惊觉自己同邓宇恋爱这么久，除了拥有时序、赵凌凌、李华玲三个共同好友之外，我竟然对他的世界一无所知，他的同学我一个也不认识，我甚至还没有去过他的学校。

当我意识到这个情况以后，才发自内心地慌张起来。

瞧着时序与冯知意相谈甚欢，我非常眼红，心中有些堵，旋即摸出手机，给邓宇发了条短信：刚想起一件事，我居然都不认识你同学哎。

邓宇秒回：赵凌凌不算？

我又回：除了她以外的。

这条消息发送出去以后，很久很久，手机屏幕都没有再亮起来。

我眉头紧蹙，心中愁绪万千，紧紧纠缠。

这是什么情况呢？难道邓宇上课发短信被老师发现了？不对啊，大学课堂可不像高中课堂。那是为什么？他在逃避？他在大学里还有一个恋人？所以他才不肯带我去和他的大学同学们认识吗？

难道对于邓宇来说，我是不值得带到同学们面前去的女朋友吗？

我突然坏了心情，越想越生气，连着给邓宇发了好几条信息：

“你是不是在学校里有女朋友？”

“我是不是不值得你介绍给其他朋友认识？”

“你到底爱不爱我啊？”

唉，那个时候的我才十九岁，是个在恋爱中很敏感也很在乎个人感受的人。如果爱一个人太多，难免会显得卑微，总是不自觉地自卑，认为自己配不上他。倘若他再不肯将我介绍给他的朋友们，我就更加痛苦了。

在邓宇没有回复我消息的这十多分钟里，我要么一直盯着手机屏幕瞧，要么双眼空洞地看着时序与冯知意，全副心思牵挂在手机上，冯知意说了什么，我根本就没有听进去。

时序终于发现我在走神，于是轻轻拍了拍我的手臂，问：“怎么啦？”

“啊？”我看着他，“没怎么啊。”

“知意问你，欢不欢迎她跳槽来我们店里上班呢。”

“来我们店里？”我终于回过神来，不可思议地看了时序一眼。他可真行啊，不，是她可真行。我又满是钦佩地瞧了冯知意一眼。

在短短的十多分钟时间里，冯知意这个女人到底说了什么，居然让时序萌生了想要请她去店里上班的想法？现在她正充满期待地看着我，等着我点头。

我并没有成人之美的觉悟，而是就事论事地说：“可是咱们店铺的人已经招满了，再多一个人，怕是赵凌凌和华玲姐都不会同意。”

说完，我意味深长地对时序微微一笑：“你最好还是问问华玲姐的意思，别到时候店里还没开业呢，合伙人就出现了意见分歧。”

时序有些尴尬，支支吾吾：“这个……再多添一个人也没什么……”

“员工的薪资是赵凌凌定的，我说了真不算数。”

冯知意见状，非常识相，立马给了时序台阶下：“没关系的时总，等店里缺人的时候跟我说就好，我随叫随到。”

时序没有说话，俊逸的双眉微微一皱，颇感难堪地对冯知意说：“回头我联系你。”

“好的。”

时序起身来，看我一眼：“我出去接叶哥，估计他和夏姐应该到了。”

“好。”

我知道他现在非常不高兴，但我并不想哄他，不如由着他去吧。

假如他还是一人独大的个体户，想请多少人就请多少人，想用谁就用谁，哪需要看别人的脸色。然而眼下的局面是他自己选择的，也是他自己造成的，他总不能不遵守规则，出尔反尔。

再说了，我既然在冯知意身上嗅见了危险的气息，就不能引狼入室。站在客观的角度来看，冯知意知书达理识大体，能言善辩会做事，对于时序来说，倒不失为一个良伴。但如若是站在情感的角度来说，我希望这样的女人永远不要出现在时序的生活里，因为她的出现会夺去所有女人的光芒，包括我的。

冯知意看出我眼中的不友善，却还是温温柔柔地对我说：“小姑娘喜欢喝什么茶？”

我笑着说：“美女姐姐不必麻烦，再说我也不懂茶道，一会儿等我们的客人来了，你一切以他为重就好。”

冯知意真是人如其名，仪态优雅地点了点头，再对我报以一个优雅的微笑，柔声细语道：“好的，一切照姑娘的意思办。”

她的声音很轻、很柔，就像一缕清风拂过心头，叫人感到心旷神怡。我一个女的，都为她折服，更何况是时序那个凡夫俗子。

我觉得她与时序的故事不会就此打住，心想还是不要得罪她比较好，于是又说："刚才还希望你不要介意，虽然是合伙做生意，但我确实没有决定权。店铺多请一个人，对于我们那种小投资的小店铺来说，确实是一件比较麻烦的事情，创业初期也没多少钱，还希望你能理解。"

她微笑："我当然理解的。只是觉得跟你和时总比较投缘，所以想跟你们交个朋友，也想跟着你们一起做事……"她说着，拿出手机，对我说："我叫冯知意，不知道姑娘怎么称呼，能不能留一个你的电话号码？"

长得好看又温柔的姑娘，其实是件非常可怕的利器。我根本无力抗拒她的请求，乖乖地告诉了她我的电话号码。

她很快发了一条短信给我，再一次做了自我介绍。

十四

宋种芝兰香

十多年后，我再次回忆起这些细节，不由得为冯知意点赞，她的每一句话、每一个动作，都像是为成为富豪能够带出去见人的正房而培养的。这是一个目的性很强的姑娘，她严格地要求自己，抹去原生家庭带来的痕迹，为的就是某一日能找寻到一个可以带她离开她所在阶级的男人。所以她撑伞去停车场等候的行为，也许不是只针对时序。在时序之前，她也许已经用同样的套路与更多类似时序这样的创业者，或者其他的成功人士交换了电话号码，以她的美貌与主动，为自己的未来铺路。

也许她的名字也不是真名，因为这个名字所体现的文化内涵，远远高过她当下正在从事的职业。虽然她有一张姣好的面容，却有一双不太细腻的手，从那粗壮的指节可以辨出，她曾经吃过很多苦，受过很多罪，是个地地道道从社会最底层挣扎出来的女孩子，和李华玲、时序的童年遭遇也许并无多大差别。

正因为如此，所以她能一眼辨认出自己的同类，在她的伞被时序接过，时序为了护着她却淋湿自己的半个肩膀时，她便知道，这个男人是个潜力股，他能懂她，也会呵护她，更会在知道她艰难的过往之后疼惜她。所以她选择了主动出击。

只是，她没料到我不是个好说话的主，并且当时的我正因为邓宇没有及时回复消息心情很不好。

这样，我们两人客客气气地聊着，就听见有人边走边聊地从外间走来。

估计是贵客到了，我连忙起身迎接。

冯知意也站起身来，像个旧社会的小媳妇，还往前走了两步，脸上带着训练有素的微笑。

这时从精雕细琢的镂空屏风后面走来两个人。

为首的是个瘦高个男子，三十来岁，气宇轩昂。慢他两步的，也是位个子挺高的女子，三十出头的年纪，面容姣好，身材苗条，如时序所说，气质好得像仙女一样。

不用怀疑，这二位必然就是时序甚为敬重的师长叶先生与夫人夏女士了。

我笑着主动上前打了招呼："叶哥夏姐好，我叫夏青，很高兴认识哥哥姐姐。"

叶哥看我一眼，又看向时序，戏谑道："不错啊，形象气质佳，这样的合伙人我当初怎么就没有啊。"

他这个言外之意，把我当成时序的女朋友了。

我也懒得解释，想着旁边还有个虎视眈眈的冯知意，又怕她喧宾夺主，便一把揽过夏姐的手臂，扶着她入了座。

夏姐很美，五官大气，慈眉善目，是颇有佛缘的面相。

我曾听时序说，叶先生与夏女士都是非常虔诚的佛教信徒，心怀慈悲的人，久而久之，面相也会因此改变。对于此种说法，从前我是不信的，但在见到夏姐之后，我认同了这个说法。

相由心生，善人有善面相，恶人有恶面相，不是没有道理。

落座后，时序说："前几天他们家经理给我打电话，说刚到一点宋种芝兰香，我深知叶哥好这口，所以就让他给我留了一些。待会儿咱们先尝个鲜，看看是不是您喜欢的品类。"

叶先生有些不好意思："那么名贵的茶，我可不敢受用啊。"说着，他便往冯知意那边看去，说，"还是来几杯碧潭飘雪吧，眼下这时间刚刚好，都是新茶。"

"叶哥说什么笑啊，碧潭飘雪哪成啊！"

"那就喝竹叶青，峨眉山的竹叶青！"

"哎呀我的哥，茶我已经买了，老板给我优惠了，就让我孝敬您吧！您教我的那些，这点茶又算什么呢！您看这外面大雨滂沱的，您和夏姐还跑来赴约，这已经是给我天大的面子了，待会儿我还指望您再多指点我一些呢，也要麻烦夏姐多教教夏青呢。"

夏姐目光温柔地看着我，说："都姓夏，就是我自己家的妹子，有什么需要姐姐帮忙的，尽管开口。"

叶先生也不再推托，便叫冯知意，说："那就麻烦姑娘把茶送过来吧。"

冯知意敛衣应声，乖顺地退了出去，不一会儿又捧着一个木制的托盘，上头精心陶制的瓷器里盛放着的就是叶先生与时序口中极其稀有的宋种芝兰香。我心中虽然有些好奇，可还是牢记今日的使命，便按捺住心头的蠢蠢欲动，继续同夏姐闲聊。

冯知意准备继续操作，却听见叶先生说："姑娘你先出去休息一会儿，这茶我自己来煮，有需要再唤你。"

冯知意有些愕然，她刚刚洗完茶具，就要被人遣走了？她甚至还没有机会问他们两个索要电话号码，还没有机会打听出眼前这两位贵客到底是什么来头，就被眼前这位气度不凡的中年男子请走了。

她有些不甘，目光求助似的看向时序。

然而时序眼下心中都只有他的师父他的贵客，便没能看懂冯姑娘的意思，说："那就谢谢你啊，知意。"

冯知意原本满心惆怅与委屈，但在时序亲密地唤出"知意"两个字之后，彻底烟消云散了。她知道自己在他心中有了一定的位置，所以也不必继续打望其他猎物。

于是她起身，向我们行了个礼，规规矩矩地退下了。

我一面在心里为叶先生的英明神武鼓掌，一面又产生了疑惑，为什么叶先生能一眼看出这个低眉顺眼的貌美女子其实藏着一个大大的野心呢？

或者说，从头到尾只是我自己在意淫，实际上叶先生只是想在闲聊的时候肃清环境，不要有闲杂人等而已。

我在很多年后再次回忆起那一天，也忍俊不禁。我还真是一个内心戏十足的人，戏多、话多、想法多。别人都不用跟我对台词，我就能在心里自编自导出一台戏。归根结底，还是我对冯知意的第一印象就不好，我讨厌她向时序献媚讨好的样子，更讨厌她比我、比李华玲、比赵凌凌都长得好看，还比我们更温柔。

嫉妒使人面目狰狞。

那时的我，其实对冯知意这个突然出现在我们生活里的女孩子是充满敌意与嫉妒的。

叶先生的话很快就拉回了我的思绪。

他一面煮茶，一面说："我知道你的意思，想要以小博大。虽然说这个店铺还没有开业，但你已经有一年规划、两年规划、三年规划，时序，你老实跟哥哥讲，是不是？"

此时的时序是我从前从未见过的。他低着头，谦恭、虔诚，甚至有些卑微，我知道他敬仰的不是叶先生的财富与地位，而是叶先生的智慧与经历。

所以，对于叶先生的提问，时序毫不掩饰地回答说："是，我准备在九龙做两年就成立公司，做自己的品牌服装。"

"做自己的品牌不是那么容易的事，首先销路就是一个极大的考验，其次是投资。你想好会面临的困难了吗？"

“大致想到了可能会遇到的问题。如果不能做原创，我就做挂牌。”

“怎么做？”

“去韩国或者香港注册一家公司，将广州货包装一下，再以进口品牌的名义进行批发。”

听到他这么说，叶先生的手抖了一下，壶中的水竟然洒了出来。

他微微一笑，淡然说：“时序，此举不可取。”

时序依旧很虔诚道：“为什么呢？”

“做这种假的国外品牌，也不是说不会成功。但是呢，风险太大，而且业内的风评也不见得多么好，虽然说可能会赚很多钱，但你也不希望当别人提起你的名字时，满脸鄙夷吧。”

时序讪笑，我看不透这个笑容的含义。也许他早就考虑到了这种可能，但急于求成的他似乎并不畏惧这个结果。

“民族自信还是要有的。”叶先生为时序跟前的杯子倒上茶水，接着又往我这边来。

我连忙捧了杯子向前。

叶先生却说：“放下，小心烫着你。”

我依言照办，可他不怒而威，我还是有些害怕。

夏姐安慰地拍拍我的手背，低声说：“不用那么怕他，他是看起来不太好说话，实际上很好说话。”

她话音方落，我就听见叶先生笑着说：“怎么？我刚才的声音太大，把我们的合伙人吓到了？”

我羞红了脸，连忙摇头。

时序解围说：“夏青这丫头才十九岁，夏姐你要帮我多调教一下她，今后我们店里能不能赚钱，都靠她选款的眼光了。”

“敢情这是将发家致富的重担全部压到我肩上了。”我嘟着嘴，瞪了他一眼。

众人皆是一笑，又言归正传。

叶先生说："我的建议是，你虽然已经在荷花池开了几年的鞋店，做的是批发，但毕竟对女装不太熟悉，先不要盲目地去制订两年计划。"

"我也没有完全定下来，只是心里有个想法而已。"

"有想法是好事，总比没有的好。但是眼下应该做的，是抓紧时间让店铺开业，把你的'以小博大'变成现实，将三十万的投资变成三百万甚至更多的利润，这才是你这一年内最应该做的事情。至于明年你要做什么，等你实现了三百万的目标之后，再去思考。"

我忙不迭插了句嘴，发出我的疑问："三十万投资的一间小店铺，想赚三百万的利润，只用一年时间？"我感到不可思议，说到这里的时候，自己都忍不住笑了："能成吗？"

这不是天方夜谭吗！2003年，城镇人口年平均收入才八千多元，而我们居然想用三十万换取三百万的纯利润，这不是天方夜谭是什么呢？

叶先生看我一眼，脸上带着淡淡的笑意，继续煮茶，但还是回答了我的疑问："能。"

我突然觉得他很不靠谱，满是质疑地瞧了时序一眼。现在想起来，我只想笑当时的自己多么无知，真的是贫穷限制了我的想象力，我决定入股的那一刻，只是希望月收入能够从几千块钱增长到一万多块，一年能分到十来万块，我也就心满意足了。

可是眼下，叶先生画的蓝图好漂亮，一年三百多万的纯利润，我得分到多少钱啊？很快我就可以在成都买房子，把我爸爸妈妈从雅安接过来，再也不用看夏家院子里那些人的脸色。

这种可能太诱人，光是想一想，都叫人心潮澎湃。

叶先生似乎看出了我的心猿意马，意味深长地一笑，又说："但是要付出三百分的努力。"

"三百分？"

"嗯。"

"什么意思？"

“寻常人付出一百分的努力，往往可以收获预期中百分之三十的回报；但如果人付出三百分的努力，就能收获百分之一百的回报。所以，如果你们想要‘以小博大’，拿三十万换回三百万，就要付出三百分的努力。”

我恍然大悟，时序的笑声恰到好处地响起，他拍了拍我的后脑勺——与其说是拍我的后脑勺，不如说是摸了摸我的头发。

他说：“长见识了吧？知道这个世界上其实是有传奇存在的吧？”

我瞪了他一眼，想也没想，脱口而出：“可是叶哥并没有说怎么做才是付出三百分的努力啊！”

叶先生哈哈哈大笑，端了茶向我致意：“喝茶。”

我端起那杯茶，浅浅地啜了一口。我虽然自诩学霸，可到底不是个风雅之人，品茶之道在十九岁的年纪更是一窍不通。可那杯茶叫我印象深刻，入口芳香醇和，而后回甘，滋味悠长。

我对于茶道的热衷，便是从那一刻开始的。

后来，当我以魏仁“家属”的身份，或者以柳飞絮嫂子的身份陪他们参加一些饭局，与那些文人墨客、政客官人闲话茶道尚能应付一二，也是托了时序的福，早年没少带我出入那些风雅之地。

叶先生见我喜欢这茶，便笑着说：“你把眼下对工作付出的努力，再乘以十，也就是三百分的努力了。”

见我还是一脸茫然，他又说：“事无巨细，但凡经过你手，都要认真仔细，不允许一丝纰漏。如果对时尚信息不够清楚，就多看书多上网，了解全球时尚信息，同时还要学习布料的知识、颜色的搭配。虽说你们一个自己做生意多年，另一个做服装销售多年，但毕竟在服装圈来说，你们还是十足的新人。假如想要赢，就不能懈怠，不能给自己一丝一毫输掉的机会。”

我连忙摆手：“等等，叶哥你等等。”

时序见我手忙脚乱，不经哑然失笑：“你干吗呀？”

我埋头在包里一阵乱翻，一边翻一边说：“等等再说，我把这段话抄在笔记本上。”说着，我从包里拿出了笔记本，以飞快的速度将叶先生的话写在了上面。

夏姐笑了："丫头你怎么跟我们公司的员工一样啊，只要叶总一开会，一个个都用笔记本记录呢。"

我心服口服，说："因为叶哥说的都是大实话，都是有用的话。我终于明白时序为什么要请叶哥喝这个宋种芝兰香了。"

夏姐很好奇："为什么？"

"因为像叶哥这样实在又毫不吝啬传授生意经的人实在是太少了，更何况我们还是同行，叶哥都不介意，还什么都肯跟我们说，提携后辈，这种精神实在珍贵。"

时序笑，补充道："好茶配君子。"

我忙应和："时序说得对。"

叶先生与夏姐相视一笑，又说："别给我戴高帽子，你不夸我，我还是会告诉你该做什么，不该做什么的。时序是我的兄弟，又是同乡，我当然希望他好，如果我的经验能够令你们少走弯路，我是非常愿意的。至于你说的，我们是同行，我觉得根本就不存在这个问题。生意大家做，你不做，别人也会做。你放心，你叶哥的心态很平和的。"

时序语气充满崇拜地说："叶哥的格局，不是我辈所能企及的。"

"你住嘴。"叶先生笑着说："有问题，说问题，别尽讲些好听的。"

时序笑："我想知道，叶哥是怎么将一个小店做到现在这样，全市几十家直营店，全省又几十家加盟店的地步的。"

"我们创业比较早，我跟你夏姐 20 世纪 90 年代初就在做服装生意了，不过当时我们是在资阳开店，那个时候才开始慢慢摸索这个行业。"

"资阳？"我颇感好奇，"叶哥不是温州人吗？怎么会去资阳呢？后来又怎么到成都来了呢？"

叶哥正好端了茶在品，于是夏姐补充说："叶哥从温州出来后，先是在重庆打工，后来他们兄弟几个又去遵义开厂子，听说服装生意赚钱，正好在资阳有亲戚，就跑去资阳开店了。"

“然后就遇见了你夏姐。”叶哥满是宠溺地看了夏姐一眼，“我那时候店里缺人，你夏姐高中毕业找工作，她姑妈的店铺就在我隔壁，说我这个人长得帅，又踏实，就给介绍到我店里来了。”

“我那个时候跟你一般大。”夏姐微笑着看了看我，又看着时序说，“十九岁跟着叶哥，两个人一起打天下，相互理解，相互扶持。1996年的时候，我们到了成都，在青年路的万紫商城租了一间店铺做批发。”

我心中飞快地盘算了一下，1996年到2003年，总共七年时间，叶哥与夏姐的公司如今麾下门店好几十个，还真不好计算到底赚了多少钱。可这话我又不能直接问，只能弱弱地问：“那你们做批发的时候，一天大概能卖多少钱啊？”

叶哥想了想，说：“1996年刚开业的时候，一天的销售额是三十万到五十万左右。”

我闻声一惊，手中的杯子险些落在桌子上。

夏姐忍不住掩嘴笑了，伸手扶了扶我，又说：“别听你叶哥瞎说，这种情况不多，但那个时候生意确实要比现在好做得多，每天的销售也都在六位数以上。”

“我哪有瞎说。我是在给他们自信。我们那个时候做批发，都是拿编织袋装钱的。既然小夏之前在荷花池给人打过工，应该晓得做批发有多赚钱吧。”

我尴尬地摇了摇头：“我老板的生意并没有好到这个程度。”

“荷花池太混乱，不如青年路这边赚钱。”叶哥又说：“90年代是一个充满传奇的时代，成就了一些本土富豪。”

我点头。

“成都某百货的老板早年只是科甲巷的一个下岗职工，他后来怎么就变成了成都知名大商场的老板呢？都是那个年代好啊。再说说我们温州，温州好些女装品牌的老板，最初都是干吗的你知道吗？”

我摇头。我哪儿知道。

叶哥说：“他们有些是做出租车司机的，有些是做裁缝的，还有些是做小包工头修路的。”

我和时序相视一眼，瞠目结舌。

叶哥又说：“你说他们懂时尚吗？不懂啊。一个个都土得很，别说搭配了，一年到头新衣服都没两身。但那会儿百废待兴，做生意这种事情，就赌一个敢想敢拼，饿死胆小的，撑死胆大的。这些出租车司机、小包工头、裁缝啊，后来成了影响中国时尚业的第一批人物。国产女装品牌，不胜枚举，我就不点名了，你上网去查，都查得到，一个个都是传奇。我和你夏姐不算什么，不如时序说的那么神，我们只是将这些传奇传递到更多人跟前去的中转站而已。其实这也就是时装批发的责任所在，将时尚传递出去。”

我忙说：“不，我认为你们也是传奇，已经很厉害了，叫我辈望尘莫及。”

叶哥笑了笑：“再跟你说一件事。”

“什么？”

叶哥看了夏姐一眼，夏姐会意，便说：“其实我跟你叶哥创业的时候，我们只有十万块钱。第一次从乡下城市来到大城市，什么都不懂，什么都不会，除了赚钱守铺子，哪里都没去过，到了第二年盘算，一共赚了二百一十万。所以，刚才你叶哥才说，三十万换三百万，是可行的。”

我惊得倒抽一口气，瞪着时序，心中除了感慨，同时也想研究一下时序的资产。他批发皮鞋有几年了，不可能没钱吧？为什么要苦哈哈地跟我们做小本生意呢？

时序没有看懂我眼里的质疑，或者说他看懂了，却假装不懂，只是看了我一眼，便又满是崇敬地望着叶哥。

叶哥说：“创业是团队的事情，不能孤军奋战。你有再多钱、再好的创意，假如没有人帮着你实施落地，你也永远不可能成功。有句话说得比较难听，却也十分在理。”

时序问：“什么话？”

叶哥又慢腾腾地为大家倒了杯茶，再慢腾腾地说：“一将功成万骨枯。”

宋种芝兰香的气味热腾腾地从茶碗里升起，温温柔柔地缠在鼻尖，沁人心脾。

我在那一瞬间明白了时序要拖着我们几个人合伙做生意的原因。

他算计好了我们手头大概能拿多少钱出来，也算计好了我们几个分别都能做什么事情，在这个团队里能起到什么作用，能为他的目标、他的梦想使出多大力气，所以才会提出将他做了好几年的皮鞋批发转为时尚女装批发。

因为只有做时尚女装，我和李华玲才会起到很大的作用。

也只有做时尚女装批发，不用投资太多钱，而贫穷的我和李华玲才会愿意跟他合伙。

看来这些年，他一直在想办法组建团队。但严苛的工作环境、微薄的收入，让他很难从上门来求职的打工者当中寻到合适的人选。要不是因为李华玲看上的是他这个人，恐怕很难将他的店铺当成自己的店铺来经营。李华玲肯留在他身边，是带了私心的。而时序必然对她的私心了如指掌。

我在很多年后和柳飞絮聊起李华玲，说她不求回报地爱着时序，苦苦等候了那么多年，真心不容易，我钦佩她，也敬仰她敢拿青春去赌的勇气。

柳飞絮却说："我在网上看到过一段话，说的是'有时候觉得爱一个人的感觉就像是在赌。你押上你的时间、你的精力、你的一整颗心想要他回头看你一眼，再一眼。你押得越来越多，越来越舍不得收手。有的人赢得盆满钵满，有的人输得分文不剩。别说你不求回报，上了赌桌的人，没有一个想空着口袋走。'我觉得这话很有道理。其实李华玲不是无私，她的私心大着呢。她拿青春去赌，拿无私奉献去赌，因为以她的智商是很难得到像时序这么聪明，甚至可以说是狡猾的男人的心的，她只有用最笨、最蠢的方式去守候，可怜巴巴地等待。她赌的不是时序会爱上她，而是时序的怜惜，她赌的，是他的一颗良心。"

当时我悟不透，只觉得时序未免太不仗义了，怎么能辜负李华玲的一片痴心，却还要她大大方方地跟他合伙做生意呢？

后来经过柳飞絮的点拨，我又悟出一个道理来。也许时序也是在赌，他赌的是李华玲与我对他的感恩。如果没有他，我们必然也无法变成后来的样子。选对合伙人，其实也是一桩成就彼此的大善事。

当时时序带我去见叶先生与夏姐，目的就是让我安心，让我放心，并且全力以赴，甚至超出全力地与他合作。

只要我肯继续留下，即便后来他谈了新恋情，李华玲也不会轻易离开。因为那时候我也是李华玲在成都唯一的亲人。

那个大雨滂沱的下午，我在前辈推心置腹的经验传授中，终于确定了未来的梦想，与时序击掌为盟，无论未来发生什么变故，也要坚定不移地为实现那个梦想而努力。

如今看来，时序请的那壶宋种芝兰香，实在太超值了。

十五

一将功成万骨枯

从 20 世纪 80 年代初到 20 世纪 90 年代末，中国时装业深受香港流行时尚的影响，年轻人以穿上港货为荣。然而港货来得非常不容易，没有一定社会地位的人，根本想都不要想。那个时代的港货于青年人来说，就如现在米兰时装周上那些个响当当的国际大牌。

正因为受到这样的文化熏陶，所以才催生出了后来风靡全国的“广州货”。

广州及深圳的开放港口极大地提升了广州货的时髦程度，也拓宽了内地青年的时髦眼界。但凡爱穿又爱美的姑娘，都受过广州货的恩泽。

所以，成都九龙服装城三楼那家时尚女装店开业的第一批货，就是来自广州白马服装批发市场。

拜别叶哥与夏姐后，第二天一早，我和时序就乘坐飞机去了广州。赵凌凌由于忙于学业，只能眼巴巴地看着我跟时序出差。李华玲却很想一同前往。

按说多带一个人，也是帮得上忙的，时序却好言相劝，要李华玲留在成都，一来是监督装修进度，二来是带着新员工培训，等着接货。

李华玲被他哄得晕头转向，就心甘情愿地留下来了。

我那个时候就觉得假如女人爱上某个人，就一定会变得相当蠢，可以蠢到完全失去自主思考能力，一切以男人的意见马首是瞻，怀有期许的人就更可怕了，完全不懂得反抗。

而我，似乎是个例外。

我在那日追问邓宇后，邓宇直到晚上都没有给我回信息。于是我直到去广州，他的电话和短信，我都没有理会。

可能以现在看来，这是任性、不懂事。我在许多年后，苦口婆心地劝说跟男朋友使小性子的员工时，也会说出："做女人，最要紧的是宽容，不能太过任性。你任性耍脾气，逞一时之快，可是即便你赢了，也很容易失去那个人。你是想要他回头来找你呢，还是想用力将他推得更远，这完全取决于你的态度。男人都是禁不起激的，他不一定懂你的任性，也不一定理解你的小脾气，所以能珍惜的时候，千万要珍惜。有什么误会，都是可以讲的嘛，要交流，要沟通，这样才叫恋爱。"

你看，大道理我信手拈来，说得头头是道。可在年轻的时候，我没少折磨我的男朋友。

等到很多年后，再回忆起来，我还是要由衷地跟他们说一句"对不起"，没有让他们见识到一个懂事又善解人意的夏青。

我记得当时，当我们风尘仆仆地下了飞机，打开手机就是铺天盖地的短消息，我一个字也没看，全部删除掉了。

旁边的时序见了，问："怎么？邓宇惹你生气了？"

我冷哼一声："别跟我提他。"

时序触了一鼻子灰，倒也不生气。

我们上了出租车正要去酒店时，我的电话响了。

不用看我也知道是邓宇打来的。

我想也没想就直接挂掉了，然后调了静音。再后来的电话，我更是假装没有看到。

时序坐在前排，手机铃声响了起来，他接通电话："啊，邓宇啊，是，我们刚到广州呢……对，现在去酒店……夏青挺好的呀，安全，别担心，她就坐在后排座呢，你等着啊，我让她接电话。"说着，时序将他的手机递给我。

我那时候不识抬举，任性得很，根本就不给邓宇一个和我说话的机会，立马就挂断了电话。

现在回忆起来，我真的是恃宠生娇，作得不行了。

时序接过电话，没有说什么。

邓宇也没再打电话过来。

等到办了入住，我将行李放进房间后，时序来敲我的门。

我开了门，他慢吞吞地走进来，一边走一边看一边说："还行啊，虽然是快捷酒店，但干干净净的，就是房间小了点。夏青啊，委屈你了，等以后咱们赚了钱，再来广州，咱们就坐头等舱，住五星级大酒店。"

我满不在乎地说："无所谓，横竖都是住，我吃过苦的人，并不那么讲究。"

"啧啧，瞧瞧，瞧瞧这多好的姑娘啊，多么善解人意。"时序说着，坐在了临窗的沙发上，也不问问我的意见，就点燃一支烟，然后说，"你说你这善解人意的劲儿在面对邓宇一丁点儿的错误时，咋就不能理智对待了呢？"

我叹了口气，有些无奈地看着他，说："你是来当说客的吧？"

他摇头："不不，绝对不是。邓宇后来没有给我打过电话，他也没有给我讲过你们之间究竟发生了什么。但是呢，我既然把你当成自己的妹妹看待，那么有些事情，你做得不对的，我还是要说说你。假如我不说，那这个世界上恐怕就没人肯提醒你了。"

我翻了翻白眼，他怎么这么好为人师啊。

时序说："我想跟你说，这个世界上啊，没有绝对完美的人。人非圣贤，孰能无过？凡事留一线，他日好相见，就算别人有错，得饶人处且饶人，没必要赶尽杀绝。所以你今天不接电话、不回短信的行为，非常不好。尤其是我拿电话给你，你却不接，这是把邓宇递给你的台阶一口气给拆得干干净净，你不仅是不给他面子，也叫我感到很难堪。”

“你？关你什么事呢，你怎么会难堪？”

“怎么不难堪呀？你这么一做，邓宇不就认为我知道你们俩闹别扭了吗？你说我处在中间多尴尬呀？你们两口子的事情，我一个外人，不想知道，也不想掺和，你这么一闹，就活生生地把我拖下水了，知道吗？”

我低着头，很想反驳他，却又无力反驳。时序这个人，大道理特别多，又很懂得举一反三，假如我一反驳，他立马会讲出三个反驳我的反驳。他这么能说，没去当律师，真是可惜了。

他见我沉默，又叹了口气，说：“人生能够得到一个愿意疼你宠你的人不容易，千万要懂得惜福，要晓得珍惜，别随便糟蹋挥霍别人对你的爱。这样继续下去，早晚有一天你会后悔的。”

“我哪有糟蹋挥霍他的爱啊，明明是他不够爱我，都不带我去他的学校。”

“这些小事，这些细节，我统统不想听。”他从沙发上起身，站了一下，又说，“总之，忠言逆耳利于行，希望你能明白序哥说这么多，是为了你们两个好。好了，你休息一会儿，等会儿我们出去打探一下周围的环境，然后吃过饭早点睡，明天早上两点就要起床，要战斗了。”

我没说话。

他笑了笑，拍了拍我的肩，说：“我走了，就住隔壁，有事给我打内线。”说罢，他就大步往外走去。

我翻了翻白眼，谁要给他打电话。

第二天，我才真正从一个卖家转换到买手的身份上来。

起初，时序还挺担心我没有经验，不会选货，没想到我拎着一个大黑口袋出了房门，大大方方地跟他说：“走吧，我在网上查过攻略了，应该怎么样才不像个新手。”

他盯着我手中的大黑口袋，一头雾水：“这拿货还有攻略啊？你当你旅游呢！”

我咧嘴一笑：“放一万颗心吧，把你的钱和卡都揣好，别学叶哥那样。”说着，我伸出手来，在他腰部摸了一圈，“我看看是不是把钱绑腰上的？”

关于把钱绑在腰上这个梗，是叶先生第一次和他哥哥一起到广州来拿货的时候，因为没有经验，也不知道往银行存钱，就在腰上绑了几万块钱。等他到达酒店把绷带解开来，钱都被汗湿了。

这是那一代人赚钱的艰辛往事，到了我们这一代，家家户户都有了刷卡机，就很少有人再带现金了。

时序自然也是揣着卡来的，身上也就只准备了一部分现金而已，单薄的一件T恤套在身上，冷不防被我这么一摸，似乎受了惊吓，竟然触电似的往后退了一步，眼里满是惊恐地看着我。

我陡然觉得有些尴尬，然后笑着问他：“你干吗呀序哥？当我是妖精啊？我又不会吃了你。”

时序将双手放在胸前，保持惊恐害怕的表情，可怜巴巴地说：“女侠饶命，女侠放过小的吧，小的平生之好，卖身不卖艺……”

我扑哧一声笑了出来，顺手用黑色塑料袋往他身上扔：“走了，去市场啦！”

这是我们第一次拿货，我心里确实不太有谱。

站在人潮拥挤的广州白马市场跟前，时序问我：“怕吗？”

我点头：“怕。”

他很错愕，看我的表情很复杂。

我忙又说：“但一想到家里的店铺等着铺货，就像嗷嗷待哺的婴儿，我就不那么怕了。”

“家里有多少个点挂？”

“三十个。”

“三十个点挂至少需要三十个款的上衣，三十个款的下装，内搭至少要十个款。你记住了吗？”

“我记得的。还有五排货架，至少可以挂五十个款。”

“今天不用选那么多，你先选点挂的款式，搞定了之后，我们再选走量的大众百搭款，接着再选配饰。”

“哦对，我们还有两个首饰架、鞋柜……”

“鞋子不担心，有喜欢的才拿，没喜欢的也不要紧，师父那边会提供。”

赵凌凌入股的重要性终于体现出来了。

我捏了捏拳头，抬头看着时序，说：“走吧战友，上战场去。”

彼时阳光正好从时序身后探来，将他包裹在光影里，我有一瞬间看不清楚他的脸，但知道他绽放出了灿烂的笑容，同我说：“加油，夏总。”

那一刻，我心中微微一颤。

我能感应到时序心中企盼的未来，他正领着我一起勾勒一幅美好的蓝图，而今日的艰辛，为的是明日的成就。他是我最好的战友，也是我最好的良师益友。等到很多年后，即便关系发生了某些变化，我依然记得今日他的笑容，如阳光般灿烂；依然感激命运，让我们能够相遇。

那一天对于我的人生来说，简直就是刻骨铭心。因为我不敢确定九龙服装城的货流量，所以同一个款一次性拿货至少三十件，至多五十件，不敢再往高处去。款式倒是拿得不少，基本上入眼的时尚款，统统收入囊中。我说我做好了攻略，带了几个黑色塑料袋去，简直就是贻笑大方的事情。那天我一口气选了两千件衣服，带去的黑色塑料袋根本就是九牛一毛，完全不够用，还好时序早就准备好了备货的编织袋，也联系好了推车与搬运工，否则我只能望货兴叹。

一次性拿够两千件衣服是时序的意思，他让我不要有任何顾虑，只要是我第一感觉看上觉得面料、款式、颜色都很棒的货，就可以全部拿下。

其实但凡亲历过服装批发的人都会知道，那个时候很难有时间给你思考。第一眼看上的款式，倘若你犹豫一两分钟，很有可能马上就被别人抢走了。在这个行当里，常常会把“拿货”说成“抢货”，就是这个道理。

广州有很多家批发商城，不止白马服装城一家，特别火的还有十三行服装批发街、沙河服装批发市场、广州红棉服装批发市场等，不胜枚举。在后来很长一段岁月里，我都将自己的青春与汗水，挥洒在这些人潮拥挤的批发市场里，为成都九龙服装城三楼的那家店，源源不断地输入各式各样的款式。

等把货发回成都，一切就绪之后，我整个人都累瘫了，趴在货运站的椅子上，跟一个散架的木偶似的。

时序将工钱发给搬运工，留了他们的电话号码，说明天还会请他们。

我立马坐起身来，惊恐万分："什么？明天还要来这里？"

时序看我一眼，接着同两个搬运工道谢说再见，等到搬运工走远了，他才在我身边坐下来，微笑着看我："怎么？这服装批发的生意刚刚开始，你就怕了？"

"我……我怎么会怕，但是两千件衣服怎么可能一两天就卖完呀！"

他笑："怎么就不可能啊？咱们做的是批发，又不是零售。"

我想了想，他说得倒是有道理。

我又问："那你呢？你在广州陪着我，还是回成都去啊？"

他拧开一瓶水，递给我，说："你希望我在哪里？"

我笑着接过："当然是希望你能陪着我呀！不然我一个人哪里搞得定。"

他也拧开一瓶水，喉结上下滚动，咕咚咕咚地喝了好大一口，然后看着我的眼睛，似笑非笑地说："好吧，那我就留下来，陪着你。"

他的眼睛很美，目光很柔和，声音很迷人，让我有一瞬间的困惑，他这是干吗呢？勾引我呀？男人这种生物不是应该和臭袜子、臭汗联系在一起吗？怎么我遇见的男孩都长得那么好看呢？时序与林峰、邓宇的俊朗属于不同的派别，时序的俊朗带着一丝商人的智慧，那双眼睛很美，可就是深不可测，所以赵凌凌和李华玲，一个学霸，一个学渣，都会不约而同地喜欢他。简而言之，无论是有内在美的姑娘，还是只有外在美的姑娘，统统容易看上这个男人。

我迅速移开了视线，将因为时序的美貌带来的一丝困惑摒除出脑海，问："我记得是后天开业，我们不用回去帮忙？"

"以华玲的能力，应付开业是没问题的。况且她手边的都是熟手，不过为了万无一失，明天下午发完第二批货之后，你还是跟我一起回去。”

“明天回去？”

“嗯，机票我已经买了，明天晚上的。”

“哦。”

原来他早就把一切安排好了。

我后来回忆起与时序共事的岁月，似乎有很长一段时间里，他都是统领全局的人，我们想不到的事，他总是一早就考虑好了策略。有他在，我们就觉得很安心。他在我和李华玲的青春岁月里，扮演着良师益友的角色。

只是计划往往赶不上变化。

当天晚上，我跟时序吃完烧鹅就回酒店了，我还特别叮嘱时序不要来吵我，我要洗了澡早点睡。

可是没想到我刚洗完澡出来，门铃就响了。

我估计着他也没什么要紧事，就贴着门说：“序哥，我准备睡了，有事明天再说吧。”

可他仿佛没听见，依旧按着门铃。

我叹了口气，只好说：“那你等等我，我穿一下衣服。”

然后我迅速从柜子里拿出准备明天穿的连衣裙，将浴袍换下。

待我开了门，发现门外站着的却不止时序一个，在他身边还有一个人，风尘仆仆，一脸疲惫，温柔地看着我，脸上带着忐忑的笑容。

我很惊讶：“邓宇，你怎么来了？”

时序见我的反应还算平静，算是松了一口气，拍了拍邓宇的肩膀，说：“行了，春宵一刻值千金，你们两个好好聊，千万别叫我出去吃消夜啊。”

我瞪了他一眼：“谁要叫你吃消夜，累得都快散架了，明天还要拿货呢。”

“哦对。”他恍然大悟，又对邓宇叮嘱，“别折腾太晚，明天她还得干活呢。”

知他话中有话，我不禁一皱眉，又羞又窘地呵斥道：“喂！”

“啊？”

“滚啊！”

时序非常识趣地转身回了他自己的房间。

我这才看着邓宇，还没再开口，邓宇已经将我往屋里推去。

有时候情侣之间有了误会，或者哪一个使了脾气，也不要太惊慌，很多问题都是可以用一个吻来解决的。如果一个吻不能解决，那就用两个、三个，直至吻到服气为止。

邓宇进门后，我才想起自己还在生气，陡然见到他的那份惊喜也就退了下来。今天他打来的电话和发来的短信我也都没有回，于是马上端起姿态，迅速转身，要用倔强的背影来迎接他。

然而邓宇显然是深谙如何哄女朋友开心的，一双长臂将我圈住，不过半秒，我就被他牢牢地抱在怀里。

虽然这个怀抱我想念了很久，可他凭什么要惹我生气？凭什么要让我难过？凭什么要让我哭泣？

每一个恋爱中生闷气的女人，都会有一万个生气的理由。为什么为什么为什么？虽然我们长大后会对琼瑶阿姨的电视剧台词嗤之以鼻，但它非常形象又讽刺地在影射我们的恋爱综合征。

邓宇从背后抱着我，我努力想要挣脱："你放开我，不要抱着我，快放开我。"

他充耳不闻，将我的身子转过去面对他，然后就亲了上来。

那个吻热烈又霸道，而我又拼命挣扎，想要挣脱他的桎梏，也想要挣脱这个吻的魅惑，然而每一次反抗，只会换来他更热烈的深吻。

我快要窒息了，只好放弃挣扎。但实际上，我心里很乐意他这样霸道又蛮横地索取，太霸道了。

见我已臣服，他捧着我的脸颊，身子微微弓下，瞧着我的眼睛："好了，你听话，别闹了。你看我连课都不上了，马上就赶到广州来了，感不感动？"

"不感动。"我冷哼，"我问你的问题，你从头到尾没有回答我。"

"瞎说，我明明给你回了短信的，也跟你讲清楚了原因。"

我想起他第二天发来的短信，我连看都没有看就删掉了，便没有吭声。

他很懂我，见我没有反应，于是笑了："是不是使小脾气，看都没看就把信息给删了？"

"哼，我那是不屑一看。"

"唉，真是个小孩子，都跟着我这么久了，怎么还没长大啊。"他叹气，轻轻放开我，将身上的外套脱掉，手边也没带行李，看来他是下课后就直奔机场。

"你明天不用上课吗？"

"明天周末。"

他说着，就开始脱衣服。

我充满警惕地看着他："你干吗？"

他边脱衣服边将我捉住："干你啊。"

邓宇在对付女人这方面，委实不像个在校大学生，他身上的痞气藏在他的气质里，不是亲近的人，或者说不是亲近的女人，是察觉不到的。就算是赵凌凌，虽然从小跟他一起长大，却也只见识过他八面玲珑的处事风格，不曾见过他死缠烂打地对一个女人说尽好话。

我有时候也不明白自己是真的在生气，还是想要享受生气时被心爱的人哄着宠着的感受。总而言之，每当使一次小性子，男人就会围着你团团转，一切以你为天的感受，其实还蛮不错的。

但年轻的时候只晓得享受这种特权，却忘了"狼来了"的故事。同一个花招用得多了，男人也会生厌的。

可是那时的我多么年轻啊，笨拙地爱着一个男人，被他三言两语就糊弄过去。他用一个又一个吻堵住了我质问的嘴，又用一次又一次的高潮通往我的心，成功地阻止了我的胡思乱想。

在爱情里面，有恃宠生骄的，也有求而不得故意试探的，但实际上这两种行为都不可取。最要紧的还是要理解与沟通，让对方明白自己在意的是什么。假如实在无能为力，再随缘也不迟。

当然，此刻我侃侃而谈，可实际上在年纪更小一些的时候，我可没少作。

我也是一路跌跌撞撞，在很多年以后才明白，任何感情都是有生命期限的，都是禁不起折腾的。也是等到很多年以后，我才像个过来人一样，跟我失恋、失婚的员工说，差不多就行了，别折腾自己的感情，合得来就好好过，合不来就好好散，别太作，只要不作死，就一定不会死。

然而在很多年前，我十九二十岁的时候，可没有她们那么好的运气，能有一位有经验的前辈好心提点。

那一次为什么邓宇不肯带我去见他的大学同学这个问题，以他追来广州这个行为作为解答。

他说他自己都很少跟大学同学一起玩，每天上课下课，教室、宿舍两点一线，是个非常单纯的大学生。

我相信了。

等到后来某一天当谎言被揭穿时，我只怪自己太单纯，没有上过大学，所以不知道大学生的生活到底是怎样的，才会被邓宇两句话就糊弄过去。

我是爱他的，对于他，也想到了未来。

说来惭愧，我与林峰在一起的时候，我们也曾憧憬过未来，勾勒过结婚以后的蓝图。

也许这就是爱情吧。当你爱一个人，就会情不自禁地幻想和他在一起的今天、明天应该怎么过，也会在意他的昨天是和谁在一起。

十六

失恋阵线联盟

关于邓宇过去和谁在一起，我是真的在意。

也许大部分女人都和我一样，有过同样的痛苦，此刻躺在身边的男人，口口声声说爱你的男人，他是否也曾用同样的方式，爱过别的女人？是否也曾用同样的方式，哄别的女人开心？

我一想到那种可能，以及那些画面，心里就像有一百只爪子在抓。

可是谁又没有前任呢？

这个世界上能够从年少时候牵手，一直只爱对方到白首的恋人，又有多少呢？

我从前特别向往那种从一而终的感情，有一次跟柳飞絮聊天，说起自己少女时代的梦想，就是得一个知心的恋人，他最爱我，我也最爱他，我们都是对方的唯一，然后相互扶持，直到老死。

我原以为她会笑我天真，没想到她却说道："其实我也是啊。我二十岁那年，有家电台采访我，问我的梦想是什么。我说我想遇见一个彼此相爱的人，为他做个家庭主妇，洗洗衣服，做做饭，然后相互扶持，直到生命的尽头。当时主持人还说我其实骨子里是个彻头彻尾的小女人。"

"你还小女人啊？主持人是不是瞎，你完全纯爷们儿好吗！"

"哈哈哈！其实所谓大女人或小女人，这个界限并不是特别明显，只能说，在某一个时段，根据见识来决定的个人格局就是那样的。试问谁又不想拥有一个一生只爱一人的爱情传奇呢？然而现实往往是残酷的。"

是啊，现实是残酷的。

我们总是在还不太懂爱情的时候，就遇见了今生最适合的人，然而太过年轻，不懂相处之道，总是爱得很笨拙，总是要抵死伤害之后再分道扬镳。

既然都这样说了，想必你也能猜到，我是自己把自己的爱情给作死的。

所以后来，我是怎么作死的呢？我也不知道，总之从那天之后，好像很多事情都有了变化。

第二天一早，当我跟着时序去拿货的时候，邓宇还在床上呼呼大睡。

时序瞧着我睡眼惺忪的样子，不由得打趣说："怎么？昨晚睡得很晚？"

"嗯，也没有，就是聊天聊得比较久。"

"喔，聊天啊，我懂，肢体语言。"

听他那暧昧的长音，我知道他必然是想歪了，实在是懒得解释，一想到一会儿又是一场战斗，脑子里一片空白。

时序似乎看穿了我的心思，微微一笑，说："别怕，我昨天托批发商那边的一个姐姐帮忙找了一个帮你打货的妹子，还有两个搬运工也会帮助你，所以即便以后我不在广州，也有人帮你。另外，待会儿拿完货，我们去你的新住所看看。"

"新住所？"

"嗯，我托人找了一间两居室的公寓，我们出差来广州的时候，就不住酒店了。再普通的酒店也不宜久住啊，开支受不了的。"

“喔，好，看样子我是常驻这边了。”我嘴角牵起一笑，心中却有些惆怅。我还没有做好准备，怎么就从成都漂到广州来了？但是看时序的样子，并不打算改变主意，我忍不住说：“你从一开始找我和李华玲合伙做生意，就做好这个打算了吧？”

“是这个情况。”时序没有回避，说，“你在广州每个月也就待十天或者半个月左右，而且我也会有一半的时间在这边陪着你去选货。”

我没有说话。

他见我不吭声，又说：“做服装批发生意本来就不是一件容易的事情，如果我们争气一点，运气好一点，这一两年之内就能找到合适的代工厂的话，说不定我们就可以设计自己的服装，做自己的品牌，到时候你就不用长期待在广州了。”

我沉默，心里却在思考他的话。

做自己的品牌是他一开始选择我和李华玲做合伙人的原因。只有懂得时尚又吃苦耐劳的我和李华玲，才能够心甘情愿地成为他的左膀右臂，和他一起同进退，共命运。

既然已经上了这条船，我就不能轻易退缩。

我想起还躺在酒店里的邓宇，心中有些顾虑，便说：“可是我这样长期两地离愁，跟邓宇之间的问题会不会更严重啊？”

时序不假思索地回答说：“克服一下嘛。你们现在也不可能天天见面的啊。”

我点头：“是啊，他要上学啊。”

“所以嘛。就算你长期待在广州，半个月回来一次，或者邓宇一周来看你一次，也没什么的。”

“机票谁给报？”

“他不差钱！”

时序说得理直气壮，我想起邓宇借给我的那六万块钱，心中也是有些生疑，于是问时序道：“邓宇家里是不是真的很有钱？”

时序笑："你这个时候才来问这个问题，是不是晚了点？"

我想了想："倒也是。"

那个时候的我，从来没有思考客观原因的想法。我爱邓宇，就算他一穷二白，也不会影响我爱他。

但假如他家财万贯，却会叫我感到有些胆怯。

因为他太完美了，就衬托出我的太不完美。

我决定还是不要去思考这个问题比较好。

一切都按照时序的计划进行，拿货，发货，退房，看公寓，然后赶到机场。

这一天下来，人已经累瘫了，上了飞机我就歪在邓宇的肩膀上睡了。

临睡之前，我迷迷糊糊地听见时序向空姐要了一床毯子，然后递给了邓宇，说："飞机上的冷气很足，给盖个毯子吧，可别冻坏了夏总，明天开业还需要她呢。"

店铺开业那天，我们选了吉时拜了拜，由于门头太小，所以并未有后来那些专卖门店开业时的气派，两束鲜花是赵凌凌与邓宇送的，摆在了店内的首饰架上。

然而当客人蜂拥而至时，鲜花还是太碍事了，最后被我亲手捧到了门外搁着。

我们家这个批发店铺，占了电梯口的便利，南北区的客人只要稍微留心，都能看到。

开业当天，我、时序、李华玲、赵凌凌，还有四个导购，八个人都根本忙不过来，到了下午三四点，服装城要关门了，我们盘了库，整整卖出去一千二百件衣服，店铺里还剩下两千多件衣服，按照这个销量估计，只能撑到明天。

于是当天晚上，我和时序就买了机票去广州。

也是当天晚上，时序让李华玲再招聘两个妹子，同时他把冯知意招来，留在了店铺里。

对于这突然出现的漂亮女孩子，赵凌凌与李华玲都没有上心。

为什么呢？

因为店里的姑娘个个都是美人。

在九龙服装城，你就很难见到不好看的姑娘。

服装界就像九重天，每一重代表一个等级，往大了去被称为时尚界，往微处去，即便是城乡结合部，也有顶时髦的青年。

成都九龙服装城就仿佛西部平民时尚界的一个缩影，除了家家店里都有貌美如花的导购妹子，各地市县服装店的老板娘也是风情万种，姿色卓然。

服装这一行，相当势利，长得不好看的人，在这行撑不了太久；而长得好看的，会因为这一行变得越来越好看。

至于仙气腾腾的冯知意到了这个地方后，她的气质没有任何优势。就好像一株水仙花，被放进姹紫嫣红的花园里，非常不起眼。并且过不了多久，她也被同化了，变成众多卖衣服小妹儿当中的一员，成为大众口里所说的那种庸脂俗粉。因为她的主动投诚，所以就更加引不起赵凌凌与李华玲的敌意与警惕了。

然而我始终觉得，时序对冯知意是特殊对待的。

不过，这于我而言并不重要，我也没工夫去思考他们是不是暗地里在勾搭。

因为我几乎每天都忙得像狗一样，由于工作地点被动地换到了广州，所以仿佛与邓宇联络的时间也越来越少了。

其实过去在成都工作的时候，我与邓宇见面的时间也不太多，他要上课，我要上班，一周顶多会见个两三面。但那时候并不觉得两个人就生出了距离感，大概是因为同在一座城市，看着同一片天空的云，所以总觉得他就在我身边。

等我去广州常驻的时候，就觉得他离我越来越遥远，尤其是当我疲惫不堪，想要有一个拥抱的时候，伴随我的却只是一张空空的大床，我更加感到寂寞了。

时序过去说会经常来广州陪着我发货，这简直就是句空话。店铺的生意非常好，好到出奇，所以他必须每日镇守在那里，一来帮忙吆喝吆喝，二来也可以站在门口招揽生意。说句不好听的，我们有很多客户，都是冲着他的美貌来的。只要他在，生意就会在“好得出奇”的基础上，再好一点。

而他过去承诺我的，在广州待两天，就可以回来待两天，根本就是天方夜谭。我的休息时间完全是根据店铺的生意来定，旺季的时候，连续两三个月不能回来，淡季的时候，在成都连续待上半个月，再去广州待几天，然后又回来待半个月。

做服装生意是有淡季旺季之分的，淡季就是盛夏，旺季则是隆冬。而所有赚钱的季节，则是除开盛夏以外的三季。

也许是因为大家气场相合，也许是因为九龙服装城的生意就是这么好做，也许是因为天道酬勤，说出来可能很多人都不信，我们开业第一个月，就赚到全部回本。

店里第一个月的销售额一百多万，除去成本与工资，我们的净利润是四十多万，一个月拿回投资，这是我和李华玲、赵凌凌从没想到的事情。

我更是从来没有想到，可以一夜暴富，突然觉得在广州辛苦疲惫的日日夜夜，都有了意义。

当时，我还在广州的公寓里，洗漱完后准备睡觉，因为第二天还要去拿货。时序与李华玲、赵凌凌在成都，他们吃吃喝喝完之后，在马路上给我打的电话，三个人笑成一团，兴奋异常。

我这边冷冷清清，他们却在深夜的蜀都大道上呐喊狂奔。

时序大概是喝多了，口舌不清，我根本就听不懂他在说什么。他沟通了几次未果，索性将电话递给了赵凌凌，被李华玲扶着去花园里呕吐。

我在想到底是什么事情，值得他们这么高兴。

赵凌凌接过电话，冷静如常地说：“夏青，这个月，咱们收回了成本。”

“什么啊？”我皱了皱眉，“才卖了四十万？”

“不，是净赚了四十万。”

我从未见过那么多钱，更没有听说过一个月就能够赚回所有投入的例子，一时间受了惊吓，竟然一句话也说不出来。

电话那头的赵凌凌笑了，说：“少女，开心吗？做老板的感觉怎么样？创业的第一步就走得很顺利，这种感觉怎么样？”

“我，我真没想到。”那时候的我，眼眶已经湿润了。

三十个日夜，我在广州日晒雨淋地拿货，李华玲和时序在成都起早贪黑地卖货，我们对这件事情产生过很多次质疑，可开弓没有回头箭，既然走上了这条路，就要一条路走到黑。我是憋着一口气在做事，就等着这一天，一个月结算下来，我们到底是赚还是赔，这条路走下去是对还是错。

我原以为不至于赔钱，但大概也不会赚太多。

然而第一个月就收回所有成本，对于我来说，是个不小的刺激。

“很好。”我故作沉稳，笑着说，“时序喝醉了吧？”

“喝醉啦！他可高兴了。”赵凌凌顿了顿，估计此刻的她，充满崇拜的目光应当是落在了时序身上，然后满怀爱意地说，“这大概是他打得最漂亮的一场仗了。从做鞋子转型到做服装，从荷花池转移到九龙服装城，从单打独斗到勇于选择合作伙伴，他真是一个很棒的人，非常聪明，非常优秀。”

我笑了笑，这样肉麻的话，可是第一次从赵凌凌嘴里吐出来。我知道她爱时序，但从来没有听她说过爱他的理由。

如今一连串赞美脱口而出，想必她也是喝得差不多了。

“你喝多了吧？玲姐是不是也喝多了啊？”

“嗯。都喝了不少。”

“那今晚怎么睡啊？你们两个一起陪着时序睡？”说完了，我觉得自己蛮邪恶的，又情不自禁哈哈笑了起来，想要以此掩饰自己的猥琐。

没想到，电话那头的赵凌凌却呵呵一声笑，这笑声意义深长，与初战告捷的喜悦形成了鲜明的对比。

我意识到他们之间可能出了什么状况，本着八卦之心，问道：“怎么了？你们三个咋啦？时序选了李华玲？”

“如果他选了李华玲，我大概还要好受一些。”赵凌凌冷笑，“他居然和一个‘绿茶’在一起了。”

“嗯？绿茶？”那时，“绿茶婊”三个字还不太盛行，我却已秒懂，脱口而出，“时序跟冯知意在一起了？”

“冯知意？呵呵，老子瞧过她的身份证，她本名叫冯翠。”

“那她为啥又叫冯知意？她是艺人？作家？需要起个艺名或者笔名？”

赵凌凌哈哈大笑起来，笑了良久，蹦出几个字：“她是个屁。她就是个两面三刀的‘绿茶’，老子第一眼看见她就觉得来者不善，还特地跟李华玲叮嘱过，要她小心为妙。”

我皱了皱眉，努力回忆先前赵凌凌看见冯知意……哦不，冯翠那会儿的反应——她似乎没有什么特别的反应，明明是和李华玲一样，将冯翠当成了来打工的普通女孩子。

她和李华玲一样，都活在“时序心里有我”的幻觉里，将“中央空调”时序对她们的好，当成了特别对待，因此心生遐想，觉得自己总有一天有机会成为他的女朋友，只要某一天，他能突然发现她们当中某一个的美。

可是她们忘记了男人狩猎的天性。

如果他们没有在身边的女人里做出选择，那必然会在出现新人的那一刻，做出选择，哪怕是错误的选择。

可是这个时候再来说这些，未免有些过分了，谁也不会喜欢马后炮。

我问：“他们睡了吗？”

“睡？呵呵。”赵凌凌又是一声冷笑。

我意识到问题已经很严重了，但没想到更严重的答案在后头：“那女的都住时序家里了，她到店里来上班没多久，就跟时序搞在一起了。我们一直被蒙在鼓里，直到今天晚上，我们三个喝酒吃饭，那女的打他的电话打不通，居然打到李华玲的手机上去，让李华玲叫时序接电话。她真的太有心机了，时序的电话就从来没响过，她根本就是故意的，用这样的方式来告诫李华玲，时序是她的男人，真是个心机婊。”

听见这位名牌大学的女学霸“出口成脏”，我忍不住笑了。她现在这样义愤填膺，倒不太像个失恋的女人，她反而还在为李华玲抱屈。也许在过去的某些岁月里，在见到李华玲对时序无微不至的关怀后，赵凌凌是决定退后一步，将时序让给李华玲的。

只是“让”又显得比较尴尬，毕竟时序不曾属于她。

所以，赵凌凌什么也没说，什么也没做，想让一切随缘。合伙做生意是时序与李华玲相处时间更多的一个契机，而赵凌凌本来就在外地上学，没有到大假时期，是很难回到成都的。

她大概是揣着这么一个打算：假如这样朝夕相处下去，时序还是没有属于李华玲，还是单身的话，也许某一天她就会主动出击，让时序变成她的男人。

然而还没等到她下定决心主动出击，这个男人就爬上了别的女人的床。她赵凌凌与李华玲同时失恋了。

可想而知，这是多么悲喜交加的一个夜晚。

我想到了李华玲，此时此刻的她在做什么呢？

我问：“玲姐呢？”

“她？她傻呀！”赵凌凌一副恨铁不成钢的语气，“时序醉了，吐了一地，她把自己的外衣脱下来给他擦嘴。这会儿准备叫车，把他送回家去，还要我一起送。”

“哦，那她还算平静。”

“平静个屁，眼睛一直红着的，走在我们后面的时候，偷偷在擦眼泪，我回过头去的时候，发现了好几次。”

对，这是李华玲会做的事情。她不会明目张胆地去争，也不会大张旗鼓地去哭。假如失去了手里的东西，她只会偷偷地躲起来流眼泪。

她那些从异乡带来的胆怯，从小山村带来的自卑，从来就没有消失过。

我叹了口气，方才听说赚回成本的喜悦一扫而空，取而代之的是对李华玲的担忧。她不比赵凌凌优秀，也没有赵凌凌懂的道理多，很容易因为这样的事情而缺乏自信，变得胆怯，并因此受到更多伤害。

“好了，你陪玲姐把时序送回去吧。冯翠呢？”

“冯翠打了八百个电话了，这会儿应该是在门口等着的。”

“那你们把时序送到他们小区门口，让冯翠来领。”

“也只能这样了。我送完时序再送李华玲。”

“嗯。”我顿了顿，说，“凌凌，辛苦你了。把玲姐送到家后，给我发条短信吧。”

“行。”她说完，就要挂电话，可突然又反悔了，在电话里同我吼道，“夏青，你从头到尾就没关心过老子一句啊？你心里只有李华玲是你姐妹呢？我也失恋了啊！”

我笑：“你比玲姐漂亮，比玲姐有钱，比玲姐聪明，比玲姐的选择更多。你那不叫失恋，叫终于放下执念，给更多优秀的男青年机会。”

“算你会说话。那挂了啊。”

“凌凌……”

“嗯？”

“多劝劝玲姐，叫她放下。回头咱们托邓宇，给她找个更好的。”

“邓宇？”赵凌凌听到这个名字，又是呵呵一声。

我又有一种不好的预感：“怎么啦？”

“没怎么啊。”

“你一呵呵我就心里发毛。”

“行了行了，这是我的习惯，没啥特别的寓意。你在广州好好的哈，注意身体，就这样吧，车来了。”

“嗯，拜拜。”

挂了电话，我心中却久久不能平静。身在成都的那几个人，都是我最牵挂的，不管是哪一个，我都不愿意他们受到伤害。

时序是怎么跟冯翠搞在一起的，他居然一点也没有告诉我。我这会儿心里的感受不知道他是否也曾经经历过——当我和邓宇在一起的时候，也未曾告诉过他。我们以亲人相称，却从不愿意在自己的私事上询问一下“亲人”的意见。也许这就是爱情最正确的表现吧，本来就应该是发自内心地去做选择，和喜欢的人在一起，为什么要考虑亲人与朋友是否接受呢？

这么想以后，我对时序的怨念少了些，可依然不愿意接受他们是未婚男女正经恋爱，非要用“搞”这么不堪的词语来形容。

掏心掏肺爱了好几年的男人，突然间就成了别人的男人，这个别人甚至是她的下属，就算再怎么会想的人，恐怕也不那么容易想得明白。

我躺在床上辗转反侧，久久不能安眠，给李华玲发了条短信：姐，你到家后给我打个电话吧。

一个小时过去了，李华玲没有回信息。

赵凌凌也没有打来电话。

我忍不住，拨打李华玲的电话，关机。

我又给赵凌凌打过去，无人接听。

本来想再打给时序，但估计他已经喝得烂醉如泥，我才作罢了。

但我根本就睡不着，一种很强烈的不安感在心中萦绕。冯翠的介入，让我们这个团队突然显得不太稳固起来，我很担心李华玲会因为想不通，就离开店铺。她是入股最少的一个，这才开业一个月，想撤离是最容易的。

这会儿我突然又埋怨起时序来。他要恋爱就恋爱，为什么要公开？为什么要再这个节骨眼上刺激李华玲呢？安分守己地谈个一两年的地下恋不行吗？

可我转念一想，也许他原本是打定了主意跟冯翠谈个地下恋的，但冯翠太迫不及待地想要宣示主权。女人最懂女人，同类也总能一眼就瞧出同类来。就譬如我，一眼就瞧出冯翠这个外来打工妹想要在成都这座城市安营扎寨的野心，她也一眼就瞧出了赵凌凌与李华玲两个女人对时序存的那份心思，所以她才会刻意安排在这样的夜晚，用这样愚蠢的方式来向她的情敌们宣战。

可笑，可怜。

我当下决定，明天必须回成都一趟。

那会儿其实我也不太清楚自己究竟是因为担心李华玲，还是怕李华玲想不开，影响店铺的生意。

总之，这个决定下了之后，我很快就坠入了梦乡。

第二天我特地选了足够卖三天的货，一起发回成都，然后买了机票就往家里赶。

很多年后，李华玲将我的这一次自作主张回成都的行为称为她命运的转折点。在她觉得天塌了的那一刻，能够出现在她身边，成为她的主心骨的人，只有我。

果不其然，宿醉的三个人都精神萎靡，李华玲直接告假，赵凌凌在她家里睡了一夜，第二天一早就回自己家了。

我之前说过，只要时序有了女朋友，赵凌凌绝对是最放得下的人。她这样的新女性，自尊自爱，自信又有魅力，根本就不会因为一段失败的感情，就结束自己未来的无限可能。她拥有的东西有很多，少了一个喜欢的人，并不算什么，因为很快就会有新的值得她喜欢的人出现。

但是李华玲不同。

我下飞机后，给邓宇打了个电话，简单说了一下情况。

邓宇说："你打个车回李华玲家，我跟着就过去。"

"你买点吃的过来，我估计她肯定一整天都不会吃东西。"

"知道了。要通知时序过去看一下吗？"

"不用，回头我亲自去找他。"

"行，你要是想揍他，跟我说一声，我帮你动手。"

我忍不住感叹："弟兄！仗义！"

他笑："说这些！咱俩谁跟谁！"

等到很多年后我回忆这一幕，对邓宇仍然是心怀感激的。在我的姐妹受到伤害的时刻，他和我一样感到焦急，并且立即赶到我身边，陪伴着我。

即使后来因为某些问题我们不得不分开，我也曾有过怨他恨他的时候，但总归还是因为他对我的种种好，最终放下了怨恨。

所以相爱的时候，一定要对自己的恋人好，发自内心地去爱对方，就算有一天爱消失掉了，也不至于令人心生恨意。这是我的一点经验之谈。

时间已经是傍晚七点，我打开房门，屋子里安静得就像根本没有人一样。

我推开李华玲的房门，她正躺在床上，用被子将自己包裹了起来，只露出一截头发在外面。

这是她遇到麻烦之后一贯的做法——躲起来，躲在屋子里、被子里，一动不动。

我敲了敲她房间的门：“玲姐，我回来了。”

李华玲没吭声，也没有动静。

我走上前去，轻轻将她的被子掀开。

她蜷缩在原地，双手抱着脑袋，压在她脑袋下的床单上，有很大一片泪水沁湿的印迹。

我坐在她的床头，轻轻拍了拍她的肩膀，安慰道：“姐，没啥，不就是一个男人嘛，回头等咱们赚了钱，找十个八个比他还要帅的。他选了冯翠，是他眼瞎，咱们不至于为一个瞎子伤心吧！”

李华玲还是没有说话，只是低声啜泣。

“你要是想哭，就哭吧，哭完了就好了。你默默地喜欢他这么多年，什么都是为了他，他心里不会不知道，所以你对得起他。他辜负了你，是他的损失，该难过的人是他。”

其实我这个人，正经来说，没有失恋过，所以根本不知道应该如何劝说别人，只是口拙地一遍遍表达对时序的不满。

但是我发现，每次我一提到时序的不好，李华玲就很悲伤，泪水就止不住，抱着头发的双手紧紧的，就是不松开。

我生气了，立即起身：“时序那个王八蛋，臭没良心的，马上我就去收拾他。”

“别！”李华玲将抱着头的手松开了，一把拖住我的衣角，“别去找他，人家都有女朋友了，还是给我留点自尊吧……”

我又坐回她身边，瞧着她一脸憔悴的样子，心中十分不忍。她眼睛都哭肿了，泪水泡得眼珠子里尽是哀怨。

我叹了口气，摸了摸她的头，说：“你连班都没法上了，我肯定要找他呀！”

“我请的是病假，明天就会去上班的……”

“你瞧你都哭成什么样子了，明天去上班能行吗？你这会儿还跟我要尊严呢，你看看你，眼睛肿得都跟个桃子似的了。”

“一会儿我用鸡蛋敷一下，明天可能就会好了。”

“行不行啊你？”

“行的。”

“那明天要是看着冯翠跟他卿卿我我的，你受得了吗？”

她不说话，倔强地嘟着嘴，表面上看不出什么表情波动，但已经从床上坐了起来。

这世上用情至深的人，总是受伤最痛的。假如没有用心，就不会感到难过，更不会感到失落。

可明明是付出最多的那个人，为什么到最后却也是最难过的那个呢？

这或许也是爱情让人匪夷所思的地方吧，爱得越多，受伤越深。

我心中生出了怜悯之心，我接着说：“我看啊，他们这恋爱也谈不了多久的，那个冯翠不是个善茬，时序早晚有一天会看穿她的真面目，这两人肯定会分手的。”

李华玲突然苦笑着看我：“那他们分手以后，时序会看上我吗？”

我愕然。这个问题，我倒没有认真想过。

她又是一个苦笑：“我守了他这么多年，他都没能看上我，即便是跟冯翠分手了，接下来肯定还会出现别的姑娘。看不上的，始终看不上。”

我终于明白她悲痛欲绝的原因。因为时序选择了一个在外人，甚至在她看来都很寻常的一个姑娘，所以刺激到了她的自尊心。她想不明白，自己到底哪里不如这个名叫冯翠的姑娘。她们年龄相当，论姿色，其实李华玲与冯翠不相上下。只不过冯翠唯一更胜一筹的，是她优雅的气质，这一点，李华玲差得有点远。冯翠最美的时候，是长发飘飘，一点淡妆，很仙。但现在她每天都蹲在卖服装的店铺里，顶着浓妆，高声吆喝，早就糟蹋了这份淡雅。她就不是那种泼辣的姑娘。有时候在灯光下看，冯翠甚至还不如李华玲呢。

李华玲也是有优势的，她的身材好，凹凸有致。就因为太好了，所以我让她不要穿太过紧身的衣服，免得前凸后翘太诱人了，怕她自己住会引来不轨之徒。她听了我的建议，所以一直穿宽宽大大的衣服。

假如时序选择的是赵凌凌，李华玲或许不会这么伤心。因为在她心里，自己始终是屈居赵凌凌之下的，毕竟人家的家庭背景不错，又是名牌大学的高才生，长得也挺好看的。她与赵凌凌共同喜欢着时序，是感到荣幸的，但同时又因为这份自卑而不敢对时序主动出击。

最后，她因为这份自卑失去了她所爱的人。而她所爱的人选择了一个比她还要逊色的人，令她万分懊悔，在无数次自责与悔恨中，她失去了爱人的自信。

她原本的症结所在就是自卑，现在恐怕更加自卑了。

我想了想，问："你是不是也一天没吃东西了啊？"

她没有说话。

这算是默认了。

我又问："咱们的房租什么时候到期啊？"

"还有一个月。"

"行，下个月房租要到期之前提醒我一下。"

"你要干吗？"

我起身，转身往外走去："我要我们搬家。"

"搬哪里去啊？"

"你甭管。"

"喂，这是我们共同的家哎。"她从床上爬起来，追出来问，"我能不管？"

就在这个时候，门铃声响了起来。

我开门，是邓宇。

他手中拎着一堆吃的，一开门就香气扑鼻。

我接过一部分往厨房里去，边走边问："你都买了些什么啊？"

邓宇同李华玲打了个招呼，然后跟着我走进厨房，寻碗啊盆啊的装东西。

李华玲大概是伤心到傻了，呆呆地站在原地，就那样看着我们。

我也没有再多说什么，将邓宇买回来的食物摆了满满一桌：

钵钵鸡冷串串、春卷、冒菜、卤鸭子、鸡爪子、蒜泥拍黄瓜、小米辣拌木耳……喔，个个都是刺激味蕾的美食。

我对李华玲招了招手："来，坐下吃东西。"

这些东西的香味太招人了，李华玲吞了吞口水，肚子也咕咕地叫了起来，便抬开凳子坐下，大快朵颐。

我暗地里对邓宇比了个大拇指，真是个聪明的孩子，知道什么食物能让人有食欲。

十七

没有硝烟的战场

其实，想要收拾一个冯翠，对我来说，简直就是件轻而易举的事情。

但我还是打算再观望一段时间。

万一人家时序是真的喜欢冯翠，或者说冯翠真的值得时序喜欢，那我要是掺和进去了，可不就是造孽了嘛！宁拆十座庙，不毁一桩婚，就算我蛮横跋扈到一定的程度，可这个道理我还是懂的。这个婚，我是打心眼儿里不喜欢的。可那又怎样呢？毕竟我不是世界的中心啊。退一万步说，假如冯翠是值得时序去喜欢的姑娘，是他的良配，我还是会表示一下祝福的。

眼下，瞧着李华玲，作为朋友来说，我能做的唯有陪伴与同情。

在爱情这个没有硝烟的战场上，要扛过刀光剑影、腥风血雨，跨过一路的艰难险阻，才能取得胜利，这个过程真的太艰难了。只不过那时的我，还没有经历过太多感情的挫折，不太懂得爱情的珍贵在于什么。

我怕李华玲一人承受不了，第二天一早，专门到店里看了看。

李华玲的精神状态还好，冯翠也在，见我来了，笑嘻嘻地打了招呼，又如寻常一般工作。

但我明显发现，这个时候她们两人的地位已经产生非常微妙的变化。店里聘请的那些个小姑娘，一个个都是见风使舵的主。她们原先以为李华玲是准老板娘，没想到正主却是深藏不露的冯翠。

李华玲性格内向，不善言辞，又是小股东，她那点微不足道的股份，根本无法令她在店里树立威信。

这会儿又失去了准老板娘的可能性，更是没有多少话语权了。小姑娘们都在冯翠身上献殷勤，把李华玲晾在一旁。

我瞧这宫斗剧的场面，忍不住冷冷一笑，然后冲时序招了招手。

对于我突然回来，时序当然明白是为了什么，可还是佯装不知地说："女神怎么不在家里多休息一下，跑店里来干吗？"

我笑吟吟地看着他，温柔地说："来看看我们的老板娘，我的小嫂子。"

时序面色略显尴尬，回头看了一眼冯翠，一把揽过我的肩膀，往电梯拐角处走去。

我皱眉："干吗？有什么不能在店门口说的吗？"

他一副求饶的模样，低声说："我的姑奶奶，能别那么说话吗？什么老板娘，什么小嫂子？"

"不是吗？人家可是你正经交往的女朋友啊。"我双手抱肩，朝那店铺里看去，正好就与冯翠的目光对上了。但她对我大概还有些忌惮，四目相接之后，眼神飞快地就转移开，不知道她到底在心虚什么。

时序自知理亏，反正也说不过我，便低声道："我的私事归私事，在店铺里头，她就是员工。"

"原来你也晓得她是员工啊。"我冷笑，"但其他人可不一定那样想。"

"其他人？"

我往正在热火朝天忙碌的店铺里看去，说："有人的地方，就有江湖，

有江湖，就有腥风血雨。管好你的女人，叫她该收敛的地方千万要收敛，该低调的地方千万要低调，可别伤到我的人。”

“什么你的人？”时序越发糊涂了。

他从前不是顶聪明的吗？难道恋爱也会拉低男人的智商？或者说恋上了一个水准很低的女人之后，男人也会被同化变低智商？

“不明白吗？你现在有了冯翠，那么李华玲就是我的人了。她性格那么内向，占的股份又那么少，在那个小江湖里头，你要是不护着她，她在这个店里还怎么站住脚？你不晓得那些卖衣服的姑娘个个都是人精吗？居然在自己的员工里头找女朋友，还找了那么俗的一个，你到底是有多饥渴？”

我尖酸刻薄地说了一大通，在言语上将对方贬得一文不值，恨不得此刻就将她或者他们踩在脚底下。

这种仇恨与愤怒实在不知道出于什么原因，总之在看到冯翠的那一刻，我对时序的抵触情绪就油然而生。原先以为的大度、包容，甚至祝福统统化为乌有，我竟然有一种被背叛的感觉——他怎么会选择一个我并不认可的女人做女朋友呢？

此时的我无法辨别这种对时序的控制欲或者说占有欲是从何而来，也许是在我的印象当中，除非时序选择的是赵凌凌或者李华玲，否则换任何别的女人出现，我都会有一种领地被人侵犯的感觉。

时序目瞪口呆地看着我，表情说不出有多复杂。

我也意识到自己似乎有些过分。

气氛很尴尬，我不得不为自己找个借口，说：“你明知道赵凌凌和玲姐都喜欢你，为什么非要找另一个？咱们店铺刚刚起步，万一她们两个当中的任何一个不做了，撤退了，咱们怎么办？”

我正说着，电梯门开了，拥出来一群人。

我刚要避让，时序突然逮住我的手臂，推着我进了电梯。

“你干吗？去哪里？”

“出去走一走，顺便聊聊你刚才说的这个问题。”

我抬头看着他，他却面无表情地盯着电梯门，紧抿的嘴唇毫不掩饰地宣泄着他心中的不满。

我有些懊恼，默默反思，兴许刚才的话说得太重了。

然而显然是我多虑了。

从乌烟瘴气的九龙服装城下楼来，扑入眼帘的是满大街的红男绿女，我与时序不过是这芸芸众生当中微不足道的一员罢了，没有人会在意我的情绪，更不会有人因为我板着脸、表情冷峻就侧目。在这位于成都市区最为繁华的中心地带，人人都可以是主角，人人也都可以是配角。

时序手中拿着车钥匙，我问："几个意思？还要往哪里去？"

他没有回头，只大步往他停在路边的车子走去，边走边说："一个小时，我们谈谈。"

我皱眉："我跟你能有什么好谈的，刚刚不是都说完了吗？"

"先上车。"说着，他不容我拒绝，就将我往副驾驶位推去。

对于时序这突如其来的男友力，我感到有些不知所措。

"恋爱中的男人是不一样啊，把所有女人当成自己女人来对待了这是？"

他被我夹枪带棒的话呛了一下，讪讪一笑。

我可不是由着他摆布的女人，索性将计就计，拍了拍驾驶座，说："你要是怕被她们听见了，就在这里跟我说也成。"

他又是一笑，然后启动车子。

"喂！没听见我说什么吗？"

"好了别闹，带你去一个地方。"

"哪里？"

"到了你就知道了。"

我无可奈何，在别人车上，去留不由我。

只是当他带着我在成都的大街小巷里穿梭时，我心中还是感到一丝异样与不妥。其实抬杠也好，指责也罢，都不需要特别去某个地方，他这么故作神秘，倒显得有些多此一举。

“时序，你是不是闲得慌？”

“没啊，我觉得我们有必要坐下来好好谈一谈。”

车子终于在科华北路的一家咖啡馆楼下停住。我抬起头看了看，感到有些诧异，瞪了时序一眼：“你是不是有病？春熙路就有良木缘，你还开车大老远跑到科华北路来？”

他的女人以及想成为他女人的女人们，都还在九龙服装城拼命工作，他却带着他的生意合伙人，跑到川大附近的这间咖啡馆来。

他笑而不语，故弄玄虚，停好车带着我就往良木缘楼上走，边走边说：“你在广州辛苦了，大老远跑回来待两天，总让你留在店里也不太好。”

“那也不至于把老板拐出来喝咖啡吧。”

“就是让你出来喝点咖啡，吃点好吃的，攒足力气好骂我。”

他倒是晓得我的脾气。

落座以后，他非常娴熟地跟服务员沟通着，看来在我们或者说在我不知道的岁月里，他没少带冯翠来这种地方。

“这里倒是离邓宇很近，你说我要不要给他发个消息，约他出来喝杯咖啡？”

“随你啊。”时序笑着抬了抬手，“叫他出来一起吃个午饭吧。”

我看了看时间，距离中午还早得很，万一叫了邓宇，反而惹邓宇生气了怎么办？于是我便将这个念头打消，左右打量着这家咖啡馆。

说起良木缘，在成都待过十年以上的朋友大概都知道，那时的成都，这家连锁咖啡西餐厅，与上岛咖啡、左岸咖啡三足鼎立，在这座城市脱颖而出，担起了一个时代的年轻人约会聊天场所的重担。

那个时代的成都百废待兴，也还没有咖世家、星巴克、瑞幸等国际知名或者颇具特色的地方咖啡馆伴随着城市的飞速发展而如雨后春笋般冒出来。那个时代的成都与时尚不太有关系，甚至还有些土，最著名的城市标签是美女、川菜、川剧、大熊猫以及国际闻名的悠闲——或者说懒。

就在这么一座还没有多大野心想要往上发展的城市里，良木缘、上岛、左岸等寄托了这座城市绝大部分年轻人的浪漫情怀。

这些咖啡馆的客户群体涵盖了20世纪60年代至80年代出生的人。在2003年，他们这些人中出生的人，或多或少还有一部分可以被统称为年轻人，而那时的90后，即便是年纪最大的，也都刚上初中，世界还不是属于他们的。

十九岁的我，作为80后的顾客代表，坐在这家咖啡馆里，非常孩子气地点了一份红豆相思冰激凌。

我瞪着他，问："你喜欢冯翠什么？她有什么好？"

他笑："挺好的呀，咋啦，你不喜欢她？"

"我为什么要喜欢她？"我翻了个白眼，"我原本以为，你早晚会成为赵凌凌或者华玲姐她们当中任何一个人的男朋友，所以，突然听说你跟冯翠在一起了，还是很意外的。"

他依旧笑："感觉到位了就在一起呗，男未婚女未嫁的。"

"别跟我打官腔，老实交代，你们两个到底是怎么走到一起去的？谁先主动的？是她勾引你还是你勾引她的？"

面对我咄咄逼人的提问，时序脸上的笑容有些僵，他看着我，没有说话。

我也意识到自己语言上的粗暴，尴尬地一笑，自己给自己打了一个圆场："我估计是她主动的……"

"不，是我。"他护短的语气更加明显了，"我觉得她挺好的。"

坦白说，那一刻我心里感到有很明显的失落，说不清楚这种失落感是源于什么，但就是那一刻觉得不行。时序为什么会主动去勾搭一个各方面条件都不怎么样的女人？他的眼光怎么就那么差呢！

我没有意识到一个问题，这是别人的感情、别人的私事，别人根本就没有理由回答我为什么。就如当初我与林峰在一起，也没有问过林峰妈妈的意见；我与邓宇在一起，也没有问过李华玲与时序的意见。

恋爱是相爱的两人的事情，别人是没有义务向你解答为什么要在一起的。

眼见着气氛有些尴尬起来，我叹了口气，说："其实我真的很担心华玲姐会因为受不了这个打击而离开我们的团队，你是不知道她有多喜欢你……"

“我知道。”他微微蹙在一起的眉毛，表达了他有着同样的担忧，他却说道，“但是感情是不能勉强的，两个人之间如果没有感觉，强迫在一起的话，是会耽误彼此的。”

“感情是可以培养的啊，等到感情培养得越来越好，自然就有感觉了啊。”

“咱们能不谈这个话题吗？”他惆怅地叹了口气，“我现在已经有女朋友了，你如果是我和华玲共同的好朋友，就应该先祝福我，然后再想想如何帮助华玲找到她人生中最正确的那个人。”

他说得很有道理，但是那个时候我还不晓得用“人这一辈子，自身就是无常，是不可能找到最正确的那个人的”这样的话反驳他。我只能哑口无言，怔怔地盯着他，良久才说：“反正我见不得华玲姐被欺负。假如冯翠把华玲姐给气走了，到时候我也会撤退的。”我挖了一勺冰激凌放进嘴里，又说，“不如你让冯翠辞职回家，给你做全职太太，或者你让她换个地方上班，别一天到晚抬头不见低头见的，让人扎心。”

时序叹了口气，没有说话。

他性格比较沉稳，又懂得隐忍，第一次假公济私地谈个恋爱，还要顶着被合伙人威胁的压力。我就像千万个不喜欢儿媳妇的准婆婆似的，对冯翠百般挑剔，而他还不能发火，还只能赔着笑脸，不敢多为冯翠说一句好话。

“唉，我也不知道你是什么眼光，怎么会看上她的。”我毫不客气，又翻了个白眼。

这件事在很多年后，当我再次回想起来，都觉得那个时候的我十分丑陋，更对我的行为感到有些匪夷所思。我到底是因为时序突如其来的女朋友而生气呢，还是因为那个人是冯翠而生气？我年纪轻轻，怎么就那么尖酸刻薄且热衷于多管闲事？

我当时还不知道，女人的嫉妒心有多可怕。

但是接下来，老天很快就让我明白了这种感受。

时序与我坐的是临窗的位置，只要目光往窗外看去，就能俯视从大街上漫步过去的人。我们闲闲散散地聊着，从吐槽冯翠开始，到后来聊到关于店铺发展的规划。

那个时候的我年轻，不懂得人情世故，再说起冯翠的时候，全然没有顾及时序的颜面。冯翠再不济，到底是时序的女朋友，我作为朋友与合伙人，有什么资格不喜欢她呢？又有什么资格表示反对呢？

可是我不懂啊。

十九岁的我，因为在社会上漂泊了两年半，因为经历过死里逃生，因为把银行卡里的数字从四位数变成了六位数，所以我有些膨胀，从原来腼腆少言还带着一点文艺气质的女孩子，变成了一个能言善辩、说话横冲直撞，甚至有些蛮横无理的姑娘。

当然这样的转变，也少不了他时序的娇惯。

后来我跟我那个靠写小说维持生活的姐妹柳飞絮聊到女人的变化时，只赐给她四个字：恃宠生骄。

女人啊，假如不吃些苦头，叫一帆风顺的前途与谦卑的恋人给宠上了天，就会不知好歹、不知轻重，天真地以为自己就是世界的中心，所有人都应该以她的喜怒哀乐为重点，围着她打转。这种因为被宠坏了而生出的狭小眼界，才会造就出无知的任性与蛮横来。

而十多年前的我，就是这样一个讨人厌的姑娘。

时序再一次宽容了我。也许在他心里，我是个只有十九岁的小姑娘，他到底大了我六岁，即便知道我有错，也觉得理所应当让着我。

可是有的人不那样认为。

当我将脑袋别向窗外，往那人来人往的大街上看去时，耳畔突然传来一个颇为熟悉的声音。

“服务员，麻烦过来一下。”

我微微皱眉，颇感疑惑地看了时序一眼，他也是一副惊讶的表情。

我与他不约而同地循声看去——在身后隔着一道半人高的书墙对面，发现了临窗而坐的邓宇。

他的表情轻松愉悦，与他相对而坐的，是一位长发及腰的女孩子。由于女孩子是背对着我的，所以我不知道她长什么样子。

心中一股无名之火腾地起来，我果断起身，向邓宇那桌走去。

邓宇正在看菜单，浑然不觉危险在靠近，直到我站到他跟前了，他才感受到异样的气氛，于是抬起头来。

我并未看他，而是瞧着他对面的姑娘，在看清楚姑娘的模样之后，心中的疑惑得到了八九分的答案。那是一个多么好看的姑娘啊，长得白白嫩嫩，脸上没有一点瑕疵，那张巴掌大的小脸上嵌着不管是分开还是凑在一起都特别协调漂亮的五官。她那样的美貌，值得任何男人为她翘班、为她逃课。

邓宇，就是为她逃课的男孩子。

我与邓宇四目相对大概一秒，他立马站了起来，又探头看见了时序，顿时笑了，问我："这么巧，在这儿都能偶遇。你跟时序谈事啊？"

我没有笑，而是看了看他对面一脸茫然的姑娘，再看向他。

邓宇还没有说话，时序已经来打圆场了，笑呵呵地说："今天上午没课啊？跟同学等人吧？"

邓宇点头："对啊，待会儿还有几个同学要过来。"

我冷冷地看了时序一眼，他倒是机灵，把台阶搬到了邓宇跟前去。也是托他们的福，我在十九岁的年纪里，就晓得男人之间有着不成文的默契，在欺骗女人这方面，可以配合得天衣无缝。

不过男人之间的战友情也非常容易被瓦解，只要某个女人介入进去，而他们又同时喜欢上这个女人——说来好笑，这战略也同样适合破坏两个女人之间的姐妹关系。

那个女孩子似乎感受到了气氛的尴尬，主动询问邓宇："学长，他们是？"

邓宇连忙揽住我的肩膀，笑着同她说："忘了跟你介绍，这位漂亮的姑娘是我的女朋友，夏青。"

女孩脸上有一丝错愕，但很快隐去，取而代之的是一个腼腆的笑。她对我微微点头，轻声唤道："嫂子好。"

我微笑，淡淡地说："你好。"

“她叫白羽，刚进我们学校，是我们社团的学妹。”邓宇说完又连忙补充，“今天上午正好都没课，就想聊一下跟社团有关的事情，我想将下一任的社长交给她来做。”

我微笑看他：“我又没说什么，你怎么解释这么多？”

邓宇笑了笑，表情有些尴尬。

我再回头看向白羽，大家都是受过教育的人，很有默契地维持着体面。但在我与她的目光接触的那一秒，其实已是兵戎相见的战场。从她一闪而过的错愕当中，我知道她与邓宇的关系绝不仅仅是学长学妹这么简单。

而她在邓宇迅速拥住我的肩膀那一刻，也知道了我不是个随便哄哄就能蒙混过关的善茬。

她在配合邓宇演戏，为了她妄想得到的未来，正在委曲求全地扮演着一个善解人意的温柔丫头。

女人的心机，也只有女人看得最清楚。

由于我的出现，这一桌的气压有些低，时序持续充当着和事佬的角色，往那小姑娘身边一坐，赔着笑脸问：“丫头，哥哥能坐这里吗？”

白羽笑着往旁边挪了挪。

时序又招呼我们：“坐啊，都戳着干吗，逞人高啊？”

我似笑非笑地看着他，他倒懂得审时度势，随时在兜里都揣着许多个台阶，以方便在必要时刻发放给有需要的人。而且现在，他一定特别感激邓宇和白羽的出现，因为这两个人转移了我的注意力，我这会儿已经没工夫去收拾他了，只想弄明白自己是不是已经变“绿”了。

为了证明我还没有被变“绿”，邓宇对我相当殷勤，在我坐下之前，他还特地扫了扫沙发，跟伺候老佛爷似的。

可他越是这样，我越觉得他心里有鬼。

坐在对面的白羽，在她玉盘一般的小脸上看不出多大的表情变化，镇定自若地喝着跟前的咖啡。一个十八九岁的年轻女孩子，懂什么咖啡？她如果吃个冰激凌喝个果汁什么的，我对她的敌意恐怕都要轻一些。别问我为什么，反正我就是不高兴。

邓宇看出我的不高兴，小心翼翼，赔着笑脸，谄媚至极。

他再一次唤来服务员，然后问我："想吃点什么？"

我笑，十指紧扣地抓住他的手，上半身前倾，半挂在他的手臂上，撒娇地说："哎呀别问人家，你就帮人家点嘛，你点什么我都会喜欢的……"

当我发出那种嗲到让人发软的声音之后，明显感觉到邓宇胳膊一抖。我基本从来不会用这样的语气跟他说话，即便是耳鬓厮磨，也是有点凶巴巴的。

我一个土生土长的四川姑娘，即便是撒娇撒痴的方式，也是有自己风格的。

但是在"傻白甜"面前，必须用显而易见的方式去秀恩爱，否则我很担心她可能看不懂。

只不过当我使用这一招的时候，就连自己也觉得搞笑，并且还苦了邓宇与时序，他们纷纷向我投来宛如参观智障的一瞥。

可是我在这个向假想敌示威的舞台上，表演得非常尽兴，在表演的同时，又在默默地观察对面姑娘的表情变化。

女人的占有欲使然，男朋友于自己而言，某种程度上来看，就是私人物品，是一块打了自己烙印的领地。假如有人企图占有或者入侵，女人就会奋起反击。

坦白说，在2003年，我对男人的占有欲与被"绿"的敏锐度，要比许多年后强烈得多。后来我也曾分析过其中的缘由，大概是因为那个时候的我还不够自信，而邓宇又太优秀了，从某种程度上来说，我其实是不太配得上他的。

就因为这份"不太配得上"，所以我特别紧张他会不会背着我喜欢上别的姑娘，于是才会对他身边出现的异性都持敌对态度。

白羽不是傻瓜，从我的目光中看出了不屑与怀疑，于是有些收敛自己。但到底还是个年轻姑娘，她原本还比较沉得住气，后来看着我旁若无人地赖在邓宇怀里，一口一个老公地喊，甜得发腻，便感到有些难堪起来。

不仅她感到难堪，就连邓宇与时序也觉得有些尴尬。

时序轻轻咳了咳，看了看时间，然后对邓宇说："那个，要不你们继续聊，我跟夏青得回铺子去了。"

邓宇闻言，如释重负，嘴里却赶忙说："怎么了？差不多快到饭点儿了，吃了饭再走啊。你看刚刚青青还点了那么多吃的……"

时序笑："你们不是还有人要来吗？不然你们一会儿接着吃？夏青难得回来一次，总得跟员工们沟通一下感情，是吧，夏青？"

他看着我，笑意盈盈。

我并不买账，沉着脸，冷冷地盯着他。

刚才时序跟我说好了中午是在外面吃的，等吃完了再回铺子里去，为什么这会儿遇见邓宇，时序却突然变卦了？这不明摆着帮邓宇打掩护吗？

我才不管他们的如意算盘，说："要不你先走吧，我想先陪邓宇吃个饭，吃完我自己打车回去。"

气氛已经很僵了，时序盯着我，竟然没有说话。

而邓宇也沉默着。

这时候，却是在一旁的白羽打了个圆场："要不还是别走了，一会儿东西就都上来了，吃完再走吧。"

她说完之后，卡座里还是很安静，静到能够感受到暗流涌动。

在那一刻我发现，我、时序和邓宇之间的关系，远不止表面上看起来那么简单。

我笑了，看着白羽，说："那不行的，时总是要回去的，女朋友还等着他吃饭呢。"

时序的脸色终于垮了下来，但那个极度不悦的表情稍纵即逝，很快，他又恢复正常，笑着附和我："还是夏青懂我，确实是这样，我女朋友还在店里头等着我。我呢，本来和夏青出来是有事要谈，原定也是一个小时就回去的，没想到遇到了你们。"他瞧着邓宇，揶揄道，"她一看见你啊，就不肯走了。行了，要不你们两口子就和同学聚一下，下午你们怎么安排都行，反正事情也谈得差不多了，夏青也不必回店里了。”

接着，他又对我说：“那就这么着吧，哥先走了哈。”说完，他又同白羽打了个招呼，便大步往店外走去。

我瞧着他的背影，心中一万个不高兴。他怎么真的把我一个人扔在这里了呢？

可我这种不悦的情绪还来不及控制，就有两个年轻人向我们走来。

他们是邓宇的同学。

大家落座，跟我打完招呼以后，就开始谈学校社团安排的事情。

我插不上话，只好待在一旁吃东西。

这个时候对邓宇的信任已经恢复了，但同时我也发现自己根本无法融入他的世界，他们说什么，我都听不懂。反观之，白羽在社团同学的衬托之下，却闪闪发光，她什么都懂，什么话题都能发表一些自己的见解，简直就是聪明与智慧的化身。

和眼前这个自信聪明又优雅的姑娘相比，刚才只顾着和邓宇秀恩爱来刺激她的我，简直就像个哗众取宠的小丑。

我感到很尴尬，开始后悔刚才为什么不跟着时序一起走。

而此刻的邓宇，博学开朗又健谈，是我全然没有见过的样子。我从来没有发现，原来他也有如此板正的姿态，如此深厚的思想内涵。他并非我原先以为的那样，不过是有点钱的富二代，他可能比我想象中更加优秀一些。

当然，这个判断在后来得到了印证，只是这个印证的代价，有些残酷。

我默默地吃着东西，心中有了极大的不安全感。

身边的这个大男孩，我是不是不太配得上他？

十八

该来的会来，要走的会走

自卑心是我闯情关时候的一道坎，我将这个缘由归咎于贫瘠的童年，动荡的家庭氛围以及过早退学。从我进入社会开始，择偶标准就一直居高不下，低于标准的男士我向来不愿意多瞧一眼，宁缺毋滥。

同所有姑娘一样，我向往得到聪明优秀的男士作为伴侣，但同时又害怕自己配不上人家。因为这份担心，所以每一段感情，我都带着仰望的态势。

然而偏偏我骨子里又埋着一份不肯向男人低头的骄傲。强烈的自尊心告诉我，不要因为过于爱一个男人，而变成一株依靠攀附而生长的藤蔓。

这种心里自卑却偏要昂着头的矛盾状态，归根结底将我变成了一个特别作的人。

那天结束之后，我便将白羽视为第一假想敌。

总之，对于感情不自信的女人，心中始终会有一个假想敌。而这个假想敌通常是时常出现在自己男人身边的那一类女生，就算假想敌长得并不怎么好看，也不怎么优秀，但她出没在那个男人身边，就是罪大恶极。

但我没有逮到邓宇与白羽之间有什么的证据，一切都只是我自己的臆想猜测而已。

而这份臆想转移了我对冯翠的仇恨，以致在后来很长一段时间里，我都无暇顾及时序、冯翠与李华玲之间的感情纠葛。

也就是在这大概三个月的时间里，我们所有人都发生了很多事情。

先说赵凌凌。

她是个聪明人，也是一个果断决绝的人。当她发现时序与冯翠在一起之后没多久，马上决定撤出合伙人队伍，并将自己那部分股份转送给李华玲。

没错，是送。

李华玲还处在失恋的打击中无法自拔，没想到从天而降这么好的一件事。她平时是有点爱贪小便宜，但也被这突如其来的馈赠给打蒙了。

受了惊吓的她一面拒绝赵凌凌，一面赶紧给我打电话。

那会儿我在广州，刚刚发完货，正捧着电话在人来人往的广州大街上对着邓宇发火："你昨晚为什么不回我信息？也不给我打电话？"

邓宇狡辩："你知道我手机晚上是要开静音的啊。"

"那你睡觉之前怎么不跟我讲一声？"

"我以为你那个时候已经睡了啊，你早上起那么早，晚上不能熬夜的。"

"借口。以前你可不是这样的。"

"你看，我解释呢，你说我讲的是借口；我要是不解释呢，你说我心虚。我到底应该怎么做才是正确的？"

"邓宇，你有没有发现你变了？现在的你对我很不关心，心里头其实根本就没有我。"

"我的小姑奶奶，别胡思乱想啊。本来现在我们见面就很少了，你还一天到晚跟我闹，能不能乖一点，懂事一点啊？"

"能啊。只要你每天都跟我发信息，打电话，关心我，爱我，不要和白羽在一块儿，把她开除出你们社团。你如果能做到这样，我就乖，我就懂事。”

电话那边的人良久没有说话，我又试探地提醒他：“听到没有？”

这回他说话了，声音显得十分冷漠：“好了别闹，时间差不多了，我得上课去了。”说着，他也不待我反应过来，就挂断了电话。

我气得快爆炸了，瞪着手机就像瞪着有血海深仇的敌人一样。

其实邓宇挂掉我电话的行为，也不是一次两次了。

具体是从什么时候开始的呢？大概是我到广州来工作快两个月后开始的。

之后的某一天，当我反思自己失败的感情经历时，才开始对当时那么作的自己进行检讨，并且也检讨出了一些结果。

但是那个时候我就像魔怔了一般，显得有些不可理喻。也许是因为执念，所以我总是会说一些刻薄的话、做一些伤人的事。

我觉得很委屈，爱一个人爱太深了，就应该被伤害吗？

那个时候我哪里懂得这些，再过两个月才满二十岁，正是横冲直撞的年纪，还不会豁达地指出人们对“爱情”这个词语的百般欺凌。就因为大家都认为爱情是伟大的，所以打着爱情的旗号去做一些匪夷所思的事情的人比比皆是。这些事情包括没有风度、狭隘多疑、偏执的占有欲，以及更多无法一一细数的伤害，然后再把黑锅扔给“爱情”来背，却从不认真检讨自己。很多人“以爱之名”干的那些荒唐事，其实并不是因为爱，而是自身的性格缺陷。

相比之下，赵凌凌就很理智，她处理无望的爱情的方式，要体面得多。

所以当被土豪馈赠的礼物给吓到的李华玲战战兢兢地打来电话时，我正怒气冲冲地瞪着手机。

电话接通后，我的语气也不怎么好，而李华玲就在这样恶劣的对话环境里，将赵凌凌的想法告诉了我。

我性子急，没有任何时间等待与思考，立马拨通了赵凌凌的电话。

“喂，老赵，你几个意思呢？”

她显然知道我问的是什么，在电话那边笑得很轻松：“就是华玲听到的那个意思啊。”

“为什么一定要退出啊？就把钱扔里头，你不管不就行了吗？”

“当然不行。”她顿了顿，又说，“我可受不了合伙开个店却为他人作嫁衣。”

她指的是冯翠。

“不是……他们只是在恋爱而已，还不一定能成呢……”我很慌张，害怕赵凌凌退出。

可赵凌凌似乎心意已决。

“管他们最后能不能成，都与我无关了。这个男人一而再再而三地选择别的女人，而且还是档次那么低的女人，对我来说，已经是莫大的侮辱了。我算什么？备胎吗？老娘的条件样样比他的那些女人好，凭什么他不要我却要他们？”

我张了张口，却没有将心底那句话说出来。

也许，正因为赵凌凌太好了，所以时序不敢去爱她。

赵凌凌还在生气：“我现在想明白了，他也就配那种档次的女人。算了，就算今后他跟冯翠分手了，我也不会再要他的。”

“你不是很喜欢他吗？还喜欢了那么多年。”

“是，就是因为我喜欢他，他也仗着我喜欢他，所以才这么为所欲为。”赵凌凌说到这里的时候，语气有些激烈，“这么说吧夏青，我不缺钱，也不奢望入这个股能给我带来多少收益。我从一开始目的性就很明确，就是想要得到时序。但是！”

她突然在电话那头笑了起来，可是笑声很轻，轻得甚至有些苦涩，隐隐带着哭腔。

我连忙说：“凌凌，你别哭，你冷静点。”

缓了很久，她才接着说：“我没事，我就是觉得自己从前挺傻的，固执地去喜欢一个并不喜欢我的人。你说我哪里差了？我比冯翠差吗？他凭什么选择冯翠而不是我？我一个名牌大学的高才生，长得好看，头脑聪明，家境也很好，对未来有规划，一直很努力，也一直很独立自强。凭什么这么优秀的女孩子，得不到心上人的青睐，却叫一个来路不明，还整日里装啊装的‘绿茶’给截胡了？啊？你说凭什么？”

她的怨气又上来了。

我突然对她有一些愧疚。上次回成都，她其实也在的，但是我只顾着李华玲的感受，却忘了约她出来见个面，哪怕是陪她骂一骂冯翠也可以啊。

但是我没有。我被白羽的出现气昏了头，就忘了还有比我更痛苦的姐妹。

“所以事到如今，不如算了。这个男人不是我的终点，我就算再伤心，也不应该对他再有任何幻想。”

“所以你就把你那份投资都送给华玲姐了？”

“是啊。”她顿了顿，又说，“李华玲呢，从一开始我是不太瞧得起她的。怎么会有这么傻的女人，毫无指望地去爱一个男人，并且还无怨无悔？我一开始还认为她是不是有圣母病，但是后来呢，经过这么长时间的相处，我发现她挺质朴的，虽然也有野心，但是她的野心只寄望于她自己。她跟你一样，属于同一类人，你知道吗？”

“哪一类？”

“就像……就像芦苇、野草，无论在什么地方，都能够顽强生存下去那种人。你们看起来很柔弱，可是你们的脊梁骨挺得很直，也肯为自己想要得到的人生去拼搏，吃苦。这是我欣赏你们的地方。”

“冯翠不能吃苦吗？”坦白说，我不知道。我没有和这个女人待在一起多久，却晓得这个女人是我们的合伙生意能否继续下去最大的障碍。

“她能不能吃苦对我来说都不重要了，我就是讨厌她。”

这个答案倒是很诚恳。假如你辛辛苦苦种的菜，突然被一个路人给偷了，你毫无准备，也毫无招架能力，能不讨厌他吗？

“和讨厌的人一起共事是我绝对不能接受的事情，所以，不如退出来。”说到这里，她刚才那种咬牙切齿的恨意已经发泄得差不多了，只剩下一丝云淡风轻，她笑着说，“李华玲没我这么洒脱的，她也不敢这么洒脱。所以呢，我就当做个人情，把那钱给她了吧，这样她的话语权要多一些，省得叫那‘绿茶’欺负。”

“虽然你一开始只给了两万多块钱，但是经过这么久的经营，那些钱已经不止两万多的价值了啊……”我知道李华玲想接受，但她的良心又告诉她，不能接受。正因为被这种矛盾的心理所左右，李华玲才给我打来电话求助。而我只不过是将她的想法传达给赵凌凌而已。

赵凌凌笑着说：“钱重要还是原则重要？”

“有钱的人讲原则，穷人就不太有这个资格。”

我与李华玲在那个时候因为得到的少，赚得又辛苦，所以五位数的一笔钱也算是巨款了，平白无故就转送给别人的情况是绝对不会在我们身上发生的。

当然，我也不太能理解邓宇赞助给我的那六万块钱到底是从哪里来的。

后来有句挺时髦的网络用语很能用来形容我当时的感受：贫穷限制了我的想象。

因为我不了解赵凌凌与邓宇的家庭背景，所以不清楚在他们的世界里，五位数的钱是不是真的不算什么。

这大概就是所谓的层次不同吧。

赵凌凌见我依旧沉默，又补充说：“就当是我给她的追爱基金吧。假如哪天她成功地把时序从冯翠手里抢回来了，这钱就当作姐送她的份子钱了。”

“那我就这样跟她转达了？”

“成，你就这么说。”

聊完了，我准备挂电话时，赵凌凌突然又说：“对了夏青。”

“嗯？”

“关于邓宇……”

我立马提高警惕：“邓宇怎么了？”

她有些犹豫，似乎还在斟酌到底该不该说。

“咋了，你可别只说一半啊，说全吧。”

她仿佛下了很大的决定，最终说："其实也没什么，就是你要是能不长期待在广州的话，还是赶紧回成都吧。两个人异地久了，肯定是会出毛病的，你也不知道他一天到晚都在干些什么，和哪些人在一起，他也不知道你每天的喜怒哀乐是什么，光靠那一点感情基础和说不完的思念是维持不下去的，早晚会出事。你看你和你那个前男友，不也是因为跟你异地最后才让邓宇给乘虚而入了吗？"

她的话，令我陡然脸红。这是我不愿意触及的往事，毕竟上一段感情，是我不忠在先。

可是赵凌凌并不打算放过我，依然苦口婆心："我跟你呢，今后还能不能像今天这样开诚布公地聊天，真说不准了。人与人之间的关系，其实就是需要日复一日地维护。当我们关系亲密的时候，我们绝对信任彼此，并且无话不谈。可是当我们距离彼此越来越远，生活圈子也不再相融的时候，就是我们的感情彻底告别的时候。同样的道理也适用于爱情。"

见我没有说话，她叹了口气，淡淡地说："该来的会来，要走的会走，有些人假如不想失去，就最好不要轻易放手。但如果某一天，真的失去了，也千万不要懊恼。人生是没有回头路可以走的。"

对于她这突如其来充满哲理的话，我感到有些不解。难道邓宇的思想真的出了什么问题，所以作为最了解他的人，赵凌凌才对我说出这么有深度的忠告？

我感受到了异地相恋的可怕，并万分迫切地想要回到成都。

只是这个念头一直萦绕在心中，却因为店铺的生意日益红火不得不搁浅。我照常留在广州拿货，时不时回成都一下。有时候邓宇会飞来广州陪我两天，有时候则是我赖在成都不肯走。

异地恋真的令人身心疲惫，我与邓宇之间的感情伴随着不能相见的日子越来越多而每况愈下，我们总是吵架，一言不合就开始吵，一开始吵架我就翻旧账。这个时候的我已经严重怀疑邓宇在外面还有别的女人，这个女人即便不是白羽，也很有可能是别的什么羽。

我曾多次托李华玲帮我打探邓宇在学校的行踪，得到的信息是，邓宇很优秀，平时追他的人很多，但他并没有正牌女朋友。

没有正牌女朋友？那我算什么呢？为什么他不肯让那些觊觎他美貌的女孩子知道我的存在呢？他这是在享受被众星捧月的感受吗？还是也许本来就有了目标，只是他一直没有戳破那层纸？

我性子急，并不怎么沉得住气，寻了个机会，想要去他的学校打探一番。

那天也是凑巧，居然刚到学校门口，我就瞧见邓宇和几个姑娘说笑着走出来。我原本打算到了学校给他一个惊喜的，没想到他先给了我一个“惊喜”。

真不知道是巧合呢，还是他们原本就喜欢腻在一起——邓宇与白羽在这群人的簇拥当中，居然肩并肩紧密地靠在一起，两人说说笑笑，场面看起来非常和谐，以至于和谐到我这么大一个人就站在旁边，他们也没有发现，说着笑着就从我跟前走过去了。

我双手抱肩，不禁冷笑，轻声唤道：“邓宇。”

可笑的是，他并没有听见，依旧在往前走。

我又连着唤了两声，周围的人都在侧目看我，邓宇和白羽那帮人却越走越远。他们的话题很有趣，他们的笑声很欢快，他们的世界里，没有我。

我感到很绝望。

后来我独自打车回到租住的房子，发信息告诉邓宇我回来了。

他当天晚上并没有来找我，等到第二天才约我吃午饭。

我没有告诉邓宇提前一天去学校找他的事情。此时的我觉得心里像是被什么给堵住了，不知道该从何说起。让我去找白羽问个究竟，似乎也不妥。如今说不定我跟邓宇的交情还不如白羽与他呢。一旦我去找白羽，她肯定会告诉邓宇，到时候即便是他们有错，我也成了电视剧里那种无理取闹的女人了。

这种事情我做不出来。

由于没有捉到真凭实据，我根本没有办法去考虑该如何解决当下的感情矛盾，只好寄情于工作。

于是我越发努力地工作，存款也就因为这份努力而越发多了起来。

到了 2004 年，我与邓宇之间的关系已经因为争吵而变得特别紧张了。两个人即便七八天不联系，也不会觉得有什么不妥——假如一联系就要以吵架的方式结束的话，那不如不联系。

反观之，时序与冯翠却越来越要好了，两个人一起上班一起下班，腻歪得很。不知道李华玲是怎么撑下来的，每天都见到自己深爱的男人和别的女人卿卿我我。大概赵凌凌让给她的那部分股权变成了她继续留下来的动力，总之，她比从前更加努力地工作，偶尔还会来广州和我一起拿货，将店里的事务丢给时序与冯翠打理。

我问她如何做到的宽心与放心？

李华玲笑答：“人家两个人挺好的，我没理由不放弃，你要是实在觉得我待在成都很累，不如教会我如何打货，然后我留在广州，你回成都去。”

我想了想，觉得可行，便带着她一起做事。

我们的“九龙城合伙人”凑在一起做事的第二年，遵循了“十打伙，九整蛊”的恶性原则（四川俗话，比喻合伙做生意的人十个有九个会闹掰），合作班子早已和最初的样子大不同了。李华玲和我经常待在广州，而赵凌凌一去不复返，很少再与我们联络，听说她在学校里交了一个男朋友，比时序高，比时序帅，比时序有才华。

我其实蛮佩服她的。她是那种一旦决定转身离去，就绝对不会回头的姑娘。李华玲虽然收了她的两万多块钱的创业初始金，但还是专门买了个价格相差无几的包包给赵凌凌寄了过去。当然这个主意是我出的。李华玲虽然爱贪小便宜，但也懂得该拿的拿，不该拿的不拿，否则她的良心会不安的。

至于我欠邓宇的那六万块钱，在我意识到与邓宇的关系已不如从前时，终于在 5 月回成都的某一天，从银行取出预约好的数字后，约邓宇来我家里见面。

他正在准备毕业答辩，但还是如约而至。

李华玲不在家，我与邓宇独处一室，却感到气氛有些局促。

我们没有像过去那样一见面迫不及待就拥抱在一起的冲动，而是客气地坐着，有一句没一句地闲聊着。

我为他倒了杯茶，然后将装着人民币的纸袋放在他跟前。

他有些不解："什么东西？"

"你打开看看。"

他拎起袋子的那一刻，似乎就意识到里头的东西是什么了。最后拆开确认之后，他还特意数了数："哟，整整十五摞呢。"

我看着他："对啊，这是你借给我的创业启动金，多出来的是你应得的利息。"

"六万的本金，两年给九万的利息？"

我有些窘迫，以为他嫌少，忙补充说："我不知道外面贷款的利息是怎么给的，难道，难道少了？"

"少了。"他冷冷地将钱袋扔在桌上，跷着二郎腿，点燃一根烟。

我见他满脸不悦，也有些生气了："给你，你就拿着，嫌少我再补就行了。"

"你叫我来就为这事儿？"

"不然呢？"

"我以为你会拿你的余生给我当作这次借款的利息……"他盯着我瞧，目光里满是惆怅。

现在跟我提余生？我回想起过去每一次电话里的争吵以及他的冷漠，不禁感到悲从中来，苦笑着说："我们两个天天吵架，都到了现在这个地步，还提谈婚论嫁的事情，是不是不太妥当？"

他点头："倒也是。不知道你在广州是不是也遇到了新的人，所以总是没事就挑我的刺。"

"也？"我捉住了他话语中的一个关键词，"为什么用'也'这个字？是不是因为你有了新欢，就觉得我也同你一样？"

他微微一怔，旋即一张脸又沉了下来："说过多少次，你疑心病真的很严重，我跟白羽什么事儿都没有。"

"我提她的名字了吗？你干吗这么紧张？"

“夏青你什么意思？你到底想怎么样？”

“邓宇，有些话我们真的应该好好谈一谈了。”

他放松身体，向我抬了抬手，冷着脸：“谈啊。你说。”

这副吊儿郎当的态度和从前的那个他完全判若两人。那一瞬间我突然感觉眼前这个男人非常陌生。他是谁？我怎么会爱上他的？

我叹了口气，缓缓说：“咱们谈恋爱快两年了，在这段时间里，你没有带我去见过你的父母朋友，我们也没有一起出去旅行过，说起来我们是恋人，可是你我未必是了解彼此的。有时候我也很怀疑，你到底还爱不爱我，或者说，你到底有没有爱过我。”

“哎呀，你们女人真的很麻烦，动不动就问爱不爱的，哪那么多爱不爱啊……”

“我们女人？”我冷笑，“有多少个女人问过你？白羽也问过吗？”

“你怎么这么烦？说了不关人家的事，别老把人扯进来。”

“你这偏袒的态度毫不掩饰呢。”

“你！”邓宇一时气结，竟然不知道该说什么。

他站起身来，缓了缓，又说：“我跟你没法继续谈下去。你先想想自己都在说些什么，我们再聊。”说完了，他抬脚就要往外走。

对于他的恼羞成怒，我毫不意外，喊道：“把钱拿走。”

他转身瞪我：“你什么意思？”

眼前这个男孩，在过去的两年里，对我从无微不至到无话可说，他让我明白了爱情的发生是不可理喻的，爱情的死亡也是不可控制的。时至今日，我再也无法忍受与他无休止的争吵，更无法忍受也许他背着我对其他女孩子好。哪怕只是我的猜测也是不行的。

我没有说话，只是静静地看着他：“我觉得，我们是不是可以先彼此冷静一下，想一想，也许我们并不合适？”

“你是不是想分手？”

“你认为是就是咯。”

他看着我，眼睛里说不出是什么意思，只让我觉得非常陌生且冷漠。他又问："你能回来不？别待广州了，回成都来。"

我笑了笑："回来干吗？"

回来整日里和他吵架吗？回来整日里见他被一群漂亮女孩子簇拥着吗？我从前待在成都的时候，也不见他把我往他朋友同学跟前带啊。就连此刻，他的同学们也不一定都知道我是他的女朋友——上一次在良木缘见到的那几个，未必真的以为我是他的女朋友，毕竟哪有女朋友只露一次面的呢？

我的这些心思，邓宇是知道的。我们过去无数次为了这些问题在电话里吵得不可开交。

可是他从未想过要做出些什么改变来让我变得更有安全感。

他叹了口气，什么也没再说，然后迅速开门离去。

那一纸袋的钱就静静地躺在茶几上，并没有被他带走。但是我已经下定决心，无论如何也要还给他。

2004 年的 7 月，服装业进入淡季，我有更多时间待在成都。

可是待在成都的时间多了以后，我却再也没有见过邓宇。我不相信他不知道我回来了，他却并没有主动联系过我。

而我也不是什么胸怀宽阔的人。既然你不联系我，那我肯定也不会联系你。

就这样，我们便很有默契地从彼此的生活中退了出来。

5 月那次见面之后，我又托时序将钱带给邓宇。

这一次，邓宇没有拒绝。

其实他收钱之后，我还蛮伤心的。尽管这钱本来就是人家应该得的，可是我还是抱着一点期望，万一他不肯收的话，说不定心中还有我。

当我之后跟我的好朋友柳飞絮谈起这件事情的时候，她非常鄙夷地看着我，笑着说："所以你就是口是心非，作。"

我不否认，我确实挺磨人的。

关于这段恋情如何走到这一步，其实我也不太明白究竟是什么原因导致的。也许是因为异地相恋，两人都不肯信任彼此；也许是因为我和他的性格本身就不太适合，他太霸道，我太强势，我们就像两头长了犄角的猛兽，谈不拢就要斗。这种感觉真的很不好。我很害怕因为爱一个人而失去自我，变得患得患失。再加上异地恋让人觉得这个恋人即使是存在的，却也是触摸不到的。

坦白说，异地相恋并不是一件令人愉快的事。当我累到极致的时候，没有人来嘘寒问暖；当我想要撒个娇时，也找不到肩膀依靠；当我在遥远的地方单打独斗时，他却很有可能在另一座城市撩妹泡妞。我光是想一想，都要气炸了。

所以我的上一段感情死于异地恋，这一段感情也死于异地恋？

但我真心不是想要分手的。

原本我以为把钱还给他以后，他会以为我已经下了想要分手的决心——不管是真的想分手还是假的，他都应该来挽回我啊。

可是他并没有来哄我，更没有表达出一丝一毫想要挽回的意思。

而且在还没有说分手的情况下，他就找了新的女朋友。

对，这才多久，他就已经有了新的女朋友。

听冯翠说，邓宇毕业后，她曾在一家咖啡馆遇见过他，他身边跟着一个温婉娇美的小姑娘，也不知道是干吗的，对他非常贴心，嘘寒问暖，细致入微。

我听她的形容，估计那人应该是白羽。

假如是白羽的话，那么我这是被劈腿了吗？

我不敢想，很想打电话向他求证。

可是，既然我们都已经分手了，这些不重要的细节还有求证的必要吗？

再来，我确实很忙，忙着将这家小小的服装批发店往一个新的方向发展。

2003 年 5 月，有一个叫马云的男人搞了一个新生事物，名叫“淘宝”。当时我与时序都感到很好奇，但由于是新事物，所以持观望态势，想看看他将如何败北，或者如何起高楼。

一年多过去了，这个电商平台的发展态势越发红火，我有些心动，同时序商量，准备试试水。

然而在我们的合作团队里，除了我的文化程度最高以外，其他人都不太懂这个。

于是李华玲自告奋勇地申请与我互换，她去广州负责发货，冯翠在店铺里负责销售。而我，主要研究网店的经营模式，看能否在网络上开辟出一片批发的新天地来。

选择到新的路上冒险，除了一身孤勇之外，还要有清晰的思路与清醒的头脑。

在这一点上，我与时序、李华玲三个人的合作还算是比较契合。到了这个份上，冯翠最开始的那点讨厌，已经在她不懈努力和辛勤劳动下，被一一化解了。后来我回到成都长住，和她打的交道多了，甚至还有一点喜欢她。

其实人是很现实的，只要相互利益冲突不是那么严重，一点点小误会很容易被化解。所以那句俗话形容得还蛮精准的——没有永远的敌人，也没有永远的朋友，只有永远的利益。

这个时候我才明白，李华玲的退出是正确的。她很明白自己的短板，所以如果横冲直撞地去和冯翠争，恐怕不仅争不赢，还很有可能被时序所伤。

一厢情愿没有回应其实不算可悲，了不起就是一个人的恋爱，一个人的回忆。最可悲的是，当你一厢情愿地付出之后，不仅没有回应，还要被所爱的人伤害。所以在这段关系上，李华玲不仅对自己没有信心，对时序更是没有信心。而我作为他们共同的朋友，光是自己的事情就已经焦头烂额了，便没再更多地关心他们。

十九

无言的结局

说真的，开淘宝店比我想象中还要艰难。

原先我以为开个支付宝账号，绑定一张银行卡，注册一个店铺，不过就是几天的工夫。并且我们店里本来就有货源，还有漂亮的妹子可以拉来当穿衣模特，这些条件真可谓天时地利人和。

然而实际操作起来，我才发现真的比想象中要难上不知道多少倍。

首先摆在面前的问题是工作地点在哪里?

九龙服装城三楼的店铺面积很小，根本就容不下一台电脑和一个我。

关于这个问题，在我们决定往电商界冲的时候，曾在时序家里开过一个小会。

自从冯翠与时序谈恋爱之后，我是第一次到他家里来。刚进门我先是一愣，随即若有所思地看了李华玲一眼。李华玲专心致志地换着鞋子，脸上没有表情。

时序家里太干净了，一百多平方米的房子里，虽然没有放置太多家具，却一点也不显得冷清。屋子里固有的家具家电摆放得整整齐齐，又错落有致地点缀着一束花、一个花瓶什么的，墙壁上还有一幅观音像，看起来是专门请人画的。沙发后头的墙壁上，则装裱着一幅毛笔字，龙飞凤舞地写着“天道酬勤”四个字。我瞧了瞧落款，赵楷。

我很好奇，脱口而出：“赵楷的字写得不错啊！”

冯翠微微一笑：“是吧，你也认识他吗？”

我一愣，脑子里突然闪过一个人，不禁吓到有些结巴：“宋宋宋徽宗的儿子，郓王赵楷？他的字？”

一旁的时序听见了，与冯翠相视一眼，两人不禁哈哈大笑起来。

我很茫然，又有些尴尬，皱了皱眉头，说：“到底是谁啊？”

时序朝冯翠充满怜爱地看去，温柔地说：“赵楷是知意的表弟，一个青年书画家。”

“哦。”我朝冯翠竖了竖大拇指，“厉害！书香门第！”

冯翠腼腆地一笑：“我们家哪是什么书香门第，只不过是我姑妈嫁了个好人家，把表弟培养得好。知道时序喜欢这些，我就去求了一幅字。”

她这么实在一点也不虚荣，是我始料未及的。

一直以来冯翠给我留下的印象不太好，有一部分原因在于我觉得她这个人很虚荣。可实际上，对一个人的印象好与坏，并非在于别人究竟怎样，更多的问题在自己身上。任何看法，都是由心而生的。

对于我们的对话，另一个人置若罔闻，她也不去深究这幅字好在哪里、赵楷和宋徽宗到底有怎样的关系，她就单单纯纯地坐在沙发上，冲着冯翠说：“小冯，赶紧把电视打开，《超级女声》快开始了，我好喜欢张含韵，小巧玲珑的一姑娘，胆子怎么就那么大，怎么就那么可爱。”

“哎，好。”

冯翠是个贤惠的姑娘，在时序这间位于九眼桥临河的公寓里，她利用简单的炉灶做出了一锅相当美味的火锅。

家里的家具也不多，她就在茶几上铺了条湿毛巾，再将电磁炉、汤锅、菜品一一置上。

坦白说，她不仅长得好看，煮火锅的本领也是蛮高的。

大家边吃边说，聊到阿里巴巴，再到门店，最后发展到电商未来与实体经营的冲突。

见我与时序忧心忡忡，冯翠不以为然，说："网店到底行不行啊？看时序愁得晚上都睡不着觉，至于吗？也许问题没有那么严重，咱们店里的批发生意做得好好的，每天货都不够卖，还要再往网上走一波？而且网上的话，我们卖给谁啊？你说我们当中哪一个是在网上买东西的？夏青你吗？还是玲姐？"

不待我们回答，她又摇了摇头，说："现在店铺地方窄，人手也不够，还没地方办公，总不至于在店铺附近再租个写字楼专门对付这个网店吧？"

听她这么一说，我瞟了一眼时序。

他夹了一块烫好的毛肚往冯翠碗里搁，然后问李华玲，说："华玲，你觉得呢？"

原本正默默埋头吃饭的李华玲突然被点了名，愣了一下，抬头看了时序一眼，恰好与他双目相撞，脸突然就红了，慌忙转移开自己的视线，注视着自己手中的碗，缓缓地说："我……我不在网上买东西，因为也没什么要买的，自己都是卖衣服的，还在别处买什么啊。但是我觉得，在网上买卖东西也许是未来一个很必然的发展趋势，今年、明年也许大家还不太习惯在网上买东西，但是后年、再后年呢？我看那个马云的面相跟个外星人似的，不像个凡人，肯定不会随随便便弄个网站过两年就歇菜的。"

"但是淘宝那个页面完全让人看不懂啊。"冯翠还是皱眉，"我打开一看就头晕，花了一上午的时间都没看明白到底是怎么搞的。"

"对，我也看不懂。"李华玲笑着说，"可是我跟你不能代表其他人啊。我们看不懂的，别人万一看得懂还看得特别懂怎么办？"

冯翠并不认同李华玲的观点，依旧固执己见：“我觉得他这个项目存在很大的漏洞。你看，在网上绑定银行卡，把钱支付给一个素未谋面的人，就为买一个图片？”

“图片对应的是一个实物，是受到保护的。”

“但在没有收到物品之前，这就是虚拟社区交易。万一被骗了怎么办？万一收到的东西是个假货怎么办？你看，这些肯定是必然存在的风险，我能有这样的想法，别人肯定也会有的。”

“对，你说得没错。起初我也是这样想的，但是后来转念一想，我们是卖家啊。假如别的卖家不诚信，弄虚作假，肯定会对网店的信任度产生影响，但如果我们坚持诚信经营，就能够在这帮人里头脱颖而出了啊。”李华玲说完，瞧向我，目光带着询问。

我抿嘴笑，赞许地点了点头。

她似乎备受鼓舞，接着说：“在经营过程中，肯定也会遇到很多麻烦，比如说尺码不合适、颜色不好看、东西的质量不够好……肯定是困难重重的，但是肯定会有方方面面的人来把控这些环节，让这些情况慢慢变好。中国人口这么多，总有一些人喜欢尝试新鲜事物，我们不懂，不代表别人不懂，我们要放开思维，不能以偏概全。而且你知道吗，全国各地的时尚态度是不同的，从前我们想要买一个东西，只能去北京才能买到，但是现在淘宝上就可以搜到，而且货比三家，还能选择性价比高的。所以淘宝的便利性是极好的。”

“那你怎么确定东西是真的还是假的呢？我看过关于这个淘宝的新闻，说很多都是假货啊。”

“这个肯定是监管力度还没有上去的原因吧。再说了辨别真假，也是需要客户慢慢去感受的。反正我觉得，跟我们的经营理念是不冲突的，完全可以试一试。”她说着，充满羞涩地看了时序一眼，再次转头看向我，满怀期待地说，“再说夏青那么聪明，肯定会把这个网店搞好的。她需要的只是时间而已。”

冯翠当然是反对的，态度很坚决，还准备再说点什么，时序开口了：“知意，你去帮夏青她们倒点饮料，她们的杯子都空了。”

“哦。我给你们倒饮料。但是我觉得你们最好还是三思而后行，做生意这种事情，往往利润高也就头几年，所以真的要把全部精力用在店铺的发展上，不然过两年生意不好做的时候，到时候你们再想办法解决问题，就很难了。”

对于她的苦口婆心，时序没有任何反应，只是夹起一片毛肚又往火锅里烫去。

我静静地观察着眼前的这三个人，从择偶标准来看，冯翠贤惠，又比较风雅，是一个宜家宜室的对象。但是站在生意合伙人的角度来说，时序对冯翠的态度是很微妙的。冯翠这个人眼界比较狭窄，做事畏首畏尾，不太适合一起打江山。但因为她是时序的女朋友，所以当我们有什么打算的时候，她必然是第一个晓得的。同时也因为她是时序的女朋友，不管她提出什么意见，我们都没有办法忽视。万一这是时序的意思呢？毕竟冯翠是他的枕边人。

正因为我与李华玲有着这样的顾虑，所以对冯翠的意见相当尊重。而冯翠在这里寻到了存在感，就越发热烈地想要参与我们的决策，不过她往往是以反对我们为主要目的。从我们开始决定往网店方向发展，她就一直百般阻拦，并且一直认为会以失败告终。

有人提反对意见其实是很好的，但假如从各种调查研究得出的结论，都是胜算极大的一个项目，她却还要一味反对，并且连尝试都不肯，这样会不会就有些过分了呢？

我没有说话，时序也没有说话。

李华玲看了看我们两个，见我们不动声色，猜不透我们到底是怎么想的，又怯生生地同冯翠说：“其实夏青专注地去经营网店，对店铺的影响也不大。你看我在广州发货，你和序哥在店铺里驻守，夏青也不必特地去租个工作室什么的，反正咱们家的房租快到期了，不如就在市中心找一间公寓，距离店铺也不太远的，到时候发货什么的，都要方便一些。”说完后，她又有些不自信地看了看我和时序，补充了一句，“你们觉得呢？”

我还没有开口，冯翠又截胡了，说："我觉得你真的应该放弃这个想法……"

这个时候，时序突然说："我看行，就这么着吧。"

见到男朋友是支持我与李华玲的，冯翠只好作罢。

但缓了两秒，她又说："夏青也没必要再租什么房子，邓宇给你买的房子就快交房了，就在春熙路附近，你到时候拿到钥匙找个装修公司简单装修一下，就可以搬进去了。"

"你说什么？"我以为自己听错了，不可思议地看着她。

李华玲也感到非常诧异，问："邓宇给夏青买了房子？什么意思？他们俩不是已经分手了吗？"

见事情已经藏不住了，时序叹了口气，埋怨地看了冯翠一眼。

冯翠知道自己多管闲事，便不敢再多言。

我放下碗筷，微笑着看时序："怎么？有人送了套房子给我，而我作为当事人居然还不能知道？"

时序也放下碗筷，向我提议道："要不，阳台上坐会儿？"

我顺手拿了桌上的口香糖往嘴里放了一颗，然后立马起身，居高临下地对他说："行，坐会儿。"

时序家的阳台挺大，正对着锦江，视觉效果极好。阳台上摆着两张藤椅、一个玻璃小圆桌，其余的地方都是花花草草，看起来非常有生活情趣。

这些，当然是冯翠的功劳。这个女人虽然没有什么生意头脑，可是在生活这方面来说，确实是非常贤惠又贴心的。

我坐在其中一把藤椅上，冯翠端来了两杯茉莉花茶、一碟子水果，然后又退了出去。

懂得照顾人，这也是冯翠的优势，这份优势是李华玲没有的。李华玲很愣的，虽然吃苦耐劳，但不一定晓得在饭后给客人端一杯茶或者切一盘水果。

时序恐怕也晓得这一点，所以才选择的冯翠吧。

我正想着，一个文件袋突然放在我跟前。

我循着这份文件袋看去，时序已然落座。

他点了一根烟，悠悠地说："你还记得上次托我带给邓宇的十五万块钱不？"

"嗯。"我端起茶杯，吹了吹浮在幽碧水面上的雪白花瓣儿，慢条斯理地问，"他没要这个钱？"

"要了。他收了六万本金，还剩九万的利息，想要退给你，但知道你不肯要，就帮你订了一套房子。"

我笑："什么人啊，自作主张给我订一套房子？他有我的身份证吗？再说了，九万块钱也不够付首付呀。"

时序也笑："可是我有你的身份证复印件啊。"

"嗯？"我意识到他不是在开玩笑，这才将购房合同拿过来，翻开了瞧。

时序将他的大长腿搁在就近的花盆上，并熄灭了手中的烟，懒洋洋地说："八十多平方米，不到四千一平方米，邓宇怕你在成都颠沛流离地到处租房子，就用你给他的利息，擅自做主给你订了一套。本来呢，给个首付你每个月还贷款就可以的。但你不是不知情嘛，没办法，就贷不了款。其实他是可以帮你全款付了的，但是怕你不接受……你那个牛脾气，他又不是没有领教过，所以不够的钱，都是我贴补的。"

"你？"

"对，我！你哥我！"他坐直了身子，严肃地看着我，说，"哥帮你补了二十万。"

我冷笑："呵，你们两个真好笑，问过我的意见没有？就自作主张地帮我买了房子，啊？"

"这事儿还用问？你不知道成都的房价在噌噌噌往上涨？此时不买，更待何时？"

我也有些恼，将合同放在桌上，可还强撑着风度，笑着说："序哥，这事儿怎么都没跟我提过……"

"提了你会接受他的好意吗？"

“那九万块钱本来是我给他的借款利息……”

时序冷笑：“他邓宇哪里差你这点钱啊！”

“序哥你这话的意思？”

“怎么？你不知道邓宇家干吗的？”

我摇头。

时序一怔：“他没有告诉过你？”

我叹了口气：“我对他的情况几乎可以说是一无所知。虽然说我们谈了两年的恋爱，可我没有见过他的父母朋友，也没怎么跟他的同学们一起游玩。他的生活对我来说，完全是一个隔绝状态。”

“赵凌凌没跟你讲过？”

“她几次欲言又止，又没有说下去。”

“那你怎么不问？”

“问什么呢？如果他是爱我的，会主动带我回去见他的爸爸妈妈，也会将我介绍给他的亲人和朋友。可是他什么也没说。”

我回想起几个月前，我与邓宇之间无休止的争吵，不禁苦笑：“我们其实就是因为这个分手的。我觉得他并不爱我，所以不愿意让我走进他的生活吧。”

时序脸上的表情突然沉了下去，他若有所思地看着锦江两岸渐渐亮起来的街灯，叹道：“我以为你是晓得的，原来什么都不知道……”

我不禁有些好奇：“怎么这么神秘啊？那邓宇家到底是干吗的？”

时序敲了敲合同上的落款，说：“你看看开发商的名字先。”

我低下头，看见了开发商的打头位置是一个“邓”字，心中顿时豁然开朗。

时序接着说：“咱们租的那间铺子是邓宇家的。我的这套房子，也是邓宇家开发的。前段时间我帮你给他送钱过去的时候，顺便问了问他，他们家最近修的楼还有没有空房，我想买两套。他就想到了你，所以就把这套房子给你订了。”

我不知道此刻如何形容心里的感受，遇到这么个热心肠的合伙人，还有一个霸道总裁似的前男友，居然儿戏一般帮我买下了人生当中的第一套房。

时序见我情绪还算稳定，似乎松了口气，接着说：“邓宇呢是个富二代，长得又帅，性格也好，当然是不缺女人喜欢的。所以我觉得你在你们这段关系里非常没有安全感，不知道你有没有意识到这个问题。”

我苦笑。

时序又说：“女人一旦没有安全感，就会变得很不可爱。首先是缺乏自信，再因为缺乏自信而变得疑神疑鬼，而男人又最讨厌女人疑神疑鬼。所以你要不要检讨一下，你们这段关系走到现在这步，到底是谁的问题更多一些？”

“还有必要吗？”我似笑非笑地看着他，“其实想要消除女人的不安全感，男人只需要做到坦诚就好了啊。关于这一点，邓宇对我并没有做到。我跟他的关系到尽头的时候，我没有遗憾，更多的感触只是疲惫。彼此信任是爱情的基础。两个原本相爱的人，不再信任彼此，而是无休止地互相指责与谩骂，这样的感情好不了的。”

“对，你说得没错，但是你主动去问过他，要求过他吗？”

“有啊。我提过很多次，我们也为此吵过很多次，然而他并不为所动，只觉得我是无理取闹。我想他其实并不怎么爱我吧。”

“瞎说。不爱你的话会给你留房子？”

“也许是出于愧疚呢？你们男人不是通常会因为在感情上对某个女人有所亏欠，所以不得不用其他方式来弥补？”我又翻了翻购房合同，皱眉，“你怎么都没有问过我，就拿出二十万来帮我买房子啊？万一我不认呢？”

时序笑：“我不怕啊。邓宇本来准备替你把这二十万出了的，但是又晓得你很倔，肯定不会接受他的好意……”

“我很倔？是很倔。”我冷笑，“不过现在我改变主意了。假如他想以送我房子的方式来弥补他感情上的亏欠，我会接受的。一套不够，来十套。”

“行了，赌气的话也别说了，人都不在成都了。”

我端茶杯的手因为他的这句话而顿住了，抬眼看向时序。

面对我询问的目光，时序眼中掠过一丝愧疚，不知道他是否觉得隐瞒了邓宇的行踪而对我感到抱歉，他叹了口气，说："邓宇去美国读书了，前几天走的，他不让我告诉你，说等拿到房子钥匙的时候，再把合同给你。我没想到冯知意那么嘴快……"

我问："他为什么要去美国读书？"

"他们家原本是簇桥那一带的农民，他爸爸叔叔伯伯都是实打实的泥水匠、小包工头。因为手艺好，人品也不错，善于打点各方面的关系，就开始承接一些工程，慢慢家里头就有钱了。再加上后来城市改建，家里的地被占了，当了拆迁户，家里头就更加有钱了，于是开始从小型房地产开发渐渐往中型，再往大型发展。邓宇家里兄弟姐妹有三个，邓宇是最小的那一个。他哥哥姐姐读书都不怎么行，大学还没毕业就出来跟着家里做事。邓宇的爸爸觉得要改变他们家里泥腿子的基因计划，只能寄望于邓宇，于是非要再送他出去读两年书，他没办法，只好接受了。"

了解完邓宇的身世，我忍不住冷笑。

家大业大的男人对我来说，其实并没有多少吸引力。

邓宇富二代的身份在此刻揭晓，我只是觉得很滑稽。如果他以为我对他生活的好奇是因为想要了解他的身家背景的话，那么这个男人未免太肤浅了。这可能要托我爷爷的福。毕竟我爷爷在雅安城来说，也算是数一数二的有钱人家，虽然我作为他的亲孙女没有沾过多少光，但毕竟不会因为钱而感到大惊小怪。

我感到很遗憾，遗憾于邓宇的狭隘。他并不是真心爱我，也许从一开始只是把我当成普普通通万千个来蓉城打拼的漂亮女孩，有着好看的容貌和鲜活的青春，妄想着能凭借一己之力，在成都占有一席之地。

他就像万千个成都本地土著一样，从心底来说可能是排斥我，以及我这样的外来人口的。

从前我听说大城市的人排外，但成都是一座包容性极强的城市，也从未听说过这里有排外的情况。

可是，真正要到谈恋爱交往，涉及双方家庭的时候，在2004年以前的成都本地人心中，却未必有那么豁达。

而我只是一个高中尚未毕业、整日里扛着大包在鱼龙混杂的批发市场里讨生活的卖衣服小妹儿。做服装业的姑娘，因为浓妆艳抹又性格泼辣，在社会上其实并没有多么高的地位，总体来说，属于社会最底层的阶级。

而邓宇是一个前途无量的大学生，他的父母叔伯虽然都是农民出身，可到底有钱，也见过大世面，并对家族未来的基因提升的期望值很高，所以邓宇很清楚，我并不是他家人心目中最理想的伴侣选择。

这大概也是邓宇不敢带我去他家里见他父母的原因吧。

假如他一早就带我去他家里，可能很快就会上演韩剧里经常使用的那种婆婆拿着钱来砸我，让我离开她儿子的桥段，以我倔强又骄傲的性格，必然会撕个鱼死网破，相当难看。

邓宇是了解我的，所以他没的选择。

我突然有些理解他了。

但我还是有一些疑问，想要得到答案。

我问："他什么时候决定去读书的？"

"去年年底的时候就已经决定了。怎么，你一点也不知道？"

我摇了摇头。

是的，我一点也不知道。原来在去年年底，我的男朋友就决定了要去美国读书，而那时还是他女朋友的我，半点也不知情。

我原本对他是没有恨意的，可是在这一刻，突然生出一丝恨。邓宇早就预谋好了要分手，我与他之间的感情，原本就是一个无论怎么努力都不会有好结果的故事罢了。因为不适合的人，无论多么相爱，最后都不一定能在一起。更何况，也许他没有我以为的那么爱我。

一想到这些，我鼻头一酸，眼眶不禁发热，却笑着拿起购房合同，淡淡地对时序说了一句："谢谢。"

在他还未说出其他客套的话之前，我又补充道："序哥，你能不能回客厅坐会儿？"

“嗯？”

“我想一个人待会儿。”

“哦……”时序犹豫片刻，然后立马起身往客厅走去，并顺便帮我关上了客厅的玻璃门。

谢谢他贴心地为我打造了一个独处空间，我的眼泪也在那一刻瞬间滑落。

不管多么嘴硬，说什么不爱了、麻木了、疲惫了，但真正爱过的人，不可能在心里毫无波澜。有些回忆是铭刻在记忆里的，它们时时刻刻提醒着自己爱过。

我与邓宇谈了一段看似深情的恋爱，可再次回头去看，我却发现过程一片苍白，甚至没有多少回忆可言。

2004年11月，武侯祠·锦里入选文化部命名的“国家文化产业示范基地”名单，并打出了“休闲成都，来了不想走；人文锦里，走了欲再来”的宣传语。

一时间人流如织，武侯祠与锦里成了外地人慕名而来的必经之地，也成了本地人带外地人游览成都的必去之处。

邓宇离开已经几个月了，我们毫无联系。我还没有从过去的恋情中走出来。

当然，分析现实的情况，以及他对我付出的感情，我知道这是一段不可能再起死回生的爱情。他并没有全心全意地爱过我，从一开始他就是很理智的一个青年。

著名作家饶雪漫女士有句话很有意思，她说：爱对了是爱情，爱错了是青春。

我在2004年得知邓宇消失后的几个月时间里，一直认为自己爱错了人，被“青春”了一下；又认为被“青春”已经够可悲了，无论如何也应该给自己一个仪式感，去告别一下。

当年我太年轻了，就是这么爱演，实在是没办法。

在2004年12月的某一天，包裹得严严实实的我，笨拙地从出租车上下来，站在锦里门口，请一位路过的游客用相机帮我拍了一张照片。

照片里的我比了一个“V”的手势，笑得很灿烂。

在两年前，我满十八岁生日那天，我与邓宇的第一次见面，就是在这里。他带着我们游完武侯祠之后，厚着脸皮对赵凌凌说：“哎，帮个忙，我想跟寿星合个影。”

我还没有反应过来，他已经一把搂过我的肩膀，脑袋偏向我，笑得露出了一排整齐又洁白的牙齿。

他掌心的温度从肩膀传递过来，一种微妙的感觉从我心底缓缓升起。

见我发呆，他竟然低声说：“笑一个嘛，这么好看的脸，笑肯定会更好看的。”

我被他逗笑了，嘴角微微上扬。

如今，我手中捏着两张照片。

左手上的这张照片里，两个年轻人挨得很近，女孩子笑得含蓄温婉，男孩子笑得阳光灿烂。

右手上这张照片里，一个漂亮的女孩子笑得像花儿盛放一般绚丽。

我瞧着这两张照片许久，然后垂下手来，走向武侯祠旁的一个垃圾桶，轻轻将两张照片放了进去。

武侯祠门口容易堵，不太容易拦到出租车，我站在冷风中等了很久，终于上了一辆车。

我刚坐下，就听见岷江音乐广播电台正在播放一首特别应景的歌：

你真的很残酷，用消失来弥补
爱上你我扛得苦
背感情的包袱，用执着来报复
你怎能自私做主
我很恍惚不清楚
为何孤独学不会不在乎
记忆是照片总不停拿出来翻阅

就算哭瞎了眼流干了泪爱从未熄灭

我们的照片温柔在左边深情在右边

少了你，故事没能到终点

奇迹会出现

……

容祖儿的这首《独照》，在2004年获得了“十大劲歌金曲”颁奖典礼最受欢迎华语歌曲奖银奖。看到新闻的时候，我与邓宇都在广州，两人躺在床上，亲密地依偎在一起，瞧着电视，一句话也没说。

因为前一夜，我们折腾了太久。

而在折腾之前，我们又争吵了太久。

几个月的时间过去了，我并没有想到两个人会走到如今这一步。

我是恨他的，恨他的不辞而别，恨他的蓄谋已久，恨他的自以为是，恨他不爱我。

我拿出手机，翻出邓宇的电话号码，那一串数字在眼里越来越模糊……

在2004年前后，社交软件还不是特别发达，不像十多年后，只要不是刻意屏蔽，不管怎样都不会遗失掉某人的。在2004年，假如想要从一个人的世界里彻底消失，只需换掉电话号码，删除掉QQ号码就可以了。

既然他在出国之前并没有想过要告诉我一声，恐怕就没有想过今后还要再与我联络。

真绝情，真令人绝望。

所以，我还留着人家的电话号码做什么呢？

强烈的自尊心怂恿着我，手指头一触，我终于删除了代表着过去六百多个日夜的思念与爱恋的电话号码。

容祖儿还在唱“合照变成了独照，爱情却一点也没少，遥远的你知道……”。

我放下手机，目光投向车窗外，当原本在眼中模糊不清的街景越来越清晰之后，我的第二段恋情，也宣告死亡。

二十

似水流年

假如将置业当作人生的一个重要分割点的话，那么在 2004 年，只有二十岁的我能够在成都拥有两套房子，也算是同龄人当中的人生赢家了。

收了时序递给我的购房合同之后没多久，我又动员李华玲去买了一套房子。那个时候，我还没有投资房产的概念，只是想既然已经在成都漂了四年，看情况漂得还不错，那不如就安安分分地继续待着吧。

而想要持续而长久地待下去，房子肯定是必不可少的东西。那个时候每年的房价增长还比较缓慢，连续几年都只维持每平方米一千块钱左右的上升态势。爸爸妈妈这两年时不时会到成都来看我，假如有套大一点的房子可以住，那他们完全可以从雅安搬出来。

所以，我又按揭了一套三室两厅的房子。由于手头的钱紧张，我并没有及时地把时序帮我垫付的二十万还给他。当我去跟他解释原因的时候，他还戏谑我说："行啊，丫头这是成长了，晓得示弱了，好事儿啊！你就甭跟我客气了，拿了房子还要装修呢，钱的事情不要急，不够再跟我说啊。"

我很感动，这个温州男人从小就没有父母，成长的过程中吃了那么多苦，命运待他那么残忍，他却是我们当中最大方也最懂得珍惜的人。

在邓宇走后很长一段时间里，外面的世界于我而言都像是静止的。

我倒不是沉迷于旧恋情中无法自拔，而是研究网店这个项目真的不是一件轻松容易的事情。

读懂阿里巴巴的众多信息，是我初入淘宝的首要任务。

然后是自己在网络上买买东西试试。

如果我是消费者，我会不会喜欢在网上买东西？

关键点是会不会"喜欢"，而不是"会不会"！

因为"会"是必然答案。

当然我那个时候还不知道在十多年后，中国将进入一个全面信息化时代，更不知道网络购物会成为年轻人的首要购物选择。

我没有那么多远见卓识，只是单纯觉得，反正货源也有，资金也有，在各种条件都具备的情况下，到网上多开一个店铺增加销售额是一件只赚不赔的事情，何乐而不为呢？

至于多花出去的精力，其实也算不得什么。本来在这个世界上，除非什么也不想，混吃等死就不累，否则做任何事情都不可能轻轻松松的。既然不能轻松已成定局，那为什么不可以多折腾一点？

所以，带着这样的心情，我将工作室定在了春熙路附近的一间公寓里，把客厅简单装修整理了一下，做了几个格子间，聘请了两个电子商务专业的员工，开始行动。

由于新买的房子暂时还没有办法住进去，我索性也就凑合着在工作室里住了。

起初时序觉得我这么委屈自己有点于心不忍，我笑着说："你看我把工作室当家使了，省下了好大一笔租房开销，其实是我在占咱们公司的便宜。

你是老板，你要是实在很介意的话，我就搬出去。”

时序皱眉：“你晓得我不是这个意思……”

我笑。我当然晓得他的意思，他是心疼我，怕我住在工作室里就废寝忘食地工作，把自己磨出毛病来。

可我是那种要么不做，要做就绝对把事情做好的人。

只要能够达到我想要的效果，过程艰难一点，其实也没有关系。

刚开始试水的时候，问题真的很多。

首先是模特的问题。

虽说店里面漂亮姑娘很多，但真正上镜的还是很少。有的姑娘长得好看，但台风不好，怎么拍怎么像刚从菜市场买菜回来的。

我记得很清楚，有一次李华玲发回来一组特别度假风的连衣裙。由于货源足够充分，所以到货的第二天我就叫了个小姑娘去浣花溪公园拍外景了。

可那个过程差点没把我给气死。

当时成都的公园也是不少的，但随时可能有跳广场舞的大妈入镜，再不然就是乱跑的孩子捣蛋。浣花溪公园相对来说人要少一些。这地方北边挨着杜甫草堂，东边连着四川省博物馆，占地面积颇大，园内山水交融，花草树木繁茂，是个拍照的好去处。

也就这么一个好去处，假如摊上个听话懂事的主，说不定三两个小时就可以搞定十来套衣服。

可我偏偏摊上了两个特别难搞的主。

首先我的摄影师李苏是个新手，现阶段网店没有产出，我实在不敢每一次上新就花个一万两万去请专业摄影师来拍，只能通过助手邹小月的介绍，找了她的同学李苏。

李苏这姑娘虽然年轻，却很靠谱，拍照用心，照片也不错，我们家的图片和其他网店的相比，也算是比较出色的。

李苏显然对新来做模特的小姑娘非常有意见，连续拍了几个场景之后，两个人居然互怼起来。

模特怼不过她，生气了，也不顾裙子会不会被钩破，一屁股就近坐在一根歪脖子树上。

李苏举着相机，皱了皱眉，将我拖到一旁去，低声说：“青青姐，这回请的这木头……不，这模特跟木头似的，根本就和我们衣服的主题不搭啊。”

我诧异：“怎么不搭了？多漂亮一姑娘啊，鼻子是鼻子，眼睛是眼睛的。”

“对，人长得好看是没错，但是她不行啊，她没有灵气。”李苏说着，将相机递给我看。

我翻着照片看了看，确实气质偏俗艳，把灵动活泼的度假服穿出了坐台女的风格。

“这样拍出来，衣服肯定卖不太好的。”李苏叹了口气，“而且这照片出来，肯定也会砸了我的招牌。”

我很诧异地看她一眼，这丫头小小年纪就有这么强烈的个人品牌意识了啊！在惊诧之后，我开始检讨。我口口声声说要将网店办好，要开辟一个新的商业途径，可是在这件事上，我又用了多少心呢？就连衣服与模特的气质搭不搭这件事情我居然都没能看出来。

邹小月与何小玉作为我的助手，也连连摇头。

小月甚至不怕死地说：“青姐，当初我就跟你说过了，你请的这个模特不适合。这一批货，华玲姐的审美是不是出了岔子？真的好难看啊。气质不好的姑娘一穿，就容易让人以为是特殊职业者。我说不拍这组嘛，你非不听。”

我瞪她：“就是因为这次李华玲的货拿多了，搞砸了，店里头推不出去，才想到网店推一推的。”

“但是模特请错了，拍出来的效果会让销量更差的。”何小玉瞟了一眼模特，嫌弃地摇了摇头。网店刚上线，销量很不好，十天半个月一件衣服也卖不出去，邹小月与何小玉两个小姑娘愁容满面，很担心下个月连工作都不保了。

我怒了，瞪着她们两个：“现在说这些有什么用，到底还拍不拍？”

何小玉与邹小月相视一眼，吐了吐舌头。

李苏在一旁却盯了我许久，然后意味深长地一笑，说："青姐，我倒是有个法子。"

"什么法子？"

"反正现在化妆师也在，要不你试试？"

听她这么一说，我整个人像被电击似的大叫一声："我？"

"对，就你。"李苏肯定地点了点头："青姐五官大气，气质优雅，眼神灵气，一般人没你这个气质，你才能把这组很坑的度假装穿出高大上的效果来。"

我连连摆手："不不不，别玩儿我，我可不拍。"

然而很多时候，人的选择往往是由不得自己的。

半个小时以后，我已经被化妆师折腾出另一张脸来，穿上了一款露出大片胸脯与香肩的所谓度假装。

当我手足无措地站在镜头面前时，真心觉得自己傻透了，为什么要任凭这几个丫头摆布？为什么要在大冬天里穿上这么一件破衣服被冻得直哆嗦？

顺便，我也在心里将李华玲骂了个透。

坑货啊，她在拿货的时候没有考虑过这件衣服的实用性吗？就算是提早拿春装，也未免超过季节太多了。大冬天的，又有多少姑娘会迫不及待地去亚热带地区度假呢？就算她选货的时候看走了眼，单款拿个二十件至多三十件也就够了啊，为什么要一次性拿一百件呢？

有些问题，我很想拨通李华玲的电话问个清楚，但鉴于合伙人协议里要求"在其位，司其职"，并且一定要彼此信任的原则，我实在没有立场谴责她。

等到这批货在我们的多方努力下都卖不出去的时候，李华玲会对自己的失误做出诚恳的检讨，并且虚心接受我们所有人的意见。

正因为这样宽松的合作制度，所以我们的合伙生意做得才那么顺畅。但也正是因为这种合作制度，我们的生意每况愈下。

有时候我也会想起叶哥与夏姐提醒过我们的话："生意伙伴的共同目标是赚钱，而不是做朋友。假如无法达到这个共识，那么早晚会变成敌人。

从前我不那样认为，但当我穿上李华玲进回来的这批货时，种种不愉悦与不舒适的感受，让我感到心中阵阵怒火在燃烧。

护了护胸前的春光，我咬了咬牙，说："拍吧。"

事已至此，就算我马上打电话把李华玲痛骂一顿，也改变不了家里屯了货的现实。

我们折腾了一天，终于拍完照片。

李苏觉得照片效果还好，我叹了口气："但是这些衣服很挑人，受众面不广，可能会增加店铺的退货率。"

摄影师虽然感觉到了我的忧心忡忡，但还是咧嘴一笑，说："万一人家看你穿出来这么好看，就不想退了呢？"

"唉，你是不知道这个世界上，同一个物品有两种不同的生命，一种生命叫'卖家秀'，一种生命叫'买家秀'。"

"就算有不同的展现方式，我也觉得你把这组衣服的气质穿出来了。这些衣服确实不太大众化，但也很有可能成为你店铺的特色哦。"说着，小小年纪的李苏居然拍了拍我的肩膀，潇洒地走了。

那天晚上我加班到很晚，跟邹小月、何小玉一起设计网店的版面。

时序与冯翠一起来了，手中拎着烧烤、钵钵鸡，还有一箱啤酒。

我看了一眼，接着忙手中的事情，但也不忘问："干吗呢？居然还带了酒？这么冷的天，喝啤酒啊？"

冯翠笑："哪能让你喝冷的啤酒？知道你今天在外面冻了一天，我给你弄点醪糟煮啤酒喝，祛祛寒，别生病了。"说着，她拎着啤酒去了厨房，并冲外间吆喝："小月，把我买的姜跟柠檬，还有冰糖、枸杞一起拿进来。"

"哎，来了。"邹小月欢快地扔下手中的活儿，蹦跶着往厨房跑去。

时序便坐到小月的位置上，盯着我的电脑页面瞧。

我瞪他一眼："看什么呢老大？"

"辛苦了吧。"他微笑。

我也回他一个微笑，继续盯着电脑，说："有个事情，我觉得咱们是不是应该找玲姐谈一谈？”

“什么事？”

我将搁在一旁的裙子往他怀里一扔，然后接着做事，并说：“玲姐最近进货的眼光是不是有点偏？”

没想到时序还没有回答，冯翠的笑声就从厨房里传了出来：“她的眼光什么时候正过？”

我目瞪口呆，不可思议地看了时序一眼。我这么轻声说话，冯翠居然都能听见，可见她是身在曹营心在汉，名义上是在给我煮啤酒，实际上是在偷听我们说话呢。

而且她对有关李华玲的话题从来不会错过，这会儿还沉浸在那个话题里，兀自哈哈大笑：“我从来不是很信任李华玲的审美，她应该进行一些时尚培训的，不然发回来的货总是奇奇怪怪的，店里的妹子们都在跟我投诉呢，说华玲姐进的货特别难卖。”

邹小月与何小玉附和着笑了笑，看看我的脸色，没有吱声。

冯翠似乎一点也没有意识到异样的气氛，还从厨房里探出脑袋来，冲着我继续吐槽：“而且她的货，换货率极高。我跟你说夏青，上个月的销售额急剧下降，真的跟李华玲进货的审美关系很大。”

我讪讪一笑，淡淡地说：“回头我会跟华玲姐好好聊聊的，冯姐你就多担待一点。”

冯翠对我的尊称很受用，冲我挤了挤眼睛，笑着说：“说这话就见外了，都是自己家的生意，我应该的。”接着，她又继续给我弄醪糟煮啤酒去了。

冯翠跟时序在一起两年，从一个小小的营业员做到老板娘，不得不说她也算是有本事。她与时序也就差一张结婚证书了，双方见过家长，她也十分孝顺时序的舅舅和舅妈，深得老人的欢心。假如没有意外的话，这两个人早晚是要结婚的。

所以，看到这个发展态势，我也从最初对她的不屑到现在敬三分，看的都是时序的面子，谁让他喜欢呢。

这其实也是社交当中最基本的礼仪吧。

在这个时代，每个人仿佛都拥有很多很多朋友，在更小一些的地方，甚至可以从街头打招呼直到街尾，可是真正真心的、能够为你两肋插刀的朋友，又有几个呢？

在这座城市打拼的第四年，虽然并没有受到更多朋友的伤害，但也许是因为处于一个特别浮华又现实的商业圈子里，表面姐妹的现象看得太多了，我对于“朋友”这个词语，就多了一些宽容。

只是，我这个人相当护短。李华玲作为我的姐妹，我随便说说她那是可以的，但是我并不允许别人在背地里议论她。所以，我对着时序皱了皱眉头，表示自己的不满。

时序明白了我的意思，歉意地抱了抱拳头。

我们四个人的关系，现在成了这个样子，互相尊重，小心翼翼，礼貌而又客气。

当几个好朋友结成一个团体，有了共同的创业目标之后，便会逐渐从以前的无话不说，慢慢发展成客气、疏离，彼此尊重。

原因很简单。

当两个人的关系牵扯到利益的时候，就会不由自主地对彼此客气几分，唯恐一时鲁莽，说错话，得罪人，就坏了钱的规矩。人人都这样，不会有例外。说好听一点，这叫分寸；说难听一点，是钱坏了亲密无间的关系。

只不过，我还挺乐于享受这种有些距离的关系。

那天晚上，时序与冯翠的探班，是真正意义上的探班。大家吃着烧烤和钵钵鸡，喝着热气腾腾的醪糟煮啤酒，喜笑颜开，还特别不仗义地拍了照片发 QQ 给李华玲看，气得远在广州的她直呼没人性。

先前嚷着要批评李华玲审美的冯翠，在电话里对李华玲嘘寒问暖，半点儿不提货品难卖的事情。

我在那个时候，就通过冯翠明白了女人是多么擅长“表里不一”“两面三刀”这项表演。

当然，尽管我心中对她有所不满，却还是对她特地为我煮的醪糟啤酒赞不绝口。

接下来的几天里，我们硬着头皮把这一批卖得并不太好的货，通过打折、网上促销的方式，统统甩卖了出去。

虽然模特是我，拍照效果也极好，但在我身上并没有发生奇迹，网络上那些因为发在论坛里的一组照片就爆红的事情，和我并没有缘分。而这批衣服，也并没有因为好看的照片而变成爆款。

很多时候我们费尽心机，用了百分之九十九的努力，却并没有换来百分之一的奇迹。因为这个世界的残酷让人无法想象。

但也并非说这些努力就没有效果，至少积累了我的人生经验，也对李华玲后来的选货方向起到了特别大的警示作用。

真正解决问题的人是冯翠。

她将这些滞销款分次地绑定在畅销款身上，拿了畅销款的客户必须分担两三件滞销款，但在分担的同时又享受新款拿货价格每件十块的优惠。

就这样，众人拾柴火焰高，一批令人绝望的死货，终于被整个大四川三四线城市的时尚领路人瓜分瓦解。

李华玲远在千里之外，起初不晓得自己造下了多大一个烂摊子，直到春节回来，一切尘埃落定之后，我们才在饭桌上说起这件事。

但那个时候因为问题已经解决了，大家的语气都很轻松，就不存在责备不责备的问题。

对于意见，李华玲自然是欣然接受。

随着时间的推移，我、时序、李华玲在潜移默化中，已经慢慢学会包容与信任彼此，懂得委婉地提醒对方，并且步调一致地前进与成长。

这是人生之幸，也是人生之不幸。

幸运的是生意四平八稳地在进行中。

不幸的是一直没有新的渠道进行转折与突破。

我们有时候会觉得流年似水，尤其是当你沉迷于一件事情的时候，时间就会不知不觉地悄悄流逝，而所有快乐与不快乐、痛苦与不痛苦，也就不那么重要了。

当我与网店死磕、李华玲与抓住潮流的敏锐度死磕、时序和冯翠与店铺的走货速度死磕之后，时间渐渐流淌到了2006年。

我在后来的岁月里，再次回忆起这一年多的时间，脑子里居然是一片空白。

那个时候，我每天都在和销售额、增加店铺关注度做斗争。

我甚至可以几个月不下楼，蓬头垢面地待在办公室里。

多年后回想起来，只觉得时光如水，我并没有为自己的生活留下更多的痕迹。

“沉忆”的网店销售额在刚开始的时候虽然还是比不上九龙服装城楼上那间店铺的速度，但经营成本很低，盘算下来的话，网店的盈利并不比九龙服装城楼上差太多。这是我们三个颇感欣慰的地方。每当看到淘宝店又增加一颗蓝砖时，我就忍不住想说一句“天道酬勤”。

九龙三楼上那家名叫Sissy的店铺，开了三年。

春熙路公寓上头那家名叫沉忆商贸的工作室，也开了整整一年多。

对了，“沉忆”这个名字，是我起的。

为什么会叫这个名字呢？

在筹备这家网店的那段时间，可以说是我最为灰暗的时刻。尽管我一直比较倔强，可习惯了被邓宇呵护着的生活突然间就没有了，这个人也突然间消失了，那种心底的落差感，一言难尽，相信每个经历过痛苦失恋的人都能够体会。

我想把好的坏的回忆统统忘掉，忘记自己曾经爱过这个人，所以就定了这样一个名字。

也许是觉得我失恋了委实可怜，时序与李华玲居然没有任何意见，就由着我将网店和公司的名字都定得这么文艺至极。

然而这样做根本就是欲盖弥彰，我用疯狂工作来麻痹自己的岁月里，并没有把那些好的坏的东西都忘记。关于感情这种事情，真的不要强迫自己，不是想忘就能忘的，能够疗伤的办法除了寄情工作之外，还有遇上新恋情，或者随着时间慢慢推移。

我真正彻底告别邓宇，以及与他的那段关系，是在2006年。

2006年的成都，还没有开通地铁，到处都在施工。在大街上载着梦想的依旧是上下双层的公交车；没有滴滴与优步打车，出租车的颜色还是黄色与蓝色的；红星路三段还是居民住宅区；香格里拉酒店还是一片工地；大慈寺的边上是一片露天茶铺，还不是太古里；兰桂坊还不知道在哪里；至于人民南路的天际线，也还不是十多年后排列有序的高楼大厦。

我在那一年，终于搬进了新买的房子里，成为一个在成都有家的人。

这时距离我离家出走，漂在蓉城，过了整整六年。

我出社会比较早，虽然在2006年也只有二十二岁，但经历过的那些事情，令我感到自己的心理年龄其实挺老的。

我的作家朋友柳飞絮后来告诉我心理“未老先衰”的原因，大抵是缘于没有人疼爱，没有人可以依靠，一切都要依靠自己。

我想了想，倒也有理。

假如你独在异乡，身边除了几个可以信赖的朋友之外，没有亲人，就算有个头疼脑热，也得自己挣扎着下楼去看医生，长此以往练就了一身独立自强的本领，渐渐地，甚至觉得自己不太需要男人了。

爸爸妈妈终于也敢理直气壮地告诉夏家院子里的那帮人，夏青在成都和人开公司呢。

对，开公司比开店好听。

这个世界向来功利，就连我的父母也憋着一口气，等着某一天将我的丰功伟绩拿出来在夏家老爷子老太太跟前说上一说，在我那个刻薄又讨人厌的大姑妈夏志琪和不怎么有地位的姑父方伟跟前显摆显摆。

其实我也很虚荣，认为自己努力工作，在二十二岁的年纪，能够在省会城市买上两套房子，在同龄人里可以算是很成功了。

我的那些同学，才大学毕业，一个个领着至多不会超过三千块钱的月薪。

而我不一样，我已经是个老板了。

我很膨胀。

但我不知道小地方的人会用怎样的恶意来揣测我。

有些邻居说我被人包养了，所以才有钱做生意买房子。

有些邻居说我堕胎四五次，一次换取一百万的支票。

有些邻居说我是坐台小姐，靠出卖肉体换取的创业初始资金。

……

总之很多，流言的版本可以说是不胜枚举。

可是这并没有影响到我。

因为这些充满恶意的揣测，都是很多年以后，我与高中同学们恢复联系，参加了同学会才晓得的。

在当时，也就是2006年，我还没有体会到自己在同龄人当中的出类拔萃，会给自己的名誉带来怎样的伤害。那个时候的我，只是一个有着强烈虚荣心想要证明自己很优秀，甚至有些浮躁的年轻人。

做服装生意其实相对来说还是比较单纯的一个圈子，经营理念不过就是选好货、服务好客户、稳固好合伙人关系这三个点。所以在我年纪很轻的那些年，我对这个世界的阴暗面、人性的残酷面了解得并不特别深刻。时序是我们的老大，也是我值得信任与依赖的伙伴，他把很多不美好的事情，都屏蔽在了我们的世界外。

等到很多年后，我被丑陋又复杂的现实狠狠地重击之后，才明白当初的自己是多么幸运，能被如此守护。

说到房子，我与李华玲的房子在同一个小区。我们嫌麻烦，所以请了同一家装修公司，装了两套看起来差不多的房子。李华玲的弟弟正好大学毕业到成都来工作，便住在她家里。我知道李华玲的身世，她的妈妈是因为生弟弟的时候难产死的，所以她对弟弟的感情比较复杂，又是恨他，又是爱他。他们的父亲年轻的时候长年在成都打工，后来新娶了个老婆，是个悍妇，家里常常闹得乌烟瘴气。但是这两年，李华玲挣的钱多了，寄回去的钱也跟着多了，继母对待她的态度就有了些变化，对待李华玲的奶奶和弟弟，也好了许多。你看，这个世界的势利，是不是体现在方方面面？就连亲情，也不能幸免。

至于李华玲的弟弟，与我同年同月同日生的这一位，跟我并没有因为这样的缘分而成为好朋友。我觉得他就是传说中的那种“寒门贵子”，明明出生在一个贫寒的家庭里，却因为有姐姐庇护，什么都想要用最好的。我不大看得起他，所以也不是很愿意去介绍他。

当然，也许我对他的敌意更多是在于同人不同命吧。我嫉妒他。为什么同年同月同日生，他可以读大学，有人供养，我却要经历坎坷不平，自力更生？

这种不平衡心理，是潜藏在我对他的笑容里的。

假如非要寻到一个他对我人生起到的作用的话，那恐怕是李华玲因为我与她弟弟同年同月同日生，所以对我也特别好，就像亲姐姐一样好。

我偶尔也会因此而感激他。

房子装修好后，我也就不再住工作室了，搬到了新家去。在成都有了落脚之地后，爸爸妈妈也就时常过来探望我。

而夏家老爷子老太太乃至整个夏家的亲戚，也是这个时候都知道了离家出走六年的我那励志的人生经历，无不表示感叹。

但我并未感受到期待已久的报复快感。

那时候我才明白，有些仇恨，只能伤害某个时段的自己，当我变得越来越强大，也越来越好的时候，根本就不会再纠结从前的自己有多惨，被人怎样欺负过，因为已经不重要了。

当我的世界更加宽阔后，又怎么会对过去遭遇的狭隘耿耿于怀呢？

2006 年的夏家，虽然依旧做着服装厂的生意，可是生意已经变得很艰难了。夏正虽然读书不怎么行，也没什么出息，但到底凭借着家里的本事，去了美国不知道哪所上不了台面的大学读书，总之那学校的名字我是闻所未闻的。

20 世纪 80 年代出生的孩子，家庭条件稍微好一点的，大多会被送出国去念书。那个时候特别流行留学，总认为海归回来的，本领就是要比在中国念书的人高一些。所以，夏正作为夏家板上钉钉的继承人，也当仁不让地混进了留学大军。

当我和爸爸妈妈在位于锦江畔，视线极好装修也极好的新家里喝茶聊天吃水果的时候，夏正才刚刚坐上回国的飞机，准备接受家里留给他的烂摊子。

我对他的能力表示怀疑，这个从小就知道玩游戏的纨绔子弟，能有多大出息？

也莫怪我轻视他。

自打他一出生，被确定是"带把儿"的之后，我和他的竞争，就从来没有停止过。

有时候，我也会假设。假设我是个男孩子，是不是得到的爷爷奶奶的宠爱会多一些？是不是出去留学的那个人就会是我？是不是夏家那个制衣厂的继承人就会是我？

可是这些假设其实并没有多大意义。

我从一个渴望成为"王位"继承人的人，变成一个赤手空拳拼出一片江山的人——虽然这江山目前看还不怎么样，但假如再看一看我的起点，就免不了还是有些得意。

同年底，我收到了叶晋中结婚的消息。

这是我与表哥分别近七年来第一次听说他的消息。

我还记得那天是周末，但因为要上新，所以我让几个工作人员留在办公室里加班。昨夜熬到夜里三点才睡，早上八点又准时开工，我便懒得梳洗，索性蓬头垢面地坐在电脑前。在我的桌子上，有一个普普通通的烟灰缸，里头堆满了烟蒂，旁边还有一杯泡得很浓的茶。

看这摆设，是不是特别像一个中年男人的办公桌？

在长期的高压工作下，我学会了抽烟。抽烟的坏处至多两个，一个是容易让女人的皮肤变糟糕，一个是容易致癌。可这两个坏处的实现都是极其缓慢的，但是体现好的效果又相当及时——比如现在，只需点燃一根烟，我就不必为睡眠不足而困扰。

办公桌上那台电脑屏幕上显示的，是新拍的服装图片。

自从我上次担当过网店的模特之后，就一发不可收拾，时序认为我是老板，可以为了拍摄效果任劳任怨。而摄影师李苏觉得我形象气质佳，是做平面模特的好苗子。

至于我，为什么肯上场，确实也是赶鸭子上架，没有办法。店里的漂亮姑娘倒是多，但气质总是流于俗艳。我虽然不是长得最好看的，但衣服上身的效果还不错，用李苏的话来说，我长了一张高级脸。

所以，就冲着让地摊货变得高级的美好愿景，我又当模特又当老板地开始工作了。

自己当模特的好处是可以穿很多漂亮的衣服，坏处是修图片的时候有强迫症，除非各项俱佳，否则是不愿意拿出去发的。

好在设计部的新同事杨玉石是个脾气很好的男士，除了进行版面设计之外，还会帮助仓库的朋友发货。同时他也是一位摄影发烧友，偶尔也会帮忙拍摄两张照片。

就是这么一个十项全能的选手，将叶晋中要结婚的消息，传到我手中的。

我刚刚熄灭手中的烟，杨玉石就敲开了办公室的门。

我头也没抬："请进。"

他进门，到我跟前，怯怯地递上一张红色的请帖。

我有些诧异，这么年轻就要结婚了？他看起来也就比我大一两岁。但我还是很快接过来，笑着问："喔，玉石要结婚啦？"

他一下子涨红了脸，挠了挠脑袋，腼腆地说："不是，我，我，我还单身呢。夏总，这是叶哥托我交给你的。"

"叶哥？"反射性地出现在我脑子里的是时序的老大哥叶先生。一想到几年前见到他与夏姐恩爱的样子，再看到这张请帖，我不禁皱眉，忍不住脱口而出："叶哥什么时候离婚的？他咋就又要结婚啦？我夏姐不好吗？他一天到晚都在想些什么啊！"

杨玉石跟个呆子一样，怔怔地看着我。

而我，还以为我跟他说的“叶哥”是同一个人，直到我打开请帖——

“叶晋中、李媛媛……”

差不多五秒之后，我才恍然大悟：“叶晋中！！！叶晋中要结婚了？”

这个名字在我的记忆当中，差不多是上辈子的事情了。

紧接着，我想起了年少时候和他相处的点点滴滴。那些被夏家人欺负的岁月里，是叶晋中凭借着一己之力护着我、鼓励我，为我加油，增加我的自信。

他在我心中的形象，一直以来都像是一棵树、一座山、一个值得信任与依靠的大哥。如果说非要在有亲缘关系的这帮人里头找到我最喜欢的那一个，自然是叶晋中无疑。但他跟我又毫无血缘关系，他不过是我小姑妈夏志萍的继子罢了。

也许正因为没有夏家那拧巴的血脉，所以他的性格才这么好吧。

我很喜欢他，也很敬重他，所以就非常在乎我在他心中的形象到底是什么样子的。

正因为这份在乎，所以当我和父母恢复联系之后，害怕自己以颓废又狼狈形象面对他，便叫父母连带着将他也一起隐瞒了。

这一隐瞒，就隐瞒了很多年。其实叶晋中就是成都本地人，可是我在成都待了六七年，一次也没有在大街上偶遇过他。

可见这座城市到底有多大，也可见，我与他是多么无缘。

这突如其来的请帖，震撼了我。

我稳定了情绪，十分困惑地看向杨玉石，问：“那个……玉石，叶晋中怎么会托你带请帖给我？”

杨玉石有些尴尬：“我，我就是叶哥介绍来公司上班的呀！”

“你？”我皱眉，“你不是我妈介绍的吗？”

他点头：“是啊。是叶哥向阿姨推荐了我，然后阿姨让我来的。”

我终于明白其中的缘由。定然是因为我向妈妈说过，不能同叶晋中联系，所以妈妈才刻意对我隐瞒了。但是妈妈忘了一点，我虽然不知道叶晋中的下落，但我“年少有为”的传说可是在夏家传开了的，他晓得我的下落。

所以，杨玉石才会被他介绍过来工作。

既然都愿意介绍人过来工作，为什么他不肯来见我一下？

我不禁有些惆怅，埋怨道：“这太突然了，很多年没见过的人，为什么也不肯先联系我一下？他的电话号码是多少，你给我一下可以吗？”

杨玉石点了点头，拿出手机翻出电话号码来，我接过手机记下叶晋中的电话号码，对杨玉石说了句谢谢。

杨玉石非常识趣地说：“那要没什么事的话，我就先出去了？”

“好。辛苦你了。”

等他一退出办公室，我马上拨通了叶晋中的电话号码。

电话响了三声，接通了，从手机听筒里传来一个沉稳有磁性的男人声音：“喂你好，哪位？”

这一瞬间我感到很迷茫，这是叶晋中？

印象中，他是清朗明亮的，并没有这么低沉，这完全就是一个成熟稳重、久经风霜的男人才会发出的声音。

一种陌生感陡然闯入我心里，连带得我也有些腼腆了，尴尬地笑了笑，说：“晋中哥，我是夏青。”

是的，我对他的称呼从“晋中哥哥”变成了“晋中哥”，这是生疏的一种表现。无论怎样，我们多年未见是不争的事实。

电话那头的人有片刻的沉默，而后爽朗一笑：“青青，我终于等到你的电话了。”

我也是笑，一时间不晓得说什么。

二十一

多年后再次相见

叶晋中是个干脆的人，打完电话没多久，他就到我公司楼下来，说是要请我吃午饭。

由于餐厅就在春熙路，离我倒是很近，我便随便收拾收拾，准备下楼。

可站在卫生间的镜子前，我多少还是有些不自信的。

这么多年没见，我头发都快齐腰了，还烫了波浪卷，不知道他能不能认出我来。

不过这都不是我最担心的，其实我最介意的是今天没有化妆，昨晚又熬了夜，现在的样子肯定很憔悴。

我拿出口红，想要挽救一下颜值。

涂上口红之后，我看起来确实要精神许多，但不晓得晋中哥哥会不会觉得我变丑了。

就这样，带着忐忑的心情，还有一点点紧张、一点点久别重逢的兴奋，我快步向电梯走去。

没想到的是，电梯门徐徐打开时，我就看见一个穿着浅蓝色衬衫的高个子男人站在里面。

他一看见我，就笑了：“丫头。”

我也笑：“表哥。”

十多分钟以后，我和叶晋中坐在位于春熙路西段，他与合伙人共同经营的川菜快餐馆“蜀王谷”的包间里——由于春熙路寸土寸金，这家餐厅经营的又是快餐，所以只有一个包间，而且非常小，一般只用来接待内部人士，也就是像我这样的关系户。

这是叶晋中与合伙人开的第三家店，另外两家位置要偏一些，但堂子很大。可如果论生意好坏，还是春熙路这家最好。毕竟春熙路的人流量是有保证的。

我四处看了看，对这店铺的装修表示赞叹不已：“晋中哥哥，你怎么这么厉害，在这么金贵的一个地方，都能开一家餐厅。”

叶晋中笑：“民以食为天，走哪儿都得吃不是。况且春熙路的餐厅那么多，我这个店算什么啊。当然还是有遗憾的，我和邵峰选店铺的时候，钱也不是特别多，运气也不大好，挑挑拣拣一个多月，也没有遇上合适的铺子，索性就凑合着开了间不大不小的。地方窄，让你见笑了。”

邵峰是他的合伙人，刚才听他简单介绍过两句，说是一个传奇人物。

我并不惊讶，在这座城市里，传奇人物比比皆是。只要能留下来生根发芽的人，就能够创造传奇，倘若再坚持到底，就能成为传奇中的传奇，和这座城市一样，纠缠成长，相辅相成。

但是叶晋中的客套，还是令我挑了挑眉，感叹道：“喔哟，才几年没见，晋中哥哥跟我说话怎么变得这么生分！”

他没有说话，嘴角笑意深沉，示意我坐沙发，然后为我端来一杯水。

我打量着他，三十岁的年纪，高大伟岸，英姿勃发，俊朗的脸上始终带着和善与一抹温暖笑意，这大概也是他的职业习惯。

餐饮业与服装业都属于服务业，总归是要好脾气的。

他坐到我对面，眼睛虽然不看我，嘴里却没停："看来你也晓得我们兄妹两个有几年没见了哈！"

我讪笑。

"既然晓得，那就说说，为什么在成都待了这么些年……六年的时间你都没有想过要联系我？"

他突然直视我的眼睛。

与他视线一撞，我率先心虚了，低下眼睑，老老实实地说："我，我这不是离家出走嘛，离家出走总得有个出走的样子啊……要是跟你联系了，可不就把行踪传到我爸妈那里去了吗？"

"先不说你离家出走的行为对不对。先说一下你跟舅舅舅妈恢复联系以后，为什么不让我知道？还让舅舅舅妈对我也保密？"

"啊？"我愕然。原来他什么都知道啊。

见我尴尬，他可一点也没有要放过我的打算，继续说："你就那么不信任我？从小就认识的哥哥，就那么不值得你依靠？"

"不是这个意思。"我连连摆手，怕他误会，又连忙说了好听的话来讨好他，"因为我太在乎你了，所以不敢让你看到我狼狈的样子，想着哪天混得好一些了，再来见你。你知道的，我从小生活的那个环境有多恶劣，那些人充满恶意，否则我也不会离家出走啊。离开之后，我就想着一定要出人头地，给爸妈长脸，争口气，心思全在这上头，就没想太多……当然偶尔也会想起你，想去找你，但是……但是毕竟你妈妈是我的姑妈，她跟我爷爷奶奶他们到底是亲人，所以为了避免不必要的麻烦，我才没有去找你。"

"那……买房子、开公司、生意蒸蒸日上，在成都也算是站稳脚步扎了根儿，为什么还是瞒着我啊？"

"瞒着你？"

"对啊。"他双手环抱，一副兴师问罪的样子，"全世界的人都知道你的下落，唯独我不知道。如果不是听我妈妈说起，我恐怕一直以为你被人贩子给拐卖了。前些年还会在路过每个街口的时候，看见有乞讨的姑娘就跑去辨认一下。我一直在网上发布你的信息、你的照片，孜孜不倦地在寻找你。”

我很惊讶。

他接着说：“不信啊？不信你去看看天涯论坛、百度贴吧、腾讯论坛、新浪、搜狐等网站，我发了很多你的信息，但就是找不到你。”他说着，顿了顿，深吸一口气，也没问我意见，就点燃一支烟，然后在烟雾缭绕中，静静地看着我，良久，才接着说：“我以为你死了……”

他的声音很悲凉，透着浓浓的绝望。

我不敢看他的眼睛，只能盯着手中的杯子，不敢说话。

我当然知道我的离家出走，对于叶晋中的伤害是怎样的。在整个夏家，他是唯一一个把我当成亲人看待的人。不知道我的下落的那些年，他肯定会有种种可怕的揣测。但是在那些年，我并不能理解他的这种关心。这两年长大了，懂事了，晓得过去的自己有多么冒失，我反而庆幸时序在知道我情况的第一时间，就告诉了我的父母。否则，我爸爸妈妈恐怕也要受很多年心理上的折磨。

面对叶晋中，我是感到愧疚的。但愧疚也不能用道歉来弥补，我只好拿出小时候惯用的伎俩，开始撒娇耍赖：“哎呀，晋中哥哥，你就不要再说我了嘛，我年纪小，不懂事，你又不是不知道。”说着说着，我就整个人趴在桌子上，噘着嘴，瞪着他。

这些都是下意识行为，他在我眼里就是哥哥，是亲人，我从来没有想过，他与我其实毫无血缘关系。当我的手伸向他，再像小时候那样拖着他的手撒娇时，突然感觉到一丝异样的尴尬在我们之间出现。

他的视线落在了我的手上，我的视线也落在了他的手上，停顿两秒之后，我借势喝水，缩回手臂，一只手端水杯，一只手拨头发，继续嘟囔着，想要化解心中那微妙的感受。

“我，我那个时候很狼狈的，每天蓬头垢面地在荷花池卖衣服，大声吆喝，看起来一点也不斯文，跟我从前的形象大相径庭。怕你见了以后担心，也怕你觉得我没出息，所以我才避开你的。”

“你认为我会觉得你没出息吗？”他有些生气的样子，又说，“我只会心疼你、帮助你，不会让你吃太多苦。”

对，这是他会做的事。从小到大，只要有他在，就不会让我受苦受累。

我眼眶中涌起一层热浪，鼻头一酸，过去受的委屈，在见到可以依靠的人之后，就汹涌而来，眼泪吧嗒吧嗒地往桌子上掉落。

叶晋中慌了神，连忙递纸巾给我，嘴里说着：“你别哭啊，哎，我又不是在怪你，只是担心你。你看你在成都这么些年，无依无靠的，也不知道是怎么过来的……”

他叹了口气，可能还想数落我几句，但最终还是忍住了。

我也连忙擦了眼泪，平复了情绪，笑着看他：“现在不挺好的嘛。我可不再是当年那个只知道闷着哭的傻丫头了。”

“对对对，现在是个女强人，夏总。”

我瞪他。

他接着说：“人家玉石一提到你，就赞不绝口，说我们夏总多么多么能干，多么多么优秀，头脑多么多么聪明，哎呀，整个是你的粉丝、迷弟，可崇拜你了。”

我想起办公室里那个傻愣愣的男孩子，不禁问：“杨玉石是你的什么朋友？”

叶晋中的眼神突然就飘向了别处，他漫不经心地说：“哦，他是你嫂子的表弟。”

这是我们见面之后，第一次提到他的新婚妻子。我也感觉到了自己的失礼，连忙追问：“对哦，我嫂子呢？”

“她应该在来的路上了，我跟她说了中午请你吃饭，她要来看看你。”

“好啊，我也蛮想见见到底是怎样的女人能够俘获晋中哥哥的心。”

叶晋中无可奈何地摇了摇头，冲我笑了笑。

我接着埋怨："你也是啊，直接给我打电话不行啊？非得让杨玉石来给我送请帖，把我吓了一跳。"

"吓什么？"

"起初我还以为是杨玉石要结婚呢，最后打开一看名字，又把我吓了一跳，居然是你……你说你可真够狠的啊，一声不吭就把'红色炸弹'给我扔过来了。"

他只笑。

我又道："万一我不跟你联系呢？"

他摇了摇头："你不会，你那个性子，我还不了解啊……"

"我什么性子？"

"急性子，受不得糊弄，要是没弄清楚，你肯定是不会罢休的。"

我颇感认同地点了点头。

两个人突然之间不知道该说什么，气氛有片刻的尴尬。

我找了个话题："嫂子是干吗的？"

"她啊，没干吗，平时帮助她家里边打理生意，是我大学同学。"

虽然只是云淡风轻的描述，但我大概也知道这位新嫂子的背景了。叶晋中家里是做生意的，想当然也会找一个门当户对的对象。他又这么上进，靠着自己的一双手，单打独斗也能做出一番事业来，想必是夫唱妇随，嫂子没少出力。

我感到很羡慕。

那个时候我还不懂什么是婚姻，但晓得两个人要在同一条路上相互扶持着前进，才能够成就美好的爱情。

叶晋中是幸福的，我很欣慰。

就在我们尬聊期间，服务员上了菜，而新嫂子还没有到。

叶晋中往我碗里夹了菜，解释道："估计是堵车。唉，这两年成都到处在修，修地铁，盖新楼，交通很不方便，一段路堵上半个或一个小时，简直就是家常便饭。"

“现在的不方便，还不是为了以后的方便啊。”

“哟，看来这些年在社会上摸爬滚打，被磨出来了啊，思想觉悟倒是挺高的。”

我笑：“不然呢？抱怨一下，那路还是会堵，而且心里会更堵。所以不如往好的方向想，人只有在看到希望以后，才会越过越好的。”

听我这么一说，叶晋中颇为赞许地竖了竖大拇指。

时间已到饭点儿，大厅里人潮涌动，服务员相互提醒的声音此起彼伏。既然是川菜快餐馆，可想而知，就不可能在就餐环境上有多大的改善，但又怕客人有意见，毕竟这个世界上，蛮不讲理的人那么多，哪一个做服务业的老板不是整日里提心吊胆的？

叶晋中终究放不下心，心不在焉地吃了两口，跟我说：“你先吃，我出去看看，最近好几个客人在餐厅里摔倒，我挺怕服务员不长心，地板上又给弄湿了。”

“嗯，没事，你去吧。”

他略表歉意地微微一笑，然后迅速转身离去。

看着他的背影，我心中不禁有些感慨。当年的晋中哥哥，就是个大有可为的青年，他聪明、睿智，懂得处理一切商务问题，在我心中简直就是万能的。其实他完全可以继承家业，但为什么要出来和朋友打拼创业，还是做又脏又累的餐饮服务业呢？

我不知道，我们见面不过一个小时不到，还没有聊到那个方向去。

对于他过去的这些年，我一无所知。

也正如他对我的这些年也一无所知。

假如不是还有过去的感情支撑，两个人的见面，该是多么令人尴尬的情景啊。

咦，他们家的藿香鲫鱼真好吃。

我忍不住多吃了两筷子。鲫鱼肉质鲜嫩，入口即化，但小刺太多，一个不留神，就很容易被卡住。我吃得小心翼翼。

就在这个时候，包间门被推开了。

我下意识抬头看去，以为是叶晋中，未料，站在门口的却是个粉粉的、妆容精致到无懈可击、一脸貌美且精明的女人。

她似有备而来，一见到我，就绽放出绚丽的笑颜，说：“是青青吧？”

我点头。

她在我对面叶晋中的位置上坐下来，说：“我是李媛媛，叶晋中的妻子，经常听他说起你这个表妹，今天终于见到了。真漂亮，比叶晋中形容的还要漂亮。”

我尴尬地站起身，笑着打招呼：“嫂子好。”

“坐坐坐，都不是外人。”

不过几个字，主妇的气场拿捏得当，我心中肃然起敬，这大气，正好配叶晋中。

她倒是没闲着，又是给我倒茶，又是给我夹菜：“来，尝尝我们家的蒜蓉虾，你哥平时不在店里，就到处去逛馆子，偷师学艺，这虾啊，就是他去那个谁家偷学来的。你尝尝。”

“嗯，好的，谢谢嫂子。”

“但他偷学东西又从来不完全照着人家的做，他是要改进的，或者加点蒜，或者加点香料，或者洒点香油。哎呀总之我不懂做菜，他是很懂的，跟邵峰两个，简直可以说是走火入魔了，钻研老多菜式，拦都拦不住，简直就是川菜狂人！”

我笑。她虽然是在抱怨，字字句句却都是炫耀。当然，能够拥有我晋中哥哥这么好的男人做老公，她也是应该炫耀的。我吃了一口她夹给我的菜，非常配合演出地点头称赞，然后才问：“小时候完全不晓得晋中哥哥会做吃的，我那个时候年纪小，也不懂事，跟晋中哥哥接触也很少，他每次一到雅安基本上都是帮助我爷爷奶奶处理麻烦，所以我根本就不了解他。说真的，嫂子，今天听说晋中哥哥开馆子做生意，我还是蛮惊讶的。原先我以为，他好歹是要继承家族事业的……”

“继承家族事业？”嫂子露出了很惊讶的表情。

我从她的表情里，捕捉到了故事。

“难道不是吗？我记得幺姑父有一个公司，专门做投资还是什么的，具体我也忘了，但我小时候听说，他们家很多人都在政府工作，听说官职都还蛮大的，好多政府的工程都是叶家在做，所以我原先以为晋中哥哥会接手家里的公司。”

“哦……”李媛媛表情恢复平静，然后挂上淡淡的笑，“我不太清楚他家里的事情。”

不待我再问，她又夹了一块虾到我碗里，连连说：“吃吃，吃完了不够再叫厨房里做。”

“够的够的，真好吃。”

我跟李媛媛的第一次见面，因为一个共同信赖的男人，表现得一见如故。叶晋中忙完餐厅的事情，再回到包间里来时，见我们两个人聊得热火朝天，颇感诧异，但很快又倍感欣慰。

他肯定是希望自己从小就守护的妹妹，能够被妻子接纳，尤其我与他虽然说是表兄妹的关系，但到底是没有血缘的。假如遇上个心胸狭隘的嫂子，怕是不乐意自己丈夫对一个毫无血缘关系的妹妹那么好的。

所以这个李媛媛虽然满脸写着精明与世故，我却真心喜欢她。她是晋中哥哥的大学同学，陪着晋中哥哥一起成长，最终走向了婚姻的殿堂。这样的爱情，是最美好的。

只不过，看见别人浓情蜜意的样子，我还是感到有些惆怅。

不知道我的爱情归宿，又在哪里呢？

直到午餐过后，叶晋中才忙完回到包间里，而此时我与他的妻子李媛媛已经从第一次见面发展到可以互称“闺密”的地步。

其实女人之间的友好关系想要建立起来是非常容易的，只要有共同的话题、共同的爱好，就能够变成无话不说的朋友，假如再有一个人有点心机，更加主动一点，关系则可以更进一步。

我与李媛媛的这段友情后来也变得有些讽刺起来。

当然，这是很久很久以后了。

大家都是有事业要忙的人，吃过饭以后，便也不多停留，我准备告辞。

叶晋中和李媛媛客气地做了挽留，但我晓得这个时候大家都是分秒必争去赚钱的，不是谁都有整日整日的时光拿来闲聊唠嗑，所以果断起身，准备离去。

叶晋中见挽留不住，便说："那，我送你回公司？"

我看了一眼李媛媛，笑着摇摇头："不了不了，晋中哥哥，我的店铺就在附近，正好这个时候溜达过去看看合伙人。"

李媛媛闻言，眼睛一亮："店铺？什么店铺？你不是在春熙公寓那边开了个服装工作室吗？"

我笑："是啊，是有个工作室，不过在九龙服装城还有家店铺，做点批发的小生意。"

"哟，妹妹果然很低调啊，谁不知道九龙的店铺房租贵上天去了，才十来平方米的一间小铺子，一年的租金也要好几十万呢。"

我很困惑："有那么贵吗？"

显然，对于我的困惑，李媛媛觉得是故意在装，笑意深远地瞟了叶晋中一眼，说："咱们妹妹果然是做大生意的人，对店铺的房租可真是一点也不在乎呢……"

叶晋中有些尴尬地冲我笑了笑，说："走吧，先忙工作，回头我们再联系。"

我点了点头，但阻止了他们再送我，自己下了楼去。

毕竟第一次见面，虽然我与李媛媛相处得还算愉快，可到底是女人，即便是亲生的小姑子，做嫂子的也未必能忍受丈夫对她好，更何况我一个拐弯抹角的表妹。

我在那个时候就知道，和有伴侣的男士相处一定要保持距离。即便对方对自己并没有非分之想，但为了尊重他的伴侣，也为了尊重自己，我必须划清楚界限，不能令别人生出误会来。

因为误会到最后往往很有可能变成真的。

去往店铺的路上，我脑子里一直在思考一个问题——我们的店铺房租到底是多少？有没有占别人的便宜？按照最开始的合约来说，是不是已经到期了？这间店铺的幕后大老板就是邓宇家。邓宇会因为我一直将店铺租给我们，但这样是不是不太好？

我心中存了千万个疑问，想要寻时序问个清楚，便自顾自心不在焉地走着，直到听见某人连着好几声呼唤我的名字。

这声音好似在我前面的方向，也好似从我身后的方向传来。

我站住脚步，有些茫然，再次辨认的时候，确定是从身后传来的，便转身看去，却见叶晋中正向我小跑过来。

“晋中哥哥？”

他手中拿了瓶水，缓了缓步伐，尽量从容不迫。

近至我跟前了，他才将水递给我，说：“我看你刚才也没怎么喝汤，带瓶水，女孩子家家的，要多喝水，别渴了自己。”

我接过水，不知道该说什么好，但还是下意识地往他身后看去。

李媛媛没有跟着来。

叶晋中看着我，满怀歉意：“本来中午说请你吃饭的，但我确实太忙了，厨房里最近新来了个厨师，还不太懂得厨房的设备。邵峰呢在忙新的店，更是顾不到这个店……”

“好了，晋中哥哥。”我微笑着看他，“知道你忙的，等你不那么忙的时候，我们兄妹两个再坐下来好好叙旧。再说了，现在有联系方式了……”说着，我摇了摇手机。

此时，旁边一个陌生男子的声音传来：“能否把电话号码也给我一个？”

我骇然一惊，早就听闻当下的都市男女搭讪追求爱情的方式十分简单粗暴，却从未亲身体验过，所以今天是让我给遇到了吗？

与我同样惊讶的，还有叶晋中，他大概没想到，即便有男士陪在身旁，也会有男人前来搭讪。

当我和他带着不可思议的表情向着那声音的源头看去时，不免大吃一惊。

眼前这个离我一米开外的男子，有着一张我颇为熟悉的脸，同我很多年前的一位故友长得非常相似。

同样是一副伟岸的身躯、俊朗的眉目，区别是从前他是学生发型，未经打理，穿简单的T恤牛仔裤白球鞋；但现在，他的发型一丝不苟，白衬衣与黑西裤的搭配看起来干练又整洁，全然一副公务员的打扮。

我目瞪口呆地看着他，他却笑着同我打了招呼："怎么，夏青，这才几年没见，就不认识我了？"

"怎么会！"我不可思议地掩嘴，上下打量着他，"魏仁！好久不见……"

"好久不见。"他突然转向叶晋中，伸出了手，"表哥你好，还记得我吗？"

我这才想起来，他们是有过一面之缘的。但两个人也就只是许多年前的一瞥，魏仁怎么可能还记得叶晋中呢？

显然，我对男人的记忆力了解还比较浅薄，当叶晋中握住魏仁的手说出"当然记得，你是夏青高中时候的学长"时，我很愕然。他们的记忆力未免太好了。换作是我，肯定不会记得很多年前只有一面之缘的人，除非这个人同对我来说很重要的人有关系，那我不仅会记得他的样子，甚至会记得他说过什么话。

"我记得当时夏青正要介绍我，结果你很忙，走得很急。既然很多年后我们还能在成都的大街上、茫茫人海中偶遇，也是缘分……"叶晋中说着，拿出一张名片，递到魏仁跟前，"我叫叶晋中，是夏青的表哥，就在这附近开了一家餐厅，欢迎同学来做客。"

魏仁连忙接过名片，客客气气地说："我叫魏仁，没有名片，就在咱们市这边一个新的区里头当公务员，为人民服务。"

叶晋中叹道："已经很不错了，做公务员是大有可为的，中国社会的精英大部分都在公务员系统里。"

"叶总就不要取笑我了，不过是仗着一点梦想，看看能否成为一个于社会有用的人。"

“魏先生前途无量。”

他二人说起客套话来，一套一套的。

奈何我是一个个体户，并不懂得商务应酬之术，只觉得这两人说话好累，但见两人一见如故——似乎这个词语也没有用对，他们本来就是有着一面之缘的人。我当时被重逢的喜悦冲昏了头脑，也被这可怕的巧合给惊住了，毕竟俗话说，事出反常必有妖。

我咳了咳，感慨道：“今天这日子可真是啊……我没想到会在同一天跟你们两个重新见面……”

他二人这才想起我，连忙统统转向我。

叶晋中提议：“要不找个地方喝两杯，叙叙旧？就我店里怎么样？”

我不禁尴尬一笑，心中却哀道，刚从那里出来，又回那里去？本来嫂子对我就带有疑问，再次回去不是要闹得她心中更加惶恐吗？

我连连摇了摇头：“还是下次吧，我跟合伙人约好了，要谈点事情。”

创业的人找借口是最容易的。

魏仁也看了看手表，说：“谢谢叶总，我这是出来办事呢，刚好路过这里拿车，下次吧，下次我跟夏青约好了一起来叶总的餐厅吃饭！”

叶晋中见此情景，也不再挽留，笑了笑，说：“也好。不过魏仁你以后别管我叫叶总啊，咱们都是老朋友了，叫名字就好。”

“行，叶哥你说了算。”

两个人算是说好了，叶晋中见我铁了心要走，便也不挽留，想着也许魏仁还有话对我说，便告辞了。

他一走，魏仁瞧着我却半晌没说话，只是笑。

我被他那意味深长的笑给整蒙了，皱了皱眉，也是尬笑：“干吗笑成这样，令人毛骨悚然。”

他伸出手。

我困惑：“什么啊？”

“电话号码。”

我说了一串电话号码，他手忙脚乱地拿出手机记下了。

很快，我的手机响了。

他又看了看时间，急匆匆地说："夏青，我算是找到你了，但今天确实没时间闲聊，我还在上班呢，单位同事还等着我拿资料回去。"

"没事，你走吧，我本来也有事。"

"那要不这样，晚上请你吃饭？"

虽然确实很想跟他坐下来好好叙叙旧，但一想到今天的工作因为来见叶晋中已经被耽搁了，不能继续耽搁下去，无论如何下午和晚上就算是加班也要将既定的工作计划完成，我便摇了摇头，说："还是改天吧，我今天确实也挺忙的，不是借口。"

"对对对，我相信，刚才听你们聊，是不是要去什么铺子？"

"啊是，我跟朋友一起合伙做了个买卖……"面对他，我还是没有勇气说出我是个卖衣服的，尤其听说他考上了公务员之后，更觉得自己与他身份悬殊甚大。

当我选择从学校离去，在年轻的时候遇到劫难又抱着必死之心重生之后，拼着一口气要在成都这座城市里打拼出一片天地来，我是勇敢的、无畏的。但是当我从这个社会的最底层挣扎着站稳一席之地以后，我开始在乎一些身外之物，以及虚名。

人大概都是这样，先要满足最基本的需求，再往更深层次的精神需求发展。

所以当我认为自己在年纪轻轻的时候就能够在省会成都置业创业，是个很厉害的人物时，遇见了魏仁。

他可能不如我有钱，但他读的书比我多，眼界比我更开阔，比我更有社会地位。

你看，我那个时候，已经开始在意社会地位的问题了。

尤其是他过去同我还是很要好的校友——所以从来同学之间是会有竞争的，都是一个圈里出来的，凭什么人家就能混得那么好，你就混得那么差？

他见我支支吾吾，没再追问，只是淡淡一笑，然后说："要不要我送你？"

我连连摆手："哦不用，就这附近，我走两步。"

"附近？"他四下看了看，又瞧了瞧我的打扮，笑问，"不会是在九龙服装城里开了一个店铺吧？"

被说中了，我脸一红。

没想到他手掌在我肩膀上轻轻一拍，颇为欣赏地说："可以啊，小姑娘不错嘛，年纪轻轻的，就做老板了。"

"哎呀，小生意，哪能跟你比，你才是大有前途的。"

眼见着两人的对话又要往尴尬的路上跑，他也不再往这方向说了，笑道："好了，我真得走了，下午还有会，回头咱们再联系。"

"嗯，好。"我干干脆脆的，微笑看他。

他却习惯性地伸出手来："那再见啊。"

这是我第一次与他这么客气又疏离地握手。久别重逢的我们，不再像少年时那样，无话不说，无话不谈，而是像其他的成年人一般，偶遇，客套，握手，再见。

想想，还真是有些感慨万千。

我接着往店铺走去，路过一栋新建的高楼时，接过一张传单，上头华丽又醒目的几排大字，吸引了我的注意力：

2006年成都市重点工程项目

10余万平方米

打造成都品牌服饰之都

"尚都服饰广场"加盟春熙路商圈

欢迎你来

尚都服饰广场？就是我旁边这个地方吗？我抬起头，看向这栋还未揭开神秘面纱的新楼。

春熙路商圈，还真是越来越大了……

二十二

蜀王谷相聚

2008 年 3 月，九龙服装城三楼那家名叫 Sissy 的女装店关张了。

原因很简单，老板不做散货批发生意了，转战隔壁尚都服饰广场，在八楼开了一家公司，专做品牌服饰加盟。

新公司开业那天，我、时序、李华玲，像电视里重复播过的很多开业画面那样，衣着华丽又整齐地站在公司门口剪了彩。在剪刀落下去的那一刻，周围响起了雷鸣般的掌声，他们是跟着我们打拼多年，忠心耿耿的老员工。

邹小月没有走。

何小玉没有走。

杨玉石也没有走。

但是员工队伍里，少了一个人。

少了冯翠。

从 2006 年到 2008 年，近两年的时间里，发生了很多事情，其中便包含了时序与冯翠的分手。

事情的起因，大概还是在我。

还记得 2006 年，与魏仁、叶晋中在春熙路偶遇那天下午，我收到了尚都服饰广场的宣传海报。

因着一份好奇心，我便去售楼部走了一遭，问了问价格。

那时尚都服饰广场还有楼层尚未售罄，售楼小姐们相当热情，基本是蜂拥而至，我连挪地儿脱身的机会都没有。

在 2006 年的成都，大家对于投资房产的热情尚未高涨起来，只有小部分人对房地产投资产生兴趣，至于大部分老百姓为什么按兵不动，一来是持观望态度，二来大概是没有钱。

所以，我们就正好捡了这个空子。

我脱身不得，便给时序打去电话。

时序原本是准备救我于水火之中的，但进了售楼部之后，他却比售楼小姐还要热情，反复问了许多我根本就考虑不到的问题之后，立马拿出银行卡，刷了订金，选中八楼一个一百五十平方米左右的商铺。

我连着拽他的手臂，暗示他要慎重，他却安抚地拍了拍我的手背，微笑着说："如果你愿意跟，我们就以公司的名义买入；要是你觉得冒险，我就以个人的名义购下这个铺子。"

我一怔，想到他的出发点也许是好的，对于他的决定便默许了。

后来成都楼市的发展证明，当时我那一怔是多么明智，就这么一个走神儿，便为公司后来的发展又赚回不知道多少万。

关于我们的合作，时序是大股东，他投入的多，赚的当然也多。尚都的商铺买入的时候，是两万元一平方米，三百多万的总价格，按说以公司的账面上来讲，全款支付也是足够的，但时序选择了贷款。

他说了一句很无耻的话，但对于做生意的人来说，却也极其有道理。

他说："债多不愁。"

那时对于他的某些投资理念，其实我并不太懂。但由于大家是签了合同的合伙人，说好了一起打天下，他是老大，是龙头，无论如何我也是要尊重他的，于是紧紧地追随在他身后。

等到很多年后我再次回忆往昔，只感到老天爷对我甚多眷顾，虽然在人生的头十多年里让我受尽委屈，可在后来的岁月里，却将贵人一个接一个地送到我身边来，让我被人搀扶着成长，这是多少创业者都讨不来的好运气。

购买尚都的商铺，我起初以为是时序的冲动行为。没想到后来某一天，冯翠在电话里对我破口大骂："夏青，你故意的是吧？他瞧着尚都的商铺很久了，是我一直拦着他不要买，那商铺那么贵，两万块一平方米啊，不是在抢钱吗！我跟他那么多年了，也没有别的指望，就想着能在南边买套别墅，换辆好点的车子再结婚，结果你把他的钱全部骗去买商铺了。夏青，你安的什么心？你是不是因为邓宇跟别人好上了，就瞧上时序了？"

我愕然："你说什么？邓宇跟谁好上了？"

冯翠听我语气不够好，顿了顿，支支吾吾半天，却不知道该如何蒙混过关。

"邓宇和谁好上了？"

我怒不可遏，不禁提高了声音。冯翠见我这个反应，料想我对邓宇还未忘情，不可能这么快就瞧上她的时序，便冷静下来，说："我哪知道，我就是听店里新来的小姑娘在说。前段时间我们不是新招了几个姑娘嘛，其中一个正好是邓宇老家的邻居。哎呀，这些都是八卦，刚才姐姐一时糊涂，乱说了话，你别放在心上。"

她倒是晓得自己口无遮拦，也悔恨莫及，可我并不打算放过她。

"说吧，我想听听他的事情。"

冯翠张口结舌，还在电话里推诿："还是别说了，没什么好说的……"

"翠姐，你要是不讲，我就把你骂我的事情告诉序哥。"

她未曾想到我会以此要挟，愣了愣，想到是自己理亏，便只好说道："唉，听说他找的这姑娘跟他是同学，家里条件挺好的，爸爸是大学教授，妈妈是市里哪个局的局长。邓宇出国留学没两个月，姑娘也跟着过去了，邓宇父母听说他交了这么个书香门第又是官二代的女朋友，可高兴坏了，就差没把姑娘全家当菩萨给供起来。”

虽然已经分手很久了，还口口声声说对方是已经被我开除的男人，可听说他有了新女朋友，并且新女友的条件还这么好之后，我心中不免感到难过。

但是这个女孩子到底是谁，我还是有些困惑。是他的同学？在他出国留学没多久，这个姑娘就跟过去了？

我脑子里闪过一个人的名字，问：“邓宇的女朋友是不是姓白？”

“我记得不太清楚了，姓什么倒是没说，不过听说邓宇的妈妈跟牌友们提起准儿媳的时候，总是一口一句我们羽羽怎么怎么，骄傲得很。”

确认了对方的名字之后，对于与邓宇之间的那段感情，我突然就释怀了。

真没想到白羽的家世这么好，父亲是大学教授，母亲又在政府工作，搁古代去说，人家可是名门闺秀。

再看看我，一个卖衣服的，爸爸妈妈还双双失业。

我细想一下，还真的悲哀。假如当年我的父母没有屈服于爷爷奶奶的淫威双双辞职回家，只为夏家的“王位”能有个继承人，那么我作为教师的妈妈也许也能够在雅安那座小城市里坐到个中学校长的位置。而我那个原本是基层干部的父亲，大概经过二十多年的磨炼之后，也许能在那座城市里混得更好。而我，必定会安分守已地读完高中，考上大学，现在也正好毕业出来，要么去考公务员，要么进外企工作，怎么看都是家世甚好、前途无量的一个姑娘。

然而，假如只能是假如。

摆在眼前的现实是，我不过是一个从荷花池的中老年服装铺子里走出来的、在九龙服装城跟人合伙做生意的卖衣服小妹儿罢了。

我同千千万万个活跃在全国各地大小不一的服装店里的卖衣服小妹儿一样，并没有什么不同。即便我不化妆，也逃脱不了被人一眼看穿职业的厄运。你看，之前魏仁的目光在春熙路的茫茫人海中将我捕捉到，只凭借“铺子”两个字，就一眼看出我是干吗的。

春熙路有那么多写字楼，随便猜个文案、策划、广告设计师什么的不行吗？然而他没有。他看人向来很准，为人又沉稳可靠，所以他将来应该可以成为一个很优秀的公职人员。

那么我呢？我应该成为一个什么样的人？

我的年纪才刚二十出头，还有大好的未来等着我去创造，难道我要在九龙服装城和人卖一辈子的衣服吗？

听闻邓宇和白羽这一对天作之合的好消息之后，我感到忧心忡忡，开始担心起未来。

同时我也意识到一个问题，我们的店铺，还能继续在邓宇家的商铺里开下去吗？

我打了个电话，请李华玲抽空回来一下。

李华玲可能已经习惯了广州的生活，很久没有回来了。我一度怀疑她是不是在广州谈了一个男朋友，但她弟弟说，姐姐很挑剔，心中跟放了一尊神似的，根本就找不到合适的对象。

我只笑，将话原封不动地转达到时序耳朵里。

奈何时序不为所动，只是淡淡一笑。

他们之间的联系很少，碍于冯翠的缘故，李华玲有事情基本上都是通过我传达给时序。

所以这一次若不是因为我有大动作，想必李华玲是不愿意从广州回来的。

但她到底还是回来了。

距离我们上一次见面，已有半年。

此刻的李华玲和半年前的李华玲并没有多大改变，即使广州临近香港，即使时尚的风潮总是刮得比内地更早一些，也更猛一些，可她依然一副土得掉渣的模样，没有像冯翠那样，穿最时髦的衣服，手里更没有拎着最时兴的奢侈品包包。

当身在成都的准贵妇冯翠横扫美美力诚百货与仁和春天百货的时候，李华玲在广州却是路过丽柏广场也不敢往里面多迈一步的主。

她太节省了。

不过，以她那一点微薄的股权，节省一点倒也不是坏事，至少能为自己多省出一套房子来，好将她父亲和奶奶从越西山里头接到城里来，跟她弟弟一起住。

她就像一个从未被这个庸俗又充满铜臭的世界所影响的老姑娘一样，土里土气地回来了。

当时序在南门蜀王谷酒楼订了包间，专门为下一步的生意该怎么做而约我与李华玲时，李华玲还是像很多年前帮时序打工时那样，怯怯地说："谢谢序哥。"

她管他叫序哥，就像从来没有喜欢过他那样，没有半点儿亲密之意。

这也许也是我那么喜欢她的缘故吧，因为晓得自己争不过，所以她从来不争。

倒是时序，因为她这客气的称呼显得有些尴尬，两人竟然相顾无言。

自从时序与冯翠在一起之后，李华玲在店铺里就甚少与时序说话，有时候甚至刻意保持距离。终于挨到与我交换，等她去了广州，才算如释重负。反正一年回来的时间加起来也不会超过一个月，她与时序的沟通更是少之又少。

大家都知道曾经是怎么回事，可都不愿意捅破那层纸。

我见气氛尴尬，也不拖泥带水，趁着上菜之际，率先发了话："既然玲姐回来了，那我们三大巨头也总算是碰头了。我年纪最小，不如就由我先来提一下意见吧，看看未来我们的生意应该怎么做才好……"

李华玲安静地看着我，脸上带着淡淡的笑意，但目光里充满信任。

她就是这样一个女人，只要喜欢谁，就无条件地信任谁。

而时序坐在她旁边，倒显得有些局促了。

听我这么说完，他忙不迭抬了抬手："继续。"

我便继续说："首先，Sissy 是不能再开了。"

李华玲的脸色陡然变了，她感到不可思议又无法接受，紧张得连声音都变了："不开了？九龙的铺子不开了？"

时序倒是很稳，面色如常，仿佛他早就预料到我会说什么。

我用笑容安抚李华玲的情绪，柔声说："不是说 Sissy 绝对不能开，而是我们有两个选择。"

"哪两个？"

"一是重新和邓宇家签合同，根据平均房租的价格付给邓家。"

"我们的租房合同还没有到期啊，合作得好好的……"李华玲百思不得其解，"怎么又要重新签合同呢？"

我叹了口气，说："我们租他家那个铺子，每年少交了多少房租，相信你们都很清楚。大家都是做生意的，他们家再有钱，咱们也不能老占人家的便宜啊。更何况我与邓宇已经分手很久了，而人家现在有了新女朋友，假如我们还这么死皮赖脸地待下去，是会叫人看不起的。"说完，我顿了顿，瞧着他们两人的眼神颇为幽怨，补充道："我不希望邓宇觉得我们在利用他与我的关系来占便宜……其实也没多少便宜，但感觉很不好。"

李华玲的脸色又恢复过来，倒是时序，面色有些凝重起来。

他说："我们并没有占便宜，当时这个合同是提前签订好的，每年的房租也是在递增，只不过递增的幅度没有别人家那么夸张罢了。"

"话虽是这么说，但当初邓宇为什么要以这么低的价格租给我们呢？"

时序默然。恐怕这个为什么，他自己心里最清楚。难保不是当初他故意选了邓宇家的这个铺子，然后找我合伙做生意。而李华玲，因为是我最好的朋友，便沾了这个光，才成为合伙人的。

时序是温州商人，他的精明是与生俱来的。

当然，我不怨他。假如没有他，说不定我现在还在荷花池里卖那些中老年服装呢。

"人有欲望是没错的，但有时候也应该有个度，适可而止就行了。"我话中有话地看了时序一眼，然后开始铺跟前的餐布。

李华玲见我的态度这么坚决，时序却没有表态，于是说："序哥，既然青青不愿意继续租邓宇家的铺子，那不如我们就换一个吧。"

“换一个？”时序憋在心里的火气腾地就冒了上来，声音也跟着提高了些，“你知道其他铺子的房租多高吗？一年几十万，而且这个价格还在一年接一年地往上涨！我们现在租的这个铺子，是整个九龙服装城里同等商铺中价格最便宜的了。”

对，他把重点说了出来，我们现在的这个铺子是最便宜的。即便当初我强行将邓宇支持我的创业资金还给了他，可在后来的岁月里，我依然在受他的恩惠，占他的便宜。他每年光是在房租上头，就要少收至少十五万。

所以，邓宇并不觉得他亏欠我。

然而我，又希望他觉得对我有所亏欠。

恋爱中的男女，讲起恩怨来，常常会显得比较幼稚。

时序不会不理解我的顾虑，他却假装不懂，一门心思跟我讲生意。好，既然他要说生意，那我就同他说生意。

“撇开邓宇的问题，我个人认为，门店批发对于未来的发展来说太有局限性了。”

“哦？”这个话题引起了时序的兴趣，他问，“你打算怎么做？”

我从包里拿出一个文件夹，分发给他与李华玲。

“这是沉忆一年多来的销售数据分析，以及进销存和员工开支数据，你们可以看一看。”

时序瞧了我一眼，大约没有料到我竟然有备而来。

李华玲是个没什么想法的人，我的意见基本上就可以说是她的意见，所以今天我需要说服的人，只有时序。

我说：“这一年多以来，我们开了三家淘宝店，一家达到蓝冠，两家三钻。淘宝一钻需要二百五十一笔交易，一个蓝冠至少要一万笔交易，也就是说，这一年多的时间里，我们完成了一万多笔交易，按照每笔交易最少五十元的利润来算，利润也将近百万。可实际上我们的利润远比估算的平均值还要多，你们可以看看我整理出来的详细数据。虽然还是不如门店的利润高，但是我们再来算一算投入与产出的比例。沉忆工作室的员工加上我，一共是四个人，如果再算上发货过来的华玲姐的话，就是五个。但是我们的员工开支和房租开销，一年加起来，也不到三十万……”

“我打断你一下。”时序放下手中的数据，“你开这个淘宝店，试着在网上进行服装销售，我是支持你的。但假如你想要关掉九龙服装城的店铺，专门做淘宝，我是不赞成的。”

我知道他会这么说，忙表态：“不，我给出了两个选择。要么就是换个店铺继续开 Sissy……”

“这不可能。”时序脸上带着淡淡笑意，目光却没有半点儿退让，“我不可能把一个做好做熟悉的铺子换掉，去选一个更新更贵的店铺。你知道，开门店最忌讳挪店址，这样会损失掉很多老客户。”

“那就关掉 Sissy，换一种新的经营方式。”

“什么方式？”

“既然我们已经成立工作室，为什么不考虑一下从厂家拿货，挂牌加盟的方式呢？”

他们没有说话。

我继续说：“或者找准定位，我们自己设计服装，然后跟厂家合作，代工制造？”

“怎么代工？代工厂在哪里？”

“我在广州的时候，时常同那些厂家打交道，只要咱们有版，他们很快就能代工出来。然后我们这边淘宝进行预售，可以极大程度地降低成本与店铺库存率，另外我们的资金周转相对也要轻松一些。”

他们依旧沉默。

我想了想，又说：“也许我的想法过于简单了，但在这一年多的时间里，通过在网络上的销售实践，我感觉到，也许未来零售业的经营模式会发生一些变化。”

时序点燃了一支烟，问：“什么变化？”

我说：“我们 80 后接受新鲜事物已经算是非常快速的了，那么 90 后、

00 后那些人，会不会比我们更快？时代在发展，网络购物也许会成为未来的必然趋势。”

“未来，是多久？”

“也许是一两年后，也许是十年后，谁知道呢？但假如等到那个时候，零售业再想要转型，就会非常艰难了。与其坐以待毙，不如双管齐下。”

“双管齐下？”时序脸上浮现一丝笑意，淡淡地说，“说说你的想法。”

我知道他应该是被提起了兴趣，便说：“其实我们目前在九龙服装城开门店做批发，是可以经营下去的。但三年后呢？六年后呢？会不会还像现在这么好？还有房租的问题。现在的房东是邓宇，我们的租金很便宜，但万一邓宇家里把这门面卖出去了，或者人家娶了新媳妇，介意我这个前任继续赖着不走，到时候我们怎么办？临时撤店来得及吗？是不是更应该未雨绸缪，考虑一下以后的事情？”

时序笑了：“你其实就是介意邓宇有了新的女朋友，所以不想再租他们家的店铺了，是不是？”

“是。”

他没有料到我如此干脆，一时间不晓得该说什么。

我接着说：“他有了新女朋友，而作为前任的我，居然还恬不知耻地继续占着他的便宜，这不应该吧。”

“都说了，我们签了合同的……”

“那是他看在我的面子上才同意这么签的。”我有些怒了，“时序，你不能只钻钱眼，而不顾我的感受。”

李华玲见我怒气冲冲的样子，受了点惊吓，连忙为我倒了杯水，说：“哎，青青，别生气，喝口水，有话好好说嘛。”

时序叹了口气：“你绕了好大一个圈子，就是想让我退掉邓宇家的铺子是不是？”

“对，这是我的其中一个目的。”我完全没有必要跟他绕弯子，也不需要掩饰内心的想法，这个时候单刀直入是最好的沟通方法。但实际上，我还有另外一些灵感，便又补充道：“但我也不只是为了这个。我刚才说的那些，确确实实是我的调查结果，所以也想跟你们商量一下，看看能否转变一下经营模式和货品方向。”

时序沉吟片刻，说：“挂牌不是长久之计，货品的本质如果是廉价的，那么即便挂了品牌，也不过是廉价的杂牌子，成不了大气候。”

我皱眉。

他接着说：“我懂你的意思。一来你不想继续租邓宇家的店铺；二来，你想转换经营方向，自创品牌，从下家做到上家，是不是？”

我点头，看了看李华玲，说：“对啊。总不能让华玲姐一辈子留在广州发货吧？这不是长久之计。”

李华玲见话头转移到她身上了，弱弱地说：“我，我没事的。”

我瞪她：“你没事，我有事。你以后不嫁人的啊？都二十八岁的姑娘了，还一次恋爱都没有谈过，太不应该了。假如我们换一种方向的话，你就不用整天待在广州了，回到成都来，找个男朋友，谈一场以结婚为目的的恋爱。”

说这话的时候，我也偷偷地瞟了时序一眼。

他佯装看着手中的销售数据，没有说话。

李华玲却羞红了脸，手足无措地说：“谁说我没有男朋友，我有……”

这下换我们震惊了。

时序放下手中的数据表，问：“什么时候的事？我怎么没听说？谁啊？”

他那副紧张的样子，就像听说自己媳妇儿有外遇似的。

李华玲声音很低：“这些都是小事，我就没有告诉你们。”

我很满意她的这波操作，笑道：“太好了，看到你感情有着落，我可放心了。”

“你不也单身吗？”

我翻了翻白眼：“我还缺人撩吗？或者说，以我的性格，想撩谁撩不到？我是忙，没工夫恋爱，不然你们哪能看到这些数据？”

李华玲觉得我说得很有道理，但时序的注意力显然不在我身上，他看了看李华玲，问：“那人干吗的？”

李华玲没想到他会关心这个，有片刻的失神，然后说：“好像是在文化公司还是房地产公司做广告策划……”

“你连人家是做什么的都不知道？”

“家里介绍的，还在接触……”

“在成都吗？”

“嗯。”

时序看着她，表情严肃：“约一下他，晚上或者明天，大家吃个饭。”

“啊？为什么呀？”

“帮你审一审，看看合不合适。”

“不用吧……”

“就这么定了。”时序不容商量，再看向我，说，“饭桌上讨论公事不恰当。我们先吃饭，来，尝尝这家的菜味道怎么样，听说这是青青的表哥开的？”

我点头：“是啊，不过我表哥坐镇的那家店在春熙路。南门这家的话，是他的合伙人在管，看起来确实要气派得多啊。”

“南门富人区，当然要装修漂亮一点了，不然怎么跟大成都那么多的酒楼拼啊。”时序笑了笑，然后举杯，“来，大家先干一杯。”

其实我们三个很少进行这种非常正式又客气的聚餐，因为太熟了，所以很多事情都可以在电话里讨论。

但这一次，是要进行翻天覆地的改变，所以，我看了看杯中的饮料，说：“序哥，不如换酒吧。”

“嗯？”时序与李华玲大概都没有料到我要来这一出。

“喝白的。”

就在他们目瞪口呆之际，我拉开包间的门，往外喊了一声：“服务员。”

门口不远处就候着一名服务员。他大步流星地走来，问：“女士，需要点什么？”

“你们这里有哪些酒？白的。”

“我们这里有五粮液、国窖 1573……”

“太贵了。成都本地的有哪些？”

“郎酒、全兴、金六福、文君、水井坊……”

“来一瓶水井坊。”

“好的，您稍等。”

等我退回到位置上，李华玲的表情还维持在惊恐的状态，她甚至有些结巴了：“青青，你，你怎么会喝酒了？”

我笑，拿出一包烟递给他们：“要不要抽？”

时序倒是面不改色，熄灭了他手中的烟，冲我摇了摇头。

但是李华玲被吓坏了。她大概以为，因为邓宇，我竟然变成了一个会抽烟喝酒的女人。

我看穿她的心思，点燃一支烟，对她道：“我不是因为邓宇才抽烟喝酒的，我是因为工作。”

他们很是不解。

我叹了口气：“你们是不晓得做电商有多辛苦，别以为就是拍照上新做客服，这其中的曲折离奇多得很，我都还在学习呢。但是我觉得这一块儿以后肯定会对零售业产生巨大冲击。当然不是说今后大家就都在网上买东西了，门店肯定还是有的，但能够活下来的，必然是精品。你们想啊，假如同一件衣服，我在门店里要花六百块，但在网上，我等个三四天，就能省下三百块钱，你说，你会选择在网上购物呢，还是在门店买？”

李华玲特别给力：“当然是在网上买啊。”

我冲她抛了个媚眼：“这就对了。”

“你到底想要说什么呢？”时序有些坐不住了。

正好这时候，酒上来了。

我替他俩倒上酒，然后又替自己倒了一小杯酒放着，说：“但是门店还是生生不息，不会完全败落，只不过会因为时代的发展进行大洗牌。以后没有品牌的散货，也就是我们大家都知道的地摊货，可能只能在夹缝中，去五六线城市谋生存。”我突然就想起了我爷爷奶奶的华海制衣厂。曾经在20世纪80年代90年代风靡全省的华海制衣，现在的境遇又是怎样的呢？应该还活着，毕竟针对的受众还是有的。

但我还年轻，我对未来的规划是要轰轰烈烈，而不是活着，也不是苟延残喘。

“所以，假如我们还要在服装业里混，创品牌就是必经之路。”我举杯，“先喝一杯吧，接着我们再讨论。”

他们两个没动。

我笑：“先干为敬。”

李华玲自然被我这豪迈的行为给吓坏了，但也怯怯地举了杯，正要往嘴边送，时序却拦住她：“你能不能喝啊？不能喝别喝了。”

李华玲将酒干了，白酒的刺激令她表情痛苦，却说道：“青青都干了，我不能耍赖啊。”

时序很尴尬。

喝过酒的李华玲显然比之前要大胆一些，问：“可是你知道怎么做吗？”

我想了想，说：“序哥刚才都说了，拿散货来挂牌，也不过是挂牌的散货。所以，我在想……既然我们已经在尚都服饰广场买了个店铺，那何不做大一点，做品牌服饰加盟？”

“什么意思呢？”时序来了兴趣，调整了下坐姿，问，“品牌加盟怎么弄？”

我笑：“听说温州现在有很大一批品牌女装，急需各地总代理。序哥是温州人，能不能打听一下，这些品牌的代理需要什么手续？”

“你是想……等拿到尚都的店铺以后，用来做区域总代理？”

我点头：“是的。我们做批发这么多年，有固定的一批客户，而这些客户也在成长。假如用同样的投入，却能够做成品牌专卖店，为什么不做呢？做品牌与散货针对的受众是不同的，但散货的客户流失率肯定比品牌客户的流失率高。毕竟时代在发展，女人又是最懂得享受品质生活的族群，差不多的价格，差不多的款式，同样的衣服肯定要选择更有名气与质量保证的，对不对？”

李华玲连连点头：“有道理。同一个款式的，价值五百块钱的衣服，我肯定愿意选择有正规厂家和品牌的，毕竟质量有保证。”

时序也颇为赞许地点头：“温州女装确实在崛起……我之前也想过转型，但是怕你们两个不愿意，所以就没提。”

“少来了，你还不是想在九龙多做几年，再赚一些快钱。”

他指了指我，无可奈何地摇了摇头：“什么都逃不过你的眼睛啊，啧啧啧！”

我又说：“如果不是因为那个铺子是邓宇家的，我肯定愿意多占几年便宜。但是呢，我还是有骨气的。人家现在都有女朋友了，那个女朋友又认识我，老赖着不好，对不对？赚钱固然要紧，但脸面也很重要。”

“行，我同意。但我希望因为感情而改变经营方向的事情，只有这一次，不要再有下一次。我们是合作伙伴，希望你能顾大局，勿以私人感情为出发点来做决定。你也别生气，我说话虽然严厉了些，但都是为你好，希望你能明白。”

时序说这话的时候，表情非常严肃。

我沉默。

我知道我的意气用事是生意人的大忌，但假如这一次没有想到更好的发展方向的话，无论我怎样提终止与邓宇的租赁合同，肯定都不会被时序采纳。

但现在不是争论这个的时候。

我想了想，说：“我希望公司还是分两步走。”

“哪两步？”

“一是自创品牌，缓步进行；二是代理成熟品牌，在赚钱的同时还可以学习别人的企业化管理，并且积累客户资源，为以后我们自己的品牌发展奠定基础。”

“可以。”

“这样当然挺好的。”李华玲提出了不同的问题，她不怎么喝酒，虽然现在脸红红的，醉眼迷离，口舌还不太清楚，脑子却相当清醒，“不过我们的钱可能不太够……之前，序哥不是把账上的钱用来买商铺了吗？”

“按揭的。”时序笑着看她，“账户上还有些钱。假如不够的话，我卖房子。”

我举手：“我也可以卖房子。”

李华玲皱眉：“我就一套房子……”

“你别动。”时序拍了拍她的肩膀，又看着我，“你也别动。你们俩都少安毋躁，我看问题不大，真要是钱不够，还有我呢。”

就冲他这句话，我和李华玲一人倒了一杯酒，站起身来，恭恭敬敬地敬他：“那就听序哥的安排了。”

他见我这么客气，倒有些不好意思了，也站起身来：“你们两个干吗呢，都不是外人，搞得这么严肃。”

嘴里虽然这么念叨，但他还是一口干了杯中的酒。

“哎，这水井坊不错啊。”

“对啊，这算是能够代表成都的一款酒了。听说水井坊是一座从元代起就有的酿酒作坊，就在东门大桥那边，还挺有名的。”

“你怎么知道这么多？”

“哦，一个朋友介绍的。”

“谁啊？”

我笑了笑，没说。

这个朋友，当然是叶晋中了。他是做餐饮业的，对这些事情都是门儿清。但碍于他已婚男人的身份，还是不要频繁地出现在我的话题里比较好，否则别人肯定会产生误会，以为我跟他有点什么。

我在二十多岁的时候就给自己定过一个规矩，即便要跟已婚男人打交道，也千万不能让别人误会我跟已婚男人有什么。已婚的，就是别人的。别人的，我倘若再生出觊觎之心，那跟小偷有什么区别呢？

蜀王谷的这顿饭，特别有意义。因为它决定了我们三个人未来的命运，也决定了冯翠与时序的感情走向终结。

成都
爱情故事

·下·

刘采采 /著

新世界出版社
NEW WORLD PRESS

青年歌手 冯家妹
扫码聆听 《给我心里的你》

给我心里的你

作　词：刘采采
作　曲：史　琰
演　唱：冯家妹

有时候　爱只是一种想象
像天上的星光　忽暗忽亮
你是那　遥不可及的人呐
被放在心里珍藏　眷念如痴如狂

我不敢讲　也害怕失望
爱是心中　难愈合的伤
爱上了你　我无力抵抗　爱得倔强
永远什么　我不敢奢望
牵过的手还是要放
看你离去　是爱情安排的刑场

那时候　如果你在我的身旁
一起走过的　四季时光
那是一场　如幻如影的梦啊
像戒酒的人宿醉一场　美丽的如愿以偿

你知道吗　我害怕失望
爱是心中　难愈合的伤
拥抱着你　耗尽了力量　不愿意放
你爱我吗　我不在意了
爱恨不过大梦一场
也许相遇　是命运赐予的奖赏

爱是什么　爱是成全吗
爱是守望　是宽容体谅
越是爱你　越容易迷茫　失去方向
现在的我　学会了坚强
不在乎地久和天长
爱我自己　是你教给我的力量

有时候　爱只是一种想象
像天上的星光　忽暗忽亮

我们都不在乎过去有过什么，也不去想未来还能怎样。

将昨日事，归欢喜处。

只求现在。

二十三

空窗期，一切都有可能

当时序宣布，店铺做完这个冬天就关张以后，冯翠简直快疯了。

她没日没夜地追着时序问，为什么为什么为什么？好好的赚钱生意，怎么说不做就不做了？也不知道她是从哪里听说店铺关张是因为我，立马就怒了，当着员工的面在店铺里跟时序撒泼，又哭又闹，说了很多难听的话。

那些不好听的话，也都是店里的员工后来学给我听的。

当时店里已经没多少客人了，所以时序简单地说了一下未来的打算，让店铺里的员工愿意留下来的就留下等一等，不愿意留下来的，可以考虑合同结束后，该何去何从。

但是冯翠突然就发了火："你什么意思？夏青说不做了，你就依她？她是你什么人？凭什么你要听她的？这店铺的租金多便宜啊，人家邓宇又没有赶我们走，为什么不继续做下去？"

时序的脸色有些难堪，但他还是保持着仪态：“回家再说好吗？现在不是讨论这个的时候。”

冯翠不知道是出于什么原因，继续嚷嚷：“回家？回哪门子家？你不是都要卖房子了吗？现在把铺子也给关了，这是打算不结婚了是不是？”

“生意还是要继续做下去的，不是你想的那个样子。”

“那我们什么时候结婚？”

时序看了她一眼，叹了口气：“结，肯定要结。”

虽然当时时序按下了冯翠的火气，可听学话给我的那个员工讲，时序脸上可以说是乌云密布。回家后他们之间发生了什么事情我不知道，但当天晚上十点多，我还在工作室里加班，杨玉石跟我说门外来了个访客，是专门找我的。

我走出去一看，居然是魏仁。

他拎着一些吃的，站在被当作办公区的客厅里，冲我们说：“来看看工作狂们。”

当时我们也快要下班了，但见到有吃的，杨玉石、邹小月、何小玉又自告奋勇地留了下来。

魏仁将吃的留在办公区，来到我的小办公室。

我替他倒了一杯水，问：“怎么？刚刚在短信里问我在哪里，原来是想给我送吃的啊？”

他大咧咧地坐在我对面的位置上，笑着接过水，说：“对啊，想见你。”

我挑了挑眉，看着昏暗的落地灯下的他：“不是吧！魏仁哥你这么说话是不是太暧昧了？我会以为你对我有想法的。”

他大大方方地承认：“是啊，我对你就是有想法啊。”

这回换我愕然了。

小小的一间办公室里，气氛突然变得很尴尬。

我正琢磨着该怎么打破这个尴尬的当口，客厅里传来一个泼辣的女人怒气冲冲的声音：“夏青，你给我滚出来！”

我被吓了一跳。

魏仁站起来，示意我不要动，他打开门走了出去。

那高亢的女人声音再次传来："哟，还在屋子里藏了男人呢？你这么有能耐，干吗还要勾引我男人？"

通过这因为尖酸刻薄而变了调的声音，我终于辨认出来人是谁——冯翠。

我打开门，魏仁就站在门口。

他抬起手臂，不让我出去，然后对冯翠说："这位大姐你有话好好说，别出口伤人。"

冯翠冷笑："呵，你这么维护她？看来她勾引男人还真的蛮有一套，不仅你，就连我老公也处处维护她。我就纳闷儿了，就你一个要胸没胸、要脸没脸的女人，是怎么叫男人对你死心塌地的？"

杨玉石看不下去了，上前想将冯翠往外请，并说："冯姐，能不能借一步说话？夏总现在有客人……"

我估计冯翠是因为时序说要关掉店铺，所以来找我扯皮。但我没想到她说话这么难听，我也有些生气，便唤住了她："你别走。"

魏仁怕我的暴脾气惹出更大的问题，便拖住我："你干吗？冷静点。她发疯你也跟着发疯啊？"

我看他一眼，没有理会他，也没有上前，只是瞪着冯翠说："冯翠，虽然你的名字很村，气质也很村，但我没想到你说话这么难听，比个农村妇女还不如。什么叫我要胸没胸要脸没脸？"我挺了挺胸，问她，"老子没胸吗？老子是个子高，所以胸部不是那么吓人，老子明明就是标准的模特身材！你以为像你啊，长了一对大胸，沉甸甸的把脖子都给吊没了，还真以为自己好看呢？奶牛似的。你要是个子能长高一点，我就服你。你一个霍比特人，又长了一对巨乳，真以为自己好看吗？回去问问你妈，看看七个小矮人是不是你家舅舅！"

冯翠没料到我说话这么狠，也怒了，正要开口骂人，我伸出手阻止她道："别急，我话还没说完。"

到今时今日，她既然不给我脸面，那我也不怕撕破脸皮了。大不了，我跟时序解除合作关系，老子还是可以重新启程。

所以，我又说："什么叫要脸没脸？你觉得我长得不好看？哈，你照过镜子没有？就你那张蛇精脸，长得跟鞋拔子似的，还真以为自己美呢？也就是时序瞎了，肯定是鬼迷心窍了，才会看上你。老子要是男的，看都不会看你一眼。"

冯翠听得目瞪口呆。

魏仁也是愣了。

杨玉石、邹小月与何小玉更是傻了。

片刻之后，冯翠反应过来，嘴里呐喊着冲向我："夏青，你这个贱人，老子跟你拼了。"

大家见事情不妙，连忙拖开她，魏仁更是将我护在怀里，生怕冯翠袭击我。

我却冷笑着推开魏仁的手臂，对冯翠说："你闹个锤子。你以为你是谁？凭啥子到我的工作室里来撒泼？你男人跟你说的都是公司未来的发展意向，这些决定并不是我一个人就能促成的。你以为他是瓜娃子吗？他是多么精明的人，你会不知道？你有跟我耍浑的精力，不如回去好好哄哄自己的男人，等把他给哄到民政局去了，再来想办法把老子踢出合伙人的团队。现在，你给老子滚，滚远点，别脏了老子的地板。"

冯翠叉着腰，继续吼："别以为我不知道，夏青！你跟邓宇分手的这一年多时间里，为什么不找男朋友？难道不是跟时序有一腿吗？自从你跟邓宇分手后，他就一直神不守舍的，对我也不如从前好。我早就怀疑你们两个是不是搅在一起了！现在好了，你一提出要关掉店铺，他立马同意了。你说要做什么品牌，他也听了，还把我们结婚买别墅的钱都挪去买了什么破商铺！现在我们婚也结不了了，你满意了吧？我看你是满意的，你早就巴不得我跟时序分手了！你以为我们分手后你就可以上位了吗？想都别想。"

我忍不住笑了，只觉得眼前这个女人十分可悲，也可怜至极。时序对她是什么样的感情、未来有怎样的打算，我确实不太清楚。但在他们交往的这几年里，我其实并不讨厌她，甚至将她当成准嫂子来对待的。

只是我全然没有想到，原来她平日里那些和气都是假象，实际上她在心里将我恨透了。

假如问我那个时候有没有因为她那些难听的话而伤心，坦白说，是有的。那种伤心并不是源于被人侮辱，对于我人格的伤害其实并不太深，因为子虚乌有的事情，根本就不会在我心里激起什么波澜。但这些伤害偏偏是由一个曾经被我认为是朋友的人带来的，朋友于我一个从小就没有感受过太多亲情的人来说，是非常重要的。这样的人想要伤害我，是真的会伤到的。

我想起过去与冯翠相处的点点滴滴，从一开始我对她的不满意，到后来钦佩于她平衡店铺员工的能力，以及感慨于她的门店销售技能，说真的，如果可以的话，我并不愿意失去她这个朋友。

可是现在看来，她对我的积怨很深，深到无法化解。

我眼中慢慢噙满泪水，在眼泪还没有决堤之前，我低吼道："冯翠，我希望你能搞明白一点，不要以己度人。在你看来如珍似宝的男人，在我这里未必也是个宝贝。你是什么水准，我又是什么水准，不是一目了然的事情吗？你也不掂量掂量自己的分量，凭什么就觉得我会跟你抢男人？老子若真对时序有意思，还轮得到你吗？坦白跟你说了吧，老子对你的男人没兴趣，现在没兴趣，以后更不会有，你少在我这里撒野。"

冯翠还要撒泼，我又补充道："小玉，给时序打电话，让他来领人！"

何小玉怯怯地看了看冯翠，又看了看我，低声说："夏总，不好吧……"

"打！"

魏仁突然搂紧我的肩，低声说："得饶人处且饶人。"

我没有说话，但晓得他说得有道理。

他对何小玉摇了摇头，然后对冯翠说："我看冯小姐是误会了。你男朋友提出的那些想法，其实最早是我对青青建议的。至于为什么你男朋友会采用，那是因为这是你们未来想要做大做强的必经之路，你应该支持他，而不是跑来跟他的合伙人吵架，更不应该进行人身攻击。当然我相信青青是一个大度的人，她会原谅你的一时冲动，你们今后还要一起做生意，不能伤了和气。”

没想到他拿热脸蛋贴了别人的冷屁股，冯翠大概是气急攻心了，完全听不出来魏仁是在给她台阶下，反而一怒之下就把好不容易搭好的台阶给拆了。她怒视着魏仁：“你是什么人？关你什么事？这里还轮不着你说话。”

我看不下去了，正要教训她，魏仁又拦住了我。

他微笑着对冯翠说：“我是什么人并不重要，冯小姐只需要明白一点，我是青青的朋友，我很喜欢她，一直在追求她，并且希望她能成为我的女朋友。但她工作太忙了，平时连和我闲聊几句的时间都没有，整个一工作狂。所以，我只好自己找上门来了。不知道冯小姐对这个答案是否满意？”

冯翠还要说什么，办公室的门被推开了。

是时序。

所有人都看向他，也包括冯翠。

我看到了冯翠脸上的恐惧。对，她在见到时序的那一刻，脸上的害怕毫不掩饰。可想而知，她知道来找我扯皮之后，时序会对她进行怎样的惩罚。但她还是肆无忌惮地来了，并且将话说绝了。

她是想测试一下自己在时序心中的地位吗？还是想考验一下他们的感情是否坚不可摧？

我在后来的那些年里，曾经将冯翠的作死行为当作感情失败的案例，讲给那些年轻的女孩听。我希望她们在通往感情归宿的路上，能够少走一些弯路，多走一些捷径。

我们在年轻的时候能不能遇上对的人，除了运气太坏遇上渣男之外，其实跟自己也有很大的关系。感情是很脆弱的东西，因为维系它的唯一因素在于心，而心又会被人的行为所影响。

所以，一旦做了令人伤心的事情，就很容易损坏感情。

感情要是没了，无论怎么补救，都是难以挽回的。

有句话叫“不作死就不会死”，其实真的蛮形象的。

那天的结局是，杨玉石、何小玉、邹小月以迅雷不及掩耳之势匆忙离去，顺便带走了魏仁带来的消夜——收拾残局，免得夜里招耗子。

等到没有了闲杂人等，时序并没有指责冯翠，只是看着我说："不好意思啊夏青，我跟冯翠有些误会，没想到会把你牵扯进来。"

冯翠双目含泪，一脸委屈，瞧着他的目光颇为幽怨，却没有说话。

魏仁前去打圆场："没事，大家回去好好谈谈，都是误会。"

时序的脸色有些尴尬，他看了魏仁一眼，没有说话。

魏仁保持着公务人员的标志性礼貌微笑，对他点了点头，示意他放心。

最后，这个夜晚在一场闹剧中结束了，而我整宿失眠。

为什么冯翠怀疑我勾引她的男人，却不怀疑李华玲呢？

还是她觉得，我更有竞争力，而李华玲并不是她的对手？

关于这一点，我还真是百思不得其解，直到很多年后，都没有想明白。

但是我已经没有机会再见到冯翠了。

那晚以后，时序依旧照常上班，冯翠却再也没有出现在我们跟前。虽然大家都没有点破，但是应该都清楚到底发生了什么事情。

直到尚都的商铺开始装修了，我才在工地逮到一个机会询问时序："你跟冯翠怎么样了？准备什么时候结婚？我有两个月没看到她了。"

时序侧头看我一眼，淡淡地说："我跟她分手很久了，你不知道吗？"

我当然猜到了，但是既然你没有说，我只好假装不知道。

可是这句话我还是没有说出口，只是平静地笑了笑。

"以冯翠的性格，她会这么心甘情愿地跟你分手吗？你们不是已经准备结婚了吗？"

"我送了一套房子给她，大家好聚好散。"

"哦。"

最近的时序令人感到很陌生，沉默、冷峻，让人猜不出他心里在想什么。

突然，他看向我，问了一个匪夷所思的问题："你决定做品牌加盟，还有自己创品牌这事儿，是你那个男朋友建议的？"

“嗯？谁？”我反应了两秒，恍然大悟，“哦，你说魏仁啊。”

“还有别人吗？”时序的目光里竟然带有一丝轻蔑。

我不明白他对我的敌意与不屑是因何而来，但还是面带微笑地回答了他：“是啊，我把我的苦恼告诉了他，他就给我们提了一些建议。我后来仔细想了想，觉得他说得很有道理，所以就来同你和华玲姐商量了。怎么？有问题吗？”

“没有。”说完这两个字，他显然不想再跟我交流，走进了工地，同工人交谈起来。

面对他的冷漠，我虽然感到委屈，但似乎也没什么好解释的。

也许他也认为，他与冯翠分手的原因，是从我坚决地要撤销 Sissy 这个批发店面开始的吧。

魏仁告诉我，有时候有些事情越是解释，越没有意义，不如让对方自己去思考，慢慢想，总会想通的。

在时序与冯翠分手后没多久，叶晋中与李媛媛的婚礼在蜀王谷酒家举行。

我爸爸妈妈很忐忑，因为一旦我去参加婚礼，势必要遇见夏家的那些个亲戚，而亲戚们势必会追着我问个不停。

可是现在的我，正处于一个比较尴尬的境地。

首先事业不够稳定，其次我没有男朋友，一个单身的女孩子取得了在同龄人当中还算不小的成绩，显然会令人产生很多遐想。

光是这两点，就可以成为亲戚朋友们的谈资，足够他们说一年的了。

这些顾虑，在叶晋中的婚礼前很长一段时间里，成为我神不守舍的原因。直到某一天，魏仁来陪我吃饭的时候，我忍不住将这问题说出来，他居然自告奋勇地说，陪我去参加婚礼。

我左右看了看他，觉得此事甚妥。

像我这样一个年少时候就出来打工，再跟朋友一起创业的女人，假如没有一个根正苗红的男朋友撑场面，确实会被别有用心的亲戚朋友瞧不起的。而我偏偏是一个好面子的人。俗话说人活一张脸，树活一张皮，假如出席一场婚礼要面临被人奚落、沦为谈资的结局，那么我宁愿选择遁逃。

但是我那位表嫂李媛媛可并不打算放过我。她对我又想亲近，可又怀有一些疑惑，根本原因在于我与她老公是没有血缘关系的表兄妹，这样的表兄妹是极不靠谱的，假如我是她，也会心存戒备的。

但那个时候的我，还没真正打算将魏仁当作男朋友来看待。他毕竟在很长一段时间里，是被我当作学长来看待的。我知道他喜欢我，可是我还需要一些时间来适应这种喜欢。

店铺还在经营当中，准备撑到尚都的办公室装修好为止。我依然坚持做电商这一块，而时序在与冯翠分手以后，便去温州谈合作了。一切都按照我们的原定计划在运行，每个人各司其职，有条不紊地运行着。

不过奇怪的是，过去从来不肯带着李华玲出差的时序，居然让李华玲从广州飞去温州与他会合。

他给的说辞是，因为李华玲有多年的审货经验，所以想让她去厂里看看那些品牌女装的版式。

但我觉得，这可能只是一个借口。

也许是因为时序发现了李华玲的好，也许是因为李华玲有了新的交往对象，时序感觉可能会失去这个女人的爱。他原先是不在乎她的，但假如真的失去了，还是会舍不得。不晓得这是不是人的天性，好似人人都是贱皮子。

我其实蛮希望他们能够有一个好的结局，因为人这一辈子，能够和喜欢的人厮守在一起，其实就是最幸福的事情。

我希望李华玲能够得到幸福。

时间过得很快，眨眼就到了叶晋中与李媛媛结婚的大日子。

我的父母提早一天到了成都，住在我家里。

妈妈见到我的第一句话，便是问：“你还没有找到男朋友吗？”

这话说得，跟我没有人要似的。

我爸则道：“把时序叫过来，一起吃个饭吧，我给他带了些茶叶，这孩子老喜欢我们雅安的茶叶了。”

我翻了翻白眼，对于二老的诉求相当无奈。尤其是我爸爸，一直将时序当成准女婿看待，过去听说时序有女朋友，他好长一段时间还不高兴。

也不能怨他，那些年我与邓宇交往，却从未将其带到他老人家跟前去过，在他的印象里，似乎我的世界里只有时序这个异性朋友。

大概有人会以为我在开玩笑，但大概只有正在创业，或者创过业的人才知道，忙得有时候连吃饭都成问题，更别说谈恋爱了。

而我与邓宇的那一段感情，更是建立在他在读书、我在广州的情况下，是我与时序、李华玲的创业初期。

现在回想起来，我却感到很庆幸，还好没有将他带到爸妈跟前来，否则，他们会不停地追问邓宇的家庭状况，分手后还会仔细盘问我为什么会分手。光是想一想，我都觉得是一件不胜其烦的事情。

恋爱如果没有到谈婚论嫁的地步，双方还是不要见父母比较好。

我叹了口气，说："爸，人家时序是有女朋友的好吗？你别每次来成都都问人家，搞得我很尴尬啊。"

我爸看我一眼，面色沉了下去，不高兴了。

父母到了一定年纪以后，相当孩子气，使性子闹脾气可一点不比孩子逊色。

他这会儿跟我摆脸子，下一步肯定就是我妈苦口婆心地唠叨。

果然，我爸叹了口气，我妈就说："你不是说他跟那个……你们那里打工那姑娘，分手了吗？刚好啊，你们两个都单着，为什么不试着处一处呢？"

我歪在沙发上，啃着我妈递来的苹果，漫不经心地说："华玲姐也单着的。她喜欢时序那么多年，大家都知道的，我怎么可能横刀夺爱啊。再说了，时序不是我喜欢的类型，他太聪明了，我不是他的对手。"

"瞧你这孩子说的什么话，什么对手不对手的。男女在一起，为的是相互扶持，共同前进，在漫长的岁月里，相濡以沫，只有这样才能够成就美好的爱情、美好的人生。你把婚姻当什么了？打擂台吗？"

我妈一副恨铁不成钢的样子，估计是怕我孤独终老。我知道他们是为了我好，所以没有顶嘴，只想着时间可以证明一切，我肯定能够找到一个称心如意的对象。

便是此时，我妈说出她的担忧："明天叶晋中的婚礼，夏家的人都会去。你这些年都没跟他们打过照面，就这样孤零零地一个人去，合适吗？"

"有什么不合适的？"虽然我依旧嘴硬，但心里头还是没有底的。

我爸爸的大妹妹夏志琪可是个以刻薄著称的人。假如她想要贬低一个人，怕是无论我怎样做，都逃不过被踩的命运。

但如果我方方面面做得无懈可击，她大概也就编不出什么伤人的话来了。

想了想，我觉得魏仁的存在还是比较重要的。

于是我说："您二老别担心，我有个朋友可以帮忙的。"

"什么朋友？帮什么忙？"我爸提高警惕地问。

话都说到这个份上了，我也就没必要隐瞒了。

"我那个朋友在武侯区工作，人倒是长得不错，职业也不错，是个公务员。听说我有一帮特别刻薄的亲戚，他有些气不过，前几天自告奋勇地说要来帮我撑场子。所以你们就别担心了，叶晋中的婚礼，我会去参加的，而且还会漂漂亮亮地参加。"

爸妈听我这么一说，好奇心顿起，竟然要求今天就叫魏仁来。

我经不住他们反复催促，便给魏仁发了条短信。

晚饭时间刚到，门铃响了。

"哎，肯定是魏仁来了。"妈妈很激动，但又碍于长辈的架子，便端坐在沙发上，同我使眼色，"去开门啊！还愣着干吗？"

我颇感无奈地起身，恭迎魏仁的大驾。

打开门一看，我还是一愣。

门前站着的，除了魏仁之外，还有一个年龄同我差不多的姑娘。她个子高挑，皮肤白皙，看起来还算比较有气质，与魏仁端端地往门口一站，倒是挺般配的。

我心里咯噔一下，完了，这位大概是魏仁的女朋友。

不对啊，他不是一直念叨着喜欢我吗？

就在我走神儿的当口，那姑娘率先自我介绍了："你就是夏青吧？我叫柳飞絮，是魏仁的表妹。"

原来是兄妹。我连忙撤回刚才对魏仁那怨念的一瞥。

对于我的表情变化，魏仁不是看不出来，他的脸上扬起了得意的笑。

柳飞絮还在说："我知道你是唐心的同学，唐心是我表姐，你看，我们这代人有亲兄妹的很少，表兄妹倒是一大堆。"

"啊，你是唐心的表妹啊。"我连忙邀请，"快请进吧。"

唐心这个名字，曾经出现在我的世界里很久，她是我上学时候关系特别好的姐妹，如果没有她，我也不会认识魏仁。

柳飞絮说："我哥一天到晚在我跟前念叨你，说你年轻漂亮又聪明能干，是他见过的最棒的姑娘。"

还真会夸人。我嗔怪地看了魏仁一眼，他却是一笑。

放这两人进屋子以后，他们完全自来熟，一点也没有初次见面的拘谨，很快就得到了我父母的喜欢。

我在厨房里洗水果，身后来了个人，问："需要帮忙吗？"说罢，他就没当自己是个外人，从中拿了一个草莓就往自己嘴里送。我瞧他一眼，有些不解："本来是叫你过来帮忙糊弄过去的，怎么你一来，反而弄得你跟我好像真的在谈恋爱？"

他靠在橱柜上，似笑非笑地看着我："这样不挺好的嘛，像我这样的男朋友，有正经工作，长得又高又帅，还有才华，谈吐如此不凡，你还挑什么呢！"

"谁承认你是我男朋友了？"

"我看叔叔阿姨挺满意我的啊！"

"那你做他们的男朋友去啊！"

"嘿，几年没见，你这丫头怎么变得伶牙俐齿的。"他双手环抱，瞧我的目光充满了疑惑，"以前你多文静啊，又听我的话，魏仁哥哥魏仁哥哥地喊个不停，我说什么你都服。现在怎么跟个刺儿头一样？"

我仰头看他："那你就好好的，哥哥有个哥哥的样子，别来招惹我。"

"我跟你说，虽然说四川人喜欢认哥哥妹妹，但我从来不认为这事儿靠谱。"他凑到我耳边来，低声说，"小时候不懂事、害羞，对喜欢的姑娘不太敢表白，就假装认个妹妹，其实啊，心里头都揣着想法呢。"

我白了他一眼。

他依旧厚颜无耻地说："我跟你说的可都是真话，但是真话往往比较讨人厌，所以你现在排斥这种可能，是正常的。不过我希望你能够理智地看待这个问题，毕竟我喜欢你，是真心实意地喜欢。"

"好了魏仁哥哥，你别说了，我浑身起鸡皮疙瘩了。"我推开他，往客厅走去。

怎么说呢，我是不讨厌魏仁的，甚至还有一些依赖他，从小就依赖，甚至流浪的第一站，也是他的家乡，那个叫新津的小县城。但是在几年后，这个让我感到很有安全感的人，突然跟我表白，说他喜欢我，想做我的男朋友，这件事情还是令我有些无法接受。

我把他当哥哥，可他居然想睡我……

所以，在这种非常矛盾的心理状态下，我对他的亲密接近，有些抗拒。

后来很多年后再回忆起来，那种矛盾心理，大概是源于我太年轻。因为年轻，所以还不懂得爱情其实有很多种形态，而很多80后、90后的年轻人之间认"哥哥妹妹"这种情况，其实也是爱情的一种初始形态。因为这个区间段出生的人，大部分是独生子女，依靠着顽强的生命力长大成人。由于是孤独长大的，所以女孩子总是特别向往能有一个哥哥来疼自己，而男孩子也很愿意有一个妹妹来崇拜自己。就因为这种供求关系，所以在我们那个年代，平白无故认出来的哥哥妹妹，实在是不胜枚举。尤其长得好看的"哥哥"和"妹妹"，显得更有市场。人嘛，谁又不是外貌协会的呢。

那一天的见面，对于我来说，印象并不十分深刻。但柳飞絮记得很清楚。她后来成为我最好的姐妹之后曾跟我说，第一次看见我，发现我眼里对她的敌意和醋意毫不掩饰，便知道她来对了。那天是她的生日，正缠着魏仁要生日礼物，听说有我的存在，也有我拜托魏仁的这么一个事情的存在，便吵着闹着要一道来，说要以身试验，以她一个作家的视角来看看我对魏仁到底有没有意思。

感情这种事情，往往是当局者迷，旁观者清的。她虽然与我同龄，可写东西的人通常有一双善于观察的眼睛，她看出了我内心的挣扎，当然这种挣扎也可以被称为矫情。

可是这种来自感情的困惑，我一面觉得苦恼，一面又觉得快乐。

二十四

亲人又怎样，不一定有亲情

叶晋中的婚礼，选在他自己的酒店举办，这是我感到意外但似乎又在意料之中的事情。

为什么意外呢？

以叶晋中的家世，婚礼现场应该选在高端大气上档次的地方才正确，他家里虽然说有亲戚在官场，但都不是直系亲属，影响不大，不需要刻意制造清廉的假象，所以经商的还是在经商，炫富的还是会炫富。总而言之，少年时候，我对“土豪”这个词语的认识，便是从叶家得来的。

几年没见，他们家突然变得这么低调，我感到很反常。

但转念我又想，肥水不流外人田，叶晋中如今是创业者，假如自己的婚礼都不在自己家的餐厅里办，今后还指望别人来？

当时蜀王谷统共就三家店，其中两家属于快餐型，规格很小，有一家稍微大气点，但在成都的川菜酒家里，也只能算是中等偏下的类型，随便说出几个酒家出来，都能秒杀它。

不过在成都，或者说整个四川盆地，对于吃的讲究不以环境论英雄，而以味道定胜负。大家对于吃的评鉴，放在第一位的是味道，其次才是环境，否则就不会有无数个类似明婷饭店这样的苍蝇馆子的存在了。

蜀王谷当时还未在成都的餐饮界打出一片天地，但我上次尝过他们家的菜，味道还不错，是颗冉冉升起的新星。

也许就差一个营销事件，就能让餐厅更加有知名度。

这是我离家这么多年来，在夏家那帮人跟前的第一次露面。虽说过去我总是在我父亲面前保证不记恨爷爷奶奶，也不会再对夏志琪、夏正心存芥蒂，但实际上有些伤害，还真的是刻骨铭心。

我只想着，假如这个场面是推脱不了的，那么无论如何，气场也不能输。

我的父母是脾气很软的那种人，无论别人怎么欺负他们，只要说几句好话，他们可能就把那些不愉快给忘记了。这种性格，说得好听一点，是大气，不记仇；说得难听一点，就是没骨气。

我横竖不愿意做个没骨气的人，所以带着战斗的心理准备去参加婚礼。

等我特别费心思地打扮好自己，才想起自己居然没有车。

虽然现在有房子、有事业，也有存款，可是我并没有去考驾照，更没有买车。

临到需要排场的时候，我才发现没有道具，这还挺尴尬的。

魏仁的出现化解了这个尴尬，他有一辆车，不算很高级，但也不算很不高级，非常符合他一个普通公务员的身份。

我带着爸爸妈妈下楼时，开始为自己今后的出行方式打算。

我们抵达婚礼现场时，时间还早，从雅安那边过来的人恐怕还在路上。

蜀王谷的大门口铺了红地毯，在地毯的尽头是一对新人，在他们身后立着的大型喷绘布上，是两人的婚纱照合影。

真好看，男的俊俏女的漂亮，一对璧人。

瞧着叶晋中俊朗潇洒的样子，我情不自禁地看了看自己今天的男伴——不输他，挺好。

魏仁知道参加这次婚礼对我来说有着怎样的意义，所以他今天又特地收拾了一下自己，整个人看起来温文儒雅，风度翩翩。

我与他走向叶晋中的时候，叶晋中正好也看向我们。

“恭喜恭喜。”魏仁微微躬身，与他握手。

我则是奉上红包，称赞道：“嫂子真是个大美人儿。”

我的父母则被新郎新娘身边的双方父母迎接过去。

一切都遵循着婚礼的步骤，体面又平静地进行着。我的小姑妈，也就是叶晋中的继母夏志萍，甚至还拖着我的手寒暄了两句：“很多年没看到青青了，完全长变了，要是今天没见到你，怕是在大街上面对面地走过来，也未必认得出来啊。”

我妈妈在一旁笑吟吟地附和：“就是啊，越长越像她爸爸的样子，瞧那双眼睛，简直就是一模一样的。”

夏志萍和蔼地盯着我瞧了瞧，又瞧了瞧我身边的魏仁，问：“这位一表人才的小伙子，就是青青的男朋友吧？”

我尴尬地一笑，没有说话。

我妈已经热情地介绍起来：“是啊，是青青的男朋友。来来，魏仁，跟姑妈打个招呼。”

她那个态度，把“丈母娘看女婿”演绎得可真是淋漓尽致。

叶晋中脸上有一些疑惑，他很清楚我与魏仁重逢并不是太久，如今竟然发展成了男女朋友的关系，大概觉得有些诧异，连着看了我好几眼，满脸探寻。

魏仁嘴甜，姑妈姑父喊得比我还亲热，对叶晋中、李媛媛也是一口一个“哥、嫂子”，瞧他那殷勤的模样，完全一副新女婿上门的姿态。

我感到很好笑，也感到很欣慰，尤其是看见那些很多年未见的远房亲戚眼里所流露出来的羡慕之后，就更加欣慰了。

魏仁确实是我目前为止，在势利的亲戚面前拿得出手的最佳男朋友人选。

进了酒店，专门为婚礼安排的侍应生领着我们去品茶区。

蜀王谷统共有三层楼，第一层是婚礼大厅，第二层是包间小厅，第三层是茶楼棋牌室。

在品茶区，我们选了一张临窗的沙发坐下。

爸妈忙着和亲戚们打招呼，我跟魏仁一个都不认识，反而落了个清净，便问服务员要了两杯竹叶青。我又四下打量了一番，还是没能忍住，便对身边的魏仁说："假如按照这种模式经营下去，不知道晋中哥哥这家店有一天会不会撑不下去。"

"哦？怎么？有什么不妥吗？"

我怕得罪人，便压低了声音说："你看啊，他们家的这种格局，其实非常符合成都中档川菜餐厅的设置，这样虽然讨好了绝大部分成都人，但也因此显得特别平庸了。晋中哥哥和他的合伙人想要从不计其数的同类型川菜馆中脱颖而出，恐怕还需要费些心思。"

"你有什么建议吗？"

我笑："我能有什么建议，我又不懂餐饮。首先恐怕还是要问问老板，他们的受众群体是什么人，然后再根据这些人的需求来制订营销计划才行。"

魏仁瞧我的目光里盛满笑意，说："不错啊，利弊分析说得还挺有道理，从前我怎么没有发现你这么有商业头脑啊，聪明的姑娘。"

我白了他一眼："老子一直很聪明的好吗！"

就在我们两个说笑间，有个服务员急匆匆地从我们跟前经过，跑向我们隔壁的卡座，同与我背对背坐着的人说："邵总，餐厅里出了点状况，恐怕需要您过去看看。"

我很好奇，就转身去看。

这时候从隔壁座走出一位气宇轩昂的男子。他个子很高，挺拔俊朗，脸上带着和气的微笑，一看就是个典型的生意人。他路过我身边的时候，对我微微一笑，然后再朝着另一个方向走去。

我脑中"嗡"的一声，好像有什么炸裂了，脸一下子就红了。

魏仁看出了我的不安，问：“怎么了？”

我尴尬地用手掩着脸：“完了，刚才坐我们隔壁的，好像是晋中哥哥的合伙人。”

“就刚才那个帅哥？”魏仁循着那方向看去，还能见到邵峰的背影。他笑了笑，轻轻拍了拍我的肩膀，安抚道，“没事，你的意见对他们有用，他今后会感谢你的。”

我端起茶杯轻轻地喝了一口，对自己目前的一些行为进行了反思，说：“做人还是要低调，不能到哪儿都一副不得了的样子，也不能背后说人，万一被别人听见了，是要笑话我的。”

魏仁忍不住哈哈大笑起来。

末了，他在我耳边低声说：“不过呢，晓得反思也好，虽然说言论自由，但你们毕竟是亲戚，还是要注意一点，否则被别有用心的人听见了，再去搬弄是非，很有可能会影响你们两家的关系。所以，今后还是得注意。”

我颇感意外地盯着他，原以为在我与他还未明确恋情的情况下，他应该是一味附和我的，却没想到他如此客观。很多年前，我之所以喜欢他，在还不懂男女感情的那些年华里，将他视为兄长一般来信任，大概就是源于他从来不会为了讨好我而说一些糊弄我的话吧。他的情商很高，也很聪明，做事情有分寸，方方面面都能照顾周全，说话也令人感到舒服妥帖，像这样的男人，我为什么不可以换一种身份去依赖他呢？

我开始认真思考，假如他是我的男朋友，我们会是怎样一种生活状态。

距离婚礼开始还有半个小时，服务员来邀请大家下楼入席。

爸爸、妈妈、我还有魏仁，被安排在主席旁边的位置，算是男方家比较亲近的亲戚。

大概是考虑到我与夏家人的关系比较紧张，所以我们那一桌后来安排入座的，都是叶晋中的叔伯婶婶们。而我的爷爷和奶奶作为长辈，是坐在主桌的。至于夏志琪、方伟、夏正，则被安排在主桌旁边的另外一桌。

仇人见面分外眼红的情景并未出现。毕竟生活不是拍电影，大家都懂得克制，也晓得要给今天的主事人一点面子，所以整个婚礼过程，还算是相安无事。

婚宴结束了，我和魏仁起身，准备招呼爸爸妈妈一同离席，没想到爸爸却同我说：“你爷爷奶奶在那边，还是过去跟他们打个招呼再走吧。”

我万般不情愿，站在原地不动。

妈妈也恳切地说：“去吧，你到底是晚辈，该尽的礼数还是要尽到的。”

我还是不想去，只板着一张脸。

其实我过去打个招呼倒也不是不可以，也不会少一块肉。但我一想到自己来到这个世界上就不曾得到那两位亲人的喜欢，还遭遇他们的百般刁难与嫌弃，给我留下了深刻的童年阴影，说没有怨念，那是骗人的。

我还在想为什么就一定要我打这个招呼，假装不认识不行吗？

魏仁的手轻轻放在我的肩膀上，温热的手掌摸着我的肩头，轻声说：“走吧，尽到咱们做晚辈的本分就走。你呢，也不必多说话，别人说什么你都不必搭理，有我在呢，啊？”

他的胸膛很厚实，肩膀很宽，手臂温暖有力，被他圈在怀里的感觉很好，让我很有安全感。他的声音很轻，却很有力量。

我抬起头，看向他的脸，他正微笑着看我，那笑容仿佛四月的清风、五月的太阳，一股暖意涌进我的心头。

我于是应了一声：“嗯。”

他欣慰地一笑。

我们来到主桌，爸爸妈妈簇拥在我们身边，脸上带着夸张的笑容，想要以此弥补我此刻乌云密布的表情。

叶晋中见状连忙站起身来，笑着说：“青青和魏仁过来了啊，给爷爷奶奶敬酒啊？”

李媛媛是个聪明人，迅速倒了两杯饮料，放在我与魏仁的手中。

我的小姑妈与小姑父也是笑呵呵地同我打招呼，整个气氛被烘托得其乐融融。

而我的爷爷奶奶碍于情面，脸上也是带着淡淡的笑，看向我们。

我勉强地喊了一声：“爷爷、奶奶。”

他们点了点头。

我却在心里打了个哆嗦。

其实在离家出走之前，我也很少开口喊他们。那种相互的恨与敌视是从小就积累起来的，源于我的性别，这是无法改变的事实。我从心底看不起他们的迂腐与落后，更觉得被这样的人歧视，完全是对我生命的一种侮辱。

可是现在，为了给大家留下一个美好的印象，我不得不开始演戏。

也许戏演到这里我们转身就走，就不会有后来那些添堵的事情发生了。

然而我爸爸大概是憋屈了半辈子，急着显摆他得了一个多么出色的准女婿，便拖着魏仁的手，同大家介绍说：“爸、妈，亲叔、亲孃，给你们介绍一下，这是青青的男朋友，魏仁。”

我有些惊讶，没想到爸爸会来这么一出。

魏仁却很淡定，举杯谦卑一笑，说：“爷爷奶奶们好，晚辈叫魏仁，和青青祝愿各位老人家身体健康，天天开心。”

虽说隔了辈分，但叶豪的爸爸妈妈还是站起身来。我爷爷奶奶原本还想摆架子，但见亲家都这么做了，也只好端着杯子站起来。

小姑父的父亲笑着说：“魏仁，我见过你。”

“啊？爷爷您见过我？什么时候？”

“很多年前啦，你那个时候还很小，这么高一点点。”叶家老爷子比画了一个两三岁孩子的个子，说，“当时你妈妈出差，没人带你，你爸爸又要到市里来开会，所以就把你带在身边。你爸爸和你叶权叔叔是同事，关系好着呢，瞧你爸爸带个孩子来开会实在太艰难，就把你搁我家里面，让我跟你叶奶奶照看一下。”

魏仁恍然大悟：“啊我想起来了，是叶权叔叔……”说着，他到处看了看，又问，“叶权叔叔不在吧，我记得这几天他应该是在外面调研……”

“对，他有公务，所以没来参加晋中的婚礼。倒是你，按说你跟叶权属于一个部门的，怎么没跟着去？”

“我，我这不是要陪我们家领导嘛，所以请假了。”他瞧着我，一脸宠溺。

叶家老爷子赞许地竖起大拇指：“不错，颇有乃父风范！”

我知道，魏仁的父亲当初没有接受往市里调任新职，就是不想跟魏仁的母亲分开，还跟着魏仁的母亲一起调往更为偏僻的郊区工作。

魏仁是在一个充满爱的家庭里长大的，所以他才能有那么高的情商。

叶奶奶非常欣慰地同我爷爷奶奶说：“夏青福气好，遇上魏仁这孩子。他家里教养特别好，家世也好，爷爷奶奶可是著名的书画大家，叔叔伯伯也都是大学教授。魏仁的爸爸妈妈虽然没在市里，可在地方上也是身居要职，这样的家庭，可真没的挑。亲家亲家母好福气啊，得了这么一个长脸的孙女婿，可真令人羡慕。”

她说这话的当口，似有若无地瞟了李媛媛一眼。

我心中不禁产生了疑惑，莫非李媛媛的家庭背景与魏仁属于两个极端?

这个疑惑很快得到印证，李媛媛的父母就在桌上，沉着脸未发一言，但也显得有些局促不安。

我心中颇感同情地看了他们一眼。

曾几何时，我的外公外婆也面临过如此尴尬的境地，尽管我的父亲母亲恩爱，可依然建立在一个不怎么般配的局面上，门不当，户不对。

虽然我们现在讲爱情可以战胜一切，这话是没错，只要两个人一条心，当然可以排除万难。但假如走入婚姻，便是两个大家族的事。血缘亲人之间尚且有狗眼看人低的情况，更何况是姻亲关系呢。婚姻最要讲一个门当户对，假如一方高攀了另一方，怕是就要面对这种令人无法启齿去指责的难堪局面。

显然，从我与魏仁的家庭背景来讲，我是低于他的。也因为如此，我的爷爷奶奶不由得便以仰视的目光看魏仁。

爷爷说：“有空和夏青一起回家来，尝尝你奶奶做的酸菜鱼，夏青最喜欢吃的。”

我的嘴角噙起一丝冷笑。

酸菜鱼确实是我最喜欢吃的，但印象里，我似乎并没有尝到过奶奶的手艺。我跟他们能有什么交情呢，十多年来，不是看着他们欺负我的爸爸妈妈，便是听见他们吵架，哪里可能有酸菜鱼的存在。估计爷爷记错人了，把夏正想成了我。

可这会儿是与魏仁套近乎，虽然就连我也不清楚魏仁究竟有着怎样的背景，但从叶家爷爷奶奶的语气来判断，应该属于我爷爷得罪不起的那类人。

我其实非常憎恨夏家人的现实、势利，又谄媚权贵。但凡比他们低一等的人，他们便要去践踏；但假如是比他们高一等的人，他们又要去攀附，真是叫人感到羞愧难当。

我从这样的家庭里走出来，也许基因里就带着现实的因子。虽然还不至于到攀附权贵的势利地步，但我尤其欣赏有用又有才华的人，并且深刻地认为只有和这样的人做朋友，才能让自己进步。我从来就没有想过要让自己的青春和一群庸碌无能的人掺和在一起，更不愿意贪图享乐，白白浪费光阴。

可是我又很懂得隐藏自我，从来不会将自己现实的一面暴露出来，它一直悄悄地隐藏在我内心的角落里，也只有我自己深切地了解自己到底是怎样一个人。

有人却毫不客气地将我的弱点曝光在大庭广众之下。

这个人，便是仿佛生来就与我作对的夏正。他脸上挂着一副眼镜，这些年瘦了一些，但还是个胖子，再加上可能有些心术不正，即便五官还算清秀，却透着一丝猥琐油腻的气质。他端着一杯酒，摇摇晃晃地来到魏仁身边，笑吟吟地说："听说这位，就是我的新姐夫？"

新姐夫？新？呵呵，他还真是刻薄。

我提高警惕，却没有说话。

魏仁正要应话，没想到夏正又说："哦，不对，你们两个还在谈恋爱，没有领结婚证，就算不得我真正意义上的姐夫。"

魏仁挑了挑眉，笑说："这事儿你说了不算，你姐说了算。"

"是是是，哥你说得对。说起来，我这个姐姐也是个人才，听说她的前任男朋友是个富二代，家里搞房地产开发的，不然她怎么可能才二十二岁就在成都有好几套房子呢。不过这位魏先生，你也不算逊色，好歹也是个官二代，我姐是个聪明人，一般的男人她可是看不上的。你看她那个合伙人，外地来的，大山里的，她不就没看上人家嘛……”

他的话还没说完，我已经随手端了盘菜往他脸上泼去。

偏偏不巧，夏正是个很不幸运的胖子——我端到的是一盆黄辣丁。

我想，这大概也是命运，让我端到了这样一盘菜，才能狠狠地教训到夏正这个刻薄、满身是毒的人。

此时此刻，他正捂着眼睛哇哇大叫，红艳艳的辣椒油使他的脸变了色，还有一条中指长的黄辣丁挂在他的眼镜上，使他显得滑稽又可笑。

场面瞬间尴尬起来，长辈们都吓傻了，一时间没有反应过来。

叶晋中的合伙人邵峰是第一个赶来救场的人。在他身后还跟着两个服务员，端着一盆清水。在众人还目瞪口呆之际，他迅速叫夏正蹲下，方便清理。

与此同时，餐厅里响起节奏感十足的音乐，一队衣着整齐的服务员踩着节拍上了舞台，餐厅的司仪声音高亢又快乐地说：“非常感谢我们英俊潇洒的新郎官叶晋中先生，以及温婉美丽的新娘李媛媛女士，感谢你们的信任，也很感谢各位贵宾的莅临，为表谢意，蜀王谷特此献上一支舞蹈，为贵宾们佐餐助兴。”

音乐响起来，是潘玮柏与张韶涵的《快乐崇拜》。

舞台上的服务员训练有素，舞蹈整齐，充满活力，来宾们的注意力很快就被吸引过去，从而忽略了我们这一桌发生的事情。

不过短短几十秒，邵峰已将夏正脸上的辣椒油清理干净，然后由服务员护送夏正去了后面的休息室。

而邵峰留下来安抚大家道：“没事，小问题，一场意外。”

叶晋中颇为感激地拍了拍他的肩膀：“谢谢。”

他笑了笑，又同大家拱了拱手，便迅速转身离去。

我心中突然明白为什么蜀王谷能够在短短几年间连续开三家店了——叶

晋中寻到了一个非常优秀的合伙人。

蜀王谷的应变能力、危机公关能力，是我望尘莫及的。

与夏家人七年没见，我又将这次见面搞砸了。

爸爸妈妈很尴尬，爷爷奶奶也很尴尬，周遭气氛在快乐的音乐下，依然令人窒息。

我不知道该说什么，也许等一会儿，夏正、夏志琪与方伟回到大厅里来，会对我爸爸妈妈进行更加难听的语言攻击；也有可能未来的日子里，爸爸妈妈在雅安城里会因为夏志琪传播出去的那些闲言碎语而抬不起头来。我很浮躁，强烈的自尊心就是我的软肋，而夏正十分了解我，知道用什么方法能够戳破我强作优雅的脸孔。

所以七年后，即便在同龄人里算是成功者的我，还是输了，输给了夏正的无耻与刻薄。

我感到无地自容，走到叶晋中与李嫒嫒跟前，低声说了一句“对不起”，然后不待他们反应，便迅速转身离去。

魏仁跟了上来，我走多快，他就走多快；我走多慢，他就走多慢。

我强忍着泪水，故作冷漠，却又带着哭腔道：“你跟着我干吗？”

他一把将我揽进怀里，紧紧抱着我的肩头往前走：“送你回家啊。”

“可是我让你难堪了。”

“哦？”

“你是长辈们都认可的男朋友人选，我却是个不识大体的女朋友，万一叶奶奶把我今天的行为传达到你父母的耳朵里去，他们会不喜欢我的。”

魏仁沉默片刻，突然傻笑起来。

我捶了他的胸膛一下，怒问：“你笑什么啊？”

“没什么，傻丫头，还挺可爱的。”说着，他捏了捏我的鼻子，轻声说，“以后遇到这种情况啊，一定要忍，就算你是被欺负的那个，也不能用这么笨拙的方法去报复。”

“可是他真的很讨厌啊！从小到大都讨厌，无耻、猥琐、尖酸刻薄。”

“那你何必跟这样的人置气呢？打个比方，狗咬了你一口，你是不是也要去咬狗一口呢？”

我愣住了，瞪着他。

“我们假设一下，把你弟弟……”

“他不是我弟弟。”

“好，把那个胖子换作社会上的任何一个你不认识的人，假如人家说话伤害了你，你会不会拿红油菜汤去泼人家？”

“那得看别人说的是什么话了。”

“无论别人说的话多么难听，都不要急着与对方争辩对错。万一对方是戾气很重的人，采取了比你更为过激的报复手段，怎么办？说得可怕一点，你不仅会被人伤害，还很可能会有生命危险；即便没有生命危险，那如果别人打残了你、毁了你的容，怎么办？”

“警察会惩罚他，法律也不会放过他。”

“对，没错，法律可以为你伸冤，但是你呢？你很有可能失去一只胳膊一条腿，被毁容，甚至失去性命。就为了逞一时嘴快，换来这样的结局，你觉得值得吗？”

我咬了咬唇。

“其实被人诬陷诋毁，这些语言伤害我们每个人都会经历的。嘴长在别人身上，就让他说去嘛，又不是事实，能把你怎么着？就算是事实，又能把你怎么着？”

我冷笑：“你大概没有被亲人伤害过……”

“刚才你都说了，他不是你弟弟，这会儿又跟我讲亲人？矛盾不？如果你不把他们当成亲戚，当成有着血缘关系的陌生人，他们作妖的时候，你就不会在乎。但实际上，你心里并不是这样想的，你还是很在乎。因为只有我们在乎的人说出难听的话，才能变成利剑伤害我们。”

他的话很有道理，但我依旧倔强地瞪着他。

他冲我讨好地一笑，露出洁白整齐的牙齿。

伸手不打笑脸人，况且人家说得也没错，我嘟着嘴。

他见我没有发火，便又哄着我往停车场走去：“从前是不晓得你的家庭情况这么复杂，还好昨天阿姨专门找我聊过一下，我心里有了点准备。”

“我妈什么时候跟你聊的？”

“你去厨房洗碗那会儿。”

昨天他和柳飞絮赖在我家里吃的晚餐。爸妈特别喜欢他们兄妹两个，天南地北地聊着，吃过饭打扫卫生的重责就落在了我的头上，柳飞絮人很好，便陪着我打扫卫生，让魏仁陪我爸爸妈妈。

但是我没想到原来妈妈同他说了那么多。

我低下头，难过地说：“我家的亲人可不一定是有亲情的，你要明白这一点。假如今后我们两个在一起了，还有不得不面对这帮人的时候，说不定他们还会说出更多难听的话来。你们家那个背景，受不受得了这些乌烟瘴气啊？”

“我们家啊……”他没有给出明确的态度，反而是沉默。

我有些担忧，他们家那个层次的，肯定无法接受夏家这种市井小民般的家庭。

一种强烈的自卑感笼罩了我。

不知不觉，我们已来到停车场，他给车子解了锁，我却拖住他，不让他走。

“怎么？”

“我还有话要说。”

“那上车再说啊。外面人来人往的，被人听见了多不好意思。”

想想他说得有道理，我便依了他的意思。

等坐到车内，我心中还是有些忐忑，便又说：“魏仁哥哥……”

“嗯。”

“我高中没有毕业。”

“我知道。”

“我爸爸妈妈早年为了生儿子，双双辞了公职。现在妈妈是个家庭主妇，爸爸在爷爷的厂子里工作，也不是什么体面的工作，就是雅安一个普普通通的服装厂……”

“华海制衣有限公司？”

“你怎么知道？”

他只是笑笑，说：“你继续。”

我又说：“我十六岁离家出走……”我有些犹豫，但还是说了，“后来在你外婆家那座城市流浪了大半年，结果被人拐卖了，差点儿死在凉山……”

魏仁闻言愕然，看着我，眼中满是疼惜，双手握住我的手，轻轻摩挲着：“你……这事儿，怎么没听你说过？”

我摇了摇头，说：“我根本就不想去回忆。还好他们没有把我卖出去，我在半路上跳了崖，被华玲姐救了，捡回一条命。”

这些往事，我从前不曾对邓宇讲过，因为我希望留给邓宇的印象是美好的，是一个漂亮快乐又单纯的女孩子，而不是有着复杂家庭背景、坎坷人生经历的一个姑娘；我希望他是发自内心地爱着我，而不被任何外在因素所影响。

但是后来我发现，越是存有太多秘密，越是无法走入对方的心。就像此刻再回首去看，我与邓宇为什么会分手竟然仍是一个谜。但也因为我们从未向彼此坦白过家庭与经历，分手之后反而牵挂很少。

但是今天，我将这些年从未向他人吐露过的艰辛苦楚统统向魏仁倾诉了，将我的死里逃生、在荷花池的起早贪黑、在广州的孤独无助、做电商时的通宵达旦，统统告诉了魏仁。

最后，我也说了与邓宇的结局。

“邓宇家里是做什么的，我是在与他分手之后才晓得的。我买房子、做生意，他是帮过忙，借过钱给我，但我最后也把钱还给他了，所以事情并不是夏正说的那个样子。至于时序，我跟他的关系一直分得很清楚，他是我所能选择的最好合伙人，我们的合作是可以让利益最大化的。假如是你，还有更长远的商业野心的话，会和你的生意合伙人牵扯上暧昧的感情吗？当然这个问题不是绝对正确的，别人怎样我不管，但我绝对不会这样。再说了，他一直有女朋友，喜欢他的女人也很多，我性格很强势，眼睛里容不下半粒沙子，并不想去凑这个热闹。”

魏仁没有说话，只是静静地看着我。

我又说：“可能这些年来，我看起来比同龄人能干一点，但实际上，这只是表面现象。我吃过的苦受过的累，是你绝对无法想象的。这个世界上比我更苦更累的人当然很多，但能够在经历苦难之后，还晓得站起来挺直胸膛向前进的人，却不一定多。我说这些不是为了标榜自己，也不想卖惨来博取你的同情，只是希望通过刚才跟你说的这些让你明白，我也许不是适合你的人，你的家庭背景那么好，恐怕不能接受我这样的女孩子……”

“你这样的女孩，是怎样的女孩？”他笑着问。

“我，我家庭关系太复杂，严格来说，除了父母，我可能并没有别的亲人。”

“那不正好？逢年过节我们还懒得去拜年了呢。再说了，谁规定血缘上是亲人的人，就一定是情感上的亲人？在中国这个社会，千百年来家庭关系就一直很复杂，鲜少有人能幸运地拥有一团和气的大家庭。别说你没有，我家在外头听起来好像还挺不错的，但实际上知识分子家庭仍有一些不太好说的矛盾。”说着，他又揉了揉我的头发，安抚道，“总之呢，你不要想太多了，我们谈我们的恋爱，其他事情就不要多想了。”

我脸一红，扭头不看他：“谁说我要跟你谈恋爱了？”

他一笑，轻轻将我搂进怀里，满是怜惜地说：“真没想到你过去受了这么多苦……你胆子也是太大了，后来我在学校里见不到你，不明白发生了什么事情，就托人去你家打听情况，别人带回来的消息只说你辍学出去打工了。我当时还在想，为什么这么着急就辍学出去打工？明明是有机会考上重点大学的人……真没想到，你居然是这样一个情况，还被人拐卖……还好你福大命大……今后有我在，就不会再让别人欺负你。”

当时我信了。

后来确实也没人欺负过我，除了魏仁他自己。

然而未来的事情，在当时，谁又能预料到呢?

我只抱紧了他，以为自己找到了今生的依靠，心中感到非常幸运，也幸福不已。

二十五

汶川大地震

我与魏仁恋爱后没多久，时序与李华玲在温州拿下了两个女装品牌的四川总代理。

做品牌服饰的区域代理当然是有条件的，但那个时候相对现在来说，品牌对于总代理的要求还算是比较宽松的，在押金和销售额的保证上，都留了余地。因为那个时候温州女装也在寻觅最佳的合作伙伴，大家都在找战友，密谋如何在女装市场上占领一席之地，共同成长。

所以当时序找上门的时候，因为大家同是温州人，又同样有着服装批发经历，便一拍即合，签订了区域总代理的合同。

所谓的区域总代理，其实也是做个中间商、二道贩子，却对我们后来的发展帮助很大，是个很好的铺垫与助推。

不过品牌女装有一个规定，为了不影响市场价格，任何代理商都不允许在网上进行销售。

因此，当九龙服装城那家名叫 Sissy 的服装批发店关张之后，我主管的网店，即将面临的是货源问题。

这代表我将会有很长一段时间，需要研究沉忆未来的发展方向。

而魏仁也要去外地三个月，听说是领导安排他去读什么青年干部培训班。我并不清楚政府部门的晋升制度，但是晓得，作为 80 后的年轻公务员来说，魏仁是非常有上进心的一个。

虽然刚刚恋爱就又要面临异地，但我一点也不担心感情会因此被影响。也许是对魏仁的爱还留有余地；也许是因为经历过一段失败的恋情，所以我不太敢拼尽全力去爱别人；也许是年纪渐长，懂得了珍惜，越来越理解对方的难处……总之我与魏仁的恋爱，就如潺潺流水，温柔又长久。

我们将邓宇家的铺面退租还不到半天，就有新的商家入驻了，可见那店面多么抢手。

2008 年初的九龙服装城，房租是以翻倍的态势在涨价。

可即便这样，也阻挡不了商家的热情入驻。

其实原因很简单。那几年因为欧美剧和韩剧大热，剧中主角的穿着都是女性观众争相模仿的，出现了很多服装爆款。中国商人最擅长的是做高仿，而中低端阶层女性消费者的审美观基本上是被仿版的欧韩时尚服饰所控制。所以无论是在一线城市，还是在二三四五线城市，总归有一些招牌后缀名为“欧韩时尚”的店铺吸引着成千上万年轻又时髦的女性。

我们在这个捞金的大好时期，急流勇退，很多业内的对手都感到大惑不解，还有些等着瞧笑话呢。

但未来的规划已经制定完善，我们不可能再有改变。

当时序告知邓宇我们准备退租铺子的消息之后，邓宇曾经给我打过一个电话。

那会儿我正和何小玉、邹小月、杨玉石他们打理从合作厂家那边发过来的一批样货。见是他的电话号码，我稍微一愣，但也大概猜到了他打来电话的原因，便去了自己的办公室。

“你说。”

见我这么直接，他愣了一下，声音像是从遥远的星球传来的：“这么久没联系了，你连跟我客气一下都不肯了吗？”

我一屁股坐在办公桌上，说：“以你我以往的交情，还需要说客气话吗？”

他在电话那头哈哈大笑。

我等他笑够了，说：“什么事，说吧，我还挺忙的。”

我语气冷漠，心中尚有怨气。听说他的新女朋友是白羽之后，我就有一种被愚弄的感觉，并认定他在还没有与我分手的时候，便与这个女人纠缠在一起了。

可是现在，以我和他的关系来说，早已没有再质问他的必要。

对于我的冷漠，他有片刻的讶异，但很快反应过来，说：“听说你的新男友是个官二代？”

“这个问题对你来说应该并不重要吧，难道你是为了这个才给我打电话的吗？”

他沉默。

我冷笑：“要没什么事的话，那我挂电话了。”

“夏青！”他的语气很急切。

我没有应声。

他说：“为什么要退掉店铺啊？生意做得好好的……”

我淡淡一笑，缓缓地说：“我不打算一辈子做个在九龙服装城做服装批发的小妹儿，我还有一些别的人生理想，所以想要去尝试一下。非常感谢邓总多年来的照顾，否则我们也不可能这么顺顺利利地做这么几年的生意。”

他叹了口气，无可奈何地说：“我们之间讲话，真的有必要这么客气吗？”

“那你希望是什么样子？刚才怪我太不客气，现在怪我太客气，你到底想要怎样？”

他沉默。

对啊，现在的他和我，为了这些事情而纠缠不休到底想怎样呢?

分手之后还能继续做朋友的男女，大概都不曾深刻地爱过对方。只要还有爱，就没有办法将曾经抵死缠绵的人当成朋友对待，无论情商有多么高，也未必能做到对情感的克制，除非彼此都不再爱了。但等到那个时候，连做朋友的想法都不会有的。对于新生活已经无限热爱的人，哪里还有工夫去参观旧爱的世界呢?只当是前世发生过的事，再也不想回头了。

过了很久，他温和地说："我希望你过得好……"

"你希望就有用吗?"

你既然希望我过得好，那当初为什么要放开我?

然而这句话，我并未说出口。

我说："邓宇，我们已经分手了，而且分手很久了。你有新的女朋友，我也有新的男朋友。假如我们想要成为一个好的前任，真正为对方好，就应该彻底退出对方的生活，不要再过问对方过得好不好。"

"为什么?不能做朋友吗?哪怕是可以偶尔相互问候的朋友。"

"你很缺朋友吗?"

他被我的话堵得语塞。

"就这样吧，以后我们不要再联络了。Sissy 的店铺还给你，非常感谢你过去几年给予的支持与帮助。如果没有你的话，我也没办法和时序创业，说不定现在还在荷花池卖衣服呢。是你让我成长起来。但是现在，我们应该就像两颗交会过的行星那样，在各自的轨道上运行就好，不要再回头，更不要再绕圈子……我知道你现在有喜欢的人，你给我打电话，也只是想学电视里那样，做一个友好的前任。但是很抱歉，我的性格不太适合跟前任做朋友。在我的世界里，爱过的人，就没有办法再回到朋友的位置，希望你能理解我。"

良久，他在电话那端叹息一声，说："好，我尊重你。但愿你一切都好。我的电话号码不会变，假如你需要我的帮助……"他大概觉得措辞过于直接，便又委婉地说："或者说，还有用得着我的地方，随时欢迎你跟我联络。"

我笑："好啊，谢谢你。"

挂了电话以后，我心里不可避免地又是绵长的惆怅。

前任对每一个人来说，都是很复杂的一个人。

曾经我深爱过这个人，幻想过和他的种种可能，甚至今后生几个孩子，老了以后要怎么跟儿媳妇、女婿相处，帮不帮忙带孙子……你看，我考虑得多么长远。

为什么会考虑到这么细致的地步？那是因为我当初抱定了必然会嫁给他的打算。

没有人会在相爱的时候去想象分手之后应该怎么办，要不要做朋友。大家只会幻想十年后我们是什么样子，二十年后我们又是什么样子。等到白发苍苍的时候，是我牵着你走，还是你牵着我走？

这些想象都是美好的。

后来变得不美好，统统是因为爱情坏了，愿景坍塌了，把相爱到老的美好蓝图也全部给撕碎了。

然后再面对这一地狼藉，又该如何释怀呢？

恐怕也只能依靠时间。在一段坏掉的感情面前，唯有时间是最好的良药，也是唯一的良药。

很多年后，我听到一首歌，歌名忘记了，但有两句歌词倒是印象深刻：爱有时只不过求一个记得，人间的聚散也不过是花开和花落。

是这样的。

2008 年 5 月，成都沉忆商贸有限公司在开业短短两个月的时间里，已经发展了七家品牌加盟店，进行了规范化的品牌装修。同时，市区内两家直营店也在紧锣密鼓地进行店铺装修。

而沉忆电商平台，开始往文艺风路线发展。

我与时序、李华玲的合作模式，依旧稳定。

时序负责整体大局调控，与上游品牌公司联络，安排客户经理进行品牌推广，发展加盟商客户；李华玲负责整体销售的管理，以及财务管理——这个时候的她，与时序的关系已变得非常亲密，但两个人尚未变成男女朋友关系，也不知道时序究竟是什么打算。

而我，依旧负责电子商务这一块。

起初，沉忆的电商平台销售的依旧是合作稳定的广州批发商所发来的欧韩高端定制，衣服的质量很好，价格也不菲。

但是很快，我发现这并非一个长久之计。

欧韩高仿女装虽然时尚，但流行速度太快，很多货品进回来还没有拍照上传，潮流的方向可能就换成了另一个款式。我和杨玉石、邹小月、何小玉只能眼睁睁地看着衣服的价格垮下来，然后以低价，甚至亏本的价格甩卖出去。

连续这么折腾了好几次之后，我意识到问题的严重性，最终得出一个结果：欧韩时尚女装不适合二道贩子以网店的形式经营。

当我把这个判断在工作室内部开会指出来时，大家都一筹莫展。

假如不做欧韩服饰的网店，那么又能做什么款式呢？

没有人能够给我准确的答案，我愁了整整两周，也没有想到办法。

时间走到了 2008 年 5 月 12 日。

这一天对于四川，乃至整个中国来说，都是惨痛的一天。

但在下午的 1:30 左右，这个世界依旧安静而祥和，一切都还是有序地进行着。

我在尚都的办公室里，刚刚在会议室里将何小玉递上来的策划案拍在桌子上，完全否定了她的策划，

然后，我就接到柳飞絮的求助电话。

“嫂子……”

“叫名字，我还不一定嫁给你哥呢。”

“行，青青啊，你这会儿忙不忙？”

“忙。”

“忙也得给我送条裙子来啊。”

她的语气焦灼而急切，可怜巴巴的都快要哭了。

我也跟着担心起来：“咋的啦？”

她语带哭腔：“我今天穿的是白裤子，但是‘大姨妈’来了，把裤子给弄脏了，你可以想象一下有多可怕……这还不是最可怕的。最可怕的是，我跟主编在同一个办公室，主编是男的，隔壁办公室的同事也是男的，生存环境相对恶劣且尴尬……”

“你们办公室没有其他女同事？”

“有一个，但性格像男的，穿得也像个男的。”

“所以跟她借件外套或者裙子什么的，根本就不可能咯？”

“对啊。”她低声说，“反正我现在没办法起身，整个人就像钉在椅子上似的，挪都不敢挪一下。你能不能给我送条裙子来啊？我就在你们淘宝店里选一条。”

“好啊，你选好了，我让人寄同城快递。”

“别，同城快递很慢的，不如你给我送过来吧，我们顺便到附近咖啡馆喝杯咖啡。”

“你不上班了啊？”

“上啊，但咖啡还是要喝的。我们杂志社新来了个姑娘，性格真是火辣得很，又率真可爱，估计你会喜欢她的。”

对于她提出的额外吸引条件，我并不感兴趣。

但这个时候我本来就烦得要命，对于今后淘宝店的发展走向该何去何从无从下手，不如出去吹个风，看看风景。

于是，我叫邹小月从展示厅的货架上取了一条黑色连衣裙，准备下楼。

经过时序的办公室时，我通过玻璃门看到李华玲正站在他的办公桌前，两个人似乎在商量什么，然后很有默契地笑了起来。

我感到很欣慰。

真好啊，至少公司还有品牌加盟这个区域是正常运营的，没有像我这边这样，充满艰难险阻。

李华玲曾劝过我："要不你就放弃吧，反正网店也赚不了多少钱，不如把精力用在品牌加盟店的拓展上。你这么聪明，如果你来掌管销售的话，肯定比我厉害很多倍的。"

我当时就拒绝了，说："你什么时候见过我对某件事情轻易说过放弃？现在是挺艰难的，但肯定是我们的方向不正确。电商的发展是未来零售业的必然趋势，现在的困难都是为了将来的顺利做准备。你就别担心了，跟时序多给我一些时间，让我好好琢磨琢磨。"

"我们倒不着急，就怕你把自己给急坏了。"

善解人意的合伙人，对我从来都是信任与鼓励，我想这大概也是我的福气。

生意人讲究和气生财，时序与李华玲和我，都信奉这个原则。

这间办公室统共一百五十平方米，贷款每月都从公司账户直接走账偿还，虽然压力很大，但至少我们感到很踏实，地盘是自己的。

这个办公区不算大，但也不算小，被划分为五个区域，三个独立的小办公室，分别是我、时序、李华玲的。外面的大办公室五十多平方米，还有一个二十平方米左右的会议室，然后就是休息区、茶水间。总的来说，设计还算合理。

我路过这些部门，快步进入电梯，手中拎着装了衣服的纸袋，按下了一楼的电梯按键，并没有觉得今天与昨天、前天，与过去的任何一天有什么不同。

我依然没有时间去考驾照，所以只能在路边拦了一辆出租车，直接往东二环奔去。

天晓得 2008 年从市中心打车去东二环得花多少钱，但当时的我脑子里就是一片空白，只想着赶紧给柳飞絮送裙子去，顺便蹭一杯咖啡。

当时的柳飞絮还很年轻，也不是一名职业作家，在一家杂志社做编辑。

其实那也不是多入流的杂志社，差不多是属于 DM 类的，针对受众是机场休息室、咖啡馆的客户。变相来说，就是一个广告类杂志，赚点商家的广告钱。只不过因为又在重点打造大熊猫的形象推广，和卧龙大熊猫自然保护区的关系非常密切，所以公司门口挂了一个四川卧龙大熊猫文化推广中心的牌子。

让柳飞絮在这样的地方工作，有些大材小用，毕竟她当初可是某市日报社的编辑。然而她觉得无所谓，对于这份工作也是热爱极了，最重要的原因是办公地点非常有意思。

这是一片用废弃的工厂改建的办公区。

她原本是去找朋友的，结果上个洗手间出来，喜欢上了这个地方，便跑去主编办公室问对方还要不要招人。

就这么一个文艺属性的姑娘，此时此刻正等着我去解救。一想到她那个狼狈的样子，我就忍不住想笑。

路上有点堵，等我抵达东二环 SM 广场时，时间刚好下午两点。

我快步走入成都东区音乐公园，往柳飞絮的办公室走去。

当时这个地方还没有改名为后来的“东郊记忆”，而是叫东区音乐公园。它的前身是成都国营红光电子管厂，年代非常久远，大概是建于 20 世纪 50 年代。等到后来工厂被废弃了，政府觉得拆了可惜，便被改建成成都的文化创作交流园，吸引了一些文化公司、画廊、餐厅、摄影展区到这里入驻。

但那个时候，这个地方还不算特别有名，也没有成为网红地。

不过它确实具备吸引艺术家和文化人的气质，真的是文艺至极。

这是一栋红砖房，从外观上看非常复古。

我从走进这个办公区开始，就感到很疑惑，以为自己穿越到了民国时候——有几个年轻女孩子，也就是二十来岁的样子，居然穿着红色的绣花鞋和棉麻的袍子，镇定自若地在楼道里飘来飘去。

假如不是她们手里捧着文件夹，又一副职业女性的表情，我真怀疑自己是不是见了鬼。

前台的小姑娘打开了遥控门，我也进行了访客登记，然后来到柳飞絮的办公室。

她果然一脸惨白地坐在椅子上，还要佯装没事地笑着同我打招呼：“嘿，青青。”

同办公室的两位同事不知道她的秘密，只是瞟了我一眼，又继续做事情。

我来到柳飞絮身边，装作不经意地往她凳子上扔了一条黑色的丝巾，然后说：“走吧，陪我去一趟卫生间，顺便帮我试试我的新裙子。”

她笑着起身，我将另一条黑色丝巾搭在她的后背上。

其实现在回想一下，我还是觉得自己当时蛮好笑的。来例假是多么正常的一件事，不小心弄脏白色的裤子，只能说是意外，大大方方地去卫生间清洗并且替换干净的裤子就可以了，为什么要假装没事地做那么多掩饰呢？就算同办公室的男同事知道了，那又怎么样呢？假如是有风度的男士，要么帮忙掩饰，要么假装什么都不知道，给女同事留一些颜面。

然而那个时候，我与柳飞絮都是年纪尚轻的小姑娘，面浅、害羞，不懂得如何落落大方地处理私人应急情况。

他们公司与一个画廊毗邻而居，共用一个以文艺著称的卫生间，就连空气里都充满书香气。我这辈子感受过的最有文化氛围的工作环境，大概除了这里也就再没有别的地儿了。

在卫生间里换好衣服后，柳飞絮将脏裤子裹了起来，放进塑料袋里，整个过程猥琐至极。我倚靠在门边瞧着她，忍不住想笑。

她有些窘迫，嗔怪地瞪了我一眼，说：“谢谢你啊，大慈大悲救苦救难的夏菩萨！”

“不客气！我也是想出来透透气。”

她努努嘴，提议道：“坐会儿？尝尝我们公司的速溶咖啡？”

我顺着她所指的方向看去，发现那是一条连接画廊与他们公司的长廊，两米左右宽，两旁是铁栏杆。走廊两侧摆放着四张咖啡小圆桌，坐在那里可以欣赏到楼下公园的旖旎风光。

我点头：“行啊，走呗！”

在很多很多年前，成都的东门是一个工业区，有许多大大小小的工厂。

后来随着城市的发展，工厂逐步被拆迁，而存留下来的红光电子管厂因为其独特的建筑风格，被当作工业文明的遗址保存了下来。

坐在这样一个铭刻着历史印记的地方，我原本一团糨糊的脑袋似乎也变得清醒许多。

楼下岁月静好，有一对老人牵着两岁大的小孙儿，说笑着往公交站走去。不知道在许多年前，老人们还很年轻的时候，是否也曾在我身后的工厂里，为梦想、青春挥汗如雨？

我再将视线放得更远一点，隔了一条街的地方，便是现代化的高楼林立。在那参天的大厦里，是万千个如柳飞絮一样的白领在格子间里用青春肆意书写着梦想。

我有些感慨，其实我们每个人都一样，并没有谁能够轻轻松松地到达理想的彼岸，都要跋山涉水，都要披荆斩棘，假如坚持到最后，就能够收获成功所带来的喜悦。

五月初夏的清风徐徐吹在脸上，我突然像是看明白了这个道理，顿觉豁然开朗。

柳飞絮端来了咖啡，说："办公室条件有限，只有普通茶叶和速溶咖啡，凑合着喝点儿吧。"

我接过咖啡，道了声谢谢。

她看了看时间："才两点过，距离我下班还有两个多小时，要不然你就在这里看看风景和杂志，等我下班，咱们去人民公园门口的老妈蹄花儿吃饭，吃完再去省川剧院看川剧？"

"川剧？看啥？《嫁妈》？"

她被我这么一句话堵得无话可说，愣了半秒才问："哇，你居然看过《嫁妈》这个剧呀？"

"小时候我们家有台黑白电视机，好像只能收到几个台，其中一个就是四川台。哎呀我跟你说四川台真的好烦啊，天天都要放各种川剧。除了《嫁妈》还有什么《青黄白红绿五袍记》，还有《白蛇传》什么的。不晓得有啥好看的，听又听不懂。"

“这你就不知道了吧！传统文化你得静下心去欣赏，只要你静下心来，就绝对听得懂。”

我无力反驳。

她用手指头敲了敲桌子：“那就这么说定了啊，咱们晚上去看刘谊的新戏。”

我有些困惑，问：“刘谊是谁啊？”

“刘谊你都不知道？她可是四川省川剧院的当家花旦，今年刚被提名第二十三届中国戏剧梅花奖，可厉害了。”

“你很崇拜她？”

柳飞絮的脑袋点得很厉害，她一副迷妹模样地说：“也不知道我哪天才有那个福气能跟她学一段，只要学一段就好，我就心满意足了。”

“瞧你那谄媚的样子！”

柳飞絮吐了吐舌头。

我真羡慕柳飞絮，她似乎有永远也用不完的精力，对于新鲜事物也总是充满好奇。

不过她喜欢川剧是出乎我意料的。

毕竟一个喜欢穿高跟鞋、一身职业女性打扮的她，怎么可能对传统文化如此痴迷呢？

我问：“你什么时候开始迷川剧的啊？”

她神秘兮兮地说：“有段时间了。托我那位新同事的福，就是我之前跟你说的那个名叫阿娇的姑娘。那姑娘刚才下楼去了，不然我就介绍给你认识了。”

我突然想起在楼道里遇见的那个“女鬼”，恍然大悟：“哦，穿绣花鞋那个？”

“对啊，她很喜欢汉服和绣花鞋。”

我哭笑不得：“穿成那样出门得多大的勇气啊。”

“你甭管，她喜欢就好。”

“倒也是，服装本来就是用来取悦自己的。”

“对。服装她只穿汉服，男朋友只交外国人。我觉得她的性格特别鲜明，是很有意思的一个人。”

“这算不算中西合璧？”

“算啊。既保留了传统的美好，又接受了外来文明的熏陶，我觉得这样蛮好，很进步。”

我笑：“你是不是有了新的灵感，想要创作新的小说了？”

她点头：“嗯，正在酝酿。”

那个时候我还不知道，原来作家交朋友都是有目的的。她会挑选她觉得有性格特点的人，进行更深入的了解。她的主动亲近，都是为了从对方身上获取灵感，用以文学创作。作家这个群体啊，都爱幻想，对人性也特别敏感，做他们的朋友，总是很容易被洞悉内心，而你又猜不透他们到底在想什么。

所以许多年后，当我也变成柳飞絮笔下的人物时，我一点也不诧异，反而觉得奇怪，为什么她要拖那么多年才肯写我。

“对了，你跟我哥联系没有？”她终于提到了她哥哥。

我将视线从公园转移到她身上，正准备回答她，却突然感觉到这个世界似乎有些异常——她背后的吊灯在抖动。

接着，是一阵天旋地转的感觉，搁在桌子上的咖啡杯也在剧烈地抖动！

“什么情况？”我与柳飞絮面面相觑，惊呆了。

这个世界瞬息的变化根本不允许我们多思考——

仿佛整栋楼都在晃，墙上的瓷砖和玻璃不断簌簌掉落，就像电影里世界末日来临时的场景，我和柳飞絮扶着栏杆，又恐惧，又不知所措。

有人从画廊与办公区跑出来，一面跑一面喊：“快跑啊，地震了！”

周围的尖叫声此起彼伏，大家所有的思考能力都被恐惧占领，不断有器物从高处落下。

我抬头，一盏灯即将脱落，在它下面，是同样惊慌失措的柳飞絮。

就在千钧一发的那一刻，我拖住柳飞絮的手，毫不犹豫地往楼道跑去。

当我们离开走廊后，那走廊上所有的吊灯不约而同地掉落下来。

太可怕了。

我与柳飞絮将手放在头顶，迅速往楼下跑去，并且幸运地躲过了簌簌落下的灯与玻璃，还有脱落的墙体。

我们逃到了办公区前面的空地上，那是一个广场，是东区这一片最大的空地。

地震发生后，不断有人从周围的大楼里跑出来，涌向这里，有的穿着职业套装、衬衫西裤，有的穿着休闲服、运动装，有的白发苍苍，有的稚嫩年幼。

可无论是什么年龄、什么职业的人，无一不是满脸惊恐，面色惨白，眼睛里写满了恐惧——我们刚刚都经历了什么？

我们刚刚与死神擦肩而过。

我与柳飞絮抱在一起，因为恐惧，眼泪忍不住往下掉落，心脏也是剧烈地跳个不停。

我们已经站立不稳，蹲在地上。

人群中有人开始哭泣。

有人大喊了一声："有没有人受伤啊？受伤的人到我这里来，我车里带了医药箱。"

陆续有人朝着他那个方向走去。

又有人大声问："谁知道哪里地震了啊？震中不会是成都吧？我的手机打不通了，也上不了网，什么信息都不知道。"

"我的也是。"

"咋个办？我们应该咋个办？"

"别急，再等会儿，看看一会儿打不打得通电话。"

"不晓得是哪里的移动机站被毁了。"

"哎呀完了，我妈还自己在家头呢，她行动不太方便，我们家又住在二十楼，不晓得我妈现在有没有事……"

"别想太多，肯定没事的。"

“不行，我要回家去看看，她多半被吓到了。”

说话的是个三十来岁的职业女性。她原本穿着一双高跟鞋，在发现电话打不通之后，果断地摘掉了鞋子，赤着脚朝马路边跑去。

如果她幸运，应该能够打到一辆出租车。

以她为开端，更多的人平复了心情，开始往家里跑去。

人人都有家，人人家里都有最为牵挂的人。

我也一样。

我拿出手机，想要打电话给爸爸妈妈，发现根本打不通。

没有人的电话能够通话。

与其等待，不如自己去寻找真相。

我看着柳飞絮，说：“飞絮，我回公司去看看情况。”

“好，你注意安全。”

“你也是。”

我们各自转身，往最应该去的地方奔去。

此时此刻，电话连线艰难，整座城市都陷入恐慌里，出租车很难打，人人都着急回家，想要看看最亲爱的人是否无恙。

我万幸地遇见一个顺路的司机，他正好也要往春熙路赶。

眼下我只能先回公司，看看能否用座机联系上身在雅安的父母。

如果不能，我便要亲自回去一趟。

不知道魏仁怎么样？他在学校里，应该不会出什么大问题。

终于，在出租车上，我听见电台里主持人的紧急播报：“根据中国地震台网正式测定，在今天下午，北京时间 14:28:04，汶川发生了里氏震级 8.0 级大地震……

我的眼泪瞬间汹涌而出。

8.0 级地震，足以摧毁整座城市。

不知道这一震，又有多少人要面临死别，与至亲天人永隔……

二十六

良师益友

2012 年 12 月 24 日，西方的平安夜。

这一日，宜安床、祭祀、祈福，忌安门、作灶、治病。

嗯……治病还是不要看日子比较好，毕竟病来如山倒，不治不行的。

世界末日的神话已经破灭，是世纪大预言还是世纪大谎言，留待他人评说。

我从一个绵长的睡梦中醒来，稍稍偏了一下脑袋，就觉得胸腔疼痛难耐，紧接着，便是一溜花束映入眼帘。

很多花，那些花摆放得煞有介事，高低错落，十分雅致。

我暗自数了数，光是我目光所及之处，就有十来束花，清一色的白玫瑰与桔梗花。

几个意思？

我想了想，在这场梦醒来之前，我似乎出了一场车祸，车子横穿马路，撞上了一辆对向驶来的黑色车子。

所以现在，我是死了吗？

这是摆放在我的灵堂里的花？

因为我偏好白玫瑰与桔梗花，所以大家就拿了这两款花来祭拜我？

我越想越觉得丧气，想我一个大好年华的姑娘，还没能披上婚纱嫁人为妻，怎么就这么不明不白地没了呢？

这种郁结之气堵在心口，堵得胸腔越发疼了，于是我长吁了口气。

“唉……”

我刚刚将这一声叹息吐出来，屋子里立马响起一个女人的声音：“咦，夏青是不是醒了？我好像听到她叹气。”

这似乎是李华玲的声音。

很快，她那张因为怀孕而略显浮肿的脸就凑到了我跟前，加之穿得太厚，她整个人圆滚滚的就像一个球。

见我与她对望，她险些喜极而泣，努力挑了挑眉毛，才将矫情的情绪压下去，旋即一个小拳拳轻轻落在我的小腿上。

她又惊又喜地埋怨道：“老夏，你果然醒了，可把老娘给吓死了啊。你说你好端端的，撞什么车啊，魏仁再不是个东西，你的命也不值当为他给丢了啊……”

“咯咯，”这声音是时序的，他用咳嗽打断了李华玲的话，并做出了一个丈夫应有的教导，“媳妇儿，怎么说话的？”

李华玲这才尴尬地掩了掩嘴。

“夏青，你觉得好点没有？”

我缓缓地移动视线，循着声音，将目光往李华玲身后看去。

时序就站在李华玲身后，头发梳得一丝不苟，质地上乘的灰色大衣被熨烫得挺括笔直，那双沉着的眼睛看着我，神情一如寻常，没有特别关心谁，也没有特别不关心谁。

这个三十五岁的男人，刚刚进入他的大好年华里，冷峻的脸上有着经过岁月磨砺之后独有的气质。

我淡淡地笑了笑："不怎么好，浑身疼。"

时序眼中掠过一丝担忧。

我又笑着看向李华玲："不过还没死，真是万幸。"

"对对对，万幸万幸，大难不死，必有后福。"

这个声音是从门口传来的，我认得她是谁。

我想要调整视线看去，可是脖子转动一下都很疼。

好在那个说话的人自己走进了我的视线里。

柳飞絮穿着一件黑色的双面呢大衣，下身配一条黑色双面呢长裙，再搭配黑色的皮靴、黑色的贝雷帽。若非手指上戴着玫瑰金的戒指做了些点缀，她这套打扮倒像是去扫墓的。

我嘴角扯出一丝笑，悠悠地说："要不要给你递一炷香？穿得这么黑，你当你来上坟的？"

她见我贫，俏白的脸上绽放出一个温暖的笑容："你心中不是正好就有座坟吗？"

她话中有话：你心中有座坟，住着一个未亡人。而这个未亡人，就是她的表哥，我的准前男友，魏仁。

她真是个不懂得审时度势的家伙，所以才会沦落到以写小说营生的地步。

我翻了个白眼，不想理她。

她却不知好歹，还自以为幽默地戏谑道："你也是万幸，肋骨断了两根，脖子受了点伤，昏昏沉沉地睡了两天，但是没有大碍，养一养就好了。"

"我记得我撞到了别人的车……"

"哦，人家的车质量比你的好，没伤到人。两辆车子都拿去修了，也报了保险，你放心吧，都是我哥处理的。"

我又白了她一眼。她的哥哥就是本次车祸的罪魁祸首，若不是因为他，我也不至于躺在这里。

柳飞絮见状尴尬地一笑，又说："所以你要快点好起来啊，关于你的那个故事，我还等着你的回忆，才能继续写下去呢。"

我闷声回了一句："别写了，写出来也没人看。"

"谁说的？"她笑着推开李华玲，凑到我跟前来，嬉皮笑脸地说，"如今你发生这样的转折，我倒觉得更有戏剧性了。"

"你的脸皮真的很厚，与我有的一拼。"

"看来你对自己的认识倒是十分客观。"

就在我跟她斗嘴的间隙，我听见了一个熟悉的声音。

这个声音让我咬牙切齿，爱恨交织——他似乎也努力地让自己的呼唤显得情真意切："青青……"

李华玲与柳飞絮目不转睛地盯着我的表情，似乎想从这里获取一些足以令她们讨论一下的信息，我却淡定地同时序说："序哥你带她们出去一下，我跟魏仁聊两句。"

时序脸上带着淡淡笑意，点了点头："好。"

然后不管李华玲的抗议，他搂着她便往病房外走去。

柳飞絮是个识趣的人，轻轻拍了拍我的手，低声说："有话好好说，我们就在外面。"

我挤出一丝浅笑。

病房里再没有别人，除了魏仁与我，以及一屋子的花。

他坐到我跟前来，胡子拉碴，一双俊逸的眼睛里布满了血丝，衣服还是我前几天见过的那一套。

他低着头，满脸的狼狈与惭愧。

"对不起……"

"别急着说对不起，爱情这种事情，走好走歹，都不是一个人的过错。"

见我说得这么通情达理，他越发惭愧："其实事情不是你想的那个样子。"

"你跟杨琳，是实实在在地在一起待了一个晚上对不对？"

我微笑着看他，他却避开了我的注视。

我的心，顿时仿佛被插入了一把匕首。

思绪回到了 2008 年 5 月 12 日。

那一天，发生了令整个四川刻骨铭心的汶川大地震。

我在路上堵了整整两个小时，终于回到位于春熙路商圈的尚都服装广场。

与东区音乐公园如出一辙的是，整个春熙路商圈拥堵不堪。因为害怕余震，大部分人都逗留在大街上、空地上。

我在楼下找到了时序。

他心急如焚，见到我的那一刻就怒吼道："夏青，你跑到哪里去了？我打你的电话根本就打不通！"

我也着急："怎么办？座机能打通吗？我想知道我妈妈他们怎么样。"

"应该能。走吧，我们上楼去打电话。"

说着，我们穿过人群，逆流而上，不敢再乘坐电梯，只能爬楼梯。商场内的人屈指可数，这样的情况叫人害怕。

"玲姐呢？"

"她回家去了，她奶奶在家里，怕出事。"

"你怎么还在这儿？"

他脱口而出："没看到你，我怎么走！"

我被他急切的愤怒给吓住了，愣愣地看着他。

他似乎也察觉到自己用词不妥，便又补充道："万一你出事了，我怎么跟叔叔阿姨交代？还有魏仁，他在外地学习，还要一段时间才能毕业回来呢。"

我充满感激地看了他一眼。

虽然手机信号中断，无法打通电话，但座机还能用。

电话接通以后，我听见了妈妈的声音，激动得哭了起来："妈，你跟我爸都没事吧？"

妈妈也很激动，显然她也是联络我很久。

她说："没事没事，你怎么样？你的电话一直无法接通，快吓死我们了。还有魏仁，他很担心你，给我们打了电话，说全家人都联系上了，唯独你联系不上，非要买机票往回赶。”

“他回来了吗？”

“不知道啊，可能吧。他在电话里跟我们说他马上去请假，要回来寻你。哎呀你看电视没有？电视里地震灾区好惨啊！”

“还没有呢。”

“你回去看一下，接下来还有密密麻麻的余震，要小心一点。”

“我知道了，妈你放心吧。你跟爸爸也要注意安全，晚上尽量不要住在屋子里，去政府安排的避震场所待着，知道了吗？”

“我们知道的。你在成都要保重，跟着时序他们走，不要一个人。”

“嗯。”

挂了电话，我觉得应该给魏仁打个电话，然而意外的是，他的手机居然是关机状态。

时序说：“也许他真的买机票赶回来了。”

他说这话的时候，眼中有一闪而逝的忧伤，我看不明白是什么原因。

由于地震，城市的交通陷入困境，谣言的版本换了一个又一个，层出不穷。

我回家简单地收拾了一下行李，准备和李华玲一起，跟着时序在附近的公园里搭帐篷避震。

那一天天气非常诡异，也许是一夕之间添了太多枉死之灵，那天上午原本晴好的天气，到了傍晚的时候却乌云密布，随后下起了绵绵细雨。

李奶奶和李华玲的弟弟买水去了，时序将车子停在公园旁的马路边。

我跟李华玲搭着帐篷，脸上没有一丝一毫情绪。

突然间，从我背后伸出一双强有力的臂膀，将我牢牢地圈在怀里，紧接着是男人激动万分的声音：“夏青，终于找到你了。天哪，我，我好害怕你出事……”

我回头，是魏仁。

他风尘仆仆，衬衣、西裤已经起了皱褶，黑色的皮鞋上蒙了一层灰，一看穿着打扮就像是还在工作中。

“你怎么回来了？”

“地震发生后，四川省的青年干部纷纷请假，学校就直接放了假，让我们回来协助救灾。”

“那你怎么还在这里？”

“我下飞机就到处找你，可是你们三个人的手机都打不通，公司和家里的电话我又不清楚，所以只好一个地方一个地方地找。听说这附近的公园是避灾场所，我就找过来了。你在就好，我终于放心了。”

我心里十分感动，嘴里却说：“没事的，成都市区内不可能出大事……”

“有啊，听说有人跳楼，还有人被塌了的墙打死了……”

“没有得到证实的，都有可能是谣言。”

“对对对，你说得对。”他笑着再次将我搂进怀里，“我作为公职人员，更不应该犯这种低级错误，听信谣言。但是关心则乱，你知道的……好了，你没事就好，我也应该走了。”

“你要去哪里？”我很紧张，握着他的手臂的力道加重。

他松开怀抱，忧心地说：“发生这么大的灾难，很多事情需要处理的，我有可能要进灾区去。”

我百般不愿，拖住他的手：“去灾区干吗？那边余震不断，山体随时有可能坍塌下来，你不要去。”

他安抚地拍了拍我的手背，微微一笑，没有说什么。

这个时候时序也回来了。

李华玲同他笑道：“哎呀你可算是回来了，我在旁边当了好久的电灯泡，他们两个在演琼瑶剧，太感人了。”

面对她不合时宜的玩笑话，我们都没有责怪。

时序来到魏仁跟前，从钱包里掏出一沓钱放到他手里：“进灾区的时候，帮我买些帐篷、棉被、矿泉水，给灾民带去。”

“好。”魏仁看了看我，再同他说，“照顾好她们。”

“嗯。”

天灾面前，这座城市的人将心系在一起，众志成城，对抗上天给予的伤害。

而我因为眼前这个男人不顾一切地飞奔而来，突然觉得，也许嫁给他会是一件特别幸福的事情。

恋爱中的女人失去自我，便是从萌生想要嫁给那个男人的念头开始的。

2012 年 12 月 24 日。

躺够了，我试图从病床上坐起来。

魏仁连忙伸手来扶我。

我没有拒绝，然后低声说了句谢谢。

他有一瞬间的诧异，大概料想不到我与他的关系会疏远至此。

调整好坐姿以后，我问：“我现在丑不丑？脸是不是肿得跟猪头一样？”

他摇头：“没有，你一直很美。”

我笑：“那跟杨琳比起来，谁更美？”

他不知道该如何回答，因为不管怎么回答，都是找死。

我自嘲地笑了：“应该是她更美一些吧？毕竟她的胸比我大呀！”

“哎呀你！”他原本想反驳，但发现我冷冷的目光，便又住口了。

“你跟她睡了没有？”

他抬头看我，然后移开了视线，说：“我跟她之间没什么。”

我冷笑。

奇怪，明明这是我期待听见的答案，为什么当他说出来以后，我却认为他是在骗我呢？

他的回答是模棱两可的。

我的问题是“你跟她睡了没有”，他完全可以直截了当地回答我“睡了”或者“没有睡”。但是他的答案是“我跟她之间没什么”。没什么的意思就很广泛了。

没有过感情，但睡了。

没有睡，但是他很爱她。

年龄相当又长得般配的男女之间，没什么是不可能的。

病房里很沉默，谁也不知道该如何接下一句话。

我想了想，说：“还记得2008年，你下飞机后，千方百计地来找我吗？”

他的思绪似乎也被拖回了从前。

我说：“那个时候的你，是那么在乎我，害怕失去我，我从来没有感受过被人这样强烈地深爱着，感到自己很幸运，老天待我不薄。从那个时候开始，我全心全意地去爱你，把你当成余生唯一的依靠，信任你、依赖你……我甚至失去了过去所有的骄傲与强势，崇拜你、仰望你……”说到这里，我忍不住又自嘲地一笑，“像个小女孩那样。”

他叹了口气：“在我眼里，你本来就是一个小女孩。”

“所以，不够性感，不够成熟，不够有魅力吗？”

他再次因为我的问题而语塞。

我眼中的他，渐渐被泪水模糊。

他是多么好的一个人啊，我到底做错了什么，为什么就失去了他的爱呢？

2008年因为那一场大地震，有很长一段时间，这座城市都陷入一种兵荒马乱之中。

一周以后，城市恢复正常运转，学校继续上课，工厂继续上班，写字楼里的白领们，也回到了工作岗位上。

而我，对于沉忆的品牌定位也有了初步打算。

复工一个月后的第一个会议，我对时序与李华玲说：“我准备将淘宝的三个店，分为鞋子、文艺、青春时尚三个风格。”

“三家店，三个风格？”时序很吃惊，“精力够吗？这么做会不会适得其反？”

我拿出准备好的策划案，放在他们跟前：“这是我这段时间仔细研究市场后做出的策划案，你们先看看。”

时序与李华玲相视一望，倍感欣慰，嘴角含了一丝笑意。

李华玲说：“这肯定也是魏仁在背后给予你的建议吧？”

我坦诚道："他教了我做事的方法，告诉我具体操作还是需要靠自己努力。"

时序感慨："他还真是一个不可多得的良师益友啊。"

我如获至宝般甜蜜一笑。

是啊，魏仁在我的生命里，就是一个良师益友。他头脑非常清醒，对于未来的规划，目标明确，也很有谋略。

某一天，他下班回家，看见我愁眉不展地瘫在沙发上，一副神游状态，笑了，说："咋回事？我们的励志女王今天没精打采的呢？"

我抬了抬腿，黯然说道："我不晓得该咋办了。"

"咋了？"他在我身边坐下，将我的腿放在他怀里，轻轻地捏着。

这是他的习惯性动作，因为我长期在店铺和公司走动，每天回家小腿肚就很痛，需要他帮我捏一捏。

时间长了，他也养成了习惯。

"九龙的那个店铺关了，现在网店的货源就很成问题，到底应该咋个做，我脑袋里一团乱麻，也不晓得这个决定做得对还是不对。"

他微微一笑，漫不经心地说："做散货批发虽然赚钱，但十年后、二十年后，一旦商铺与市场趋势发生变化，就定然会被淘汰。"

我想了想，说："现在我觉得自己的决定太冒险了。"

他说："没有哪条路不冒险，但我们可以把眼光放得更加长远一点，选择更容易通往成功的那条路。当然，我不是要你去走捷径哈。你必须先明白一个道理，一个人倘若想要成功，就必须脚踏实地地过关斩将。通往成功的路是没有捷径的。但是呢，我也不希望你绕弯路。毕竟做生意的人，一旦走了弯路，就是要拿钱来买经验的，如果能规避这个风险，就会避免损失很多钱。你只要奔着这个目标去解决问题，问题就很好解决了。"

"那电子商务平台应该怎么发展呢？"

他的建议是这样的："在你搞不清楚究竟哪一个是发展潜力最大、最容易赚钱的项目时，可以先进行一下自我评估，看看能力是否能够承担一定时间段的考核。用同样的精力去做多项选择，然后最终评估，择优重点发展。不过这个前提是，你必须有足够的时间和金钱用于评估选择。”

当我提出三个淘宝店分别以鞋子、文艺、青春三个风格为主打时，他表示赞同，但也有反对。

赞同的是：“如果有固定货源，可以三个同步进行，但这个事情很耗精力。网店还是要做爆款才能赚钱，它跟门店批发相比，又有很大差别。门店的批发讲究款式多、数量少，可能这次来拿货的客户，一次性一个款也就拿几件，十个客户也就几十件，对不对？但是网店的话，一个爆款可以卖几百件，甚至上千件，它针对的是全国的客户，而不是开门店批发店铺那样，只针对省内，甚至可能只是成都以及成都周边范围内的客户。你衡量一下，如何打造爆款，才是最重要的。”

反对的是：“同时做三个风格，肯定会转移你的注意力，不知道哪一个才是重点。你想啊，十根手指头，能够按住几个跳蚤呢？术业有专攻，如果其中有你不太熟悉的领域，建议还是放弃。人承受失败的能力是有限的，失败个一次两次还好，就怕反反复复，也怕一次性遭受沉重打击。总之你一定要慎重。”

我被他唬得一愣。

“你也就比我大了三岁而已，一个普普通通的公务员，为什么懂得这么多和商业有关的东西呢？”

他指了指自己的脑袋：“要用这里思考啊，大姐。”

被他嘲笑，我羞愧难当，笑着骂他“讨厌”，然后扑进他的怀里。

他紧紧将我抱住，笑说：“傻老婆。”

我想，这个世界上也许再没有比他更聪明的人了吧。

就这样，沉忆服饰砥砺前行。到了 2009 年底，代理品牌女装加盟店全省发展达到十七家、自营店四家。而自创品牌的鞋子、文艺风女装以及青春时尚风格的女装，统共销售额近千万，成为同期在九龙服装城创业的商家中，唯一一个转型成功的案例。

这里头，魏仁起了很大作用，他是我的头号军师。

我们的爱情，一开始还是很美好的。

回忆起过去的点点滴滴，再看看眼前的感情废墟，我心中免不了有些哀伤。

病房里到处是我喜欢的花，芳香扑鼻。

虽然浑身都很痛，但幸好没有伤筋动骨，连着躺了好几天，我准备起身下床走一走。

魏仁见状，连忙上前想要扶住我。

我有些犹豫，但还是接受了他的搀扶。

“就到窗户边上吧，我想透透气。”

“好。”

他十分乖顺，就像一个做错事的孩子。

我心中一软，便暗暗在心底劝说自己，也许他和杨琳真的什么事也没有呢？万一是杨琳那个女人故意搞鬼呢？

我心中涌现两个我，一个说着狠话，必须分手。

另一个则温言细语，告诉我爱情不易，且行且珍惜。

我很犹豫，不知道该如何处理这个问题。

过去在网络上看到过太多正房捉“小三”的视频，我也是恨得牙痒痒，总是站着说话不腰疼地替那被“绿”了的正房做决定，说些“渣男留着过年吗？拎着垃圾的手又怎么可能放进别人的掌心里？”诸如此类的“毒鸡汤”，还总是说得孤冷决绝，一副大不了就不爱的洒脱劲儿。

真正轮到我自己头上，我才知道这件事情做起来有多难。

我看着窗外的风景……不，窗外根本就没有什么风景。

成都的冬天是灰蒙蒙的，就像蒙上了一层灰色的幕布，你别期待它能够探出太阳来，一个冬天能有十来个晴天，已经算是老天爷开眼。这里是盆地，云层遮住了冬日暖阳，送给人们的是刺骨的寒。

我叹了口气：“今天外面，一定很冷吧？”

“嗯，早上雨夹雪……”

“成都什么时候能正儿八经地下一回雪啊。”

“很难吧。就算下了雪，也很难积起来。”他站在我身后，满是惆怅地说，“我还欠你一场雪，说过很多次了，要带你去看雪，可是直到现在都没有实现。”

我微微一笑，淡淡地说：“你觉得，你还能带我去实现这个承诺吗？”

他无言以对，久久之后，才叹了口气。

二十七

后来的我们

两车相撞，强烈的冲击力弄得我虽然断了两根肋骨，还全身软组织损伤，但也不是特别严重的事情，在医院里休息了一段时间，我便准备出院。

魏仁想来接，被我拒绝了。

虽然我口口声声说要体面，不要动怒，然而心胸还是不够开阔。

唉，开阔？把你换到我的位置上来试一试，都准备好了要嫁的男人，突然劈腿了，还劈了自己的闺密，这口气你咽不咽得下？

既然拒绝了魏仁，总得有人来接我出院啊。

纵观身边诸位，要么是有妇之夫，要么是有女朋友的人，找谁都不合适，我只好让公司员工来。

何小玉与杨玉石前来帮忙，主要是办理出院手续，再将病房里的水果、营养品什么的给搬到车上去。

而我坐在病床上，百无聊赖，盯着窗外发呆。

人在经历大悲大喜之后，很难再有更多言语，似乎说什么都是多余。

而我心中对于 2013 年，也有了些畏惧。

毕竟这年才刚开始，不知道未来还会发什么匪夷所思的事情，我很忐忑。

何小玉拿了一件外套为我披上，轻声说："夏姐，你等一会儿，玉石推轮椅去了。"

我一惊："轮椅？用来干吗？"

她温柔地说："推着你去停车场。"

"用得着吗？"

"哎，你就享受一会儿吧。等我一会儿啊，我去护士站问问。"

我正想说不必了，却见杨玉石已经将轮椅推进来了。

我哭笑不得，抚着额头："你们这是干吗呢？"

杨玉石笑着说："夏姐上来吧，从病房到停车场还有些距离，懒得走了啊。"

"有没有搞错，我好好的。"

"谁规定好好的就不能坐轮椅啦？来吧，让我跟小玉伺候伺候你。"说着，他不容拒绝，就将我扶到了轮椅上。

我一个四肢健全，顶多就是脸上还贴着两块胶布的健康女子，生生被这两个人当成了重症伤员。

不过这样也好，有他们推着我，我索性也可以看看这家医院的风景——也是躺糊涂了，医院能有什么风景，就算这地儿风景再好，也未必是我愿意留恋的。

等我被推着走远了一些，听见身后这俩孩子说说笑笑，才明白他们是没有玩过轮椅，很想试试推轮椅是个什么感受。

我不禁翻了翻白眼。

出了住院部大楼，就见迎面走来两位英俊、挺拔、伟岸的男子。

一位戴着鸭舌帽，身着白色羽绒服，看起来二十来岁，一副帅气可爱的模样，手中捧着一束花，刚好是我喜欢的白玫瑰。

另一位年纪稍微大一点，三十多岁，穿着质地考究的大衣。

两人是道亮丽的风景线，路人皆纷纷侧目，我也被吸引去了注意力。

然而更加霸道的情况出现了……

就在众目睽睽之下，这两人原本还在寻寻觅觅，却在发现我之后，脚步一滞，对视一眼，然后径自走向我。

“什么情况？”我心里扑通扑通狠狠地跳起来。

难道我的美貌已经足以震惊路人，到了随时有可能被搭讪的地步？

就在我内心戏十足的时刻，腿长两米的小帅哥已走到我跟前，试探性地打招呼：“请问……是夏青，夏小姐吗？”

我故作镇定地点了点头，强烈压抑住心中的悸动，面无表情地说：“是我。请问你是？”

他笑着看了旁边的男子一眼，然后将花递到我怀里来，说：“我是被你撞到的车主，我叫姚胜。”

原来如此。我接过花，尴尬地说了声谢谢。

按理说，肇事方是我，这么多天以来，我还没有去关心慰问过被我撞到的对方，人家却通情达理地先来看我了。

我感到有些脸红，一时间不知道该说什么好。

那位名叫姚胜的车主还在跟我说客气话：“本来一早就该来看夏姐的，但我老婆生孩子，守在医院好几天。听说夏姐今天出院，所以我无论如何也要赶过来看看你。”

他说得这么客气，我更加不好意思了，连忙说：“兄弟你太客气了，这事儿本来是我不对，怎么好意思让你来看我……弟妹是在哪家医院，要不我跟你一起，去看看她和孩子？”

意想不到的人给予的关怀，令我不知道该如何应付。

他见我这副模样，笑着说：“还是别了，我没想到你会伤得这么重。”

我连忙从轮椅上站起来，一面起身一面解释说：“没有没有，我好好的，是他们想推一推轮椅，所以没办法，为了满足他们的好奇心，我只好勉为其难地让他们推一推了。”

杨玉石与何小玉连连称是。

被撞方主动前来探望肇事方，这事儿搁谁身上都会让人感到措手不及。

对方见我手足无措，却看了他身边的人一眼，然后再对我说：“没事，夏姐，咱们都不是外人，我大舅哥和我老婆，都是你的朋友。”

“朋友？”我很惊讶，这才往站在他身边的男人看去。

他站在旁边很久了，一直很安静，不说话也不动，跟个木头桩子似的，很没有存在感。我想他大概与我们这场荒唐的车祸没有任何关系，便没有在意他。

但现在，他的身份似乎比较特殊，他是我的朋友？

我的目光从他考究的衣服往上看去，映入眼帘的，是一副俊朗的容颜，那紧抿在一起的嘴唇，似曾相识。

我再往上看去，那双清澈的眼睛，正直直地看着我。

我心中一惊，他的样子，同埋在我深远记忆中的那个人重叠在了一起。

在我还未将他的名字脱口而出之时，他已微笑着跟我打了招呼：“青青。”

我无法抑制内心的震撼，掩嘴惊呼，并往后退了两步，打量他许久，才喊道：“林峰？”

他微笑着点头。

我感到不可思议，看着他，却不知道该有怎样的反应，只能怔怔地站在原地，傻傻地盯着他，一言不发。

他却十分淡定，脸上带着淡淡笑意，轻声说：“好久不见。”

玉林路有很多家咖啡店，每一家都很有特色，假如是寻常时候去，我可能会对咖啡品头论足一番。

但今日，我慌了神，只能由着林峰安排。

“找个地方坐会儿？”

“呃……好。”

“想喝点什么？”

“呃……随意。”

“你额头上的伤还好吧？”

“呃……还好。”

在见面的最初半个小时里，我与他之间，基本上就是这么一个对话模式。我像个傻瓜似的，失去了组织语言的能力。

时间过得可真快，不过是一眨眼的工夫，我与林峰分手已经十余年。

说到分手，当初的我做得可不怎么磊落。

在分手之前，我便已精神出轨邓宇，又在与邓宇发生关系之后，才同林峰正式说分手。而且那个时候我心里就知道自己理亏，像个缩头乌龟似的，给林峰发完短消息，就像扔一块烫手山芋似的，把电话卡给扔掉了。

我原以为这样就能彻底断绝联系，与林峰相忘于江湖，可没想到，魏仁的出轨，令我发生这样的车祸，撞上的居然是林峰妹夫的车子。

我突然想起，姚胜刚才说，这几天在医院里照顾刚刚生产的老婆，于是问道：“林希生孩子了？”

这是一个不错的打破尴尬的话题。

林峰点了点头，说：“对，生了一对龙凤胎。”

“哇，这么能干！印象当中她还是那个天真烂漫的小姑娘……”

其实在我的印象中，她是被人猥亵后衣衫褴褛的模样。当时的她有过很长一段时间的心理问题，不得不去看心理医生，还转了学校。

林峰的目光往我脸上一扫，显然从我的表情里看出了我心中所想。他脸上带着一丝了然于胸的淡淡笑意，说：“姚胜是她转学后认识的同学，这个男孩对她不错。那个时候我在北京上学，她在成都，周遭又没有什么亲人，假如没有姚胜的帮助，恐怕她很难过得像现在这么好。”

这些我当然是知道的，也都记在心里。可那个时候，我也很年轻，甚至还要忙于生计，根本就无暇顾及一个朋友过得好不好、心情怎么样。在林希与林峰人生中最艰难的岁月里，我是缺席的，甚至不告而别。

我很惭愧，低下头来，并不敢与林峰的目光相撞。

他又看穿了我的心思，居然说："你不必自责。如果当时不是那样绝望的境地，林希大概没办法坚强起来。人总是要被逼一下，才能突破自己的极限，所以，其实对林希来说，这是一件好事。"

见他说得这么诚恳，我点了点头，淡淡地说："那就好。"

是的，那就好。

千言万语抵不过一句"那就好"，这三个字蕴含了太多歉意。

电影里出现过很多旧情人见面的桥段，如何破解尴尬、如何从头聊起，可临到头来，我脑子里一片空白，想要参考一下都没有办法，根本不知道该从何说起。

我的手忙脚乱，与林峰的淡定如初相比，就幼稚多了。

从见面开始，直到现在，一直是他在掌控全局。他从前就有这样的本领，让人不由自主地就想依赖，就想依靠。落座以后，他也没有问我意见，点好了甜品与咖啡，然后看着我说："我听说姚胜被人撞了，十分好奇，想看看究竟是个怎样的女司机，才能够从对向车道胡开乱转地跑到别人的车道上来。结果第二天就看到新闻说，该女司机因男友劈腿，一时想不开，想要自我了断。"

"啊？事情不是报纸上写的那样……"我又羞又窘，"这个新闻的出现是来自热心市民的臆测好吗！"

林峰放松地靠在椅子里，脸上带着淡淡笑意，说："那现在，我问你两个问题。"

"你说。"

"你有没有男朋友？男朋友有没有劈腿？"

我哑然，半晌反应过来，瞪着他："你审犯人啊？"

他笑："对啊。"

我也笑了，对啊，他公安大学毕业的，可是正正经经的警察叔叔。

"现在过得怎么样？在哪里工作呢？"关于我的情况，报纸上有过简单报道，他大致应该清楚。但对于他的情况，我一点也不清楚。不过从他的衣着来看，想必过得也是不差的。

他没有让我审视太久，已经给了我答案：“去年从局里辞职了。现在和妹夫一起做点小生意。”

“辞职？为什么啊？好好的公职……”

“哪有那么多为什么。人生有很多种可能，可以尝试的方向也很多，没必要在一件已经没有意义的事情上继续下去，对不对？”

“对。”我想了想，刚想问他结婚没有，却瞥见他左手无名指上戴着一枚戒指。

他也注意到我的视线落点，没有说什么。

我心中有些怅然若失。人的劣性于此刻真是展露无遗，我既盼望他能得到一个好的归宿，以此减轻我内心的愧疚，又期待他是看了报道之后，因为心中旧情难忘，所以千方百计地来找我。

可真正的结果，可能是十年后，命运安排我撞上林希丈夫的车子，而林峰协助自己妹夫处理车祸事宜，却听说肇事车主的名字叫夏青。

他来看我，大概是因为好奇，想要求证肇事车主是不是他认识的那个夏青。

场面一度有些尴尬，突然间两个人都找不到话题，十分安静。

最后，还是他主动打破僵局：“你过得怎么样？”

我装作若无其事地说：“就那样吧，忙于工作，到最后事业爱情两相误。”

他笑，然后说：“我见过你的男朋友。”

“更正一下，他现在已经不算是我的男朋友了啊！”

“哦，对，前任。”他想了想，却又问了一个意味深长的问题，“你是不是已经习惯单方面提出分手，也不问对方是否同意？”

“嗯？”

“撞车之后，你所有的事情都是魏先生帮忙处理的，看得出来，他是非常不错的一个人。”

“然后呢？我不明白你说这话是什么意思。”

“没有别的意思，只是想表达一下，他不错。”

“我是说，你前面那句话，什么已经习惯单方面提出分手？你什么意思呢？”

他看出我的不悦，也不准备再拐弯抹角，便说：“关于你跟你男朋友之间的事情，其实我不应该参与。但既然今天你我面对面地坐在一起，那么作为朋友，我有义务提醒你，应该和他好好谈一谈，如果有误会，解决误会；如果没有误会，他劈腿是实锤，那就好好说分手，不要赌气，也不要单方面就宣布单身了。爱情是两个人的事情，不是谁说了就算的。”

他这么苦口婆心，我心中反而生出一丝别样的感受。

我叹口气，终于将压在心中许久的话问了出来：“你是不是在怪我当年没有跟你说清楚就分手？”

他的目光落在一旁，然后他又淡淡地看了我一眼，说：“以前有过一段时间，想起你就很生气，也很难过。但我那会儿身不由己，让段成奎来成都找过你，不过没找着。”

“段成奎？”我笑了，“这个名字距离我好像隔了几辈子。我记得在机场烧烤的时候，我还贿赂过他，只求他能帮我盯着我的男朋友不要被别人给抢走了。”

林峰闻言，又是一笑：“结果是你被别人给抢走了。”

我很尴尬。

服务员正好送来咖啡，我借着这个机会，掩饰了内心的慌张，轻声对他说：“对不起，当时太年轻，不晓得该如何说分手，所以……稍微简单粗暴了一点。”

他双手环抱，靠在椅背上，盯着我看了半晌，说：“你那个时候，是喜欢上别人了吗？”

我没想到自己出院这一天还要面临十多年前的男友的质问，无可奈何地摊了摊手，无比艰难地说：“是。我……我那个时候确实……异地恋你知道的，很容易被其他人吸引注意力，所以我不小心就喜欢上了其他人……”

“是魏先生吗？”

我连忙摇头：“不，不是他。”

林峰脸上依旧波澜不惊。

我反倒慌了，反问他：“你是来做情感调查，然后给我做情感顾问的吗？”

他说：“夏青，我们十一年没见了，今天跟你见面，我很开心。但我不是奔着做你的情感顾问来的，所以我所有的忠告，也就到此为止。”

我笑：“我也不是想听你说教来的。”

“那说说你的工作吧，这十一年来，你都做了些什么？”

“真当自己还是警察呀，审我？你先说说你自己，结婚了吧？孩子几岁了？几个啊？”

他脸上终于绽放出灿烂的笑容。

这个笑容我期待了很久，包含着他的原谅与释怀。

旧情人见面，假如不能将过去的种种误会释怀遗忘，是没有办法重新成为对方的朋友的。虽然当下的男女也不怎么缺朋友，尤其是前任做朋友，更是江湖大忌。但我与林峰之间的关系，似乎要比其他情侣更简单一些。说得通俗一点，我们没有肉体关系。

我还没有和旧情人做过朋友，并不知道接下来会怎么发展。但林峰这个人，是值得信赖的。他诚恳、直接，不喜欢绕圈子，十多年前是什么样子，十多年后待我依然真诚。

他说：“我去年从局里辞职之后结的婚，目前还没有孩子，但准备要一个。”

我很欣慰，犹豫了很久，问：“嫂夫人是做什么的？”

对于我的措辞，他笑了笑，说：“公司的合伙人，挺聪明能干的一个姑娘，我很欣赏她。”

“那你们公司是……”

“做家具的，在新都区。”

“哦，那边做家具的‘土豪’很多的。”我将目光停驻在他身上，眼睛一亮，“我记得你的梦想是做警察啊，怎么会辞去公职呢？”

“人的梦想是会改变的。年少时候的梦想和长大以后的梦想，多少会有一些出入，谁也不想过那种一眼就望到头的生活，对吧？”

“嗯，对。”

“跟你说一件事。”

“什么？”

“我将我继父送进去了。”

“什么意思？”

“他贩毒。”

我惊得捂住了嘴巴。

他继续说：“他害死了我妈还不够，差点儿将林希也给毁了。这样的人，不能让他在外面继续害人。”

“什么时候的事？”

“我参加工作后，就送他进去了，判了十七年。听说他在狱中表现良好，有过两次减刑，大概过两年就会被放出来吧。”

我颇为担心：“那他出来以后，会不会继续作恶呢？会不会伤害你？你现在已经没当警察了……”

他不以为然地说：“做我们这一行的，当然会结下很多仇人。不过我做刑警不久，就改做行政方面的工作了，而且辞职这么久了，也没有人来寻过我的麻烦。”

我放下心中的担忧，说：“那就好，你照顾好自己。”

“别担心。”

我们相视一笑，久别重逢后的尴尬完全化解在亲切的微笑中。

我从未想过这辈子还会与林峰重逢，在我的认知里，两个分别的人，想要再次相遇，不知道要有多少缘分才能撑起这份巧合。

但偏偏就叫我遇见了，而且是在我遭遇劈腿这个节骨眼上。

过去我曾听柳飞絮说过，在感情的世界里也是有轮回的。你曾经在别人身上遭遇的不公平，总有一天会有另一个人来还给你。你曾经给予他人的伤害，也总会有一天由另一个人替他讨回公道。

起初我觉得这些都是谬论，是情感博主们用来诓人钱财的伎俩。

直到现在我才发现，也许真的有这样的可能。

我曾背叛过林峰。他何其无辜，只不过因为远在千里之外，便给了旁人可乘之机。对于那一段感情的遗憾，我又有什么资格怨恨邓宇来勾引我？一个巴掌是拍不响的，假如我没有意乱情迷，又怎么可能会抛弃林峰，选择邓宇呢？

我也曾经历过感情的挣扎，也曾纠结过到底应该选择哪一个。我又不是圣人，在面临诱惑的时候，也会动摇，这是人之常情。

可是，我在面对每一段感情的时候，也都认认真真地在爱，是奔着牵手就要一辈子的念头去爱的，只不过没料到半路上遇见了岔路，被吸引去注意力。

这样一想，我对魏仁的怨似乎少了些。我突然也就释怀了，也许这就是我与魏仁之间的命运。

其实背叛与被背叛的故事，在爱情里一直在不停地上演，只不过这一次被背叛的主角换成了我，强烈的自尊心令我整个人都崩溃了，根本无法接受。

我还爱着魏仁，爱得很认真。我将他视为人生最值得信赖的人，我爱他、敬仰他、敬重他，想要和他一辈子在一起，想要跟他结婚，想要给他生孩子……虽然我忙于工作，可是对于未来的幻想，从来没有停止过。我以为我们结婚是早晚的事，就像一件早就约定好的事情，不会因为任何问题而改变。

你看，我们熬过了汶川大地震，也是同生共死过来的人，可到了所谓的“世界末日”，还是没能将感情撑过去。

不知道当年的林峰，在遭遇我莫名其妙提出分手要求就人间蒸发之后，又是怎样熬过来的呢？

能在十一年后向他坦白我曾背叛他，这也是需要莫大勇气的。

而他也许早就猜到了这个可能，可是最终他还是选择原谅我，毕竟都已经过去那么久了。

我想，对于魏仁与杨琳，还是要有一个答案的。

二十八

体面

杨琳接到我要求见面的电话时，一点也不觉得意外。

她仿佛预谋已久，就等着我召唤她。

说真的，她这么无所畏惧，我心里头还是很不高兴的。

到底是谁给了她这么大的底气？

两个女人为了争夺一个男人而起的战争，在影视剧和小说里，可是见怪不怪的。大家都特别喜欢看正房撕“小三”的桥段，似乎这么一撕，就能一解心头之恨。

然而戏剧到底是戏剧，生活虽然狗血，但我并不愿意让自己的生活受到戏剧的影响而变得同样狗血。

爱和不爱，我都可以接受，只要双方能够同我说清楚。

在我出院后的第二天，我选择留一个机会给杨琳。

为了让她更方便，我们约在华润万象城见面。

华润万象城在华润二十四城的西北角，杨琳家就在二十四城。我猜她现在趾高气扬的样子，大概也是不愿意往南边来找我的，不如我亲自去东边见她。

万象城有一家来自香港的连锁咖啡店，名叫 Pacific Coffee，过去我与杨琳还是闺密的时候，经常去这家咖啡馆见面。两个人逛完街，拎着大包小包，手挽手地坐在临窗的位置，等着服务员跟我们说一句："两位美丽的女士，还是老规矩吗？"

这时候我们会问他，有没有新鲜的品种可以选择。

假如有，我们会尝试一下。

假如没有，也没关系，好姐妹在乎的是在一起聊天，而不是吃什么喝什么。

我们的关系已经好到两个人像是一个人的状态，我是很爱她的，并且也相信她对我的爱如我对她那样。

然而，没想到事情并不是我想的那样简单，她更爱的人，是我的爱人。

Pacific Coffee 的服务员见到我，非常热情地说："女士，你朋友已经在了，这边请。"

我笑着对他点头，然后大步往咖啡馆深处走去。

杨琳穿着一件牛仔吊带裙，丰满的胸部呼之欲出，路过的男士女士都忍不住侧目。我不得不承认，她的胸比我大很多，这是我无论如何也无法胜出的。

她显然也知道自己的优势在哪里，悠悠闲闲地坐着翻手机。

我在她面前坐下，桌上已经摆放好咖啡与甜点。

我看了她一眼，然后问："来多久了？"

她看了看时间，说："没多久，你的咖啡刚上来，你就到了。"

"看来是算准了我的时间啊。"

她笑："这么多年的好姐妹，这点默契还是有的。"

听她这席话，我心中涌起一些不适感，我强迫自己压抑下去，装作若无其事地说："现在我们就好好聊一下，关于你和魏仁，以及我的关系吧。"

“好啊。”她撑着半张脸，带着淡淡笑意瞧着我。

她这副镇定的样子，一看就是有备而来。

在决定见杨琳之前，我曾给柳飞絮打过电话，也就是昨晚。

柳飞絮那会儿应该在写稿子，昏黄的台灯下面，一张宽大的实木桌子上面摆着一束花、一杯酒，酒要么是白的，要么是红的。她这个人，无酒不欢，不喝酒似乎就写不出东西来。

听说我要约见杨琳，她先是在电话里冷笑了两声，然后说：“这事儿老魏知不知道？”

她向来这么没大没小，对她表哥总是直呼其名，半点儿也不客气。

我说：“没告诉他。他最近都住自己家里，我跟他没怎么联系。”

“所以你是准备将他推给杨琳了吗？这次你约见杨琳的目的是交付主权？”

“你胡说八道什么呀！”

“那你图什么？你们两个这种情况，很有可能打起来的，你去见她干吗啊？”

“想问个清楚。”

“问什么？问她跟老魏到底睡没睡过？”

我嗯了一声，底气已经不是那么足了。只要我还在意他们两个到底有没有睡过，就证明我还在为这件事情纠结，还在为魏仁伤心。

但我凭什么不伤心呢？能伤我的人，都是我爱的人。倘若我不爱，就不会有人能伤我。人食五谷杂粮，不可能说爱就爱，说不爱就不爱，又不是机器人，抽出芯片就能把一切全部遗忘。

所以我理直气壮地伤心，理直气壮地纠结，理直气壮地耿耿于怀。

柳飞絮叹了口气：“其实我问过我哥，问他跟杨琳到底是什么关系，他说他和她之间没什么。”

“你信吗？”

“我信不信不重要，关键是你信不信。”她在电话里又叹了口气，说，“其实感情这种事情，一旦有第三个人介入，哪怕只是误会，都很有可能令这段感情瓦解。你知道为什么吗？”

“为什么？”

“钢化玻璃很坚固对不对？但假如它有了道小裂痕，就很难再像过去一样美观了。就算这块玻璃还能继续使用，但是那道裂痕还在，等到某个机会，便会彻底将整块玻璃瓦解。”

我陷入了深思。

她继续说：“你跟魏仁的感情，就像一块钢化玻璃。而杨琳的介入，就是嵌入这块玻璃里的小石头，就算你已经把它取出来了，它造成的伤害依旧存在，而这个伤害早晚有一天会令你与魏仁反目成仇。”

“所以，我跟魏仁是真的完蛋了吗？再也不可能像从前一样好了吗？”

“这要看你怎么想了。你看倪匡的儿子倪震，香港大才子，家里有个仙女一样的女朋友周慧敏，还不是要出去偷吃。发现他偷吃后，大家都盼着周慧敏跟他分手。当然，两个人确实分手了，但后来还不是结婚了。这么多年过去，人家两人现在过得好好的，而那个介入他们的女学生也结婚生子了，一切尘埃落定。我说这么多，只是想告诉你，感情的事情不是外人能够影响的，关键还是要看你自己怎么想。有的人选择原谅那些坏的，记住那些好的事情；有的人选择彻底放弃，绝不释怀。你要想清楚，你是属于哪一类的。而我哥，老魏的性格你也要搞清楚，这一次是他被迷惑了，还是自投罗网，你要自己去分析。”

“所以我见杨琳是有必要的，对吧？”

“见归见，可别打起来，有话好好说，都是有文化的人。”

我被她的话逗笑了，忍不住打趣说：“你才是文化人，我只是一个俗人。”

“不管你那么多，总之我只有两个忠告，别打架，两个美女打架太难看了，比打架本身还不体面。”

“不会打架的啦。”

“还有，看一看自己的心胸。”

我埋头看了看自己的衣襟，她在电话那边却笑了起来：“你别往你的胸围瞧，得好好想一想你的胸襟有多宽广，能不能容忍自己的感情里突然出现的这一个小插曲，接不接受魏仁现在甚至以后还是会被更多女孩子喜欢这样的情况出现。假如能，那么你就再给魏仁一次机会；假如不能，你就好好想一想，应该怎么处理这件事情，处理你们的关系。”

“好，我知道。”

“爱情的路还长着呢，走完了这段感情路，还有下一段。走完了爱情路，还要继续走婚姻路，别以为婚姻就是爱情最完美的结局，其实那也是一场避无可避的浩劫。”

“说得跟你结过婚似的……”

“呵呵，我就不跟你讲为什么我知道了。总之，言尽于此，我最后再叮嘱一次，别打架。好了，挂电话吧，再不挂，让你微信发我红包了啊！”

“挂挂挂，你赶紧写稿子去吧。”

就这样，在挂了她的电话之后，我在台灯下坐了很久，然后给杨琳发了条信息。

我从前没有发现杨琳原来长得这么好看，现在近距离地打量她，其实人家长得真的很精致。先不说她的脸上到底打了多少针，单说她的眼睛，桃花一般撩人，双眼皮微微上翘，漆黑的眼珠子带着勾人的神光。她的脸比较长，也有点大，但这双眼睛是很出彩的。

我突然想起一件事，便说：“你知不知道，在很早以前，我们刚认识不久，魏仁跟我说过一件事，关于你的。”

“哦？是什么？”她没想到我这么淡定，有些意外，但还是问道，“是骂我的话吗？”

“不。”我笑，“他怎么会骂你呢，你什么时候听见他骂过谁吗？他夸你呢。”

杨琳依旧是一脸不信的样子。

我叹了口气，幽幽地说：“他跟我说，你的眼睛长得真好看，尤其上了年纪以后，这双眼睛会更加具有吸引力。我在想，他是因为你的眼睛，所以开始喜欢你的吗？”

她被我泫然欲泣的样子惹得有些心烦，便不耐烦地说：“夏青，咱们挑明了说吧，别拐弯抹角的。”

我心中腾起一股怒火，脑子里不停地重复着柳飞絮叮嘱我的话“别打架，别打架”。

但是讲真的，如果你的男人被你的闺密给抢了，你想不想打她？

可我还是要风度的。像我这样青春靓丽又好看的姑娘，是不可能为了一个男人，和另一个女人在大庭广众之下撕起来的。

于是，我说：“我问你两个问题，请你如实回答我。”

“你说。”

“第一个，你跟他睡过没有？第二个，你们两个到底什么关系？”

关于这两个问题，其实在我出车祸以前，我就在电话里质问过她了，她还冲我发了脾气。

而今天，她冷笑一声，说：“夏青，我为什么要回答你的问题？你不会回去问你男人吗？”

“他说没有。”

杨琳脸上一阵难堪，过了很久，她才艰难地说：“他说没有就没有呗，你还来问我干什么？”

“我觉得他在撒谎。”

“哈哈哈。”她情不自禁地大笑起来，“我和他的答案一样，你觉得我是不是在撒谎？”

我没有说话，只是静静地看着她。

也许柳飞絮说得没错，我和魏仁的感情出现了裂痕，这个裂痕就是杨琳。即便他们真的没有睡过，那又怎样？我还是介意。我觉得他们就算现在没有睡，今后还是会睡的。男人女人，不就是那么回事吗，脱个裤子又能花多少时间？我已经不信任他们了，任何一个，我都不信。

因为我太爱他们，一个是我的恋人，一个是我的闺密，而这两个人勾结起来，给了我一个致命的伤害，我怎么可能轻轻松松就让这件事情过去呢？忘不了的。最亲的人给的伤害，这辈子都很难忘记。

她应该也知道这道伤痕有多深，不是简简单单一句“对不起”就能够解决的。当然，她似乎也没打算跟我说对不起，从我落座到现在，她的态度一直很明确，要么是来见闺密的，要么就是来见情敌的。

终于，她做出了她的选择，淡淡地说：“夏青，我喜欢魏仁，我认识你，就是为了和你争这个人。你觉得我卑鄙也好，不要脸也罢，但喜欢一个人是没有错的。况且你们还没有结婚，我应该也有竞争的权利。所以，对不住了，我不会放手，不管我跟他有没有什么事，这都与你无关。从那天晚上开始，我敢将与他的合影发出来，就不怕你生气，也不怕别人骂我。总之，你做好准备，我会继续和你抢魏仁的。”

面对她咄咄逼人的宣战，我对她竟然生出了一丝敬意。

究竟是她没有羞耻心呢，还是因为我太软弱，由着她随意拿捏？

“魏仁有这么好啊，让你连脸都不要了……”我想了想，魏仁确实蛮好的，不管是为人处世、事业前途，还是床上功夫，无论哪方面，他可都是佼佼者。杨琳会喜欢他，倒也是情理中的事情。

但是，杨琳对他的了解又到了哪一步呢？

突然间，我想起了一首歌，是李宗盛写给江蕙的《晚婚》。

2013 年，我二十九岁，即便这个时间结婚，也是晚婚。这首歌里有几句歌词，非常戳心，却很符合我此刻的心情：将来若有人跟我争，他答应不会默不作声。

然而此刻，当我将杨琳刚才说的话偷偷录了语音发给魏仁之后，他却默不作声。

过了很久，我收到他的微信，内容是：有什么等我回去再说，我在江苏出差。

对，他出差去了，单位要去江苏考察社会主义新农村，他作为最有潜力的年轻干部，昨日一早就乘飞机去了目的地。

但是还有什么可说的吗？

假如他心中没有杨琳，在他听完录音之后，完全可以直接告诉我，不要相信杨琳的话，他心中只有我。

其实他哄哄我就够了，我要的不多，只要他哄哄我，让我有足够的安全感，我就会既往不咎，彻底原谅他。只要他肯认错，只要他保证从此以后与杨琳不会再来往，也许我就相信他了。

对，也许。

可是他连一个“也许”的机会都没有给我。从劈腿被发现到现在，他说过对不起，也说过与杨琳之间没什么，但是为什么两人会有那么一张亲密合影却不肯解释？他也不肯承认是不是因为给过杨琳承诺，所以才让杨琳对他生出了幻想。

我始终觉得，一个巴掌是拍不响的，任何感情的开始，一定是要两个人共同密谋的。

终于，在我的期待中，杨琳的手机微信提示音响起。

她打开看了看，脸色微微变化，却不再像刚才那样咄咄逼人。

让我猜一猜，这条微信一定是魏仁发给她的。

内容会是什么呢？他是不是告诉她，说话不要那么狠，不要跟我理论，更不要惹恼我，一切等他出差回来，由他自己来解决？

一定是这样的吧，否则，杨琳不会那么快就收敛。

我心中不禁感到有些悲哀。

魏仁这样的行为，比不闻不问还要伤人。

我就像个局外人，眼睁睁地看着他们狼狈为奸。心中的怒火熊熊燃烧，可我依旧默默念叨着柳飞絮叮嘱我的话……好，不打架，也不撕，那么，还有什么可说的吗？套用一句四川骂人的脏话：说锤子啊。

我站起身来，对她说：“魏仁，我不要了，赏你。”

然后，我便转身大步离去。

我以为自己会走得很潇洒，仪态会很优雅，可到底还是没有撑住，走出咖啡馆没几步，眼泪就汹涌而出。

我在气场上到底是败了。

没有杨琳叫嚣说“你准备好，我会继续和你抢魏仁”的理直气壮，也没有柳飞絮所期待的落落大方的正房范儿……我就是一个 loser（失败者），在面临情敌来抢男人的时候，像一个缩头乌龟，怂了，只会逃。

说真的，太艰难了。任何人遇到这样的情况，怕是都很难做到稳如泰山。我第一次感觉到自己的爱情路原来这么坎坷不平。从邓宇开始，被他看不起，不肯带我去见他的家人；到与魏仁的四年相恋，却依旧换不来一个善终……我到底是造了什么孽，老天要这么为难我？难道是因为我对林峰感情不忠，所以才要遭受后来感情上接二连三的折磨与纠葛吗？我只想简简单单地谈一场恋爱，找个踏实沉稳的人托付终身，为什么就这么难？

我有无数个疑问，可是终究没有宣泄的途径。

车子拿去修了，我没有车，只能擦干净眼泪，强撑着仪态，到马路边上打车。

我孤零零地站在马路边上，看着车来车往，却没有一辆肯为我停留，心里是绝望的。

我真的不知道，接下来我应该怎么办了。虽然说了将魏仁赏给杨琳的狠话，可实际上我根本就做不到。

我还爱着他，怎么可能随随便便就将他送出去呢？

二十九

求婚

像所有经历感情挫折的女人那样，我以为我可以很坚强，但实际上我很脆弱，并且弱爆了。

我开始荒废工作，至少现在没有半点心情去管理工作室的事务，一到办公室就会想起很多通过魏仁点拨我才想出的商业好点子，也没有精力去打理网店的事情。

我们现在除了有三家金冠淘宝店，还有一家刚上线不久的旗舰店。虽然有杨玉石、何小玉、邹小月三个得力助手帮忙打理，新来的员工也都很能干，可是我怎么突然就对赚钱这件事情失去信心了呢？

一场失败的爱情，夺走了我的自信，我开始变得颓废。

我开始酗酒，喝醉了会打电话把魏仁痛骂一顿，直骂得他挂掉电话。我就像千千万万个表面说要体面处理感情困扰，实际上是个因为发现不再被爱了而恼羞成怒、气急败坏的怨妇，整日里以泪洗面，特别难看。

然而很奇怪的是，人越是在失恋的时候，身边的异性越是很少。

以往还会来安慰我的时序、只要一个电话就会出现的叶晋中，仿佛也在一夕之间突然变得忙碌起来。他们并没有时不时地打电话来问候我，也没有像从前那样突然就出现在我面前，拖着我出去吃饭喝酒。

他们也正处在人生的分岔路口。时序马上要当爸爸了，除了忙工作，还要忙着照顾李华玲。

而叶晋中，听说他与李媛媛的关系紧张，两个人跑民政局办离婚证都三次了，还没有办下来。

你看，其实每个人都有人生之难，只是有的人愿意说出来，而有的人保持沉默。

这些道理，都是柳飞絮告诉我的。她真是一个好闺密，不会跟我抢男人，还会听我哭，听我笑，然后再苦口婆心地告诉我，这是人生的必经之路，只不过我不幸遇见的是杨琳这个奇葩罢了。

大概是魏仁从江苏出差回来的那一天，我原本以为他会如约而至，回到我家里来，然而等了一整天都不见人影，也没有电话。

我很沮丧，如丧家之犬一般呆坐在阳台上，看着府南河上缓缓流淌的绿水清波，心中涌现出种种猜想——他是不是去了杨琳那里？

这些天来，他们是不是每天都在联系？

他在给我发完信息之后，是不是马上又要给她打电话？

他们亲过没有？

一定亲过的吧！他们也一定睡过了，不然杨琳不会那么理直气壮地跟我说抢魏仁的话。

魏仁这个王八蛋，真就是个衣冠禽兽。我还不够好吗？为什么他要和别的女人纠缠在一起，践踏我的自尊？我真是恨死他了，这样的男人就像垃圾，太脏了，必须扔掉。

你看，我像个神经病一样，将自己关在屋子里，不断说着狠话，不断给自己离开的勇气，却将手机牢牢地攥在掌心里，期待着魏仁的电话，期待着他回头。

这份期待，直到夜里八点，依然没有盼来结果。

我翻了一下朋友圈，六点半左右，杨琳秀了一张晚餐图，配文是：某人的厨艺真是超棒。

菜不多，就三个，看得出来是两人份的，都是寻常菜，但紫菜蛋花汤的做法，叫我感到有些眼熟。

魏仁在做紫菜蛋花汤的时候，喜欢把生鸡蛋整个打进汤里，然后用勺子不停地搅，搅得稀巴烂。他说这样营养更丰富一些，可我非常嫌弃这种做法，并且吐槽他做的这道菜卖相极差，好像婴儿拉的稀粑粑一样。

但是现在，这份紫菜蛋花汤就摆在杨琳家的餐桌上。

今天是魏仁出差回来的日子，他没有半点音信的原因，是去了杨琳家里吗？

这种揣测一旦发生，我就像被人迎头打了一记闷拳，打得我晕头转向。

一个在起飞与降落时都跟我发过信息的人，怎么转眼间就去了杨琳家，为她做饭呢？

我实在很难接受，爱了那么多年的男人竟然是个朝三暮四、表里不一的人。

李华玲发来一条信息：你还好吧，在干吗呢？吃饭没有？要不要来我家，我让阿姨给你做点好吃的。

我冷笑。看，杨琳这条朋友圈的效果达到了，就连李华玲都看出来了，这道紫菜蛋花汤是魏仁的拿手菜。

我没有回她信息，又翻开朋友圈看了看，杨琳那条朋友圈下面，柳飞絮回复了一条：你们家这碗蛋花汤就像一个水色清澈的池塘。

水色清澈的池塘是什么意思呢？我愣了两秒，反应过来。柳飞絮这是在骂杨琳“碧池”啊！

干得好！

她说出了大家想说却一直没敢说的话。

有人替我出了一口气，我当然觉得欣慰又高兴，可是转瞬间又觉得很委屈。为什么杨琳发朋友圈肆无忌惮、毫不畏惧？难道魏仁就这么放任她给我难堪？

我不能再想了，再想下去也是想不到答案的，而且很容易钻牛角尖，人也会变成神经病。

我给柳飞絮打了一个电话："飞絮，今晚去兰桂坊。"

"啥？"她显然被惊到了。

自从我跟魏仁谈恋爱以来，基本与夜店绝缘。

为什么会这样？因为魏仁说，他的职业不太适合去那样的地方。我想想倒也是，年轻的公务员素日里生活作风严谨，那种灯红酒绿的地方，确实不太适合他。

就是因为他，我将闲暇的时光全部用于看书、练字、学画画……没错，因为他喜欢文静的姑娘，所以我努力向那样的姑娘靠拢。

其实我一个做买卖的，学什么书法、绘画呢？我就做一个庸俗的、只认钱的姑娘不好吗？为什么要为了男人而改变自己呢？

当然这些改变也不能说完全因为魏仁，他对我的影响至少还属于正确的方向，我总归没有把业余时间白白地拿去糟蹋，倒是习得一身颇为文艺的好本领，同柳飞絮这样的标准文艺女青年扎堆儿玩耍的时候，也不至于感到腹中空空无物。

当然我也是有野心的，寻思着早晚有一天是要嫁给魏仁的，而魏仁前途无量，谁知道会走到什么样的位置呢？假如我自身素质再高一点，那么配他倒也不差的。

就因为这些，所以我这几年来很少去娱乐场所。

既然如今与他的关系已经走到这个地步，那我又何必苦苦坚持一件并没有多少意义的事情呢？我到衣帽间取了一套超短的紧身连衣裙，又挑出一双十厘米以上的银色高跟鞋……

去他的贤良淑德优雅知性！

成都兰桂坊是一个比较容易发生故事的地方，与九眼桥的香艳程度不相上下。我是奔着寻艳遇去的，左右衡量之后，觉得兰桂坊遇见帅哥的可能性更大一些，就义无反顾地去了。

实际上夜生活距离我日常紧张的创业生活实在是太遥远了，我将自己困在目标明确的物质欲望和一段自以为安稳的感情中太久，忘了这个世界其实也是精彩纷呈的。

想要在成都寻一场艳遇，实在是一件相当容易的事情。

小半个城的年轻人，单身的非单身的，一到夜里就蠢蠢欲动，想在灯红酒绿中释放白天的压力与无趣。

成都这座城市，芸芸众生，泾渭分明，有的懒惰成性，有的勤奋至死。当然任何城市都不缺乏这样的两派，但成都更胜一筹的是，这是一座以“休闲”著称的城市，本地土著世世代代的麻将盖碗茶生活，为这座城市染上了一层“得过且过”的慵懒色彩，连带着成都姑娘看起来也比别处的姑娘更显温婉柔媚。

虽然我是奔着买醉来的，可见到昏暗角落里拥吻的陌生男女，心中还是有强烈的不适。

我到底没有开放到随便找一个男人来慰藉寂寞的地步。

搭讪的英俊男人来了几拨，我却在自己的位置上岿然不动。

柳飞絮接到电话就赶了过来，她怕我被人捡走了，一坐下来就不停地数落我：“怎么着，为情所困，学人家买醉啊？至于吗？我打电话求证过了，魏仁一直在单位加班，没有去杨琳那个‘绿茶’那里。杨琳不知道打哪儿学来的厨艺，假装是魏仁做的。”

我醉眼迷离地盯着她，问：“那你能确定……魏仁说的是真话，还是假话呢？他们两个中间，总有一个是在说假话，你选择信哪个？”

柳飞絮叹气，然后问我：“这得问问你自己的心了。你愿意信哪个说的，才会信哪个的话。”

柳飞絮的微信亮了一下，她瞟了一眼，对我说：“好了，时间也差不多了，咱们回去吧，我还要赶稿呢。”

“我不走，要走你先走。”

她环顾四周，发现企图不轨的男子还不少，于是附身在我耳畔说：“行了啊，跑酒吧来寻艳遇这种事情你也干过了，差不多就行了，魏仁在外面等着咱们呢。你看，听说你等了他一天，他不也马不停蹄地来了吗？给他一个机会，两个人好好谈谈，以后能不能继续走下去，还是要看你们是否能够迈过这个坎了。”

“我不走。”

“夏青，你够了啊。这事儿还没盖棺定论呢，万一是杨琳故意搞的鬼呢，你总得信魏仁一次。”

对，我得信他一次。

这么想着，我便果断起身，步履蹒跚地往外走去。

果不其然，魏仁焦灼地靠在他的车子旁边，正低头抽着烟。一见我们，他立马迎了上来，将我拥进怀里，再对柳飞絮说：“走吧，我送你回去。”

柳飞絮摆了摆手，对他摇头：“用不着，我没喝酒，自己开车来的。好了，你们赶紧回去吧，小别胜新婚。不过她前段时间刚出车祸，今天又醉酒，你还是悠着点儿，别又给弄医院去了。”

“臭丫头，胡说什么呢！”

兄妹两个到底是兄妹，就算她哥哥是劈腿渣男，也不会影响他在她心中的地位。

但就这件事情的处理态度来说，柳飞絮算是做得很不错了。

我满怀感激地冲她挥了挥手。

她见我这个样子，仿佛也放心了，便按开了车子的遥控解锁器。

我转头看向魏仁，强撑了许久的倔强与冷漠，在与他四目相对时，一瞬即破。

这是我的男人。

这个男人是我的。

我抱紧了他，在他耳畔低语："回家。"

酒精是一个特别神奇的东西，它能够释放一个人潜藏在内心的情绪，不管是好的还是坏的，都会在微醺状态下展露无遗。

后来我也曾想过，为什么在怀疑魏仁已经出轨的状态下，我还要和他上床。

这个问题，非常难寻求答案。

也许是因为寂寞吧，也有可能是因为，那个时候我觉得这个男人那么贱，不用白不用，指不定哪天就睡不着了。

也许是因为……爱。

我还爱他，所以尝试着用身体去原谅他。

万一，就原谅了呢？

那是我的印象当中，我们最为疯狂又激烈的一次。

他将我抱回家，一进门我就主动吻上他，带着恨与怨，将所有的委屈化为狠戾的亲吻。

我想要证明什么呢？

证明自己依然风情万种？

证明他的身体是诚实的，他依然爱着我？

我不知道，总之那是一次糊里糊涂、带有报复的欢爱。

他大概没有料想到原先还颇为矜持的我，此刻会如饥似渴地要他，整个人痴缠在他身上，恨不得将他揉碎了塞进身体里。

我明明是恨他的，闭上眼睛也会想象他在另一个女人身上做同样的事情，可偏偏忍不住想要，一次又一次，直到他筋疲力尽地趴在我身上，低声说："不行了不行了，来不起了……"

我这才从醉梦里醒来，冷冷地说："今天下午在杨琳那里，做过了吧？"

他久久没有说话，趴在我身上一动不动，我能感受到他的热情瞬间冷却，最终在沉默中，他从我身上翻下去，躺到一旁。

我突然发现自己很蠢，原本想要借着欢爱一场，同他好言好语地聊一聊，搞清楚他们到底是什么关系，可最后还是没能沉住气。

其实事到如今，我对他已经失去信任，不论他承认也好，不承认也罢，杨琳这件事情无论真假，在我和他之间都像是吞了一只苍蝇那么恶心。

我愤恨的是，我那么爱他，他却背着我和别的女人纠缠在一起。

退一万步来讲，即便他是无辜的，是被骚扰的那个，我依然无法接受他隐瞒我。

假如他是无辜的，那么当杨琳对他表示有想法之后，他不是应该断然拒绝吗？

为什么他不拒绝？

为什么他还要同她出去玩？

这是第一次吗？

不，应该不是第一次。

所以，他没有拒绝杨琳的示好，也没有同她保持距离。

他不是无辜的。

他如同千万个禁不住诱惑的男人一样，很乐意享受被女人争夺的幸福。如果这次我原谅了他，那么很有可能还有下一次，再下一次，甚至在未来的几十年里，还会出现李琳、王琳、刘琳。

男人就是贱啊，就算家里边供着个仙女，他也会对外面的妖精产生兴趣。

这个坎，看来我真的是过不去了。

我开始反思，为什么我会被劈腿？

到底是什么原因让自己失去了在魏仁心中独一无二的位置？

在感情这条道路上，我还要走多少弯路，才能找到最正确的那个人？

而正确，又是什么意思呢？

2013 年，我二十九岁。

我的合伙人时序与李华玲迎来了他们的第一个宝宝，是个漂亮的小姑娘，长得更像时序多一点。

我的御用摄影师李苏，结婚了。

我的闺密柳飞絮，虽然继续单身，但她的感情世界从来就不荒芜。

而我，原本计划在世界末日之后成为魏仁幸福的新娘。

然而现在，突然间人生的规划全部归零。

我很难过。

从 2008 年开始恋爱，到 2012 年，这将近五年的时间里，我与魏仁都生活在一起。

虽然他有一套房子在东门，但实际上更多时候他都是在南门与我同住。

假如你问我，为什么五年时间，我们都没有想过去结个婚呢？

说真的，我一直不认为那一纸结婚证书就能够证明感情有多么牢靠与深刻。

结婚就是爱情的最终目的吗？

结婚就能天长地久，就能白头到老吗？

我们都知道答案不是肯定的，但为什么还是要对这个目的地满怀憧憬呢？

我们一直忙于工作。

与大部分恋爱中的男女有着不一样的目的，也许我们在一起的时候，幻想过未来的种种可能，也希望能够永远在一起。

然而，他热爱工作，忙于晋升；我对未来又野心勃勃，想要赤手空拳地打出一个商业王国，与我爷爷奶奶的家业争一个高低。

于是，我们就这样耽搁下来。

你看啊，只有到最后没能成为彼此的归属，我才敢用“耽搁”这个词语。

让我想想，杨琳是怎么闯入我们的生活的？

不瞒你说，她曾经是我的闺密。

呵呵，闺密，多么可笑的一个词语啊。

大概是在 2011 年，沉忆服饰要进行冬季新款发布会。这是我们自创品牌以来，第一次主办新品发布会，一切都让人感到很新鲜，也让人很忐忑。

彼时，我们联系我们省内各级加盟商参会，再联合我们所代理的两个温州女装品牌，举办了这次冬装发布会。

会场选在了成都世纪城新国际会展中心的一家五星级酒店里。

杨琳是这家酒店的营销策划部经理。

酒店是李苏推荐的，她把我的电话号码给了杨琳，杨琳第一时间同我联系，十分殷勤。大概是因为她的职业，这个人情商很高，说的话总是能够哄得别人很开心。像我这种死倔还有原则的人，情商之差，在她面前根本就不值一提。

坦白说，从一开始我便是因为她会说话，觉得她亲切有趣，才逐渐将她从一个陌生人接纳成朋友的。

那两天，我们真的忙疯了。

因为我们是第一次办服装发布会，毫无经验，只能仰仗加盟品牌的陈列师过来帮忙设计。

杨玉石、何小玉、邹小月都是资深员工，还有一些门店的店长、跟着时序多年的装修队伍，以及李华玲麾下的销售主管，统统泡在会场。从布置会场到模特安排，以及音乐、嘉宾、媒体，整个流程非常复杂。我们从三个月以前就开始准备了，还让沉忆的设计师专门为这次冬装发布会设计了几个特别款。

时装这一块儿，花了近十年的工夫，只有通过一次新品发布会，我与时序、李华玲才能真正意义地从倒货的小贩变成品牌联合创始人。

国产女装品牌的新品发布会一般会邀请国内顶尖的模特来走秀撑个场子；如果国际时装周的时候，还会邀请明星出席，或者国际名模来站个台。

我跟时序去参加过几次，晓得其中的路数。

但坦白说，作为省级代理，以及初涉自创品牌的我们来说，是请不起国内顶尖模特的。

我们只请得起省内顶尖的模特，或者是参加过选秀节目，入了全国多少强那种不知道多少线的艺人和模特。

听我这么一说，你大概能够分辨出，在 2011 年，沉忆是个什么路数的品牌了吧？

我不怕你笑话，那会儿的沉忆刚刚开始时尚之路，加盟门店仅限于省内十余家，品牌设计师也只有两位，每一季的原创款式不足五十款，其余的全部是在借鉴的基础上进行改进，用于订货充数。

我们还在学习摸索，但是希望能够进步快一点。

魏仁是本次服装发布会的幕后军师。

平心而论，我是非常钦佩他的，他甚至改变了公职人员在我心中的形象。在我的印象当中，公职人员就是板正、守旧的人。

等到魏仁成为我的男朋友，当我开始近距离了解这个团体，才发现每个年代的公职人员，有着每个年代的不同特点。而且这个团体，也并不像网络所妖魔化的那样。当然每个团体都有害群之马，但每个团体也有值得信赖的人存在，这部分人肩负着百姓的信仰，负重前行。

魏仁之所以被我敬仰与深爱，正因为他除了一些必不可少的作秀行为——譬如说住老宅、开普通车这种过于形式化的标榜清廉的行为之外，其实他是一个非常聪明且睿智有远见的青年干部。

我甚至因为他的洁身自好、睿智英明，从而对这座城市的整个公务员队伍生出了崇高的敬意。

你看，其实一个团体的形象，真的会因为一个人而被影响的。

他作为幕后军师，从联络模特到联络媒体都没少出力。到了真正开发布会的那一天，偏偏他有一个很重要的会议要参加，所以没办法第一时间赶来。

正因为如此，他与杨琳才有机会相识。

我是主办方，被困在会场，是没有办法想走就走的，嘉宾与模特是我当晚最需要操心的事情。而杨琳作为酒店方，非常热情，让我有事就吩咐她。

在秀场开始前半个小时，她还专门跑来问我：“夏总，你们还有没有什么嘉宾、朋友什么的要到会场来的？还没到的，都可以把电话给我，我帮你接到会场里来。”

按说这种事情我应该交给杨玉石去办。

但是当天的人太多，事情也太复杂，我与时序、李华玲都已分身乏术，而手下的员工更是忙得焦头烂额——人生第一次办发布会，大家都没有经验，手忙脚乱是很正常的事情。

于是，我将几个还未到场的加盟商电话以及魏仁的电话号码给了她，并且万分感激地说："那就拜托杨总了，待会儿我可能会很忙，如果那位魏先生来了，请将他带到我旁边来，我帮他留了座位。"

"好的，没问题。"

"谢谢啊，杨总。"

"应该的，您太客气了。"

好的，就因为这份"应该的"，我亲自将魏仁的联系方式交到了一个野心勃勃的女人手里。我是不是傻？

后来回想起来，我不是傻，是蠢，蠢到相信自己可以成为魏仁真正爱一辈子的女人，蠢到不信会有其他女人取代我的位置。

盲目自信，往往就是悲剧的开始。

发布会快结束的时候，魏仁终于来了。他在杨琳的引领之下，气宇轩昂地来到我跟前。

我回过神来，看见杨琳满脸柔媚微笑地瞧着魏仁。那个时候我就应该提高警惕的，然而那个时候魏仁眼里只有我。

他说："不好意思，来晚了。"

我佯装生气："这么重要的事情，你怎么能够迟到呢？"

他哄我："好了好了，你乖，别生气。我这不是来了吗？"

然后，他对杨琳说："谢谢你啊杨小姐。"

杨琳微笑："不客气，应该的。那我先去忙别的了。"

"嗯。多谢。"

你看，那个时候大家都很拘谨，非常客气有礼。

那一天还有一件很重要的事情发生。

当所有新品展示完，整个冬装发布会取得圆满成功时，时序带着设计师和模特上场，走完一圈之后，时序从主持人手里接过了话筒。

我们都很好奇，他会说什么结束语。

以他的出身，能够走到今天这一步，不得不说是人生中一个里程碑式的纪念。他终于从一个温州大山里走出来的小孩，成长为在一个日趋国际化的大都市里有着一席之地的人。甚至在很多人眼里，当时不过三十三岁的时序，已经是一名非常成功的年轻企业家了。

然而他并未成家。

三十三岁，与他同龄的男子大多已成家，有了妻儿。他确实也是因为创业而被耽误了。

突然，酒店放起了一首很特别的音乐——

It's a beautiful night we're looking for something dumb to do

Hey baby I think I wanna marry you

Is it the look in your eyes or is it this dancing juice

Who cares baby I think I wanna marry you

Well I know this little chapel on the boulevard

We can go whoa whoa

No one will know whoa

…

是 Bruno Mars 的 *Marry You*。

人群中开始有了口哨声，大家都意识到即将发生什么事情。

时序站在舞台中央，目光投向我们落座的方向，温柔深情而专注地说：“今天，我想借我们沉忆冬装发布会的现场，当着众多家人和朋友，向一位了不起的女士，求婚！”

场面越发热闹，口哨声、起哄的声音此起彼伏。

对，有情人终成眷属，是大家喜闻乐见的事情。

可是这位女士，究竟是谁呢？

我当然知道的。

我微笑着，注视着那个舞台。今天，将是证明爱情最美好的时候。

魏仁颇感欣慰地握住我的手，低声在我耳边说：“可以啊，真没想到时序还懂这一招。”

酒店的大屏幕上出现了一个扎着两个麻花辫的小姑娘。她二十岁左右，年轻、稚嫩，一脸纯真，却穿得土里土气。

时序说：“这个姑娘，在我一无所有的年纪来到我身边，成为我的左膀右臂。那是我人生当中最艰难的岁月，很穷，好不容易在舅舅舅妈的帮助下，在荷花池开了一个小小的店铺，卖着从师父的厂里批发来的鞋子，但是生意很不好，连人都招不到……是她陪着我，一双鞋一双鞋地积累出最初的创业资金……那个时候我请不起更多的员工，她就一个人顶三个人，我们常常加班到很晚，送她回家以后，我总是叮嘱她第二天可以晚一点到店里，但是第二天，她总是早早地就在店门外等着我……”

大屏幕上的照片根据他的讲述进行切换，此刻放在上面的，是我们开Sissy服装店时的一张集体照。

照片里面，有一个身份特殊的女人——冯翠。

时序在看到这张照片的时候，略略停顿，然后感慨万千地说：“那个时候，我爱上了别人。她很伤心，但并未强求什么，而是退到了遥远的地方，沉默工作，静静喜欢。我现在回想起来，也许老天就是要我走一些弯路，才知道正确的人在哪里。我很感谢她没有离去，一直站在原地。”

照片还在滚动，是李华玲与时序在温州跑商家时候对彼此的一些抓拍，烈日炎炎之下，两个人在街边的长凳上一坐，李华玲热得妆都花了，却依然专注地审视着各个品牌的资料。

时序说：“那个时候我才发现，她真的很美。一个认真做事、斗志昂扬的姑娘，是最令人钦佩与欣赏的。我很幸运，老天爷安排她来到我身边……我们从认识到现在，已经十一年了。今天，是沉忆服饰的第一次新品发布会，我想借这个场合，向我最心爱的姑娘表白，我想告诉她……”

他往前走了两步，目光一直追随着台下那个捂嘴傻哭的姑娘——李华玲。

他微笑着，径自从舞台上走到她跟前来。

灯光落在他们身上。

时序单膝跪地，从兜里拿出一枚戒指，钻石的克拉数不小，在灯光下闪烁着耀眼的光芒，人群中传来有人羡慕的低呼。

时序接着说："华玲，我爱你，我想一辈子和你在一起，想要照顾你，想要拥有一个我们共同的孩子……你愿意嫁给我吗？"

音乐已至高潮——

李华玲激动得说不出话来，只知道哭。

人群中开始有人跟着音乐唱，还有人高声呼唤："嫁给他，嫁给他！"

我站在一旁，早已被这一幕感动得热泪盈眶，见李华玲还傻愣着直哭，于是在她耳畔低声说："快上去接过他的戒指，抱住他呀。"

"哦。"她这才回过神来，慌手慌脚地擦了擦眼泪，上前一步，伸出自己的左手。

时序将戒指套在她的无名指上，两个人紧紧地拥抱在一起。

便是此时，舞台上来了几个模特，就着音乐进行了一段即兴表演，场面气氛更加热烈起来。

我很羡慕。在那一刻，我萌生了想要结婚的念头。

站在我旁边的魏仁似乎也被感染了，将我拥进怀里，低声在我耳畔说："等咱们结婚的时候，不搞这些虚头虚脑的假把式。"

我瞪他："你什么意思？"

他笑："我啊，就直接把你领到民政局，把证办了。"

"你想得美！"

三十

我爱过你，我不恨你

那一天整个过程都很圆满。时序求婚后几个月，就与李华玲举行了婚礼。作为他们爱情的见证者，我非常激动，也由衷地希望他们能够白头到老。

婚礼是在时序位于牧马山的别墅里举行的，仿西式，草坪被婚庆公司布置得如诗如画。

看着李华玲穿着婚纱走向时序的那一刻，我突然想起冯翠来。

当时冯翠为什么要和时序分手呢？大概是为了一套别墅。

其实 2011 年的成都房价尚在谷底，不到一百万就可以在双流与新津交界的地方买到一套小别墅。

这个价格低得可怕。

因为是成都的郊区，当时发展得也不是那么好，所以价格非常便宜，还可以贷款按揭。

但时序拒绝去这个地方买房子，以要在尚都买商铺自创品牌为借口，拒绝为冯翠的虚荣心买单。

其实现在看来，他那个时候应该就有了要分手的念头，只是一直没有找到借口。

与冯翠分手后不到半年时间，时序就在牧马山买了一套四百平方米左右的别墅。

同样的别墅，不一样的女主人，不知道冯翠听到这个消息以后，会作何感想呢？

但此时此刻，我也不见得有多开心。

婚礼当天，来了两位不速之客——邓宇和他的女朋友白羽。

邓宇与时序一直保持着非常友好且密切的朋友关系，我的生活状况是怎样的，假如他想要打听，是必然能够打听到的。

自从听说他与白羽珠联璧合一般恋爱之后，我对他就再也没有半点儿好奇心。

这个男人在我的生命中已经被我彻底打了个叉，否定掉了。

所有辜负我的人，终将被我遗忘，这就是我的处世原则。

但是在几年后，旧恋人分别牵着各自现任的手面面相觑的场面，也是不太好看的。

至少我觉得挺尴尬的。

时序与李华玲自然知道这份尴尬，所以提早通知了我。

然而我是伴娘，与宾客的正面接触是无论如何也避不开的。

还有一个伴娘是杨琳。

你绝对意料不到的是，杨琳作为一个我们刚认识不久的朋友，居然能在短短三个月之后，就变成可以跟新娘子肝胆相照的朋友，并被邀请成为伴娘之一。

我现在回忆起来，也不得不佩服她的情商与取得别人信任的能力。

因为我，魏仁做了伴郎。他说他来做伴郎主要是介意别的伴郎牵我的手。

你看，那个时候的他多么在乎我，就像所有占有欲强的男人一样，不愿意自己的女人被其他男人亲近，哪怕只是礼节性的牵手也不行。

就是这样，我与魏仁、杨琳还有另外三个伴郎伴娘一道陪在李华玲与时序身边，迎接宾客。

白羽挽着邓宇的手臂出现在婚礼现场时，我虽然早已有心理准备，但在见到他们的那一刻，还是有些紧张。

魏仁察觉到了我的不适。原本还在同人说笑的我，突然就神色异常、沉默、转移视线——对于我刻意想要回避的状态，魏仁觉得是不正常的，看了我一眼，转头再看向来人，是邓宇。

魏仁还没有成为我的男朋友前，曾在我的QQ空间里见过邓宇的照片，还夸奖我眼光好，前男友长得很帅。

我原本以为他们永远不会相见，便将与邓宇的那一段故事简单地讲给他听了。

其实我们每个人都会有忍不住跟现任讲与前任的失败恋情的时候，有时候是充满遗憾的，有时候是表示庆幸的，而我表明的态度，是怨。

所以魏仁曾经在很长一段时间里犹豫过要不要追求我，因为他觉得我心里可能还有前男友的影子，也许还爱着前男友。

但实际上，我的怨可能更多的在于邓宇在与我保持恋爱关系的那几年里，并未真正将我介绍给他的亲人和朋友，我在这段关系里所感受到的傲慢与偏见，令自尊心大受挫折，并导致很久之后都没有再恋爱的勇气——我那个时候觉得自己挺差的，也许别人不太容易看上我。就算别人看上我了，我一个开服装店，连高中都没毕业的人，人家家里人能接受吗？

坦白说，我吃了没文凭的亏，遭了没文化的罪。所以从那之后，我花了很多时间恶补文化知识，多读书，多学习，还恶补了英文口语。

而这些，都是我在积极创业、自创品牌的闲暇里做的。

所以每当听见别人说自己没时间学习什么的，我都觉得是借口。

然后，我就遇见了魏仁。他也是非常美好的一个人，我又心生自卑，便努力去提升自己的个人素质，以求在各方面都能和他更登对一些。

魏仁认出了邓宇，邓宇应该也看出了魏仁与我的关系，他在同新郎新娘客套几句之后，便来到我跟前。

还真是避无可避。

“你好，好久不见。”邓宇脸上带着淡淡笑意，举止温和且绅士。

我在心中翻了几个白眼，但还是努力保持稳定情绪，淡淡一笑，没有应话。

白羽跟着过来了，挽着邓宇的手臂，妩媚一笑，看着我道：“夏青姐……”

“快别叫我姐，不敢当。”我笑，“我跟你又不是很熟。”

白羽顿时感到十分尴尬。

对于我的言行所造成的冰点气氛，魏仁正准备出手挽救，在一旁的杨琳已经反应过来了。

她迅速站到我旁边来，抓了一把喜糖就往白羽和邓宇手中放，笑嘻嘻地说：“哎呀你们俩好像是从画里走出来的一样，男的帅女的美，我们玲姐和序哥真是人善心美朋友多，还个个都长得这么好看。”

白羽笑着说了声谢谢。

杨琳便连推带邀请地说：“来来来，亲爱的，往会场里面走，椅子上面都有名牌的。哎呀你的香水好好闻啊，用的什么牌子啊？”

“Gucci 有一款其实还不错。”

“待会儿咱们加个微信，回头麻烦你把名字发我手机里吧。”

“好啊，我送你。”

“这怎么好意思……”

“大家都是时总与玲姐的朋友。”

“倒也是，都不是外人。来来来，扫个微信。”

就这样，杨琳迅速与白羽搭上了关系。

我与魏仁虽在远处，却也瞥见了整个过程。

魏仁不禁低声赞叹：“这个杨琳确实有点能耐啊，与人交际的本事可真不小，才几句话啊，就能把人的微信要到手。”

我淡淡地看了他一眼，什么话也没有说。

他察觉到我的不悦，求生欲极强地说："但是她被这个世界磨圆了棱角，太过于圆滑，不如你有个性。"

"那你喜欢圆滑的姑娘呢，还是有个性的姑娘呢？"

"我只喜欢你。"

我心中一暖，目光却满是嗔怪地瞪向他，再也忍不住地抱住他的腰，咯咯笑了起来。

我一直不太明白那些纠结在前任感情中的男女，为什么非要留恋曾经的人与曾经的爱？人的一生那么短暂，难道图的是日日思念，夜夜痛哭，最后把时间留给一个伤害过你的人？

我那个时候选男人的眼光已经非常正了，只有爱我的、懂我的，还晓得逗我笑的，才应该是我去爱的。

所以再见邓宇，我只是有点慌乱，但心中并未有涟漪。毕竟爱过他的那个我，其实早就已经死了。

我想，曾经爱过我的那个邓宇，应该也死了，否则他不会带着白羽来同我打招呼。

一切绅士风度，都不过是表演，你永远不要妄想猜透男人真实的想法是什么。

但我还是控制不了自己对邓宇投去好奇的一瞥。

他和白羽寻到了座位，坐了下来，没有说话，只是拿出手机来玩。

就在我专注观察他们的时候，魏仁在我耳畔低声说："以后咱们的婚礼呢，可能办得不会像这么浪漫，一切最好简单朴实，希望你能理解我……"

我注视着他，他也注视着我，一本正经的样子，不像是在开玩笑。

此刻我心中因为前男友的出现而带来的悸动与不适，逐渐平复。

我在怕什么呢？我又有什么可遗憾的呢？陪在我身边的这个男人，深爱着我，在乎着我，关注着我的一举一动，这是多么幸福的事情啊。要有多深的爱，才能做到这样呢？

所以，前任什么的，就随他去吧，都是前世的往事了，我只想过好今生。

我瞪了魏仁一眼，说：“谁说过要嫁给你的？”

“哦？难道你还有二心？”

“我等着周渝民来求婚呢！”

魏仁不怒反笑，低头在我唇上吻了一下，说：“我盖了章的，你是我的，周渝民没机会了。”

杨琳走过来见到了这一幕，不停地啧啧啧，还戏谑地同别的伴郎伴娘说：“瞧瞧这两口子，专虐我们‘单身狗’啊。”

有伴郎起哄说：“你单身啊？这么巧，我也单身，不如咱们凑合一对儿吧。”

杨琳笑：“谢谢您啊。”

那一次，杨琳开始慢慢融入了我们的朋友圈。

等到现在我再去回想，才觉得后怕。

在我认识她的这几年里，她基本与我的朋友们打成了一片，成为我这个朋友圈里的人。

然而我对她的情况，知之甚少。

不得不说，这是一件令人感到匪夷所思的事情。

我也不得不承认，人家确实有那个本事，在短时间内就取得我的信任，以及我朋友的信任。

至于她是怎样勾搭上魏仁的，我实在不清楚，他们两个都不说，我根本就没法得到真相。

这件事成为我二十九岁这一年，最大的困扰。

我在无数个深夜里因为这份屈辱而从梦里哭醒，醒来时身边却没有那个我深爱着的男人。

那一夜之后，他又因公出差，不在身边。

从前我不会感到没有安全感，但是现在，只要他不在身边，我就怀疑他是否在欺骗我，是不是根本就没有出差，而是私下与杨琳见面。或者说，就算他原本在出差，但谁能管得着他的心呢？他还是会同杨琳联系的。

杨琳杨琳杨琳，这个人的名字对我来说，简直就是噩梦。

我与魏仁还未正式说分手，所以严格意义上来说，我们只是处于尴尬的冷战期，依然是情侣，他依然会每天发一条消息来，看看我到底在做什么。

有时候我会回复他，就像寻常一样——出现这种情况，是因为我想要装作豁达大度挽回颜面，不让杨琳得逞。

有时候我会将手机扔到一边，根本就不理会——这种情况便是我对他俩恨得咬牙切齿，一想起就会感到阵阵恶心的时候。

他们在我眼里，就像老鼠一般，是龌龊、低贱，见不得光的。

可尽管如此，我依然感到很痛苦。

这种被背叛的伤痛，并非影视剧里所说的那么简单，轻轻松松就能放下。只有不爱了，才能放下。如果是还深爱着的人，怎么可能说放下就放下呢?

魏仁对我实在是太好了，我也实在忘不了那些美好的过往。邓宇跟我分手的时候，我似乎都没有此刻这么痛。

阳台上的烟灰缸里，烟蒂一夜比一夜多；角落存放的红酒瓶，快要没地儿放了，我甚至暂停了请保洁阿姨来打扫卫生。似乎每一个不眠之夜，只有酒精与香烟，才能麻痹自己。

那段时间，我觉得自己整个人都在往下坠落。

但我始终撑着一口气，于是我在痛苦的逞强状态中，终于回到公司，着手打理公司与门店的事务。

2013 年 4 月，成都的天气有些反常，有很长一段时间与月份不符地异常炎热。

因为遭受过 2008 年那个惊天的灾难，所以但凡遇到些与众不同的情况，譬如蟾蜍集体迁徙，天空出现疑似“地震云”的东西，四川人民就会感到非常恐惧，以为大灾大难又要来了。

但是那段时间，我一直过得浑浑噩噩，在分手与不分手之间痛苦徘徊，对于任何反常现象都漠不关心。

前几个月我发生车祸，这件事是瞒着父母的。

还好雅安和成都有一些距离，我在这里发生了什么事，他们在那边不一定能知道。

前几天，妈妈打电话来，说："你爸让我问问你最近过得怎么样，问你想不想吃酥肉，他给你炸了一些，托隔壁的王老三给你带过去，王老三明天正好要去成都。"

"噢，我爸爸是想我了吧？"

"肯定想你啊。动不动就叫我给你打电话，一会儿说天气变凉了，一会儿说天气变热了，就怕你照顾不好自己。"

"那他咋不自己给我打电话啊？"

"唉，你爸的性格你还不知道？他怕是把电话打通了，也不晓得该说些啥子。"

我笑。这就是父爱啊，深沉内敛，不善言辞。

第二天，我妈口里那个被称为王老三的邻居拿了一袋炸得里嫩外酥的酥肉给我，金灿灿的，相当诱人。

四川酥肉是川菜系的一大特色，也是我尤其爱吃的东西。

爸爸自然晓得我最喜欢吃这个，索性做了十来斤，沉甸甸的一大袋。不知道他是不是把我当成猪来养的。

我将酥肉分装了好几小袋，妥善放在了急冻箱里，等到心情特别糟糕的时候，就拿出一点煮了，然后一个人静静地把它吃完。

就这样，我熬过了最痛苦的那段时间。

后来，魏仁出差回来了。

但这个时候我们已经是分居状态，他没有再来我家里住，而我也已恢复正常上班。

但我们偶尔还是会见面，只是偶尔。

原本带着一颗重修旧好的心约着吃饭，没想到说着说着我们就扯到杨琳身上去了，然后吵架，最后不欢而散。

他真是一个优柔寡断的男人，我也真是一个拖泥带水的女人。

既然一段感情彼此都知道回不去从前，为什么还不能都放手呢？

这大概是我经历过的藕断丝连最久的一段感情了吧，那个男人毕竟是我深爱过、想过要托付终身的男人。

2013 年 4 月 19 日，我决定跟魏仁摊牌。

我还记得那一天，星期五，前一晚我因为失眠几乎通宵没有睡，早晨醒来就给魏仁打了一通电话。

结果他没接。

我只好发消息给他，说："要不我们还是分手吧，我成全你跟杨琳。"

过了很久，他回复我："我在开会，等会儿再说。"

他这不紧不慢的态度，更加令我感到心情烦躁，我却拿他没有办法。谁不知道公务员的会多呢？

其实我的会也不少。

按捺着心中的不悦，我到了公司，马上开会，会议内容主要是商讨冬季新品的货品计划。

你大概会问，为什么才 4 月，就开始考虑冬装的问题了？其实，在我刚刚进入品牌女装圈的时候，对这个问题同样感到困惑。但是后来我才了解，因为货品流行趋势、颜色、面料、款式的发展与变化多端，不得不提前进行款式的研究，这才是品牌服饰的正常运行轨迹。

于是，我也就慢慢明白了做原创品牌与散货批发的区别。

设计师出了一些图，放在屏幕上供大家看。

我发现有一些款式看着颇为眼熟。

"等一等。"我皱了皱眉头，指着上面的某一件连衣裙说，"这条裙子看着怎么那么像去年杜嘉班纳的款？这个腰带，完全就是一模一样的，还有领口的点缀，基本上没有任何区别。这个……这个是抄袭款吧？"

设计师的表情很坦然："是的夏姐，这款是向杜嘉班纳致敬的。我们除了这款，还有几款也是致敬款。"

“致敬？是不是但凡抄袭的，拿个致敬糊弄一下，就能蒙混过关啊？别人不会看吗？买我们衣服的朋友万一正好有朋友有原版的裙子，两个人聚餐的时候撞上了，你说我们的客户尴尬不尴尬？”

设计师一脸茫然，语气无辜又坦诚：“可是我们的价格只是原版的十分之一，而质量也许比原版的还好。”

“就算我们的裙子质量好到天上去，也不会有人觉得我们的东西比原版的好，在原版面前就是会抬不起头来。你知道为什么吗？因为这是抄袭，是盗取别人的劳动成果，是无耻。”

对于我的愤怒，设计师感到很茫然。

时序见情况不是很妙，咳嗽了一下，对我说：“青青，这种致敬款，其实我们每一季都有的，卖得还不错，很受高端客户欢迎……当然你必须明白一点，就算我们不致敬，别人也会致敬的，这原本就是国内中低端时尚女装品牌公开的秘密啊。”

我看了他一眼，淡淡说：“我当然晓得这是公开的秘密，但我们既然打着‘原创品牌’的旗帜，至少应该对得起‘原创’两个字啊，这种一眼就让人看出是抄袭的衣服，还好意思说自己是原创吗？那不如说自己是高仿啊。”

设计师嗫嚅道：“那，那要不我再改一改，改得不那么像一点？”

我翻了翻白眼：“你就不能做几款真正原创的裙子出来吗？那我们请你来做设计师干吗？买两款原版回来让工厂直接加工不就行了吗！”

也许这句话说得太重了，年轻的女设计师脸涨得通红，这种被羞辱的感觉，谁也受不了。

其他的设计师手中拿着稿子，都不敢递过来了。我知道，这里头也不乏许多的“致敬款”。

时序见状，连忙说：“这样，这些设计稿都先交给我，我一会儿再跟夏总商量一下，然后下周我们再开会。散会吧。”

听见他说散会，我踩着高跟鞋，噔噔噔地就往自己的办公室走去，其间还听见时序跟办公室里的人说：“明天就是周末了，大家抓紧时间把手头的工作做完，周末就不用加班了，可以好好陪家人出去玩一下。”

我猜，他还会去安抚那个被我骂的女设计师。

他就是公司的平衡柱，负责协调每个人的情绪，从来不将喜怒哀乐表现在脸上，所以每个员工都很喜欢他，也愿意死心塌地地跟着他一起打天下。

时序就是一个天生的领导者。

我在自己的办公桌前胡乱摆弄着电脑，其实心里也很困惑，不知道自己到底怎么了，为什么平白无故就发了脾气，对着人家姑娘乱吼一气。

门被推开，时序走了进来。

他关上门，然后来到我桌前，一屁股坐在办公桌上，笑着看我：“怎么回事？咋突然发那么大的脾气？沉忆每个季度都有‘致敬款’的嘛，过去甚至还有照抄款式的。从前你都觉得还可以，咋这次就觉得咱们无耻了啊？”

我不知道怎么说，总不能说凭感觉吧，所以就什么也不说，视线落向别处。

他叹口气，低声问：“你这段时间情绪都很不好，你知道吗？”

我翻了翻白眼：“这不是废话嘛。”

“咋个了吗？哪个惹到你了？是‘为人民服务’哇？”他突然说起了四川话。温州人说四川话很蹩脚的，但他也学了个六七分像。他说的“为人民服务”，是拿魏仁的名字在开玩笑。

我叹了口气：“序哥，我跟魏仁分手了。”

他很惊讶，一副不可思议的表情：“怎么会？前段时间他出差之前，还跟我说回来以后要向你求婚的。”

“求婚？”我冷笑，“他回来以后，就没有来看过我。”

“他昨天才回来，你什么时候跟他分手的啊？”

“今天早上。”

“所以你什么时候给过他机会呢？”时序看我的眼神宛如看一个智障。见我不说话，他叹了口气，从我桌上下来，然后在一旁的沙发上坐下，环顾四周，说：“我记得之前摆放了一套茶具在你的办公室呀，哪里去了？”

“早就让小月他们搬去公司会客室了。我这里放那玩意儿做啥子？我又不喜欢喝茶，也就你们这些老男人才喜欢附庸风雅。”

他又叹气：“瞧瞧你说的什么话，怎么处处怼人啊，我们又没惹到你。”

我不说话。这确实是我目前的状态，看谁都不顺眼，逮谁怼谁。

“按说我不该在办公室里跟你讨论你的私事，但是你最近的状态真的很差，让我非常担心。华玲刚生孩子，一天到晚在忙孩子的事情，但不代表她不关心你。她常常叫我多注意你的情况，多开解你。”

“但是你并没有开解过我啊。”我突然感到有些生气。

在我的感情陷入危机这段还不算短的时间里，柳飞絮、李华玲、时序、叶晋中这几个我特别信任，也特别依赖的朋友，偏偏人间蒸发似的，常常连一个人影子都看不到，更别说开导慰问我了。

叶晋中是情有可原的，他给我打过两次电话，我每次都说没事，事情已经过去了，我跟魏仁好着呢。

对，我是怕麻烦叶晋中。

因为他毕竟是我的亲戚。虽然我与夏家的人现在关系不算特别坏，不再像从前那种水火不容的地步，但我依然不愿意他们知道我的任何动向。

至于其他几个人，谁知道他们在忙什么呢？也许每个人正在自己的轨道上进行着难以诉说的故事，就如我一般，也在悲欢离合喜怒哀乐里浮沉。只不过我将自己的不幸放大了，因此沉溺在痛苦中无法自拔。

时序叹了口气，歉意地说：“劝你要放过自己的话，我们其实都讲过，你在医院里那段时间，还有出院后，我们都说过对不对？有些道理，如果你自己不想开，其实我们说再多也没有用，这就是我们都不来打扰你的原因。你说你遇到这种事情，痛苦当然是有的，毕竟跟魏仁在一起那么多年，都打算结婚了。可这突然冒出来的杨琳，明摆着就是有目的的啊，难道你还看不出来吗？你说，这话我跟华玲还有飞絮他们跟你说过多少次了？感情不是儿戏，不要一时冲动就把爱你的人给丢了……”

“那万一他不是爱我的那个人呢？”

“怎么就不是了？”时序皱眉，“我来说句公道话吧。可能他确实被杨琳所诱惑了……"

"应该是彼此诱惑，毕竟一个巴掌是拍不响的。"

"好，就如你所说，是彼此诱惑。那么这是否很正常呢？杨琳长得不丑吧？身材也很好。虽然比你大几岁，但人家会说话、会处世……"

"你的意思是我不会说话、不会处世咯？"

"你必须正确认识自己，你确实是一个脾气火爆的人，人家杨琳的性格就是比你好一些，还挺会聊天的。"

我冷笑："哼，你们男人都很喜欢这种婊。"

"你看你，恼羞成怒就骂人，这是很不好的。佛家来说，这是造口孽，是会遭反噬的。"

我知他信佛，便没再多说什么，只道："就算杨琳条件很好，魏仁被她吸引，那我现在正式退出，成全他们不是很好吗？为什么我决定分手，成全他们了，你们还是觉得我做得不对呢？"

"你至少应该给魏仁一个机会，一个重新开始的机会。"

"我没给吗？2012 年 12 月发生的事情，到现在是 2013 年 4 月 19 日了，差不多快半年时间，他要么出差，要么就是加班，我们碰面的机会已经非常少了，而且一碰面就吵架。你说，再好的感情，是不是也要被吵没了？"说到这里，我抽出一支烟，准备点燃。

他连忙阻止："喂，办公室不允许抽烟的，这项规定还是你定的。"

我只好黯然地放下手中的烟，接着说："我真的是疲惫了。序哥，你还记得邓宇吗？我跟邓宇就是反复纠结分手还是不分手，他不肯改，我也想不开，他一直拖着，不就是等我主动提出分手吗？在那段感情里，说起来是我主动不要他的，但实际上他早就放弃我了。你看看他现在的女朋友白羽，明明就是我跟他还在恋爱的时候两个人就好上的……我觉得这真的是命还是怎么回事，或者说是一种报应。谁让我背叛了林峰呢？所以老天爷给我安排的后面的恋人，总是让我被辜负……"

"我觉得你真的想太多了。一段感情出现问题，必然是双方都有问题。

你总要给他个机会，或者说你主动去修复，感情才有可能恢复健康啊。”

“序哥，你简直就是站着说话不腰疼。”我冷笑，“你的感情一直顺风顺水，永远是你在挑爱人，也从来没有被女人辜负过，你有什么资格跟我说让我去修复感情啊？你明明就是一个没有经历过挫折的人。”

“谁说我没有？”他突然叹了口气，然后站起身来，往落地窗户跟前一站，良久才说，“我喜欢过一个人，但是她心里一直没有我。”

我被他这严肃的样子弄得一怔，问：“谁啊？婚前还是婚后？我认不认识？”

他突然转身，目光奇怪地看了我一眼，然后笑道：“你怎么这么八卦啊！”

“对啊，我就是八卦。那到底是婚前还是婚后啊？这姑娘是谁，我认识吗？”

“婚前，你不认识。”

“哦，婚前无所谓，婚前的事情根本就不值得追究。”我笑了笑，又说，“你赶紧把那小贱人忘了吧，今生今世，你只能爱我玲姐一个，你看她才给你生了个大胖娃娃，多好的福气啊。”

时序闻言，无可奈何地摇了摇头，说：“小贱人？呵呵……你还真是毒舌，谁都不放过……”

我想了想，觉得自己确实有点刻薄，便说：“时序，其实我变得这么刻薄也是有原因的，我很痛苦。我不想分手，但我不想再像从前那样拖泥带水，把原本还可以做朋友的两个人生生地变成陌生人……你看，我对邓宇就是连打个招呼的念头都没有，为什么呢？因为当时谁也不肯主动说再见，即便觉得也许两个人明明就不可能了，却还是苦苦撑着不肯放手，直到怨恨把心中仅存的一点爱都给吞噬掉……”

“所以你想在还不是那么恨他的时候，跟他好聚好散？”

“对啊。也许我们好好分手后，还能做朋友。”

这是我最后的期望。拖了四个多月，我深刻地感觉到自己根本无法原谅魏仁的劈腿。哪怕他到现在都没有准确地承认自己劈腿，可是从杨琳挑衅的态度来看，这事也八九不离十了。

“我不是没有给过他机会，但在这四个月、一百二十多天的时间里，他并没有向我坦白与杨琳的关系。假如他和她真的一点暧昧关系也没有，那他为什么不能当着我的面跟她彻底断绝往来，断了她那个念头呢？他什么都没有做，只是把更多的时间投入到工作里，以为时间可以治愈一切。可实际上，时间就是个王八蛋，并不能疗伤，只会让伤口恶化、流脓。”

时序静静地看着我，良久，才说道：“这样吧，晚上我组个局，让杨琳、魏仁一起来，你们三个人坐在一起，好好谈一下这个事情。华玲要带孩子，她就不来了。我约一下飞絮，让她务必参加，你觉得怎么样？”

“不，我拒绝。”

对，我是拒绝这种尴尬场面的。演戏给谁看呢？

然而时序不容我拒绝。

“逃避？不是说好了好聚好散吗？你以为你这样不明不白地分手，就能化解仇恨吗？你会在长久的怨恨中慢慢地消耗你自己，让自己变成一个怨妇。”

“我就算变成怨妇又怎么着？碍着你们了吗？”

说出这种充满对抗性的话，我以为他会生气，转身开门就走。

然而并没有，他只是看着我，动了动嘴唇，似乎有些犹豫，见我依旧剑拔弩张，他叹了口气，说：“你看看你现在都变成什么样子了？每天戾气很重，敏感、多疑、脾气暴躁，皮肤都变差了，整个人的精神状态非常颓废。”

我瞪着他，没有说话。

他继续说：“我希望你好好的，希望你是一个积极快乐的人，希望你像从前那样，每天都光彩照人地到公司来，希望你对每一个人都和和气气，希望你不再颓废，希望你能够爱惜自己，所以，这事我管定了。今晚，你们必须都到场。”

“我不去！”

“由不得你！”说完，他连看也不看我一眼，转身走了。

时序是一个平时看起来很好说话，似乎什么事情都可以商量，很佛性的人。

但实际上，假如他认定了一件事，就绝对没有更改的可能。

正因为都了解他的性格，所以到晚上七点，魏仁、杨琳、柳飞絮都毫无例外地出现在四川广播电视塔 339 旋转餐厅。我不知道时序用的什么办法，总之我在餐厅里见到他们的时候，大家的表情都很尴尬，但似乎又没有办法逃避。

这种局面，当然不是我想看到的。

339 旋转餐厅是当时整个四川位置最高的餐厅，餐厅悬挂在四川广播电视塔 213 米的高空，同时可以容纳近两百人用餐。这家餐厅最主要的功能就是可以一边吃东西，一边俯瞰大成都的美景。餐厅的包间不多，每天晚上都特别紧俏，很难订到位置。

但不知道时序用了什么办法，居然预订到了观景最好的那一间包厢。

一开始我是拒绝来这里的。第一次来这里，是魏仁带着我来的。当时我在车外仰望了一下电视塔，不禁瑟瑟发抖，抱着车门说："这么高，好吓人啊，刮大风的时候，餐厅会不会也跟着晃荡啊？哎呀，我害怕，我的腿都在打战了。"

魏仁是笑着把我从车门上摘下来，然后搂在怀里，抱着上去的。

而我全程不敢瞧塔下面，直到临走之前，觉得上都上来了，要是不看一看再走实在是亏得慌，我这才哆嗦着往玻璃窗那里站了会儿。当时风景是极好的，而我又感到幸运，身后还有一个深爱我的男人陪伴着。

后来，我们也时常来这个餐厅，我恐高的毛病算是治愈了，但从未想到，这一次再来，会是这样一个局面。

我被安排坐在魏仁身边。

杨琳没有刻意被隔开，而是坐在魏仁的另一边。

时序就像大家长，坐在我们的正对面。

至于柳飞絮，她基本上是一个来看戏的。

说真的，你能指望一个作家给出怎样的建议呢？她至多是个旁观者，兴许今日这一幕，能够给她带来写作的灵感，提供一些写作素材。

桌上虽然摆满了吃的，杯中也都倒满了酒，但并没有人动筷子。

大家都丧着脸，沉默地端坐着。

当然，准确地说，是我和魏仁以及杨琳丧着脸。

时序端起酒杯，说了句开场白：“今天把大家约到这里来，是我的意思，谢谢你们肯给我这个面子。我有一个请求，不管你们有多大的误会、多大的仇恨，今天能否都放下？我们好好吃一顿饭，喝点酒，聊点有意义的事情。酒足饭饱了，再来说一下感情的问题。我不管你们同意还是不同意，总之现在大家已经来了，就听我的安排。第一杯，我作为你们的大哥，先干了。感谢各位赏脸。”说完，他像喝啤酒一样，竟然将杯中的红酒一饮而尽。

魏仁叹了口气，也端了酒站起身来，对时序说：“序哥，谢谢你安排的这个局。我也不知道该说什么好，这杯酒，我干了。”

又一个一饮而尽的。

我看看这两个男人，又看了看杨琳。

她正好也看着我，手中捏着红酒杯，似笑非笑地向我示意。

我回她一个淡淡的笑，将酒杯放至唇边，但随即又放到桌上。

假如要装作大气又有风度的样子，我应该把这杯酒喝了。但我为什么要为了假装而委屈自己呢？

人生一世，草生一秋，本来不顺意的事情就很多了，我为什么要做违心的事情呢？我不喜欢杨琳，跟她坐在同一张桌子上吃饭已经算是给时序面子了，还要假装友好地跟她喝酒？呵呵，开什么玩笑？

这桌上的人都藏了心事，但因为来都来了，总要给东道主一个面子，所以都隐忍不发。

我埋头吃东西，不想理会旁边的人。

从进门到现在，我与魏仁没有说过一句话。

当然，他与杨琳也没有说过一句话。

其实现在这个局面已经很明显了，魏仁与杨琳也在刻意回避着什么，他甚至不敢像从前那样给我夹菜，给我剥虾。

我拿起一只虾自己剥的时候，心中涌起难以抑制的委屈。

明明身旁的这个男人过去会帮我做这些事情，现在却像一个陌生人，对我不闻不问。

我剥着剥着，突然就崩溃了，将虾往魏仁碗里一扔，哭了。

“为什么不帮我剥虾？”

魏仁抬起头来，看着满脸是泪的我，叹了口气，抽出一张纸巾就要往我脸上擦。

我没有躲避，眼泪完全止不住，委屈地看着他，顺便也瞟了一眼他旁边的杨琳。

杨琳嘴角含着一丝冷笑，将剥好的虾放在魏仁的碗里，柔声说：“本来是给你剥的，但既然她想要，你就给她好了，我再给你剥一个。”

魏仁没有应声，但静静地看着我，眼中带着一种难以形容的神情……我想了想，那大概是一种被称之为“慈悲”的东西，或者是怜悯。

假如一个男人看你的眼神里出现了慈悲或者说怜悯，那你还有什么哭的必要？他对你的爱情早就没有了啊。

我笑看着魏仁，眼泪止不住地往下落，说：“魏仁，今天在这里，你能不能当着杨琳，也当着序哥和飞絮的面跟我说，你跟杨琳之间，现在到底是什么关系？”

魏仁不说话，脸上的表情很痛苦。

杨琳又放了一只虾到他的碗里，淡淡地说：“其实答案大家应该都看出来了，只是魏仁是一个念旧情的人，所以有些话他可能说不出口……”

“杨琳。”魏仁看了她一眼，然后一顿，再说，“这是我跟青青之间的事情，希望你不要多言。”

杨琳的表情看上去仿佛胸口被打了一拳，但她还是忍住了，接着微微一笑，说：“好啊，那你们聊，我为你们多剥一些虾。反正她喜欢吃，你也喜欢吃，但是过去你都顾着她，也没顾着自己。”说着，她又像没事儿似的开始剥虾。

坦白说，我真的蛮佩服这个女人的，生生把一个“小三”演成了识大体的正室。

反观我，明明是名正言顺的女朋友，现在却哭哭啼啼的，像个失宠的“小三”。

魏仁没有多言，只顾着给我擦眼泪。

时序却看不下去了，说：“魏仁，说句话吧，你到底是怎么想的？”

魏仁欲言又止地看了时序一眼。

时序突然笑了，说：“其实我蛮佩服自己，居然能组这么一个局，太有意思了，电视里都不一定能这么演。我估计柳老师又有写作素材了。”

柳飞絮闻言，抬眼笑了笑，没有接话。

时序接着说：“我呢，不问两个姑娘了，就问你。既然你今天有胆子来这里，就晓得会面临这么一个局面。来，跟哥哥说一说，现在两个姑娘都爱着你，你到底更爱哪一个？哎，婚姻法可规定了，只能一夫一妻，你还是公务员，更不能犯错误。当然，公务员也是人嘛，又不是神，对吧，所以肯定也会有感情上的纠葛。我理解你，但是我不能眼睁睁地看着两个姑娘受罪啊。你这优柔寡断的性格是不行的，今天就当着大家的面说说，你到底是怎么想的？反正二选一，你必须做出选择。”

魏仁看着他，一副不知道该说什么才好的表情。

而杨琳仿佛置身事外，只顾着给魏仁剥虾，直到将魏仁的碗都装满了，她才说：“你吃完虾不要喝果汁哈，我看网上说虾跟果汁混着吃，容易中毒的。”

魏仁没有应话。

我终于看出端倪。

这场战役，杨琳以柔克刚，早已胜券在握，她现在赌的是魏仁的良心。魏仁早就已经不爱我了，他的心在杨琳身上。

说句公道话，换任何一个男人，假如一个女人温柔，一个女人蛮横，哪怕这些明明就是表面上的，可是这个男人的情感天平还是会往温柔的那边倾去。

男人啊，可不就都喜欢仰望着自己、温柔体贴的女人吗？

杨琳此刻的做派，完全就是正牌女友的风度。

而我哭哭啼啼的，实在丢人。

于是我笑了，并擦干了脸上的泪水，淡淡地对时序说：“今天早上我就跟魏仁说了分手。现在，我跟他的关系不过只是朋友而已……当然，这要看杨琳同不同意我与魏仁做朋友了。”

说出这话，我便是将女朋友的位置拱手让出了。

其实心中是有不甘的，但自尊告诉我，我只能退出了。

我此言一出，当然引起了魏仁的诧异。可他只是惶恐地看着我，却又说不出一句挽留的话。过去那个敢作敢当的男子汉，在此时此刻彻底怂了。这个男人大概想要维护一个正直的好男人形象，又想要左右逢源，获得其他女人的爱慕与青睐。他怎么能这样贪心呢？他不知道鱼与熊掌不可兼得的道理吗？

我心中生出一丝怜悯，脸上带着淡淡笑意，轻声说：“魏仁，我爱过你，我不恨你。”

这句话我当着所有人的面说出口，便是彻底放下了，我好像涅槃重生一般，回头看了一眼过去的自己。

过去的那个我啊，爱着眼前这个男人，依赖他的智慧，依靠他的肩膀，依偎着他的胸膛，以为可以这样安安稳稳地过一辈子。然而直到现在我才明白，这个世界上可能永远不会有一个肩膀能让我一直依靠。我认为坚实可靠的肩膀，其他人同样会那样认为，她们也会觊觎，也会向往，还会跟我抢。

所以，我突然就释怀了。既然爱情不能成为一辈子的事情，那又何必苦苦执着？

不属于我的，终将被我遗忘。

三十一

爱有时不过只求一个记得

说完那句话，心里痛快了许多，我开始注意眼前的美食。虾啊蟹啊什么的，都是我的最爱，吃不够，吃不腻。

我开始大快朵颐，一边吃还一边没事儿人似的招呼魏仁和杨琳。

这两个人显然被我一百八十度大转变给吓坏了，目瞪口呆地看着我。

魏仁低声问："青青，你没事吧。"

我嘴里含着虾，瞪了他一眼，说："姐好着呢，你以为跟你分手后我会要死要活的？呵呵。"我喝了一口酒，然后再看着他，坦然说，"确实要死要活过一段时间，因为过去我太爱你了，还以为可以嫁给你。但是现在……"我又看了一眼杨琳，摊了摊手，说，"既然你们才是有情人，我又何必苦苦执着不放呢？你们给我最大伤害的那段时间差不多已经过去了，所以现在，既然序哥把大家都叫到一起了，又算是一个朋友圈子里的人，除非以后老死不相往来，否则总会有碰面的时候。所以我想，今天当着杨琳的面，我也说一下。杨琳，你放心好了，这个男人呢，我让给你了，今后你们两个好好珍惜彼此。不过如果你们要结婚的话，还是不要请我喝喜酒了，我不想参加你们的婚礼。”

“青青，说什么呢。”时序有些不忍，开口阻止我。

我笑了，眼睛弯成了月亮，举着杯子对魏仁喊道：“我真的以为有一天我会嫁给你。老公……过去你管我叫媳妇，我管你叫老公，这么多年了，没想到会演变成现在这个遗憾……”

我留意到了杨琳脸上的不悦。这一句“老公”的杀伤力对她来说确实蛮大的，但是相较于她对我做的糟心事来说，又算什么呢?

魏仁满脸通红。

我知道他很难堪，也知道接下来，他可能会在杨琳那里遭遇什么。可那又怎么样呢？关我什么事呢?

我笑：“真的好遗憾啊，这辈子是没机会了。那我就敬你一杯吧，好歹在一起几年，等喝完这杯酒，你我的爱与恨，才算了得干干净净。”说完，不待他说话，我已仰头将杯中酒一饮而尽。

葡萄酒被我当成饮料喝，可不是理智的行为。酒下肚不久，我便感到有点晕了。

我问时序：“这酒是餐厅的还是自己带的？”

他说：“自己带的。”

“挺好喝的。”

“还有呢，还要不要喝？”

魏仁连忙阻止他：“别让她喝了，她酒量不好，胃也不好，喝醉了起码瘫两天，没精打采的，她自己难受。”

我抬起头看着他。眼前的他，脸上的焦灼是发自内心的，他的关怀也是发自内心的。坦白说，在过去的岁月里，我似乎并没有蛮横无理的地方，对他虽不如杨琳那般迁就，但也不至于落到被辜负的地步。

可是现在，再说这些又有什么意义？

我只好笑着说："谢谢你，魏仁，谢谢你记得。其实，爱有时不过只求一个记得，记得就好。"说完，我再瞥了一眼杨琳，她的脸色已经非常难看了。

原先要报复的念头，此刻已经消失，我擦了擦嘴，对时序说："我吃好了，时间也差不多了，我预约了一场电影，该走了。"说罢我便站起身来，拎了包准备离开。

柳飞絮问："什么电影？"

我张了张嘴，却答不出来，略尴尬地瞧着她。

她在沉默了一晚上之后，终于在最后这一刻想要击破我强撑的豁达。

真是过分，她到底想怎么样？难道要我忍辱负重继续和杨琳争吗？

就在我万分难堪之际，时序站起身来，说："走吧，你喝了酒，我送你去。"

"你要走？"柳飞絮感到不可思议。

时序叹了口气，说："单我已经买了。你们正好一家人，你跟你表哥表嫂好好聊聊。我呢，带我妹子去看电影。就这样啊。"

他说着，来到我身边扶着我，便要往外走。

魏仁却突然起身，拖住我的手臂："夏青！"

我回头，他欲言又止。

眼前的情况让我觉得似乎回到了十多年前，我和他都还是高中生，我高一，他高三。那个时候都是我不管不顾地缠着他，因为他那么聪明，那么优秀，总是让人情不自禁地将目光投在他身上。我是喜欢他的，在那个时候，我觉得他是全校最好看的男生，但是因为不懂什么是爱情，我以为那种欣赏是源于他给我的安全感。

但是现在，一切应该结束了。

我摆了摆手，淡淡地说："再见。"

他眼中满是愧疚与绝望。

我微微一笑，步履稳健地往外走去。

时序紧紧跟随。

进了电梯，我很平静地看着时序，说：“你故意的吧？搞这么一出戏！”

他说：“也许这样，你才能彻底放下。”

我点头：“是，彻底放下了，在杨琳给他剥虾的那一刻，我明白自己比不上她。她对他的好是我不及的。愿赌服输。”

“别这么说，也许是每个人爱他人的方法不同罢了。”

我表示无所谓。

时序看了看时间：“走吧，想看什么电影，哥陪你去。”

我白了他一眼：“谁要跟你一个有妇之夫看电影，送我回家吧。”

在那个时候，我非常明确地告诉自己，在感情上，一定要远离有伴侣的男人。

对于爱情，我还是有洁癖的。爱就是爱，不爱就是不爱，不要在已经不爱一个人的时候却还贪恋他的温暖，苦苦纠缠。

高跟鞋伤脚，我才走了几步就很痛，可是距离时序的车子还有很长一段路。

我顿住脚步，看了一眼脚上的鞋子，叹了口气，然后躬身脱掉了鞋子。

“怎么了？”他不解地看着我，“干吗要脱鞋子？这么好看的鞋子，你要做啥子？”

我瞪了他一眼，没好气地说：“鞋子好看归好看，但是伤脚，会痛的好吗！每走一步都跟上刑似的，我为什么要为了好看而委屈自己？”说着，我将鞋子拎在手里，冲他粲然一笑：“走啦，我要回去睡觉了！”

他无可奈何地摇了摇头，连忙跟了上来。

到家后，我收到了魏仁的短信，只有三个字：对不起。

我没有回复，翻看了一下朋友圈，杨琳发了一张在电视塔旋转餐厅往下看的照片，配文是：情之一字，不知所起，不知所栖，不知所结，不知所解，不知所终。

我冷笑，她还真是一个热衷于网络热句的人啊。

我最讨厌这种复制粘贴网络热句来标榜自己的人，晃动手指头，把杨琳的微信删了，电话号码拖进了黑名单。

我可没有那么大度，能继续跟抢过我男人的女人做朋友。

这一夜，我睡得很安稳，无梦无忧。

不知道什么时候，突然被一阵剧烈的晃动摇醒，我以为自己在做梦，天摇地晃，仿佛是 2008 年地震时候的感受。

地震？

当这两个字闯入脑海时，仿佛一道冰冷的光穿透了我的身体，我猛然起身，瞪大眼睛，发现头顶的灯在晃动，床也在晃动。

“地震！”这是我醒来后的第一反应。

我翻身下床，抓过外套披上，拿了床头的钥匙和手机就往外跑。

我家住在九楼，这个时候是不能坐电梯的，只能走楼梯。

等我冲出门，同层的邻居也冲了出来，我们不约而同地往下跑去。楼梯间里满是人，大家一面惊慌失措地奔跑，一面议论着：“咋个又地震了？”

“哎呀震感好强哦，活生生把老子晃醒了，不晓得震区有好惨。”

“我估计这个震级起码有七八级喔，跟汶川地震的时候差不多，好像比那个时候还要晃。”

“千万莫要又来一个八级啊，再震，再震四川就要垮咯！”

“就是啊。四川到底咋个了哦，震个没得完了……”

我一声不吭，混在他们中间，凭着本能，只想迅速逃离高楼，去安全地带。

在那一瞬间，我又觉得有一丝悲凉。

我真正发现自己深深爱上魏仁的时候，是 2008 年汶川大地震，他千里迢迢地赶回来见我一面。

等到发现自己不再爱他了，我却又遇见一场大地震，只是还不知道这次地震，又有哪些地方遭灾了。

楼下的广场上已站满了人，大家难以掩饰脸上的惊恐，有些人甚至裹着床单，狼狈又尴尬地躲在人群里。

大家已经开始议论纷纷。

“到底是哪里地震了？网上有没得说的？”

“哇呀，我的朋友圈全是发‘地震了’的人……”

“把老子吓惨了。”

“哈哈哈哈，我更惨，我连衣服都还来不及穿，没办法了，只好用床单裹着跑出来了。”

“这大清早的，地震啥子嘛地震！回回都赶到睡觉的时候来这一下，老天爷啥子意思嘛！”

“有消息没？国家地震局出结果没有？”

“雅安！雅安地震了！”

我的心顿时像被一块沉重的石头压住，压得我喘不过气来，脚下一软，踉跄着走了两步，追问说话那人：“雅安哪里？”

那人看了我一眼，见我面色惨白，心中似乎有了数，连忙说：“妹儿你莫慌，是雅安芦山，山里头，7.0 级地震。”

芦山距离雅安市区还有三十多公里，但 7.0 级地震，已经是很可怕的了。我脚下发软，不知道此刻父母在家中是怎样的情况，连忙拿出手机拨打家里电话。

电话响了，却无人接听。

于是我又换手机。

这一次比汶川大地震幸运的是，通信设备没有出问题，爸爸的手机在第一时间就接通了。

他气喘吁吁，在电话里说：“青青，我跟你妈都没事，我们逃出来了，在避震公园里。哎呀刚才晃得呀，可把人吓惨了。你没事吧？”

“我没事，爸，我妈呢？”

“你妈在的呢。”说着，他将电话递给我妈，“秀兰，幺女打的电话。”

妈妈接通电话，声音很着急：“我正在给你打电话呢，我说怎么打不通，原来你在给你爸打电话啊。没事，我跟你爸都好好的呢，我们跑出来了，哎呀，房子晃动得可厉害了。当时跟你说过不要买电梯公寓嘛，你偏不听，这次心脏病都要给我吓出来了……”

听见她不停地数落我，我悬着的心终于放下来了，虚软的双腿终于回来一点力量。我站稳了脚步，稳定了情绪，说：“没事就好啊。买电梯公寓是怕你跟爸爸年纪大了爬楼梯不方便嘛。好了，我努力赚钱，我们重新买，买栋别墅。”

“什么别墅不别墅的啊，别墅就不地震了啊？地震来了照样晃得吓死人。我看到夏志琪、夏正他们都跑到公园里避震了……咦，奇怪，你爷爷奶奶怎么不在？”

我没说话，她又接着说：“哎，我的电话响了啊，魏仁打电话过来了，我让你爸接一下电话哈。夏志杰，女婿来电话了！”

我爸爸嘟嘟囔囔地接过电话。

我妈继续唠叨：“哎，这会儿时间还早啊，你们两个没有在一起吗？”

我想了想，终于还是决定跟她说：“妈，以后别管魏仁叫女婿了，我跟他已经分手了，人家现在有别的女朋友。”

“啊？什么时候的事情？”

我决定不出卖魏仁，便说：“很早很早以前就分手了，怕你们担心，我就一直没说。”

“那……那他怎么这么快就找新女朋友了啊？他是不是……”

“没有，不是的。是我性格太强势，其实我们去年就分手了，他这个女朋友是最近才谈的，挺好一个姑娘。”

“这都分手了，魏仁还给我们打电话？”

“嗯，不奇怪啊，他这个人为人处世向来很周到，平时也总是帮我。你放心好了，我们非常和平地分了手，所以还是朋友。”

“噢……分手后还能做朋友？”妈妈的语气有些惊讶。

我淡淡地说：“好了妈，没事就好。我晚上回去看你们，把你们接到成都来，跟我一起，这样我放心一些。”

“也好，我们跟着你，看着你，我们也放心一些。”

“那就这样啊妈，你跟爸爸说一声，我去上班了哈。”

挂了电话，我拨了拨头发，大步往楼上走去。

魏仁的电话在两分钟之后响起，我接了。

“喂，没事吧？”

“嗯，还好。你呢？”

“我没事。”

“那就好。谢谢你打电话给我爸爸妈妈，照顾好自己和家人吧，代我问候叔叔阿姨，请他们保重身体。”

魏仁一时间不知道该说什么，过了良久，才说：“阿姨跟我说她知道了我们分手的事情，向我道歉……”

“道歉？”我皱眉，“我妈道歉做什么？”

他叹了口气道：“阿姨说，因为青青不够懂事，所以很遗憾没有成为魏家的人，感谢我还关心他们，说我永远是他们的好孩子，欢迎我以后再去雅安玩……”

我笑：“嗯，我妈过去当老师的，你看多会说这些场面话啊……”

“谢谢你，青青。”

“谢我什么？谢我宽宏大量？谢我替你隐瞒了你劈腿的真相？”

听见我连珠炮似的怨怼，他又不知道该怎么回应了。

我笑：“好了，你好好的，我也好好的。总之呢，你结婚的时候别请我，我也不想看到你们那些消息。就这样吧，魏仁，这会儿恐怕你还有几个电话要打，去吧，我这边没事的。”

“青青……”

“再见。”

对，再见。

无论多么和平友好地分手，总归都要说一句“再见”。尽管有时候这句话说出口了，就是永生不见。

手机里又来了几条微信，我点开一看，是邓宇、林峰。

他们无一例外地询问我的情况、家中情况。

我礼貌地回复了他们。

有时候回想一下，我还是觉得人生很美好，就算不再爱了，在遭遇天灾人祸的时刻，他们始终还是记得我的。

爱情啊，有时候不就是求一个记得吗？我们的人生那么长，遇见新恋情的机会那么多，很难做到对同一个人忠心不二，从一而终。不是没有，而是很难。所以，为什么不宽容一点呢？

就算两个人分开了，不再爱了，但只要心中还记挂着彼此，那就不枉费过去相爱一场。

我始终认为，好聚好散，是人生应有的态度。

不过我还是很小气，对这些旧男友，其实我们是互相屏蔽的状态，不去看别人的动态，也不让别人看见我的动态。我们于对方而言，不过有一个微信可以联系，就像储存的电话号码那样。

我拿出手机，将魏仁与我的朋友圈互相屏蔽了。

从此以后，这个人也只是前任队伍里的一员罢了。

我突然有些泪目，真不知道还要谈几次恋爱，才能把自己嫁出去呢？

我快三十岁了啊。

三十二

女人三十

不知道是谁跟我说过，也许是时序吧，这种“毒鸡汤”只有他最擅长了。他说人一旦过了三十岁，时间就过得非常快了，一眨眼的工夫，就到了四十岁。

我想了想，这也许是他自己的切身体会。

2014 年，我满三十岁。对于我来说，起初最大的恐慌是已经不年轻了，却还没有一个靠谱的男朋友，我对婚姻的渴望也是空前绝后。

到后来，这份恐慌就没有了，取而代之的是对我父亲的身体状况的担忧。

在这一年里，发生了很多事情。

2013 年底，因为在雅安芦山大地震中受了惊吓，我的奶奶精神状况出现很大的问题。在 2014 年初，她过马路的时候又险些被车撞，以致基本不认识家里的亲人了。后来又离家出走好几天，警察和家里人寻了很久，才在垃圾焚烧场找到蓬头垢面的她。

我从未想到过去那个精致高贵的老太太，有一天会变成如今这个样子。

我回家去探望过她。

夏家如今早就不如从前了，因为叶晋中的家族出现了一些问题，叶家再没有坚实的政治背景，所以再也给不了夏家更多庇佑。单凭夏正，根本不可能让一个奄奄一息的服装厂起死回生。现阶段全凭过去积累下来的财富维持夏家的正常生活，同时夏家在雅安市内还投资了一些别的，譬如火锅店、川菜酒楼这样的生意。

否则，我实在很难想象，以夏家人挥霍无度的生活习惯，还能挺多久。

距离我上一次在叶晋中的婚礼上与夏正起冲突，已经有些年头了。

这么些年没见，夏正似乎瘦了很多，一副眼镜挂在脸上，看起来倒是斯斯文文的。也许是因为年纪大了，也许是因为受过的挫折多了，他少了许多戾气，多了一些平和，跟我见面也不再是剑拔弩张的样子。只是我们之间并没有亲情，也没有友谊，所以相视一眼便算是打了招呼，指望从他嘴里喊出一声“姐姐”，怕是永远不可能。

至于姑姑夏志琪与夏志萍，姑父方伟与叶豪，我当然会喊，但也仅限于喊一声而已。

我既然回去了，我爷爷我自然也是要认他的。

但当我身处那样一个大家庭里时，却感觉不到一丝一毫亲情的包围。原生家庭的残酷，会给一个人的成长造成非常大的影响，最终有可能塑造出偏执、暴戾、充满仇恨的性格。就算没有到这样的地步，也会令人自卑、敏感，拥有攻击性。

我就像是一个从沼泽地里爬出来的人，带着满身的毒，一步一步远离了那个足以吞噬我所有正能量的地方，所以我非常恐惧再次回头，也不愿意承认他们曾经是我的亲人。

我就是这么一个从小就没有感受过家族关爱、有着一些性格缺陷的人。

快三十岁的人了，再拿原生家庭说事，似乎有些懦弱，可这毕竟是事实啊。

我特别羡慕那种和乐融融的大家族，非常非常羡慕，因为那是我从未拥有过的。

和魏仁恋爱的时候，我时常同他一起回家，与他的表兄弟、表姐妹一起玩。我们会一起出去旅行，一起喝酒，一起看电影。

魏仁家的相处氛围特别好，他的兄弟姐妹都像是老天爷从他一生下来就给他安排的至亲友人一般，他们之间从来没有猜忌，也不存在争宠、争家产的矛盾，反而是一方有难，八方支援，不会让任何一个人落单。那种世世代代书香门第的家庭，家风就是特别好，人人斯文有礼、谦和礼让，让我这个没怎么享受过大家庭温暖的人一度感到手足无措，不知道该如何与他们相处。

魏仁跟我说，只要用心就可以了，以心交心，真诚相待，假如没有收获同样的回报也没关系，相信老天另有安排。

好吧，我承认，在魏仁身上，我学会了很多东西，其中一个就是仁慈。

我不再记恨夏家过去带给我的苦难与痛苦回忆，而是将之视为人生的必经之路。就像唐僧取经一样，是必须接受的磨难。

我的奶奶正在遭受磨难，她的人生经历，想必也是早就写好了剧本的。

众目睽睽之下，我无比艰难地喊出了“奶奶”两个字，她却根本不认识我。

我爷爷绝口不提从前对我和我母亲的种种不公平，他年纪大了，说话也比从前温和许多。

奶奶是在 2014 年冬天过世的，她终究没有熬过严寒。

我回去参加了追悼会，在葬礼上见到了一个许久未见的人——叶晋中。

我有多久没有见过他了？

似乎在 2013 年雅安大地震之前……不，是在更早以前，大概是我与魏仁开始闹分手，我出车祸前后……关于车祸的事情，因为怕被夏家的人知道，所以我连叶晋中也一并隐瞒了。再说那会儿他的婚姻似乎出现了很大的问题，他忙着协议离婚。但是最后到底离没离，我不太清楚。

像我们这个年纪的人，因为忙着操心自己的事业和感情，所以对其他人和事也就不那么上心了。

我后来翻看过叶晋中与李媛媛的朋友圈。

叶晋中的朋友圈状态停留在一年以前，而李嫒嫒的朋友圈则是一道横线，想来情况也不是特别乐观吧。

但那个时候我都自顾不暇，便没有询问他。

所以，我在奶奶的葬礼上见到他，距上次见他差不多过去一年半了。

我之前说过，成年人的日子过得特别快，因为每天都有很多事情要忙，所以一年两年三年四年，都是眨眼之间的事情，并不像小时候那样刻骨铭心。假如没有印象深刻的事情，我常常会对某一段时间彻底失忆，根本就不记得到底怎么回事，时间就没有了。

所谓蹉跎光阴，大概就是这个意思吧。

老太太出殡的时候，我妈妈哭得特别厉害。

我面无表情地跟在后面，和叶晋中待在一起。说真的，我就好像是去参加一个远房亲戚的葬礼一样，没有交情，没有感情。

见我妈哭成那样，我反而觉得有些尴尬，低声对叶晋中说："你说，我妈的眼泪是真的还是假的啊？"

叶晋中闻言，原本板正的脸上表情变得有些扭曲，大概是想笑，但又不敢笑。

他只能在我耳边说："能不能严肃一点？"

我点头："能。"

葬礼结束后，我立即要回成都，叶晋中也要往回赶，但我们各自开了车，不可能同行。

奇怪的是，现在的他要从雅安离开，再没有十多年前夏家老小举家挽留的情况。我寻思着，大概因为他家道中落，不比从前各方面都有靠山吧。

如今的他，可是一个实实在在、地地道道的纯生意人，跟朋友合伙开的餐厅发展得好不好也是未知。这两年做什么生意都很艰难，我跟他从未就这些问题讨论过。

在他刚结婚那年，因为久别重逢，我们有过一段时间比较密切的接触。但后来发现李嫒嫒很在意我与她老公走得太近，我便主动疏远了他。

再说，那个时候我也有男朋友，有什么事情哪里需要去询问别人的丈夫？

所以，基本上我与他就停留在朋友圈互相点赞的交情上，偶尔会一起吃个饭，时间间隔大概至少一年多。

现阶段的我与他，除了我爸爸妈妈依依不舍地送别我们之外，再没有旁人跟着出来。

走出门很远了，我终于回头看着我妈，说：“妈，你那些眼泪，都是认真的吗？”

爸妈愣住了。

叶晋中嘴角牵起一丝笑意，说：“你这问题，是认真的吗？”

我仰头看他：“是认真的啊。我很好奇，妈妈难道已经原谅他们了吗？他们过去可是像对待仇人一样对待我们。”

我妈看了我爸一眼，然后说：“不是原谅了，而是觉得走到今天，你也成才了、争气了，我跟你爸爸过得也挺好的，就没有什么可怨恨的了。至于为什么要哭，因为她是你爸爸的妈妈啊，如果没有她，就没有你爸爸。这个世界上，没有人能够比你爸爸对我更好，所以我要感激你奶奶培养了这么好的一个儿子……人一辈子不容易，只有这一世的亲人、这一世的敌人，没有下辈子的，她这一走，就是永别，所有的仇恨也都该两清了。我的眼泪，当然是认真的。”

我看向爸爸。

这个半生都夹在妻女与父母之间的中年男人，满眼的疲惫是被岁月印刻而成，大概终身也消散不了。他这几天仿佛瘦了很多，整个人的精神都垮了似的。

我不能理解被困在恶劣的婆媳关系中的男人究竟是怎样一个心理状态，但是我晓得，他们活得也并不轻松。

我说：“我知道了。你们在雅安待一段时间，过段时间不如就搬到成都来。我听说时序他们家附近还有小一点的别墅出售，就搬去那里吧，平时跟时序、李华玲他们家爸妈也有个照应，你们离我近一点，我也放心。”

爸爸点了点头，黯然地说："你回去也多注意身体，有什么事情给爸妈打电话。"然后他又对叶晋中说，"平时帮舅舅多照顾一下你妹妹，她一个人在成都也不容易。"

"放心吧舅舅，我会的。"

我皱了皱眉，忍不住笑了："爸，你年纪大了以后变得好啰唆哦。"

虽然啰唆，但是我非常享受这样的温情。

我笑着对爸妈挥了挥手，因为天气太冷，所以阻止他们再往前送。我与叶晋中往停车场走去，突然想起一个问题，便问："嫂子怎么没有一起来？"

他看我一眼，淡淡地说："她不想来。"

"啊？"我很惊讶，李媛媛是真的有个性。

他仿佛看穿了我心中所想，又说："你应该听说了，我们在闹离婚，闹了两年多了，都挺累的，所以我也不想勉强她做不喜欢的事情。"

"为什么呢？"

"关于这个问题，实在是很难回答，太复杂了，一时半会儿说不清楚，所以我不想讨论这件事情。我们走到今天这一步，毕竟不是单方面哪个人的错。"

"那你……你们准备怎么办？"

"等着财产分割吧，她想要什么都给她，没什么问题。"他靠着车门，双手环抱，看着我道，"对了，我今天才听说你跟魏仁很久之前就分手了，到底为什么啊？"

我笑着摇了摇头："不告诉你。"

他皱眉："这都要瞒着哥呢？"

"我也不想去讨论前任的对与错啊，毕竟如你所说，两个人走到今天这一步，不是单方面哪个人的错。总之，他现在过得蛮好的，我也不错，情况就是这样。"

"很好，丫头可算是长大懂事了，晓得换位思考。"

"一直很懂事的好吗。"

“好好好。今后有什么困难或者麻烦，记得给哥打电话，我随叫随到。你看你在成都这么多年，我也没帮上什么忙……”

“你敢帮吗？”我笑，“我记得之前有两次麻烦你什么事情来着，哎呀李媛媛看我的那个眼神啊，跟瞧狐狸精似的。算了算了，我才懒得麻烦你。”

“这怨气。”他摇了摇头。

我忍不住笑着说：“开玩笑的啦，我没事。如果以后有搞不定的事情，我肯定会给你打电话的。”

在寒风中的停车场里聊天，也挺萧瑟的，我看了看时间，对叶晋中摆了摆手：“好了，我们该回去了，不然待会儿就遇到下班高峰期了，不知道堵得有多惨。”

“要不到成都我们约个饭？你下午有事吗？”

我摇头：“不跟已婚男人单独吃饭！”

“我是你哥。”

“那也不行。已婚男人是这个世界上祸害红颜的源泉。”

见他一副受伤的表情，我忙又说：“好啦，骗你的，我晚上有约了，又推不掉，所以咱们改天再约吧。”

“好。你路上开车慢一点啊，我在你后面。”

我不以为意地摆了摆手：“什么呀，各开各的，我才懒得等你呢！”说着，我开了车门，毫不犹豫地启动车子走了。

三十岁的年纪，我开始独立思考，往内修养，学会了自己处理很多事情，不再依赖男人，更不愿意将自己脆弱的一面暴露在别人面前。

假如伤口变成了负能量，并不能引人同情，反而叫人感到烦心。

回家路上，我接到了李华玲的电话。

电话那边的她不遗余力地推荐着一个青年才俊。

“你真的应该见他一下，万一又看上了呢？人家是大学老师，父母都是做生意的，家庭条件很好，性格也不错，我觉得你们两个挺般配的。”

“多大年纪啊？”

“今年三十五。”

“离异啊？”

“没呢，人家还没结婚呢。”

“我不要。三十五岁还没有结婚也没有女朋友的男人，性格肯定有问题。”

“胡说八道！他是前不久才失恋的。”

“那更不能要。刚分手没多久就来相亲，可见一点都不念旧，这样的男人不能要，目的性太强。”

“大姐，你这是要把我活活给气死啊，怎么说你都能挑出别人的毛病来。”

“人长得帅不帅？身高有没有一米八，像不像周渝民？要是这两个基本条件都没有的话，今后就别给我介绍对象了啊！”

“个子差一点，一米七八行不行啊？”

“不行。我一米七的身高，又喜欢穿高跟鞋，站出去比他还高一个头，这不可笑吗！”

电话那头的李华玲差点没被气吐血。

这是我拒绝的第八个相亲对象了吧。

不知道别人有没有这样的情况，总之我在与魏仁分手后的那段时间里，突然变得清心寡欲起来。我对男人失去了兴趣，也不想再伪装自己，为了某个男人而去培养兴趣爱好，我希望我所做的每一件事，都是为了自己开心。

把自己放在人生的第一位以后，我就很难再感到伤心与难过了。用“我高兴”来做判断，杜绝了很多不开心的事情，于是人也就开心了。

挂掉了李华玲的电话，我扶了扶眼镜，突然想起很久没有见过柳飞絮了，于是拨通她的电话。

“喂，柳老师在干吗？”

“打字啊，你没听见敲击键盘的声音啊？”

“写什么呢？”

“还不是那个故事，写古蜀国的。”

“《蜀山云无月》？”

“嗯。”

“别写了，写出来也没人看。”

“信不信老子踢死你！咒我呢？”

“哈哈哈哈，我回来了。晚上一起吃饭吧？去邵峰的餐厅。”

“邵峰？不就是你哥的餐厅吗？”

“不去我哥那家，去邵峰管的那家。”

“咋啦？这是看上邵峰啦？”

“怎么可能啊，我跟他都不认识，这是个活在你们的对话里的人物。”

“这样吧，来接我，我们去吃火锅，把李苏、万茜也叫上。最近有一个新派火锅出来了，还挺火，去试试。”

“可以啊，不过万茜真的很忙，我从认识她到现在，总共见她不超过十次。”

“她的生意在乡下嘛，你理解一下。”

万茜是柳飞絮的闺密之一，一个顽强、独立，甚至有些倔强的川菜馆老板娘。前段时间，她们三个加盟了我的品牌，在南城开了一家专柜，一天到晚跟我抱怨库存难消。

虽然如此，但她们从未放弃过。

我觉得这应该就是女人的心态吧，嘴里说着多么苦多么累，但从来不愿意放弃前进的脚步。

晚餐我们选择了去琴台路吃粥底火锅。

李苏带了一个北京来的女朋友，也是个摄影师，怕她吃不惯太辣的，我们决定还是吃点清淡的。粥底火锅当然是最佳选择，蘸料的可选择性很大，吃完了肉，还可以喝里面的粥。

说到成都的火锅，这几年每每听说哪里开了新店，哪里又有特别的老字号，我都会慕名而去。来到这座城市，我不由自主地就变成了一个资深吃货，火锅什么的都吃不够的。但凡有人问我到成都来吃什么，我能一口气报出几十个火锅店，譬如狮子楼、蜀九香、皇城老妈、秦妈、味道江湖、德庄、孔亮、刘一手……哪家的鹅肠很脆，哪家的毛肚很鲜，哪家的牛肉用的是牦牛肉……我对这些菜品如数家珍。火锅大概是我融入成都生活的一个重要原因之一，在潜移默化之中，我像个本地人一样，向外地来的朋友介绍这里的美食和美景，每当看到外地朋友充满羡慕地赞同，我也由衷地感到欣慰。

在这个时候，我觉得自己就是一个成都人。

而我的出生地雅安，似乎离我越来越遥远，乡愁什么的，尽管依然有，但那种感觉仿佛存在于上辈子的记忆里。

我也曾问过时序与李华玲，他们是否也有这样的感受。

时序是沉默的，他父母双亡，又从小离家，视在成都的舅舅和舅妈为至亲父母，父母在什么地方，家就在什么地方，对于他来说，也许乡愁不过是瑞安层层叠叠的群山。

李华玲从越西过来，虽然每次回家都要折腾差不多一天才能到家，但毕竟是触手可及的。

她说："现在通信这么发达，交通也很便利，跟古时候差别很大了好吗？想念家里人，打个电话就好了，所以你说乡愁什么的，我还真的没有。"

就这样，虽然身处他乡，却将他乡活成了故乡的我们，在成都这座城市生根发芽。

嗯，李华玲和时序是生根发芽了，我还没有。

我记得在我年纪很小的时候，曾听说过成都户口多么多么金贵——彼时我还是个小孩子，听姑妈夏志琪与姑爹方伟嚼舌根的时候聊到的。

当时夏志琪十分羡慕她的妹妹夏志萍，大学毕业后能够留在成都，嫁给一个成都人，将户口从雅安那座小城市迁到了成都这座大城市来。

所以那个时候，对于成都户口，我是充满憧憬与向往的。

等我到了三十岁的年纪，在成都有车有房有企业，也正常缴纳社保若干年后，我早已对成都户口无感了。

因为这座城市的包容性很强，无论你是从哪里来的人，在这里都不会因为户口问题而受到区别对待。再加上勤奋的我用不懈的努力已经换取了良好的经济条件——我不是拜金，也不是炫富，只是想说，只要你努力工作，努力拼搏，老天都会给你一个交代。

等到了那个时候，曾经困扰你的许多问题，也许真的就不算什么问题了。

但是，我的合伙人并不这样认为。

2017 年的某一天，我在办公室里瞧着库存数据发愁时，办公室的门被推开了。

我抬眼一看，是李华玲。

我垂下眼睑，淡淡地说："董事长夫人大驾光临，有失远迎，自己随便坐啊。"

李华玲坐到我跟前的椅子上，问我："哎，你要不要把户口迁过来啊？"

"迁过来做什么？"

"以后孩子读书什么的，方便一些啊。"

我皱眉："你在开什么玩笑？我连男朋友都还没有，一天到晚操心怎么处理库存，哪里有心思考虑到孩子读书这么长远的问题上去啊。我有孩子吗？你以为我是你啊。"

李华玲叹了口气，戴着硕大钻戒的手托着腮，愁眉苦脸地说："对啊，我就是在愁啊，要不要把户口迁过来……"

"符合资格吗？"

"当然是符合的，现在只要在成都居住三年、有合法固定住所，并且缴纳三年社保的人，都可以将户口迁到成都来。"

"那就迁呗！有啥好愁的。"

"但是我奶奶不让迁啊，她说家乡的宅基地随时有可能拆迁，我要是把户口迁走了，就会少一口人的配额……"

"那就不迁啊。"

"可是孩子上幼儿园、读小学、升中学，都很要紧……家长们个个挤破头地要让自己孩子去读好的学校，你说我跟时序的户口要是一个都不迁到成都来，以后孩子读书可怎么办啊？"

我翻了翻白眼："不晓得你在愁什么。我只知道有很多海外侨胞，甚至是国际友人的孩子，都能够在成都读到非常好的学校。你一个中国人，不，你一个四川人，还怕自己娃儿在省城读不到好学校？听说你生孩子的时候，把一层楼的产妇都认识了。按照那家医院的标准来说，能住进去的非富即贵，不是一般人，你不能找你新认识的那帮富婆贵妇姐妹询问这些吗？为什么要来找我这个孤家寡人？你是闲得没事做，故意来找我吹牛的吧！"

她讪讪一笑，眼波流转，低声说："大家都是场面上的朋友，哪能有你这么了解我？再说了，时序很不喜欢我跟那些女人来往，他说她们层次太低，凑在一起就喜欢说这个那个的坏话，他怕我跟她们在一起久了，也变成个肤浅的女人，叫我多跟你来往，多向你学习，做一个腹有诗书气自华的女人。"

"说完了？"

"嗯。"

我将堆积如山的销售报表推到一边去，严肃地看着她："这就是你来找我摆龙门阵的原因？"

"嗯。"

"无聊。"我翻了个白眼，"时序说什么就是什么？你能不能有点自我？那些新朋友对你有没有好处，你不会自己判断吗？"

她茫然地摇了摇头："不太会。"

我恨铁不成钢地瞪了她一眼，忍不住伸出手戳了戳她的脑袋，咬牙切齿地说："气人。你还是听你男人的话吧，我懒得理你。"

"啥子哦，你说了半天，又喊我听他的……"

"对啊。在家从父，出嫁从夫，像你这样的良家妇女，不听你男人的，听谁的？"

被我这番话一刺激，李华玲无言以对。

她叹了口气，站起身来，幽幽地说："你马上就要满三十三岁了，自从跟魏仁分手之后，这两年追你的人不少，你看我们品牌的湖南区总代理赵姐的亲弟弟，就一直对你穷追不舍，可是你连正眼都不瞧人家一下。还有广汉市的代理商、邛崃市的代理商，都是正值壮年的青年才俊，虽然说可能不比你有钱，但瞧着人都不错，还个个比你年纪小，你就没有考虑过？嗯？还是你有其他潜在的对象？不过这两年你似乎也没有正经谈过男朋友，你……你……”

她欲言又止。

我抬头看她：“我怎么？”

她眯着眼睛，犹豫许久，然后露出一个暧昧的笑容，说：“你就不寂寞吗？就不想睡男人吗？生理上就没有需求吗？”

我挑了挑眉，靠入宽大的沙发椅背里，似笑非笑地看着她。

她也似笑非笑地看着我：“俗话说，女人三十如狼，我自己什么情况我自己清楚，所以也比较关心你的情况。”

“谢谢你啊，费心了。”我指了指门，淡淡地说，“你可以滚了。”

她忙又觍着脸讨好说：“我是真的关心你……”

“我知道的。”我笑，“但是，能否请你多花一点时间在监督销售上面去？现在我们直营店的库存货品已经有五千多件了，这得压多少资金啊？这个月是玉林路直营店亏损经营的第六个月，是双楠路直营店亏损经营的第五个月，是高升桥直营店亏损经营的第三个月。朋友，你不着急吗？每个店每个月的固定支出都快二十万，每个月都亏，我都快愁死了，真想说服你男人同意关掉直营店。”

“就为这个，你连男朋友也不谈了？”李华玲叹气，“值得吗？生意归生意，生活归生活，该有的感情归宿还是要有的。”

“先把这些问题解决了再说儿女私情不行吗？”

“行的。但是时总肯定不会同意你关掉这几家直营店。”

“为什么？”

“因为这几家直营店是品牌的标杆性店铺，是吸引更多加盟商前来加盟的参考样本，即便亏损，也要做下去。反正客户又不知道我们在亏损经营。”说着，她摊了摊手，一副奸商的无耻嘴脸。

这也许就是当下品牌门店经营的现状吧，想要把传统经营模式继续维持下去，只能挺住。

就在此时，时序推开了我的办公室门，往后看了看，然后关上门，自己在沙发上坐下，又向李华玲示意她也坐下。

我看这对夫妻的意思，是要在我的办公室里开个小会了。

我低声问："要不要去会议室？我这个办公室合适吗？"

我指了指玻璃墙壁。写字楼的普遍装修法则，单独的办公室也未必是隔音的。

时序摇了摇头，说："没事，你坐过来，我们三个好好谈谈。"

他的表情如此严肃，是我始料未及的。

我到他们跟前坐下，问："你在隔壁听见我跟玲姐的聊天了？"

时序没有回答，而是说："这几年，电商的发展一年比一年厉害，证明夏青当初的判断是正确的，2016 年天猫双十一的成交额达到了 1207 亿，这个数字令人瞠目结舌。而我们沉忆服饰的天猫旗舰店，也在双十一达到了一千多万的交易额，这是我们大家都没有料想到的。"

"我觉得今年天猫的情况应该会更好。"

"是，大家都是这么认为的。但是你有没有发现一点？"

"什么？"

"当网店已经成为我们公司的主要经营途径时，门店经营就变得越发艰难。"

"两者有什么根本的联系吗？或者说，是网店的繁荣影响了门店的发展吗？我是说我们品牌的。"

"有一定的影响。"

我有些不高兴了，我是电子商务的主要负责人，他这话是在抹杀我的战绩。我双手环抱，瞪着他，怼道："门店所有的亏损都是网店给弥补的好吗，怎么可能会有影响。"

时序脾气很好，温和地低声说："2016 年，我们发展三四线城市的加盟店统共有二十家，但同时关门倒闭的客户也有七家。在成都范围内，距离成都市区较近的郫都区、新津县、双流区、都江堰市、温江区等地的加盟店，全部亏损经营，最终难以为继，关门倒闭。反观在距离成都市区比较远的地方，比如绵阳市、德阳市、广汉市、金堂县、越西县、荣县、仪陇县等地，生意非常好。这是为什么呢？”

我没有回答，只是淡淡地瞟了一眼他身旁的李华玲。她真是一个夫唱妇随的好女人，小鸟依人地待在男人身边，放弃思考，一言不发，只满眼崇拜地看着她的老公。

我笑：“郫都、新津、双流、都江堰、温江基本上距离成都市区只有三十公里左右，也就半个小时到一个小时的车程，住在这个区域的女孩子，大部分比较喜欢到成都来买衣服，不太喜欢就近解决，这是这些区域门店经营比较艰辛的原因。”

“对，这是一个原因。还有一个原因就是，这些地区可以说是成都范围内比较繁荣富强的区域，这个区域的姑娘大部分非常擅长网购，这就对我们的加盟店形成了非常具有杀伤力的伤害。你想想看，如果是你，在门店需要花一千五百块钱才能买到的衬衣，在网上只需要花八百块钱就行了，你说你是愿意在网上买呢，还是去门店买？”

我沉默了，这是一个非常现实的问题。

时序继续说：“在距离大城市较远一些的地方，或者经济比较不发达的地方，也许年轻人不是特别依赖网购，所以这些地方的门店经营相对红火一些。”

“你想表达什么？”我很讨厌他这种有话不直说，总是绕着弯来的方式。

他淡淡地说：“有很多加盟商向我们反映，能否改变一下电商的经营方式？”

“怎么改变？”

“撤销新款，将销售新款的资格留给门店，网上只上库存款。”

我大惊失色：“怎么可能！网上每年的销售额是门店总和的两倍多，你居然叫我撤销新款？电子商务是必然趋势，你咋想的？你这是在自毁前程你知道吗？”

“你先不要激动。”李华玲安抚我说，“先听听序哥怎么说。”

我已经快气炸了，冲她吼道：“你老公这个提议会导致每年少几千万的销售额，我怎么冷静得下来？搞了半天，你们两口子早就商量好了，故意来给老子下套的。”

“瞧你说的什么话，多难听。”李华玲噘嘴，“我们三个是一家人好吗？一根绳子上的蚂蚱，他能做坑自己的事情吗？”

“谁知道呢，万一你们两口子就是有开门店的情结呢？”

“夏青！”时序突然抬高了声音。

我吓了一跳，这才冷静下来，朝他看去。

他压制住怒气，淡定地说：“你听着，我有一个两全之策。”

我没有说话，只是气鼓鼓地看着他。

他接着说：“网上店铺依然有新款，但是所有价格与门店一致，所有顾客享受门店的打折制度，也享受积分制度。在国家法定节假日，网店与门店一起进行打折促销活动，顾客在门店买的价格和在网上买的价格是一样的，这样他们就会将自己的购买力转移到门店去……”

“你这是明摆着抢我网店的生意啊！”

我又怒了，并且觉得他这样简直就是匪夷所思。

眼下的局面其实很清楚，我负责网店的销售与经营，李华玲负责门店的经营与销售，而时序负责新款开发与渠道拓展。门店的经营难以为继，他们就开始打我网店的主意。

我很生气，但到底是个外人，人家两口子才是一家人。

见我气得不轻，李华玲连忙拍了拍时序的手臂，然后轻轻地摇了摇头。

时序住口，然后出去了。

我瞧着李华玲，说：“你还不走？”

李华玲叹了口气：“你别这么大的敌意，我们是在商量解决问题的办法。”

“不管你们怎么商量，但如果想要网店退步来弥补门店经营的亏损，我是不会同意的。”

我的立场非常明确，态度也很强硬，李华玲知道她无法说服我。

便是此时，时序推开门，手中拿着一个文件夹，他将文件夹递到我跟前说：“这是我做的一个经营模式改变后的评估报表，如果说按照我所说的方式进行经营改革，我们每年将会多增加至少好几百万的销售额。”

我没有接文件夹，依旧是防备姿态。

时序将文件夹放在我桌上，然后看了李华玲一眼，李华玲非常自觉地跟在他身后往外走去，一边走，一边捂着嘴做干呕状。

时序发现了她的异常，关切地问：“怎么了？”

李华玲捂了捂胸口，低声说：“不知道，最近几天总是犯呕，胃里好像被啥子东西抵住了似的。”

“是不是哪里不舒服？要不去医院看看吧？”

李华玲抬眼嗔怪地看了他一眼，害羞地说：“傻不傻啊你，看什么医生，你可能又要当爸爸了……”

“啊？”

两个人的窃窃私语终于消失在门外。

我盯着那扇轻轻合上的门，心中涌起无限悲凉，一种孤立无援的感受将我整个人包围。

人家遇到困难还有个人可以商量，而我呢？

三十三

结了婚的男人碰不得

在与魏仁分手后的这两年里，我当然也遇见过令我心动的男人。但我运气似乎不太好，总是在心动之后，发现对方已有女朋友，或者已经结婚了。我当然晓得控制自己，在我的恋爱原则里，只要是已结婚的男人，绝对不能碰。

知道为什么会这样吗?

不怕你笑话，其实我也是刚从坑里爬出来的那一个。

2014 年，与魏仁分手后，我有一段人生的低谷期。那段时间我拼命工作，强迫自己用工作来填满内心的空虚，但还是常常感到寂寞。

李苏与柳飞絮约我去万茜的餐厅“六方桑林”喝酒，我毫不犹豫就答应了。

几个女人大老远地从市区开车四十分钟到新津，就为了喝一口六方桑林的桑葚酒。

六方桑林位于天社山脚下，紧邻南河。

在新津这个从不缺美食的小城里，六方桑林能在这几年崛起，并成为业内新秀，多亏了老板娘万茜的聪明才智。

我第一次来的时候，就对柳飞絮说过：“十多年前，我也在新津待过，2002 年左右吧，好像那个时候还没有听说过六方桑林这个地方，只晓得张粽子……”

柳飞絮得意地说：“那个时候就已经有六方桑林了，不过当时生意确实很一般，而且万茜家里出了点事情，所以你没听说过也很正常。”

我打量着这个地方，成片的梨树与桑树组成了餐厅的园林部分；有一个蚕桑体验区专门是为儿童设定的，可以养蚕；还有几栋古朴自然的房子隐匿在梨树林子与桑树林子里，听说是民宿，以方便前来旅游的人居住。

最后，餐厅设在桑林旁边的，是一片朴素的茅屋。

从外观来看，六方桑林也许很原始，但内部装修颇具艺术感，令人觉得小资情调是有的，古朴典雅也是有的，文化氛围也颇为厚重，看得出来，老板是一个读书人。

但老板万茜每次在柳飞絮面前，都是非常谦和的态度，自诩是个粗野村姑，没读多少书，浅薄且无知。

我很喜欢这个姑娘，为人非常低调，所以我时常去六方桑林吃饭、住宿、度周末。

六方桑林的老板万茜作为我的加盟商，也慢慢变成了我的朋友。

不过，她跟李苏、柳飞絮开在南门的加盟店，也一直是亏损经营的状态。

那天，我们在六方桑林的包间“惜之”吃饭，席间谈到为什么大家都不恋爱的原因——我、柳飞絮、万茜，统统是大龄单身青年。

而李苏，离婚了。

这肯定不是我们的原因，一定是风水的问题。

柳飞絮说：“我比较喜欢把主动权握在自己手里，而不是被别人追。我没有取悦任何男人的兴趣，只想取悦自己，所以我选的男人，必须得是喜欢的，否则恋爱将毫无乐趣。”

她是一个狩猎型的女人，别看她长得斯斯文文，骨子里却非常自我。

李苏说："老子刚离婚没多久，还在跟前夫纠缠不休呢，谈什么恋爱？再说了，哪有那么多优质男人随便我们挑啊。我们都什么年龄了？三十好几了，这个年龄的女人，能指望找到什么样的男人呢？年纪大的，不一定选我们这个年龄的，人家可以选择比我们小的；而愿意选择我们这个年龄的，我们又未必看得上人家。所以这是一个非常难解的问题，只能随缘。"

万茜叹了口气。她穿了一套特别好看的裙子，柔顺乌黑的头发自然地垂在腰际，整个人的气质冷冷淡淡的，全然不像一个餐厅的老板娘，倒像是一个饱读诗书的美人。

她说："我就从来不去思考这个问题。我觉得缘分要来的时候，自然会来，根本不需要为它烦恼焦虑。"

她很淡然，在大好的年纪里，一个漂亮女人竟一门心思地将精力放在事业上，并不谈儿女私情。她相信该来的会来，要走的也会走，强留不住的。

轮到我，还未开口，李苏就开玩笑地说："夏青跟万茜一样，都这么漂亮，根本不缺男人追，不过夏青似乎更喜欢小男生吧。是不是准备找一个小鲜肉？"

我已经几杯桑葚酒下肚，两颊通红，撑着下巴，口齿不清地说："坦白说，在我这个年纪实在不太喜欢小男生吧，什么恋上小鲜肉就是人生赢家这样的观念，在我这里是不成立的。"

"喊，话是这么说，但假如来个比你小五六岁的男孩子向你告白，你还不动心？"

我嗔怪地瞪了李苏一眼，嘟囔道："我是真的不喜欢年纪太小的男孩子，特烦人，什么都不懂，什么都要问。"

"这么说，你是谈过了？"柳飞絮非常敏感，歪坐着，问，"什么时候的事情啊？咋都没听你说过？"

我摇了摇头，说："没有谈过。但凡有那种想法的、年纪比我小的男人，都被我自动屏蔽了。"

柳飞絮皱眉：“你都不准备谈一个感受一下？”

李苏夹了一颗花生米放进嘴里，悠悠地说了句：“年轻小伙子体力不错，其实就生理上来说，跟我们这个年龄的女士蛮配的。”

大家听懂了她的言下之意，一个个笑得很贱很猥琐。

“流氓。”我无可奈何地笑了笑，说，“男人的心智本来成熟得就比较晚，再摊上个小男生，你还得劳神费力地替他操心这个操心那个……”

“人家电视里、韩剧里、网上都说小男生贴心又可爱呢。”

“呵呵，谁爱要谁要，我可没那个精力。我就喜欢成熟稳重又懂事的，不想在男女感情上面费太多心思。假如遇不到那么合适的，就单着呗，又不是没了男人就不能活。”

大家觉得我说得有道理，纷纷表示赞许。

三十多岁的女人，在男女关系上面差不多都有相似的观点，因为吃过同样的亏，走过同样的弯路。

“我去……上个洗手间。”我笑，然后起身往外走。

柳飞絮喊：“包间里有卫生间，你往哪里去？”

“我回房里拿个东西。”说着，我踉踉跄跄地往院子深处的客房走去。

我选择回客房，一来是吹吹风，醒醒酒；二来是好好想一想，我真的不需要男人吗？

我需要的啊，也有无数个夜晚辗转反侧，孤枕难眠，渴望能够躺在一个宽厚的胸膛里，安睡到天明；也有无数次感到疲惫的时候，想要有一双温暖的臂膀将我搂在怀里，轻轻地拍着我的背，低声说：没事，我在呢。

我是一个女人，需要男人给予的爱。

可是我怕了，我害怕再谈一次无疾而终的爱情；害怕付出全部的爱与热情之后，只留下一个远去的背影；害怕爱上一个不如我的男人，怕自己没有足够的耐心等到他变得更加优秀；害怕爱上一个特别优秀的男人，而自己没有足够的自信与勇气，在面对他移情别恋的时候不伤心难过绝望崩溃……

我怕的太多，所以不敢再爱了。

于是我投身工作，全心全意地把精力用在拼销量上面，解决了一次又一次库存危机，成了全胜将军。时序与李华玲在开发新款与拓展加盟门店的路上，根本没有后顾之忧，因为无论剩下多少库存，我都能想办法一一解决——做服装销售，资金周转的困境就是库存。

可是我也很累，我也想好好地休息一下，和相爱的人一起去任何想去的地方。

我越想越悲凉，也许是酒精的作用，也许是心中压抑许久的痛苦在这个时候想要释放，我在快要抵达自己房门前的时候，突然停住脚步，长长地叹了一口气。

我从未想到，在我房间隔壁的花园长凳上，坐着一位男士。

他听见我的叹息，从院子里走出来，绅士又温暖地说："有什么需要我帮忙的吗？"

我转头，看见一个气宇轩昂的男子，挺拔地站在独栋民宿的花园门口。

他双手插在裤袋里，风度翩翩，气定神闲，看他的年纪，四十岁左右，一双充满智慧的眼睛深不可测。

我后来想了想，之所以会喜欢上他，大概就是因为他那双眼睛，那是一双和梁朝伟、周渝民特别相似的眼睛，很忧郁，也很有故事。

我礼貌地摇头："没事，一切都好。谢谢。"

他看了看我前面的屋子，又问："你住隔壁？"

我点头。

他笑："很巧，我们今天是邻居。"

这个笑容十分魅惑，令我也不禁展颜。

见我笑了，他将撩我的目的表现得更明确，又提议道："有空吗？要不要跟我一起出去散个步？听说这附近的风景还不错，有山有水的好地方……"

"您是第一次来？"

他点头："对，我过来出差。"

一个外地人。

我想起自己回房间的目的，于是说：“那你得等我一下，我回屋里拿点东西。”

“好，我在前面等你。”他指了指前面的凉亭。

这是一个非常好的开始，两人一见如故，就连约会也干脆利落，并不矫情。

我回房间补了补妆，又偷偷地喷了一点香水，然后快步出门，向他走去。

三十多岁的女人，少了扭捏作态，把矜持换作了万种风情。

他就站在前面不远处等着我。

我露出一个优雅的微笑，暗暗揣测这样的男士会喜欢什么样的姑娘，然后一步步地走向他。

你看，我上一秒还在自怨自艾，觉得生无可恋，感情不可能再有什么结果，也遇不到好的人了，可是下一秒，撞见好看的男人，还是忍不住跃跃欲试。

我发了条微信给柳飞絮，说自己出去散步了，然后就将手机关了静音。

这个五河穿城而过的小县城，现在是成都的一个县，今后可能会被划为成都的一个区。它对于我的意义是很深刻的。

我的初恋，在这里。

我被劈腿且迄今为止爱得最深的那个男人，他的外婆家在这里。

我最好的闺密，是这里的人。

所以，我对于这座城市的感情之深，一如沉迷古蜀故事创作的柳飞絮对于广汉的深刻感情。

而此时此刻，我和一个认识不过一个小时的男人，结伴爬到了老君山顶上，站在轩辕台边，远眺着这座小城的夜景。他突然说：“你胆子挺大的，怎么也不问我是干吗的，就在夜里跟着我往这荒山野岭跑呢？”

我心中一紧，他说得倒是很有道理。

但我看了看周围，络绎不绝前来散步的人还是挺多的，于是放下心来，说：“你看起来不像是个坏人，我刚好心情有点差，出来散散步也是可以的。”

“发生了什么事吗？”

“没有，就是有点小情绪。”

“你这么年轻，人生遇到点困难与挫折是正常的。”

他说这句话的时候，表情似笑非笑，目光深沉，静静地看着遥远的夜空。

我抬头看了他一眼，也笑道：“你看起来也没大我几岁。”

“我应该大了你十来岁吧。”

“这个不重要。现在有魅力的大叔可比年轻的毛头小子更讨女孩子喜欢。”

他微微一笑：“也包括你吗？”

我笑弯了眼睛，没有回答。

他问：“姑娘怎么称呼？”

我们走了一路，聊了彼此的工作、生活、兴趣爱好，居然没有问对方的名字。我始终觉得自己还是要有一些女性的矜持，所以没有开口询问。

现在等到了这个机会，我马上回答：“我叫夏青。先生你呢？”

他没有犹豫，从卡包里拿出一张名片递给我：“李治。”

“这名字好耳熟……”我联想起了一位历史人物，忍不住笑起来，“武则天的老公？”

他尴尬地笑了笑，没有说话。

我也觉得自己的玩笑过于尴尬，便说：“你看今晚的月亮，真漂亮。”

他抬头。

我也抬头。

“哇，好多星星啊。在城里就看不到这么美的天空，这里真好，有山有水有星星。”

他笑，低声说：“还有你。”

我心中淌过一丝暖意，羞涩地看他一眼。

成年男女倘若对彼此有意，直截了当地互撩，这种感觉是非常美好的。两个人心中都有一个完美伴侣的影子，而这个影子刚好就在身边。

我们两个静静地站在轩辕台上，接下来什么话也没有说。但是这个时候，我的手机在包包里开始不停地振动，就连站在旁边的李治也感受到了，提醒我说：“你的电话在响。”

我有些尴尬，只好拿出手机接通电话。

电话刚刚接通，我就听见柳飞絮发飙的声音：“你人呢？上个厕所你就尿遁了？”

“我出来走走……”

“酒都还没喝完呢！你赶紧给我滚回来。这会儿大家吵着要去唱歌，就在六方桑林的 KTV，等着你啊！”

“哎……”

“哎个屁，赶紧的。”说完，她不容拒绝地挂掉了我的电话。

手机的声音太大，李治在旁边听得十分清楚，还没等我说话，他便说：“走吧，我送你回去。”

我有些不好意思，便说：“要不我自己回去吧，你不是还要散步吗？”

他微笑：“那是因为我看你心情不好，所以想陪你走走。”

我心中又是一颤。

他倒是镇定自若地控制着全局，做了一个“请”的手势，于是我轻轻点了点头，往阶梯下走去。

夜晚的老君山幽意甚浓，前来散步的人们也陆续往山下走去。我和身旁这位颇有魅力的中年男人缓步前行，看起来倒是非常般配，竟然引来旁人的侧目，甚至有人窃窃私语：“瞧瞧人家后面那一对，男的有气质，女的好漂亮，真是叫人羡慕。”

人都是虚荣的，当你身边陪伴着一位非常美妙的异性，再听见旁人说出这样的话，是让人感到非常开心的。

我努力保持着女性应有的矜持与优雅，在他没有说话的时候，也保持着沉默——这大概也是每一位女性在面对心仪的异性时会有的反应。

他的话不多，看得出来是一个非常严谨的男人。

夜色与昏黄的街灯将我与他的身影重叠在一起，我心中竟然有一种类似《花样年华》般美好的意境，希望这条路能够一直走下去。

然而很快，在六方桑林民宿门口，我就遇见了一个不速之客——一个三十七八岁的女人，身材婀娜多姿，医美整形出来的精致五官。

在乍见她的那一刻，我感觉到身旁的男人脚步一滞，然后步伐越来越慢，直至停了下来。

那女人双手环抱，虽然姿态优雅，但脸上冷若冰霜，看我的目光犹如一把利剑，仿佛遥遥地便可一剑穿透我的心脏。

我开始有一种不祥的预感。

果不其然，这个预感刚刚在心中生出，马上就应验了。

她与他相隔三米，谁也不肯向前一步，可是对峙的态势令气氛非常紧张。她先是往我身上一瞟，上下打量了一番，然后嘴角含了一丝嘲讽的笑意，说：“原来你从成都跑到这里来住一晚，为的就是跟她见面啊？”

李先生见殃及无辜，连忙解释：“这位姑娘只是一位普通朋友，请不要乱说。”

她依然冷笑道：“你这袒护的姿态，可不像是普通朋友关系。”

我对她的印象陡然变得不好起来。这位看起来如此美丽优雅女士，为什么说的话却令人感到如此不适呢？除非她是李先生的伴侣……

我心里也很慌乱，难道刚才的我，对一个有妇之夫动了心？

光是这样想一想，我就觉得很羞耻。因为曾经被人劈腿，所以我对第三者有着一份仇恨与鄙夷，做别人感情的第三者，是我一直不齿的行为。

然而现在，我在不明不白之中，掉入了“第三者”这个嫌疑人身份里了吗？

我感到有些不快，也很恐慌。

那位看似优雅的女士，依旧有着与她形象气质十分不符的嚣张气焰。

她看了我一眼，阴阳怪气地说：“我老公长得挺好看的吧？呵呵，他可不光长得好看，还挺有钱。”

我感觉受到了冒犯，冷冷地回道：“这位女士，我与你先生并无私情，请你不要血口喷人。”

她冷笑。

真是有够气人的，她只需一个冷笑，就将我击得粉碎。

“我血口喷人？你们两个从街灯下走来，挨得有多近多亲密，你们自己心里没数吗？我站在这里远远地看着你们俩，真是好一对璧人啊……”

李治连忙打断她的话：“有什么我们回去再说，这里是大街上，人来人往的。”

“你终于知道要脸了？”他的退让反而令女人变本加厉，竟然不依不饶起来，“我一直在猜到底是什么样的女人令你这么义无反顾，毫不犹豫地想走就走，今天一看，也不过如此。”

我皱了皱眉，冷声说：“这位女士，请你对我放尊重一点，我再申明一次，我同你先生只是刚刚认识，没有任何其他关系。”

虽然我心里知道，遇到这样的情况千万不要同她撕起来，可是到底没忍住。我大好年华的一个漂亮姑娘，凭什么要被一个陌生女人当众羞辱？

然而我忘了一句虽然很低俗却很有道理的话——如果狗咬了你一口，你是应该赶紧躲开它去医院打针呢，还是扑上去反咬它一口？

答案是显而易见的。

然而我年轻气盛，偏偏犯了个愚蠢的错误。

就因为这句话，引来了她更加强烈的敌意。

“刚刚认识你就大晚上的跟他往山上跑？你就这么轻浮？”

“这条山路上男男女女那么多，是不是走在一起就是有瓜葛？你凭什么认为我是跟着你先生上的山？”

“凭什么？凭你们两个挨在一起的那个劲儿。你说你们没关系，你问问路人，看看他们会不会那样认为。”

我叹了口气，抬头颇感同情地看了李治一眼。

而他也正看着我，眼里满是歉意。

偏偏就是这么一个对视，彻底激怒了那个大概患了妄想症的女人。

恰在这个时候，从六方桑林门口的一辆车子上下来三个中年妇女，年纪比我面前的女人大一些，身材比她更胖一些，满脸性生活不协调的模样。

我心中一惊，已觉得十分不妙。

眼前的阵仗，显然是专门为捉奸而来的正房团……当然，也可以称为“怨妇团”。也只有这种闲着没事儿干、身材变形发福、老公半年不会碰她们一次的女人，才会热衷于插手管别人的夫妻生活里有没有第三者。

为首那个妇女起码两百斤重，满脸横肉，指着我二话不说就开始骂：“狐狸精臭婊子，不要脸的东西，看你长得斯斯文文的，居然干勾引别人老公的事情，你就是欠打。”

我心中已是骇然，脑补出了过去在网上见过的各种正房撕“小三”的画面。那些女人无一例外都是叫上闺密，轻则将“小三”打得头破血流，重则扒了“小三”的衣服，当众对其羞辱。

我感到非常恐惧，很怕自己成为未来某段时间里流传在网上那些不堪视频中的主角。

此时此刻，六方桑林门口已经聚集很多不明真相的群众，有人甚至拿着手机开始拍小视频。

我摸出手机，准备给柳飞絮她们打电话。

然而手机刚刚拿出来，就被那个胖大婶儿一个箭步冲上前来抢走了。

李治见状，连忙挡在我面前对她们说：“不关她的事，你们不要伤及无辜。”

然而他越是护我，就越是刺激这帮丧心病狂的女人。

李治的老婆号啕大哭起来：“你还护着她！你还护着她！”

事情发展得太过突然，那三个胖女人显然就是来做打手的，而李治老婆的号啕大哭就是一个信号，让她们动手打我的信号。

温文儒雅、文质彬彬、英俊不凡、风流潇洒的李治在此时此刻没有任何作用！

我被一个泼妇按在地上，另一个泼妇扯着我的头发就往我脸上扇巴掌！

天地良心，活到三十几岁，我从未经历过这样可怕的事情。劈头盖脸的耳光打上来，令我晕头转向，还有不知道从哪里来的高跟鞋，在往我身上踢。

我曾经被时序的前女友冯翠误会，当时她来我的办公室闹事，好在魏仁在那里，护住了我。假如他不在的话，我会不会经历今天这样的事情呢？

我不知道。一切发生得太过突然，我根本来不及还击就被打倒在地。因为害怕被人拍到脸，所以我现在能做的只是捂住这张脸。

那真是万分惨烈的一场战斗，不知道跟我萍水相逢的李治究竟做过多少对不住他老婆的事情，总之他老婆和她的姐妹们下手之狠毒，每一拳每一脚招呼到我身上来，都是致命的疼痛。

我完全没有料到自己今生会遭遇这样的侮辱，感到很委屈。

当然，我也完全忘了两个小时以前，在六方桑林的院子里，我见色起意，对这泼妇的老公心生邪念的事。虽然刚才我理直气壮地说自己与他毫无关系，可在刚刚两个小时的单独相处里，我们彼此眼中的光、心中的悸动，却是天知地知、他知我知的。

李治还有点良心，一直尝试将几个肥硕的妇女从我身上拖开，还向周围的人求助，说着："不关这姑娘的事，不要拍她，快来帮忙拖开她们。"

围观群众当中，也还有些明辨是非的人上前来帮了忙。

可真正终结这场我生命历程中可以说是最屈辱的悲剧的，是万茜、柳飞絮与李苏。

当时已经将近夜里九点，因为这样一场"捉小三"的闹剧，六方桑林门口被堵得水泄不通。保安出来瞧了瞧，发现是我，连忙跑去 KTV 告诉了万茜。

柳飞絮当时正晕乎乎地唱着歌，大概是她的拿手曲目，来自范晓萱的《氧气》。听说我被人打，她立马扔了话筒，问保安要了一把扫把就往门外冲去。

面对三个肥婆，我的三个女神级闺密，用扫把、锅盖、门卫室的垃圾桶当武器，把三个女人从我身上打了下去。

一位善良的中年妇女用随身携带的丝巾盖住了我的脸和身子，借着灯光挡住了我的脸，然后同周围的人说："别看了别拍了，快打 120，这妹儿恐怕伤得不轻。"

有不明真相的围观群众往我身上吐口水，恶毒地说："打啥子 120 哦，这种贱女人就该往死里打。"

"别个的老公，她去抢啥子嘛，找不到男人要了吗？"

“没点羞耻心。”

“那个男的呢？应该连那个男的一起打。狗男女。”

“男的报警了，他老婆跟他打起来了，就在那边——”

“年纪轻轻的不学好，跟结了婚的男人搅和啥子嘛。”

“刚才那个男的跟这个女的在山上就卿卿我我的，相当亲密，我们还说他们两个好般配，没想到是在搞婚外情。哎呀婚外情就要不得了嘛，新的感情要开始，起码把上一段感情结束了才行啊。”

“多半是这个妹儿被那个男的祸害了，这种事情，女娃儿最吃亏了。”

“苍蝇不叮无缝的蛋，这种事情都是互相勾引，哪个都不是无辜的。”

我闭着眼睛捂着脸，嘤嘤哭泣：“我不是第三者，我没有勾引别人的老公，我是无辜的……”

可是没有人听我的解释，假如这件事足够狗血、足够成为他们茶余饭后的谈资，他们便只会选择相信自己愿意相信的事情。

挡在我身旁的中年妇女低声说：“没事，妹妹，我相信你。”

我没有看清楚这位老姐姐的样子，后来也不知道她叫什么，就是这么一个陌生人，在我的姐妹为我打坏人的时候，默默地陪在我身边，信任我，并守护着我的尊严。

我想，她这么善良，一定是一个美貌且家庭幸福的姐姐吧。

围观群众还在议论，突然间，我听见一声怒喝。

“给老子走开走开，说了这妹儿是无辜的，你们耳朵聋了是不是？到底内心是有多黑暗，非要践踏别人，还要往别人伤口上撒盐。”

是柳飞絮。

她一个斯斯文文的女作家，竟被激怒到不顾形象地破口大骂。

人群当中似乎有人认出了她，低声说：“这女的是不是新津县那个写书的？

“有点像……”

“哎呀，一个作家，素质咋个这么低？”

“平时在公众面前形象多优雅的，肯定是装的嘛。”

柳飞絮听见了，还要继续骂，被万茜挡住了。

她对柳飞絮说：“你跟李苏把她送屋里去，这里交给我。”

柳飞絮这才来扶我。她是个颇有侠义精神的女人，但情商比万茜，可就低太多了。

万茜笑嘻嘻地对周围的群众说：“让大家见笑了，这是我店里的两位客人，发生了一些误会，不是什么婚外情捉奸见双，希望大家能够理智对待，不要平白无故地侮辱清清白白的好姑娘，人家真的是被冤枉的。”

人群中有人提出反对的声音：“打成那个样子了，是冤枉的啊？不像哦……”

万茜继续赔着笑脸道：“是冤枉的。警察马上就到了，绝对是冤枉的。我们就在老君山脚底下，头上三尺有神明，大家莫要乱传哦，这是要造孽的，菩萨不会保佑你的哦。”

有人认得她，笑着说：“是的，万老板说得对，大家莫要乱传，把视频删了……”

万茜连连摆手：“不删不删，发给我，来来来，加我微信，我好给警察提供证据。哎呀谢谢，你们太好了，好人有好报，改天来我这儿吃饭，我请我请……”

就这样，万茜顺利地将我被殴打的视频拿到手，并且加了所有拍视频的人的微信，阻止了这件事情更加恶意地扩散。

同时，警察也来了。

我第一次被当作第三者嫌疑人被打，然后被带到公安局。

接下来更让我觉得难堪的情况是，我到了派出所却遇见一个十多年前的旧朋友——林峰的高中同学段成奎。

他也是一名警察，当晚正好去附近派出所办事，就撞见了鼻青脸肿的我，然后，这件事情就传到了林峰那里。

真是好事不出门，坏事传千里。

我的手机已经被摔坏了，林峰通过段成奎的手机慰问了我。我接过段成奎的手机时，表情是很复杂的。他到底为什么要这么做？在我如此难堪的情况下，还要面对初恋男友？

段成奎看我的眼神也是很复杂的。他大概在想我是如何把自己的人生过得如此糟糕，走到今天这个地步的。

电话里，林峰的声音很急切："夏青，你怎么样？"

我没好气地说："不怎么样，被当成第三者打成了猪头。"

"我马上过去，带你去医院看看。"

"你不在新都？"

"今天刚好回来。"

"你别过来了，我有朋友陪着的。"

其实我很想说，你过来做什么？来看我的笑话吗？

上一次我跟他见面是因为魏仁劈腿，我气急攻心，撞上他小舅子的车，刚刚出院，一副狼狈不堪的样子，还坐在轮椅上。而他一副成功人士的体面模样。

后来我们没有再见面，也很少联系，顶多就是节假日互相发微信问候一下，盯着彼此的微信头像发会儿呆，回忆一下青春，仅此而已。

然而现在，又要以一个刷新纪录的方式，让他看到我狼狈不堪的样子吗？

这一次更加可笑，我居然是被当作第三者让人给打了。

他会怎么想？

从前那个羞涩又倔强、跟他山盟海誓过的小姑娘，为什么现在总是过得不太好？

他会感到难过吗？还是觉得痛快？毕竟当初是我负了他。

我想他应该会觉得难过吧。像他那么善良又大度的男人，并不会纠结过去我对不住他的地方。

是我太过狭隘了。

而老天爷大概也是在为他鸣不平，所以才总是让我在最难堪的时候面对他。

我并不想面对他，于是再次说："你别来了。"然后，我便挂掉了电话。

我想，假如他是一个明白事理、晓得人情世故的人，应该能够理解我此刻多么不想见到他。

假如他能够理解，应该就会回避。

然而，他依然来了。

挂掉电话十分钟后，他便急匆匆地赶到了派出所。

那个时候的我，头发被扯掉了很多，蓬松得像个鸟窝耸立在头顶；原本漂亮有型的衣服被人撕碎，沾满了泥土。我身上披着的，还是万茜的外衣。

我就是这样一个状态，被林峰看见了。

发现他进门的时候，我眼里盛满了绝望。

一个小时的调解之后，彼此都了解清楚了情况。

李治在几年前曾经出过轨，但因为对妻子和孩子还有爱与责任，所以与外面的女人断了关系，回归家庭。然而破碎的镜子是很难恢复原先的模样的，他的妻子因此非常缺乏安全感，对于有钱又很优秀的老公充满不信任。一个说自己已经痛改前非，另一个却根本就不信，所以两个人彼此折磨，生活过得非常痛苦。

李治年过不惑，并不想过于折腾，所以在和妻子吵架之后，便来到六方桑林这个网红民宿居住。

可是李治妻子的说法是，六方桑林曾经是李治与他的情人相遇和幽会的地方。

所以，当她看见与李治的情人长相颇为相似的我，便立即判定我就是李治的情人，认为两个人旧情复燃，重修旧好。

于是，就有了后来发生的那些狗血剧情。

我什么都没说，只是看了李治一眼。

他也看着我，眼里充满歉意。

我不知道他的歉意究竟是因为他妻子的恶行，还是因为他在遇见我之后，所有行为和说过的话都带着欺骗性质，把我当成他情人的影子？

真相往往是残酷的，我想，他应该两者皆有。

他和他的妻子向我道歉时，我冷冷地说了一句：“假如就这么原谅你们，太对不起我自己了。让我的律师来处理这件事情吧。”

李治的妻子见情况上升到要打官司的地步，哇的一声又哭了，扯着我的袖子哀求：“我不想打官司，对李治不好，他的职业最好不要招惹官司……小姐，不，姑娘……妹妹你得饶人处且饶人，该赔钱我们赔钱……”

真是可笑，她根本不信任她老公，拖着三个胖姐妹来捉奸，为什么这会儿又要为她老公的名誉着想，不愿意惹官司了呢？她这种心理，我委实看不明白，但也不需要明白。

我冷冷地看了李治一眼，为我几个小时以前对他萌生的心动感到羞耻，然后在调解书上签了字，转身就走。

柳飞絮、万茜、李苏陪着我，林峰也跟着走了出来。

柳飞絮好奇地问：“这位是？”

我还没有开口介绍，便听见林峰自我介绍道：“我是夏青儿时的朋友，林峰。”

柳飞絮听说过他的名字，也晓得我与他之间的往事，点了点头，然后说：“没事了，我们姐妹几个陪着夏青就好，这边派出所可能还要麻烦你跟你朋友善后一下。”

林峰说：“我陪她去医院吧，医院里有我的朋友，这样方便些。”

柳飞絮笑：“我也是这里的人，医院里也有我的朋友。”

林峰还打算说什么，柳飞絮说：“我听说林先生已经结婚了，这次应该是和妻子一起回来的吧？”

林峰有些犹豫，但还是点了点头。

柳飞絮微笑，又说：“那您最好不要再插手夏青的事情了。发生这么多的误会，我真的挺怕别的女人也把她当成假想敌来对待。毕竟一个女人的名声还是很要紧的，否则，她也不会说出要跟李先生那两口子打官司的话来。

所以，你要是真的关心她，回头给她打电话吧，现在还是避个嫌比较好，毕竟你跟她过去也不是单纯的朋友关系……”

林峰明白了她是知情者，于是点了点头，对离他远远的我喊道：“有什么事给我打电话，我没关机。”

我没有回头，但说了一声谢谢，然后钻进了车子。

三十四

有些感情，说不清，道不明

你以为事情就这样算了？

不可能的。

我去医院做了检查，还好没有伤到筋骨，但是全身软组织损伤比较严重，医生开了药，叫我注意休息。

等我们回到六方桑林已经是夜里十二点了，万茜给我们开了一个大的套间，姐妹四人盘腿坐在套房的客厅地毯上，一点没有要去睡觉的打算。

我如一只丧家之犬，被她们围在中间。

柳飞絮问："你给我老实交代，你跟那个姓李的男人到底有没有一腿？"

我摇头："真没有。"

"那为什么手机关静音？为什么大晚上的跟他往山上跑？是不是钻小树林去了？"

李苏与万茜忍不住笑了，提醒道：“明明就有房间，干吗要钻小树林？”

“也是。”

我知道她们心中肯定有一万种猜测，毕竟我将手机关了静音，这就是一个非常不靠谱的行为，并且在她们面前，我也很难隐瞒什么，只好坦白交代：“我承认，在院子里遇见他的时候，确实动了心。人家长得确实挺好看的嘛，个子又高，样子也帅，温文儒雅，文质彬彬，穿衣品位也不错，只要审美没有缺陷的，都不会对他视而不见吧。”

“他长得是挺好看的。”李苏赞同地点了点头，“我还记得在派出所里，一片闹哄哄的乌烟瘴气里，他双手插在裤袋里，安安静静地站在一旁，哎哟喂，那个与世无争、仙气腾腾的样子真的太帅了，好迷人啊，我都忍不住多看了他好几眼。”

“那是你。”柳飞絮白了李苏一眼，淡淡地说，“有着一张好皮相的男人，本来不需要怎么勾引就能获得女人的芳心，假如他自己再不晓得洁身自好，就是一个祸害。摊上这么个男人，他老婆当然会觉得没有安全感。”

其实柳飞絮说得对，李治是一个挺容易招女人喜欢的男人，越是长得好看的，越应该端正自己的品行，否则就容易引火烧身。当然，这话是我默默在心里对自己说的。

柳飞絮见我没有说话，又问：“他对你说话是不是很暧昧？”

“算是吧……很暖，挺关心人的。”

“这种男人对任何人都很暖，跟中央空调似的。你以为他对你特别，其实他对任何女人都一样。”

我脑海中突然涌现一个人，魏仁。

魏仁也很暖，李治对人的关怀，像极了魏仁关心人的方式。但魏仁的暖是绅士、礼貌、克制的，只要他不愿意，就不会给别人更多幻想的机会。所以我从未想过，会有那种对任何女人都要示好的男人……虽然我知道有这样的贱男人存在，可是并未想过自己会遇上。

即便是现在这样，我依然觉得李治并没有蓄意勾引我，正确地说我们是互相勾引。

但是我说不出这样的话，也没有脸面跟我的姐妹说这样的话。

柳飞絮还在问：“他有没有说过自己结婚的事情？”

“没有。”说完，我又补充了一句，“我也没有问他啊，假如我问了，也许就会少很多麻烦。其实就是两个互生好感的人结伴散步，然后……就现在这样了。”

三个女人知道我不想再说了，互看一眼，等待她们的意见领袖说话。

柳飞絮叹了口气，目光复杂地看了我一眼，然后语重心长地说：“俊男靓女互相吸引，本来就是天经地义的事情，这怨不得你。但是，结了婚的男人千万不要碰，因为这样的男人有可能本就在婚姻里空虚寂寞太久，想要寻找一些感情慰藉，就算不是你，也有可能是别的女人。”

沉默许久的万茜也突然说：“他可能真的喜欢你，但你要明白一点，婚外情并不是值得歌颂的关系，因为这样的感情就像一把刀，当你们互生爱意的时候，这把刀已经悬在空中，随时可能伤害你们以及你们的伴侣。”

对于万茜突然如此诗意又富有哲理的言论，柳飞絮与李苏都特别震撼，目瞪口呆地盯着她，问：“你是不是受了什么刺激，经历过什么？怎么懂这么多？”

万茜白了大家一眼，没有说话。

柳飞絮接着说：“其实茜茜说得很有道理。比如说李治的妻子，她有什么错呢？她为什么要遭遇那些不好的事情呢？你好好想想，是不是突然觉得她的暴戾、神经质，都是可以理解的？”

“我当然能理解，但我不会轻易原谅他们，律师肯定是要请的。”

“请律师当然没有错，我不阻止你，但如果事情往大了闹，传到叔叔阿姨耳朵里，说不定会气到他们。而且你们家那帮亲戚会怎么看你？”李苏靠着沙发，懒洋洋地接着说，“你是一个死要面子的人，最好还是不要冒这个险了。”

万茜也说：“得饶人处且饶人，我看那个李治也挺可怜的，摊上这么个老婆。”

我愣住了:“你们拐弯抹角地说了半天,是要叫我放弃追究这件事情啊?”

柳飞絮从冰箱里拿出几罐啤酒放在我们跟前，淡淡地说：“我没有叫你放弃追究，但是我希望你能够从这件事情上吸取教训，引以为戒，下一次才不会走弯路。当然这个世界上有许多优秀又完美的男人令人垂涎欲滴……”

“你还作家呢，形容词用得这么庸俗！”

“我是怕用得太高雅了，你们听不懂。”

大家嘿嘿直笑，这是属于亲闺密之间的默契。

柳飞絮说：“不管这些男人多么优秀，我们一定要记住，他们身上盖了别的女人的章，他是属于别人的，我们就算做梦也想要拥有他们，也必须克制住自己。因为有些人只适合远远地喜欢，默默地欣赏，却并不适合靠近他、拥有他。很有可能当你靠近他的那一刻，他已远离了你心中最美好的样子；当你真正拥有他的时候，也许就已经失去他了。我不太赞同任何女性以爱情的名义去和有妇之夫恋爱，因为那是一种盗窃行为。”

我听她说得义正词严,忍不住拉开一罐啤酒往嘴里灌了两口,然后说:“首先，你们放心，我真的不知道他已经结婚了；其次，你们放心，我跟他真的没有什么；最后，请你们放心，老子这辈子就是不嫁，也永远不会去招惹已婚男人。”

说完我白了她们一眼，咕噜咕噜地将手中那罐啤酒尽数灌下。

六方桑林那次被殴打事件，在柳飞絮、万茜与李苏的合力保密下，终究没有传到李华玲的耳朵里去。她要是知道了，恐怕我朋友圈里所有的人都会知道。

这件事就这么悄悄地过去了。

从那以后，我对已婚男人总是退避三舍，无论是工作接触，还是朋友之间遇到，只要知道对方已经结婚，我就绝不与其单独相处。

我实在不愿意被纠缠进一段复杂的恋爱关系里。

然而，有时候总是事与愿违。

2015年，上海国际时装周，沉忆服饰作为参展服饰商提早进场准备。这一次公司的实力比第一次强大了很多，全国的加盟商达到两百多个，也有钱邀请国内比较重量级的模特来走秀，我感到非常满足。

但时序对于这个进步并不满足，他不止一次说："我们公司还需要发展，还需要进步。"

我就笑问："你这是想干吗？要上市吗？"

他非常严肃地点了点头："对啊，难道连这点追求都没有吗？"

我很惊讶。讲真的，十多年前在荷花池批发市场打工的时候，我只期望有朝一日能够开一间属于自己的店铺，赚得比打工的时候多一些，每天都有新衣服穿，从来没有想过某天能够在这座城市拥有自己的一席之地，还有了属于自己的公司、自己的品牌，还有那么多人信任我们，追随我们，做我们的加盟商。我认为这已经很成功了，上天已经非常眷顾我了。至于上市不上市，对于我来说太遥远了，我甚至不知道作为一个服装公司，想要上市需要发展成什么样子。

我像个傻瓜一样，怔怔地看着时序。

他看着我一脸蒙的样子，情不自禁地笑了："好了，其他事情你就不要担心了，一切随缘，我不会操之过急。"

我倒不担心他说的事情会很着急，现阶段国内上市的品牌里，时尚女装还少之又少，这大概与时尚女装属于快销品，而国产原创女装品牌又总是上不了台面有关。但是时序有这个目标，还是让我觉得我们公司的发展会越来越好。他是公司的扛把子，我当然要听他的。

就这样带着他的美好愿景，2015年上海国际时装周，我们带着沉忆服饰来到了上海。

李华玲因为要带孩子，没有一同前往。

我与时序带着团队提早一周就到了上海。原本我应该和工作人员住在同一家酒店，但大部队住的那家酒店已经被订满了，所以杨玉石把我和时序的酒店安排在了另外一个地方。

虽然说带来的员工很多，我与时序不需要凡事亲力亲为，但由于是第一次参加上海国际时装周，所以整个过程我都特别紧张。

我与时序分工明确，时序负责协调场馆布置，我负责协调加盟商，每天都忙到很晚才能回到酒店。

原本一切都好好的，与平常没什么不同。时装周的开幕式是晚上，前来参加活动的客户都很兴奋，这大概也是他们第一次参加如此大规模的活动，就连拍照发朋友圈的频率也比过去高了很多。

邹小月与何小玉是安排客户住宿与交通的主要工作人员，另外还给他们配备了四个助手，即便这样，我觉得也忙不过来。

时序那边就更不用说了。

我们在电视里看到的各种时装周走秀场面都是高大上的，其实一开始我也满怀期待。可是等我作为参展方参会之后，要接触各种脏乱差以及繁琐的事情，我的耐心被磨没了，情绪也变得很焦躁。

这一次参展花了很多钱，所以我们给每一位加盟商都安排了订货任务。但是区域总代理和加盟商总是会提出很多反对意见，想要规避自己的风险。这简直就是一个斗智斗勇的过程，是情商与智商的战斗。

终于一切安排妥当，所有嘉宾也都盛装出席——当然你在电视屏幕上是看不到上海国际时尚中心外面那乌泱泱的一大片人，借着昏黄暧昧的夜上海霓虹灯光，站在场馆外面排队的狼狈情景。

你只会看到衣香鬓影，又酷又美的模特穿着平时穿不太出门的时装踩着节奏走在T形台上。

作为参展方，从我的视觉角度看与在电视上看到的画面完全是两码事。

我们就好像一个个演员，努力扮演着传播时尚的角色，把那些苦与累、脏与乱，统统忘记，最终呈现出一幅美好的时尚画卷。

那个时候我想，我已经从一个单纯的服装导购进化成一个时尚导师——尽管直到现在，我并不认为自己是一个很时尚的人，但在那一天，还是穿上了设计师专门为我设计的礼服。

时序见到我的时候眼睛一亮，对加盟商说："我觉得我们的模特可以少请一个，夏总就是现成的模特啊。"

我嗔怪地瞪他一眼，没好气地说："我已经老啦，别逗我。"

他似笑非笑，盯着我一本正经地说："谁说的。在我心里，你永远是那个活泼伶俐的十八岁小姑娘。"说罢，他又对周围的加盟商说："当初我第一次见到夏总就惊为天人，气质好、身材好，长得还漂亮。只可惜那个时代自媒体不如现在这么发达，否则以夏总的姿貌，可以秒杀那些网红几条街。"

加盟商一阵起哄附和。

我有些不好意思了，本来这就是美人如云的场合，每个人都铆足了劲儿打扮自己，想要成为焦点。时序倒好，把这个焦点指向我，让我成为别人议论的话题。

我瞪他："你这是在夸我吗？这么多漂亮的姐妹簇拥着你一个，你专门逮我说？信不信我向玲姐告状呀！"

他笑，并不反驳，只是目光牢牢地锁住我。

我低头打量了一下自己，这件白色的长礼服长及脚踝，剪裁简单大方，搭配了一个小巧的手包、细细的钻石项链、不太张扬的钻石耳钉，以及同样低调的钻石手链……总体看来，典雅，内敛。

但是时序眼中的光令我感到有些诧异。

那是一种我似乎很熟悉，又似乎很陌生的光，很多年前在他眼里出现过。那个时候的我，还只是在他舅妈的店里做销售人员的寻常打工妹，他领着我出去吃好吃的，带我去看好看的风景时，我偶尔回头一瞥，会发现他眼中有这样的光芒。

后来，我与邓宇谈恋爱，他和冯翠在一起，他眼中那样的光似乎收敛了许多，再后来，就趋于平静了。

但是此刻，在异地他乡，我对于他毫不避讳的注视感到有些担忧，尤其是还当着这么多加盟商的情况下。

大庭广众之下，受到一位有妇之夫的关注，我的内心是恐惧的。

我微微一笑，然后别过头，同旁边的加盟商闲聊起来。

这时秀场音乐响起，大家踩着节奏入场。这一新奇的感受，令来自三四线城市的加盟商们感到有些局促。

我负责维护客户的情绪，寻到了看台的位置，在台阶上席地而坐。

整场秀上的衣服款式与以往的风格完全不同，在过去我们以文艺风和简约时尚风为主打，都是平时可以穿的款式。但在这次大秀之中，我们突破了以往的风格，完全以走秀为目的，最终达到提升品牌档次的效果。

我也听到了有些加盟商的窃窃私语："这次走秀后，沉忆肯定会抬高品牌价格，提升价值，我们就等着涨价吧。"

我的客户，也是我的好朋友万茜，也来参观了走秀，但是她似乎遇到了一位神秘的朋友。那是一位男士，她带着他坐在秀场最后排的位置，没有与我多交流。我回头看过她两次，她身旁那位男士长得很帅，气质很好，温文儒雅，颇有绅士风度，倒是万茜喜欢的类型。

我很高兴，偷偷拍了一张照片发给宅在家里码字的柳飞絮。

她回我说："瞧着倒像是我的一个熟人，不过我也不敢确定……看来老万好事将近，就等着吧。"

这是好事，我抿嘴一笑，关掉微信。恰在此时，坐在我旁边的时序探过头来，暧昧地问："怎么？有什么见不得人的消息吗？我一来就关掉。"

我咧嘴笑："对啊，男朋友发来的消息。"

他愣住了，一副大惊小怪的模样："你什么时候谈了个男朋友？"

我笑而不语，懒得解释，将手机放进包里，认真看秀。

一个小时的秀，虽然时序也会照顾旁边的客户，但我完全能够感觉到，他如坐针毡，有些不安。

也许他是担心大秀被搞砸吧。这次秀我们除了请知名模特之外，还邀请了几位时尚博主过来站台。当然，也邀请了一位过气女演员，我就不点名了，她的名字并不重要，但是她的出现对于沉忆这个来自四川成都的原创设计品牌来说，是很重要的。

女演员和时尚博主们来了之后，拍几张照片，我们公司的策划团队再请媒体写几篇报道，今晚之后在一周之内反复制造话题，提高品牌知名度……这是没有进行大规模融资的原创设计品牌惯用的套路，沉忆也不能免俗。

说到融资，我曾经向时序和李华玲提出过这个想法。

一个品牌想要发展得越来越好，成为高端时尚知名品牌，必然要吸纳更多精英股东进来，以达到促进发展的目的。

但是时序的控制欲很强，他直接拒绝了我的提议，并且明确告诉我，他有更科学的发展方式。

我不知道他会用什么样子的发展方式来进行腾飞，我是一个小富即安的人，更何况现在的我们已经不算小富了。

这场筹备了几个月的大秀终于结束了，设计师邀请我与时序陪她上台，我们按照原定计划，两人牵着手走上台去。

在踏上 T 台那一刻，我听见了身后来自加盟商群体的鼓掌声、起哄声。

我知道，我又给了他们一次制造八卦的机会，尽管后悔，可已经来不及了。

我不知道后来的李华玲看到那个画面的时候，内心是什么感受。但从台上下来后，我感觉到了不妥，因为所有人看我们的目光都是充满暧昧的。

大秀结束之后，有一个十多分钟的采访，我们说完一些场面话，该送嘉宾的送嘉宾，该送客户的送客户。时序则邀请几位重量级的总代理去酒吧消遣，叫我一同前去。我摇了摇头："不行，我身体不舒服，想回酒店休息。"

他却挑了挑眉，问："怕男朋友查岗？"

我笑："对啊。"

他脸上陡然涌上不悦的情绪，低声问："你什么时候交的男朋友？怎么都没听你说过？是干吗的呀？"

"以后你就知道了。"

他的表情一言难尽，大概没有想到我会这样回答他。我也不是故意隐瞒，但本来就没有男朋友，我从哪里去找一个男朋友来告诉他？

我走出秀场大门时，已经是深夜，路边停了一排豪车，我直感叹时尚界的人真的是好有钱。

我给万茜打了个电话，她说她和朋友有约……难道是那位坐在她身边的神秘男士？难怪以往都不见她有男朋友，难道是因为男朋友在上海？

司机送我回到酒店，我一进房间便开始脱衣服，鞋子、裙子脱得干干净净，光溜溜地站在三十楼的落地窗前，眼前是一望无际灯光如昼的夜上海。

我非常疲惫，只想解放我的身体。

李华玲的电话打了过来，我连忙接听。

“喂，玲姐有何吩咐？”

“吩咐倒是不敢的，夏老板这几天在大上海玩得可开心？”

“怎么可能有时间去玩，每天都忙得要死不活的。”

“发布会可还顺利？”

“非常顺利。虽然这一次呈现的都是特别款，但客户们都觉得非常大气，建议我们今后出一些高端款，用以提升品牌形象。”

“真好啊，看来参加上海国际时装周这个决定是正确的。你不知道，最近有一些把成都当作‘中国时尚第三城’的说法在坊间流传，我们要把握住这个机会，好好炒作一下，把沉忆做成一个知名的时尚品牌。”

“是舒适时尚，我们还是以舒适为品牌的主打功能比较好。”

“对对对，按照你的意思来。”说到这里，李华玲突然沉默了，但她的沉默并不是无话可说，而似乎是有什么想法，却欲言又止。

我问：“咋啦，这位妇女，突然沉默是几个意思？你有什么想说的吗？”

她略有犹豫，终究还是问了出来：“时序到上海好几天了，电话也很少，都不知道他每天的情况怎么样，我刚才打电话他也没有接……”

“我就知道你兜着圈子说了半天，其实只是想知道时序的情况吧？”我笑，“你老公带着那些区域总代理去酒吧玩了，说是要感受一下上海的夜生活。可能太吵了，或者人太多了，他没有及时回你的电话。你要不就等等他，如果特别着急的话，我可以帮你给那几个总代理打一下电话，请时序给你回个电话。”

“哦……不用的。你们两个没有在一起？”

我皱眉：“我没有跟他们一起出去玩。我实在太累了，所以就直接回酒店了。咋啦？”

“哦，没事。”

“你该不会以为我这几天都跟你老公腻在一起吧？”

“没有没有，我怎么会那样认为。”

“嘿，我真的每天都跟他腻在一起。”我故意说，“朋友圈我们牵手的视频你看到了吧？气坏了吧？吃醋了吧？哈哈哈哈，怕你老公被拐走？”

李华玲被我连珠炮似的问题给吓到了，连连解释：“没有没有，我怎么可能担心这个，你们两个永远不可能，你们要是对彼此有兴趣的话，就没我什么事了。”

她这话说来，还是显得没什么底气。

我沉默片刻，终于还是开口说：“玲姐，我把你当成自己的亲姐姐对待，时序对我来说就是兄长，你还有什么不放心的？”

“我没有不放心……”

“肯定有人在你面前碎嘴了吧？”

不用说我都知道，必然是某些别有用心的加盟商，特别添油加醋地说了我与时序牵手走秀的事情。

其实牵手原本没什么，但偏偏我跟时序郎才女貌，非常般配，站在一起完全就是金童玉女，任谁都会浮想联翩。

再则这十多年来，我一直没有把自己给嫁出去，难免会有人揣测我深爱的人其实是时序，因为他已经结婚了，我找不到别人替代他，索性就一直单身。

更有甚者，说我跟时序有一腿，其实就是时序的“小三”。

这些风言风语，在两百多位加盟商里面口口相传……女人多的地方，是非就很多，这些加盟商多是女人，私下聊什么我原本是不可能知道的，但她们不知道万茜跟我除开合作关系之外，还有密不可分的友情——我与她拥有同一个至亲至爱的闺密，柳飞絮。

就因为这个，万茜才会将这些风言风语告诉我，并叫我留意自己的言行。

也许是因为李治的那个插曲导致我现在对与有妇之夫来往显得特别小心，总是刻意地拉开距离，然而越是刻意，越是可疑，在小范围内的谣言也越来越多。我料想过总有一天这些谣言会传到李华玲的耳朵里，到时候我又应该如何解释？除非我能有一个男朋友傍身。

可是现在让我去哪里找一个男朋友来？

我苦笑，接着说：“那些风言风语你千万别信，我们公司现在这个样子，肯定会有人议论的。”

“我倒是不怀疑你，只是担心你，怕你被这些谣言伤害……”

“伤不了我，就怕伤到你。”

“你在开什么玩笑，你跟时序是我最信任的人，我怎么可能因为别人说些闲言闲语就来怀疑你们呢。”

李华玲说完哈哈大笑，但我知道，她心里其实很忐忑。

我知道现在无论怎么解释，她都会有一些怀疑。就算这份怀疑被彻底打消了，恐怕也需要一些时间来消除困惑。这就是为什么无论多么要好的闺密关系，只要牵扯到一个男人，再由旁人添油加醋地混淆视听、捏造是非，讲一些说不清、道不明的关系，那么就必然能够粉碎她们的感情。

女人的感情啊，其实真的挺脆弱的。

三十五

当你见过大海以后

挂掉李华玲的电话后，我拿出一件睡衣随意披上，打开电视机，躺在沙发上准备休息一会儿，刷刷朋友圈再去睡觉。

就在这时我突然收到一条信息，是叶晋中发来的。

“忙完了吧？待了这么多天，上海菜吃不吃得惯？”

我嘴角扬起一丝笑，快速回道：“吃不惯，每天都默念‘我要回家，我要吃蜀王谷的菜’。”

消息发出去不过两秒，叶晋中的电话就来了。

“喂，晋中哥……”

“没出去玩？”

“太累了，所以回来了，准备洗洗睡了。”

“什么时候回成都？”

“三天后吧，明天开始订货会啊。”

“这次待在上海的时间有点久。”

“是啊，又要参加上海国际时装周，又要举行订货会，怕加盟商们舟车劳顿，所以这一次的订货会就安排在上海了。其实真正辛苦的是公司的员工，可把他们累坏了。”

“你也很辛苦，也不容易。”

我笑：“晋中哥不要担心我，我都多大啦，你还像担心小孩子似的。”

他黯然地说：“舅舅让我多照顾你，可惜我一直没有尽到这个责任。”

我想起他这几年过得也非常艰辛，单是与李媛媛的离婚官司就打了快两年，于是问：“最近怎么样啊？嫂子可好？”

“她？有时候我都不知道她到底想要得到什么，说离婚，又不愿意签字，好好过她也不愿意。所以就一直拖着，她过得不快乐，我也难受。”

“你们两个到底是什么问题吗？分分合合好多年了……”

他犹豫了片刻，说：“可能因为孩子吧。”

“嗯？”我眉头一皱，“你们不是丁克家庭吗？”

一声叹息自电话那头传来：“不是丁克，其实我们都很喜欢孩子，也很想要个孩子。但是我跟她可能其中一个不能生，或者说，我们两个人结合在一起，因为血型问题还是什么，无法要小孩……这个情况比较复杂。”

他突然这么坦诚地跟我说这个话题，我反而被吓到了，不知道该如何接话。但以叶晋中的性格来说，他能在电话里将自己的隐私告诉我，想必心中已想得足够通透了。

于是我说：“你们去看过医生吗？”

“没有。”

“呃……假如你们两个的婚姻矛盾是这个，为什么不去看看医生，寻个究竟？”

过了很久，他惆怅地说：“也许……我们都怕问题出在自己身上吧。”

我愕然。这倒也是。无论是其中哪一个不能生育，都将成为这段失败婚姻的罪魁祸首，所以，索性就不停折腾，直到感情被折腾没了，再将失败的原因归咎于感情。

婚姻还真是现实又残酷的。

我想着转移话题，便又问：“不说这些了，最近蜀王谷的生意怎么样？”

“忙新店开业。”

“又开新店了啊？”我非常惊讶，“怎么感觉前段时间刚有新店开业……”

“根据邵峰的节奏来的，他制订了一些计划，又找了些新的股东入股，所以企业的扩张速度快一些。”

“可是这样的话，是不是风险也就更大一些？”

“对啊。不过做生意本来就存在风险，无论是加速扩张还是稳步前行，都不一定是绝对正确的事情，你也做了这么多年生意，应该晓得这个道理。”

“倒也不是完全晓得，你知道我一直忙着电子商务那一块，对于商业发展的想法其实并不太多。”

“有时序在，你不必担心这些问题。”

我叹了口气。

叶晋中非常敏锐：“怎么了？”

我正愁没有地方说出自己的困惑，叶晋中在我心中是个值得信赖的亲人，也许告诉他，能够得到一些启发。

我说：“其实我觉得公司就按照现在这个状况发展，稳步经营已经很不错了，但是时序的目标是上市。你知道吗，我心里很忐忑，就我和他还有李华玲三个人，做个不大不小的公司，小打小闹也就可以了，每年还是能赚不少钱，我真心没有往上市这个目标考虑过。”

“为什么不给自己设立一个目标呢？”

“因为我觉得那是我无法把控的事情。”

“凡事都能在你的把握当中吗？”

“不能啊。”

“那不就对了。公司要发展壮大，肯定会有一些其他的商业转折出现，只要龙头能够把握好方向，你何必担心那么多呢？”

“我当然担心啦……”

“你是怕以时序的资历无法将大家带向公司上市这个彼岸吧？你对他缺乏信心？”

“有一点。虽然时序很优秀，也带着大家在这些年里从一个小小的店面发展到现在全国两百多家加盟店的规模，但实际上我觉得发展过于迅速，到达繁荣的顶峰之后，即将面临的就是衰败。以时序的资历、学历以及对未知领域的了解能力，他应该做不到让公司上市的地步。既然做不到，为什么又非要自己去尝试呢？”

叶晋中略略一顿，然后说：“你在害怕什么？怕现在所拥有的一切一夕之间化为乌有？还是怕攀登高峰的时候，路上的挫折会令你望而却步？”

我沉默片刻，老实回答道：“都有吧。”

对叶晋中我何必隐瞒？有什么就说什么，他才能给我一些睿智的建议啊。人的一生当中能够遇到两三位导师、几个知心朋友，是幸运至极的事情，所以一定要珍惜这个寻求答案的好机会。

“现在的状况是不是已经达到你预期的人生目标了？”

“是。”我顿了顿，又道，“我好像失去了奋斗的意义。”

“嗯？”

“十多岁离家出走的时候，想的是要打出一片天下来，让我父母在夏家人面前扬眉吐气，所以那个时候我心里头憋着一口气，无论吃多大的苦、受多少罪，我都无所谓，只要老天爷没有整死我，我就要给他们点颜色看看。可是前些年，当我一步步变得还算比较有钱，事业也算是有点样子了，却发现夏家早已经不堪一击，他们根本就不是我的对手……”

“青青，你有没有听过这么一句话，当你见过大海之后，就不会在乎池塘里的那点是非了。”

“嗯？”我想了想，应声道，“对，我后来确实觉得没有再拿夏家人做对手的必要了。本来从小到大他们就不喜欢我，莫名其妙地不喜欢我……”

“他们没有不喜欢你，也许只是因为大家的视野格局不同，以及传统思想作祟，所以对你可能不够亲。”

“晋中哥哥真会说话……”

“这件事不是已经过去很久了吗？”

“对，是过去很久了，但现在就是发现自己没有仇恨以后，就没了奋斗的动力。我觉得，不管公司以后怎么发展，我都会很开心，哪怕最后只剩下一间店铺，每年赚个几十万块钱，也足够我的生活开支，足够我每年出去旅行几次了……”

“有这个平常心是一件好事。”

“可是现在，我快跟不上时序的步伐了。”我很苦恼，“他的想法，跟我有了很大的差距。”

“合伙人之间的相处，本来就是要互相尊重、求同存异的。”

“我知道，可我还是希望能够像从前那样，步伐一致。”

“这是永远不可能的事情。人活着，每天都有新的想法，也有新的变化。你要习惯这种变化。古语有云：‘大道无形’，说的就是什么都是无形无质的。人也是如此，没有永恒不变的人，我们的细胞每一天都在死亡，也都在重生，不断形成全新的我们……所以你看，没有永恒不变的东西，只要你能坦然接受这种变化，又有什么可苦恼的呢？”

我知道他读过很多书，但是不知道他讲道理这么厉害，不禁一愣，过了一秒才回过神来，说：“你打电话过来，就是为了跟我讲讲道理啊？”

他笑了：“就是关心你一下。”

“行了行了，我知道了。我看时间也挺晚了，你早点休息吧。”

他叹了口气：“好吧。你注意照顾好自己，有什么事给我打电话。”

“好的，谢谢晋中哥哥，晚安。”

“晚安。”

挂掉电话，我琢磨着叶晋中说的那些话究竟还有什么深意。想着想着，我又觉得自己的忧愁还真是庸人自扰，走一步算一步吧，也要相信时序的智慧，他总会有他认为正确的安排。至于我的意见……我的意见重要吗？

我将电话一扔，往浴室走去。

我没有想到这个房间开的是两张房卡。

当我穿着浴袍从浴室里出来，边系带子边往床边走去的时候，突然发现沙发上坐着一个人。

一个男人。

他醉醺醺地倒在沙发上，用手撑着额头，衬衣解开了上面的扣子，露出半个结实的胸膛。

他的腿很长，又随意地摆出了一个很撩人的姿势……假如不是认出了他的衣服，我真的会以为酒店故意安排了一个性感美男上门服务。

然而，他是时序。

“你怎么会进来的？”我大惊失色，但没有往前。此刻我的浴袍下面可是什么都没有穿的，就算现在站得远远地与他说话，也觉得非常不妥了……我更应该立刻从衣帽间里取出自己的内衣裤穿上。

但话已经问出口了。

他悠悠地醒来，醉眼迷离地看着我，淡淡地说：“我有房卡。”

“你怎么会有房卡的？”

“用我的身份证开的两间套房，挨着的。”

“那你也不能进我的房间啊！”

他看着我不说话，眼睛通红，好像布满了血丝。

我说不出来那是什么样的眼神，只觉得今晚的时序不太一样，像狼一样看着我。

我心中感到有些不妙，但面上还是不动声色，对他说：“你就在那儿坐着别动，我给你拿醒酒药。”说完，我立即转身进衣帽间，拉上了门。

然而这个房间的衣帽间是不能上锁的……我只能抓紧时间把内衣内裤穿上，正要换衣服的时候，衣帽间的门突然被推开了。

时序就像变了个人似的，突然上前来将我抵在墙上。

那一瞬间我完全蒙了，还来不及思考到底发生了什么事，他的吻就压了上来。

我努力别开脑袋，他的吻落在我的脸上，我虚惊一场，内心对于李华玲的罪恶感算是减轻了一点。然后我拼尽全力用手挡住他的脸，牢牢地将其往外推。

“时序，你喝醉了！你看清楚，我是夏青，不是李华玲！”

他抓住我的手，不费吹灰之力就把我推在墙壁上，令我动弹不得。然后他看着我，似笑非笑地说：“我知道你是夏青……我爱了你很多年，夏青，你知不知道……”

我愕然，不可思议地看着他。

他也看着我，脸上带着自嘲，又带着一丝豁出去的狠劲，说：“从见到你的第一眼，我就喜欢你。但那个时候你说你有男朋友，就北京读书那个谁……我当时没有钱，没有事业，也没有学历，什么都没有，所以没有勇气，也不敢向你表白……”

“你在开什么玩笑，你现在醉了，我不想听这些，给我出去。”

他的双手依旧钳制着我的双手，身体紧紧地将我压在墙壁上……什么“壁咚”，这分明就是囚禁，而且是令人尴尬的囚禁，两个人从未离得如此近，近到只隔了两层薄薄的衣服……他能够感受到我身体的曲线，我也能够感受到他身体的变化。

这实在太令人感到难堪了。

他并不打算放开我，依旧在我耳畔说：“后来，你遇见了邓宇。他比我帅，比我有钱，比我聪明，比我读的书多……他什么都比我好，我更觉得自己配不上你……”

“什么配不配得上，我从来只当你是大哥，就没有往男女之情方面考虑过。”

“我不是男人吗？”

他身体的某个部位坚硬而灼热，隔着衣服紧紧地贴着我，告诉我此刻在我跟前的这个男人，对我有想要将我占有的欲望。

我难为情地闭了闭眼睛，心里默念，他醉了他醉了他醉了……

今晚这个突然袭击，显然是他预谋已久的，他依旧在我耳畔温柔地说："邓宇和你在一起之后，就告诉我了。我当时真的很痛苦，对于自己的懦弱感到无能为力。但你很爱他，我也只好算了，心里想着，假如你幸福的话，那么我……我也会感到很高兴的。我开始把对你的感情，从女人转移到妹妹的位置……陈奕迅有一首歌叫《兄妹》，你听过没有？"

"你能不能先滚开，我们坐下来再好好说？"我乞求他。

他却丝毫不为所动，依旧沉浸在自己的世界里，自顾自唱了起来："就让我们虚伪，有感情，别浪费，不能相爱的一对，亲爱像两兄妹，爱让我们虚伪……"

我皱眉，他真的醉了。

大概自己唱了还不够，他又腾出一只手，打开手机，放出了这首歌。

我当然在此时此刻挣扎过，但他只用一只手也能钳制我——再配合他无耻的行径，将我紧紧地压在墙上，我的每一次挣扎都令他的身体更近一步地靠近我。

我一面感到荒唐，一面庆幸我与他都还穿着衣服。

时序的手机里放出了陈奕迅的那首歌：

就让我们虚伪
有感情 别浪费
不能相爱的一对
亲爱像两兄妹
爱让我们虚伪
我得到于事无补的安慰
你也得到模仿爱上一个人的机会
残忍也不是慈悲

这样的关系你说 多完美
眼看你 看著我 看得那么暧昧
被爱爱人原来一样可悲
为什么竟然防备 别人给我献媚
不能推 不能要 要了怕你误会
让我想起曾经爱过谁
我所要的她不给 好像小偷一样卑微

他听得很入戏，眼里带着盈盈的泪光。

而我虽然心中五味杂陈，但尚且是清醒与理智的，一门心思地想着应该怎样才能令这个醉鬼绅士而礼貌地离开我的房间。

“你想听这首歌？那要不我们出去听？”我提议。

他嘴角含笑，并不上当，兀自继续说道：“你不想知道我后来是怎么过的吗？”

“你……你一直有人爱着啊……玲姐、赵凌凌，都是深爱着你的人。还有冯翠，还有店里的小姑娘，我知道每一个心里都揣着你……她们都喜欢你，你又何必非要在意我心里有没有过你呢？”

“我的心不是你做人情的礼物，你想送给谁就送给谁，先问问你自己，到底有没有把我的心意当回事。假如有，该抢就抢，该拿就拿；假如没有，不要耽搁，让我死心，让我忘记，不要让我再爱你。”

“我抢什么抢啊！我根本就不知道你喜欢我。”

我说谎了。

在过去的岁月里，时序对我有多好我心知肚明。一个男人对一个女人好，总归是有原因的。就算他把我当妹妹疼，那至少也是建立在喜欢我的基础上的。

可是我不敢承认我知道。因为在面对李华玲对他那汹涌澎湃的爱意面前，我觉得自己心中对时序曾经有过的小小感动简直就是微不足道的。假如要拿失去李华玲这个姐妹做代价去换取与时序在一起，我是不愿意的。

时序与李华玲之间，我更爱曾经救过我一命的李华玲。

可是时序依然纠结在一些毫无意义的问题上，无法解脱。

他继续质问我："现在你知道了，那么你告诉我，过去这么多年，包括现在，你有没有过一丝一毫喜欢我？"

我无可奈何，假如不去面对这个问题，他恐怕不会罢休。

我说："听真话吗？"

他突然叹了口气，阻止我："别回答我，让我有一点幻想的余地……"

"你连听真正的答案的勇气都没有？"

"那是因为我爱你，所以不想听到你并不爱我的话。"

"你既然知道答案，为什么还要纠缠？"

"我哪有纠缠？是你爱了一个又一个，却个个都是错的。我很后悔当初为什么没有告诉你我是爱你的……假如我说了，我们的结局是不是会不一样？"

"会，也许早就不是朋友了。"

"是夫妻。"

"不，是陌生人。"

他愕然地看着我。

我直视他的眼睛，冷冷地说："时序，你在我心里一直是个非常令我敬重的人。你勇敢，有思想，对未来有规划，让人信任，让人依赖，但是我们不适合。我的性格太强势，你的性格也很强势，如果我们两个在一起，就会像两只斗狠的狮子，互相伤害。所以，我们只适合选择一个温润、可以包容我们的人，才能走到底。你看，玲姐是这样的人，邓宇、魏仁也是这样的人，冥冥之中，老天会安排适合我们的人来到身边的……"

"但是他们都辜负了你。"

我无言以对，因为他说的都是事实。

"如果是我，我不会舍得放你走，不会欺负你，也不会背叛你。"

我叹了口气："你说这话，那是因为你没有得到过，所以你认为你可以做到不背叛、不辜负。但实际上，假如我们曾经在一起，必然也会分开的。"

他对于我的话嗤之以鼻，目光中带着怜惜："因为他们的背叛，所以你现在不肯相信爱情了吗？你不知道我是爱你的吗？爱了你那么多年……"

"你不要跟我说什么爱不爱的，我根本就不信。你一直在谈恋爱，你跟冯翠在一起的时候，我是非常反对的。"

"你反对是因为你希望我跟李华玲或者赵凌凌在一起，不要拆了我们创业的台子。对不对？"

他的质问还真是直抵人心，这些都是事实。

"你不喜欢冯翠还有一个原因，可能你自己都不知道。"

"还有吗？"我感到很困惑，"别跟我说是因为嫉妒。"

他笑："因为她和你很像。"

我心中咯噔一下。冯翠跟我的像，并非外貌相似，而是气质。发现这种相似的人，是魏仁。

在冯翠认为我勾引时序跑来我的工作室大闹那一天，魏仁化解了这场纷争，同时也见到了她。

等到我与他相恋后不久，一场缠绵之后，两人相拥在一起，东扯西扯，不知道为什么就扯到了冯翠身上去。他当时意味深长地对我说："人家冯翠对你有敌意也不是空穴来风，你没发现她长得跟你很像吗？"

我撇嘴，翻白眼，相当不屑："她怎么可能跟我长得很像？她又不是我生的。"

对于我的刻薄，魏仁无奈地摇了摇头，低声说："她是低配版的你，你可能意识不到，或者说你们女人都看不出来，但是男人的眼光很毒的，一眼就能分辨出来。"

"到底哪里像啦？她虽然长得好看，但跟我完全是两个模样啊。"

"她的气质与你相似，都是看似一本正经温柔贤淑，实则是深藏风情的一汪暗涌。"

“什么暗涌？”

“就这个。”

他坏笑着将手往我身下探去。

我笑着推开他的手，害羞地蜷缩进他的怀里。

在这个时候想起与前男友的亲热画面，似乎不太妥当，但单身已久的我，偶尔还是会在梦中与深爱过的人有些纠葛。

这大概就是寂寞。

而此刻，也许时序的反常也是因为寂寞。

假如他不是时序，哪怕是关系并不太熟的某位单身男士，我也难以保证以当下这个姿势，我们还能继续冷静又理智地聊下去。

男欢女爱，不过是一种交流感情的肢体语言。

我三十好几了，不至于那么看不开。

但偏偏此刻抵在我身上的，是时序。

任何人都可以，唯独他不行。

我冷冷地说：“时序，你已经结婚了，有老婆孩子，应该把这些毫无意义的感情幻想统统忘记。”

他无耻地说：“如果你现在是幸福的，我会把这些想法都埋在心里，这辈子不再提起，可是你过得并不幸福。”

“谁告诉你我不幸福的？我开心得很，过得好得很！”

“骗谁呢？你要是真的开心，就不会因为和人约炮被人老婆当作‘小三’打了。”

我震惊不已，不可思议地看着他。

“你听谁说的？”

我的朋友柳飞絮、李苏、万茜，没有一个会出卖我，所以这个消息一定不是从她们那里传出来的。

而知情者林峰与段成奎，更是不可能认识时序。

到底是谁将这件事传到他耳朵里去的呢？

我努力搜索着可能会知道的人……

“今年刚加盟进来的新津区总代理？”我怒视着他，质问，“是不是她说的？”

那个女人三十来岁，每次见我目光总是带着一些意味深长。她很喜欢和时序打交道，也许时序是她喜欢的类型。

时序微微一笑，没有回答，反而问我：“是不是发生过那样的事情？”

“关你什么事？”

“你就那么空虚？那么饥渴？随随便便在陌生地方遇见的男人，你都想上？”

“时序，你是不是太过分了？别人说什么你就信什么？再说了，这事儿跟你有什么关系？你跟我是什么关系？你只是我的合伙人而已，凭什么管我？”

我忘了醉鬼是不能被刺激的，这句话显然激怒了他，他的吻像山洪爆发一样，铺天盖地地袭来，我根本无力抗拒。他一副非要我不可的态势，灼热的亲吻从脸上一路往下，探到我的脖子上，突然又停住了。

我没有抗拒，是因为根本抗拒不了，他是个强有力的男人，他非要得到的，我根本就不可能挣脱……此刻我的双手已经被捏青了，疼痛难忍。

我哭了，眼泪止不住地往下掉落，滴在他的脸上。

他停止了动作。

我哭着说：“时序，你喝醉了！别人欺负我，你也欺负我？我是玲姐最好的朋友，是孩子的姨妈，是你妹妹啊……”

他似乎被眼泪唤回了理智，缓缓地抬起头来。

我依旧在哭，泣不成声，到最后号啕大哭。

他缓缓地松开手，往后退了两步。

身体变得无力支撑，我慢慢蹲坐在地上，埋着脑袋继续哭。

他有些无地自容，哑声说：“对不起，我，我刚才，情绪有些激动……”

见我伤心至极，他往后退了两步，然后出了门。

听见房门关上的声音，我才连忙从地上起来，反锁了房门，然后回到洗手间整理仪容。

此刻镜中的我，披头散发，浴袍半褪，内衣掉下半边肩带。只要时序心中一狠，将它脱下来，今晚的故事也许就会演变成另外的样子。

我心有余悸。

三十六

不再让你孤单

第二天早晨，我买了早班飞机回成都。落地以后，我给李华玲打了个电话：“玲姐在做什么？”

“给孩子做吃的啊。你怎么有空给我打电话？今天好像是订货会吧？”

“对，今天是订货会，但是我有点事情，需要马上回来处理一下。”

“什么事？”

“不重要，一些私事。嗯，男朋友的事情。”

“啊？你什么时候谈的恋爱？对方是谁啊？”

“这个也不重要，等时机到了，我就带来给你看看。”

“好啊。那你回来后，时序怎么办？他一个人能扛下订货会的所有事情吗？”

“我跟他说过了，请了假。怕你担心，所以我给你打个电话。对了，玲姐……”

“嗯？”

“孩子可以交给舅爷舅婆带两天的吧？我听说舅爷舅婆跟你们住在一起的，而且你好像还请了两个保姆？”

“没有两个，就一个做饭的阿姨。”

“那应该走得开啊。”

“咋啦？”

“我这会儿有急事马上要去北京一趟，你能不能下午就去上海，协助一下你老公啊？”

“啊？你去北京做什么啊？”

“见男朋友啊。”

“呃……”

“玲姐，我快要三十二了，还没嫁呢，我也着急啊。男朋友在北京，有点要紧事需要处理。”

我也是佩服自己，撒起谎来很有一套。

这套谎言也许会被时序拆穿，也许也会被柳飞絮否定，因为我跟北京是八竿子打不着的关系。中国的时尚之都在上海，与北京似乎毫无关系，北京是属于文化圈、文艺圈的，那是柳飞絮经常要去的地方。

李华玲的好奇心终于被撩了起来：“北京人儿？干吗的？”

“在北京工作而已，人挺好的，以后再给你介绍。”

“都没听你说过，你这是网友啊？网恋啊？”

“都什么年代了，你还在乎这个？从前在成都见过，后来因为工作，大家很少见面。”

“这样啊……”

“你就别再问了，赶紧收拾行李去上海陪你老公两天吧。”

“我待会儿看情况，反正何小玉、邹小月他们都在，而且还有那么多的工作人员，应该忙得过来的，待会儿我打电话问问他。”

“好的。”我又和她闲聊了两句，然后挂掉了电话。

早晨去机场前，我给时序发了条信息，告诉他我回成都了。

他回复了四个字：一路平安。

我与他此刻都非常有默契地认为，彼此不应该见面，至少应该给点时间与空间，让昨晚的荒唐化为云烟。

其实昨晚在他离开我的房间之后，我辗转难眠。我当然很惊讶，这个一直以来沉稳严谨，在我看来亦兄亦父的男人，为什么会偷偷地爱着我，还爱了那么多年？

他说的都是真的吗？抑或只是男人惯用的伎俩？

柳飞絮是擅长写爱情“鸡汤文”的作家，她常常向我们灌输一个理论：无论多么无辜纯洁的男女关系，一男一女都不要独处，因为男人的兽性使然，独处会令两人之间产生一种暧昧的感觉，叫关系发生不可控制的化学变化。

可是当时我对此嗤之以鼻，还拿与时序多年来纯洁的兄妹情做例子，告诉她这个世界上是有真诚纯净的男女友情的。

彼时，柳飞絮只不过挑了挑眉，老司机般说：“要么他确实瞧不上你，要么是时机未到。你给他喝两杯酒，订一个酒店房间，再穿件睡衣出现在他跟前试试，看他还是那个不求回报的暖心小太阳不。”

我当时只当是笑谈，没想到她一语成谶，这件事情居然就那么发生了。

将他的身体没有进入我的身体当作我与他的关系没有变成实质性男女关系的一个凭证，其实也不完全正确。薄薄一层布料，只是阻隔了他的进入，却没有阻止我感受到他的欲望与炙热，如今深留于我脑海中的，是这个原本非常熟悉，却又十分陌生的男人的身体紧密严合地贴着我的感觉，他的亲吻带着侵略者的蛮横与粗野，还有一点已婚中年男性的猥琐……他结婚多年，沉闷的婚姻生活已如一潭死水，他心中应该是渴望拥有一段刺激又叫人刻骨铭心的回忆吧。

可是，他为什么要瞄准我？

我是他的合伙人啊。

他到底是有多么愚蠢，才会把这个歪脑筋动到我头上来？

还是我素日里过于放浪形骸，所以让他瞧出了易推倒的假意，以为我是可以随便勾搭睡上一觉也无所谓的女人？

假如是这样的话，这种屈辱的感受还真是难以言表。但这件事情我委实无法启齿，更无法向任何人诉说，只能自己默默消化，用我那有限的感情经验来判断，应该如何处理这件事情。

有些令人措手不及的感情是需要冷静才有可能找到解决良方的。

我决定出去旅行，并把这次旅行说成是与异地恋的男朋友见面。

到成都之后，我故意在朋友圈发了一条动态，签了个到，然后回家收拾行李，订了一张去丽江的机票，准备到那座浪漫又温情的城市，闲闲散散地过几天。

然而，我刚到机场，电话铃声便火急火燎地响起。

我低头一看，是妈妈，连忙将行李箱放在脚边，腾出手接通电话："喂，妈……"

电话刚刚接通，就听见妈妈的哭声自那头传来，我愣住了："怎么了？发生啥事儿了？"

"青青啊，你快回来看看，你爸爸吐血了……"

大脑在那一瞬间就像被一阵莫名的电流击中，我惊慌失措地喊："你先送爸爸去医院，我马上回去。"

可即便是马上回去，一百四十多公里的路程，也至少要两个多小时才能抵达。

我很慌张。

"你爸爸吐血了"这六个字就像烙印一样打在我心上，我很害怕，过去的人生里从来没有这么害怕过。爸爸那么强壮的人，为什么会吐血？他得了什么病？是不是吃坏了什么东西……

吐血？吐血是胃上的毛病吗？

我一面慌乱地打车，一面给柳飞絮打电话——她在成为作家之前，曾经是一名护士，是我的朋友里唯一一个学医出身的人。

我连珠炮似的将问题抛给她，她有些发蒙，但还是安慰我说：“别着急，也许只是吃坏了东西。你叫就近的朋友陪阿姨去医院里看看，随时联系。”

“就近的朋友？”我快哭了，“我哪有什么朋友？十六岁之前性格孤僻，除了魏仁就没有要好的朋友，那之后又离家出走，所以整个雅安，怕是也翻不出什么好朋友来。”

“亲戚呢？”

“亲戚……我哪有什么亲戚？”

“给你弟弟打电话，就那个讨人厌的夏正。”

“给他打电话？我不。”

“怎么？不肯开口求人？怕丢了你大小姐的面子？你搞搞清楚，现在是你爹的命要紧还是你的面子要紧？”

我被她这么一说，眼泪汹涌而出。

其实我是脆弱的，并不是别人以为的那么坚强。

“我与夏正根本就没有任何联系，除了爸妈之外，我没有夏家任何人的电话号码……”

此时此刻，我才明白自己在亲缘关系上是孤立无援的那一个。

柳飞絮叹了口气，说：“赶紧给叶晋中打电话。”

“对，叶晋中。”我如梦初醒般挂掉她的电话，迅速打电话给叶晋中。

电话在一秒之后被接通，他也许正好在玩手机。

“青青？”

“晋中哥，我爸爸吐血了，我好害怕……”

“别紧张，你现在在哪里？”

“我，我在车上，刚打到车，准备回去。”

“现在到什么地方了？”

“在往成雅高速路上走。”

“我马上出门，你在成雅高速路口等我，我跟你一起回去。”

“啊？”

“我正好离成雅高速很近，等着我，十分钟。”

十分钟？在成都这个地方，不可能的。

可是我还来不及反驳，他已经挂断了我的电话。

不知道叶晋中是从什么地方赶过来的，十多分钟后，一辆黑色越野车在我打的出租车跟前停住。

车窗降下来，出现叶晋中风尘仆仆的脸。

“上车。”

我连忙付了出租车的钱，拖着行李箱上了叶晋中的车子。

副驾驶非常干净，像是很久没有过乘客的样子。

我问：“嫂子知道吗？”

叶晋中淡淡地说：“我跟她刚刚领完离婚证。”

“啊？”

“正好就在附近，所以过来得还算及时。”他看了我一眼，“系好安全带。”

我连忙照办。

他又说：“别担心，我打电话问过了，舅舅昨晚有轻微的呕血症状，今天上午也有一点，痰里带血丝，我让夏正陪着舅妈一起去医院了。另外，我问过在医院里工作的朋友，他们说吐血的原因可能是上消化道出血，比如胃出血、十二指肠溃疡什么的，都会引发这种情况。”

“可是我从来没有想过，我爸爸那么健康的一个人会生病。”

“每个人都会生病，每个人也都会老，这是人生的无常。”

他说得很对，人生在世，没有恒久不变的事情，要学会接受各种无常。我很忐忑，坐在副驾驶上惴惴不安。叶晋中打开车上的音乐，是他这个年龄会喜欢的陈升的歌。

我才猛然想起，他是 1978 年出生的，今年三十七岁，离异，没有孩子，在遭遇了人生重大转折之后，第一时间却是赶来带我回家。我心中颇为感动，便仰头看着他，轻轻地说：“晋中哥哥，谢谢你。”

“嗯？”

“谢谢你赶过来陪着我，不然我手忙脚乱的，不知道会怎样。”

他微微一笑，安抚我说：“你是个聪明又能干的姑娘，不会手忙脚乱的。只是看似平静无波、秩序井然的生活，突然被一种变故打乱节奏，你有些慌而已。”

我想起他今天的要紧事，于是问：“你跟嫂子离婚了？”

“嗯。”

“为什么这么突然？”

“不突然。本来两个人就一直想离，可是没有人愿意态度强硬地做最后的决定罢了。昨晚跟你通完电话，我觉得，也许这个坏人应该由我来做。”

“我……我好像没有劝过你要离婚吧？”

“当然没有，只是我觉得自己不应该再拖累她了。”

“拖累？”我满腹狐疑，难道是叶晋中不能生育？

叶晋中没有了解到我的心理变化，继续说：“我可能给不了她想要的幸福，而她又念及这么多年的感情不舍得放手，所以我们一直拖着彼此。这样下去肯定不是办法，再拖几年，她年纪就更大了，还怎么找更好的人？”

“所以，你就提出了离婚？”

“对。我昨晚给她打了电话，今天早上在民政局门口等她。”

“她为什么肯来？你说了什么？”

沉默片刻，他淡淡地说：“我说，李媛媛，我不爱你了，你想要什么我都给你，我们离婚吧。”

他说完这句话，我突然感到有些尴尬。这是他的婚姻大事，按理说我不该了解那么多，因为知道得越多，心中产生的怜悯就会越多。可是我到底知道了。此刻在我眼中的叶晋中，是一个非常伟岸却又令人想要怜惜的大丈夫，他对爱忠贞，对爱人负责，对未来果断，为人大气又利落。

假如他不肯说他不爱李媛媛了，恐怕李媛媛是不舍得彻底放下的，毕竟叶晋中确实是一个很不错的男人。

我情不自禁地伸出手，放在他的手臂上轻轻地拍了拍。

其实我只是想要安慰他一下。假如对方是魏仁的话，我可能还会将手放在他的脖子上，温柔地替他捏一捏以示安慰。

可眼前这个人是我的表哥，我们就算没有血缘关系，依旧有亲缘关系，不能表达得过于暧昧。

叶晋中侧眼看我，微笑着说："没事的，我离婚可是好事。"

"那你还爱她吗？"

他陷入沉思，过了许久，才淡淡地说："那种爱和爱情可能已经没有多大关系了，就像一个亲人，我希望她好，希望她以后能够遇到一个愿意包容她、理解她，真心实意对她好的人，也希望她能够有一个属于自己的孩子……"

我欲言又止，那句"你们离婚真正的原因其实就是孩子，为什么不去领养一个呢"实在是说不出口，只能抿嘴笑笑。

叶晋中专注地开着车，又问："你怎么今天早上就从上海赶回来了？有什么事情吗？"

我回答："哦，那边的事情工作人员可以处理，我原想着回来帮一帮玲姐的。"

"你怎么还拖着行李？"

"我……我这不是刚到成都吗？"

"你在朋友圈签到的时间大概是三个小时以前……"

我语塞，不知道该如何回答他。

他满脸疑惑地看了看我，又专注地看着眼前的路。

我只好说："你好好开车啦，这是在高速路上。"

"我好好开着的呀。"

"我，我昨晚没有休息好，睡一会儿。"

"嗯，那你睡，我把音乐关了。"

"别关，就这样，听着音乐好入眠。"

"嗯。"

我闭上眼睛，起初是想逃避他的追问，后来确实感到太疲惫……昨晚受到那样的惊吓，我基本一夜无眠，今天便早早地起床往机场赶了，虽然在飞机上睡了两个小时，还是不够的。虽然叶晋中安抚了我，可是对于爸爸的病情我依旧感到不安，眉头紧锁。

迷迷糊糊中，我似乎听到一首歌……

让我轻轻地吻着你的脸
擦干你伤心的眼泪
让你知道在孤单的时候
还有一个我 陪着你
让我轻轻地对着你歌唱
像是吹在草原上的风
只想静静听你呼吸
……

是陈升的《不再让你孤单》。

“歌词真美，真希望这个世界上也有这么一个人……”我喃喃说道，然后翻了个身，沉沉睡去。

这些年来，我以为自己已经足够坚强，可以独当一面，无论是面对感情的挫折，还是生活的磨难，都不算什么了不起的事情。毕竟年纪轻轻时候的我，就经历了最糟糕的亲缘关系，后来艰难地生存下来，便觉得这个世界上似乎没有什么事情可以随意打倒我。

可是在面对父亲陡然生病这件事情时，我才发现自己的脆弱。

我很想能有那么一个人为我分担一些事情，在我难过的时候给我一个依靠……然而，这真的只是一个奢望，上天不会那么及时地突然安排一个人，陪在我身边让我有资格可以脆弱。

我的奶奶过世之后，我曾动员父母到成都来和我生活在一起。

然而他们依旧固执地留在雅安的房子里生活，并不肯离开。

我后来想了想，到底他们有自己的人生，也有自己的朋友圈子，倘若叫他们到一个陌生的地方来，也是件很残酷的事情。

于是我妥协了，由着他们高兴就好。

自从十六岁离家之后，我就甚少待在父母身边，与他们相处的时间少之又少。若不是他们到成都来看我，我甚至几年都懒得回雅安。

我就是传说中那种为了所谓的梦想，所谓的事业疲于奔命的人。

我把对于家庭的所有关爱，都留给了以后。

“以后等我赚够了钱，一定好好地陪伴爸爸妈妈，带他们去外面走走看看。”

“以后等我有了时间，一定从早到晚陪着爸爸妈妈，给他们做好吃的，陪他们看抗战神剧。”

以后，这样的句子不是只有我一个人会说，但凡忙于工作的年轻人，大抵都说过类似的话。

可是这个“以后”究竟是多久以后，却遥遥无期。

车子抵达雅安之后，叶晋中就唤醒了我。我们径直往医院奔去。

“现在检查结果出来了吗？”在停车场，我有些怂了，怯怯地问。

叶晋中看出我的无助，一把揽住我的肩膀往内科楼走去，边走边说：“做了些检查，已经办理入院了。”

“到底是什么病？你是不是已经跟夏正通过电话了？”

“嗯，对，夏正一直在，陪着舅舅舅妈。”

“那到底是什么病？”

叶晋中看我一眼，微微一笑，说：“马上就到病房了，我们去见医生，听听医生怎么说。”

我原本放下的心又悬了起来。

因为不知道爸爸究竟得了什么病，所以我非常忐忑。

大多数人对于医学领域的东西都是不懂的，所以一旦生病就如临大敌。

我自然也不例外，脚步甚至有些踉跄，像是踩在棉花上，软软的。

叶晋中发现了我的异常，放在我肩膀上的手越发用力，在我耳畔温柔地说：“别怕，现在医学发达，对付疾病的方法有很多的。”

我看他一眼，满是感激。

走入病房，令我感到意外的是，除了夏正以外，还有夏志琪、方伟与我爷爷。

我妈妈与他们说说笑笑，一屋和乐融融的样子。

叶晋中与我刚踏进病房，他们的笑容便戛然而止，齐齐地看向我们。

我迫于无奈，逐一打了招呼。

按照辈分，夏正先叫了我一声“姐姐”，我点头微笑，以示回应。

整个过程就如寻常的大家族一般，和和气气，非常团结。

病床上躺着我的父亲，面色晦暗，脸颊微微下陷，看起来病怏怏的，虚弱得很。

我非常惊讶，不过几个月没见，爸爸怎么就变成了现在这个样子？

“爸。”

爸爸抬眼看了看我，声音弱弱：“回来了啊。”

“哎……”

“舅舅。”叶晋中也凑了上来。

爸爸抬眼看了看他，点了点头，说：“晋中一起回来的啊。”

“嗯。怎么样，现在感觉好些了吗？”

爸爸闭了闭眼睛，没有回答。

看样子他应该是失血过多，显得非常虚弱，也没有力气回答。

我妈拖住我的手，说：“没事了，今天吐了不少血，刚刚医生打了止血的针，这会儿输液呢。”

我说：“医生的办公室在哪里？我去问问情况。”

“走吧，我带你们去。”

“舅妈。”夏正突然说，“我带姐姐他们去吧，您在这儿守着舅舅比较好，舅舅一刻也离不开您的。”

“哦，也是，他要喝水、上厕所什么的，没有我不行的。”说着，妈妈冲我摆了摆手，便示意夏正和我们一起去。

出了病房的门，在去往医生办公室去的路上，我问夏正：“我爸到底什么病？”

夏正看我一眼，低声说：“肝硬化晚期。”

“啊！”我脚下一软，心口像是被什么堵住了。

叶晋中扶住我，轻声说：“别怕，肝硬化的治疗方案还是有很多的，现在查出来了，就是要想办法治疗。”

“怎么治？”

“听医生的。”

“对。听说肝硬化可以吃药控制，带病生存，做肝搭桥手术，实在不行还可以换肝脏，治疗手段有很多种的。”夏正补充说，“你就别担心了，听听医生怎么说吧。”

我满怀感激地看着他，一时之间不知道该说些什么。

距离我们上一次见面已经好些年，大家都很有默契地不去提过去剑拔弩张的冲突。

而且现在夏正似乎在减肥，他已经彻底告别微胖界，清清瘦瘦的脸上挂着一副金边眼镜，斯斯文文的样子。他这个形象，和小时候那个成天只知道玩游戏还在背后打小报告，喜欢挑拨离间的小胖子差距实在太大了，让我讨厌不起来。

我不禁问：“你怎么瘦了这么多？”

他答：“家里的生意令人操心，吃不好睡不好，时间一长，自然就瘦下来了。”

我淡淡一笑，下面的话却不怎么想接了。

我与夏正本来就是没有感情的表姐弟，不起冲突就不错了，想要做朋友，恐怕还是不太现实。

就这样，我们三个人一路走着，到了主任办公室。

主任医师听说了我们的来意，示意我坐下。

我知道这是一个不太好的现象。

倘若我父亲的病不太严重，他不至于表情如此凝重。抑或，这是作为一个医生对待病人家属固有的接待方式？

我不知道，心里一团乱麻，便依言坐了下来。

医生说："病人的病情比较复杂，首先他有肝炎病史，三十年前还有过肝腹水的情况，这个你知不知道？"

我点头："听我妈妈说，我爸以前在乡镇做基层干部的时候，确实有过肝腹水的情况，但是后来吃中药，又休养治疗，已经痊愈了啊。"

"对，这个没错。但是因为他有这个病史，又喜欢喝酒，所以现在情况复杂的是，他得了酒精肝硬化，再加上自身凝血功能有些问题，因此，做手术是很冒险的事情。"

"什么手术？"我很茫然。

医生诧异地看了我一眼，又看了看夏正，询问地说："你们没有告诉她？"

夏正点了点头："我姐刚回来，还不清楚情况。另外我舅舅也还在考虑，不知道他愿不愿意接受手术治疗。"

医生再次看向我，说："你父亲的病，目前只有两种治疗方式：一个是换肝脏；另一个就是保守治疗，服用药物延缓寿命。"

"哪一个痛苦更小一些，又分别能让我爸爸活多久？"

医生颇感为难地看了我一眼，然后说："都有痛苦，生病了哪能不痛苦？只不过换肝脏的话，风险可能更大一些，医生也不敢跟你保证术后的结果是好还是坏，这只是一种治疗手段，还是需要你们病人家属自己选择。但是大部分换了肝脏的病人，都能活更长时间，但是也有一部分病人，在手术台上就离去了。"

"保守治疗又是怎么个方式？"

"保守治疗的方法很简单，就是每个月定期来开药，复查，延缓肝硬化的速度，并同时软化病区的硬度。”

“这种治疗有什么风险吗？”

“这种治疗的风险在于，病人很有可能因为药物控制不好，造成门静脉高压症，导致上消化道出血。你父亲这次入院，就是因为肝硬化引起消化道出血。另外还有一个事情，我想让你有一个心理准备。”

“是什么？”我努力控制自己的情绪，不停地提醒自己要镇定。

医生叹了口气，说：“我们在 CT 片上看到你父亲肺部有阴影，建议止血之后，为你父亲做一个纤维镜与增强 CT 的检查。”

我倒抽一口冷气：“什么意思？这是什么情况？医生您的意思是……我父亲还有可能有别的疾病？是，是肺癌吗？”

医生点了点头，说：“这只是我们的一个估计，还不敢确定。”

我怔住了。

“我爸爸知道吗？”

“他只知道自己得了肝硬化，别的还不清楚。”

“不要告诉他。”

医生微笑：“我们尊重家属的决定。”

我从来没有想过，有一天厄运会降临在我父亲身上。他温和善良，质朴敦厚，日子刚刚好起来，也没有享过几天福，为什么突然之间就病倒了呢？

心烦意乱之间，眼泪已经簌簌地掉了下来，我拖住医生的手，哀求道：“医生，求求你治好我爸爸的病，花多少钱都没有关系。”

这种在电视剧里常常听见又叫我颇感鄙夷的台词，竟然从我嘴里说了出来。

医生叹了口气，说：“如果你们有更好的条件，我建议你们将父亲送到成都去治疗。”

他抬头看着叶晋中说：“她父亲的病，在华西医院、成都军区总医院这类主打肝病治疗的医院都能够得到更好的治疗。实在不行，还可以去上海、北京的大医院看看。”

叶晋中说：“谢谢医生，诊断报告能否给我一份？我回去联系一下医生。”

“可以的，一会儿我打印一份出来给你。这病还是比较严重的，多陪陪他吧。”说着，医生又看着我，说，“姑娘，别怕，每个人都会经历这样的事情，只是你可能经历得要早一些。你是你父亲的骄傲，坚强一点，不要让他失望啊。”

我早已满脸是泪，强咬着嘴唇，对医生点了点头，然后起身离开。

出了医生办公室我还在哭，叶晋中怕影响到我父亲，便对夏正说：“我陪夏青出去走走，你先回病房去，就说我跟夏青买水果去了。”

“那，那怎么突然就买水果去了啊？”

“嗯……你就说我刚才在停车场那边的水果摊看见了新鲜的杏子。舅舅喜欢吃杏子，他不会胡思乱想的。”

“好，那晋中哥你记得买点杏子回来啊。”

“嗯。”

夏正这几年突然变得如此懂事，是我料想不到的事情。因为之前我们从未有过交集，所以我对他的感觉还一直停留在小时候那种并不太美好的印象里。

而此时此刻，因为我父亲的病，整个夏家的人似乎拧成了一股绳，竟然让我感受到了莫名的关怀与恩情……所谓血缘亲情，大概就是这样，是老天送给我们的生命中的朋友。

叶晋中看出我的感动，低声说：“其实他们都不坏，也都深爱着舅舅，到底是一家人啊，没有什么深仇大恨。”

我叹了口气：“可是说实话，因为从小就被他们忽略，我对他们实在是没有感情。你晓得的，我的性格变成现在这个样子，也多是托他们的福……我小时候生活的环境有多恶劣，你又不是不清楚。”

他揉了揉我的头发，宠溺地说：“别再去想小时候那些不愉快的往事了，你瞧瞧你现在都多大了，三十好几了啊……”

“三十二。”

“好，但也是三十多岁的人了，过去的事情就都忘了吧，别耿耿于怀。现在舅舅生病，他想看到的就是一家人和乐融融，大家要齐心协力帮助他渡过难关……能不能打败这个病魔，还是要看他够不够坚强。”

“我觉得我爸爸是非常坚强的一个人。”我说，“我记得我小时候，他有一次来接我放学，那天大风大雪又大雾弥漫，伸手难见五指，学校放学后，让家长来接。我坐在我爸爸的自行车上，发现他一直捂着胸口，奇怪得很。他把我送回家后才去的医院，我才晓得他在来的路上摔了一跤，摔断了两根肋骨。”

我瞧见叶晋中眉头皱成一团，忍不住笑了笑，说：“爸爸就是那么蠢萌蠢萌的人，肋骨断了还要坚持把女儿接回家才去医院看病。而且他表现得好坚强啊，一点都不像是断了几根骨头的人。你说肋骨断了，可大可小啊，万一戳到心脏和肺部，那可怎么办啊？那可是要死人的……”

“舅舅吉人天相，好人有好报，哪那么容易死。”

“对，吉人天相，爸爸不会那么容易死的。”

“所以现在你更要坚强起来，不能在他面前表现出很伤心的样子。你现在是他的主心骨，假如你都表现得很慌乱的话，舅舅更会感到害怕的。”

“嗯，你说得对，我确实不应该自乱阵脚。”

“走吧，我们给他买点他爱吃的水果上去。”

“嗯。”

我心中又揣上了希望，拖着叶晋中往水果摊跑去。

三十七

无常聚散

其实人到中年，都要面临一些人生中的坎坷与聚散，譬如父母生病、子女升学，这些都是中年人的烦恼。

我一直以为自己还是青年，可是不知道在哪里看到的新闻，说联合国将青年人的年龄定义为十四岁到二十四岁，于是我便时常以大龄未婚中年自居。

而今，我这个大龄未婚中年也迈入了恐惧父母亲离我而去的阶段。

我说服父亲搬去成都，一来是为了治病，二来是方便我陪着他和妈妈。

执拗了一生的父亲，在我姑妈夏志琪与夏志萍的劝说下，终于同意跟着我一起来到成都。

父亲的病，医院采取了保守治疗的方案。原因有些令人痛心，父亲不仅患有肝硬化，同时也是肺癌中晚期病人。

也就是说，我父亲这个病无药可医。

他的癌细胞长在肺门上，一动手术，很有可能就下不来手术台。

而肝硬化虽然可以用药物控制，却也有门静脉高压症突发出血的现象，总之种种迹象，都将他的路指向死亡。

我在短短一个月内接二连三地遭受沉重的打击，心理已经非常脆弱了。在拿到确诊书之后，我一个人坐在医院地下停车场的车子里号啕大哭，哭完之后给叶晋中打电话，不断问他该怎么办。

他能回答我什么呢？世事无常，他也没有办法。

爸爸住院，一住就是二十来天。

华西的病房非常紧张，假如不是重症病人，根本无法继续留在医院里。

此时我很庆幸自己拥有的经济条件，能够将父亲转移到金卡国际医疗中心里，进行特别看护。只有在钱能够解决一些问题的时候，钱才显得特别重要。而我似乎从进入这个社会开始，就特别看重钱。

柳飞絮曾说我是财迷心窍，一切赚钱的机会都不肯放过，只要与钱有关的事情对于我来说就是顶要紧的事情。

在面对这个以写作为职业的女人时，我会有一种屈服于金钱，满身铜臭的羞愧感。

但她转念又说："钱是个好东西，当你失去很多重要的人和东西之后，假如还有钱，就还有安全感。"

我哑然，想起香港那位被誉为"师太"的女作家亦舒说过一句话，曾被我们这个年龄的女孩子奉为箴言：

我最想得到的是爱，如果没有爱，那么我要很多很多的钱。如果没有钱，那么拥有健康也是好的。

"作家真是这个世界上最智慧的人群了。"我说。

柳飞絮冷笑："但是作家往往都过不好自己的一生。"

这个我无力反驳，因为她最有发言权。

自从我父亲患病以后，我便停止了工作。

原本我还在想用什么借口不去公司，现在根本就不需要找借口，我父亲生病的事情，公司上上下下的人都知道。

我刚将父亲转到成都的医院里来时，时序给我打了个电话，当时我在病房里。

见是他的电话，我连忙出门，到楼下花园里接听。

“序哥。”我像往常一样喊他。

他略尴尬地咳了咳，说：“叔叔的病现在怎么样？”

我说：“不是很乐观，在医院里进行保守治疗。”

“有什么需要我帮忙的吗？”

“嗯，恐怕公司需要你跟玲姐费心了。”

“我知道，这个我们应该的。”

“好的，那就谢谢了。”

两个人突然就冷场了。

我觉得这种气氛有些尴尬，连忙说：“呃，序哥，我……”

他突然打断我的话：“青青，那天我喝多了，对不起。”

我当然知道他所说的那天是指哪天。

我笑着说：“没事，我都忘了。”

我忘了吗？我没有忘，只是希望他假装这件事情从来没有发生过。在我心中，他就像一个闯了祸的孩子一样，做了不该做的事情，说了不该说的话，但这件事只有他知我知，所以尚且有挽回的余地。

他在电话那端沉默下来，过了很久才说：“我是一个男人，不是神，所以我有寻常男人的缺点与毛病。别的男人有的毛病，我有；别的男人有的优点，我也有；甚至有些优点，别人身上没有，我身上是有的。所以，我希望你能理解我，也原谅我。”

我叹了口气，他还是不准备将这件事情彻底忘记吗？

“我知道你是一个非常优秀的男人，我也很尊敬你，但是你结婚了，妻子是我最好的闺密……虽然现在她一门心思在你和孩子身上，对我的亲近不比从前了，可是依然不影响她对我的重要性。你跟她对于我来说是亲人，在很长一段时间里，是仅次于我父母的亲人。你知道的，我的亲缘关系向来不太好，没有和睦的家族关系，所以我将你跟她当作我的亲哥亲姐对待的。”

他沉默，随后惆怅地叹了口气。

我很庆幸移动通信技术的发达，让我们有很多难堪的话不必面对面沟通，只需要一通电话，就能将彼此的心意表达清楚。

我说：“所以我原谅你对我做的一切不好的事情，我也很感激你对我的好。但是我希望以后你将这份好都给玲姐，她才是这辈子最爱你的女人，她为你付出了多少你不是不知道，请你一定要懂得珍惜，不要让自己今后感到后悔……”

时序说：“这些道理我都懂，我也知道你心里一直将我当成哥哥对待。青青，哥跟你赔礼道歉，真心实意地道歉。”

我笑：“嗯，我接受你的道歉。所以今后可能很长一段时间，我都没办法去公司，你要多多担待一点。”

他终于如释重负地笑了。

当天晚上，他便和李华玲来了医院。我原本还是觉得有些尴尬的，但好在叶晋中也在。他陪在我身边，同时序聊天，化解了我与时序直接接触的不适感觉。

李华玲是个面面俱到的姑娘，向来讨我母亲喜欢，一到病房里便拖着我妈妈的手在沙发上说个不停，生生把这间病房弄成了会客厅。

爸爸看到这样热闹的场景，心中是欢喜的。他的心情好了很多，脸上的恹恹之色也减轻了不少，我低声问：“爸，你要不要喝点水？”

他看了看手臂上的输液器，问：“还有多少组药啊？”

我瞧了瞧旁边的提示卡，说：“还有两百毫升左右。”

他看了看窗外，又看了看我们，说：“你去问问医生，输完液，我可以出去吃个饭不？”

我笑了："当然可以啊。吃完饭我们晚上再回医院来就可以了。"

"好，那时序和华玲还有晋中都不要走了，等我输完最后那组药，我们就出去吃顿好吃的，叔叔请你们。"

"好啊。"时序爽快地答应，说，"吃完饭，我们再去品茶，等晚点需要查房了，我们再回医院来。"

爸爸高兴地不断点头："可以的可以的，就按照你说的办。哎，上次你带我去的那家茶室，我可喜欢了。那环境、那氛围，啧啧啧，雅安哪里有啊，只有大成都才有的。"

时序笑："大成都这样的地方还有很多呢，您啊好好养身体，我一有空就来探望您，带您去其他地方感受一下。"

"行啊，你说话要算数啊。"爸爸一说起茶来就有了兴趣，跟时序聊起来，"我瞧上次那个煮茶的师傅啊，是个能人，不像寻常的茶师。"

"上次您见到的是北京一个比较著名的茶师，江湖人称老古，他是开班授课的大师，一般人很难喝到他煮的茶呢，我去过好多次都没有遇到。您可是运气好，才带您去第一次，就遇见他了。"

"证明我跟他有缘啊！"说着，父亲得意扬扬地笑了。他与时序向来亲近，大概是因为我离家出走，是时序向他通风报信的，他对时序的感情比对叶晋中要亲得多。

我看着这一室的其乐融融，心中也倍感欣慰。

晚饭我们在医院附近的餐厅用的，吃过饭以后，我们又陪着父亲去了他喜欢的茶室品茶，等到八九点钟，差不多要夜间查房了，我们又将他老人家送回医院。

爸爸开开心心地对我们说："你们这四个孩子啊，平时要多走动，多帮助对方，要成为一辈子的好朋友。我这一辈子啊，就是败在朋友不够多这点上面，年轻的时候下基层，就想做点成绩给领导看看，好把我往上面提拔一下。等到我从机关出来，帮助家里做生意也是闷头苦干，不怎么交新朋友。你们看我到老了，知心要好的朋友虽然还是有的，可到底不比你们这么贴心啊。

你们啊，要好好珍惜你们的友情，你们这代人亏啊，没个兄弟姐妹的，千万要把自己的好朋友当作兄弟姐妹来对待才行啊。”

我连连点头：“爸，你就别瞎操心了，他们都是我的亲哥哥亲姐姐，我们都好得很的。”

李华玲笑着说：“叔叔，青青是我的亲妹妹，我们从来不吵架的，您的担心啊，都是多余的。”

“这个我知道的，我知道的，你跟时序对她都很好。”

我瞥了时序一眼，他面色如常，但是并没有说话。

李华玲继续说：“而且青青现在谈了个男朋友，人在北京，听说挺好的一个小伙子。回头她带回来，再给咱们大家伙儿看看，帮忙审一审，看看合不合格。您啊，就安心养病，快快康复。”

父亲乐呵呵地笑着点点头，然后看向我，问：“你谈了个那么远的男朋友？是做什么的？怎么不带回来看看啊？”

此刻我真是百口莫辩，有苦说不出。当着时序与李华玲的面，我要如何解释那位“北京男友”其实只是虚构的人物？就像柳飞絮小说里任何一个需要推波助澜才会临时借来一用的角色那样，其实是微不足道且虚无缥缈的。

但是现在，我已是骑虎难下，不光要面对父母充满询问的目光，还有时序与叶晋中投来的惊讶与疑惑。

我只好说：“他最近在国外，比较忙，等他回国以后，我再约他与大家见个面。”

时序问：“是干什么的？”

我脸上肌肉动了动，偏头看了叶晋中一眼，他同样用质疑的目光看着我，我只好硬着头皮回答：“和晋中哥哥一样，是做餐饮的。”

我此言一出，顿时引起了李华玲的赞许：“找个开餐厅的好啊。你看看人家大S的老公，不就是个开餐厅的嘛，人吃得白白胖胖的，好有福气的样子。”

我情不自禁白了她一眼，低声说：“大S要是知道你这么评价她的婚姻，她不得骂死你。”

“她才不会骂死我呢。我一个微不足道的小粉丝，爱慕她的美貌多年，见她嫁得好，也为她高兴啊。”

我苦苦一笑，不想继续这个话题，便说：“好了爸爸，你跟妈妈好好休息吧，明天我再来医院。我要送他们回去了。”

爸爸妈妈欣然同意，高高兴兴地将我们送出门去。

父亲住院能够住到欢天喜地的地步，其实还是多亏了时序、李华玲和叶晋中。他们知道这种热热闹闹的氛围，是病人所乐于见到的，至少是我父亲喜欢的。所以大家抛下手中的事情，到医院里待了半天，我很感动。

下到停车场，我因为没有开车，便跟着叶晋中往他的车子走去。

时序与李华玲与我话别之前，李华玲又问了一句：“对了，青青，你男朋友怎么回事？”

“嗯？”

“叔叔都病这么久了，他是不是也该过来看看他老人家啊？”

又是这个尴尬的问题，我没有男朋友，去哪里给她搬一个男朋友出来？

时序目光灼灼地看着我，像是也在等待答案。

我只好说：“我还没有告诉他这件事，他并不知道。”

“啊？”李华玲非常惊讶，“你都要为爱走天涯了，他居然还不知道叔叔生病的事情？你为什么不告诉他啊？男朋友应该承担起男朋友的责任，凭什么该他做的事情，要让叶总去做啊？”

她把矛头指向了叶晋中。

叶晋中有些蒙，问：“什么事情是青青的男朋友该做的？我怎么没有意识到自己越位了？”

李华玲笑：“比如说，在医院里陪伴叔叔、开车接夏青往返、帮叔叔办理入院手续……”

叶晋中也笑：“我是舅舅的外甥，这些事情本来就是我分内的事情。假如青青有男朋友，那固然很好，有个人帮忙分担一些；假如她没有，或者说男朋友没在身边，也没关系，我不计较那么多。”

“可是你这样，你太太不生气吗？”李华玲瞟了我一眼，又多嘴多舌地道，“叶总，我可知道你太太对我、对青青，以及那些出现在你身边长得好看一些的姑娘，都是不大满意的哎……”

叶晋中温和地说：“这个，李总提醒得极是。不过现在她不会介意这些的。”

“哦？她什么时候变得这么大度的？”

“前不久。”

“为什么呀？”

“因为我们已经离婚了，我现在是单身一个人，不会有人干涉我的事情。”

这次，换李华玲与时序震惊了。

就在他们目瞪口呆的时候，叶晋中对我说：“好了，时间不早了，我们就不耽误时总和李总的时间了。”他对他们笑了笑，又挥了挥手，然后快步走向自己的车。

我只好同李华玲说声拜拜，然后迅速追上叶晋中的脚步。上车之后，我老老实实地系好安全带，瞟了瞟叶晋中的脸色。

显然，刚才李华玲的话让他有些生气，他脸上的表情不太愉悦。

我低声说：“晋中哥哥，你不要生玲姐的气，她就是那种热心肠的女人，喜欢管点闲事，有些八卦……”

叶晋中专注地看着前方，淡淡地说：“我没有生她的气，离婚就是离婚了，不是什么大不了的事，我又不是明星，不在乎这些隐私。”

“那就好，那就好……”

他不再说话了。

而我又不知道该说些什么。

车内的气氛依旧很压抑，我说不出来是一种怎样的压抑，有些不安。

车子行驶在夜间的成都大街上，道路两旁的霓虹灯光透过窗户打进来，映在叶晋中的脸上。他嘴唇紧抿，眉头锁住，看得出有一些焦灼的样子。

我不敢问，也不知道他心里在想什么，便拿出手机，准备看一下今日没有回复的微信。柳飞絮应该发了不少条信息。

就在我看得专注的时刻，冷不丁听见叶晋中问："你什么时候交的男朋友？我怎么都没有听你说起过？他是开餐厅的？哪一类的餐厅啊？中餐还是西餐？哪个菜系？哪里人啊？"

我被他连珠炮似的问题问得有些诧异，抬起头来看着他，心中有些犹豫，但终究还是说了老实话："晋中哥哥，我跟你说实话，你别骂我幼稚，也不要告诉时序他们真相，好不好？"

"嗯，你说。"

"其实我那个男朋友是不存在的，假的。"

"嗯？"他不禁侧头看我，脸上带着不可思议的笑容，"你说什么？假的？没这个人？"

"没这个人呢。"

"怎么回事？"

"哎呀……"我想了想要如何才能绕开时序的原因，把这件事说得正常一些。这个时候我真的特别感谢柳飞絮成为我的至交闺密，否则我真的不知道，原来编故事是一件多么愉快的事情。

我说："因为他们老是给我介绍男朋友，又尽是些各区县的加盟商。你晓得的，我这个人很肤浅的，只喜欢帅哥，那些人有没有钱，我根本不在意，反正我也挺有钱的对不对？就想找个有趣又英俊的男人共度余生。但是呢，那些朋友老是不理解我的想法，就造成了很多不必要的麻烦……因此，我就虚构了这么一个男朋友，在北京的，两千多公里以外，远远的，这样的话，他们就不好意思再给我介绍别的对象了吧。"

"就为这个，编了一个故事？"

"就为这个啊。但是现在我爸妈知道了，我很苦恼，不知道明天该如何面对他们。你说他们一把年纪了，我爸现在又生了病，肯定希望我能够有一个好的归宿。我估计明天到医院以后，我妈会逼着我把北京那位'男朋友'给找来看看……"

"以舅舅舅妈的性格来说，是有可能这么做。"叶晋中笑了笑，"不过没关系，你别担心，明天我跟你一起去医院，我来说。”

“啊？”我不可思议地看着他，“你明天不用管店里的事情吗？不是最近在广汉搞了一个大项目吗？不需要过去看看？”

“有邵峰呢。我跟他说了你父亲生病住院的事情，他让我陪着你，好好敬一份孝心。”

我愕然，对于他的话中之意颇为不解。

为什么邵峰会如此善解人意？

叶晋中看了我一眼，莫名其妙地问了一句：“你肚子饿不饿？想不想吃小龙虾？”

“想啊。”

“走，我带你去吃小龙虾，中海翠屏湾有一家龙虾特别好吃。”

我看了看时间：“很晚了啊……”

“这么晚回家，你肚子不饿？睡得着觉？”

这是一个问题。这么晚回家，本来心情就很焦灼，倘若肚子还饿，确实不怎么睡得着，我如今每晚都需要安眠药才能入睡。

他看透了我心中的挣扎，看着我一本正经地说：“听我说，青青，这个世界是无常的，所以无论我们遇到多大的困难、多大的麻烦，都要记住，吃好睡好，才能有解决问题的能力。嗯？”

我看着他的眼睛，心中莫名安定下来。

对，无论遇到多大的麻烦、多大的困难，我都要吃好睡好。

自从父亲生病以后，我与夏家的往来密切了许多，也与从前不曾有过联系的表弟夏正互换了电话号码。

本来夏家人丁也不兴盛，小姑妈因为嫁得远，所以鲜少与夏家人往来，而大姑妈留在家中，便紧盯着爷爷那点家业。她如今对我父亲的敌意渐消，一是因为父亲重病在床，二是觉得以我家如今的经济状况，应该不会觊觎爷爷的产业了。

她多次在来探望我父亲的时候，都颇感羡慕地说：“大哥大嫂你们可真是有福气，养了这么一个好女儿，能干又有孝心，你们的女儿啊，抵得上别人家几个儿子了。”

我父亲只是笑笑，并不得意。

对于夏志琪的夸赞，我倒是感到有些不安。一个从小到大就不怎么喜欢我的人，她会突然转性，对我和我的家人这么好吗？

还是她觉得，她与我父亲这一世的兄妹缘分大概快要尽了，所以特别珍惜这仅有的时光？

我不知道，但是现在已经由不得我去思考太多，她们毕竟是我父亲的亲人，是他的姊妹，我尽管不喜欢她们，也不相信她们是真心实意，但也不能拒绝她们的好意。这种为难的感受，相信许多人同我一样有过。

生而为人，对亲人是没有选择权力的，即便对其厌恶至极，却也不得不因为伦理世俗之见，与之往来交好。再加上我是晚辈，言行举止上稍有不慎，便容易担上“目中无人”“狂妄自大”“不孝顺”的名声。

在中国这个社会，所谓的亲缘关系，有时候其实是一道枷锁，是个拖累。

我只能默默地忍受着。

我回过几次雅安老家，都是帮爸爸妈妈拿他们的生活用品，有一次遇见好事的邻居前来询问，说：“青青啊，你爸爸身体好点没有？我听说他已经不在了，是不是这样的情况啊？”

我皱眉，望着这位住在隔壁的大婶，颇为不悦地说：“我爸活得好好的，谁造的谣？”

大婶尴尬地笑了笑，说：“我听说住院住了那么久，人都变形了，受好多罪哦……哎呀，阿姨也是担心你爸爸的病，希望他早点康复，我们麻将队的可都等着他归来呢。”

“谢谢您。”

我收拾好东西，气冲冲地往车上放，叶晋中陪同我一起，看着我的脸色，便知道我心中不悦，于是说：“有什么好生气的啊，这些大叔大婶本来见识也不多，朋友圈子里出现一个这样的病人也就人人自危了，数着日子看舅舅能活多久呢。”

“他们咋就那么烦人呢？”

“他们可不认为自己烦，指不定真的以为自己在关心别人呢。这就是市井小民的生活状态。”

“都不知道那些信息是谁传递给他们的，该不会是大姑妈吧？”

“不清楚。”从叶晋中脸上的表情看来，他很清楚。

我大概也能够猜到。夏志琪应该是连接我父亲与邻居们的唯一纽带，除非他们也会给我爸爸打电话问候一下。但显然如果是能够对我爸爸表达问候的人，不会跑来询问我这件事情。

我有些生气，却只能将对夏志琪的不满存在心底。

父亲的病情并不稳定，医生也从来不曾说过我父亲还能活多久，但是听说雅安城内，与我父亲认识的人之间已经传开各种版本的死亡消息，说得有板有眼，仿佛我父亲过世是实实在在发生的事情。

我不太明白为什么他们不弄清楚情况就在背地里议论别人，这种嚼舌根的事情，在我看来简直无耻至极。

可是我又无力改变这种现象，就像我必须接受夏志琪这样的人是我的亲人，我们血脉相连。

从前我不觉得健康是一件多么要紧的事情，但当我经历父亲生病，辗转于各大医院之间，并将各种治病救人的小道消息、偏方古法一一尝试之后，我终于明白亦舒的那句话多么真理。

但是我觉得应该修改一下，就是健康和钱一样重要，而爱情，于人生而言可有可无。

也许我现在比从前更脆弱一些，感到孤立无援的时候，会将车子停在停车场里，然后一个人痛哭。但出现在众人面前的时候，我又是坚强乐观的我。

有男人没男人，都不重要，只是我觉得奇怪的是，我的父母对于我撒谎说过的那位神秘北京男友从未询问过，仿佛这个人根本就是不存在的，这实在太可疑了。

唯一关心这个“男朋友”的人，只有时序。

他发过几次消息，就是打听“男朋友”的事情。

对于他的不死心，我感到非常困惑。有些事情不是一早就摊开说得清清楚楚了吗？不说我心中没有他，即便我心中有他，我们两个人也未必会有结果。

这个道理，他不是不懂。

父亲的病情稳定之后，回到家中休养，我也准备回公司上班。因为担心他和妈妈两个人在家无人照顾他们的生活，我便通过夏志琪请了姑父方伟的一个远房表姐来照顾爸爸妈妈。

距离我从上海回来，到再回公司，已经一个月的时间了。

将车子停在公司地下停车场的时候，我还是有些胆怯。今后我要与时序朝夕相对，会不会再次出现在上海那样的尴尬情形？

两个人的关系演变成现在这样，我感到非常苦恼。这种苦恼是无法向任何人说的，假使我同柳飞絮说：“我有一个朋友，这是我朋友的故事，你帮我分析分析……”

她会似笑非笑地看着我，用目光告诉我，她知道“我朋友”就是我本人。

所以，与时序的这一段，我谁也不能说，谁也不能请教，只能自己承受，自己想办法让关系恢复正常。有时候我也会感慨世事无常，为什么原本是好朋友的我们，会走到今天这一步？

我鼓足勇气，拿着手包，快步走进了电梯。

为了表现自己的随意自在，我特地穿了一件白衬衣和牛仔裤，显得简单又率性。

这是一个多月以来我第一次回公司，竟然像个初入职场的新人，走进公司大门的时候，仿佛踩着自己的心跳声在前进，心里七上八下的。

一一与同事们打完招呼，我还未走到自己的办公室，便遇见了时序。

他从他的办公室出来，手中拿着一个文件夹，出门便看见我。

我们四目相对，犹如短兵相接，顿时觉得四周静谧，无言以对。

还是我率先回过神来，笑着同他打了招呼：“序哥。”

时序点点头，然后将手中的文件夹往杨玉石的办公桌方向晃了晃，喊道：“玉石，到我的办公室来一趟。”

杨玉石应声，然后往时序的办公室跑去。

一切如从前一样，没有任何不寻常的地方。

李华玲没有在她的办公室，听说每天下午她才会来公司一趟。也就是说，在我没有到公司来的这一个月时间里，处理公司事务的人，差不多就是时序一个人。

虽然公司的运作早已进入正常轨道，每个部门的负责人也都十分靠谱，可是假如所有事情都需要一个人来做决定的话，那么也是非常辛苦的事情了。

我颇感愧疚地看了时序的办公室一眼，然后对何小玉说：“把这个月的报表发一份给我，有什么需要处理的事情，可以扔过来了。”

何小玉飞快地整理了一堆文件，拿到我的办公室，见到我便问：“姐，叔叔的病怎么样了？”

我接过她给的报表，说：“暂时稳定。最近公司情况怎么样？”

何小玉说：“你不在的时候，都是时总在处理你这边的事情，没有多大的影响，一切按照计划进行，网店的销售也进行得不错，夏姐你不用担心。”

“好的。谢谢你，出去吧。”

“嗯。”

哐的一声，办公室的门合上了——何小玉这个没轻没重的孩子。

我翻着报表，却有些心不在焉。

人心真是奇怪，本来关系十分纯洁的一对男女，倘若有一方表达出了不同寻常的感觉，让另一方感受到了爱意，这段原本很纯粹的关系就变得复杂起来。

尽管我知道不应该在意时序，可是一想到一墙之隔的他，心中便有些异样的感受……我说不出那是怎样一种感觉，不是喜欢，也不是爱慕，就是单纯觉得，这个人和其他人不一样了，这个人心里有我。

所以，我在潜移默化之中，悄悄地在心里将他挪了一个位置，一个关注的位置。假如他单身，我也单身，也许我们会有在一起的可能。

我非常坦诚地直面自己内心：时序有着非常不错的外形条件，个人能力也很优秀，聪明，有头脑，有远见。经过这么多年的合作，我们彼此了解，包容对方，很有默契。假如他没有结婚，也许我会接受他的表白，和他在一起。

到了三十多岁的年纪，我对于爱情与婚姻的向往开始往实际的方向发展，感情都是可以培养的，关键是两个人适不适合。

婚姻是漫长的，几十年的事情，并不是依靠一点点激情与爱就能满足的。

我在这样的心理斗争中挣扎，犹豫着要不要过去跟他打个招呼，像从前一样自然且自在。

三十八

问道青城

这一天，除了进公司后见到第一面打了招呼，我与时序再未碰过面。

我到公司后不久，时序就跟装修部的同事去别人家新开的门店进行实地考察了。参考别人家的装修风格，才能够集百家所长，才知道如何改变自己的风格，从中脱颖而出。

过去在身心疲惫的时候，他也会像一摊烂泥似的瘫在沙发上同我与李华玲埋怨："做实体原创品牌服装就跟打天下似的，多国争霸，竞争实在太激烈了，我随时随地都觉得眉心是紧绷着的。"

当他说这话的时候，李华玲会依偎在他的怀里，轻轻地按摩他的眉心，直至它舒展开来。

而我就像个"吃瓜群众"，对于他们秀恩爱的样子无奈地翻个白眼。

而现在，或者说以后，可能这样的情况不会再有了，至少目前我不太愿意看到他与李华玲单独相处的情景。

我也不知道为什么，总之就是不乐意。

下午，李华玲并未如同事们所说的那样来公司，大约是她家孩子顽皮，她确实不太走得开。

我忙了一天，回到家中已是深夜，同父母闲聊了两句，便准备洗洗睡了。我刚刚躺在床上，却又收到时序的微信："今天叔叔的情况怎么样？"

我回复："一切都好，谢谢。"

他也许并不是想问我父亲的情况，是想说一些其他问题。

但是既然他没有问，我也就不准备再为此纠结了。

时间差不多到了十二点，我将手机调成静音，关了台灯，翻身睡下，迷迷糊糊中，手机的屏幕似乎闪烁了一下，但很快又熄灭。

第二天早上我醒来一看，未接来电是时序的。

看来，内心煎熬的人不止我一个。

爸爸的病情一直不太稳定，我很忐忑，不知道什么时候他会突然离我而去。作为独生女，我根本没的选择，父母亲的任何情况都要我自己思考与判断。就算此时此刻我有叶晋中帮忙，但在某些时刻，他也是无能为力的。比如说在医生告诉我手术的危险性、化疗的不良反应之后，我左右为难，抱头痛哭，他却只能借给我一个怀抱，不能给我任何建议。

他说："这种情况，必须你自己勇敢面对。"

那个时候我就会想，假如我有一个兄弟姐妹，或许不会这么无助。

网上不是有那么一个段子吗，大意是说如果再有一个兄弟姐妹的话，那么在父母病危的时候，至少还有人可以一起协商一下，是否放弃治疗。虽然是个段子，可是也变相地说明了一个问题，独生子女在面对父母的生老病死时，是非常无助的。

我在这种无助中，度过了非常艰难的时期。后来回想起来，那段时间真是人生的最低谷，我差不多每天都失眠，有时候半夜才能入睡，有时候临到早晨了，才睡一两个小时，吃了褪黑素也没有用，总是半夜就会醒来。

身边的朋友当然也经常陪着我，但大家都有自己的生活与事业，不可能时时刻刻跟我在一起。

除了叶晋中。

叶晋中是一个非常善良的人，他与我父亲虽然只是名义上的甥舅关系，但他每天都来家里陪我父亲说说话，下下棋，相当尽心，让我父亲生命的最后时况，得到了许多安慰。

到了周末，他也会尽量抽出时间，开车带我们出去玩，差不多两周就要出游一次。

因为爸爸不宜走太远的路，而且他自己也很迷信，听算命的说运气不好的时候，不要去寺庙——生病当然也是运气不好了。所以基本上无论是去乐山大佛还是老君山、青城山，但凡与寺庙有关的地方，他都远远地观望，绝不靠近一步。

由此可见，他的求生欲望其实很强烈。

人生很无奈，生死不由人。

我不知道该如何形容此刻的感受，非常沉重的无力感，眼睁睁地看着父亲鲜活的生命一点一点被病魔吞噬，却又无可奈何。

有一个周末，叶晋中带着他的父母一起，我们去了青城山的一个度假山庄。听说夏家那边也要过去。

我起初有一些犹豫，毕竟这样的情况是从来没有过的。我倒是不排斥他们与我父亲相处，就怕在长时间的相处当中产生冲突。

叶晋中的车子是七座越野车，正好够载我们两家人。

小姑妈夏志萍与小姑父叶豪陪我爸爸妈妈坐在后排，四位老人一路上聊得热火朝天，老小孩似的，差点摆一副麻将。

我坐副驾驶，同叶晋中一路上都很沉默，时不时地跟后面的老人说一两句话。

陡然间，我听见我父亲问了句：“晋中今年三十七了吧？”

叶晋中连忙应声：“是的，舅舅。”

“真是不知不觉啊，第一次看到这孩子的时候，他才七岁……”

我小姑妈连忙应道：“对啊，当时青青才一岁。”

“说到这里，我突然想起一件事。”我妈说，“志萍，你还记得你和叶豪第一次带着晋中回家那天，发生了啥子事不？”

“啥子事？”

“哎呀，那天啊，青青学会走路了，晋中一下车，就满脸嫌弃地打量着院子，然后在院子里发现了趴在席子上的青青。”

“哦哦，对对对，你这么一说我就想起来了。当时晋中眼睛一亮，就朝青青跑去。青青也蛮好玩的，看见晋中向她跑去，她竟然从席子上爬了起来，笑着摇摇晃晃地向晋中走过去，把我们给吓得赶紧奔过去护驾，怕青青跌倒。那时候她从来没有走过路的，我们也怕晋中年纪小，不晓得保护妹妹……”

“但是我们都多虑了，晋中可疼青青了，生怕青青跌倒，跑过去就把青青抱在怀里。”

“他们两个那个样子，就像久别重逢一样，根本就是自来熟，都不用我们介绍的。”

“小孩子就是好，很快就能玩到一起去。”

两位老人越说越开心，又是一阵哈哈大笑。

我与叶晋中对视一眼，忍不住翻了翻白眼。在我的印象中，这个桥段他们起码说了十次，每次只要两家人聚在一起吃饭，他们就会旧事重提，真是叫人无可奈何。

小姑妈敲了敲我的椅背，说：“青青啊，你晓不晓得你小时候是个小赖皮啊？都一岁了，还死活不肯学走路，非要你妈妈抱，一天到晚要你妈妈背在身上，话也说得不大清楚，都懒得叫爸爸妈妈。我当时就在想，这孩子到底是有多懒啊……”

“就是赖皮得很，小时候又懒又好吃，教什么都不肯学，她爸爸教她喊爸爸，她就笑嘻嘻地哎一声，气得人跳脚，又拿她无可奈何。”

“哈哈哈哈哈，是有这么回事。”我爸哈哈大笑。

我回头看他们，哭笑不得：“啥子哦，都好久的事情了，你们还翻出来说……”

小姑妈却沉浸在我幼时的回忆里，继续吐槽我：“我记得那天，晋中本来不想到雅安去的，他气鼓鼓的，说雅安是个农村……”

叶晋中惭愧地说：“哎呀夏孃孃，我当时年纪小不懂事，您就别取笑我了。”

小姑妈却并不打算放过他，接着说：“一路上我是又给他讲故事，又给他买零食的，好不容易才哄着到了家。可是到家了他还是百般不情愿，一下车就闹着要回成都去，唉，可把人愁死了……”

叶豪也笑：“晋中年纪很小时就没了妈妈，志萍呢又是个大学才毕业的小姑娘，哪里懂得哄孩子。她嫁给我以后，有很长一段时间我都觉得自己像带了两个孩子。”

我爸爸听了，又是哈哈大笑，对他的小妹妹说：“你啊，从小在家里就是爸妈和我宠着你，你跟个小霸王似的，无法无天惯了，还好遇到的是叶豪，几十年如一日地处处让着你。”

小姑妈闻言不高兴了，嗔怪地瞪了他一眼，说：“大哥，您说这话我可不高兴了，你妹妹我也不差啊，我跟叶豪两个是彼此包容礼让，相濡以沫，就像您跟我嫂子一样好不好。”

“好好好，大哥随便说说，瞧瞧你生好大的气，那嘴巴都可以吊丝瓜了。”

“哼。”

听见后面的兄妹两个斗起嘴来，我不禁笑着看向叶晋中，低声说：“哎，他们兄妹俩年纪加起来也一百来岁了，怎么跟两个小孩子似的……”

叶晋中瞧了一眼后视镜，也低声说：“老小孩呗。谁家的父母到了这个年纪，不是跟个小孩子一样啊？不信你等着看，再过几年，更难哄。”

我们两个窃窃私语，后面的老人们见了，又将话题扯到我们头上来。

尤其我的小姑妈，又用促狭的语气说：“你们看他们两兄妹，从小关系就很好，晋中可是一直把青青当作亲妹妹一样疼的。”

小姑父补充说：“对，这事儿我可以证明。晋中对其他女孩子可没这么有耐心，冷得很。哎呀，他青春期的时候，有些女孩子追到我们家来了，他连门都不开，就在窗户边扔下一句，说什么‘我不喜欢你，你走吧’……啧啧，可把我给愁得啊，生怕这娃儿孤独终身。”

“哎呀爸，几百年前的事情了，你就别提了行不行？”

“哈哈哈哈，这个事情我知道，那姑娘手中抱着满满一瓶纸鹤，哭得稀里哗啦，看得我心疼，把人姑娘请到家里来，可是晋中就是不下楼。”

“对，我记得那是晋中读高二的时候。我看这小子这么愣，生怕他以后娶不到媳妇。”

“不是娶到了吗，还娶了个那么好看的。”我妈说完这话，大概又想起叶晋中是离了婚的，连忙又说，“晋中是个好孩子，今后肯定还能遇到个更优秀的姑娘。”

叶晋中微笑着说：“谢谢舅妈，我努力。”

我小姑妈大概觉得应该礼尚往来，便说道：“我们家青青也是个好姑娘，但也许太过优秀了，所以总是遇不到值得托付终身的男孩子。姑妈希望你早点遇见你的真命天子。只要你们兄妹两个交代出去，我们几个老家伙可就放心了。”

我妈补充道：“唉，这两个不省心的孩子，可把大人们都愁死了。”我尴尬地回头对他们笑了笑，说：“一定一定，不愁不愁。”

说罢，我又回过头，觉得他们讨论的话题实在是个深渊，最好不要参与进去，索性开了音乐，专心致志地盯着前方。

我们的目的地是青城山特别有名的一家民宿，依山而建，静谧而幽静。幸运的是，车子可以直接开到目的地，不必走太多路，否则我父亲恐怕会受不了。

青城山各种类型的度假酒店有很多，但今日我们选择的这家酒店，却是以幽静著称。它有许多个房间，分别归类为水房、花房、山房、云房和观景房，每个房间都有自己的特色，比如水房位于山脚下，出门就是小溪，到了夏天就是孩子们的乐园，玩玩水枪划划小船什么的，最好不过了。

而花房呢，有很多露台，坐在露台上泡杯盖碗茶，再往外看去，是成片的野生银杏，一到秋天，入目便是金灿灿一片，煞是好看。

至于云房，则是因为离温泉区特别近，走出门去就可以直接泡温泉。严冬腊月里，雪满山川，泡在温泉里赏个雪什么的，是件十分惬意的事情。

我最喜欢的还是他们家的山房，打造得非常有特色，尤其是卫生间，完全还原成山洞的样子，叫人一进去，就有无限遐想。

所以，我住的房间便是这个。

然而最贵的房型是观景房。观景房有一个露台，站在露台上，青城幽色尽收眼底，非常美妙。

我为爸爸妈妈订的房间，便是这观景房。

也许多看一些湖光山色，可以令爸爸心情更为舒畅。

人一旦心情舒畅，什么病痛不快都可消弭。

房间差不多被我们这个家族的人订了大半，大家闹哄哄的，在民宿的茶社里说说笑笑，好不热闹。

夏正也来了，带着他的女朋友，一个斯斯文文的女孩子。连同女孩子一起的，还有她的父母。看这架势，这是一门板上钉钉的婚事。

我妈妈看了眼红，在我耳边低声说："瞧瞧人家夏正的女朋友多好，还有人家的父母，知书达理的，一看就是书香门第。你说夏志琪那个臭脾气，老天爷怎么就给她一个那么好的亲家啊？"她说完，叹息了一声。

我还没有接话，便听见爸爸在一旁说："叹什么气呢？儿孙自有儿孙福，我女儿这么优秀，肯定有更好的人值得她等待。"

我满怀感激地看着爸爸，艰难地扯出一个笑容，然后端来一杯竹叶青，放在爸爸跟前的桌子上。

我爷爷也来了，大姑父随时陪伴在他身边，照顾着他。大姑妈虽然是个嘴上不饶人的厉害角色，可是在面对父母亲的时候，也是十分孝顺的。

时间差不多已是中午，服务员摆好了桌子，唤大家吃饭。

大姑妈突然提议说；"吃饭前先合个影吧？不然待会儿吃完饭，打牌的打牌，散步的散步，都叫不齐的。”

她的亲家母连忙应和：“好啊，那我们就在茶楼这边吧，光线不错，爷爷和大哥坐前面的椅子上，我们都站着。”

“可以的可以的，来来来，孩子们帮帮忙。”

我们到大姑妈他们所说的地方还有些距离，我原想扶着爸爸走过去，没想到爷爷却走了过来。

老人家虽然已是八十岁的年纪，身子骨却依然非常硬朗，拖了一把椅子在我父亲身边坐下，对闹哄哄的那帮人说：“都往这边过来吧，就在这里拍。”

听见长者发了话，大家便又笑嘻嘻地往这边走过来。

等大家都坐好了，爸爸见只有他和爷爷坐着，觉得不太妥，便冲我招了招手。

我站在第三排，那是夏家第三代待的区域，见爸爸招手正要走过去，却见身旁的叶晋中已先行过去。

爸爸说：“把椅子撤走，我跟志琪、志萍她们都站着。”

叶晋中正要搬走椅子，大姑妈却阻止说：“大哥，你坐着，不影响的。”

“不行不行。”爸爸连连摆手，然后推开椅子，自觉地站到我母亲身边去，说，“老汉儿都还活起的，我就不能坐着，于礼不合，于礼不合，莫折煞我。”

见他如此固执，众人便不再劝说了。

我默默在心中叹了口气。

这就是川西平原无数个传统又遵循礼数的家庭之一，他们讲究礼数，迂腐又固执，严格地遵循着他们认为符合传统的行为。

当然，他们也重男轻女。

虽然这两年来由于女权主义者的不懈努力，以及社会发展的变化导致更多女性优秀甚于男性的案例，女性的地位有所提升，可实际上，在以家庭为单位的领域，依旧是男权主导思想。

有时候我也会思考某些比较深层次的问题，譬如在我幼时的记忆里，夏正一家都是坏人的角色。可假如我站在一个旁观者的角度来看，他们其实也是顶不错的人，孝顺父母，团结邻里，努力维持家里濒临破产的生意。

他们的坏，仅仅是针对我和我的母亲。

为什么会这样呢？

往深远的地方看，也许是几千年来重男轻女的传统思想导致夏志琪不得不先下手为强。她没有学历，性别是女，嫁的老公也没有家世和背景，他们一家三口想要在往后的日子里过上好的生活，确实需要付出很多努力。所以她不得不挑拨离间，以此巩固自己在家庭中的地位。

再加上我妈妈生的是个女孩，夏志琪生的却是个儿子，这种下一代的性别优势又助长了她的气焰。

这样一看，似乎很多事情都明了了，我也觉得心中清明许多。

从我记事起，似乎整个夏氏家族就从来没有拍过大合影，这是三十多年来的第一次，我竟然感到有些局促。

站在我旁边的叶晋中似乎感觉到了我的这份紧张，低声在我耳畔说："怎么？有镜头恐惧症？"

我笑了笑，回敬他一句："怎么可能。"

"那你绷着脸做什么？手还捏成了拳头，想揍谁呢？"

我转头看向他，瞪了他一眼。

恰恰就是这个时候，山房的摄影师按下了快门。他看完照片，摇了摇头，又说："都别动好吗？大家注意看我这里啊，表情要轻松一点。来，青城山的景色美不美？"

大家齐声回答："美！"

这张照片拍得很美，每个人脸上都挂着笑容，充满幸福感。后来有那么一段时间，我也会因为这张照片里每个人脸上那种毫不掩饰的幸福而感到忧伤。

那天的午餐吃的是山珍与河鲜，山房的目的是让人从内到外彻彻底底融入青山绿水之间。

吃罢午饭，爸爸觉得有些疲惫，便要回房间休息。我妈年轻的时候不受夏家人待见，如今大家对她热情了一些，她便觉得受宠若惊，经夏志琪挽留，于是留下来打牌了。

麻将是四川人的拿手绝技，假如搞个麻将比赛的世界杯，四川人恐怕会年年蝉联冠军。

我妈当然也是麻中高手，一想到与她打牌的另外三方——夏志萍、夏志琪以及夏志琪的未来亲家母，我不禁暗暗有些同情——她们今天应该会被我妈杀个片甲不留。

照顾我爸爸的责任，便落在了我头上。

我将爸爸扶上床躺好，替他开了空调，整理了被褥，便拿了一本柳飞絮的书准备坐在露台上看。

我刚刚坐下，便有人敲门。

我爸还没入睡，唤了我一声："青青，去开门。"

我连忙放下书，打开门一看，却见叶晋中手中拿着台平板电脑，耳机还挂在耳朵上，站在门口冲我咧嘴笑："介不介意我到舅舅房间的露台来看个风景？"

我笑："热烈欢迎。"

他走进屋，先是同我爸爸打了招呼，说："舅舅，您觉得有哪里不舒服，记得跟我们说，我们就在露台上。"

爸爸点了点头，微笑着看他："露台上蚊子多，你们也可以在旁边那个客厅里聊天看电视，不妨碍的，吵不到我。"

"好的，那您休息，要是有蚊子，我们马上就进屋里来。"

我看见爸爸脸上带着认可的笑容，然后缓缓地闭上了眼睛。

叶晋中便将我推向露台，然后轻轻地合上门。

这个季节的青城山上，那种小到微不足道的蚊虫特别多，只要是没有喷花露水或者点个灭蚊器什么的，很有可能一会儿工夫，腿上就会因为被咬而变得一片狼藉。

我原本还有些担心，正想着要不要去客厅里坐会儿，却见叶晋中从平板电脑下面拿出一瓶花露水，对我说：“把裙子往上捞一些。”

我笑着照办。他躬着身，仔仔细细地将我的双腿喷了一遍，连脚指头也没放过，然后又像变戏法似的从手里变出一块巧克力，剥开了给我。

“你是叮当猫吗？”我哭笑不得，但还是很自然地将他手中的巧克力衔在嘴里。

他宠溺地摸了摸我的头发，笑着说：“你小时候就最喜欢吃这个糖，每次我来雅安都要给你带，你忘了？”

“我没忘，只不过都这么多年了，难为你还记得。”

他微微一笑，看着远山与丛林，突然幽幽地说了一句：“你喜欢什么、不喜欢什么，这么多年我从来没有忘过。”

对于他陡然变化的情绪，我有些诧异，但还是接着说：“谢谢你啊，晋中哥哥。”

他笑了笑，示意我看书。

我瞧着他手中的平板电脑，有些好奇，问：“你看什么呢？”

他晃了晃手中的平板电脑，说：“看看别人家的菜是怎么做的，学一学。”

就这样，我看书，他看视频，我们在父亲房间外面的露台上，待了整整一个下午。

等我翻完手中的书，抬头时却见叶晋中竟然歪在椅子上沉沉地睡了过去。

开了那么久的车，他应该是很疲惫的。

我正想着到底是应该唤醒他，叫他去自己房里睡呢，还是应该为他驱驱蚊虫呢？眼前却突然出现一把扇子。

我抬头一看，是爸爸。

“爸，你怎么还没睡？”

爸爸做了一个噤声的手势，然后对我招了招手。

我随他进了屋。

爸爸低声说：“女儿，晋中是个好孩子，他会一辈子对你好，你也要好好地对他啊。”

我没有听明白爸爸的话，不禁皱了皱眉，辩解道："我当然会对他好，他是我哥哥啊，我很尊敬他，也没有欺负过他。"

爸爸脸上带着慈祥的笑容，他却不准备再跟我解释什么，只说："去给他喷点花露水，赶赶蚊子什么的，我瞧他是真的累坏了。"

"哦，好。那你也赶紧再休息一会儿。"

"我不碍事，你不用管我。"

就这样，我被父亲赶到了满是蚊虫的露台上，为叶晋中打扇。

可我总觉得哪里不对劲，爸爸隔着玻璃看我们的那个眼神，充满了欣慰与慈祥，仿佛他担忧许久的事情终于放下心来，眼中充满了希望。

这种放下心来的目光，让我心中直发毛。

那天下午，我妈大杀三方，赢了不少，晚餐的时候，所有人都在席间对我爸爸说："哎呀，大嫂打牌太厉害了，我们完全打不过她。"

"大嫂头脑这么好，难怪大哥这辈子那么敬重您呢。"

我妈可开心了，感觉到了嫁给我爸爸三十多年来，在这家人面前从未有过的荣光。

说起来，我这次带着父母亲上青城山，为的不过是与父亲的家人团聚。所以，只要他们觉得开心，对我来说此行的意义也就足够了，我依然是一副与他们保持距离，有些冷漠有些生疏的样子。

吃过晚餐，我陪着他们在露台上喝了一会儿茶，晚上八九点的样子，便散了，各自回自己的房间。

爸妈休息得早，于是我多了许多可以自由安排的时间。

回到房间，站在像山洞一样的卫生间里，我竟然有些害怕，想象力突然爆表，什么无头女尸、长舌头的鬼，都从那依着山岩而嵌的浴缸里爬了出来。我打了个哆嗦，强迫自己挪开眼睛，再往洗手台上的镜子瞧去，里面是一张惨白的脸。

恰在此时，敲门声响了，我骇然一惊。

这家民宿酒店原本是安了门铃的，谁会敲门呢？

“谁啊？”

我隔着一道门板，听见一个年轻女孩的声音：“姐，我是小林。”

夏正的女朋友？

“有事吗？”

“姐，时间还早，要不要出去散个步，吃个烧烤啊？”

我打开房门，夏正和小林就站在门口。

夏正的表情一如既往，既看不出多么迫切，也看不出兴致缺缺，他是淡定的。倒是小林，这个90后小姑娘满脸憧憬地看着我，眼里写满了想要亲近我这个表姐的念头。

我抬起手腕看了看时间，淡淡地说：“太晚了，我准备休息了，你们去吧。”

失望的表情顿时挂在了小林的脸上，她拖着我的手臂，撒娇说：“哎呀姐，才十点呢，酒店的烧烤夜才刚开始，走嘛走嘛，我们还叫了大老表。”

她所说的“大老表”指的就是叶晋中。

我笑了，说：“那不是正好吗？有晋中哥哥陪着你们玩。去吧，我就不去了。”

“啊……”小林噘着嘴，一脸委屈，可怜巴巴地瞧了瞧夏正，“老公，你跟姐说一下吧。”

年轻真好啊，一言不合就可以撒娇，且有地方可以撒娇。

我说不出来地羡慕。

夏正挠了挠脑袋，冲我说：“走吧姐，去吃点东西，聊会儿。”

见他开了口，我有点推不开，想到他也曾在我父亲病重时伸出援手，便觉得应该卖他个面子，于是说：“好吧，你们先下楼去，我拿个包。”

我话音刚落，便听见小林欢呼：“耶！太好了！你去了大老表肯定会去的。”

我有些疑惑：“什么意思？”

“哎呀，你多嘴！”夏正敲了敲小林的脑袋，但还是没有阻止住她把心里话说出来。

“我们来之前本来打算先去邀请大老表的，但夏正说先来请你。只要你肯去，大老表肯定也会去的。大老表那么喜欢你，肯定不放心你一个人出去的。”

虽然这句话她说得非常自然，但我依然感觉到了话中的深意。可是脸上也不好表露什么，我便淡淡地笑了笑，说：“因为你有夏正陪在身边，你们可以互相照顾，大老表肯定是放心的。至于我嘛，我是为了陪你们俩，你们高兴就好啊。而且我觉得，大老表开了一天的车其实挺辛苦的，要不咱们就不去打扰他了吧？”

见我这么说，小林有些手足无措，瞧着夏正征求意见。

夏正点了点头：“好的，那我们先下去点些吃的。姐你想吃点什么？”

“随便吧，我晚餐吃得饱，消夜也不大想吃什么。”

“好的。”

两个年轻人离去，走远了后小林似乎在跟夏正说：“真的不叫大老表吗？我觉得大老表肯定很愿意参加我们的小聚会。要不我给他发微信说一下吧？”

夏正没有说话，但是宠溺地揉了揉小林的头发。

真美好，和相爱的人在一起，无论做什么都有他陪伴着，被宠着惯着，幸福得无以言表。

我的嘴角不由自主地牵起一丝微笑。

我刚准备转身回屋，就听见他们语气中带着惊诧地打招呼道：“大老表！”

我循声看去，见叶晋中手中握着一瓶红酒，面色有些尴尬地看了看小林与夏正，又遥遥地看了看我，终于恢复镇定地说：“正好遇见你们俩了，我听说酒店里弄了个吃烧烤的区域，走吧，咱们一起去。”

“太好了，这么巧。”小林欢喜雀跃地拍了拍手，如释重负地转头对我说，“姐，你看这么巧，大老表也要约我们去吃烧烤呢。”

我笑了笑。她如愿以偿了。

青城山的幽奇天下闻名，夏天来这里避暑是再好不过的，但是晚上居然还有些冷，胳膊上起了鸡皮疙瘩，幸好我披了条丝巾。

山庄楼下，老板特别设置了一个啤酒小广场，十来桌的位置，全部是竹桌竹椅，周遭再搭配精美的灯光，整个小广场看起来特别有气氛，甚至吸引了附近酒店的客人。

我们选了一个毗邻小河的位置，耳畔听着潺潺的流水声，倒也惬意。

小林跑去点菜，夏正瞧了瞧，同我们打招呼说："我去看看她，免得她不知道该拿些什么。"

叶晋中摆摆手："去吧去吧。"

我补充："别拿多了，我们只有四个人。"

夏正咧嘴一笑："那是你没有见识到小林子吃烧烤的本领，她一个人就可以抵我们四个人的胃口。"

待两人走远，位置上便只剩下叶晋中与我。

他将红酒开了，替我倒上一杯。

我左右瞧了瞧，笑着低声说："这样不好吧？谁吃烧烤是喝红酒的？别人会笑我们的。"

叶晋中将酒杯推到我跟前来，不以为意地说："让他们笑去呗。谁规定吃烧烤不能喝红酒的？你的胃不好，不能喝啤酒，只能喝点红酒和白酒，这是事实吧？"

我点头，有些讶异道："你居然记得这个？"

他笑："既然自己不能喝啤酒，为什么要因为怕别人笑话而去迎合他们的习惯呢？你的自我呢，小朋友？"

对啊，我的自我呢？

从什么时候起，我开始在意别人的眼光，在意别人会不会因为我的自我而不喜欢我？可是他们的喜欢对我来说又有什么用呢？我需要依靠他们的喜欢活下去吗？

曾几何时，我是多么自信又坚守自我的一个人啊，认定了正确的事情，就绝对不会被任何人影响。

我叹了口气，淡淡地说："大概是年纪大了，所以会考虑一下别人的感受。"

叶晋中摇了摇头，看着我的眼神充满质疑：“这跟年龄没多少关系，而和经历的关系比较大。”

我不明白他话中的意思。

他接着说：“有些人即便活到七八十岁，依然保持着一颗纯粹为自我的心；而有的人虽然只有二三十岁，却显得老气横秋。知道为什么吗？他们在生活的磨难下，失去了棱角，变成一个为了迎合他人而活的人。你认为那是成熟吗？”

“那不是吗？被大家交口称赞的，总是会说话又懂事、特别懂得处理人际关系的人。情商高的人总是讨人喜欢的，就连我也不例外，很喜欢跟善于为他人着想的人做朋友。你就是这样的人。”

“我？”叶晋中微微一笑，“我从学校出来便投身服务行业，这些年为他人着想就是我的本能反应。但我也是有自我的。”

我不解。

他沉默片刻，突然举杯对我说：“来，先碰一下，为曾经那个快乐的你。”

我浅酌一口，反驳：“我曾经好像也不怎么快乐吧……”

“比现在好，现在的你简直就是头顶自带乌云。”

我忍不住笑了。

他又说：“从前的你蛮好的，很自我，甚至很执拗。”

“那时候年轻，无所顾忌，所以才能所向披靡吧。”

他又举杯：“那我们就致青春吧。”

“又喝呀？菜都还没上来呢，再喝不得醉了？”

话虽这么说，我还是老老实实地喝了一口。

夏正和小林还在烧烤专柜挑选食材。

小林是90后姑娘，年轻、鲜活，对一切充满好奇，当然对食材的选择也一样。

比我只小一岁的夏正，脾气很好，总是依着她。

我指了指夏正，低声对叶晋中说：“我小时候啊，特别讨厌夏正，仗着自己是个男孩子，全家人都宠他疼他，他每天转得二五八万似的。他特嚣张你知道吗？动不动就仰头怒吼，脖子的青筋都给暴起来了。哎哟，只要他一吼，我爷爷奶奶立马变他孙子似的。”说完，我意犹未尽，又忍不住摇了摇脑袋，补充道：“所以他来叫我吃烧烤，我真心不想来的。”

“那为什么又来了呢？”

“还不是为了给他一点面子啊。他女朋友生拖活拽的，非要叫我一起来。”

叶晋中笑，没有表示看法。

我脑子里突然萌生出一个疑问，便问：“你说，小林知道夏家那种复杂又不怎么和睦的家庭关系不？”

叶晋中抿了抿嘴，那和周渝民一样好看的唇形被抿成了一条线。他似乎思考了一下，低声说：“其实我觉得，夏家的家庭问题完全可以代表大部分川西平原中下阶层家庭的情况。”

“中下阶层？”我皱紧了眉头，不可思议地问，“哥你搞错没有？夏家在雅安城好歹也算是有钱人，至今说起来也是响当当的大户人家哎，你怎么就给划到中下阶层去了？”

他看了看远处的夏正，估计对方还要一会儿才会过来，便指了指自己的脑袋，对我说：“是思想和教育程度这一块，属于中下阶层。”

见我依旧茫然，他说：“思想守旧，把陋习当作传统延续下来，并且理直气壮地发扬光大，这本身就是落后的一种表现。不过，可能因为这些年受到的教育和在外面长的见识，夏正与他的父母是不同的。”

我没有发表意见，仿佛他在说一个和我毫不相干的人。

他笑了笑，说：“你对夏家很失望吧？”

我想了想，抬起头来，看着他认认真真地说道：“其实坦白说，我跟整个夏家的人没有多少感情，就连你妈妈，我的小姑妈对我来说都是很陌生的，我跟他们的交流，甚至还不如跟你的多。所以，在我的认知里，我并不是夏家的人，只不过是冠了这个姓氏，大家刚好都姓夏而已，我对这个姓氏，并没有归属感。”

“理解。”

“我是我父亲的女儿，他们是我父亲的亲人，但他们与我并无亲情。”我残酷地指出了自己眼下的亲缘关系，并且露出一个艰难的笑容，说，“这怪不得我，只能怪命运，可能我命里注定六亲无靠吧。”

叶晋中并没有像寻常人那样，听完我说的这些话后，就开始充当知心大哥哥来开解我。他只是点了点头，说：“特殊的童年生活造就的特殊亲缘关系，怪不得你。”

“对啊。假如不是因为有血缘上的联系，谁又愿意跟彼此打交道呢？他们看不惯我，我也不喜欢他们，大家都不愿意来往，确实就应该平淡相处。”

“不过舅舅和舅妈可能不会这么想。”

“我是理解他们的。毕竟我爸爸是他们家上一代唯一的男丁，从小就是被宠着长大的。假如不是因为我的出生，恐怕他现在就是夏家当家做主的人。”

“你看，你现在就指出了这个家族风俗习惯比较畸形的一面。女儿和儿子，其实应该受到相同的待遇，都是家族的继承人，而不应该拘泥于性别的限制。”

我笑：“现在说这些又有什么意思呢？看在我爸爸的面子上，我依然会尊敬这些长辈。至于血缘亲情什么的，还是不要深究了。”

我话音刚落，小林就蹦蹦跳跳地来了，手中拿着一把烤熟了的羊肉串，人还没到，就听见她喊着：“姐，这家的羊肉串真的好好吃啊，你快尝尝，新鲜的，刚烤出来的。还有五花肉，听说是跑山猪的肉，我们烤了好多，先给你们拿一些过来。”

于是我与叶晋中面前，摆了好大一盘肉串。

“坐啊。”我招呼他们。

然而小林牵着夏正的手，噘着嘴，同我撒娇道：“姐，你跟大老表一人占了一个位置对向而坐，我跟夏正不知道怎么坐好了。”

我拍了拍身边的位置：“坐这儿啊！”

她急得直跺脚，嗔怪地说：“可是我想跟夏正坐在一起啊。”见我依旧无动于衷，她便向叶晋中撒娇：“大老表，你坐青青姐旁边去吧。”

叶晋中闻言，连忙起身，拿过自己跟前的酒杯，边走边说：“行，大老表成全你们，你们坐我的位置，我跟你们青青姐一起坐。”

我只好往里面挪了挪。

叶晋中坐下来后，体贴地为我拿了些吃的，放在我跟前的碗里，还用筷子把烤好的肉剥了下来，然后递给我一双筷子，说：“吃吧。”

我虽然已经习惯了他照顾人，但当着夏家人的面，还是有些不好意思，尤其小林那双亮闪闪的大眼睛正专心致志地盯着我们。

“好了，谢谢晋中哥哥，我自己来。”

“没事，我顺手。”

小林发出羡慕的声音，拍了拍夏正的手臂，说：“你快学学人家大老表，你看人家大老表好体贴、好温柔哦，无微不至地照顾着青青姐。”

也许她还没有意识到这句话哪里不妥，我却有些在意，连忙提醒她说：“小林这个说法不正确啊。”

小林很疑惑：“哪里不正确？”

“你跟夏正的关系与我和晋中哥哥的关系不同，你要让夏正对你体贴温柔一些，可以明说，千万不要拿晋中哥哥跟我来对比噢，让人误会可就不好了。”

我尽量将话说得委婉些，脸上带着微笑，看起来像个善意提醒小姑娘的大姐姐。

没想到小林愣了愣，突然笑了，说：“干吗啊姐，你是单身吧？”

我看着她，没有搭话。

她又看向叶晋中，说：“大老表也是单身，对吧？”

叶晋中居然微笑着看她一眼，然后点了点头。

小林似乎受到了鼓励，继续说：“你们两个都是单身未婚青年，男的帅女的漂亮，又没有血缘关系，彼此又都很了解对方，为什么不考虑在一起呢？”

她这么说完，桌面上的气氛顿时陷入僵滞。

我一时之间竟然不晓得该如何接话。

夏正也被他女朋友的理直气壮吓了一跳，低声训斥道："你知道你在说什么吗？喝多了吧。"

小林大概从未受过这样的委屈，怒目圆瞪，朝向她的男朋友道："哼，我哪句话说错了？"

"你说话怎么这么没头没脑没分寸的？"

"怎么就没分寸了？大老表跟青青姐本来就没有血缘关系啊，肥水不流外人田，为啥不自己内部考虑一下呢？"

"你！"

"我怎么？你这个老夫子，怎么跟你爷爷你妈妈他们一样啊，天天守着破规矩，念念叨叨，念念叨叨的，又不是什么旧社会的名门望族。再说了，我看那些真正的名门望族也不见得有你们家那些陈腐规矩多。我私底下跟你说过很多次，有些没用的规矩和观念该扔扔了，都什么年代了。"

"你到底喝了多少酒？知不知道你在说什么？"夏正的脸涨得通红，他大概没想到女朋友这么不给他面子，在从小就被他当成竞争对手的我面前，让他如此丢脸。

我正要说句什么解围，却听见叶晋中笑嘻嘻地说："小林说得对，我跟青青确实没有血缘关系，我要是喜欢她、追求她，谁也没资格反对，也反对不了。别人怎么想、怎么看我，我还真不在乎。但是呢……"说着，他看向我，脸上带着浅笑，试探性地说："我要考虑青青的感受，我不希望她被别人误会，或者被别人伤害。"

我垂下眼睑，不敢看他，心里却感到莫名紧张。

这样的局面是我从未遇见过的，有些手足无措。

紧接着，我又听见叶晋中说："毕竟青青是我最喜欢的妹妹，我当成自己亲妹妹来疼的。小林会有这样的建议，我表示非常感谢。"说着，他举起自己的酒杯凑到小林跟前："来，丫头，大老表敬你一杯！谢谢你！"

小林也是个豪爽的姑娘，端起杯子一饮而尽。

我突然对她生出了很多好感，夏家第三代能够遇到这么厉害的一个姑娘，也是夏正的福气。

不过对我大姑妈来说，这样一个伶牙俐齿的儿媳妇进门，就很难判断是好事还是坏事了。

夏正看了看我和叶晋中，特地端了杯酒，表示歉意地说道：“林倩不懂事，哥和姐莫要见怪，我干了这杯。”

我正要阻止，他却已将杯中酒一饮而尽。

叶晋中举杯向我示意。

场面上的面子还是要给的，我只好喝了。

我正愁接下来他们会就这个问题纠缠不休，却听见叶晋中问：“小林说说，你跟夏正是怎么认识的？夏正这小子我知道的，相当桀骜不驯，怎么就被你调教得这么乖？”

夏正尴尬：“哥，你别问这个行不？”

“那不行。我总得知道你是如何被人征服的，可感兴趣了。”

小林很得意，放下手中的筷子，说：“我跟他啊，两年前在飞机上认识的。他坐我旁边的位置，一路上都在找话跟我聊……”

接下来，我们便是听小林讲她与夏正的爱情故事。

我有一口没一口地吃着东西，虽然听得兴致缺缺，却还是坚持坐在座位上，偶尔给她一个赞许的笑容。

我不知道为什么自己愿意留在这个我原本不愿意来的地方，听两个对我来说可以被称为陌生人的年轻男女聊他们的爱情故事，更不明白为什么此刻自己对眼前这对情侣竟产生了一点点亲缘上的喜欢……

我后来仔细想了想当时的感受，也许是因为小林有话直说的性子与整个夏家的氛围不同，且说出了我的心声。

从她的理直气壮与夏正的忍让包容看得出来，夏正很爱她，受到了她的思想的影响，而且她的家庭出身和家境应该都比夏正家好。

否则，以我大姑妈的性格，不是那种对儿媳妇这么包容的婆婆。

不过，小林的出现让我突然对夏家未来的走向产生了一些兴趣。小林这样的姑娘如果嫁给了夏正，会将那个家庭带到什么方向呢？

深夜时，大家告别，叶晋中将我送到了房间门口，一如既往地温和说道："早点休息。晚上要是蚊虫太多，记得给前台打电话，让他们送灭蚊器过来。"

我哭笑不得："这家酒店也不便宜的好不好？人家酒店有准备的。"

他笑了笑，伸手揉了揉我的头发。

我躲开了，微微皱眉，颇感尴尬地说："哥，我都三十好几了，又不是小孩子。"

他收回手，似乎也有些尴尬，点了点头："也是。那我回去了。"

"嗯，明天见。"

我不知道我们之间存在的那种尴尬感觉是不是因为小林说的那些话，也许是我的心理作用，此刻的我不再那么随意地认为叶晋中对我的好是理所应当的，是哥哥对妹妹的关心。我有些不自在，开始避嫌。

我躺在床上，刷了刷朋友圈，看见柳飞絮又在淘气。

她发了一段话，上面说：英国的恋爱专家从男性的角度说，女生要更主动些，如果你只是坐等男人来找你，那你等来的多半是"渣男"，因为好多正派的男生根本不懂得讨好女生。

好像有点道理。我点了一个赞，并且留言说："对，我现在就不太喜欢主动的男生，因为这种人确实蛮容易成为'渣男'的。"

本来我无意攻击别人，但很快这句留言就被李苏回复了："你是在说魏仁吗？"

魏仁偏偏在此刻也点了一个赞。

紧接着，是叶晋中点赞。

我叹了口气，朋友圈真是一个非常麻烦的地方，一句话、一个表情，都容易引起别人的误会，发散性地思考。可是实际上，我只是顺便点赞，再顺便回复一句罢了。

而认识我与魏仁的人，却对此事相当有兴趣，在柳飞絮的那条朋友圈状态下讨论起来。

叶晋中发来一条信息：魏仁跟杨琳分手那么久了，他也都快结婚了，你就不要再记恨他了吧。

魏仁与杨琳在一起半年后，就分手了。杨琳的性格过于外放，做人张扬不低调，而魏仁是个一心专注于仕途的男人，他的另一半必须内敛沉稳，至少要令他觉得是安全的。杨琳与他的性格完全就是两个极端，他们根本就不适合，所以，他们的分手是我早就意料到的事情。

分手后，魏仁又来找过我，希望我能给他一个改过自新的机会。

我当时说了一句很难听的话："沾过屎的钱，你还要不要？"

他皱眉，表情很沮丧。

我残酷地说："你对我来说，就是那张沾过屎的钱。"这句话过于刻薄，也许伤到了他，他冷着脸，转身走了。从那以后，我们虽然没有互删彼此的微信，却像死了一般消失在彼此的世界里，再也不说话，再也不问候，也再没有伤害存在。

前任，就是伫立在人生旅程中的一座又一座墓碑。

面对叶晋中多此一举的问候，我甚至懒得解释，索性关掉手机，蒙头睡去。

三十九

我们要学会说再见

从青城山回来后，一切如常，小林的建议只给我带来了片刻惊慌，并没有影响到我后来的心情。

关于工作，只要父亲没有住院，我基本都会去公司。

我与时序的关系，怎么说呢……我们现在不需要太多语言沟通，甚至表现得有些客气与疏离，但很多时候，就工作计划来说，他都能明白我在想些什么，我也能够猜测到他在想些什么。

这大概就是工作的默契吧。

2015 年上海国际时装周过后，沉忆进入了一个新的发展阶段。

2016 年的夏季新款刚过，沉忆所有款式从秋季开始，单价在原价的基础上提升两百到四百元，将精品款从 20% 的占比提升到了 40%。这是一个非常冒险又大胆的改革，很有可能导致大量库存积压。

去年我便知道时序有这样的打算，每次我都给予了非常客观的反对意见，但他都否定了。

现在的他，突然变得非常自负，对于别人的意见总是保持怀疑……也许他原本就是一个坚信自我的人，只不过当年我们还年轻，需要共同努力来做好一件事情，所以那时的他选择退让，好让关系不那么紧张。

而现在，公司的发展蒸蒸日上，时序作为控股人，当然有权力决定一些事情。

而我，也在这些年习惯了反对无效之后坦然接受。

给商品提价，是他很早以前就有的想法，但因为当时品牌并不成熟，所以一直是缓慢提价的进程。

2016 年 9 月，他终于做出这个决定，召开了一次紧急会议，让公司管理层、各大门店店长、所有加盟商客户，全部参会。

我接到这个会议通知的时候，人在医院。

那时我父亲的状况已经非常不好了，面带土色，人瘦得只剩下一层皮，仿佛随时有可能被死神带走，叫人根本不敢离开他半步。

时序的电话打过来，我有些意外，他已经很久没有主动给我打过电话了，但我还是接听了。

“喂，序哥？”

“你下午两点能到公司来一趟吗？”

我看了一眼病床上昏昏沉沉的父亲，示意妈妈注意一下输液器，然后推开病房门走了出去。

“怎么了？”

“本来这个会议应该早点通知你的，但是最近叔叔不是一直住院嘛，我们怕影响你，就没有说……”

“你直说吧。”

“下午两点，公司通知了所有管理层，包括加盟商来参加一个会议，关于公司产品提价，以及产品款式的改变。”

我沉默片刻，他决定召开这个会议，只是走一个过场罢了。

于是我说：“你是不是已经跟玲姐定好了？”

“也没有，还是要听一下大家的意见。”

“大家反对的话，你们怎么办？”

“拿一部分货继续坚持改价。”

“那我去开会有用吗？假如我反对的话呢？”

他沉默。

我们两个在电话里久久没有说话，可是在静默之中，仿佛两个灵魂在不停地斗争。

“其实去年上海国际时装周的时候，你就已经打定主意要给产品提价，对不对？”

此时陡然提到去年，他不知道该如何回答我。

我心中也是有些不安的，回忆不禁被牵扯回过去，我有些尴尬，于是轻声咳嗽了一下，接着说：“如果你和玲姐都已经决定了这件事，我其实参不参加这个会议意义都不大。所以……这个电话我就当是你来通知我结果的。”

他忙说：“我当然希望你是站在我这边的，相信我，并且支持我的决定。”

我笑：“我其实是反对的。”

他叹了口气：“公司要发展，必然要冒险。”

一个放在心底很久的疑问，终于被我忍不住问出口：“你准备什么时候引入新的投资者？”

他想了想，说：“暂时还不考虑，我希望能够寻到最佳的……”

我打断了他的话：“行，你安排吧。今天下午的会议我就不参加了，我爸现在情况不是特别好，我要陪着他。”

他也很干脆地说：“好，那你注意身体。”

“谢谢。”

我用最委婉的方式表达了我的抗议，即便早就知道抗议无效。

公司不是我一个人的，时序与李华玲才是利益占比最大的一方，他们在做出决定之前，也有过深思熟虑。在很多年前，我们创业之初，时序做出任何决定之前，都会找我商量，希望能够得到我的合理建议。

但是现在，他应该已经不需要我的意见了吧。

我们都在成长。

他依然非常聪明，非常优秀，也非常精明。

而我，只有一败涂地的爱情和岌岌可危的亲缘关系。

人生活到三十好几，却一事无成，这不得不说是一件非常令人懊恼的事情。

更令我心力交瘁的是，此刻父亲的病情已经非常严重了。

从前天开始，他就已经说不出话来，躺在病床上，面如死灰，奄奄一息。他身上有一种隐隐约约的气味，并不好闻，妈妈说，那就是死神即将来临的预告。

因为疾病带来的死亡是缓慢的，病魔会缓慢地杀死人身上所有健康的细胞，吞噬它们，占领它们的领地，最终统治整个身体。

五个月以前，我父亲进行过化疗的第一个疗程。

然而即便是这样一个常规的治疗，他都没有办法完全扛下来。化疗的药物第一次输完，他的血小板就低到非常危险的地步。

医生忙不迭停止继续用药，将我喊到办公室，非常为难地对我说："你父亲不能进行化疗，他的身体扛不住。"

心里强撑许久的城墙顿时坍塌，我努力保持镇定，问："如果不化疗，那应该怎么办？"

"现阶段马上补充人血白蛋白，否则他会有生命危险。你如果有熟人在卖这个药的话，多买点回来，他需要很多。"

"医院里没有吗？"

"医院一般不储备这个，不过如果你没有这方面的关系，要通过医院的渠道拿药也是可以的，我们会帮你联系。"

“我这边有朋友是开医药公司的，可以拜托她拿一些。我想问的是，是不是输这个，就能让他好受一些？”

“可以延缓他当下的情况，输完之后精神会好一些，比吃虫草啊灵芝粉什么的效果要好一些。”

“好，我给他买。十瓶够不够？不够的话我买二十瓶，你说需要多少，我买多少。”

心急如焚的我已经无暇思考这个药物到底能不能一次性买到这么多，它的使用对我父亲的病情究竟是好还是坏，这些都是未知的。我只知道，假如能够延长他的生命，缓解他当下的痛苦，那么这个药就是应该使用的。

没有人愿意眼睁睁地看着自己的父亲离去。

医生叹了口气，说：“先买十瓶吧。这个白蛋白输进去，好处是缓解他当下的痛苦，可以令他精神振作起来；坏处是……”

“坏处是什么？”

“会加速癌细胞的生长。”

“为什么？”

“人体在滋养自身其他细胞的同时，也滋养了癌细胞。”

“癌细胞加速生长以后，会发生什么情况？”

“他的癌细胞长在肺门上，很有可能的结果就是堵住呼吸道，最后因为窒息……”

我终于没能忍住，眼泪夺眶而出。

赵医生是我父亲的主治医师，也是叶晋中的同学，所以从来没有隐瞒过我什么，有什么情况都告诉我。

而我的心理素质，在这一次次的打击中，变得越来越脆弱。

他递给我一张纸，安慰道：“夏姑娘别难过了，都这么久了，你也应该有点心理准备。”

我擦掉眼泪，哽咽着说：“赵医生，您是肺病科的专家，肺癌病人保守治疗一般能活多久？”

“这个说不准，有些人查出来就走了，有些人可以带病坚持超过半年以上，我无法给你准确的答复，但是令尊从被查出病情到现在，已经维持了八九个月，算是非常了不起了。”

“也就是说，治愈率是非常低的？”

“关于癌症的治愈率，我也无法答复你。但是你可以去网上查一查，了解一下。网上的数据其实也比较真实。”

我知道他的言下之意了。

见我沉默，赵医生又说：“人生本来就是一个告别的过程，要坦然面对生死。关于治疗方面的情况，多种方式我们都试过了，现在唯一能够做的，就是希望令尊能够少一些痛苦。”

我点了点头，向他鞠了一躬：“谢谢你，赵医生。”

“不客气。晋中说过，让我多开导你。我先给你把处方开好，你再去跟你朋友联系。等你拿完药回来，我估计晋中也该到了。他上午的时候跟我说，一会儿会来医院。”

“嗯。我跟我爸打个招呼，然后去买药。”

“你先洗个脸，不要哭着进去，会吓着老先生的。”

“好的，谢谢。”

我在医院的公用洗手间里，认真地擦掉了眼泪留下的痕迹，又补了点淡妆，这才微笑着走进爸爸的病房。

此刻躺在床上那位形同枯槁的老人，是我曾经气宇轩昂、风度翩翩的父亲吗？

病魔已经把他折磨得不成人样。

妈妈陪在他身边，两人却相顾无言。

我说：“一会儿晋中哥哥要过来。”

“他不用上班吗？”爸爸表示疑问。

我笑：“他是老板啊。”

爸爸和妈妈相视一笑，没有说什么。

我又说："赵医生说，给您输点人血白蛋白比较好，您的精神会好一些。所以，我一会儿要出去一趟，买这个药。"

爸爸沉默，没有说什么。

妈妈看着我的眼神里充满了绝望。她应该知道目前爸爸的身体已经到什么地步了。

"那，你们要是有什么事的话，可以跟赵医生说一下，或者给我打电话。"

"嗯。你开车注意安全。"

"哎。"

我们就是用这样的方式，努力维持着父亲的生命，同时也因为这种治疗方式，加速了癌细胞的生长。到 2016 年的 9 月，某一天清晨他在成都的家里醒来，突然失去说话能力，喉咙里只有嗡嗡的声音，无法让人分辨究竟说的是什么。

我和妈妈赶紧将他送去医院，一路上我不断安慰他说："爸爸，没事的，你不要怕，我们去医院就好了，医生会给你输液，给你用药，你很快就会没事，很快就可以说话了。"

爸爸无法说话，只是看着窗外，神情可怜又无助。

办理好住院手续之后，赵医生面色凝重地告诉我："也许这是最后的时刻了……"

我瞬间泪崩，立即拨通了叶晋中的电话。

在那一刻，我也不明白自己为什么最想要依靠的人是他，也不明白自己为什么希望他陪在我身旁。

可是转念一想，除了他，我还能依靠谁呢？

我的性格如此倔强，独立又固执，肯留在我身边的人，本来就不多。

妈妈将情况告知了夏家众人，通知他们来见最后一面。

大姑妈全家与爷爷都来了。

爸爸大约意识到自己时日无多，面对他们的时候，无话可说，也没有任何表情。

然而大姑妈在探望完我父亲之后，对我和我妈妈提出了一个建议。

她把我们母女喊到病房外面，摊开了说："既然大哥的情况不是很乐观，不如就把大哥送回家去吧？回雅安去，落叶归根，就算是最后的时间，也应该在自己家乡待着，如果死在外面了，今后是进不了家门的。"

我并不知道这些风俗习惯，当下便拒绝了："不可能，我不可能让我爸爸离开医院。他在医院的话，还有可能创造奇迹。万一他又熬过去，突然就能说话了呢？只要他能说话、喝水，他就能活。但是如果不让他打点滴，不让医生守着他，他回去就只能等死。"说着，我又没出息地哭了。

这几个月，我哭了无数次。

大姑妈愣住了，看了我妈妈一眼，又低声说："当然这个只是我们作为姊妹的一个建议，具体怎么做决定，还是看你们母女。"

我瞥了她一眼，哭着坐到了外面的走廊上。

叶晋中上楼来，便见我坐在椅子上哭。

他问："怎么了？舅舅人呢？"

妈妈连忙指了指病房，做了一个安心的手势。

叶晋中这才坐到我旁边来，说："别哭，坚强一点。人从生下来开始，其实就在不断告别，终有一天，会彻底离开这个世界。你可以换个角度想一下，也许舅舅在这个世界离去了，但是在另外一个世界，或许还有新的家人在等着他回去，迎接他的到来……父母啊，都只能陪你一阵子，不可能陪你一辈子的，你要做好这个心理准备。"

我哭得不能自已，叶晋中将我拥进怀里，轻轻拍着我的肩。

2016 年 9 月 9 日，也是时序开完会决定提价的第二天，父亲在寂静的早晨离世。

我第一次感受到撕心裂肺的痛苦，喉咙里发出前所未有的号哭声……这是本能反应，也许这种本能，是为了让灵魂脱离肉身的父亲明白，我和妈妈多么爱他；也许这种本能，是为了让一切看不见的、可能存在的神灵明白，他们带走了一个多么善良的人。

我爱我的父亲，他来这个世间走一遭，是他的一次旅行。他体会了这个世界的喜怒哀乐、悲欢离合，又将我领来这个世界，体会人间烟火。

此刻，他功德圆满，所以全身而退。

我这样安慰着自己，也安慰着妈妈。

爸爸离去后，头七那天，大姑妈夏志琪开始向我发难。

她用我父亲弥留之际我却仍然不愿意将我父亲送回雅安家里为借口，在雅安城内四处宣扬我忤逆不孝、大逆不道。

她对隔壁邻居大婶儿说："我大哥那个女儿，就是个不折不扣的黑心肠，坏得很，坏到家了！她老汉儿都病成那个样子了，她也不肯送她老汉儿回来，非要等她老汉儿死在外面。"

邻居大婶儿说："不可能哦？我们看到这个女孩子长大的，多单纯的女孩子，又多孝顺她爸妈的，长得漂亮，话也不多，又努力又聪明，咋个现在就变成你说的这个样子了呢？"

夏志琪冷笑："哼，你就不晓得了吧。这女孩子这些年在外头赚了些钱，早就不是以前的她了，单纯啥子哦，单纯的话咋个三十好几了都还没得男人要她？晓得她在外面到底是搞啥子的。"

邻居大婶儿又问："那现在你大哥死了，你大嫂又那么年轻，会不会改嫁哦？"

"肯定要改嫁噻。她才五十几岁，长得又年轻好看，再找个男人很容易嘛。再说了，以她女儿的性格，多半是要给她妈再找个老伴儿的，而且肯定还要找有钱的。"

"哎呀，人家夏青也不差钱好不，我看她开的也差不多是近百万的车子。"

"有钱人只喜欢有钱人你不懂啊？有钱人会看得起穷人吗？你觉得我哪句话说错了？"

夏志琪咄咄逼人，邻居大婶儿也觉得她说得很有道理，于是大家就这么口口相传。

原本这件事情我是不知道的，直到我父亲头七那天，我陪我妈妈回雅安给爸爸祭祀。奇怪的是，夏家居然一个人也没有来。

关于成都平原的丧葬礼仪方面，我其实不太懂，也不晓得头七至百七之内，兄妹至亲是否应该去坟头上烧个纸钱祭拜，但因为叶晋中、李华玲、柳飞絮、李苏、万茜他们都一同来了，所以我认为夏家人也应该来。

然而，夏家一个人都没出现。

我感到很诧异，问妈妈：“他们怎么都没有来呢？你通知过他们吗？”

我妈妈叹了口气：“这个事情还需要通知吗？晋中也没有人通知他啊，他为什么就要送我们到雅安来祭拜你爸爸呢？说到底是有没有心的问题。”

我看了叶晋中一眼。

叶晋中将手中的花束放下，对我妈妈说：“舅妈你就别生气了，姨妈他们可能有别的事情要忙。”

李华玲见状，也忙说：“哎呀，也许他们有什么事情给耽搁了。”

李苏与万茜也附和。

我妈叹了口气，说：“事情可能没那么简单。”

“咋个了？啥子情况？”我提高了警惕。

妈妈无奈地说：“刚才有个婶婶给我打电话，问我你是不是在你爸爸还没有走的时候，就在给我找对象了。”

李苏感到剧情发展得不可思议，当时就怔住了：“怎么会有这些谣言啊？谁说的？”

妈妈犹豫片刻，还是说了出来：“夏志琪……”

似乎是预料之中的事情，我冷冷一笑。

“今天是我爸爸的头七，我说呢，咋个一个鬼影子都没有来。其实这帮人一直没有变，从我小时候开始，到现在，他们都是那么坏，找准了机会就要落井下石，就要踩我们。”

这时，一直没有说话的柳飞絮说：“你先不要这么激动，等把事情问清楚后再做判断。”

“问啥子问！有啥子好问的？那帮禽兽不如的东西向来如此。现在爸爸都不在了，他们还不抓紧这个机会欺负我们孤儿寡母啊！”

接下来，我做了一件这辈子最愚蠢的事情——打开手机，打开微信，用语音的方式给夏志琪发送了一条信息：“夏志琪，今天是我爸的头七，他死了对于你们来说是不是就彻底消失了，连祭拜一下都懒得了？你还在外头到处传我妈妈的坏话，是不是觉得我爸走了，她就更好欺负了？你们咋个这么坏！”说完这通话，我觉得心底的怒气舒坦了一些，却震惊了身边所有的人。

我妈第一个发了火：“你在说啥子？夏志琪的名字是你该喊的？她是你大姑妈，是你爸的亲妹妹！你简直越大越没样子了，你爸咋个教你的，我咋个教你的？”

不知道为什么，那个时候的我戾气很重，倨傲地说：“从小到大，他们什么时候把我当成亲人了？就连你，在他们眼里也是个外人。如果不是因为他们太过分，我也不会在十六岁那年离家出走。你不知道他们给我留下了多么恶劣的童年阴影，我至今对婚姻、家庭充满恐惧，非常害怕结婚以后，遇见和他们一样的家人。妈，你说，我们上辈子欠他们的吗？凭什么这辈子要任凭他们欺负？”

“以前的事情都不要再提了，你爸爸已经死了……”

“对，就因为爸爸已经死了，所以我才毫无顾忌，再也不必担心他会感到伤心难过了。”

妈妈还要说什么，柳飞絮连忙上前挽着她的手臂，低声说：“好了阿姨，在叔叔面前就不要说这些事情了，咱们上车再说。”

妈妈哀伤地看了一眼爸爸的墓碑，说：“志杰，我跟女儿回去了。你放心，有女儿在，我会过得好好的。你在那边也要照顾好自己，缺什么，就给我托梦，啊？”说罢，她离开了墓地。

而我紧随其后。

叶晋中开的车，七座的城市越野车正好坐下所有人。

我坐在副驾驶上，开始懊恼刚才自己发的脾气。

这个时候，夏正的电话打了过来。

我想着接通电话以后，先跟他道个歉，刚才自己情绪太过于激动了……

然而，电话接通后，我听见的是更加令人愤怒的叫骂：“夏青，你长本事了！居然敢直呼我妈的名字！老子明着给你说，我们就是故意不去的！咋的？凭啥子要我们祭拜你爸？你是你爸的子女，就应该你去祭拜，关我们啥子事？”

我原本的那点歉意，瞬间消失殆尽。

他的声音奇大，通过听筒传到整个车厢内，叶晋中开着车都不免担忧地看我一眼。

而我心中那团火又冒了起来，我瞬间变成了战斗者。

“夏正，你是哪个的老子？你对我称老子，那你妈算啥子？你把话给我说清楚，你们到底啥子意思？”

“对于你这种虚伪的人，我就不想跟你绕弯子。你妈要耍朋友要嫁人的事情，是你们家保姆告诉我们的，她说你跟你妈商量，等你爸走了以后，你妈要找个什么样的老伴儿才得行。夏青，你真的现实又虚伪，一面在我们面前装孝顺女儿，一面又在你爸爸还没有死的时候，就迫不及待地想把你妈妈嫁出去。我说呢，你怎么不让你爸爸回家呢，原来是怕回来后活得更久，打乱你的如意算盘。”

他的话相当恶毒，语气充满恶意，与在青城山夏家人聚会的时候，完全是两个样子。我很难相信，当初那个和和气气、看起来转变好像很大、温柔又温暖的夏正，现在竟然是一个满嘴是毒的人。

我不禁有些疑惑，到底哪一个才是真实的他？

也许现在这个，才是最真实的他。

而对于他和他的妈妈来说，过去那个少言寡语总是面带微笑的夏青，其实只是一个假象。真正的夏青，是正和他们通电话的这个人——满身戾气，满腔怒火，满口难听的话。

“夏正，造谣生事，你咋个不去死？你哪只耳朵听见我说我妈妈要找对象的？如果听见保姆这么说，那么你们有没有亲自来问过我，求证过？没有得到求证就在背地里搞小动作，到处造谣，把我跟我妈妈说得一文不值，这就是你们的人品？”

“我们没有求证是因为觉得这样的话从贴身照顾你爸的保姆嘴里说出来就绝对可信！我妈、我爷爷都很生气，你们母女就是蛇蝎心肠，我舅舅多半是被你们害死的！你们就盼着我舅死了以后，继承遗产，再让你妈给你找个有钱的后爹。呵呵，我告诉你，你的想法我们早就告诉周围的人了，我还要在网上曝光你，让你身败名裂……”

还有太多难听的话，我实在无法再听下去，将手机拿得很远，开了免提。但我仿佛什么也听不见，耳朵里只有嗡嗡嗡的声音，脑子里像是突然冲上来很多热血，涨得脑袋很痛，痛到眼泪夺眶而出。

汹涌澎湃的委屈劈头盖脸地涌来，我哇的一声大哭起来。

叶晋中夺过我的手机，对电话那端的夏正警告道：“夏正，适可而止！”

听见是叶晋中的声音，夏正冷哼一声，说：“大老表，你果然是陪在她身边的。你心里头打的什么主意，别以为我不知道，你——”

叶晋中直接挂掉电话，不给他说话的机会，然后再转头对我说：“你给我听着，不准哭。”

柳飞絮坐在我身后的位置，递给我一张纸，说：“好了，别哭了，阿姨在呢。你想让她担心啊？”

我连忙止住眼泪，回头看了一眼妈妈。

她脸上满是疲惫，闭着眼睛，不知道她心里在想什么。

李苏与万茜乖乖地陪在她旁边，不敢说话。

李华玲像哄孩子一样，有节奏地轻轻拍着妈妈的肩膀。

我在这一刻感到有些欣慰，不管夏家人如何欺负我，至少此时此刻，陪在我身边的，都是善良又正直的人。

过了两秒，妈妈哀伤地说：“你爸还没死的那段时间，新请来的那个保姆，就是方伟的表姐问过我，要是你爸爸走了以后，我该怎么办。她说她们农村啊，死了男人的都要重新找一个，还要找个条件好一点的。我心想啊，她是你大姑父的远房亲戚，总要搞好关系，就对她说，以后看情况，只要不给我女儿添麻烦，随缘。我没想到她会跑去嚼舌根，闹起轩然大波……”

事情的前因后果已显而易见，我更加觉得委屈，说：“可是为什么要把这样的事情怪到我头上？”

我妈想了想，说：“他们不喜欢我，看来是真的不喜欢，几十年了，就从来没有改变过。以前你爸爸在的时候，他们就收拾你爸爸，为难他；现在你爸爸走了，他们就换了攻击对象。因为你是我唯一的靠山，假如你被击垮了，那么我就不可能过得好了……”

虽然妈妈分析的也许只是众多理由当中的一个，但是遭遇亲情暴力的我，心里却无法平静。

很快，我收到了夏正的辱骂短信。

紧接着，是小林的：“我以为你是个榜样，还很崇拜你，把你当女神。但是现在看来，原来那些都是假象，都是你虚伪的面具。你就是一个没有良心的人，对待你的父亲没有尽心，对待你妈妈，更加不是东西。你爸才走几天啊，你就想把你妈妈嫁出去了，这个世界上咋个会有你这样的人？你就是个渣子！”

叶晋中见我脸色越来越难看，在马路边上停好车，拿过我的手机看了看短信，正准备将其删除，坐在他后面的柳飞絮悠悠地说：“别删。”

叶晋中不解地看着她。

柳飞絮拿过手机，看了两眼，然后对我说：“你先不要看你的手机了，里面的话太难听了，等你心情平复一点再看。”

“等我心情平复了再看，就不会生气了吗？”

“肯定会生气。但是你需要明白一点，这些人说这些、做这些事的目的，就是要你生气。如果你想遂他们的愿，那就尽管生气好了，你要是被气死了他们才开心呢。”

我没有说话，但是在斟酌她话中之意。

万茜低声说：“飞絮，你少说两句，现在青青本来就心情不好。”

柳飞絮不以为然地说："我这话不仅是对青青说的，也是对阿姨说的。接下来他们要怎么样，都由着他们。如果是发短信过来，你就保留；如果有电话打过来辱骂你们，你就录音。"

"录音做什么？"

"听我的就行了。"她接着说，"等着瞧吧，你们家的亲戚还要作一阵子。"

对于柳飞絮的话，我深信不疑。她看的书多，见的奇葩也多，所以像我们家这样的情况，在她心里应该就像写好的剧本那样，来龙去脉清清楚楚。

李华玲听她这么说，也叹了口气，说道："夏青你也该检讨一下你自己，脾气那么暴躁，怎么说发火就发火。他们没良心，心胸狭窄，你怎么也跟他们一个见识？本来你有理的，结果因为发了火，现在反而变得没有道理了。"

我妈听她这么一说，终于开口，冲我斥责道："三十好几的人了，一点情商都没有，脾气那么大做啥子？"

我原以为她会因为我得罪了夏家人而数落我很久，没想到她接着说："脾气大伤的是自己的身体！妈现在就你一个人了，你要是再被气坏了，我咋个办？"

在我心中奔腾不已的那股气终于平静下来，我对妈妈说："好了您别担心，我已经不生气了。"

妈妈叹了口气，将头靠在椅背上，闭上眼睛假寐。

虽然她没再说什么，可是我从她紧抿的嘴唇看得出来，她也在暗暗生气。

柳飞絮拍了拍我的肩膀，摇了摇头。

后来证明，柳飞絮的猜测是准确的。

在接下来的一周时间里，每天夏志琪、方伟、夏正、林倩逐一准时地发来辱骂短信。而方伟作为一个入赘夏家的女婿，对我来说是个长辈，却打来电话辱骂我，说我是渣子，要见我一次打我一次。

我很惊讶。在我的印象当中，方伟姑父是很好相处的一个人，尽管夏志琪在我的童年记忆里是坏到家、坏透顶的人，可是方伟因为是倒插门女婿，我总觉得他在家里是没什么地位的，所以特别同情他。但是我没想到，在此时此刻，我跟我妈妈最悲痛无助的时候，他们一家人会合起伙来欺负我；更没有想到，他这位长辈竟然会说出这样恶毒的话。

至于夏志琪、夏正、林倩就更不要说了，他们对我的攻击从未停止过。我爷爷一把年纪，本来对我就没有感情，当然是选择相信他的宝贝孙儿夏正了。更叫人叹为观止的是，他们甚至影响到了小姑妈。如果不是因为叶晋中与叶豪鼎力支持我与妈妈，想必小姑妈也要打来电话将我斥骂一番。

但是他们毕竟血浓于水，小姑妈因为我在三十多岁的年纪竟然与夏志琪还是敌对状态，一点也不懂事，因此生了气，叫我不要再喊她二孃。

我因此得了灵感，索性在我爸爸过世之后的第三十天，统一发短信给他们，内容是柳飞絮教我的：

“从现在开始，我夏青与你们断绝亲缘关系，明日可见《雅安日报》。另外，你们辱骂我的短信、电话，我统统有记录，你们的行为对我的精神造成了很大的困扰，对我的生活也产生了极坏的影响，如果你们接下来要继续这样，我会上法院告你们。请你们好自为之。”

发完这条信息，我将手机扔在一旁，突然感到一身轻松，抬头对柳飞絮露出一个微笑。

她回我一个微笑，云淡风轻地说：“我们都要学会说再见，和至亲至爱的人，和至恨至怨的人。只有告别，才能够成就新的你。”

四十

抑郁症离我们有多近

从我爸爸的头七那天开始，在接下来的二十四天里，几乎每天都要饱受辱骂短信与电话骚扰的我，整夜整夜失眠，一个月下来，整个人瘦了一圈。

我哪里也没有去，更无法工作，也不愿意与人见面。我让保姆照顾妈妈，然后自己搬走，去了位于航空港的一个复式公寓里，想要冷静一下。

可实际上，我是怕自己每日每夜哭泣被妈妈听见。

我不出门，也不梳妆打扮，对任何事情都提不起兴趣。

我问自己到底做错了什么，为什么要遭遇这些纷争？

我不明白他们诋毁我的原因是什么。

从小到大我一直被他们歧视，被他们欺负，什么仇什么怨，他们为什么要这么做？

当我在每个深夜里打电话给柳飞絮号啕大哭，反反复复地诉说自己从小到大究竟遭遇了怎样的不幸时，柳飞絮判断我已经得了抑郁症。

但是一直以来，抑郁症都是我们所避讳的词语，一旦谁被确诊为抑郁症患者，很有可能会被当成神经病看待。

于是，柳飞絮通知了叶晋中。

我不明白她为什么会通知叶晋中，虽然叶晋中在我封闭自己待在公寓里的这段时间里，几乎每天都会打个电话来问候，或者开车来看看我，买点吃的喝的，但是我基本上不怎么开门，也不会接电话。

我不是只对他这个样子。

在我父亲走了以后，时序给我发了慰问的短信，却并未出席葬礼。

但是李华玲来了，她不仅来了，还帮忙守夜，忙前忙后，我特别感动。

时序主动和我保持距离，令我心中感到非常轻松。

在我封闭自己，不去上班之后，他也曾发来慰问短信。

但是，也仅此而已。

我没有回复他的信息。

应该说我没有回复任何人的信息，就这样把自己囚禁在一个安静的房子里，要么听音乐，要么和那帮人撕，要么打电话给柳飞絮哭……

此时此刻，我最信任的朋友是柳飞絮，而不是李华玲。

也许在我的判断里，柳飞絮是一个智慧的人，而李华玲只是一个寻常的家庭妇女，她能有什么大智慧呢？她只晓得相夫教子罢了。

那天夜里，我收到林倩的辱骂短信，内容实在是不堪入目。

他们也真是有毅力，每天不同的人发不同的内容来辱骂我。

而我即便把他们的电话号码都拉黑了，他们也能找到新的电话号码继续战斗。

这真是场历劫，我好像身在炼狱里，求生不得，求死不能。

柳飞絮判断我得了抑郁症之后，第一时间给叶晋中打了电话。

我后来才知道，她在电话里着急地对叶晋中说："赶紧去夏青那里，我觉得她今晚情绪不太一样，她可能已经得了抑郁症。他们家那帮人真不是东西，非要把人往死里逼。你快去，报警撬门都得去，她住十八楼，那么高的地方，万一想不开跳下来，脸都要被摔成烂泥。”

叶晋中被她的话吓到了，在半夜两点多从家里开车出来，穿了大半个城，来到我家楼下。

到了楼下，见摆摊卖烧烤的生意兴隆，他二话不说，从其中一桌的客人那里截了一把烧烤——别人当然不愿意。开玩笑，出来喝啤酒吃烧烤，本来就是人生一大乐事，你说截和就截和？

然而机智如叶晋中，可怜巴巴地说：“我女朋友跟我闹脾气，很久没见我了，您烤的这些，都是她喜欢吃的。我这不赶着赔礼道歉嘛，您看这样行不行，我请您吃消夜，您给我行个方便？”

就这样，叶晋中以请别人一桌消夜的代价，给我带回来六罐啤酒、一大把烤肉——也多亏了烤肉香，我才开的门。

但是叶晋中看见我，皱了皱眉，说：“我才几天没见你，你怎么就瘦成皮包骨了？你这些天都没有吃饭吗？”

我没回答，接过他手中的烤肉和啤酒，一屁股坐在地毯上。

刚刚哭完，我感觉没有力气，也很饿。

他也盘腿坐下，然后把电视打开，说：“你看，这深夜里，电视台还是要工作。”

我不以为然：“肯定是值班人员播放白天播过的新闻啊什么的。”

“对啊，没错。可是这也证明了这个世界上，此时此刻还有千千万万的人跟你我一样，无觉可睡。”

我没有力气反驳他，只是静静地吃着东西，喝着酒。

他则站起身来，往楼上走去。

我也没有问他要干什么，反正他干什么也不会影响我。

那个时候的我，单纯得有些奇怪。

当食物摆在我面前的时候，我脑子里只有一个念头，便是吃。

假如他把枕头放到我跟前来，我怕是也只有一个念头——躺下睡觉。

我不想去思考太多东西，就是疲惫了，觉得再花一点力气去思考都是多余。我正沉浸在自己人生的不公平遭遇当中无法自拔，对于这个世界给我的深深恶意表示无能为力——我是一个弱者。我希望身边所有的人都知道，我是一个弱者，是被害者，是无辜被诋毁的人。

当然，我身边的人都明白我是无辜的。

可是有时候我也会思考，我真的无辜吗？

遭遇当下的境遇，我应该也是罪有应得吧。

假如我的脾气不那么倔，假如我的性格不那么好强，假如事业成功的我不那么张扬，也许就不会引来夏志琪他们在心底埋藏多年的怨恨。

精神上的折磨实在太恐怖了，每日一点辱骂性的语言，仿佛另一种方式的凌迟，足以摧毁一个人的自信，摧毁正确的三观，让人开始怀疑自己，怀疑人生。

无论多么坚不可摧的人，都会精神崩溃。

柳飞絮对此产生了警惕，同时将这份警惕传递给了叶晋中。

叶晋中进屋之后，在床头发现了我的房门钥匙，上头套着三把一套的钥匙。他悄悄地取下了一把，然后将他自己家的钥匙挪了一把上去。

这件事情我起初是不晓得的，因为上头的钥匙数量是正确的，直到很久以后，我才晓得钥匙被偷走了。

当时的我，差不多快被气成个傻子了，闷着脑袋吃东西，闷着脑袋喝酒。

叶晋中走了一圈之后，又在我旁边坐下来，打开一罐啤酒陪我喝。

他向我建议：“你要不要看看佛经？”

我没有说话。

他继续说：“佛家讲究因果。也许你现在所遭遇的一切，是今生某时种下的因，才造成了当下的果。也有可能佛祖希望用这样一帮人来渡你，令你悟透人生的一些道理，成长为另一个你……你懂不懂我的意思？”

我看了他一眼，不明白他到底在说什么。

他想了想，用啤酒罐撞了撞我的，淡淡地说：“喝酒，喝完早点睡。”

那晚上我大概喝了四罐啤酒。

本来酒量就不太好的我终于醉了，倒头就睡。

第二天早上刚刚醒来，我就闻见从楼下传来的煎蛋香。

我有片刻的失神，脑子里一片空白。但是这个香味实在是太诱人了，我从床上爬了起来，往楼下奔去。

叶晋中围着一条我从未见过的花围巾，手中举着铲子，回头看到我，绽放出一个温暖的笑容，说："醒啦？你是自己醒的，还是被我这美味的早餐给叫醒的？"

我很困惑，他怎么会在我家里？

他瞧出我的困惑，说："昨晚你喝多了，我没有回家，就在你这里睡的。"

我下意识地四下看了看，楼下的客厅依旧整洁，沙发上并没有人躺过的痕迹，那么问题来了——

"你晚上睡的哪里？"我满怀戒备地看着他。

蛋似乎好了，他来不及回答，忙着料理煎蛋去了。

而我已经联想过度地又问了一句："别告诉我昨晚你睡的也是我的床。"

他看我一眼，将煎蛋放进盘子里。

我继续尖叫："你真的睡我床上啊？喂，酒后乱那个什么吗？"

"乱哪个什么？"

我说不出那个字，咬了咬唇，急得直跺脚："你是我表哥啊，你跟我同睡一张床算什么？乱伦啊！"

他放下盘子，用围裙擦了擦手，然后走到我跟前，握住我的肩膀，一本正经地看着我。

我被他看得有些心虚，不敢直视他的眼睛。

他笑了，说："昨晚我睡的沙发。"

"哦。"

"不过呢，你的措辞我还是要纠正一下。就算我们昨晚睡在一起了，酒后乱那个什么，也不算乱伦，毕竟我不是你血缘关系上的表哥，顶多就是名义上有这么一层关系罢了。”

“你！”我竟然无力反驳。

他突然捏了捏我的脸，温柔地说：“好了，快去洗脸刷牙，然后过来吃饭。”

原本这样亲昵的动作，在从前我是觉得习以为常的，并不觉得有什么不适。可此刻，我居然感到有些不好意思，脸瞬间就红了。

他见我脸红得手足无措的样子，脸上的笑意更深了。

我迅速转身，往卫生间跑去。

就像过去的每一天一样，坐在餐桌前，我便毫无胃口。

餐桌上摆放着叶晋中精心准备的早餐，水果和粥。我端来喝了两口，就吃不下了，情绪恹恹的，再也没有刚才和他斗嘴的精神。

叶晋中知道我情绪低落，见我吃不下，也不勉强，四下看了看，问：“你几天没下楼了？”

我也随着他的视线看了看，虽然不怎么下楼，也总是叫外卖，可是我家里并不脏乱差啊……但是也确实很久没有打扫过卫生了。

见我不说话，叶晋中又说：“今天我正好有空，这样，你想去哪里玩，我陪你出去走走？”

“哪里也不想去。”我看了他一眼，又补充了一句，“允许你继续留在我家里已经算是很破例了。”

叶晋中却置若罔闻，继续津津有味地吃着桌上的食物，边吃边说：“那我能不能拜托你陪我去一个地方？”

“不去。”

“去嘛。今天成都美食旅游节在东郊记忆开幕，春熙路、宽窄巷子、西村等地都有体验区。走嘛，陪我去看看。”

“不去。”

“你不是最喜欢吃宽巷子的那家牛杂火锅吗？我们今天中午就吃那家，咋样？”

“不去。”

“听说他们最近推出了新的菜式，很神秘，对外根本就不详细介绍，非要亲自去了店里才能揭晓谜底。”

对于这种营销方式，我总是嗤之以鼻，不禁冷哼：“故弄玄虚。”

“对对对，就是故弄玄虚。不过你不好奇他葫芦里究竟卖的是什么药吗？”

“并不好奇。”

叶晋中挑了挑眉。

然而，一个小时以后，我换了身衣服，简单化了个妆，戴上一顶帽子，就跟他出门去了。

可是出门的感受是忐忑的，我怕在热闹的地方遇见夏正他们。尽管知道他们很有可能在雅安，可万一他们来成都了呢？到时候狭路相逢，我又应该以怎样的姿态面对他们？

原本天不怕地不怕的我，理直气壮地觉得夏家人的人品有问题的我，为什么现在却开始害怕与这些人碰面呢？

我也不知道原因。

从前年纪小，光脚的不怕穿鞋的，现在年纪大了，我却越来越在乎自己的名声。加之父亲过世对我的打击甚大——这个时候我才知道，原来自己不过是个纸老虎，看起来很厉害的样子，实际上外强中干。

在到达宽窄巷子的一路上，我的内心戏都很足，也感到很奇怪，为什么今天没有等到夏正他们的辱骂短信？

没想到的是，我刚下车不久，便收到了林倩的恐吓短信，内容非常幼稚，不外乎说我不是夏家子孙，对她未来婆婆不够恭敬，让我给她未来婆婆道歉。

我叹了口气，对叶晋中说：“为什么他们就像疯狗一样，紧咬着我不放呢？”

叶晋中瞟了一眼短信的内容，说：“你别搭理他们，把他们的电话号码全部拉黑，他们还能怎样？”

“可是我感觉他们就像噩梦一样存在，魔鬼似的。”

“他们出言侮辱你、诋毁你，其实是在造业，你如果因此动怒、反击，又会生出新的业来。”

“你信佛？”

“我信一切能让人心胸开阔、自在、往善处行去的真理。”

“所以你对我的建议就是，不理睬这帮人？”

“嗯。”

“为什么我联想到了一个成语——姑息养奸？”

叶晋中沉默两秒，笑了起来，说：“他们这样做，是有原因的。”

“什么原因？”

“我也不知道。我们这群人里，见识最多的柳飞絮兴许能够给你一些答案。”

“她也来了？”

叶晋中指了指前方人群中那个头戴玫红色棒球帽，身穿荧光绿T恤，搭配天蓝色牛仔短裤、白色球鞋以及玫红色短袜的少女背影，说：“那不就是她嘛。”

我眯着眼睛瞧了瞧，果然是柳飞絮。

她今天到底是吃错了什么药，把自己穿得像个十八岁的少女？

我皱了皱眉，不禁咋舌又摇头：“她跟我同年的，今年三十二岁了。”

“看起来像是比同龄人小了八岁。”

“你什么意思？”我不高兴了，瞪向他。

他笑着说：“不过和你相比，还是差了一些，你在我心中永远是个小女孩。”

“哼！”

“走吧，相逢就是缘，咱们上去打个招呼。”说着，叶晋中搂着我的肩，便往柳飞絮走去。

等近到她跟前，我才发现她身边站着一个穿着白色T恤的男人，从侧面看，三十七八岁的样子，但穿着打扮非常休闲，戴着一顶白色鸭舌帽，双手插在裤袋里，闲闲散散的姿态，正盯着人群中表演做黄辣丁的川菜师傅。

而柳飞絮的手臂挽在他的臂弯里，一副小鸟依人的样子。

“那个人是谁啊？”我想再往前走去，叶晋中却突然拉住了我的手臂。我很诧异，抬头看他：“怎么？”

叶晋中说：“还是别过去了，好像是邵峰。”

“邵峰？”我大吃一惊，再看叶晋中，他显然也很吃惊，发出了不可思议的疑问：“他们两个什么时候搭上的呢？”

“啊？”

“柳飞絮与邵峰算是很多年的好朋友了，如果要在一起的话，在邵峰离婚后的那几年就应该在一起了。奇怪了，两个人的关系什么时候亲密到这种地步的？”

我却不以为意：“好朋友就不能谈恋爱了？多年好友做成情侣的很多嘛。程又青和李大仁不就是从好朋友变成情侣的？这个世界那么大，总是有无限可能的嘛。”

“对，你说得很有道理。”他非常赞许地点了点头，然后盯着我瞧了片刻，戏谑地说道，“比如说你跟我，也许也有可能……”

我愣住了。

他哈哈大笑。

瞧他那副得意的样子，我忍不住埋怨道：“我这么单纯，你的套路却那么深。”

他揉了揉我的头发，说：“我认真的，夏青，要不我们俩试试吧？”

我望着他，不知道该怎么回答。

而他在等待我回答的这个过程中，也显得有些紧张。

我这才明白，这么久以来他对我的陪伴，真的不是单纯因为他对我父亲的敬重，也有我的缘故。

可是，让我在这个时刻接受一个被我当成大哥很多年的男人的示爱，确实有点难以做到，而且还是在这般人潮涌动、空气里充斥着各种美食味道的旅游风景区。

于是，我忍不住皱眉，哭笑不得地说：“你是认真的吗？”

他点头：“当然认真的啊，我什么时候骗过你？”

“那你为什么要选在这样嘈杂的环境里跟我说你喜欢我？”

“喜欢一个人，是发自内心的表达，又不是拍电影，为什么一定要选择环境和氛围呢？情到深处，情不自禁好不好？”

“好什么好，我现在患抑郁症啊大哥！”

“那你到底答应不答应啊？”

我没好气地瞪了他一眼，说：“不答应。你是我哥哥，而且我爸爸过世才多久啊，搁古时候我要是个当官的，还要丁忧三年呢。所以，我也没有心情谈恋爱。”

他脸上带着淡淡笑意，轻轻将我拥在怀里，说：“我知道舅舅离世对你的打击很大，我也知道你是真的很伤心。今天告诉你这个也没有别的意思，我只是希望你明白，这个世界上，除了舅舅，还有一个男人深深地爱着你，并且爱了很多年……”

他说的这话，我相信是真的，因为他的心脏跳动得很厉害，握着我肩膀的手也在微微颤抖。

但是——这是在人潮汹涌的宽巷子，周围来来往往的人那么多，不远处还有我的好朋友与他的好朋友，环境如此恶劣，他为什么要像演偶像剧一样将我搂在怀里？

于是我推开他的拥抱，左右看了看。

果然，来往的人都在偷偷看我们，有的还边看边偷偷地笑。

“你看你看，你在搞什么，大家都在看我们。”

“就让他们看呗，你跟我都长得这么好看，被人看看又不损失什么。”

我红了脸，抬手捶了叶晋中的胸口一下。

就在此时，我的肩膀被人敲打了一下，我回头看去，是柳飞絮。

她牵着邵峰的手，笑吟吟地看着我们，说：“怎么？你们两个也来感受美食节？”

我瞧着她依偎在邵峰怀里，挑了挑眉，指了指他们两个，明知故问：“你们这是什么情况？”

柳飞絮大大方方地承认：“我男朋友，邵峰，你认识的。”

我点头：“认识。”

我不仅认识，还听说过他的一些事情。

但是现在，他过去的那些事情似乎都不重要了，而且看柳飞絮的样子，似乎也并不介意。

相逢就是有缘，既然遇见了，我们几个就在一起吃了个午饭。

其实宽窄巷子那家特别有名的牛杂火锅店并没有多大的改革，是原先的味道，但相比之下，我们还是懒得去挤美食节的坝坝宴。

我想，这大概也是叶晋中的良苦用心。

我们选了大厅临窗的位置，雕花精致的两扇木窗推开来，转头就能看见楼下的街景。

由于是中午，所以餐厅用餐的人并不太多，气氛还不错，说话也不必提高嗓门儿。

叶晋中问我想吃点什么，我如往常一样淡淡地说：“随便啊，你安排。”

他果然就按照我的喜好安排下去了。

柳飞絮见了，瞧着邵峰笑了笑，低声说：“人家表兄妹就是不一样啊，做什么都好有默契。”

邵峰笑了笑，没有表示什么。

他在我的印象中，一直是非常低调又寡言的男人。也就是这个男人，与我身边的姐妹有着无法逃避的关系。

这是一顿纯粹为了吃而吃的午餐，聊天的内容也毫无主题，大家明明都是非常要好的朋友，却因为组合搭配比较微妙，而显得比较拘谨。

当然，也有可能是因为吃饭的环境并不隐秘，大家聊天也不怎么放得开了。

“这个旅游美食节，好像开办很多届了吧。”

“对啊，可能有十多届了。”

“从 2004 年开始，到现在已经连续十二届了，是四川省非常具有影响力的一个节日盛会。”

“为什么要弄这个美食节呢？”

“是为了进一步提升成都市打造‘世界美食之都’的品牌影响力。”

“哦，这样啊。”

我默默地吃着东西，听他们闲聊着。突然，有一件事情我颇感兴趣，便问：“我之前好像听说过成都要打造‘中国时尚第三城’的事情，是不是真的啊？”

柳飞絮笑了：“你作为时尚界的人，居然问我这个问题？这事儿你不是比我更清楚吗？”

我摊手。没有依据的传说，永远只能是传说。

“所谓的‘中国时尚第三城’，其实也就是媒体造势，为了方便城市宣传，所以抢了一个名头罢了。但是目前来看，成都的发展确实比较好，所以应该也担得起这个称呼。”叶晋中说完，瞧了邵峰一眼，说，“不过造出这个名头的人，也真算得上是营销行家了，他们很懂得成都的城市定位是什么，不管是美食之都，还是时尚第三城，感觉都正好打在了点子上，没有违和感。”

邵峰表示赞同，然后幽幽地说：“所以我们蜀王谷的营销宣传这一块儿，还需要叶大老板你多费点心。”

于是两个人便将话题扯到了生意上去，柳飞絮异于寻常地安静，看着邵峰的眼神充满了崇拜与敬意，时不时还要为他夹两个菜，温柔得吓人。

我一想到另一个人，心中不免有些担忧。

吃罢午饭，我们相互告别，去往各自的目的地。

等到分开了，我才找到机会发信息给柳飞絮：你跟邵峰在一起，万茜知道吗？

柳飞絮回道：知道的。我是问过她的意见以后，才和邵峰在一起的。

我有些惊讶于万茜的反应，毕竟在过去的岁月里，她一提到邵峰就咬牙切齿。而且在某次醉酒之后，她也向大家吐露了心声，她曾经爱过邵峰。

可是现在，她曾经爱过的男人和她最要好的闺密在一起了，这件事情可大可小。大的是，也许万茜与柳飞絮会就此反目成仇；小的是，也许万茜就此疏远柳飞絮。

我很担忧，再一次八卦地发信息问：那她跟邵峰到底有没有那层关系啊？

柳飞絮：其实这件事情已经不重要了，有些事情真的没有追根究底的必要。不管有还是没有，都不会影响我跟万茜的关系，也不会影响我跟邵峰的关系。

我不解：为什么不会呢？如果万茜和邵峰有过一段往事，那么这段往事必然会横在你跟邵峰之间，也会横在你跟万茜之间，怎么可能不影响你们的关系呢？你看看我跟杨琳，就是个例子。

柳飞絮：杨琳是第三者插足，所以你们会走到现在这个样子。而万茜与邵峰、我与邵峰，我们都是在某个专属于彼此的时间段里谈的恋爱，为什么要介意过去的事呢？人的每一天，其实都是不断的生与死的过程，每天晚上睡觉，是一个“死”，每天早上醒来，又是一个“生”，既然是这样“生”与“死”交替的过程，那么许多年前，他们有过的那一段，就可以被称为上辈子的事情了，我为什么要去纠结男朋友前世的事情呢？把握好今生就行了啊。

我想了想，觉得似乎是这样的道理，便不好再多说什么。

柳飞絮又说：叶晋中对你真的挺好，你就不考虑一下？

她应该看得出来，我和叶晋中的关系还没有走到情侣的地步。

我回复她：以后看，现在不急，我爸刚走，那些人又欺负我，我没心思谈恋爱。

柳飞絮：你们家那帮亲戚还在骚扰你吗？

我回道：嗯。

柳飞絮：明天跟我去广汉，教你怎么做。

我疑惑地问：去广汉做什么啊？

柳飞絮：去一趟文庙和三星堆，我要去采风。

我问道：又写什么书？

柳飞絮：《蜀帝传奇》。

我惊呼道：还没写完啊！你有什么执念啊！

柳飞絮：你不管。总之你给我开车，我告诉你怎么做。

我放下手机，无奈地叹了口气。

其实柳飞絮是把我当司机来用的吧。

叶晋中瞟了一眼手机，没有说什么，但我知道他可能猜出来了，我在同柳飞絮聊天。

第二天一早，柳飞絮如约而至。

我开着车，行驶在成绵高速路上，往三星堆遗址方向驶去。

柳飞絮叮嘱："开车小心点啊，别神不守舍的，我的命可重要了。"

我翻了翻白眼："知道，古蜀神女。古蜀神经病女。"

她哈哈大笑起来，然后说："去过三星堆吗？"

我摇头："没有。我对那些不太感兴趣，这是你们文化人热衷的东西。"

"亏得叶晋中在广汉还开了蜀王谷的农家乐……"

"人家那是农家乐吗？人家那明明是个休闲度假农庄，什么农家乐。不知道你们家邵峰怎么忍受得了你这么毒舌的。"

"跟你说正经的，我平时真的很忙，一有空就出来采风，不然就是在家写东西，也没有那么多时间陪你。其实我真的希望你能多出来走走看看，这样胸襟会开阔一点，也许你就不会这么难过了。"

"知道啦。"

车子停在三星堆的停车场，柳飞絮熟门熟路地直奔青铜馆去。

我问："你今天来到底是做什么的？"

"拍些视频。"

"拍来做什么啊？"

"上'抖音'讲解古蜀文明啊。"

"有人看吗？"

"持之以恒，就会有的。"

她身上有一种韧劲，不服输的韧劲，也有一种执念，是爱上了就绝不放弃的执念。

而我跟在她身后，辗转于青铜馆的各个角落，沉默不语。

当我们来到一尊青铜人像跟前时，柳飞絮拿出手机，录着视频，同我说："邵峰知道你的情况，关于你的家庭的。"

我很惊讶，对于不熟的人了解到我的家事，感到有些不悦。

柳飞絮补充说："蜀王谷有个中层干部是雅安人，是他告诉邵峰的。听说你这个事情在雅安城里闹得沸沸扬扬，夏家人对你的诬陷诋毁不是一点点，在他们的形容里，你就是一个十恶不赦的恶人，坏到了极点。"

我脸上露出一丝苦笑，颓然地退到阴影里，说："我知道，我当然知道。我觉得他们想要逼死我，我甚至不明白他们为什么要逼死我。现在的我，有体面的事业，在成都也有自己的房产，总体来说，过得还算不错。对于夏志琪那种势利的人来说，她不是最喜欢巴结那种有钱有本事的人吗？她为什么要诋毁我？维持一个很好的亲戚关系不是很好吗？"

"你有钱是你的事情，她又不图你的钱。再说图得着吗？她管你借钱，你会借吗？"

我摇了摇头："她也不差钱，应该不会管我借钱的。"

"错，我的问题是，假如她向你借钱，你会不会借？"

"那得看是什么情况了。"

柳飞絮按下停止键，笑了："你看，这就是你内心的答案。对于你来说，夏志琪甚至不算亲人，而这个答案在夏志琪心里也是一样的。因此，她和她的利益团体对你造成的伤害，也就理所应当了。"

"伤害我做什么？"

"你爷爷是不是还有一些产业？"

我点了点头："有几个门面和几套房子，还有两家餐厅以及一个摇摇欲坠的服装厂在经营。"

"算一算也值点钱，是不是？"

我没有说话。

柳飞絮说："从某种意义上来说，你与夏正是利益冲突方。因为你是你爷爷的亲孙女，虽然叔叔已经不在了，但你依然拥有你爷爷的遗产的合法继承权。"

"你的意思是，他们希望通过诬陷诋毁我的方式，让我无法继承我爷爷的遗产？"

柳飞絮点头。

我问："你怎么知道？怎么看问题突然变得这么通透？"

柳飞絮说："是邵峰告诉我的。"

"啊？"

"昨天在回去的路上，他见我与你发信息，便说起了你的事情。看你的状态不是很好，听说你现在都抑郁了，他想了想，便说有一些话让我带给你。"

"什么话？"

"我用微信转发的方式，发送给你吧。"

"还有这样的？还是你直接告诉我吧。"

"也行。"她翻开手机看了看，说，"以前看过一本书，大概叫作《中国震惊世界》，民国时期一个外国人写的。抛开主题，可以看到中国几千年乡绅文化的可怕。有一种叫作'吃绝户'，就是一个村或者一个乡，家里男主人去世了，那么乡绅会带领其他人慢慢把这家的土地蚕食掉，会有人欺负寡妇，其他孩子会欺负这家的孩子，直到把这家人赶尽杀绝，或者使其背井离乡从此不再回来。所谓乡绅文化，构造了中国底层和中层，那么也就影响了高层，统治者为了维护自己的政权，势必要讨好高层。恶性循环便是如此。其实 1949 年后乡绅几乎不见，最近几年小地方人们，因为手里有了点钱，那么家族间也开始自发地恢复这些在我看来埋藏于基因里的陋习，那便是吃绝户。不论是物质上的还是精神上的，在他们眼里，你们的存在是你父亲的延续，你们在占用他生前留下的一切，包括生命。他们想夺回这明明不可能夺走的东西，他们在愤怒根本不存在的罪恶。我想，这就是根源。"

柳飞絮说完，放下手机看着我。

我心中似乎有一扇窗陡然就打开了，有一种豁然开朗的感受，原本紧锁多时的眉心也展开了。

展厅里的人很多，来来往往的，但是没有人注意到站在青铜大立人像旁边的我和柳飞絮。

因为我们相对而立，很沉默，谁也没主动说话。

过了许久，我微微一笑，赞叹地说："还真是看不出来，邵先生的阅读面那么广，见识那么多……"

"你以为他只是一个寻常商人？"

"嗯。"

柳飞絮笑："我原先也是这样认为的，后来发现他很有才华，就不由自主地爱上他了。"

"这话我信。你本来就是一个偏爱才子的人，有钱有权啊什么的，你都不大看得上。"

"不是看不上，而是有钱有权的人固然优秀，但假如他没有思想深度，我顶多觉得他很牛，却无法发自内心地去仰慕他。我很在意是否在思想上与我共鸣，也很在意他能不能带着我一起往更高的领域攀寻。"

"这就是你的择偶标准？"

"对啊。"

"难怪你一直嫁不出去呢，条件要求这么高。"

见我一直撇嘴，柳飞絮似乎松了口气，说："看你这个样子，我就放心了。怎么样，现在打算怎么应对你的那些亲戚？"

我摊手："还是没有应对对策。"

"既然你没有的话，那么不如按照我说的来办吧，但是你必须答应我一件事。"

"什么？"

"一旦做出决定，绝对不要回头，也不要后悔。不要管这件事做完以后，那些人还会在外面将你传成什么样子，不管怎么样你都不能生气，打起精神来，回去上班，好好生活，照顾好阿姨。行不行？”

“行啊。”我说，“这不就是我应该做的吗？”

“行。”她从包包里拿出一张名片放在我面前。

“是什么？”我拾起名片。

她说：“雅安日报社的总编辑，是我的一个文友。”

“然后呢？”

“给他打电话，告诉他，你要登报声明，与夏德海、夏志琪等人断绝亲缘关系。”

我沉默。

她接着说：“只有这样，才能斩断你痛苦的根源，也能斩断他们对你仇恨的根源。”

我还是没有说话。

过了许久，她说：“我很担心你得抑郁症，这也许是唯一的办法，也是最有效的办法。人必须舍得丢弃一些影响自己心情的关系，更要懂得避开那些阻止你前进的绊脚石。我们无法做到让每个人爱我们，但是可以做到自己爱自己，所以你从现在开始，应该心无旁骛地成为自己，珍惜自己，而不是为了别人而活，更不需要向任何人证明你。你知道你最令人讨厌的地方是什么吗？”

我心里一紧，怯怯地说：“是什么？”

“自艾自怜。”

“啊？”

“你总是去想你的起点有多艰难，这样容易令你产生自艾自怜的感受，就不可能走得太远。你既然来到这世界，就是自由不羁的风，只要你意志坚定，一心朝着明确清晰的目标奔去，命运从来不会为难你。”说完这句话，她似乎觉得语气过重，便又补充道：“当然我也不是说自艾自怜不好，这是人之常情，你看就连苏东坡那样才华盖世青史留名的大诗人，遭遇乌台诗案之后，也有痛苦、恐惧、焦虑、嗔怒、不平、委屈的情绪，心情烦乱，写下‘惊起却回头，有恨无人省’的诗句，更何况是凡夫俗子的你呢。但是呢，自艾自怜一定要适可而止，差不多就行了，不然就会引人生厌。”

我的眉毛跳了跳，艰难地说出一句话：“以后能不能跟我说人话，别引经据典地讲一堆诗词歌赋文人历史什么的，我一个俗人，一个卖衣服的，不一定听得懂的。”

她撇撇嘴：“少来了。我哥说过，你读书的时候是个学霸，目标是考上清华和北大。但当时受到你们那个家族复杂的人际关系影响，所以离家出走，白白糟蹋了自己的前程。”

“你哥……”

柳飞絮有些尴尬地说：“不好意思啊，不小心就提到他了。”

我微笑，释然地说：“没关系。他现在过得怎么样？”

“结婚了。新嫂子怀了小孩，应该过几个月就要生了。”

“噢，恭喜他啊。”我是发自内心、由衷地恭喜。

“你不记恨他了吗？”

“曾经记恨过。但是现在，他、邓宇，还有林峰……那些我爱过的男孩都得到了自己想要拥有的幸福，曾经为我勾勒的美好未来里，也终于有了女主角，我为他们感到高兴。”

柳飞絮闻言，嘴角上扬，赞许地说：“你看，其实你比谁都明事理。”

“是啊。但凡能够失去的，从来就不曾属于我过。既然并不属于我，我又何苦为此感到忧伤呢？”

“知道就好。所以我刚才说那么多，希望你不要认为是我多事。如果我说错了什么，也希望你不要介意。”

“没有，你说得很对。”

她笑了笑，继续打开手机，朝着文物的衣服认真录像，嘴里还忍不住吐槽说：“哎呀，怎么会在古蜀王面前说你们家那些个鸡毛蒜皮的事情啊，老祖宗可千万别怪罪我们，我们都是在苦海里挣扎的芸芸众生啊。”

瞧她那个走火入魔的样子，我不禁摇了摇头，手中捏着那张名片，思绪却百转千回。

登报声明断绝关系，这是反击夏志琪最好的一种方式。虽然是一个家族的人，可实际上从我生下来开始，我和他们就是敌对关系，过去任何敷衍的友好，都是假象，我应该早就看穿这种局面的。

可是我妈会怎么想？

这段时间我自己住在别处，她除了伤心爸爸的离去之外，还要担心我的情况。假如她知道我登报声明与父亲的亲人们断绝了亲缘关系，会不会因此生气？

而我爸爸在天之灵看见了，会不会大发雷霆？

我不知道，只知道自己心底有一个声音特别迫切地说：按照柳飞絮说的办吧，你需要一个全新的人生，一个彻底摆脱掉夏家人、彻彻底底为你自己而活的人生。

那个声音很了解我，知道我的离家出走，知道我在荷花池做店员、在广州扛货、在九龙服装城卖衣服、在电脑前通宵达旦地做图，知道我对网店的客户赔笑脸、和加盟商们吃饭喝酒……这一切，都是因为我想要获得成功，想要拥有一个功成名就的人生，从而用这样的人生来反击从小就看不起我和我妈妈的亲爷爷、亲奶奶、亲姑姑……

我为了证明自己，努力了十多年，却从来没有问过自己想要的究竟是什么。

突然间，我很想成为自己。

可是我又很迷茫，什么样的自己，才是我真正想要成为的呢？

四十一

我想做我自己

2016年11月，我想从公寓搬回家，和妈妈生活在一起。

然而我一进门，行李箱都还没有拖进门去，妈妈就说：“你一个大龄未婚女青年，就不要跟妈妈住在一起了，每周回来看我一次就行了。”

我十分愕然，她这是在故意给我制造和男人约会的机会？

“你不愿意我多陪陪你吗？”

“愿意啊，但是我更想抱孙子。”说这话的时候，她眼中充满了笑意。

“你一个人生活太孤独了。”

“我才不孤独，天天跟你二孃约起跳广场舞，她和她的姐妹们也经常来家里吃饭，我过得好得很。”见我皱眉头，妈妈又补充说，“我这个年纪了，只要吃好睡好玩得好，有一帮老姐妹一起跳跳舞，就是幸福的了。其他的你就别操心了，妈妈的身体好着呢。你呢，就抓紧时间把你的终身大事解决了，这样你爸爸在天有灵，也会欣慰的。”

我笑了，很欣慰。这就是我父亲过世后妈妈的生活。她为了不让自己过于悲伤难过，和住在附近的二姨妈约好每天去跳广场舞；又因为善于与人打交道，多了很多好朋友。

而我，花了很长一段时间去烦恼，还因为别人的错误而惩罚自己。

真是后悔不已。

断绝亲缘关系的声明登报之后，我得到了梦寐以求的安静。

正如柳飞絮与邵峰所预计的那样，夏家人之所以向我发难，不过是希望通过这样的途径抹黑我、逼迫我，让我主动放弃与他们之间的亲缘关系罢了。

只有这样，我才无法得到我爷爷的财产的继承权。

可笑，谁稀罕他的那些财产啊。

我原以为这个事情会就此平复，再不会有人来骚扰我，没想到一周以后，我刚刚下班回家，便瞧见了小姑妈夏志萍。

她坐在我家的客厅沙发上，冷冷地看着我。

我妈妈坐在她附近的沙发上，表情有些战战兢兢。

“怎么了？”我感受到了不友好的气氛，顿时也以防备的姿态看着夏志萍。奇怪的是，夏志萍与叶豪一直形影不离，难得见她单独行动。

我于是问：“小姑妈有啥子事情吗？”

夏志萍冷笑一声，问：“你还晓得喊我小姑妈啊！我以为你登报了，就连我也不认了。”

原来是为了这个事情。

我坐到沙发上，淡定地说：“夏家人轮番上阵，对我出言不逊，诋毁辱骂，这事儿您知不知道？”

她也淡然地说：“别人骂你，总归是你有问题，你检讨过自己没有？”

我苦笑。

这是什么理论？我莫名其妙地被人诋毁和辱骂，她不去教训无端生事的人，反而责怪身为受害者的我。

“如此看来，您也是跟他们一样，觉得错在我？觉得我要把我妈妈嫁出去？觉得我爸爸是被我和我妈妈害死的？”

夏志萍没有说话，但是脸色很难看。

我接着说：“我原本尊敬您是姓夏的那家人里，最明事理的一个人。在我小时候莫名其妙被他们欺负的时候，您只要看见了，就会向我伸出援手，我觉得您很善良。但是现在，您来看看，我妈妈跟我过的是什么生活？我们凭什么要在承受丧父之痛的同时，被我父亲最亲的兄弟姐妹欺负呢？”

“你承受丧父之痛，我们也失去了最亲的哥哥。”

“呵呵。”我冷笑，“小孃，我相信我爸爸过世，您是真的伤心过，但是，我不相信夏志琪也伤心。”

“夏志琪？她是你大孃，你喊她的名字，简直无法无天了。”

“大孃？呵呵，她不配。那帮人都不配做我的长辈，他们没有长辈的样子，纯粹就是地痞流氓。就连夏德海，七八十岁的人了，还在背地里到处说儿媳妇与孙女的坏话，您觉得他是令人尊敬的老人吗？您读过大学的，在大城市里生活了这么多年，您换到我的位置上来感受一下，我过的是什么日子？遭的是什么罪？啊？”说到这里，我依然觉得委屈，不禁落下泪来。

然而，我的声泪俱下并未感动夏志萍，她仿佛看见一个怪物一般看着我，惊恐又觉得不可思议，嘴唇哆嗦了很久，才说：“你爷爷都这把年纪了，随便说几句，哪怕说错了，也不为过吧！”

“对，不为过！你们就觉得老人年纪大了，是可以胡说的。那老人杀人算不算犯法呢？”

“你！”

“小孃，我尊敬您，希望您也尊重我。”

夏志萍大概明白自己在这件事情上面无法说服我，便求助地看向我妈妈。

妈妈说：“志萍，我跟青青确实不想再被卷入夏家的是非当中去。这些年他们是怎么对我和青青的，你应该是清楚的。现在你哥也不在了，我就这么一个女儿，不想他们把她给逼疯、逼死，所以，青青做出什么决定，我都是支持她的。”

夏志萍闻言，显然十分生气，瞪着我妈妈半晌没有说话，过了很久，她才艰难地说出：“那么大嫂，今后万一夏青进了我叶家的门，你们又该如何与夏家的人见面呢？大家总归是一家人，非要闹得不可收拾，何必呢？”

“等等！”我皱眉，不太明白地看着夏志萍，问，“谁进叶家的门？”

她没有说话。

我不可思议地指着自己，质问她：“你说我吗？”

妈妈怕我下一秒就发飙，忙说：“你小孃随口说说，你不要胡思乱想。”

夏志萍却拒绝了妈妈的好意，说：“不，大嫂，我认真的。谁都看得出来晋中喜欢夏青，而且大哥还没有走的时候，就找他谈过了。”

“这事我怎么不知道？”妈妈有些意外。

夏志萍说：“我也是昨天才知道的。上次在青城山，趁着我们打牌，大哥把晋中叫到房间里，问他是不是喜欢青青。晋中说当然是喜欢的，从小就喜欢。大哥就叫晋中以后要好好对青青，说自己没有别的愿望，只希望青青和晋中能够过得幸福。他们一起回忆了很多青青小时候的事……”说到这里，夏志萍又看向我，语重心长地说，“我知道你也很依赖晋中，你们两个从小就很合得来，又都是感情不太顺利的苦孩子，所以今天我才到你家里来，跟你说你做的那个决定，令我感到很痛心。为什么事先都不找我商量一下呢？你想过没有，别人会怎么说呢？说你无情无义！以后等你老了，再去天上见你爸爸的时候，又该怎么跟你爸爸交代？”

我此时再也不觉得难过了，隐去眼泪，淡淡一笑。对于她说的很多话，我都保持反对的态度，但又觉得应该排着顺序指出，便说：“首先，我与夏家的人断绝关系，是因为他们对我的不尊重与辱骂，让我觉得他们并没有把我当作亲人。大家之所以还不得不联系，不过是因为没有人主动去做这个解除亲缘关系的人，毕竟这是要担上无情无义的名声的。我不怕，所以这个恶人我来当。现在大家都解脱了，报纸也登了，这件事就不要再纠缠了。我们只说下一件事。”

“什么下一件事？”夏志萍可能被我严肃而冷漠的表情吓住了，竟然有些紧张。

我冷漠地说：“关于您儿子和我的关系，我想您跟我爸都误会了。在这之前，叶晋中对我很好，我也很尊敬他，将他当成一个值得信赖的大哥，但绝无非分之想。所以，就算爸爸委托他帮忙照顾我，也算是情理之中的事，毕竟在那个时段里，能够托孤的人……”我笑了笑，“托孤……好想笑，我怎么会用这个词语。但是晋中哥哥确实非常好，这我不否认，您有一个好儿子。所以，就算今后我跟他会有什么，应该也与您无关吧？您只是他的继母而已。并且现在他也是快四十岁的人了，生活独立，财务独立，精神独立，难道想要跟谁在一起，还要听父母的意见吗？现在不是封建社会了，小孃你是不是管太多了？电视里那些恶婆婆去找准儿媳请她离开自己儿子的桥段，千万不要信。现在未婚男青年那么多，想要找个对象好难的，婆婆们可都是赔着笑脸等着准儿媳点头说嫁呢，您怎么还停留在旧社会，什么嫁进你们家……谁嫁谁还不一定呢，万一您儿子嫁我呢？我条件也不差啊，更不差钱。”

夏志萍被我连珠炮似的话驳得无法反击，因为我说得都对。

她有什么权力干预我的生活呢？我一个成年人，有权利做出任何决定，并且也愿意为自己的决定负责，她凭什么站在道德的制高点来指责我？

见我丝毫不见悔改，夏志萍感到很绝望，痛心疾首地对我妈妈说：“大嫂，你就这样放任夏青胡闹？”

妈妈依然语气温和，不悲不喜、不轻不重地说：“夏青觉得夏家就是一个泥沼，假如我们再与他们往来的话，等于是在消耗生命，毕竟我们确实没有那个心思与他们纠缠，所以请志萍多多理解。其实我们从头到尾都没有恶意，但是又无法改变别人的恶意……”

夏志萍叹了口气：“我原本打算劝说你们回心转意，但现在看来，恐怕是不可能的。”说着，她从包里拿出一张纸，上面密密麻麻的，有许多字。

不待我询问，夏志萍接着说：“其实我本不打算将这个拿出来的，但是受人之托，我也只好给大嫂你们看了。”她将纸往我妈妈跟前推了推，轻声说，

“志琪想请大嫂和夏青签个字……”

我妈拿起那张纸，我也凑了过去，看见上面的标题赫然写着：自愿放弃继承夏德海财产声明。

妈妈一愣，看我一眼。

我笑了，说：“我都登报声明与夏德海、夏志琪等人断绝亲缘关系了还不够？还要我签字？或者说，让夏家老爷子立一份遗嘱，所有财产给夏正不就行了嘛，搞得这么复杂？”

夏志萍说：“这是你们的事情，我只负责把话带到，至于签不签，我无法左右你。”

妈妈叹了口气，有些不悦，说：“夏志杰这辈子就没从他爸爸那里得到过什么帮助，一直以来都希望我们付出，现在到了这个地步，他们还要用这样的方式来对待我们……”

我抬手示意妈妈不要再多说了，然后迅速看了一遍那张声明里头所谓的夏家财产究竟有多少，然后在右下角签了字。

夏志萍在这个时候递过来一盒印泥。

我按了手印，说：“我妈不用签字了，她不姓夏，也不会去找夏志琪打官司。”

“那不行，既然你都签了，大嫂再签一个名字，也没什么吧。”

我心中顿时冒起一团火来，说：“那不签了，撕了这狗屁声明。”

眼见我又要犯倔，妈妈连忙抓住我的手，冲我摇了摇头。

她眼中平静无波，甚至带着丝丝悲悯。

“都是些身外之物，争来争去的，争了几十年，让你受了那么多的罪，妈妈一直觉得对不起你，把你带到这么糟糕的家庭里。如果今天你是没啥出息的娃娃，我可能还要为你争取些利益。但比起夏正来，你真的优秀太多了，所以我也没有什么好遗憾的。给我签吧，签了这个字，就跟他们断得干干净净。本来你爸爸这辈子就活得不够自我，被家人控制、歧视……假如现在他还活着，让他签这个字，恐怕他也会签的。”

对，如果我爸爸还活着，他也不会愿意再为一些毫无意义的事情在夏家的泥沼里纠缠下去——不过，如果爸爸还在世的话，夏家的那帮人也不会做得这么绝情。

而这般无情又可怕的亲戚，不要也罢。

我松开手，毫无遗憾。

声明被妈妈拿走，她飞快地签下了她的名字。夏志萍拿过那张纸，先是拍了照片，应该是发给夏志琪。我心中觉得有些可笑，她端着那么多年慈祥又有文化的样子，到最后还是一个帮亲不帮理的人。

我问："夏德海的财产，夏志琪有没有说分你一半？"

夏志萍一愣，抬起视线看向我，目光里有着显而易见的惊讶。

我笑："小孃不要介意啊，我想表达的是，按照那些家族企业争家产的电视剧套路来说，夏志琪能够这样不择手段地对付我爸和我，自然也能这样对你。现在我放弃了继承你们夏家的财产，恐怕过不了多久，她就会逼迫你。等你也放弃了，我估计夏德海在这世上的日子也不会长久了。"

夏志萍的表情相当有趣，像是不可思议且感到屈辱。她生气地说："你真是越来越猖狂了。"

我正色回道："我只是在讲述某一种可能，希望你能提高警惕。当然，以叶家目前的情况以及叶晋中的本事，其实你本身应该也不稀罕夏德海的财产。只有生了像夏正那样没有出息的孩子的人，才会万般心计地去谋夺那些可怜的财产。只不过你作为一个有文化、明事理的人，却依然被困在陈腐落后的格局里，我感到很遗憾。"

她并不觉得我在提醒她，而是充满敌意地说："我为你父亲拥有你这样的女儿感到遗憾。"

这句话不轻不重，却像一把斧头劈在我心头。

她见我的脸色瞬间变得很痛苦，淡然地看了我妈妈一眼，转身往外走去。

我知道，她一定明白最后这句话戳到了我的痛处。

其实在我的思想里，也曾经希望做一个高情商的人，将爸爸的亲人都照顾得很好，将从小就没有让我感觉到温暖的那个大家庭凝聚在一起；希望他们所有人都喜欢我、夸奖我，让我爸爸觉得我是他的骄傲。

然而现实总是很残酷，往往事与愿违。

妈妈看出了我的情绪变化，说："你爸爸因为有你这样的女儿而感到非常骄傲。虽然你身上有很多缺点，脾气也不好，但是你努力、踏实、积极向上，还有永不屈服的韧劲，这一点是非常可贵的。不要去听别人怎么说，也不要被别人影响。我们过去受到的那些磨难，都是命运该得的，就像唐僧取经，必须经过九九八十一难，少一难都不得行。"

我点了点头，不愿意妈妈为我担心，便说："今晚吃烤肉行不行？我们不出去，就自己在家做。我把柳飞絮和她男朋友叫过来，还有叶晋中。"

妈妈眼中闪过一丝异样的光芒，说："你跟晋中到底怎么回事啊？晋中是不是喜欢你？"

我有些害羞，但还是轻轻点了点头，说："我没想到他从小就喜欢我……"

"我跟你爸早就看出来了。你离家出走的时候，他在你的房间里哭得好可怜啊。"

"但是他后来不是也谈恋爱了嘛……"

"你下落不明，我们都以为你被拐卖到深山里，或者死了。那个时候寻人还不是特别方便，我们只能依靠派出所，也登报纸寻过你，可就是寻不到。你想啊，他多难过啊。那个李媛媛在他痛苦的那段时间里，天天陪着他，两个人这才好起来的。"

那个时候，也许叶晋中在她身上找到了一点寄托。

能够得到这么真挚的感情，真是我的福气。我感到有些惭愧，便说："那你找到我以后，为什么不告诉他呀？"

妈妈看着我，哭笑不得："是你不允许我们告诉他的啊，你忘了呀？"

我仔细想了想，是有那么一回事。

"那当时我是怕他看见我在荷花池卖衣服，会感到失望嘛……"

"所以我们就没有说。"

我连连点头："没说是对的，否则让他看到我那么狼狈的样子，恐怕就不会喜欢我了。"

"我觉得不会。晋中那孩子特别善良，从小对你就特别好，他不会因为你在做什么工作而看不起你。"

虽然妈妈说的也许是正确的，但我还是嘴硬道："反正经过了夏家这个特殊的大家族洗礼之后，我觉得这个世界上任何人都很势利。婚姻关系更加势利，所以靠自己多努力是没错的，这样才能在恶婆婆向你发难的时候，理直气壮地怼回去。"

尽管这句话说得有些偏激，却非常真理。

譬如林峰败给了更优秀的邓宇，我又败给了家世更好的白羽，再败给情商很高的杨琳。但是杨琳，败给了她的家庭背景。

妈妈瞪了我一眼，却又一笑，表示赞同："虽然说得不好听，但妈妈觉得你是正确的，你不要走我的老路。当年妈妈因为家庭条件很一般，想在雅安城里谋个正式的工作，你爸爸家庭条件好，对我也好，我就嫁给他了。结婚以后，我确实受了很多委屈，甚至你外公外婆到家里来，都要看你爷爷奶奶的脸色，那种感觉现在回想起来，都觉得挺难受的。妈妈当年就是不够独立，也挺依赖你爸爸的。而你爸爸又是一个孝顺的人，特别听他父母的话，所以你成长过程中所受的那些委屈，爸爸妈妈还是要负一定责任的……"

我怕她再自责，连忙说："好了好了，不说这些不开心的了。我想我们还是出去吃吧，我给叶晋中打电话。"说着，我便拨着电话，往自己屋里走去。

做自己，这是我与夏家人断绝关系之后，顿悟的道理。

不管别人怎么说、怎么看，怎么议论诋毁，都要有一颗强大的内心，坚持自己的看法，绝不因为任何人而改变。

因为这个世界上，任何人都会离开我，但只有我自己不会离开自己。

不过，忠于自我说来容易，做起来其实还是挺难的。

四十二

不生不灭，不垢不净，不增不减

之前我深陷痛苦之中无法自拔，就是因为定力不够，所以才会被烦琐复杂的人际关系打扰。等到我回过神来，才发现自己已经很久没有回公司工作了。

所以，某个风轻云淡的早晨，我没有通知时序与李华玲，将自己收拾得干净利落，出现在公司里，想要给大家一个惊喜。

然而令我没想到的是，我刚进公司的门，就被前台小妹妹唤住询问：“女士您好，请问您找哪位？”

我站住脚步，不可思议地看着她，质问道：“你居然不认识我？”

她也用不可思议的眼神看着我，脸上带着微笑，神情里充满坚定不移的原则。

我估计她是新来的，也不跟她计较，便说：“我是夏青。”

她闻言恍然大悟，脸上的微笑依旧，温和地说：“夏总您好，我是新来的行政赵小如。”

我点了点头，竖了竖大拇指，赞许地说：“很好。”然后就大步往办公区走去。

办公区的人有些似乎听见了我们的对话，探头探脑地看着。何小玉是第一个跑过来的，欣喜若狂地喊着：“夏姐回来了。”

接着是邹小月与杨玉石。

其他人见三个老员工领头，也纷纷簇拥过来，对我嘘寒问暖。

场面很热闹，大家都很热情，仿佛我有几年没有回过公司似的。

这份热闹当然也引来了李华玲与时序的注意，他们相继从自己的办公室里走出来。

李华玲一瞧见我，脸上便露出了老母亲般慈祥的微笑，朗声说：“我说今天早上公司楼下的小喜鹊在叫什么呢，原来是我们家大小姐回来了。来，我们大家用热烈的掌声欢迎青青姐回家。”

大家就像刚参加完拓展训练回来一样，一呼百应，办公室里顿时响起雷鸣般的掌声。

我笑着作揖道谢，然后走向李华玲与时序。

时序不说话，站得有些远，但目光很柔和。

我对他一笑，轻声唤道：“序哥。”

他点了点头：“回来就好。”

然后，他就转身回了自己的办公室。

李华玲回头看了她老公一眼，对我说：“不知道他这两年是不是年纪大了，话越来越少，你别见怪啊。”

我笑：“玲姐见外了是不是？我们三个是什么关系？一起扛过枪的战友，序哥这个人我是了解的。”

“那就好，就怕他这冷淡的态度让你产生误会。”她说完，又觉得自己似乎说得过多了，便推着我往我的办公室走去，边走边说，“来，你看看你的办公室有什么变化没。”

“有什么变化？”

她笑而不语。

门被推开后，我看见了一个整齐干净的办公室。所有物品都摆放得有条不紊，桌子上还摆放了几盆多肉植物，贪婪地享受着透过玻璃窗落进来的阳光。

而最大的变化，是挂在墙上的一幅小楷《般若波罗蜜多心经》。

我瞧了半晌，在末端发现了署名：赵海旭。

“这是？”

“这位赵老师是特别有名的书画家，字画一流，与时序一见如故，两人称兄道弟的。但时序晓得你不喜欢花鸟，所以就向赵老师求了一幅《般若波罗蜜多心经》送你，但求你将来一切顺利，当然情路更顺利。”

我有些感动，但又立马顽皮地说：“前段时间确实有点不顺利，但现在已经好了。至于情路嘛，一直很顺利。”

“哦？什么时候谈的恋爱？”

“我说情路顺利就是谈恋爱了啊？一马平川好不好，路上都没啥人，当然顺利啦。”

她哭笑不得，抱着我的肩，问：“怎么样，这个礼物还喜欢吧？”

虽然心里觉得有些暖，但我嘴上还是不饶人地说：“我一个罪孽深重的俗人，送我这么高雅的东西合适吗？”

“合适啊。”李华玲退了两步，摊开双手，四下环顾一番，说，“就因为我们生而为人，罪孽深重，才要多行善，多念佛。常念《般若波罗蜜多心经》，可以消灾减难，增长福德，转危为安，功德无量。”

我见她如此虔诚，不禁笑了。

十多年前的李华玲，那个怯生生的山村姑娘，再也不见了。

站在我跟前这个自信且幸福的女人，找到了自己生存在这座城市的原因——为了她的丈夫、孩子。她读书少，恐怕也说不清楚佛教的理念是什么，但她有时序，这个男人会告诉她，她需要理解的是什么，这就足够了。

做一个简单而单纯的女人，其实这样的人生是非常幸福的。

至于时序，他是一个学无止境的人。在他的世界里，从未思考过曾经的自己有多么凄惨。就如柳飞絮所说的那样，这样容易令自己进入自艾自怜的境地，反而无法前进。因此，他会突然有什么特别的喜好，和什么人交朋友，热衷于收藏什么，我一点也不例外。他就是一个一生都在冒险的人，假如让他消停下来，怕是会令他生不如死。

所以现在，他也步入了中年人普遍都很注重的内在修炼。

儒释道的信仰，在这几年于这个社会的中高层阶级当中盛行，大家念佛吃斋行善，做一个有责任感的富人，是这个世界的进步。

有信仰，总比没有信仰的好。

正因为有这样一帮有信仰的人，社会的戾气才越来越少，正义的事情才发生得越来越多。

我瞧着《般若波罗蜜多心经》上的字，情不自禁地念出声来："不生不灭，不垢不净，不增不减……"但我委实不懂其中深意，尴尬地看向李华玲，说："不懂意思呢……"

李华玲脸上也是有些尴尬，她摊了摊手，无奈地说："其实我也不懂的。"

此时门开了，时序走了进来，手里端着两杯茶，透过玻璃，可以看见舒展开来的绿茶上头，是半杯盈盈碧波。

他将茶放下，看我一眼，然后对李华玲说："海旭送我的六安瓜片，给你们一人泡了一杯，你们感受一下。"

李华玲见是他，连忙拉住他问："你来得正好，你来解释一下这几句话是什么意思呢？"

时序的目光随着她指的方向看去，正是他送给我的《般若波罗蜜多心经》。

他微微一笑，这才看向我，说："不生不灭，于你来解释的话，希望你明白，叔叔只是生命形态消失，而他的生命本质并没有消失。"

"此话怎讲？"

“譬如他的精神还在。他对你的教育，以及对你人生的影响，都是不可磨灭的。你是他生命的一部分，也是他生命的延续，所以，他的生命本质是没有消失的。”

“那……不垢不净呢？”

“垢与净，都是无定相。万法唯心，所谓的‘垢’与‘净’，都是立场与环境来决定的，所以对于很多你不能理解的，或者看不惯的事情，都没有必要执着。”

“不增不减呢？”

“因缘起落无常，你的执取越深，苦恼也就越多。只有随机应变，随遇而安，才能自在无碍。”说完这些话，他只微笑着看我，目光里是顿悟后的安静。

我不知道他在与我疏远后那段很漫长的时间里究竟经历过怎样的修行，或者说他一直在思考，所以才有当下的智慧。

当然，也不排除他刻意伪装得道高人的模样。

但是无论怎样，他送我这幅字的初衷是极好的，也许他也在这字里行间寻到了结束自己贪执的方法。

我由衷地说：“谢谢你啊序哥，我会好好的。现在一切雨过天晴了啊。”

他笑：“那就好，那就准备工作吧。你离开这么久，工作任务全部交给华玲在做，她连照顾孩子的时间都不够，真的蛮辛苦。你回来了，就帮她多分担一点。”

我当然知道这段时间最辛苦的人是李华玲，她性格温和又善解人意。虽然因为这两年她结婚生子，我们除了工作，私底下联系得少，但并不影响我与她的感情。

我向李华玲看去，她正面带微笑地看着我，眼神交会的那一刻，我明白了她的关怀与心疼。

于是，我上前轻轻地抱了抱她，说：“好了，别担心了，都好了。”

她拍了拍我的肩，说：“回来就好，你回来了，我就可以轻松一点，还想再生个娃娃呢。”

“啊？”我惊讶地看着她，又看了看她的肚子，“你怀上了？”

她笑：“没有呢。等休养两个月再做准备。”

我充满羡慕地微笑着看她，又欣慰又感动，不禁抬眼看了看时序。他与我四目相接的那一刹那，还是心虚地将目光移向窗外。

好吧，没关系，我们三个人当中，只要有一个人是幸福的，这段青春相伴的日子就是值得的。

当我重新恢复工作，李华玲便毫不犹豫地开始翘班。她新交了很多朋友，都是时序的朋友的太太们，她们有一个志同道合的小圈子，会组团去做美容、逛太古里、喝咖啡、看电影、打麻将以及出国旅行。她们绝不单独行动，总是带着孩子，孩子们在一起玩，培养出两小无猜的好感情，她们则议论哪个品牌新出了什么限量版，哪个包包样式独特，颇具收藏价值。她们也会议论男人，但多数是以夸奖自家男人优秀为主题，绝对不轻易拆自己男人的台。因为很有可能她们的男人会资源整合，成为商业合作伙伴。

她们也会议论男人不好的地方，譬如出轨，但一般是讨论别人的男人。说着说着，往往还会露出怜悯的表情，说类似“哎呀可怜啊，他老婆长得那么好看，给他生了两个孩子，他还在外头耍妹儿，关键是他老婆还啥子都不晓得”这样的桥段。

然后其她几个女人往往会附和说：“就是啊，他外头的那个女人长的不好看，衣服也不会穿，土得掉渣，话也不会说，就知道笑，不晓得他图的是啥子。”

“图年轻呗。现在 90 后的姑娘不要脸得很，不给钱都要往身上扑，那些 70 后、80 后的中年伯伯哪儿禁得住诱惑哦！”

“呵呵，90 后？现在 00 后都快出来了。不过也不是说人人都那么容易被诱惑，我晓得的很多男人还是特别本分的。”

“是是是，比如你们家里头那个。”

喏，以上就是“太太团”们虚伪的日常，也是李华玲乐此不疲的聚会。

她每天都会在朋友圈晒她与姐妹们吃饭、喝咖啡、逛街的照片，太太们一个个华衣丽服，看起来特别有钱的样子。

我很担心她这样下去会堕落成无知妇女，便建议她去学习插花。

她接受了。

很快，我在朋友圈里看见她和太太团的女人们闹哄哄地进了插花班、烘焙班，甚至是书法培训班。

但是结果怎么样呢？

一个月以后，她们又恢复了逛街买买买的生活，打牌绝不出现三缺一，说说东家长、西家短。

我不禁有些忧心，难道这就是职业女性出嫁以后的人生吗？

事实上，商人太太团只是部分成都女人的一个小小缩影，还有更多女性，即使结婚生子，依然坚守在自己的工作岗位上。譬如我的得力助手何小玉与邹小月。

邹小月嫁给了杨玉石，两人生了对双胞胎，白天交给杨玉石的爸爸妈妈帮忙带着，下班回家再陪孩子，他们都没有放弃工作。

唯一的变化就是，邹小月选择了去门店做店长，以求与杨玉石不随时见着，免得感情生出腻烦感。

柳飞絮在 2017 年 11 月的某一天，嫁给了邵峰，万茜做了她的伴娘，用行动证明她与邵峰之间再无芥蒂。

而伴郎是一个博学又斯文的男人，我似乎曾经在上海见过他与万茜在一起。

果然，在柳飞絮的婚礼过后一个月，我收到了万茜的请帖。

至于李苏，她在我的故事里出场率似乎并不高，但在年轻的时候，她是跟我一起扛枪作战的伙伴。这些年，她经历了结婚又离婚的过程，特别享受当下的单身生活。

她说：“婚姻对于女人来说，真的不太重要。女人这辈子最重要的东西，应该是钱和爱情。没有钱，就没办法漂亮。没有美貌，就不会有爱情。这是多么残酷的真理啊。”

我无力反驳。

至于我，已经找到了自我。

重回工作岗位以后，有一段时间我很不快乐。当我知道李华玲再次怀孕、沉忆的库存因为提价而越来越多、网店的销售因此被拖累之后，一度想要撤资走人。

然而失眠一宿之后，是柳飞絮说的那句话提醒了我。

做我自己，不为任何人而改变自我。

于是，我不再沉迷于工作，更不再计较谁的决定更有价值。

我开始看世界，基本一个月出去旅行一次，把我过去没有去过的地方走一遍。

我学了英语，即使是独自出国旅行也毫不畏惧。

有时候我也有些任性，会在心情愉快的某个周五下午，突然买上机票，就为去海边看一看日出。

随性自在的生活令我越来越快乐、越来越轻松，再也不与时序争执究竟提价还是不提价，更不介意他邀请邓宇融资，准备在近几年内让公司上市。我很平常心，他觉得对的，我百分百地信任他；如果他的决策失误，我承担合伙人应该承担的风险。

沉忆不再是我唯一的事业，我做了很多从前没有做过，但是很感兴趣的事情。

我拿出一部分钱，与柳飞絮、万茜、李苏一起，将六方桑林的民宿开到了广汉。原因很简单，那里有柳飞絮为之疯狂的古蜀文明遗址三星堆，还有万茜的男人。这个故事说来话长，据说柳飞絮会专门为万茜和她的男人写一本书，就是不知道现在已经怀孕的她，什么时候才能写完。

我还拿出一部分钱，和李华玲以及她那个太太团的几位姐妹，在太古里开了一家咖啡馆。

她们都不缺钱，就缺一个属于自己的活动区域。

我也不缺钱，但是我不嫌钱多。

我学会了求同存异。即使我不赞同李华玲现在的生活方式，我也绝对捍卫她选择自我的权利。

人应该忠于自我，达到任何外界因素都不会扰乱秩序的地步，就算是赢。

那家名叫 Sissy 的咖啡馆，整个设计风格都是按照太太团们的意愿来的。

不瞒你说，这些女人虽然整天逛街买买买，审美品位还是极好的，大概是见过世面的缘故，所以咖啡馆一度成为太古里的网红店。

2017 年春节的某一天，我和李华玲以及太太团的人正在店里闲聊，突然看见门口有个熟悉的女人身影——我还没有反应过来，李华玲已经拍了桌子站起来，说：“那个人好像是赵凌凌。”

“赵凌凌？”这个名字一直存在于我的记忆里，虽然十多年没有见面，却从未忘记。

李华玲挺着大肚子，飞快地往外冲去，边跑边喊：“赵凌凌！赵凌凌！”

太太团的人见了，面面相觑。

有人问我：“那个赵凌凌是谁啊？”

我笑了笑，艰难地说：“严格来说，赵凌凌是李华玲的情敌。”

“啊？”

“不过，那是十多年前的事情了。”

说到这里，我忍不住笑了。

我不会告诉李华玲，在 Sissy 这家店里，我还见过她的另一个情敌冯翠。从前叫冯知意的姑娘，嫁了个还不错的老实男人，不知道是怎么养她的，竟然把一个纤瘦的美女养成了微胖界的中年妇女。她在店里撞见我的时候，还颇不好意思。

我还遇见过林峰和他的妻子，以及他一对可爱的儿女。

不过他并未看见我，因为我是在某日调看店里的监控时发现他的。

魏仁的仕途很顺，越走越高，虽然还很年轻，却已经在非常重要的位置上做着更有利于这座城市的事情。

对于他的能力、他的为人，我都是信任的，更相信在未来，他还会做出更优秀的成绩。

至于邓宇，他发福了，比过去胖了起码二十斤，一副中年男人的油腻模样。

他和白羽已经离婚了，重新找了个1996年生的小姑娘，比他小了整整十五岁。

有一次时序准备的饭局，邀请的都是未来可能成为公司投资者的人，其中就有邓宇。

乍见他像吹胀的气球那样，我有片刻的惊讶，旋即拱手，玩笑着说道："看到你今天这么富态的模样，我还真要跟你说一声，多谢当年不娶之恩。"

他有一些失望，也有一些尴尬，但很快反应过来，说："口下留情啊夏总，今后很有可能一起发财呢。"

我笑："有邓总您的财力支持，我们的公司一定会越来越好。"

大家客气而客套，相处得非常融洽。

直到酒过三巡，大家都聊得热火朝天时，邓宇才到我身边来，半蹲着身子，低声问我："沉忆……是因为我而起的名字吧？"

我坦诚地看着他，微微一笑，说："是啊。是二十多岁的夏青想要彻底忘记二十多岁的邓宇，才起的名字。"

他微微发福的脸涨得通红，眼睛里有汹涌而来的雾气，他竟然有些哽咽地说："对不起……"

他的反常，很快就引起了桌上其他人的注意，当然，包括时序。

时序迅速起身，哈哈大笑着来到邓宇身旁，手中端了杯酒，同样半蹲着在邓宇跟前说："咋了兄弟，跪着求我们夏总喝酒呢？我跟你说，你别老缠着我们夏总啊，夏总可是有主的人了，今儿男主角虽然没来，但我这个亲哥哥可还在的，你给我起来，咱们喝一杯。"说着，时序不容邓宇拒绝，就拖着他往另一个方向去。

我满怀感激地向时序投去一瞥，他却无暇与我四目相接。

酒局到了九点的样子还未结束。

我看了看时间，起身端了酒杯，同在座的朋友们说："各位大哥，妹妹我还有事，恐怕要先走一步。"

有人开始起哄："走什么走啊？你是我们公司唯一的女股东，也是我们这桌上的颜值担当，无论如何都不能走的。"

还有人附和："对对对，夏总要是走了，整个饭局都将暗然无光。"

我笑嘻嘻地说："哥哥们就喜欢哄我开心。我必须得走，我走了，哥哥们才能玩得自在呢。"

股东们听出了我的言外之意，一个个中年男人的脸上都浮现出意味深长的笑容。

我将杯中酒一饮而尽，微笑着对大家双手合十，然后拎了包往外走。

时序说："我送你。"

我拒绝："没事，我让晋中来接我了。"

他并未停止脚步，手掌放在我的背上，轻轻护着往前推，就像很多年前，他自诩哥哥那样护着我。

离开包间之前，我感受到了邓宇的目光。

然而现在，他与我的过去，就像前世那么遥远。

我们俩出了餐厅的门，叶晋中的车子就停在马路边上，时序比我更往前一步，拉开副驾驶的门，对叶晋中说："人我给你完完整整地送回来了啊，没怎么喝酒，就是包间里抽烟的人特别多，她身上烟味儿比较重。"

叶晋中笑着说："谢谢序哥，费心了。"

我上了车，对时序挥挥手："好了，你回去吧，那么多人等着呢。"

他笑："好好好，那你们回家早点休息。再过几天就要办婚礼了，要养精蓄锐，不然就不好看了。"

我皱了皱眉，颇为嫌弃地摆摆手："你快回去吧。"然后示意叶晋中开车。

叶晋中向时序道了再见，这才启动车子。

你看，一切如寻常日子、寻常关系那样。

这个世界上，不管曾经多么相爱的人，总有一天，有可能重新做回朋友；

不管曾经多么舍不得放下的感情，总有一天，能够被放在云天之外。

人是无常变化之中最无常的，拿得起，最后能否放得下，不过就是一念魔一念佛的事。

说了这么多，还没有说到叶晋中。

2016 年底，我与夏家人彻底断绝了关系，并且放弃了夏家的财产。

后来，夏志琪等人就没有再来寻我的麻烦。

我有了很长一段时间的安稳日子。

至于叶晋中，他继母夏志萍的阻挠根本就起不到任何作用。因为叶豪是一个颇为客观的人，对我与叶晋中之间的来往是表示支持的。

至于夏志萍，她虽然万般无奈，但还是没有表示出非常强烈的抗拒。

毕竟正如我上次对她说的那样，她的儿子很优秀，但我也不差。

我和叶晋中正式交往，是在 2017 年 3 月的某一天。

在那之前，我得了一个奖，是市政府颁发的一个什么“蓉漂杰出代表”的奖项。

莫名其妙就成了这座城市的“代表”，我感到很感动，但更多的感受是惶恐。

一个动不动就要出去旅行的人，何德何能呢？

李华玲说，那是因为我的户口还没有落到成都来。

我想想也是，现在各城市在全国抢人才的手段简直都要疯了，所以成都市政府给我弄这么一个奖，倒也在情理之中，可见我大小也是个人才。

但是我没想到的是，领完奖以后，我竟然成了“网红”——也许真的有几分姿色，所以当照片在某个社交平台的新闻里出现之后，我突然拥有了很多粉丝，多到足以震惊各家小媒体。

那天，有个报社的记者带着摄影师来公司采访我，我们在办公室里聊得正有趣，突然听见门外热闹得很。

记者八卦敏锐度是非常高的，立马停止采访，说：“夏小姐，我好像听见外面有人在说你的名字。”

我觉得外面的那个声音有些熟悉，不禁苦笑着皱起了眉头。

门外说的是："今天中午给大家送的是蜀王谷最近新开发的菜，给大家尝个鲜。"

其实这并没有什么特别的，但是接下来就是——

"但是我女朋友夏青的那一份，你们就不要动了啊，那是我亲自做的，每一块都是我给她的爱。"

我的脸顿时就烧了起来。

因为记者前一句问的是："夏小姐有没有男朋友呢？"

而我非常坦诚地告诉记者："还没有。"

谁知道叶晋中就出现了，还在办公室里大声吆喝，以我的男朋友自居。

我拉开门，哭笑不得地看着他。

他一见到我，马上笑嘻嘻地迎了上来，说："媳妇儿你在忙？你先忙，我不打扰你。我就是顺便过来送个吃的，马上就走。"

然后，他趁我没有反应过来时，突然倾身在我耳畔低声说："我等你电话。"说完他便在我捏着拳头强忍怒火的当口，笑嘻嘻地同大家打了招呼，离开了。

他走之后，我再也无心接受采访。

但是记者不准备放过我，眼神颇为复杂地说："刚刚那位先生是您的男朋友？"

我咬牙切齿地说："刚刚确定的。"

记者小姐的表情相当震惊，她大概觉得爱情就像暴风雨，说来就来，让人毫无招架之力。

送走了记者，我拨通叶晋中的电话："你在哪里？"

他嬉皮笑脸地说："咦，这个电话比我预想中的更及时。"

"叶晋中，少废话，你在哪里？"

"我在楼下地库，一直在车上等着你。"

"你等着。"

“好，我等着的。”

我怒气冲冲地捏着手机，大步往电梯走去。

到了地库，找到叶晋中的车子，我打开门便怒吼道：“叶晋中你有没有搞错，你够了啊！都多大年纪了啊，怎么一点也不成熟。”

他却慢悠悠地下车来，将副驾驶的车门打开，对我说：“来，上车再说。”

“我不上去。”

“这里监控多，我可不敢保证自己能够安安静静地听你说完，万一控制不了感情，突然做出什么亲密动作，你可别怪我。”

对于他此刻的厚脸皮，我毫无办法，只好依他所言上了车。

谁知道我刚上车，车子便被落了锁。然后我还没有反应过来，叶晋中已经抱住了我，将他的双唇烙在我的唇上。

虽然一直知道他喜欢我，我与他也保持着密切的联络，但是由于我们俩太熟了，他也是一个真正的绅士，所以从来没有强迫过我——这个吻，是他和我的初吻。

但是，这未免太过狂风暴雨了。

“晋中哥哥……唔……你不能唔……”

我根本无力反抗，他的吻里饱含着他对我的爱与渴望，我不知道他是压抑了多久，才会爆发成这个样子，但是这一刻，我被吻得七荤八素，伸手搂住他的脖子，回应着他的热情。

成年人的爱情，一旦有了第一次亲密接触，很快就会有下一次的。

当我被他吻得醉眼迷离、神志不清时，他突然放开我，然后启动车子。

我有些不好意思，手脚都不知道往哪里放。

他也不说话，而是心急火燎地将车开出地库。

我终于问：“去哪里？”

他坚决而坚定道：“对面酒店。”

我大概明白了他的意思，身体的热情并未退去，但女人的矜持不允许我这么快与他更近一步，于是说：“我不去……”

他笑了笑，却并没有停止驾驶。

于是，十分钟以后，我们的车子停在了附近酒店的地下停车库里，而我，虽然嘴里说着不去，身体却很诚实——我说不去，他就吻我。

最后，你懂的。

我一方面在感情上将他当成哥哥又敬又爱，一方面又觉得他其实与寻常男人并无不同，也会醋意大发——怕我被媒体炒到更高的知名度，被更优秀的男人抢走，所以才会厚着脸皮不可理喻地到公司来，主动宣称他是我的男朋友。

也会兽性大发——不给我说话机会，动不动就强吻，吻人的时候手也不规矩，搞得人浑身都软了，毫无招架之力。

也会乘胜追击——见我并不排斥他的亲吻，就想乘胜追击，直接让我在身体上先臣服于他。

他是我过去最信赖也最敬重的男人，但他到底也只是一个男人。

当他埋首于我的胸前时，我一面心情复杂地回忆着过去的点点滴滴，一面被他的热情点燃……

男人和女人就是如此，只要有爱，就会做爱，并不复杂。

我的故事，就是这样。

2018 年 1 月，电影《前任 3》热映，闹得满城情侣泪洒影院，大家讨论得如火如荼。银泰中心有家餐厅，名叫“Mr.Fish 鱼鲜生”，在这部电影里出了个场，便成了网红餐厅。叶晋中在 Mr.Fish 鱼鲜生摆了一桌，邀请了时序、李华玲、柳飞絮、邵峰、李苏、万茜、祝安城等人，在众目睽睽之下，跪地向我求婚。

这件事又被炒成了城中的热点。

我后来责怪他，为什么求婚要选择去别人的餐厅，却不在自己的餐厅里？

他说，蹭个热度，那家店里的人肯定要比蜀王谷的人浪漫，大家一起哄，我就不好意思不答应了。

他还真是妄自菲薄。

就这样，我在大家缅怀前任的热泪中，嫁给了叶晋中。我们都不在乎过去有过什么，也不去想未来还能怎样。

将昨日事，归欢喜处。

只求现在。